통일시대의 고전

『임꺽정』연구

통일시대의 고전

『임꺽정』 연구

강영주 지음

사계절

올해는 내가 『임꺽정』 연구를 시작한지 햇수로 30년이 되는 해이다. 또한 분단 이후 오랫동안 금서로 묶여 있던 『임꺽정』이 사계절출판사에서 다시 간행된지 만 30년이 되는 해이기도 하다. 이러한 뜻깊은 해를 기념하여 이 책을 펴내게 되었다.

1986년에 나는 박사논문 「한국근대역사소설연구」에서 벽초 홍명희의 『임꺽정』에 대해 최초로 본격적인 연구를 시도했다. 이어서 1988년에는 박사논문 중 『임꺽정』을 논한 부분에다 벽초의 생애에 대한 고찰을 덧붙여 「홍명희와 역사소설 『임꺽정』」이라는 논문을 발표했다. 이 책은 내가 그때부터 2000년대인 최근까지 집필한 『임꺽정』에 관한 주요 논문들을 모은 것이다. 그리고 나의 30년 연구 결과를 요약하는 한편, 논문 형식에 담기 어려웠던 『임꺽정』의 독특한 매력을 전하고자 '가상 좌담' 형식으로 집필한 새 글을 서두에 추가하였다.

첫 논문인 「홍명희와 역사소설 『임꺽정』」을 발표한 이후 나는 십여 년간 작가 연구에 전념하여 『벽초 홍명희 연구』와 『벽초 홍명희 평전』을 간행했다. 그 뒤에는 이를 바탕으로 『임꺽정』에 관한 종합적인 연구서를 저술할 계획이었다. 첫 논문의 개괄적인 논의를 더욱 구체화하여, 작품을 풍부하게 인용하면서 벽초의 삶에 비추어 좀 더 자세하고 깊이 있게 논해보려 한 것이다. 그런데 그 사이 학계에서 『임꺽정』에 관한 연구논저가 꽤 많이 나왔을 뿐 아니라, 내 첫 논문의 내용이 알게 모르게 널리 퍼져 거의 상식으로 통하고 있음을 알게 되었다. 따라서 애초의 계획 대신에, 나는 『임꺽정』을 테마별로 심층 분석한 논문들을 차례로 집필하였다. 그러한 연유로 이 책은 논문 모음집 형태를 취하게 된 것이다.

제1부는 벽초와 『임꺽정』에 대해 개괄적으로 논한 첫 논문과, 그 후 작가 연구의 일환으로 『임꺽정』의 창작과정을 실증적으로 고찰하고 벽초의 사상과 문학에 대한 종합적인 평가를 시도한 논문들을 모은 것이다. 그중 「홍명희와 역사소설 『임꺽정』」은 가장 많이 읽히고 인용되었으나, G. 루카치의 이론에 의거했다는 이유로 종종 비판받기도 했다. 1990년대 이후 학문적 유행이 바뀌면서 역사적 진실성을 중시한 루카치의 『역사소설론』은 낡은 이론서로 치부되었고, 그에 따라 이 논문도 시효가 다한 서양 이론에 의거했다고 비판받은 것이다. 독일 유학에서 돌아온지 몇 년 안 된 시기에 박사논문을 썼기에, 당시 나에게는 『임꺽정』에서 서양 이론으로 해명될 수 있는 측면이 더 크게 보였던 것 같다.

하지만 이 논문은 루카치의 이론에 의거해서 논하기만 한 것이 아니라, 작품을 종합적으로 고찰하면서 그 중요한 특징들을 두루 거론한 것이 사실이다. 오늘날 『임꺽정』에 대한 학계나 대중의 인식이 이 논문의 내용에서 크게 벗어나지 않는 것도 그 때문이다. 지금도 나는 이 논문에서 피력한 논지를 근본적으로 수정할 필요를 느끼지 않는다.

제2부는 벽초 연구를 마무리한 뒤 본격적인 작품 연구에 들어가 『임꺽정』을 다각도에서 심층 분석한 논문들을 모은 것이다. 작가 연구 과정에서 나는 벽초가 그 시대의 남성 작가로서는 드물게 대단히 진보적인 여성관을 지니고 있었다는 사실을 알게 되었다. 또한 『임꺽정』 중 「화적편」에만 『조선왕조실록』의 영향이 집중적으로 나타나는 것은 벽초가 「의형제편」

연재를 마칠 무렵에 비로소 실록을 열람할 수 있었기 때문임을 깨닫게 되었다. 뿐만 아니라 벽초는 1930년대에 정인보·안재홍·문일평 등이 주도한 조선학운동의 일익을 담당했으며, 『임꺽정』도 조선학운동의 한 성과로 볼 수 있다는 가설을 품게 되었다. 이와같이 작가 연구에서 얻은 아이디어를 구체적인 작품론으로 발전시킨 것이 2부에 수록한 세 편의 논문이다.

그중 「『임꺽정』의 창작과정과 『조선왕조실록』」은 니카타대학 하타노 세츠코 교수가 일본문부과학성 연구비를 받아 수행한 『임꺽정』 연구를 돕는 과정에서 쓰게 되었다. 그때 이메일을 빈번히 주고받고 방학 때마다 만나 학문적 대화를 나눌 수 있었던 것은 참으로 즐겁고 유익한 경험이었다. 아울러 하타노 교수가 제시한 실증적인 데이터들의 도움을 받아 논문을 완성할 수 있었기에, 이 자리를 빌어 감사드린다.

제3부는 시야를 넓혀 동서고금의 명작들과 『임꺽정』을 비교하여 고찰한 논문들을 모은 것이다. 「홍명희의 『임꺽정』과 쿠프린의 『결투』」는 러시아 작가 쿠프린의 작품에서 구성상의 힌트를 얻었다고 한 벽초의 말을 단서로 하여 『임꺽정』과 『결투』의 영향관계를 규명한 논문이다. 여기에서 나는 종래의 연구에서 경시되어 왔던 바, 『임꺽정』이 서양 근대소설의 예술적 성과를 흡수하여 창작된 탁월한 근대적 역사소설이라는 점을 부각하고자 하였다.

「벽초의 『임꺽정』과 연암 문학의 비교 고찰」은 벽초가 조선시대 한문학 작가 중 연암 박지원의 작품을 민족문학적 견지에서 높이 평가한 점에 착안하여 집필한 것이다. 나는 젊은 시절 한때나마 한학자 우전 신호열 선생님 문하에서 『연암집』을 배웠고, 연암 문학을 전공한 남편을 내조하면서 자연스레 연암에 대한 지식을 다소 갖추게 되었다. 이 논문은 그로 인해 생겨난 연암 문학에 대한 관심과 이해의 소산이라 할 수 있다.

「홍명희의 『임꺽정』과 황석영의 『장길산』」은 이 책의 마지막에 실렸지만 초기에 쓴 논문이다. 박사논문을 마친 후 나는 황석영의『장길산』에 대한 장편 논문을 집필했는데, 그중『임꺽정』과 비교 고찰한 부분을 독립시켜 발표한 것이 이 논문이다. 식민지시기와 해방 이후의 역사소설을 각기 대표하는 두 작품을 비교하면서 나는『임꺽정』의 이모저모를 더욱 새롭게 인식할 수 있었고, 현대의 역사소설에 끼친『임꺽정』이 깊은 영향을 확인할 수 있었다.

이상의 논문들은 그때마다 나 자신의 절실한 문제의식에 따라 한 편 한 편 공들여 쓴 것이기는 하나, 그중 일부는 오래된 논문이라는 점에서 아쉬움이 없지 않다. 이번에 단행본 출간을 계기로 논문마다 손질을 가하기는 했지만, 명백한 오류를 바로잡고 꼭 필요한 내용을 보충하는 선에 머물렀다.『임꺽정』연구를 지속적으로 해온 학자가 드문 실정임을 감안할 때, 이 논문들은 각기 집필 당시의 학계 수준과 자료 사정을 반영하여 일종의 연구사를 보여준다고 할 수도 있기 때문이다.

서두에 실은 가상 좌담은 이 책의 결론을 대신하여 이번에 새로 집필한 글이다. 이 글에서 나는 오랜 연구 결과 도달한『임꺽정』에 대한 나의 최종적인 견해와, 그동안 구상만 하고 논문으로 완성하지 못한 연구 테마들을 제시하고자 했다. 뿐만 아니라『임꺽정』을 수없이 읽으면서 깨우친 작품의 미묘한 매력과, 오랫동안『임꺽정』을 강의하면서 만난 학생들의 참신한 해석을 전하고 싶었다. 이와 같은 다양한 내용을 담기에는 학술논문 형식이 적합하지 않다고 보아, 과감하게 신세대 독자들과의 가상 좌담 형식을 취한 것이다.

이 가상 좌담에서는 신세대 독자들의 목소리를 생생하게 전하기 위해 종종 학생들의 발표와 독후감을 거의 그대로 인용하기도 했다. 또한 지금까지 연구해온『임꺽정』에 대한 나의 생각을 종합하고자 했기에, 이 책에 수록한 논문들과 중복되는 내용도 피하지 않고 모두 담기로 했다. 독자들은 이 가상 좌담을 통해 『임꺽정』에 대한 나의 연구 성과의 핵심을 쉽고 친근하게 이해할 수 있으리라 본다.

책의 말미에는 간략한 벽초 연보와 아울러, 현재까지 발표된 『임꺽정』 연구논저 목록을 수록했다. 이 목록을 작성하면서 나는 지난 30년간 관련 논저들이 이토록 많이 발표된 사실을 확인하고 새삼 놀랐다. 생각해보면 이 모든 연구가 사계절출판사에서 『임꺽정』을 다시 출판하고 벽초와 『임꺽정』에 관한 자료집들을 간행한 덕분에 나온 셈이다. 뿐만 아니라 사계절 출판사는 우리나라 출판 풍토에서는 이례적으로 『임꺽정』 재판과 제4판을 간행할 때 두 차례나 신문연재본과 기존 판본들을 대조하는 작업을 하여 정본을 만들려는 노력을 기울였다. 나는 자료집 편찬과 정본 작업에 일조하기도 했지만, 그 책들을 가장 많이 활용하고 혜택을 입은 연구자이기도 하다.

사계절출판사에서 간행한 자료집 『벽초 홍명희 『임꺽정』의 재조명』 (1988)과 『벽초 홍명희와 『임꺽정』의 연구자료』(1996)는 북한 학계에도 유입되어 영향을 미친 것 같다. 2005년에 나는 민족작가대회 참가차 북한을 방문하여 벽초의 손자인 소설가 홍석중을 만날 수 있었다. 홍석중은 역사소설 『황진이』의 작가로 남한에서도 널리 알려졌는데, 그의 부친은 벽초의 장남이자 저명한 국학자인 홍기문이다. 홍석중은 벽초에 관한 내 연구서들을 두루 읽어 잘 알고 있었으며, 일가족을 대표하여 나에게 각별한 감사를 표하였다. 그의 말에 의하면 사계절출판사에서 펴낸 첫 자료집이 어떤 경위로인지 일찌감치 북한에 전해졌던 듯, 말년의 홍기문이 그 책을 받아보고 쓰다듬으며 감격해 마지 않았다고 한다.

당시 평양에서 나는 북한 문예지 『통일문학』 61호에 실린 정진혁의 「홍명희와 장편력사소설 『림꺽정』」이라는 글을 발견했다. 그런데 그 글은 사계절출판사에서 간행한 자료집들을 널리 인용한데다가, 거기에 실린 나의 첫 논문 「홍명희와 역사소설 『임꺽정』」에 의거한 것을 금방 알 수 있었다. 그 뒤에도 2011년 평양출판사에서 간행된 『벽초 홍명희』라는 전기를 국립중앙도서관 북한자료센터에서 열람했더니, 월북 이전까지 벽초의 생애를 서술한 부분은 내가 집필한 벽초 연구서들을 참조한 것이 역력하였다. 나는 학계의 유행에 개의치 않고 벽초와 『임꺽정』 연구에 전념한 까닭에 학자로서 고독한 길을 걸어왔지만, 은연중 남북 학술 교류에도 기여한 것 같아 나름으로 보람을 느낀다.

최근 남북관계가 경색되고 동아시아의 평화가 위태로운 상황에서, 민족 해방과 평화 통일에 헌신하고자 했던 벽초의 삶과 식민지 치하에서 상실되어가는 '조선 정조'를 살리고자 했던 『임꺽정』의 창작정신이 더욱 절실하게 다가온다. 분단 이후 70년이 지나는 동안 남북한의 언어와 문학은 심각하게 이질화되었다. 이러한 문화적 이질성을 극복하고 통일을 준비해야 하는 이 시대에 『임꺽정』은 민족의 고전으로 더욱 소중히 여겨야 할 작품이라 생각된다. 그 점에서 우리 문학이 나아갈 길을 찾아가는 데 이 책이 조금이라도 기여할 수 있기를 기원한다.

나는 벽초와 『임꺽정』 연구에 뒤이어 벽초의 장남이자 그의 학문적 계승자라 할 수 있는 홍기문의 삶과 학문을 연구해 왔다. 이 책의 간행으로 『임꺽정』 연구를 마무리하고 앞으로는 홍기문 연구를 완결하는 데 힘을 쏟고자 한다. 이를 통해 분단의 장벽에 가리워진 우리 문학과 학문의 두 거봉인 벽초와 홍기문의 업적이 온당하게 평가되는 날이 앞당겨지기를 고대한다.

사계절출판사의 『임꺽정』 재간행과 나의 연구가 한 계기가 되어 1996년부터 해마다 홍명희문학제가 개최되고 있다. 홍명희문학제는 벽초와 『임꺽정』에 대한 연구 성과가 학계의 좁은 테두리에 머무르지 않고 사회적으로 확산되는 데 크게 기여해왔다. 올해로 제20회를 맞이하기까지 충북작가회의와 충북민예총 회원들은 다채로운 프로그램을 기획하고 힘든 실무를 맡아 헌신적으로 활동해왔고, 사계절출판사는 물심양면으로 지원을 아끼지 않았다. 이 책의 간행을 앞두고 홍명희문학제를 공동 주최해온 충북작가회의와 사계절출판사에 깊은 감사를 드리고 싶다.

끝으로 『벽초 홍명희 평전』에 이어 이 책을 출판해주신 사계절출판사 강맑실 대표와 편집진에게 진심으로 감사드린다. 그리고 매년 강의시간에 『임꺽정』에 대해 흥미롭고 예리한 견해를 제시해준 상명대 국어교육과의 사랑하는 제자들에게도 감사의 마음을 전하고 싶다.

2015년 11월
강영주

차례

홍명희의 사상과 『임꺽정』의 민족문학적 가치

 2부

『임꺽정』의 심층 탐색

여성주의 시각에서 본 『임꺽정』

3부
동서고금의 명작과 『임껵정』

홍명희의 『임껵정』과 쿠프린의 『결투』

우리 역사소설의 최고봉,
『임꺽정』에 오르다

– 신세대 독자들과의 가상 좌담

『임꺽정』을 처음 읽고

강영주 교수(이하 강샘) : 안녕하세요. 오늘은 벽초 홍명희의 『임꺽정』에 대해 이야기해 보기로 하지요. 벽초의 『임꺽정』은 백정 출신 도적 임꺽정의 활약을 통해 조선시대 민중들의 생활상을 생생하게 그린 대하 역사소설입니다. 1928년부터 10여 년에 걸쳐 『조선일보』에 연재되어 폭넓은 독자들의 사랑을 받았고, 일제 말에 초판이 간행되자 전 문단적인 찬사를 받으며 우리 현대문학의 고전이라는 정평을 얻었지요. 최수지 양와 박준구 군은 이번 학기 현대소설론 강의에서 다루는 작품들 중 왜 『임꺽정』에 대한 발표를 신청했는지 궁금하네요. 먼저 자기 소개부터 해 보지요.

수지 : 저는 국어교육과 13학번 최수지입니다. 1994년생이고요. 저희 아버

지가 83학번이신데, 지금 저와 같은 대학교 3학년일 때『임꺽정』이 다시 출판되었대요. 아버지는 국문학을 전공하신 건 아니지만『임꺽정』의 대단한 애독자셔서, 저는 어렸을 때부터 임꺽정 이야기를 많이 들었어요. 저희 집에는 그때 사계절출판사에서 나온『임꺽정』초판이 있는데, 아버지는 저와 남동생을 위해 2008년에 나온『임꺽정』4판을 또 사셨어요. 하지만 저희들은 열 권짜리 대하소설을 읽는 것은 엄두가 안 나서 안 읽었더랬어요. 그런데 이번 학기 현대소설론 강의계획서에『임꺽정』이 들어있길래 어쩐지 반가워서 발표 신청을 했지요. 제가『임꺽정』열 권을 다 읽고 강의시간에 발표하게 되었다니까 아버지가 너무너무 좋아하셨어요. (웃음)

준구 : 박준구입니다. 수지와 같은 과, 같은 학번에 동갑이고요. 저는『임꺽정』이라는 소설 제목을 들어보기는 했지만『홍길동전』처럼 조선시대 소설인줄 알았어요. 작가 이름은 물론 몰랐고, 강의계획서에 적혀 있는 홍명희라는 이름을 보고 여자인 줄 알았을 정도로 사전 지식이 전혀 없었지요. 이번에 친구들 의견에 따라『임꺽정』발표를 맡았는데, 처음에는 겁이 많이 났어요. 그래도 덕분에 난생 처음으로 대하소설을 다 읽어내서 그것만으로도 뿌듯해 하고 있습니다. (웃음)

강샘 : 그러니까 두 사람은 1996년 제1회 홍명희문학제가 개최되던 해에 세 살짜리 어린애였군요. 그 무렵은 독자들이『토지』『장길산』『태백산맥』같은 대하소설들을 즐겨 읽었고, TV에서 50부작 드라마『임꺽정』을 방영하기도 해서 특히 벽초의『임꺽정』에 대한 관심이 높던 때였지요. 지금은 독자들이 대하소설을 잘 안 읽을 뿐더러 그때에 비해 책 자체를 많이 읽지 않게 된 것 같아요. 그런데 두 사람은『임꺽정』열 권을 다 읽어냈으니, 그것만도 칭찬해주고 싶군요.『임꺽정』은 고등학교『문학』교과서에 실려 있으니까 국어교육과 학생들은 꼭 읽어야 하는 작품이에요.『임꺽정』을 읽고 난 첫 소감은 어땠어요?

수지 : 저희 세대는 식민지시기 소설들 중에서도 이상이나 박태원의 작품에 더 친숙함을 느껴요. 그래서 『임꺽정』은 아버지 세대의 취향이지 제 취향과는 다르다고 생각했는데, 예상 외로 「날개」나 「소설가 구보씨의 일일」보다 훨씬 빠르고 재미있게 읽혀졌어요. 그리고 다 읽고 나니까 전혀 다른 이야기를 맛보았다는 느낌이 들었어요. 한마디로 『임꺽정』은 저에게 새로운 세계를 열어준 작품이에요.

준구 : 제 취향은 요즘 보통 남학생들 취향이에요. 빠른 속도의 전개를 좋아하고, '한탕'하는 범죄영화를 좋아하고, 텁석부리 수염에 괴팍한 장사가 나오는 이야기는 대개 지루하다고 생각하지요. 그래서 『임꺽정』 같은 작품은 읽고 싶은 생각이 별로 없었어요. 그런데 실제로 읽어보니 예상과 전혀 다르던데요. 먼저 읽기 시작한 친구들이 1권부터 읽으면 2, 3권에 너무 많은 인물과 역사적 사실들이 나와 헷갈린다고 하더라고요. 그래서 저는 교수님이 권하신 대로 4권 『의형제편』부터 읽기 시작해서 10권까지 읽고, 다시 앞으로 돌아와서 1, 2, 3권을 읽었는데요. 처음 50페이지 정도는 내용이나 문체나 익숙하지 않아서 시간이 오래 걸렸지만 그 다음부터는 책장이 휙휙 넘어가도록 재미났어요.

수지 : 교수님은 『임꺽정』을 언제 처음 읽으셨어요?

강샘 : 나는 6·25 이후에 태어난 전후세대라, 『임꺽정』은 내가 태어나기도 전에 금서가 되어 있었어요. 돌아가신 우리 어머니가 소설가셨는데, 해방 직후 대학에 다닐 때 『임꺽정』을 읽으셨대요.

수지, 준구 : 정말이에요? 교수님 어머님이 작가셨다는 건 선배들한테서도 못 들어봤는데요. 소설가 누구신데요?

강샘 : 전병순 씨라고, 『절망 뒤에 오는 것』이라는 장편소설로 데뷔하셨고, 1960~70년대에는 인기 작가로 꼽히던 분이셨지요. 1980년대 이후에는 작품 활동을 안 하셔서 여러분들은 잘 모를 거예요. 그런데 내가 국문학을 전

공하게 되자 어머니가 당신의 학창시절을 추억하며 그때 즐겨 읽던 작가·작품 이야기를 자주 하셨는데, 옛날에는 벽초 홍명희·육당 최남선·춘원 이광수를 '조선 삼재(세 천재)'라고 했다, 홍명희의 『임꺽정』이라는 소설이 굉장한 작품이다, 말씀하시곤 했지요. 하지만 그때는 주위에 『임꺽정』을 가진 사람도 없고 도서관에서는 '불온도서'라며 대출도 안 해 주어서 읽을 수가 없었어요. 그러다가 몇 년 후 뜻밖에 내 친구 중의 한 사람이 『임꺽정』을 샀다고 해서 운 좋게 빌려볼 수 있게 되었지요. 그 친구가 누군지 알아요?

수지, 준구 : 누군데요?

강샘 : 가수 양희은 씨예요. 그 친구가 나하고 고등학교 동창인데, 대학에 입학하자마자 데뷔해서 인기 가수로 활동하면서 대학을 다녔지요. 전공이 역사학, 부전공이 국문학이었는데, 어느날 고서 팔러 다니는 사람이 학교에 찾아와 『임꺽정』을 사라고 권해서 샀다는 거예요. 해방 후 을유문화사에서 나온 『임꺽정』 6권 세트를 10만 원에 샀다나요. 그 당시 10만 원이면 지금 돈으로 수백만 원에 해당하는 큰 돈이었지요. 그런데 읽어보니 너무나 재미있다고, 자기 주변의 통기타 가수들도 모두 며칠 밤을 새서 읽었다며 빌려주어서 나도 읽게 되었지요. 나는 그때 대학원 시절이었는데, 식민지시기 역사소설에 어떻게 이렇게 뛰어난 작품이 있을까 놀라며 푹 빠져서 읽었어요.

준구 : 놀랐습니다. 교수님 어머님이 소설가셨다는 것도 신기하지만, 『임꺽정』이야기를 하다가 가수 양희은이라는 이름이 등장하다니요.

강샘 : 내가 『벽초 홍명희 연구』를 낸 이듬해 동창회에 갔더니, 희은이가 나를 보자마자 "『홍명희 연구』를 왜 안 보내주는 거야?"하고 따지는 거예요. 그래서 내가 "보내주면 읽을 시간이 있니?" 했더니, "왜 없어? 내가 얼마나 열렬한 벽초 팬인데!" 하겠지요. 우리 세대에는 양희은 씨 팬이 많은데, 양희은 씨가 벽초 팬이라니, 재미있지 않아요?

수지 : 정말 놀랍고 또 재미있네요. 교수님은 1980년대에 『임꺽정』에 대해 최초로 본격적인 학문적 연구를 하셨다는데, 어떻게 해서 연구하시게 된 거예요?

강샘 : 나는 현대소설 전공이라 박사논문에서 식민지시기의 역사소설들을 논하게 되었는데, 그중 한 작품이 『임꺽정』이었지요. 사실은 우리 역사소설의 최고봉인 『임꺽정』을 논하기 위해서 그런 주제를 정했다고 해도 과언이 아니예요. 그때는 월북작가들의 작품이 해금되기 전이라 『임꺽정』만을 다룬 논문을 쓰는 건 불가능한 상황이었기 때문에, 여러 작가들의 작품을 논하면서 그중 일부로 『임꺽정』을 논하기로 한 것이지요.

수지 : 저희 아버지 말씀으로는 1985년 『임꺽정』이 다시 출판된 뒤 널리 읽혔다고 하던데, 교수님이 박사논문을 쓰신 건 그 후였나요?

강샘 : 시기가 절묘했어요. 내가 다른 작가들의 역사소설들을 차례로 논한 뒤 마지막으로 『임꺽정』 연구에 돌입할 무렵, 뜻밖에도 『임꺽정』이 출판된 거예요. 1980년대 초에 영인본이 나와서 그걸로 연구하려 했는데, 복사가 희미해서 읽기가 힘들었어요. 특히 「봉단편」 「피장편」 「양반편」은 그 전까지 한 번도 책으로 출판된 적이 없어서 신문연재본을 영인한 것이라, 복사 상태가 더 나빠 읽다보면 짜증나고 오래 읽을 수가 없었지요. 그런데 때마침 사계절출판사에서 최초로 「봉단편」 「피장편」 「양반편」을 포함하여 『임꺽정』 전질을 출판한 거예요. 그래서 운 좋게도 나는 훨씬 더 읽기 좋은 텍스트를 활용하여 『임꺽정』 부분을 집필할 수 있었지요.

수지 : 저희들이 발표 준비하면서 보니까 교수님이 박사논문을 쓰신 이후에 학계에서 『임꺽정』 연구가 많이 나왔나 봐요?

강샘 : 1988년 월북 문인들의 작품에 대한 해금 조치가 이루어진 직후 김윤식·정호웅 편 『한국 근대 리얼리즘 작가 연구』라는 책이 나왔어요. 주요 월북 작가를 처음으로 논한 여러 학자들의 논문을 모은 책이었지요. 나

는 그 책에 박사논문 중의 『임꺽정』 부분에다가 벽초의 생애에 대한 간략한 고찰을 추가하여 「홍명희와 역사소설 『임꺽정』」이라는 논문을 발표했어요. 그 후 학계에서는 벽초와 『임꺽정』에 대한 연구 성과가 많이 나왔어요. 수십 편의 석·박사논문을 포함하여 200편 이상의 논문들이 발표되었고, 학술서와 대중서를 포함하여 단행본도 20권 가까이 출판되었지요.

준구 : 교수님은 그 후 홍명희 연구에 전념하셨다지요? 어떻게 해서 홍명희라는 작가를 그렇게 오랫동안 연구하시게 된 건가요?

강샘 : 박사논문을 쓰는 동안 그 시대에 타의 추종을 불허할 정도로 뛰어난 역사소설을 쓴 작가가 어떤 인물인지 몹시 궁금해졌지요. 그때는 해금 직후라 학계에서 월북작가에 대한 관심이 높았는데, 『역사비평』이라는 잡지에서 벽초의 생애에 대해 논문을 써 달라고 청탁이 와서 겸사겸사 착수하게 되었어요. 처음에는 한 편의 논문으로 쓰려고 했는데, 연구를 하다보니 벽초가 뛰어난 작가일 뿐 아니라 한국현대사에서 매우 중요한 인물임이 드러나, 결과적으로 두툼한 책 한 권을 쓰게 된 거예요.

수지 : 선배들에게서 홍명희문학제 이야기를 많이 들었는데, 올해 가을 문학제에 저희들도 참가할 수 있겠지요? 홍명희문학제는 처음 어떻게 해서 열리게 된 건가요?

강샘 : 사계절출판사의 『임꺽정』 재출간과 내 연구가 한 계기가 되어서, 1996년부터 충북작가회의와 사계절출판사 공동 주최로 홍명희문학제를 개최하게 되었어요. 벽초의 고향이 충북 괴산이니까 주로 청주나 괴산에서 하는데, 답사, 학술 강연, 문인들의 『임꺽정』 낭독, 전통춤과 국악 공연 등 다채로운 프로그램으로 진행되지요. 2015년인 올해는 제20회 홍명희문학제가 열리게 되니까 더욱 감회가 깊네요.

수지 : 저희들은 꼭 이번 홍명희문학제에 참가하고 벽초 생가와 문학비 답사도 하고 싶어요.

『임꺽정』이 재미있는 이유

강샘 : 이제 본격적인 『임꺽정』 이야기로 들어가 볼까요. 『임꺽정』은 연재 당시에도 인기가 높았고, 오늘날의 독자들도 한 번 읽기 시작하면 손에서 놓지 못할 정도로 재미있다고 합니다. 『임꺽정』의 흥미의 비결은 어디에 있나고 생각하나요?

준구 : 소설의 구성, 이야기의 짜임새가 흥미로운 것 같아요. 각 편과 각 장이 독립적인 이야기로 되어 있어서, 대하소설을 읽을 엄두도 못 내던 저 같은 독자들도 재미있게 읽을 수 있거든요. 그런데다가 이렇게 따로 노는 듯한 스토리가 하나의 줄기를 이루어 유기적으로 연결되는 것이 아주 신기했어요.

수지 : 저는 등장인물들의 캐릭터가 분명하고 인물 형상화가 잘 되어 있어서 재미있었던 것 같아요. 주인공 임꺽정만이 아니라, 청석골 두령들이나 주변적인 인물들도 각자 개성있고 성격이 뚜렷하게 형상화되어 있지요. 특히 인물들의 대화가 그 사람의 성격을 잘 표현해 주는 게 신기하기까지 했어요.

준구 : 말이 참 재미있어요. 벽초의 『임꺽정』이 어휘가 풍부하다거나 순수한 우리말을 잘 활용하고 있다는 건 널리 알려진 사실이지요. 하지만 그보다도 이야기체라 작품에 쉽게 몰입할 수 있고, 등장인물들의 대화 중 톡톡 튀어나오는 웃기는 말들 때문에 전철이나 버스 안에서도 읽다가 웃음을 참을 수 없었어요.

수지 : 『임꺽정』의 또 하나의 재미는 사실성이라고 생각해요. 조선시대 보통 사람들의 일상생활이 너무나 재미있고 생생하게 그려져 있어서, 다큐멘터리를 보는 것 같았어요. 서사를 가진 다큐라고 해야 할까….

강샘 : 『임꺽정』이 21세기의 신세대 독자들인 여러분에게도 재미있게 읽혔

다니 정말 반갑네요. 그렇지만 『임꺽정』은 신중하게 읽으면 곰곰이 생각할 거리가 많은 소설이기도 합니다. 그럼 두 사람이 말한 순서대로 『임꺽정』의 구성, 인물, 문체, 사실성에 대해 이야기해 보고, 마지막으로는 작품을 신중히 읽는 독자들이 더 관심을 가질만한, 주제와 사상 면에 대해서도 이야기해 보도록 하지요.

부분의 독립성을 추구한 독특한 짜임새

강샘 : 벽초의 『임꺽정』은 식민지시기에 발표된 한국 소설들 중 가장 규모가 큰 대하소설입니다. 이 작품은 「봉단편」「피장편」「양반편」 각 1권과, 「의형제편」 3권, 그리고 말미가 미완으로 남은 「화적편」 4권을 포함하여 전10권으로 이루어져 있지요. 홍명희는 『임꺽정』 연재를 시작할 당시부터 작품 전체를 몇 개의 '편'으로 나누되, 각 편이 독립성을 지니는 형태가 되도록 구상했다고 합니다. 준구는 『임꺽정』의 구성과 이야기의 짜임새가 흥미롭다고 했는데, 바로 그걸 말하는 거겠지요?

준구 : 네. 각 편이 독립적인 이야기를 가지고 있어서 전체가 연결되면서도 따로 떼어놓아도 독립된 소설이 되는 것 같은 구성이잖아요. 그런데다가 「봉단편」「피장편」「양반편」은 몰라도 「의형제편」은 8장, 「화적편」은 6장이 각각 한 편의 중편소설이라 해도 좋을 만큼 독립성이 뚜렷해요. 특히 「의형제편」은 장별로 주인공이 다른 셈이어서 마치 여러 편의 소설을 읽는 것 같았어요.

수지 : 벽초는 그런 구성의 아이디어를 어디에서 얻었을까요?

강샘 : 『임꺽정』은 구성 면에서 중국소설 『수호지』의 영향을 받았다는 주장이 일찍부터 제기되었지요. 나는 그것도 부인하는 것은 아니지만, 해방 후

벽초가 한 말을 단서로 해서 러시아 작가 쿠프린Aleksandr I. Kuprin의 장편소설 『결투』와 비교하는 논문을 썼어요. 『결투』는 23장이 각각 거의 완전히 독립된 단편소설 같은 형식으로 되어 있는 독특한 장편소설인데, 거기에서 힌트를 얻었다고 본 거예요. 그런데 준구 말대로 『임꺽정』은 각 '편'만 독립적인 것이 아니라, 거기 속하는 각각의 '장'들도 독립적이에요. 특히 「의형제편」은 각 장의 독립성이 가장 강하지요. 게다가 더 면밀하게 분석해보면, 「의형제편」과 「화적편」의 몇몇 '장'은 몇 개의 '절'로 나누어져 있고, 그 '절'이 또한 독립된 단편소설 같이 되어 있어요.

준구 : 그래서 『임꺽정』은 언제든 내가 좋아하는 장을 펼쳐놓고 되풀이해 읽을 수도 있고, 중간을 훌쩍 건너뛰어도 아무 무리가 없어요.

수지 : 잘 보면 벽초는 각 편과 각 장을 독립적으로 구성하면서 앞부분을 안 읽은 독자들도 무리 없이 읽을 수 있도록 세심한 배려를 해 놓았어요. 양주 임꺽정의 집에 찾아와 "당신이 섭섭이 누나요?"라고 묻는 박유복의 말에 이어서 "섭섭이는 애기 어머니의 아명이다."라고 친절하게 설명을 덧붙여 놓거든요. 또 유복이의 부친을 무고하여 죽게 한 원수 이야기가 「피장편」에 나왔었는데, 「의형제편」 '박유복이'장에 다시 자세한 내력이 나오잖아요. 불필요한 설명이 들어가 있다거나 중복된다는 느낌이 안 들도록 자연스럽게, 앞부분을 안 읽은 독자들에게 도움을 주고 있어요.

강샘 : 『임꺽정』은 그렇게 부분의 독립성이 뚜렷한데다 작가가 앞부분을 읽지 않은 독자들도 읽을 수 있도록 배려해 놓았기 때문에, 우리가 현대소설론 강의에서 한 '장'만 따로 떼어서 다룰 수도 있는 거지요. 여러 권 읽고 독후감을 쓰면 과제물 점수에 가산점을 준다는 바람에 「의형제편」 세 권을 읽거나 두 사람처럼 열 권 다 읽은 사람도 있지만, 이번 학기에 다루는 「의형제편」 '곽오주'장만 읽은 학생들도 많았어요. 그런데 그런 학생들도 재미있게 읽었다고 하고, 독후감을 상당히 잘 썼더라고요. 그것이 바로 부분의

독립성을 추구한 『임꺽정』의 독특한 구성 덕분이지요.

수지 : 「의형제편」에서 각 장의 주인공이 등장할 때 그 주인공과 가장 먼저 인연을 맺는 것은 대개 바로 앞 장의 주인공이에요. 박유복이가 곽오주와 만나고, 곽오주가 길막봉이와 만나고, 황천왕동이가 배돌석이와 만나는 등의 구성은 「의형제편」의 구성을 훨씬 더 유기적으로 만들어주는 장치인 것 같아요. 그러니까 각 장의 주인공을 중심으로 전개되는 사건은 거기에 등장하는 다른 두령들의 이야기와 자연스럽게 연관되고, 마지막장인 '결의'에서 일곱 두령들이 의형제를 맺는 데에 이르기까지 각 장은 서로 유기적으로 연결되어 있어요. 어쨌든 그런 구성방식은 『임꺽정』이 재미나지만 어딘가 촌스러운 옛날이야기가 아니라 현대적인 세련됨을 갖춘 소설이라는 느낌이 들게 했어요.

흥미로운 사건 전개와 치밀한 복선

강샘 : 『임꺽정』은 그런 의미에서의 구성도 뛰어나지만, 사건 전개가 흥미롭고 이야기를 배치하는 작가의 치밀한 전략이랄까, 그런 것이 놀랍지 않아요?

수지 : 그래요. 저는 그런 의미에서의 작가의 구성력에 더 끌렸어요. 예를 들면 '곽오주'장의 서두는 청석골과 탈미골에 대한 서술로 시작되지요. 제가 읽어볼게요.

금교역말은 강음현 땅이니 금교역말서 우봉현 홍의역말로 가려면 반드시 탈미골을 지나가고 탑거리로 나오면 청석골을 오게 된다. 탈미골도 도적의 소굴이요, 청석골도 도적의 소굴이라 말하자면 금교역말은 도적 소굴 두 틈에 끼여 있는 셈이라(…)

이렇게 금교역말이 탈미골과 청석골 두 도적 소굴에 끼어 있는 셈이라 장꾼들이 지나다니기 겁이 났다는 설명이 나와요. 그리고 장에 간 곽오주가 장꾼들과 나누는 대화에서도 언뜻 탈미골이 언급되지요. 그리고 조금 더 가서, 청석골 본바닥 도적 오가의 수양사위인 박유복이가 장인을 골탕먹인 곽오주에게 복수하기 위해 기다렸다가 두 사람이 처음 만나 힘을 겨루는 대목에서 또 탈미골 이야기가 나와요.

"너는 탈미골 강가냐?"

(…)

"강아지 새끼 깨갱깨갱하는 것을 구경 좀 하자."

하고 가장 재미있는 말을 한 것처럼 콧방울을 벌름거리며 웃었다. 유복이가 오가와 같이 총각의 말하는 꼴을 가만히 내려다보고 있다가 웃으면서 말하였다.

"이놈아, 내 성은 박가다."

"강가가 아니냐?"

총각이 강아지 소리 흉내내던 흥이 빠져서 고개를 흔들며

"그래 네가 탈미골서 온 놈이 아니냐?"

유복이에게 말을 묻는데

"탈미골서 오기커녕 네 할미골서두 오지 않았다."

오가가 유복이 대신 대답하였다. 총각이 오가의 욕은 탄하지도 아니하고 유복이더러

"강아지 아니구 바가지라두 좋다. 바가지는 개울물에 엎어놓구 박장구치지 걱정이냐?"

저는 처음 읽었을 때는 탈미골이 언급된 데 별로 주의를 안 기울였고, 이 대목의 대화는 작가가 그냥 재미있으라고 넣은 줄 알았어요. 탈미골과 할

미골. 강아지와 바가지. 대화에 등장하는 언어유희적 표현들이 참 재미있잖아요. 간단한 말장난이지만 긴장을 풀어주는 이런 말들로 인해 독자들은 바짝 긴장해서 읽다가도 잠시 숨을 돌리는 여유를 갖고 다시 웃을 수 있게 돼요.

그런데 도적 소굴이 왜 하필 두 개이며, 왜 청석골 오가와 함께 탈미골 강가 이야기가 자꾸 나올까요? 이 말장난에 나오는 '탈미골 강가'가 매부와 외사촌 둘과 함께 오가를 쳐 청석골의 자리를 빼앗으러 왔다가 강가와 매부는 죽고, 그에 충격을 받은 강가의 아버지가 집을 불태우는 바람에 강가의 외사촌 변가 형제도 죽고, 변가의 아내들은 과부가 되어 친정으로 돌아가게 되는데, 그중 한 사람이 '신뱃골댁'으로, 우여곡절 끝에 곽오주의 아내가 되는 거예요. 서두에서 별 관련도 없어 보이는, 무심하게 언급한 듯한 탈미골 강가가 이 장의 주인공격인 곽오주의 이야기와 연결되는 것은 작가가 사건을 치밀하게 유기적으로 구성한 하나의 예가 되지요. 사건 하나하나가 아주 절묘하게 배치되어 있는 거예요.

준구 : 사실 '곽오주'장의 핵심적인 내용은 오주가 신뱃골댁과 혼인했다가 아내가 해산 끝에 죽고 말자, 배고파 밤새 보채는 갓난아기를 달래다 못해 순간적으로 태질을 쳐 죽이고 청석골 화적패에 합류하는 이야기잖아요. 그러니까 '신뱃골에 참한 과부가 있었다'고만 해도 될 건데, 신뱃골댁이 과부가 되기까지의 기구한 사연을 곽오주와 교묘하게 연결되도록 사건을 배치해 놓았어요. 그리고 작가는 그에 대한 암시를 곳곳에 숨겨놓은 거예요.

수지 : 게다가 남편인 작은변가가 죽은 것을 알고 신뱃골댁이 기절한 대목에서 구호해주던 동네 여편네들이 주고 받는 대화를 통해 그녀가 어떤 사람인가가 드러나요.

"사람이 워낙 약하게 생겼어."

"살이 이렇게 희고 보드라우니 약하지 않겠소?"

"조개 속의 게같이 생겼다는 것이 이런 사람 말인 거야."

(…)

"애를 두어 번 지웠지. 우선 작년에도 애 지운 끝에 죽네 사네 하지 않았어?"

이처럼 작은변가의 아내는 얼굴이 곱고 몸이 약할 뿐더러, 결혼 생활을 하는 동안 두어번 유산을 한데다 작년에도 유산을 한 끝에 죽을 뻔했다는 거예요. 그러니까 신뱃골에 얼굴 고운 젊은 과부가 있다고 소문이 나서 정첨지 집의 망나니 아들이 머슴 곽오주를 시켜 보쌈을 해오고, 우여곡절 끝에 신뱃골댁이 오주와 혼인한 뒤 산후더침으로 죽게 되는 사건이 모두 치밀한 복선으로 연결되어 있어요.

강샘 : 어쩌면 그 점이 오히려 편·장·절이 각기 독립된 전체적인 구성보다 더 뛰어나다고 할 수 있겠네요. 겉으로 드러나 보이는 소설의 구성을 따라 하기는 쉬워도, 각각의 스토리가 치밀하게 이어지는 유기적인 이야기의 짜임새는 쉽게 모방할 수 없는 거잖아요.

준구 : 저는 발표 준비하느라 '곽오주'장을 읽고 또 읽으며 분석하는 과정에서 벽초의 글솜씨에 감탄하지 않을 수 없었어요. 이 글솜씨는 문체가 뛰어나다는 것과는 다른 건데요. 처음부터 끝까지 아주 미세한 부분까지 계획을 하고 쓴 것처럼 치밀하게 배려된 글솜씨를 말하는 거예요. 아주 잘 짜인 추리소설처럼. 『임꺽정』은 미세한 부분까지 고려하고 읽으면 더욱 많은 의미를 찾아낼 수 있는 작품이에요. 저는 왜 당시 사람들이 벽초를 천재라고 했는지 이해할 수 있을 것 같아요.

수지 : 그래요. 「의형제편」에서 박유복이 청석골 오가와 인연을 맺는 것을 시작으로 등장인물들이 꼬리에 꼬리를 물고 연계되는 과정은 아주 치밀하게 구성되어 있지요. 저희 아버지 말씀으로는 수많은 대하소설을 읽으셨

지만 이렇듯 정교하게 인물과 사건을 배합한 작품은 만나보지 못하셨대요.

강샘 : 그건 『임꺽정』에 교묘한 복선과 암시가 많이 깔려 있다는 것과도 관련이 있겠지요?

준구 : 네. 벽초는 복선과 암시를 기가 막히게 잘 활용하는 것 같아요. 「피장편」에 임꺽정이 검술을 배울 때 스승으로부터 '장광도'를 물려받는 장면이 있잖아요. 그런데 「양반편」에서 이봉학이 임꺽정을 찾아와 같이 왜적을 치러 전장에 나가자고 할 때, 처음에는 가기 싫어하던 임꺽정이 장광도를 휘둘러보고 싶은 마음에 참전을 결심하는 거예요. 이렇게 별로 연관성이 없어 보이는 사람과 사물일지라도 그것이 후에 절묘한 관계로 얽혀서 관심과 흥미를 배가시키지요.

수지 : 저는 「의형제편」 '황천왕동이'장이 재미있었는데, 특히 복선과 암시가 풍부한 것 같아요. 첫 장면에서 황천왕동이가 마당에서 꾀꼬리 소리를 듣고 있는 것을 보고 섭섭이가 노총각이 장가가고 싶어서 그런다고 놀리는 장면이 나오잖아요. 장기 두기를 좋아하는 황천왕동이는 손노인과 장기를 두러 탑고개에 갔다가 오가와 곽오주로부터 또 노총각이라고 놀림을 받아요. 그런 황천왕동이를 보면서 저는 외삼촌이 떠올랐어요. 저희 외삼촌은 삼십대 중반이 되도록 장가를 못 가서 가족들이 모이기만 하면 외삼촌보고 언제 장가갈 거냐고 놀리거든요. 그래서 처음에는 그냥 재미있게만 읽었는데, 나중에 생각해보니 시간적 배경은 봄이고 황천왕동이가 노총각이라고 계속 놀림을 받는 것이, 이 장의 내용이 황천왕동이가 장가드는 이야기임을 암시해준다는 생각이 들었어요.

준구 : 그 뒷부분도 그래요. 황천왕동이는 장기의 명수 봉산 백이방을 찾아나섰다가 천하일색인 딸의 배필을 구하려는 백이방의 까다로운 사위 취재를 통과하여 장가를 들게 되잖아요. 그런데 백이방과 그의 마누라가 사위 취재로 딸이 시집을 못 가 노처녀가 돼가고 있는 것 때문에 대판 부부싸움

을 벌이는 장면이 나와요.

"집에서 늙혀 죽일 기집애를 업어가면 어떻고 뺏어가면 어떻소? 아무래도 좋지."

내외간에 오고가는 말이 차차로 거칠어져서 나중에는

"저거 미치지 않았나."

"누가 미쳐?"

"말대답 마라!"

"입 두구 왜 말두 못해!"

"주책머리 없이."

"내가 주책이 없어서 딸을 색시로 늙히나베."

이방이 소리를 지르고 이방의 아내는 악을 썼다.

이런 식으로 길게 이어지는 대목을 보고 저는 처음에는 '부부싸움도 이렇게 중계방송하듯 써 놓으니 재미있구나'라고만 생각했는데, 알고 보니 그것이 중요한 복선이기도 한 거예요. 세심한 독자는 부부싸움 장면을 보고 백이방 내외가 사위 취재로 지쳐 있고 딸이 점점 나이를 먹어가는 데 대해 불안하고 초조해 있구나, 짐작할 수 있지요. 그래서 백이방은 사위 취재를 전과 달리 조금 느슨하게 하게 되고, 그 마누라는 몰래 황천왕동이의 숙소를 찾아와 도저히 알아맞출 수 없는 셋째 날 시험 문제의 답을 알려주게 되잖아요. 황천왕동이가 운좋게 사위 취재에 합격해서 옥련이와 혼인하게 되는 스토리의 배후에는 설화적인 요소도 있지만, 이런 치밀한 복선과 암시가 숨어 있어서 이야기가 필연성을 띠게 되는 거예요. 이런 식으로『임격정』에는 복선과 암시가 많아요.『임격정』을 읽으면서 처음에는 잘 안 보이는 복선을 찾아내고 그 결과가 맞아떨어지는 것을 확인하는 것이 참 흥미로웠어요.

강샘 : 벽초는 사건을 교묘하게 꾸미고, 그것을 아까 말한 것처럼 전략적으로 잘 배치하는 데 남다른 재능이 있는 것 같지요?

수지 : 저는 「의형제편」 '서림'장을 읽으면서 그걸 분명히 느꼈어요. '서림'장은 2절로 되어 있는데, 1절은 평양 감영에서 진상품을 관장하던 서림이 진상품을 빼돌리다가 들키자 도주하던 끝에 청석골 화적패를 만나게 되는 이야기고, 2절은 청석골 화적패가 서림의 지략으로 평안감사가 서울에 보내는 진상봉물을 탈취하는 이야기잖아요. 그중 2절이 특히 흥미진진하지요. 봉물을 탈취하는 꾀가 기기묘묘한데, 소설 안에서는 서림이 낸 꾀로 되어 있지만 사실은 작가인 벽초가 낸 꾀가 그렇게 교묘한 거잖아요.

2절의 대부분은 봉물을 호송하는 관군의 입장에서 이야기가 전개되는데, 독자들은 그들이 청석골 화적패에게 봉물을 강탈당하게 될 것 같다는 예상을 하고 작품을 읽기는 하지만, 언제 어떻게 도난당할지 모르기 때문에 긴장해서 읽게 되지요. 그런데 작가는 계속 노정을 이야기하고 점심과 숙소와 성주받이 굿 이야기를 하고 딴청을 부리다가, 독자들이 전혀 예상하지 못했던 방법으로 봉물을 탈취당하게 사건을 꾸며놓은 거예요. 그리고 나서 마지막으로 누가 어떤 역할을 맡아 어떻게 훔쳐갔는지를 빠르고 명쾌하게 보여주지요. 마치 상업영화의 반전의 한 대목을 연상케 하는 것 같아요.

다채로운 매력을 가진 인물들

강샘 : 이제 등장인물 이야기로 들어가 보지요. 『임꺽정』의 주인공은 물론 임꺽정이지만 벽초는 이 작품에서 의도적으로 임꺽정의 전기 형식을 피하

고, 청석골의 여러 두령들도 그에 못지 않게 큰 비중을 지닌 인물로 그리고 있어요.

수지 : 저는 처음 「봉단편」을 읽을 때는 주인공 임꺽정은 대체 언제쯤 나오나 궁금해하며 읽었는데, 읽어가다 보니 벽초가 묘사해 놓은 다양한 인물들에 점점 매료되었어요. 청석골 화적패 중 의형제만 해도 7명이고, 그 밖에도 워낙 많은 인물이 등장하는데다 그 인물들이 때로는 임꺽정보다 더 비중이 크잖아요. 그러니 작가가 등장인물들에게 개성을 부여하는 데 어려움이 많았을 텐데, 성격이 겹치는 인물이 거의 없다는 점에서 작가에게 존경심이 들 정도였어요. 워낙 등장인물이 많아서 읽는 사람도 헷갈리는데, 그 인물들을 각기 개성있게 창조하여 적재적소에 배치한 데 작가의 역량이 잘 드러나지요.

준구 : 인터넷에 연재되는 장르소설 작가들 중에는 캐릭터 인기투표 같은 것을 하는 경우가 종종 있는데, 『임꺽정』도 그걸 한 번 해보면 재미있지 않을까요? 『임꺽정』에는 그만큼 개성적이고 다채로운 매력을 가진 인물들이 넘쳐나니까요.

강샘 : 그거 재미있겠네요. 예전에는 사계절출판사에서 매년 『임꺽정』 독후감 공모를 해서 상을 주었는데, 앞으로는 시류에 따라 캐릭터 인기투표를 해보라고 건의해야겠네요. (웃음) 두 사람은 『임꺽정』 등장인물 중 누구를 제일 좋아해요?

준구 : 저는 곽오주가 제일 마음에 들어요. 「화적편」 '평산쌈'장을 보면 믿었던 서림이가 배신을 하고 달아난 뒤, 청석골 두령들이 대책을 강구하는 장면이 있지요.

다른 두령들은 물계를 보고 잠자코 있는데 눈치 없는 곽오주가 비꼬아 하는 말로

"서종사가 안 오면 봉산 원은 다 잡았구먼요."

하고 말하여 꺽정이는 화가 복받쳐서

"되지 못한 소리 지껄이지 마라!"

하고 소리를 질렀다.

"내가 무얼 잘못했소? 왜 내게다가 화를 내시우?"

"말대답 마라!"

"형님이 서종사 말을….'

"듣기 싫다."

"형님이 아무리 야단을 쳐두 내가 하구 싶은 말은 다 해야겠소. 서종사 말을 형
님이 너무 믿으시는 게 탈입니다. 나는 서종사가 오늘 오지 않을 줄을 미리 다
알았소."

쇠 먹미레 같은 곽오주가 말을 불쑥불쑥 하는 데 꺽정이는 화가 꼭뒤까지 올
라서

"아가릴 찢어놓기 전엔 가만히 닥치구 있지 못하겠느냐!"

하고 소리를 고래고래 질렀다.

이처럼 안 그래도 울화통터지는 임꺽정에게 눈치라고는 없이 할 말 다하
고, 임꺽정이 윽박지르고 주변에서 뜯어말리고야 입을 다무는 게 곽오주잖
아요. 그런데 이렇게 꼭 다섯 살 먹은 고집쟁이 아이같이 융통성 없는 곽오
주지만 미워할 수가 없어요. 계산 없고, 가식 없고, 누구보다도 순수한 마
음을 가지고 있는 것이 곽오주예요. 사람 속 깊은 박유복이가 오주를 아들
처럼 아끼는 모습을 보아도 그의 성격을 짐작할 수 있지요. '평산쌈'장에서
이춘동이가 입당을 하기 전에 어머니의 허락을 받아야 된다고 말하자, 다
른 사람들은 계속 권유하거나 고작해야 슬쩍 비꼬는데 곽오주는 이춘동이
가 어머니 때문에 입당을 망설이는 줄 알고 "그년의 늙은이 처치하기 어렵

거든 날 불러가게. 도리깨루 대갱이를 바시어줄게."라고 말해버려서 또 욕을 사지요. 정말이지 곽오주의 그 무식스러운 순진함에 웃음이 터졌어요.

수지 : 여자애들은 단연 황천왕동이를 좋아하더라고요. 해사한 외모에 순수하고 '훈남'이라고요. 저도 황천왕동이를 좋아하기는 하지만, 『임꺽정』 전체를 통틀어 제가 가장 좋아하는 인물은 운총이에요. 운총이는 천왕동이와 함께 인적 없는 백두산에서 태어나 자란 까닭에 철없고 세상 물정을 모르지만, 한없이 순수하지요. 그래서 낯선 총각 임꺽정에게 끌리는 마음을 어린애처럼 거리낌없이 표현해요. 하지만 결혼 후 남편이 외도를 하자, 천하장사에 화적패 대장인 임꺽정을 전혀 무서워하지 않고 부부싸움을 하고 대들면서 계집도 똑같은 사람이라고 당당히 주장하지요. 『임꺽정』에는 그러한 운총이나, 아내 외에는 아무리 다른 여자가 유혹을 해도 흔들리지 않는 황천왕동이, 아내가 죽자 무덤가에서조차 떠나기 싫어하며 혼자 살기를 자처하는 오가 같은 인물이 등장해서 신분제 뿐 아니라 양성평등 문제에도 접근하고 있다고 생각해요.

강샘 : 임꺽정과 운총이가 부부싸움을 하는 대목은 정말 생생하게 묘사되어 있지요. 식민지시기 소설 중 역사소설은 물론 현대를 배경으로 한 소설에도 이처럼 부부싸움이 화끈하게 그려진 경우는 거의 없을 거예요. 여기에서 주목할 것은 벽초가 주인공을 결코 영웅으로 미화하지 않은 점입니다. 임꺽정은 휘하의 두령들과 마찬가지로 남다른 능력과 함께 인간적인 약점도 지닌 인물로 그려져 있지요.

수지 : 『임꺽정』에 나오는 청석골 두령들은 굉장히 실감나게 그려져 있는데, 모두 역사상 실재했던 인물들인가요?

강샘 : 아니요. 임꺽정과 서림만 사료에 나오고 다른 두령들은 모두 작가의 상상력에 의해 창조된 허구적인 인물들이지요. 『임꺽정』의 뛰어난 점은 그런 허구적인 인물들이 너무도 구체적이고 실감나게 그려져 있어서, 마치

그 시대에 실제로 살았던 역사상의 인물들같이 느껴진다는 거예요. 아마 다른 작가들이 『임꺽정』을 쓰더라도 벽초가 창조한 인물들이나, 아니면 그런 인물들의 성격을 약간 변형해서 만든 유사한 캐릭터를 등장시키지 않을 수 없을 거예요.

준구 : 그럼 곽오주도 작가가 창조한 인물인가요? 아니면 사료에 기록되어 있지는 않더라도 구전설화를 통해 전해오는 인물인가요? '곽오주'장 끝에 보면 "곽오주가 청석골 두령 한 사람으로 화적질할 때 각처에서 어린애들을 무지스럽게 죽여서 '곽오주 온다' 소리 한 마디가 우는 어린애의 울음을 그치게 하도록 무서운 사람이 된 것은 뒷날 이야기다"라고 되어 있잖아요?

강샘 : 곽오주는 설화로 전해오는 인물도 아니예요. 벽초가 창작한 인물인데, 마치 설화에 나오는 이야기처럼 꾸민 것이죠.

수지 : 그래요? 준구가 말한 '곽오주'장 맨 끝에 이어지는 부분에서는 "오늘날까지도 지각 없는 부녀자들이 우는 어린애를 흔동할 때 '곽쥐 온다, 곽쥐 온다'하는 것을 보면 곽오주 이름이 당시에 어떻게 무서웠던 것을 짐작할 수 있다. 망우당 곽재우의 아버지 곽월郭越이가 오형제인데, 그 오형제 이름이 모두 달아날 주走 변이라 곽쥐란 말이 곽월 오형제로부터 났단 말이 있으나 이것은 억설이다"라는 구절도 덧붙여져 있는데요?

강샘 : 벽초가 1920년대 『동아일보』에 연재한 칼럼들을 모아 출판한 『학창산화』를 보면 「어원과 사실史實」이라는 항목이 있는데, 거기 이런 구절이 있어요.

임진란에 홍의장군 곽재우를 영호지방에서 신명神明 같이 알았었다. (…) 영남 아이들이 곽재우 온다는 말에 울음을 그쳤다. (…) 곽재우가 곽쥐로 와전되어 지금도 아이들을 공동恐動할 때는 "곽쥐 온다"는 말이 지각없는 어머니 입에서 흔히 나온다고 한다. 곽쥐를 혹은 오곽쥐라고 하는 까닭에 이것은 곽재우가 아니라 곽재우의 부친 곽월의 5형제가 모두 주자변走字邊 항렬이므로 '오곽주五郭走'라는 말이라고 하나 이는 너무 천착한 말이다.

이처럼 『학창산화』에서 벽초는 어머니들이 우는 아이들을 무섭게 해서 울음을 그치게 하려고 "곽쥐 온다"고 말했던 전래 풍속을 소개하면서, '곽쥐'란 말이 곽재우의 부친 곽월 5형제의 이름에서 유래했다는 설은 틀렸다고 했습니다. 이는 『임꺽정』 '곽오주'장 말미의 내용과 일치하지요. 하지만 『학창산화』에서는 그 말의 어원이 임진왜란 때 왜적들과 용맹스럽게 싸워 백성들이 신처럼 숭배한 곽재우 장군에서 유래했다고 분명히 밝혀 놓았어요. 그러니까 곽오주라는 인물과 그와 관련된 사건은 모두 허구인데, 작가는 이것이 마치 설화에서 유래한 것처럼 꾸며놓은 것이지요.

준구 : 놀랐습니다. 저는 곽오주라는 인물이 진짜로 있었다고 굳게 믿고 있었거든요. 그건 그만큼 벽초가 인물 형상화를 잘 했기 때문이겠지요?

강샘 : 그래요. 벽초의 인물 형상화 솜씨는 아주 뛰어납니다. 작가는 인물에 대한 정보를 여기저기 자연스럽게 배치해 놓고, 독자로 하여금 하나 하나 맞추어가며 그 인물의 성격을 파악할 수 있게 하지요. 독자들은 그 정보의 연결로 이루어진 인물의 초상화에 재미를 느끼고, 마치 그 인물이 살아있는 것 같은 생생함을 느끼게 돼요.

수지 : 그리고 앞에서 등장할 때 형상화된 인물은 다음에 등장하는 장면에서도 매번 기가막히게 그 성격에 맞은 대화와 행동을 보여주는 것으로 그려져 있어서 더 실감나지요.

강샘 : 그래요. 오래 전에 내가 아는 한 선배가 방학 중 아르바이트로 유명한 역사소설 작가의 집필을 돕는 작업을 한 적이 있어요. 그 작가가 대하역사소설을 3년 넘게 신문에 연재하고 있었는데, 창작노트가 없다 보니 수많은 등장인물들과 사건들이 헷갈려, 무서워서 더 이상 집필을 할 수가 없

다고 하시더래요. 그래서 그동안 신문에 연재된 부분을 정독하면서 등장인물들의 외모, 성격, 내력 등을 일목요연하게 정리한 노트를 만들어 드리게 된 거지요. 그런데 꼼꼼히 정리해보니 어처구니 없는 실수가 많아서, 어떤 인물은 저 앞에서 흰 수염을 휘날리며 싸우고 있었는데 뒤에서는 검은 수염을 달고 있다든가, 심지어는 저 앞에서 왜적과 용맹하게 싸우다 장렬하게 전사한 인물이 뒤에 다시 등장해 또 용맹하게 싸우다 장렬하게 전사한 것으로 그려져 있는 식이더라는 거예요. (웃음)

벽초는 10여 년에 걸쳐 『임꺽정』을 연재했지만 변변한 창작노트 하나 없었다고 하는데, 앞에 나온 인물에 대한 정보가 뒷부분에서 영 다르게 나오는 경우는 거의 없어요. 혹시 신문연재본에 있던 그런 오류들을 단행본으로 출판할 때 수정했나보다 생각할 수도 있겠지요. 그런데 사계절출판사에서 『임꺽정』 정본을 만들기 위해 신문연재본과 단행본을 대조하여 교열하는 작업을 한 분의 말에 의하면, 신문연재본에도 그런 어처구니 없는 실수는 없었다고 해요.

준구 : 교수님이 쓰신 『벽초 홍명희 평전』을 보니까 벽초는 남달리 기억력이 좋은 분이었다고 하던데, 그래서였겠지요?

강샘 : 그 점도 있겠고, 또 그만큼 심혈을 기울여 『임꺽정』을 집필한 거라 볼 수도 있겠지요. 그런데 『임꺽정』을 읽고 등장인물들 중 주인공 임꺽정을 가장 좋아한다는 사람은 드문가 봐요?

수지 : 네. 사실 저에게도 임꺽정은 제가 정을 듬뿍 준 운총이나 황천왕동이에 비해서 그다지 마음에 드는 인물이 아니었어요. 「화적편」 '청석골' 장에서 기생 소흥이에게 자신의 내력을 이야기하는 대목에서처럼 작품을 읽으면 임꺽정의 맺힌 한을 이해할 수 있기는 하지만, 「화적편」에서는 워낙 독자들의 마음에 안 드는 행동들을 많이 하잖아요. 「화적편」을 읽으면서 자꾸만 '자기도 백정으로 서러움을 당해 화적이 된 임꺽정이 백성들을 왜

이렇게 괴롭히는 거야'하는 생각이 들었어요. 관군의 토벌 계획으로 적굴을 광복산으로 옮기면서 그곳에 있던 죄 없는 백성들을 모조리 죽이는 모습이나, 비록 나중에 작은 봇짐장수는 보내주기로 했지만 상인들의 물건을 뺏는 모습을 보면 아주 실망스러웠어요. 게다가 '청석골'장에서는 임꺽정이 서울에서 아내인지 첩인지를 셋씩이나 새로 들이고 기생방에 드나드는 바람둥이로 변모하는데다, 그걸 알고 분해서 서울로 찾아와 강짜를 부리는 아내 운총이와 대판 부부싸움을 벌이고 심지어 폭력까지 행사하는 것은 정말 마음에 안 들었어요.

강샘 : 주인공 임꺽정의 성격이 그렇게 급격히 변모하게 된 것은 벽초가 「화적편」을 연재하기 직전에 비로소 『명종실록』을 열람할 수 있게 되어, 실록에 의거해서 소설을 써나가게 된 데 큰 원인이 있지요. 야사에는 대개 임꺽정이 교활하고 영리한 인물로 기록되어 있는데, 벽초는 처음부터 그를 우직하고 어눌한 성격의 인물로 그려놓았어요. 그런데 『명종실록』을 수용해서 「화적편」을 써나가다보니, 그처럼 지략이 부족한 임꺽정이 황해감사의 사촌동생을 자처하고 양반들의 언행을 그럴 듯하게 흉내내며 여러 고을에서 사기행각을 벌인 것으로 그려지는 모순이 빚어지기도 했지요.

수지 : 저는 소설을 읽으면서 임꺽정의 성격이 좀 애매하게 그려져 있다고 생각했어요. 「화적편」에 보면 임꺽정은 난폭한 독재자처럼 군림하는가 하면, 다른 한편으로는 인자하고 포용력 있는 성격의 소유자처럼 되어 있지요. 작중에서 임꺽정의 성격을 설명해 놓은 대목을 보면 이래요.

대체 꺽정이가 처지의 천한 것은 그의 선생 양주팔이나 그의 친구 서기徐起나 비슷 서로 같으나 양주팔이와 같은 도덕도 없고 서기와 같은 공부도 없는 까닭에 남의 천대와 멸시를 웃어버리지도 못하고 안심하고 받지도 못하여 성질만 부지중 괴상하여져서 서로 뒤쪽되는 성질이 많았다. 사람의 머리 베기를 무밑동 도리듯 하면서 거미줄에 걸린 나비를 차마 그대로 보지 못하고 논밭에 선 곡식을 예사로 짓밟으면서 수채에 나가는 밥풀 한 낱을 아끼고 반죽이 눅을 때는 홍제원 인절미 같기도 하고 조급증이 날 때는 가랑잎에 불붙은 것 같기도 하였다.

강샘 : 지금 생각났는데, 벽초의 『학창산화』에는 「범죄자의 특질」이라는 항목이 있어요. 거기에 서술된 범죄자의 다른 특징들은 임꺽정과 다르지만, 한 가지는 유사한 데가 있지요.

선천적 범죄자는 잔인한 성질이 있다. 이것이 흔히 아이적부터 발현된다. 그러나 이러한 범죄자에도 간혹 재미있는 정서를 보일 때가 있으니 정부情婦를 무참히 살해하고 돌아오는 길에 조롱 속에 들어 있는 새가 굶어죽을 것을 불쌍히 생각하여 다시 가서 그 새를 내 놓고 오는 것 같은 전례가 있었다.

『학창산화』의 이 항목은 주로 이탈리아의 범죄인류학자 롬부로조Cesare Lombroso의 『범죄인론』에 의거해서 쓴 것이라고 되어 있는데, 어쩌면 벽초가 임꺽정의 성격을 설명하면서 오래 전에 자신이 쓴 내용을 기억하고 거기서 힌트를 받은 건지도 모르겠네요.

'조선 정조'에 일관된 작품

강샘 : 벽초는 『임꺽정』을 집필하면서 "『임꺽정』만은 사건이나 인물이나 묘사로나 정조로나 모두 남에게서는 옷 한벌 빌려 입지 않고 순조선 거로 만들려고 하였습니다. '조선 정조情調에 일관된 작품'. 이것이 나의 목표였습

니다"라고 밝힌 바 있지요. 그 결과 『임꺽정』은 '조선 정조'를—요즘말로 하면 '한국적인 정서'라고 할까요—적극 표현함으로써 민족문학적 개성을 탁월하게 성취한 작품이라고 평가받고 있습니다. 두 사람도 『임꺽정』을 읽으면서 그 비슷한 느낌을 받았나요?

준구 : 네. 『임꺽정』을 다 읽고 나니 마치 내가 무명 바지저고리를 입고, 도로가 깔리지 않은 흙길을 걸어 다닌 느낌이 들었어요. 이런 느낌을 가지게 하는 것이 벽초가 말한 조선 정조가 아닐까요?

수지 : 『임꺽정』을 읽고 가장 크게 얻은 것은 나의 정체성을 찾은 것이 아닌가 싶어요. 나는 분명 한민족의 피를 받고 태어난 한국인이지요. 하지만 속에는 남의 것을 잔뜩 집어넣고 겉껍데기만 한국인의 모습을 하고 있는 셈이잖아요. 그런 나에게 한국인이 지녀야 할 어떤 알맹이를 가득 집어넣어 준 작품이 벽초의 『임꺽정』이었던 것 같아요.

강샘 : 벽초 선생이 하늘나라에서 지금 두 사람이 한 말을 들으면 무척 기뻐하시겠네요. (웃음) 그런데 구체적으로 '조선 정조에 일관된 작품'이라는 벽초의 의도가 『임꺽정』의 어떤 면에 드러난다고 생각해요?

수지 : 『임꺽정』은 보통 소설들과 달리 이야기투의 문체를 취하여 구수한 옛날 이야기를 듣는 것같은 친숙한 느낌을 주잖아요. 그리고 순수한 우리말이 아름답고 풍부하게 구사되어 있고…. 그것이 '조선 정조'의 표현 아닐까요?

준구 : 『임꺽정』에는 '박유복이'장에 나오는 굿하는 장면이나 '결의'장에 나오는 배돌석이 혼례 장면처럼 조선시대의 풍속들이 다채롭게 묘사되어 있지요. 그리고 우리 전래의 민담이나 전설 같은 게 많이 들어가 있잖아요.

수지 : 「화적편」 '피리'장에서 피리의 명수인 단천령이 가야금에 뛰어난 영변 기생 초향과 음률을 통해 사랑을 맺는 대목을 보면, 풍류남아의 연애담과 우리 전통 음악에 대한 벽초의 해박한 지식이 잘 어우러져 있어서, 이런

것이 조선의 멋, 조선적인 정서가 아닐까 하는 생각이 들었어요.

준구 : 저는 청석골 두령들 간의 우정과, 요즘 말로 '의리'가 참 부러웠어요. 『임꺽정』에 나오는 인물들은 요즘 사람들처럼 이기적이고 각박하지 않고, 순박하고 인정이 넘치는 사람들이잖아요. 그런 면에서 조선시대 우리 민족의 전통적인 모습을 간직하고 있는 것 같아요.

수지 : 맞아요. 『임꺽정』에서는 누구나 길을 가다가 남의 집에 들러 재워달라고 하면 으레 하루밤 재워주고 먹을 것을 주잖아요. '박유복이'장에서는 원수를 갚기 위해 길을 나선 유복이가 도중에 병이 나 어느 집 문 앞에서 주저앉자, 그 집 주인이 재워줄 뿐 아니라 다음날 가겠다는 유복이를 학질에 걸린 것 같으니 지켜보자고 붙들어서 여러 날 동안 보살펴 주기까지 했어요.

준구 : '곽오주'장에는 오주 아내가 죽자 "초상 때 동네 인심도 있거니와 정첨지가 도와주고 유복이가 힘을 써서 오주 아내의 초종범절初終凡節은 과히 마련 없지 아니하였다"는 구절이 있어요. 이렇게 장례 치르는 데 인심을 베풀고, 젖이 많이 안 나와 계속 주지는 못했지만 엄마 잃은 갓난아기에게 동냥젖을 주는 동네 아낙들, 머슴이 문제를 일으키자 마치 자기 아들의 일인 양 나서서 중재하는 주인 정첨지의 모습 같은 것은 고된 민중의 삶에서 그래도 살아가는 이유가 될 수 있는 따뜻함과 인정을 보여주고 있어요. 이런 것이 지금은 사라져간 조선의 인간상 아닐까요.

수지 : 벽초와 함께 '조선 삼재'라 불리운 춘원은 「민족개조론」에서 우리 민족을 온갖 부정적인 속성을 가진 열등한 존재로 간주하고 민족성을 개조하지 않으면 안 된다고 했는데, 벽초는 『임꺽정』에서 우리의 전통적인 민족성을 아름답고 긍정적인 모습으로 그리려 했던 것 같아요.

준구 : 참, 역사학자 이이화 선생님은 조선시대에는 백성들이 굶어죽는 일도 많았는데 『임꺽정』에는 굶주리는 장면이 없다고 하면서, 아마도 벽초가

부유한 양반집에서 자라나 그런 경험을 못해보았기 때문일 거라고 쓰셨던데, 교수님은 어떻게 생각하세요?

강샘 : 벽초는 『임꺽정』을 쓰면서 다른 사료들은 물론 『명종실록』까지 보았으니까, 조선시대 백성들이 굶어죽는 일이 많았다는 것을 모르지 않았을 거예요. 그리고 1910년대 상하이 망명 시절에는 다 헐고 끼니를 잇고 식냉이 바닥나는 밑바닥 생활을 경험한 적도 있었어요. 게다가 벽초는 워낙 상상력이 풍부하고 묘사력이 뛰어난 작가라, 굶주림을 체험해보지 못해서 못 썼다고 생각되지는 않아요. 『임꺽정』에서 굶어 죽는 백성들을 그리지 않은 데에는 조선시대 민중의 삶을 너무 비참하고 부정적인 모습으로 그리지 않으려는 벽초의 의도가 작용했다고 생각해요. 식민지 치하에서 조선시대 민중의 삶을 극도로 비참하게 그려 놓으면, 일제시대가 오히려 낫다는 이야기가 되고 말잖아요. 그래서 벽초는 『임꺽정』을 쓸 때 사실을 지나치게 훼손하지 않는 범위에서 조선시대 민중의 삶을 가급적 밝게 그리려 했던 것 같아요.

유머와 페이소스

수지 : 고등학교 때 『문학』 교과서에서 '우리 민족의 전통적인 정서는 한恨이다'라고 쓴 글을 배웠던 것 같은데, 『임꺽정』을 보면 벽초는 그렇게 보지 않은 것 같아요?

강샘 : 그래요. 벽초는 봉건시대 민중들의 힘겹고 소외된 삶, 차별받는 천민들의 아픔을 절절하게 그리기도 했지만, 다른 한편 『임꺽정』에 등장하는 민중들은 밑바닥 삶의 고난을 해학으로 넘기는 민중적 지혜를 지닌 낙천적인 인물들이지요.

준구 : 하지만 『임꺽정』에는 비극적인 이야기도 많잖아요? 결말이 미완성이라 쓰여지지는 않았지만 역사적 사실에 따르면 결국 주인공 임꺽정은 관군에게 비참하게 살해될 거잖아요. 그러니까 임꺽정의 이야기는 운명에 저항하다가 패배하는 비극적인 스토리지요.

수지 : 저는 '곽오주'장이 제일 슬펐어요. 오주의 아내가 죽는 대목의 "의약醫藥 없는 두메 형세 없는 집에 약한 몸에 중한 병이 들면 죽을 사람으로 칠 수밖에 없다"는 구절에서 가난한 사람들의 비애를 절감하게 되었어요. 그리고 아내가 죽은 설움보다 갓난아기 살릴 걱정이 앞섰던 오주의 처지와, 결국 아기 울음소리에 순간 제 성질을 못 이기고 갓난아기를 패대기쳐 죽게 한 후, 반 미쳐 실성해 서성거리는 모습이 정말 비극적이지요. 그 후에 오주는 어린애 울음소리를 들으면 사정없이 쇠도리깨를 휘두르는 잔인한 사람으로 변하게 되지만, 그것은 자식 잃은 설움과 자식을 죽인 자책감에서 시작된 미친증일 거라는 생각에 그저 불쌍하기만 했어요. '곽오주'장을 다 읽고 나니까 눈물이 그렁그렁 맺히고 가슴이 메어 와서 한동안 진정해야 했다니까요.

준구 : 그렇지만 생각해보면 '곽오주'장에도 웃기는 대목이 많아요. 박유복이와 곽오주가 싸움을 하다 말고 오주가 갑자기 똥을 누는 대목 같은 것이요.

"내가 똥이 마려우니 똥 좀 누구."
총각이 두 팔을 뒤로 짚고 얼굴을 젖혀들고 두 눈을 찌끗찌끗하며 유복이를 치어다보니 유복이가 빙그레 웃으면서 말하였다.
"그럼 어서 가서 누구 오너라."
"가기는 어디루 가. 여기서 누지."
총각이 그 자리에 쭈그리고 앉으며 곧 바지를 까뭉갰다.

"이놈아, 사람 앞에서 무슨 짓이냐!"

"개 앞에서나 누는 법인가? 여기 개가 있어야지."

이 장면을 보고 저는 웃음이 터져 나왔어요. 대화 속에서 '똥'이라는 단어가 아무렇지도 않게 나오는 것부터 웃기는 데다가, 오주가 불리해진 장면에서 갑자기 똥을 누겠다는 것하며, 저는 설마 진짜 똥을 눌 줄은 몰랐는데 진짜로 똥을 누는 거예요. 그것도 천연덕스럽게 이야기를 주고 받으며…. 이렇게 오주와 유복이가 농을 하며 내기를 하는 장면에서는 '뭐야, 이 사람. 박유복이는 장인의 복수를 한답시고 서로 막 싸우려는 것 아니었어?' 하며 입꼬리가 절로 올라갔지요. 그 뒤부터는 이 두 사람이 나오는 대목에서는 또 어떤 재밌는 장면을 보여주려나 하는 기대마저 들었어요. 힘이 장사인 두 사람이 힘겨루기를 하고, 그 후에 둘이 따로 만나서 이야기를 나누며 허물없이 친해지는 장면은 참 보기 좋았어요.

수지 : '곽오주'장에는 또 오주가 장가들고 난 뒤에 임꺽정 일행이 청석골에 와서 다같이 사냥을 간 장면이 나오잖아요. 여기에서 곽오주와 임꺽정이 호랑이 잡는 장면은 「의형제편」의 재미를 최고조로 끌어올리는 부분이에요. 오주가 호랑이 뒷다리를 잡고 이리저리 패대기치며 용을 쓰는 모습은 박진감 넘치는 재미를 주고, "오주가 응 소리를 한번 되게 지르며 두 팔을 밖으로 바짝 내어틀었다. 우지끈하고 두 다리가 일시에 퉁겨지며 호랑이는 묽은 똥을 확 내깔렸다"는 대목에서는 저도 모르게 와하하 소리까지 내가며 웃음을 터뜨리게 되었어요. 나중에 오가가 와서 보고 "두구두구 할 이야깃거리가 하나 생겼네. 무섭구두 드러운 이야기, 희한하지 않은가" 하는 대목에서는 또 한 번 빵 터졌지요. 전체적으로 어둡고 비극적인 '곽오주'장에도 이런 웃기는 대목이 들어 있어서 더 재미있게 읽게 되는 것 같아요. 벽초는 근엄한 민족지도자 이미지로 알려져 있지만, 상당히 유머러스

한 성격이었나 봐요?

강샘 : 그래요. 벽초는 조용한 가운데 은근히 수준 높은 농담을 잘 하는 유머러스한 성격이었다고 해요. 그런데다가 조선시대 민중들의 삶을 되도록 어둡지만은 않게, 밝고 건강하게 그리려는 의도를 지니고 있었던 것 같아요. 그래서 비극적인 이야기에도 해학적인 이야기를 여기저기 배치한 것이 아닌가 하는 생각이 들어요. 유머와 페이소스를 뒤섞은 거지요.

수지 : 저는 「의형제편」 전체의 구성이 절묘하다고 느꼈어요. 각 장의 순서와 분위기가 말이지요. 앞의 한두 장이 주로 해학적이고 밝은 분위기면 다음 장은 비극적이거나 더 안타까운 이야기로 정서가 전환되는 것 같아요. 「의형제편」은 '박유복이' '곽오주' '길막봉이' '황천왕동이' '배돌석이' '이봉학이' '서림' '결의' 이렇게 여덟 장으로 되어 있잖아요. 그런데 그중 '박유복이' '길막봉이' '황천왕동이' '이봉학이' '서림'장은 전체적으로 밝은 이야기이고, '곽오주' '배돌석이' '결의'장은 전체적으로 어두운 이야기더라고요. 밝은 이야기와 어두운 이야기의 교체가 특히 두드러지게 나타나는 것은 '배돌석이'장이에요. 바로 앞의 '황천왕동이'장을 보면 황천왕동이는 『임꺽정』의 등장인물 중 그 누구도 따라올 수 없을 정도로 막강한 행운을 지닌 인물로 그려지지요. 그런데 바로 이어지는 '배돌석이'장에서는 배돌석이도 지지리 복이 없는 사람이지만 황천왕동이도 안타까운 결말을 맞이하는 거예요. 마지막 구절이 "수일 후에 천왕동이는 귀양길을 떠나게 되었는데, 혼인한 지 칠팔 삭 동안에 이삼일간을 서로 떨어져본 적이 없는 아내와 이별할 때 내외의 간장이 다같이 녹았다"로 되어 있잖아요.

「의형제편」을 읽을 때는 장이 달라질 때마다 웃었다가 또 안타까웠다가 계속 정서가 바뀌었어요. 아까 이야기한 것처럼 각 장 안에서 해학적인 장치와 비극적인 장치를 적절히 깔아둔 작가의 수법도 뛰어나지만, 이렇게 「의형제편」 전체에 지배적인 정서가 번갈아가며 나타나도록 구성한 것도 정말 뛰어난 전략이라는 생각이 들었어요.

독특한 문체와 서술방식

강샘 : 수지 말을 듣고 생각해 보니 정말 그런 것 같군요. 그럼 이제 『임꺽정』의 문체와 서술방식에 대해 이야기해 볼까요.

수지 : 저는 등장인물들 간의 대화가 아주 재미있고 실감났어요. 벽초의 인물 형상화 방법으로 아주 중요한 게 그 인물의 성격에 잘 맞는 여실한 대화인 것 같아요. 『임꺽정』에는 대화로 전개되는 부분이 많잖아요. '곽오주' 장 서두를 보면 이런 대화가 나와요.

"오늘이 우리 아버지 젯날이라 제사 흥정하러 들어왔네."

"그럼 탑거리까지 동행했소."

"우리게까지는 오밤중에 나가두 관계없지만 청석골은 지나가기가 좀 늦었어."

"청석골도 관계없소."

"늦게 가다간 오가를 만나기 쉬우니까 말이지."

"나두 청석골을 많이 다녔지만 이때껏 오가는 낯바대기두 구경 못했소."

"탈미골 강가나 청석골 오가는 만나기만 하면 탈일세."

"내가 그놈들 만나면 버릇을 가르쳐놓을 테요."

"여보게, 흰소리 말게. 봉변한 사람들이 모두 자네만 못해서 봉변한 줄 아나?"

"제기, 다 우스꽝스럽소."

"저러다가 자네가 언제든지 한번 혼나네."

"나 혼날 때까지 사우."

이처럼 곽오주가 장꾼들과 주고받는 대화를 보면 대번에 오주의 성격을 짐작할 수 있지요. 오주는 개래동 정첨지네 집 머슴으로 거무스름하고 우락부락하게 생긴 총각인데, 단순하고 우악스러운 성격에다 말하는 것이 무뚝뚝하고, 조금만 자기 마음에 들지 않으면 시비조가 되지요. 그런 성격이 대화에 잘 드러나 있어요.

준구 : 정말 『임꺽정』에는 서술 없이 대화만 이어지는 대목이 많아요. '길막봉이'장에서는 막봉이와 귀련이의 대화가 무려 3페이지에 걸쳐 이어지는데, 대화만으로도 그 상황과 사건의 진행, 인물의 성격, 심리를 충분히 알 수 있어요.

수지 : 서술자가 사건의 전개과정을 설명한다면 접속어나 연결하는 말들이 필요하겠지만, 이런 대목에서는 그런 말들을 찾아볼 수 없어요. 이렇게 대화식으로 이야기를 전개해가니까, 지루할 틈이 없이 마치 라디오를 듣거나 토크쇼를 보는 것 같은 느낌을 주지요. 정말 토크쇼같이 느껴지는 이유 중의 하나는 대화 내용이 개그맨들 애드리브같이 재미있기 때문이기도 해요.

강샘 : 그렇게 여실하고 재미있는 대화를 구사하는 것이 벽초의 남다른 장기지요. 『임꺽정』에는 이처럼 대화만으로 이어지는 부분도 많지만, 등장인물들이 주고 받는 복잡한 대화를 하나의 지문으로 연결하는 독특한 서술방식을 취한 대목도 많이 있잖아요?

삽작 밖에서 '자자', '못 잔다' 시비판이 벌어졌을 때, 안에서 얼굴이 둥글고 넓적한 심술스러운 여인 하나와 빨래하던 어여쁜 처녀가 내다보고서 그 처녀가 고운 목소리로

"어머니!"

불러가지고 그 여인에게 무어라 무어라 말을 하더니 그 여인이

"여보, 저렇게 염치없이 모리악 쓰는 이는 처음 보겠구려. 말하기 귀찮거든 아

무데서나 하룻밤 재워 보내오."

사나이에게 말하니 그 사나이는

"그럴 테면 진작 재워 보내자지."

혀를 툭툭 차고 나서 이교리를 보며

"과객질을 유년 해보았구려. 들어오."

볼멘소리를 하였다.

이런 경우는 서술자의 설명 사이사이에 대화가 끼어 있어서 한 문장이 아주 길어지기도 하는데요. 소설가 김남일 선생님은 그런 서술방식은 이야기판을 전제로 한 대화의 연결방식이라고 하셨지요. 과거 무성영화 시절 변사가 상황을 설명하면서 인물들의 대화도 그럴듯한 어조로 함께 전달하는 것과도 비슷하다고요.

준구 : 저는 '배돌석이'장 2절의 서술방식이 특이하다고 생각했는데요. '배돌석이'장은 모두 3절로 되어 있는데, 1절과 3절은 『임꺽정』의 다른 부분과 마찬가지로 작품외적 서술자가 따로 있지만, 2절은 특별히 배돌석이가 서술자로 되어 있어요. 이야기판의 이야기꾼이 작품외적 서술자가 아니라 배돌석이라는 등장인물인 셈이지요.

내가 본래 싸움을 잘하는 사람이 아주 개차반 노릇을 할 작정이니까 남이 대수롭지 않게 피침한 소리를 하더라도 가만히 듣고 있나? 당장에 싸움을 걸지. 싸움이 조금만 커지면 칼로 내 가슴을 긋거나 내 살점을 어여내거나 해서 구경하는 사람이 눈을 가리도록 무지스러운 짓을 하는 까닭에 나한테 싸움하러 덤비는 놈이 별로 없었네. 그러니까 내가 가는 데 쫓을 놈도 없고 내가 달라는 걸 안 줄 놈도 없을 것 아닌가. 내 뒤에는 손가락질이 떠날 때가 없었겠지. 망나니라는 둥 개고기라는 둥 하는 조명을 내 귀로도 많이 들었네. 철없는 조그

만 아이놈들이 나를 보고

"돌이돌이 배돌이 일에는 베돌이 술에는 감돌이 싸움에는 차돌이."

하고 놀리기까지 하였네. 사람의 꼴이 어떻게 되겠나. 아주 망했지.

수지 : 그러니까 『임꺽정』 전체는 전지적 작가 시점이지만 이 부분만은 일인칭 주인공 시점인 셈이네요.

준구 : 그런데 지금 보니까, 배돌석이는 경상도 김해 출신의 역졸인데 사투리도 안 쓰고 제멋대로 살아온 하층민의 말투라기엔 비교적 말을 점잖게 하는 것 같아요. 소설가 김성동 선생님은 『임꺽정』에는 "완강하게 나뉘어졌던 반상어班常語의 구별이 없고 출신과 지역과 살아가는 형편에 따른 말의 차이점이 없다"고 하셨던데요. 교수님은 그 점에 대해 어떻게 생각하세요?

강샘 : 국문학자 임형택 선생님은 "벽초가 왜 상소리나 방언을 쓰지 않았느냐 하는 문제는 민족언어로 언어를 재통합해야 한다는 각도에서 그랬을 가능성이 크다"는 견해를 밝히신 적이 있어요. 나도 비슷한 생각입니다. 벽초가 『임꺽정』을 연재하기 시작한 1928년은 한글맞춤법통일안도 완성되기 전이었고, 표준어 제정도 되기 전이었어요. 벽초는 『임꺽정』을 씀으로써 식민지시기에 우리의 국어학자들이 추진한 '국어정리운동'에 일조하려는 생각이 있었고, 그 때문에 되도록 보편적이고 아름다운 우리말을 쓰려 하지 않았나 싶어요.

준구 : 그렇지만 결과적으로 방언을 무시한 셈이기는 하잖아요?

강샘 : 벽초의 『학창산화』에는 「표준어」라는 항목이 있는데, 여기에서 벽초는 표준어를 제정한 뒤라도 각 지방의 방언에서 좋은 말을 공급받아 계속 발전시켜 나가야 한다고 했어요. 표준어와 방언의 문제를 뚜렷이 인식하고 있었고, 방언을 무시한 것이 아니라 그 가치를 인정하고 있었던 거지요.

수지 : 그런데 『임꺽정』에 등장하는 수많은 인물들은 전국 각지에서 모여든

인물들이잖아요. 그 많은 인물들이 서로 다른 지방의 사투리를 쓰면 어지럽지 않았을까요?

강샘 : 그래요. 그 많은 인물들이 각자 사투리를 써댄다면 『임꺽정』은 정말 어지럽고 읽기 힘든 텍스트가 되었을 거예요. 또 글 쓸 때 결벽이 심한 벽초는 자신이 소설 속에서 그 여러 지방의 사투리들을 완벽하게 재현할 능력이 없다는 것을, 아니 아무도 그런 능력을 가진 사람이 없다는 것을 잘 알았을 거예요.

수지 : '반상어의 구별이 없다'는 말을 듣고 생각해 보니, 『임꺽정』에는 하층민들의 말 중에도 욕설이나 천박한 말이 별로 없어요. 저도 『임꺽정』을 읽을 때는 교수님이 논문에서 쓰신 대로 양반들이 쓰는 문어체에 가까운 점잖은 말들과 우리말이 풍부하게 담긴 민중들의 말이 잘 구별되어 있다고 생각했었는데요. 민중들의 말이 구수하고 해학적이어서 재미있기는 하지만, 욕설에 가까운 거친 말들은 안 나오는 것 같아요?

강샘 : 벽초는 언어의 품위라고 할까, 우리말의 아름다움을 살리는 것을 중요시했어요. 해방 후 시인 설정식과 한 대담을 보면, 문학작품에서는 언어의 선택이 매우 중요한데 이를 등한시하는 경향이 있다고 하면서, 작품에서 욕설 같은 것을 함부로 써 놓는 것을 '문학의 체면 문제'라고 비판했지요.

준구 : 저는 교수님이 『임꺽정』은 역사적 진실성을 추구한 작품이라고 쓰신 논문을 보고 『임꺽정』에서 등장인물들이 주고받는 대화에는 조선시대 사람들의 언어가 그대로 재현되어 있다고 생각했는데, 잘 못 생각한 건가봐요?

강샘 : 역사소설에서 말하는 역사적 진실성이란 역사상의 거대한 변화를 제대로 반영하는 것을 말하는 것이지, 과거 시대의 풍속과 언어를 고고학적으로 충실하게 재현하는 것을 말하는 것이 아니지요. 『임꺽정』에서 등장인물들이 주고 받는 대화에 16세기 국어를 그대로 재현한다는 것은 가능하지도 않거니와, 만약에 그렇게 소설을 써 놓았다면 여러분들이 재미있게

읽기는 커녕 읽어낼 수나 있겠어요?

준구 : 다들 우리 과 전공과목 중 중세국어문법이 제일 어렵다고 하는데, 『임꺽정』에 나오는 대화들이 모두 중세국어로 되어 있다면 도저히 읽어낼 수 없겠지요. (웃음)

수지 : 그러고 보니까 교수님이 논문에서 "『임꺽정』에 묘사되어 있는 언어와 풍속은 대체로 명종조의 그것이라기보다는 홍명희가 태어나 성장하던, 그리고 당시의 대다수의 독자들이 직접적으로든 간접적으로든 체험하여 알고 있던 구한말의 언어와 풍속에 가까운 것이다."라고 쓰신 게 생각났어요.

강샘 : 그래요. 나중에 알고 보니 동시대의 작가 이태준도 그런 말을 했더라고요. "지금 홍벽초의 『임꺽정』이 옛날 풍속, 옛날 말을 그대루 쓴다군 하지만 그것이 50년 전의 풍속과 말, 즉 벽초가 보아온 풍속과 말이지 그보다 더 올라가서의 것은 아닙니다"라고요.

그래도 벽초는 『임꺽정』에서 그 시대 다른 역사소설들과는 비교할 수 없을 정도로 충실하게 우리 고유의 어법을 살린 문장을 쓰려고 노력했어요. 김남일 선생님이 지적한 대로 『임꺽정』에는 현대에 와서 서구어의 영향으로 우리말에 흔히 나타나는 수동태형 문장이 없어요. 그리고 또 잘 보면 '그' '그녀' 같은 대명사를 사용하지 않고 '꺽정이는' '운총이는'으로 계속 쓰고 있어요. '그' '그녀'가 영어의 'he' 'she'를 번역한 거잖아요. 현대소설은 구어체를 표방하고 있지만, 아직도 우리말 구어에서는 3인칭 대명사가 어색한 것이 사실이지요.

준구 : 그러고 보니까 『임꺽정』에서는 '그' '그녀'를 안 쓰고 계속 '꺽정이는' '운총이는' 하는 식으로 써 놓았군요. 그런데 전혀 부자연스럽지 않아서, 저는 작품을 읽으면서 그 점을 별로 의식하지 못했어요. 한 가지 재미있었던 건, 국어학개론 시간에 옛날에는 남자들끼리도 '언니'라는 말을 썼다고 해서 웃었는데, 『임꺽정』을 보니까 정말 봉학이와 유복이가 "꺽정이 언니"

라고 부르더라고요.

수지 : 『임꺽정』에는 묘사가 정말 잘 되어 있는 것 같아요. 굉장히 치밀한 묘사를 사용하여 장면 장면을 생생하게 전달해 주지요. 「화적편」 '송악산' 장에서 청석골 식구들이 김억석의 초대를 받아 송도 송악산에 단오굿 구경을 간 대목을 보면요.

바위 아래 굽이진 길을 돌아서 올라가니 건너편 산등갱 위에 당집이 여러 채 있고 또 이편 큰 바위 비슷 뒤에 큰 당집이 한 채 있고 큰 당집 앞 비탈 위에 둥구나무가 섰고 그 둥구나무에 그넷줄이 매여 있었다. 아래서 위로 올라가는 길은 그네터 옆의 층층대요, 건너편에서 이편으로 다니는 길은 장등 위에 있었다. 장등은 좌우쪽으로 휘어서 활등 같고 장등 아래는 비탈이고 비탈 아래는 평바닥인데 평바닥도 물매되지 않은 지붕만큼 기울어졌다. 기울어진 평바닥에 멍석을 쭉 늘여깔고 차일을 높이 친 것이 굿할 자리를 만들어놓은 모양이었다. 여러 당집에 사람들이 들락날락하고 장등길에 사람들이 왔다갔다하고 길 위의 잔디밭에 사람들이 웅긋중긋 섰기도 하고 또 퍼더버리고 앉았기도 하고, 굿은 아직 시작이 안 되었는데 굿할 자리에도 사람들이 많이 있었다.

여기에는 당집들의 모습과 주변 풍경, 굿을 기다리는 사람들의 모습까지 묘사가 아주 자세하고 생생하게 되어 있어요. 보는 사람의 시선의 이동에 따라 그 공간을 그려 볼 수 있을 정도로 묘사가 뛰어나지요. 교수님이 강의에서 말씀하신 대로 이런 치밀한 묘사는 영상세대가 주된 독자인 요즘 소설에서는 독자들이 지루해 할까봐 잘 사용하지 않는 방식이지만, 이상하리만큼 『임꺽정』에서는 치밀한 묘사가 지루하지 않고 흥미롭게 읽혀나갔어요.

준구 : 그래요. 『임꺽정』의 문장을 보면 대화는 짧은 경우가 많지만 지문은 대개 문장 호흡이 길어요. 그런데 긴 문장이지만 주술 호응도 어긋남이 없

고 리듬감이 느껴져서, 짧은 문장의 빠른 전개를 좋아하는 저도 지루하지 않게 읽을 수 있었어요. 위의 인용문에서도 '~ 들락날락하고, ~왔다갔다하고, ~섰기도 하고, ~앉았기도 하고' 하는 식으로 '~고, ~고'와 같은 리듬감이 느껴지니까 랩에서 라임을 맞추어 노래하는 것 같기도 하고, 판소리의 한 대목을 듣는 것 같기도 했어요.

수지 : 문장이 긴데도 지루하지 않을 수 있는 또 다른 이유는 "총각이 남은 술을 병으로 들이켜고 홍합 서너 개를 한꺼번에 입에 넣고 꺼귀꺼귀 먹는데…" 식으로 재미있는 의성어나 의태어를 함께 사용했기 때문이 아닐까 싶어요. 『임꺽정』에는 감칠맛 나는 우리말 어휘들이 꼭 알맞은 자리에 쏙쏙 들어가 있어서 생동감을 더해주지요. '두동싸다' '어뜩비뜩하다' '새알 볶아 먹을 놈' 같은 표현이 얼마나 재미있고 정겨움을 더해주는지 몰라요. 그런 살아 있는 말들을 '두동싸다'가 아니라 '서로 모순이 된다' 따위로 다 바꾸어 버린다고 상상해 보면 『임꺽정』에서 그런 우리말 어휘들이 얼마나 중요한 역할을 하고 있는지 알 수 있지요.

동양과 서양, 전통과 현대의 만남

강샘 : 지금까지 이야기한 대로 『임꺽정』은 이야기체로 되어 있고 우리 고유어와 전통적인 우리말 문장의 구문을 잘 살리고 있어요. 그래서 옛날 이야기같은 느낌을 주지만, 벽초가 현대적인 소설의 기교를 몰라서 그렇게 쓴 것은 아니예요. 『임꺽정』을 읽다가 아주 현대적인 기교라고 느낀 부분이 있었나요?

준구 : 아까 이야기했듯이 부분 부분이 독립된 소설 같은 구성과, 사건을 교묘하게 꾸미고 그것을 전략적으로 잘 배치하는 수법 같은 것이 현대적

이라고 느껴졌어요. '박유복이'장에서 유복이가 아내를 만나는 이야기가 좋은 예인데요. 3절에서는 박유복이가 부친의 원수를 갚고 나서 쫓기다가 "길도 없는 덕적산 속으로 들어갔다"고 되어 있어요. 독자들은 그 후 유복이가 어떻게 되었는지, 잡혔는지 안 잡혔는지 몹시 궁금한데, 작가는 4절에서 덕적산 최영장군 사당의 새 마누라 맞는 경위를 자세히 묘사하며 딴청을 부려요. 그러다가 한밤중 그곳에 침입한 낯선 사나이로 박유복이를 등장시키고, 그것도 다음날에야 유복이의 고백을 통해서 그의 정체를 알려주지요. 교수님이 논문에서 쓰신 것처럼 '박유복이'장은 각 장은 물론 그에 속하는 네 개의 절들도 각기 독립된 단편소설같이 되어 있는데요. 그런 구성상의 특징도 현대적이고, 독자들이 궁금해 하는 이야기를 금방 들려주지 않고 다른 이야기를 하다가 뒤늦게야 충격적으로 드러나게 하는 수법이 아주 현대적이라고 느껴졌어요.

수지 : 『임꺽정』에서 가장 현대적으로 느껴진 부분을 꼽으라 한다면 저는 단연 '곽오주'장에서 오주가 우는 갓난아기를 패대기쳐 죽게 하는 대목을 꼽겠어요.

> 어린애는 악패듯 울고 오주는 미친 사람같이 중얼거리었다. 오주의 이마에 진땀이 솟았다. 오주의 상호가 험하여졌다. 오주의 입에서 제에기 소리가 한마디 나오자마자 아린애가 방바닥에 떨어졌다. 깩 소리 한번에 어린애 울음이 그치었다.

여기에서 벽초는 단 네 줄로 좁은 방안의 미칠 것 같이 숨이 턱턱 막히는 분위기와, 한순간 숨이 멎어 버릴 것 같은 정적을 완벽하게 그려내고 있어요. 저는 이 대목을 읽을 때, 이렇게 간결한 문장으로 내 체온을 뚝 떨어트린 작가의 머릿속이 정말 궁금했어요. 벽초는 분명 사람의 마음을 쥐고 놓아주지 않는 재주를 가졌을 거예요. 이 대목을 읽고 저는 『임꺽정』이 아주 현대적인 소설이라고 느껴졌어요.

강샘 : 맞아요. 이 대목을 보면 『임꺽정』의 다른 부분과 문체가 전혀 달라요. 다 알다시피 『임꺽정』의 전반적인 문체는 옛스러운 느낌을 주는 이야기체이고 만연체예요. 특히 바로 몇 페이지 앞에, 오주 아내가 죽기 전에 아기에게 젖을 물리며 중얼거리는 말과, 이어서 그녀가 죽는 대목의 문체는 더 그렇지요.

"어미 죽기 전에 어미 젖 남기지 말고 다 먹어라. 아모쪼록 병 없이 잘 자라서 수명장수 오래 살고 불쌍한 어미 생각해라. 어미가 세상에 났던 표적이 너 하나뿐이다. 어미 명이 남은 것 있으면 네게 이어주마. 죄 없는 어린것이 어미 없이도 잘 자라도록 도와줍소사, 어미가 죽어 혼만 남더라도 신명께 축수하마. 어미 대신 오래오래 살아라. 그러나 너 같은 없는 사람의 자식을 누가 젖을 먹여주랴. 네가 밥 먹게 되기까지 살다 죽었으면 한이 없겠다만 젖 한번 배불리 못 먹여보니 어미 맘이 어떠하랴. 어미가 죄 많아서 너를 핏덩이루 두고 죽는다."
오주의 아내가 나중에는 목이 메어 말을 못하고 눈물만 흘리었다.
의약 없는 두메 형세 없는 집에 약한 몸에 중한 병이 들면 죽을 사람으로 칠 수밖에 없다. 오주의 아내가 약 한 첩 못 얻어먹고 앓는 중에 정신 좋던 날 낮후부터 신열이 훨씬 더하여서 정신 잃은 채 며칠 동안 고통하다가 나중에 고통이 가라앉는 듯 신열이 갑자기 내리고 신열이 내리며 숨이 따라 그치었다. 아들 낳은 뒤 세이레가 겨우 지나고 오주와 같이 산 뒤 일년이 채 못 되어서 오주의 아내는 박명한 미인으로 일생을 마치었다.

나는 이 대목을 지금까지 열 번도 더 읽었는데, 지금 읽으니까 또 눈물이 나오네요. 여기에서 오주 아내가 중얼거리는 말은 거의 4·4조에 가까워서,

고전소설의 한 대목 같기도 하고 가사나 민요 같은 느낌을 주기도 해요. 이어서 오주 아내가 죽는 장면의 묘사를 보면 옛스러운 어휘에 리듬감이 느껴지는 물결치는 듯한 긴 문장으로 되어 있지요. 끝에는 "오주의 아내는 박명한 미인으로 일생을 마치었다"고 하여, 고전소설의 한 대목처럼 편집자적 논평까지 달아 놓았어요.

그런데 몇 페이지 뒤 오주가 갓난아기를 패대기쳐 죽이는 장면에서는 그와 정반대로 지극히 건조한 드라이터치의 기법을 써서 간결하게 표현하고 있지요. 한 치의 센티멘탈리즘도 들어갈 여지가 없이 짧고 건조한 단문으로 표현된 이 대목의 문체는 고도의 현대적인 기교를 구사한 예라 할 수 있어요. 1930년대 우리 문단에서는 『문장강화』를 쓴 소설가 이태준이 문체가 뛰어나다고 해서 '스타일리스트'라고 불리웠는데, 나는 『임꺽정』에서 다양한 문체를 자유자재로 구사한 벽초야말로 최고의 스타일리스트라고 생각해요.

수지 : 교수님이 논문에서 "『임꺽정』은 동양문학의 전통을 계승하면서도 아울러 서양 근대문학의 성과를 충분히 섭취한 작품"이라고 쓰셨지요. 제가 말한 '곽오주'장의 현대적인 기법도 서양 근대소설의 영향을 받은 거라 할 수 있을까요?

강샘 : 그렇지요. 쿠프린의 『결투』를 보면 마지막 장에 운명적인 결투 장면을 상세하게 묘사하는 대신, 결투의 결과 주인공이 사망했음을 보고하는 한 장의 짤막한 문서로 대체해 놓았어요. 그리하여 주인공의 죽음이 주는 충격적인 효과를 극대화한 이 작품의 결말은, 서양 근대소설이 도달한 기교의 극치를 보여준다고 할 수 있어요. 나는 '곽오주'장에서 오주가 갓난아기를 패대기쳐 죽게 하는 장면의 묘사가 『결투』의 결말에 비견할 만한 현대적인 기법이라고 생각해요.

준구 : 벽초는 저희들보다 100년도 더 전에 태어난 분인데 그 시절에 이미

서양 근대소설을 많이 읽었나 봐요?

강샘 : 벽초는 소년시절부터 『삼국지』나 『수호지』 같은 옛날 중국소설들을 즐겨 읽었고, 일본 유학시절 이후 평생동안 발자크나 톨스토이, 도스토예프스키 소설 등 서양소설들을 꾸준히 탐독해서 아주 조예가 깊었어요. 이러한 남다른 소양이 『임꺽정』의 창작에 큰 도움을 준 것은 물론이지요. 『임꺽정』이 『수호지』나 『홍길동전』과 같은 동양의 고전소설로부터 영향을 받은 측면에 대해서는 이미 여러 연구자들이 지적한 바 있어요. 그건 사실이지만, 그런 측면을 지나치게 강조하다보면 『임꺽정』이 성취한 현대적인 장편소설로서의 예술성을 간과하기 쉽지요. 『임꺽정』에서 등장인물을 각 계층의 전형으로서 형상화하고, 장면 중심의 객관적 묘사에 치중하며, 극도로 치밀한 세부 묘사를 추구한 점 등은 우리 고전소설의 전통에서는 찾아보기 힘든 것이지요. 서양 리얼리즘 소설의 성과를 섭취한 결과로 보아야 할 거예요.

『임꺽정』의 사실성과 환상성

수지 : 리얼리즘 이야기가 나와서 말인데, 저는 『임꺽정』을 읽는 재미의 큰 부분은 사실성에 있다고 봐요. 민중들의 시시콜콜한 일상생활을 눈 앞에 보이는 것처럼 여실하게 묘사하는 것이 『임꺽정』의 매력 중 으뜸인 것 같아요. 「의형제편」 '황천왕동이'장에서 봉산에 간 황천왕동이 일행이 술을 먹으러 간 주막에서 주인 내외가 티격태격하며 다투기도 하고, 손가가 장난으로 속여 주막 주인으로 하여금 천왕동이와 내기 장기를 두게 해서, 황천왕동이·박유복이·손가가 공짜 술을 얻어먹으며 주막 주인과 이야기나누는 장면 같은 것이요. 별로 뚜렷한 사건이 벌어지는 것도 아닌데 그 장면이

정겹고 푸근하게 느껴지고, 너무나 여실하게 그려져서 당시 민중들의 사는 모습을 제가 곁에서 지켜보고 있는 것 같은 느낌이 들었어요.

강샘 : 그래요. 벽초는 이야기도 재미있게 하는 사람이었다는데, 별 것도 아닌 이야기를 재미있게 쓰는 재능이 있었던 것 같아요. 그런데 그 재미 중 상당 부분은 일상생활을 아주 여실하게 묘사한 데서 온 거라는 거지요.

준구 : 『임꺽정』은 리얼리즘 소설이지만 환상적인 요소도 있지 않나요? 「봉단편」에서 백정의 딸인 봉단이가 도망중인 홍문관 교리 이장곤과 결혼해서 나중에 숙부인이 된다든가, 양주팔이 묘향산에서 도인 이천년을 만나 천문 지리와 음양 술수를 전수받는다든가, 임꺽정의 스승 병해대사가―양주팔이 상경하여 갓바치 노릇을 하다가 입산해서 병해대사가 되지요―도처에서 신통한 예언을 한다든가, 그런 이야기들이 저는 동화나 판타지소설처럼 재미있었는데, 그런 건 리얼리즘 소설과 거리가 먼 것 아닌가요?

강샘 : 그래요. 『임꺽정』은 전체적으로 리얼리즘 소설이지만 어느 정도 환상성을 포함하고 있어요. 현실적인 이야기와 환상적인 이야기가 이음새를 찾기 어려울 정도로 잘 이어지고 조화를 이루고 있지요. 그렇다고 해서 『임꺽정』의 현대소설로서의 가치가 훼손되는 것은 아니고, 오히려 그로 인해 소설의 주제나 사상이 부각되는 측면도 있어요. 엄밀히 말하면 어떤 리얼리즘 소설도 100퍼센트 현실성만으로 채워지는 건 아니고, 이상을 추구한다고 할까, 어느 정도의 낭만성 내지 환상성을 포함하고 있다고 할 수 있어요.

수지 : 그런 의미의 환상성은 「봉단편」「피장편」「양반편」에 두드러지게 나타나는 것 같아요. 하긴 「의형제편」 '결의'장에도 청석골에 관상쟁이가 와서 두령들의 관상을 보는 이야기가 나오네요. 두령들의 관상을 풀이한 대목이 꽤 그럴듯하다고 느껴졌어요. 하지만 '박유복이'장을 보면 작가는 서술자의 입을 빌려서 미신이나 굿을 근거 없는 것으로 규정하고 있잖아요? 벽초는 미신을 믿었나요, 안 믿었나요?

강샘 : 벽초는 일본 유학시절 한때 자연과학을 전공하고 싶어했을 정도로 현대 과학을 좋아하고 깊이 신뢰했어요. 『학창산화』의 「미신」이라는 항목에서는 미신을 "의심에 배태되고 무지에 번식하는" 비과학적이고 근거 없는 것이라고 비판했어요. 해방 후의 대담에서도 당시 농민들을 지켜보니 "일거일동이 미신과 인습 아닌 것이 없"더라고 하면서, 하루빨리 과학사상을 보급시켜 미신을 타파해야 한다고 역설했지요. 하지만 『임꺽정』을 쓸 때 벽초는 조선시대 사람들의 일상생활에서는 미신이 널리 받아들여지고 있는 사실을 인정하고, 자연스럽게 있는 그대로 그리려 했던 것 같아요.

준구 : 저는 『임꺽정』을 읽으면서 황천왕동이 장가가는 이야기가 재미있었는데, 중학교 때 국어 교과서에 「떡보와 사신使臣」이라는 제목으로 나온 민담과 비슷한 것 같아요. 그래서인지 동화 같기도 하고, 아주 재미있었어요.

강샘 : 맞아요. 「의형제편」 '황천왕동이'장은 역시 전체적으로는 사실적이지만 민담을 수용한 결과 비현실적인 요소를 지니게 된 거예요. 사실 신분제도가 엄연한 조선시대에, 부모가 노비였고 백정인 매부 집에 얹혀사는 신세인 황천왕동이가 부유한 이방의 외동딸인 옥련이와 혼인이 가능했겠어요? 마치 만화영화에 나오는 알라딘이 공주와 결혼하는 이야기 같잖아요. 그런데 여기에서는 사실적인 민중의 일상생활과 그러한 환상성을 지닌 민담을 부자연스럽다는 느낌이 안 들도록, 천의무봉으로 연결시켜놓은 것이지요.

수지 : 「봉단편」「피장편」「양반편」에서 특히 환상성이 많이 나타나는 것은 왜 그런 건가요?

강샘 : 「봉단편」「피장편」「양반편」은 주로 야사나 야담에 의존하여 창작된 부분이 많기 때문이지요. 그에 비해 「의형제편」은 작가의 상상력에 더 많이 의거했어요. 대부분의 인물과 사건이 허구인데, 다만 형상화 과정에서 설화의 모티브들을 군데군데 활용하고 있지요. 그런데 「화적편」은 작가가

처음으로 정사인 『명종실록』을 접하고 실록의 내용을 대폭 수용해서 집필했기 때문에 단연 현실성이 두드러지게 되었어요.

수지 : 『임꺽정』을 그렇게 세 부분으로 나누어 본다면 교수님은 그중 어느 부분을 제일 높이 평가하세요?

강샘 : 세 부분 다 좋아하고 각기 장단점이 있다고 생각해요. 「봉단편」「피장편」「양반편」은 벽초가 습작기에 쓴 셈이라 소설적인 형상화가 다소 미흡하고 야담 같은 성격이 남아 있는 반면에, 소외되고 차별받는 인간의 해방을 지향하는 주제나 사상 면에서 주목할 만하지요. 「의형제편」은 벽초가 말한 '조선 정조'의 표현이라 할 요소가 특히 풍부하고, 민중의 일상생활을 탁월하게 묘사하고 있어요. 그리고 「화적편」은 주제의식이 다소 약화되기는 했지만 현대적인 리얼리즘 소설로서의 성격이 강화되었다는 점에서 높이 평가할 만하지요.

준구 : 저는 「화적편」을 읽고 실망을 많이 했어요. 임꺽정이 의적인 줄 알았는데 부자들의 재물을 빼앗아 백성들을 도와주는 장면도 안 나오고, 잘못된 세상을 뒤집어 버리겠다는 반항아로 성장해서 혁명가가 되려나 보다 기대했는데 그것도 아니고….

수지 : 저도 그랬어요. 저희 세대는 동화나 만화, TV드라마 같은 데 더 익숙하니까 대개 주인공이 미화되어 있고 해피엔딩으로 끝나는 작품을 좋아하지요. 그래서 처음에는 「화적편」의 그런 내용을 받아들이기 힘들었어요. 하지만 공부를 해 나가다 보니 그것이 조선시대 도적들의 실제 모습에 가까운 것임을 알게 되었고, 청석골 화적패의 활동을 이상화하지 않고 현실적으로 그린 『임꺽정』의 리얼리즘 소설다운 면모가 높이 평가되어야 한다는 학자들의 주장을 이해할 수 있게 되었어요.

미완된『임꺽정』의 결말은

준구 : 『임꺽정』은 「화적편」 '자모산성'장에서 미완으로 끝났는데, 혹시 벽초가 작품을 완결했더라면 뒤에 청석골 화적패가 의적활동을 한다든가 역모를 하는 이야기가 나오지 않았을까요?

강샘 : 아닐 거예요. 「화적편」을 검토해보면 벽초는 가급적 『명종실록』의 기록에 충실하게 『임꺽정』을 써나가려 했던 것이 분명해 보여요. 그러니까 미완된 부분에서도 청석골 화적패는 의적 활동을 하거나 역모를 하는 것은 아니고, 서림의 배신으로 타격을 받고 관군의 대대적인 추격을 받아 부하들을 대부분 잃고 임꺽정은 결국 구월산성에서 죽임을 당하게 될 것 같아요.

수지 : 벽초는 「화적편」 연재에 앞서 발표한 '작가의 말'에서 「화적편」이 끝난 뒤 임꺽정의 아들 백손이 이야기를 짧게 쓰려고 한다고 했던 것 같은데요?

강샘 : 그래요. 벽초는 소설의 결말이 임꺽정의 비참한 죽음으로 끝나면 너무 절망적이니까, 후일담을 덧붙이려 했던 것 같아요. 애초부터 그렇게 구상하고 소설 속에 복선도 깔아 놓았지요.

준구 : 아, 그리고 보니까 「의형제편」 '결의'장에서 두령들 관상을 보는 장면을 보면, 관상쟁이가 임꺽정에게 "성명은 천하 후세에 전하시겠구 또 귀자貴子를 두시겠소"라고 말해요. 임꺽정의 아들 백손이를 보고는 "장래 병수삿감이오"라고 말하지요. 그리고 「화적편」 '평산쌈'장에서 백손이와 박연중이 딸을 혼인시키기로 한 대목에서도, 예전에 관상쟁이가 박연중이 딸을 보고 "풍상을 많이 겪은 뒤에 부인 직첩을 받으리라"고 말했다는 이야기가 나와요. 그런 게 모두 백손이의 미래에 대한 암시겠지요?

강샘 : 맞아요. 관상쟁이는 백손이가 온갖 고생을 겪은 끝에 병마절도사나 수군절도사가 되고, 그 아내인 박연중이 딸은 정부인이나 숙부인이 된다고 예언한 거지요. 임꺽정이 살해된지 30년 후인 1592년에 임진왜란이 일어

나지요. 내 생각에 벽초는 백손이가 우여곡절 끝에 임진왜란 때 왜적을 물리치는 데 큰 공을 세워 높은 벼슬을 하는 것으로 그리려 하지 않았나 싶어요. 「양반편」에는 병해대사가 앞으로 큰 난리가 나면 그때 나라를 구할 인물이라고 예언한 소년 이순신을 임꺽정이 찾아가 만나는 장면이 있지요. 어쩌면 벽초는 이처럼 「양반편」에 소년으로 깜짝 등장했던 이순신 장군의 휘하에서 백손이가 맹활약하는 것으로 그리려 했는지도 모르겠어요.

수지 : 그런데 관상쟁이가 황천왕동이를 보고는 "후분後分 좋기가 아마 좌중에 제일일 것 같소"라고 말하잖아요? 벽초는 나중에 황천왕동이도 살아남는 것으로 그리려 했을까요?

강샘 : 그랬던 것 같아요. 오래 전 내가 『벽초 홍명희 연구』를 집필할 때 중국 옌볜에서 활동하시던 작가 고故 김학철 선생님을 인터뷰한 적이 있었어요. 그분은 식민지시기 중국에서 항일무장투쟁을 하셨고, 그 경험을 소설화한 『격정시대』 같은 걸작을 남기셨지요. 당시 인터뷰에서 김학철 선생님은 자신의 소설은 『임꺽정』의 영향을 절대적으로 받았다' '벽초 선생을 아주 존경한다'고 하셨습니다.

그런데 그분이 해방 직후 서울에서 작가로 활동하다가 월북하여 평양에 머물고 있을 때 벽초 선생을 만난 적이 있다고 해요. 그때 『임꺽정』의 말미가 어떻게 되느냐고 여쭈어 보았더니, '황천왕동이는 나중에 황제가 된다'고 답하셨다는 거예요. 그 이야기를 듣고 나는 '아무리 황천왕동이가 중국 황제가 되는 것으로 구상했을라구. 너무 오래된 일이라 김학철 선생님 기억이 잘못된 거겠지' 싶어서 책에 인용하지는 않고 말았어요. 하지만 황천왕동이는 본래 백두산에서 태어나 자라서 발이 빠르고 사냥을 잘 하니까, 백두산 넘어 중국으로 도피해서 잘 사는 것으로 그리려 했을 수는 있겠다 싶어요. 그건 어느 정도 개연성이 있잖아요.

수지 : 교수님 말씀을 들으니 조금 위안이 되네요. (웃음) 『임꺽정』이 완결되

었더라면 우리의 주인공은 관군에 잡혀 비참하게 죽었겠지만, 그래도 백손이와 황천왕동이는 해피엔딩을 맞이했겠군요. 그런데 『임꺽정』 같은 뛰어난 작품이 미완으로 끝났다니 정말 안타까워요.

강샘 : 그래서 주위 사람들이 계속 벽초에게 『임꺽정』을 완결하라고 졸랐답니다. 벽초는 일제 말과 해방 후, 두 번이나 『임꺽정』 「화적편」 말미 부분을 완결하고 「봉단편」 「피장편」 「양반편」을 수정해서 출판하려고 했는데, 결국 못 하고 말았지요.

벽초는 「대大 톨스토이의 인물과 작품」이라는 평론을 썼는데, 그 글에서 톨스토이가 6년에 걸쳐 『전쟁과 평화』를 집필하는 동안 매번 원고를 새까맣게 고쳐놓으면 부인이 정서를 하고 또다시 정서하여 "세계에 다시 없는 장편소설을 첫머리서부터 끝까지 다시 정서한 것이 무릇 일곱 차례라 하니, 이런 충실한 내조자는 세상에 드물 줄 안다"고 썼어요. 나는 이 대목을 읽으면서 '벽초가 속으로 많이 부러웠나보다'라고 생각했어요. (웃음)

통일시대의 고전으로 빛을 더해가는 『임꺽정』

수지 : 저희 아버지는 『임꺽정』을 여러번 읽으셨는데, 2000년대에 와서 읽어보니 1980년대에 읽었던 것과는 전혀 다른 작품으로 느껴지신대요. 예전에는 봉건시대 억압받는 민중의 분노와 투쟁을 그린 작품으로 여겼는데, 지금은 민중의 삶을 아기자기하게 그린 대목이나 거기 담긴 조선적인 정서가 더 눈에 들어오고 마음에 드신다나요.

강샘 : 그래요. 『임꺽정』은 그 두 면모를 다 지니고 있어요. 벽초는 연재 초기에 쓴 '작가의 말'에서 주인공 임꺽정이 '계급적 분노의 불길을 품고 그때 사회에 대하여 반기를 든 것'을 그리려 한다고 썼어요. 「봉단편」에서 백

정의 사위로 온갖 수모를 겪고 나서 중종반정이 일어나자 자신의 신분을 밝힌 이장곤이 "천대하는 사람이 사람으로는 천대받는 사람보다 나으란 법이 없습디다. (…) 천인도 사람입니다"라고 한 말처럼, 차별 받고 소외된 민중들의 아픔과 분노를 그린 것이지요.

그런데 「의형제편」을 연재할 때 쓴 '작가의 말'에서 벽초는 '조선 정조에 일관된 작품'을 쓰는 것이 자신의 목표였다고 했지요. 우리 고유의 언어와 풍속, 전통적인 인간상을 아름답게 그림으로써 식민지 치하에서 사라져 가는 우리 민족의 정체성을 찾으려 한 것이지요. '계급적 분노'와 '조선 정조', 『임꺽정』의 주제와 사상은 그 두 마디 말에 담겨 있다고 할 수 있어요. 그런데 나도 『임꺽정』을 예전에 읽었을 때는 전자가 더 눈에 들어왔는데, 지금은 후자가 더 잘 보이는 것 같아요.

준구 : 교수님은 논문에서 『임꺽정』은 '프로문학과 민족주의문학의 대립을 넘어선 작품'이라고 쓰셨는데, 『임꺽정』을 프로문학 작품으로 알고 있는 사람들도 있던데요?

강샘 : 그런 사람들은 『임꺽정』을 제대로 읽어 보지도 않고, 벽초와 『임꺽정』에 대한 막연한 선입견으로 그렇게 생각하는 것 같아요. 『임꺽정』 연재가 시작되던 1920년대 후반 우리 문단에서는 프로문학과 민족주의문학이 대립하고 있었는데, 『임꺽정』은 이와 같은 좌·우 양 진영의 문학적 대립을 넘어서 양자의 장점을 종합한 작품이라 할 수 있어요. 『임꺽정』은 계급 모순에 저항하는 임꺽정의 반역자적인 면모를 그리려 한 점에서는 프로문학과 친연성을 지닌 작품이라 할 수 있지만, '조선 정조에 일관된 작품'을 의도하여 민족문학적 색채가 농후한 작품이 된 점에서는 민족주의문학에 가까운 것이라 할 수 있으니까요. 벽초는 1927년 좌·우익 세력이 합작하여 결성한 항일단체 신간회의 지도자로서, 신간회운동을 추진하던 그 정신으로 『임꺽정』을 창작했다고 볼 수 있어요. 『임꺽정』이 좌·우를 막론한 전 문단으

로부터 찬사를 받은 것도 그 때문이겠지요.

수지 : 제10회 홍명희문학제 기념 학술논문집을 보니까 제목이 『통일문학의 선구, 벽초 홍명희와 『임꺽정』』으로 되어 있던데, '통일문학의 선구'라고 한 것은 교수님 말씀처럼 『임꺽정』이 1920년대 문단의 좌·우 대립을 넘어서고 양자를 통합하려 한 작품이기 때문인가요?

강샘 : 그렇지요. 해방 후 분단이 된 것은 직접적으로는 외세로 인한 것이지만, 1920~30년대 우리의 민족해방운동이 좌·우 양 진영으로 분열 대립한 결과이기도 했으니까요. 벽초는 식민지시기에 신간회를 결성했듯이, 해방 후에는 남북 분단을 극복하고 민족통일정부를 수립하는 것을 당면 목표로 여기고 활동했어요. 『임꺽정』은 바로 그러한 벽초의 진보적 민족주의 사상을 문학적으로 표현한 것이라 할 수 있지요. 해방 후에 『임꺽정』을 완결하고 「봉단편」「피장편」「양반편」을 수정 출판하려던 계획이 무산되고 만 것도 벽초가 분단이 고착화되는 것을 막고자 중간파 정치활동에 투신하는 바람에 그렇게 된 거예요.

수지 : 저희 아버지는 늘 "해방 후 우리 민족이 남북으로 분단되지 않았더라면 정말 좋았을텐데…"라고 말씀하시는데, 그랬더라면 『임꺽정』이 완결될 수도 있었겠네요.

강샘 : 그래요. 10년쯤 전에 홍명희문학제의 일환으로 벽초나 『임꺽정』에 관해 여러 사람들이 써 보내온 글귀를 모아 괴산 제월리의 홍명희문학비 아래에 '통일노둣돌'을 새겨 넣는 행사를 했어요. '노둣돌'이란 옛날에 말에 오르거나 말에서 내릴 때 딛기 위해 대문 앞에 놓은 큰 돌을 말하지요. 그러니까 통일노둣돌이란 홍명희문학제가 통일의 디딤돌이 되게 하자는 뜻에서 붙인 이름이에요. 지금도 홍명희문학비 아래에는 그때 유명한 문인과 학자들 뿐만 아니라 일반 시민과 대학생들이 써 보내온 글귀를 새긴 수많은 통일노둣돌이 깔려 있지요.

그런데 그때 홍명희문학제에 참가한 우리과 어느 학생이 "『임꺽정』의 진정한 완결은 이 땅의 통일입니다"라고 썼더라고요. 정말 감탄했습니다. 벽초와 『임꺽정』의 정신을 이렇게 간명하게 표현하다니, 그리고 『임꺽정』이 끝내 완결되지 못한 사연을 이렇게 잘 알고 있다니, 하고요.

수지 : 교수님은 논문에서 벽초의 『임꺽정』은 해방 후 남북한의 역사소설에 큰 영향을 미쳤다고 쓰셨는데, 『임꺽정』이 북한에서도 많이 읽혔나요?

강샘 : 북한에서 『임꺽정』은 1950년대에 출판되어 널리 읽혔고, 오랫동안 절판되었다가 1980년대에 다시 출판되었습니다. 1990년대 초에는 『임꺽정』이 영화로 제작되어 더욱 널리 알려졌고요. 『임꺽정』은 북한 영화로는 이례적으로 1998년 KBS TV에서 10회에 걸쳐 방영되기도 했지요.

『임꺽정』은 이렇게 남북한에서 널리 읽히면서 작가들에게 많은 영향을 끼쳤어요. 『여인천하』를 포함해서 남한에서 가장 많은 역사소설을 집필한 박종화의 역사소설들과, 북한 역사소설의 대표작으로 손꼽히는 박태원의 『갑오농민전쟁』이 모두 벽초의 『임꺽정』의 영향을 크게 받은 작품들이에요. 또 1970년대 남한 역사소설의 대표작인 황석영의 『장길산』과, 2000년대 북한 역사소설로 남한에 소개되어 만해문학상 수상작으로 선정된 홍석중의 『황진이』도 『임꺽정』으로부터 깊은 영향을 받았지요. 이 두 작가가 모두 초등학교 시절에 벽초의 『임꺽정』을 읽고 심취하여 그 영향이 내면화되었다는 건 내가 그분들에게서 직접 들은 이야기예요.

준구 : 교수님이 북한 작가 홍석중을 만나셨다고요? 정말이에요?

강샘 : 그래요. 홍석중 선생님은 벽초 선생의 장남인 국어학자 홍기문 선생의 아드님이지요. 올해는 내가 그분을 만난지 만 10년 되는 해네요. 2005년 7월 남한의 문인들이 대거 방북하여 북한의 문인들과 만나서 '6·15공동선언 실천을 위한 민족작가대회'를 개최했어요. 그때 평양 인민문화궁전에서 열린 환영 만찬장에서 나는 작가 황석영 선생님, 홍석중 선생님과 자

리를 함께 했는데, 두 분이 각기 성장과정에서 『임꺽정』에 흠뻑 빠져들었던 추억을 이야기하시더군요.

준구 : 그런 역사적 사건이 수십 년 전의 먼 옛날이 아니라 불과 10년 전에 일어났다니, 믿어지지가 않는군요. 그런데 남한 작가나 북한 작가나 앞으로도 역사소설을 쓰려면 『임꺽정』을 읽고 많이 배워야 하겠지요?

강샘 : 그렇지요. 벽초는 동시대의 지식인들 사이에서 학자로서도 높이 평가되었을 정도로 조선의 역사와 문화 전반에 대해 해박한 지식을 지니고 있었어요. 그런데다가 그 어떤 작가도 벽초처럼 조선조 말에 명문 양반가에서 태어나 종들까지 합해 식구가 수십 명인 대가족 속에서 조선시대의 언어와 풍속을 몸소 체험하며 자란 인물은 없었어요. 그러니까 처음부터 끝까지 학습에 의존해서 역사소설을 써야만 하는 오늘날 남과 북의 작가들에게 『임꺽정』은 영원히 도달할 수 없는 모범이요, 역사소설의 교과서와 같은 역할을 하는 작품이라 할 수 있지요.

수지 : 『임꺽정』을 '통일문학의 선구'라고 칭하는 이유 중 하나가, 저는 남과 북으로 갈라지기 전 우리 민족의 공통된 정서가 담겨져 있기 때문이 아닐까 생각해 봤어요. 지금은 서로가 너무 많이 달라졌지만, 『임꺽정』에는 서로 이질화되기 전의 우리 민족의 언어와 풍속과 정서가 담겨져 있잖아요.

강샘 : 그래요. 분단 이후 70년이 지나는 동안 남북한의 언어와 문학은 극도로 이질화되어서, 통일이 되어도 민족문화의 동질성을 찾기 어려우리라고 우려하는 말들이 들리지요. 이런 상황에서 통일시대 남북의 작가와 독자들이 다 같이 심취하고 영향받을 수 있는 문학작품을 든다면, 그 가장 적절한 예가 바로 벽초의 『임꺽정』일 거예요. 그 점에서 『임꺽정』은 통일시대 우리 민족이 되돌아가 거기서 새로 출발할 필요가 있는, 진정한 의미에서 우리시대의 고전이라 할 만한 작품이지요.

오늘 젊은 독자 두 분과 함께 『임꺽정』의 다채롭고 흥미로운 면모에 대해 이야기나눌 수 있어서 참 즐거웠어요. 『임꺽정』은 그동안 여러 대학이나 언론사에서 '동서양 고전 100선' 등을 선정할 때 거의 빠짐없이 고전 중의 고전으로 추천되어 왔지요. 앞으로 수지와 준구처럼 『임꺽정』을 읽고 감동받는 21세기의 젊은 독자들이 더욱 많아졌으면 합니다.

1부

—

대하 역사소설의
탄생

홍명희와
역사소설 『임꺽정』

1. 머리말

벽초碧初 홍명희洪命憙는 작가로서보다는 주로 저명한 언론인이자 사회운동가로서 알려져 있는 인물이다. 그가 남긴 작품으로는 대하 역사소설『임꺽정林巨正』이 있을 뿐이므로, 그는 당시 문단에서도 대체로 직업적인 문인으로 간주되지 않았던 듯하다. 더욱이 해방 후의 정치적 행적으로 말미암아 그의 존재는 오랫동안 문학사적인 논의에서 역시 거의 도외시되어 왔다. 그러나 그는 도쿄 유학시절부터 육당 최남선, 춘원 이광수와 더불어 조선 삼재三才이자, "우리 문학을 창조하신 (…) 세 분" 중의 한 사람으로 손꼽혀온 인물이다.[1] 예컨대 작가 정비석은 홍명희와 그의 작품『임꺽정』에 대해 다음과 같이 격찬한 바 있다.

씨의 해박한 지식과 풍부한 어휘는 실로 경탄을 마지못하려니와, 향토미가 풍부한 순조선식 문장의 미와 절실한 묘사의 진실성은 천의무봉한 바가 있다. 발표된 분량만으로도『임꺽정』은 조선 최대의 장편이요, 어휘의 풍부한 점으로나, 문장의 투철한 점으로나, 또는 내용의 예술적 향기로나『임꺽정』은 이미 우리 문학의 고전이다. 씨는 육당·춘원 등과 더불어 3천재라는 칭호를 받아

왔거니와,『임꺽정』과 같은 걸작은 실로 천재가 아니고서는 범부의 감히 생념조차 내지 못할 위대한 작품이다. (…) 씨가 앞으로 문학활동을 완전히 포기한다 치더라도『임꺽정』한 질만으로도 문학사상에 뚜렷한 빛을 영원히 발휘할수 있을 것이다.[2]

이와 같이 홍명희의『임꺽정』은 연재 당시부터 오늘날까지 많은 찬사를받고, 한국 근대 문학사상 일대 거봉巨峰으로 고평되기도 하였다. 뿐만 아니라 1970년대의 대표적인 역사소설로 손꼽히는 황석영의『장길산』이나김주영의『객주』등이『임꺽정』의 영향을 받았다는 것은 자주 거론되는 사실이다. 그러므로 홍명희와 그의 작품『임꺽정』은 온전한 한국 근대 문학사의 기술을 위해서 뿐 아니라 오늘날의 역사소설을 논의하기 위해서도반드시 검토되지 않으면 안 될 대상이라 생각된다. 여기에서는 먼저 홍명희의 생애에 대해 간략히 살펴본 다음, 그의 작품『임꺽정』에 대해 본격적인 고찰을 시도해보고자 한다.

홍명희는 1888년 7월 2일(음력 5월 23일) 충청북도 괴산군 괴산면 인산리(일명 동부리)에서 홍범식洪範植과 은진 송씨 간의 장남으로 태어났다.[3] 그의 자는 순유舜兪이고, 청년시절에는 가인(假人 또는 可人), 장년 이후에는 벽초碧初라는 호를 주로 썼다. 홍명희의 집안은 풍산豊山 홍씨가로서, 당파상 노론에 속하는 명문 사대부가였다. 증조 효문공孝文公 홍우길洪祐吉은 이조판서를 지냈고, 조부 홍승목洪承穆은 병조참판을 지냈으며, 부친 홍범식은 금산군수로서 1910년 경술국치를 당해 비분 끝에 자결한 인물로 유명하다.

홍명희는 유년시절부터 기억력이 비상하고 글재주가 뛰어났다. 다섯살 때부터 한문을 배우기 시작하여 여덟 살 때 이미 한시를 짓기 시작했으며, 열한 살 때부터 중국의 고전소설을 탐독하였다. 한편 열세 살이 되던 1900년 집안의 주선에 따라 여흥 민씨가의 규수 민순영과 혼인하였다.

장남 기문起文은 홍명희가 열여섯 살 되던 해인 1903년에 태어났다. 홍기문은 후에 신간회 활동과 민주독립당 창당 등 홍명희와 시종 정치적 운명을 함께 했으며, 부친의 학문적 자질을 이어받아 저명한 국학자가 되었다. 그 아래로 홍명희 내외는 차남 기무(起武, 1910년 생)와, 쌍둥이인 딸 수경(姝瓊, 1921년 생)과 무경(茂瓊, 1921년 생), 그리고 막내딸 계경(季瓊, 1926년 생)을 두었다.

향리에서 한문을 익히던 홍명희는 1902년 서울의 중교의숙中橋義塾에 입학함으로써 처음으로 신학문을 접하게 되었다. 1905년 봄 중교의숙을 졸업하고 이듬해 초 일본 유학을 떠났다. 도쿄에서는 도요東洋상업학교 예과 2학년에 편입한 뒤, 1907년 봄 다시 다이세이大成중학교 3학년에 편입하였다. 일본 유학시절 홍명희는 러시아 문학과 일본 자연주의 소설, 그리고 급진적인 사상서와 자연과학 서적에 이르기까지 광범한 독서를 하였다. 그의 광적인 독서열은 이후 평생 동안 계속되어, 홍명희는 동시대의 조선 지식인들 중 제일의 독서가로 손꼽힐 정도였다.

한편 홍명희는 일본 유학시절 문일평, 이광수, 최남선 등 후일 한국 문학사와 사상사에 뚜렷한 자취를 남긴 인물들과 만나 깊은 우정을 나누었다. 특히 이광수는 문학수업 과정에서 홍명희로부터 많은 영향을 받았으며, 홍명희의 소개로 최남선을 알게 된 뒤 셋이서 조선의 신문학 건설에 대한 구상을 함께 했다고 한다. 또한 그 무렵 홍명희는 재일 조선인 유학생 단체인 대한흥학회大韓興學會에서 활동하면서 그 기관지인 『대한흥학보』에 논설문 「일괴열혈一塊熱血」 등 몇 편의 글을 발표하였다.

1910년 2월 홍명희는 일제의 식민지로 전락해가는 민족의 현실에 대한 울분으로 인해 상급학교 진학을 포기하고 귀국하였다. 귀국 후 그는 최남선이 창간한 『소년』지에 폴란드 시인 안드레이 니에모예프스키A. Niemojewski의 산문시를 유려한 필치로 번역 소개한 번역시 「사랑」 등을 발표하여 초창기의 신문학운동에 일조하였다.

그런데 1910년 8월 경술국치로 나라가 망함과 동시에, 당시 금산군수로 재직 중이던 부친 홍범식이 그에 항의하여 순국하였다. 이 충격적인 사건은 이후 평생토록 홍명희의 사고와 행동에 결정적인 영향을 미치게 된다. 홍명희는 '죽을지언정 친일을 하지 말고 잃어진 나라를 기어이 되찾으라'는 부친의 유언을 각골명심하여 평생의 좌우명으로 삼았다.

부친의 삼년상이 끝난 뒤인 1912년 말경 홍명희는 중국으로 가 해외 독립운동에 투신하였다. 상하이에서는 신규식, 박은식, 신채호 등과 함께 대한민국임시정부의 모태가 된 동제사同濟社에 적극 참여하고, 동제사 지도자들이 독립운동가 양성을 위해 세운 청년 교육기관 박달학원博達學院에서 강의를 하기도 하였다. 1914년에는 몇몇 동지들과 함께 독립운동을 위한 재정 기반을 구축할 목적으로 남양南洋으로 떠나, 약 3년간 싱가포르에서 활동하다가 1918년 중국을 거쳐 귀국하였다.

1919년 3·1운동이 일어나자, 홍명희는 향리 괴산에서 충청북도 최초의 만세시위를 주도한 관계로 투옥되어 1년여 동안 수감되었다. 출옥 후에는 서울로 솔가 이주하여 한때 휘문학교와 경신학교 교사, 조선도서주식회사 전무로 근무했으며, 1924년 동아일보 주필 겸 편집국장으로 취임하였다. 그리고 이듬해 시대일보로 옮겨 1926년 시대일보사 사장이 되었으며, 그해 『시대일보』가 경영난으로 폐간되자 정주 오산학교 교장으로 부임하였다.

한편 홍명희는 1923년 사회주의 사상단체인 신사상연구회에 창립회원으로 가담했으며, 이듬해 신사상연구회가 맑스주의 행동단체로 그 명칭과 성격을 바꾼 뒤에도 화요회에 남아 간부로 활동하였다. 또한 그는 1925년 비타협적 민족주의자들이 중심이 되어 조직한 연구 단체 '조선 사정 조사 연구회'에도 참여하였다. 이와 같은 활동을 기반으로 홍명희는 1927년 비타협적 민족주의자와 사회주의자들 간의 민족협동전선 신간회新幹會의 결성을 주도했으며, 신간회 조직부 총무간사직을 맡아 지회 결성을 비롯한 주요 임무를 헌신적으로 수행하였다. 1929년 12월 신간회 지도부가 광주 학생사건 진상 보고를 위한 민중대회를 개최하려다가 사전 검거되었을 때, 홍명희는 주모자의 한 사람으로 구속되어 만 2년여 동안 옥살이를 하였다.

언론사에 재직하는 동안 홍명희는 동서고금의 이색적인 지식을 소개한 칼럼을 연재했으며, 이를 모아 1926년 조선도서주식회사에서 『학창산화學窓散話』라는 제목의 칼럼집을 출간하였다. 또한 프로문학 단체 카프KAPF의 기관지에 해당하는 『문예운동』 창간호에 프로문학의 역사적 필연성을 논한 평론 「신흥문예의 운동」을 발표하기도 했다.

이와 같은 문필활동을 통해 문인으로도 기대를 모으던 홍명희는 1928년 11월부터 『조선일보』에 『임꺽정』을 연재하기 시작하여 일약 인기 작가로 부상하게 되었다. 그 후 그는 투옥이나 신병 등의 이유로 몇 차례 중단을 겪으면서도, 1940년까지 10여 년에 걸쳐 『임꺽정』 연재를 계속하였다. 1939~1940년 조선일보사출판부에서 단행본이 출간되자, 『임꺽정』은 전문단적인 찬사를 받으며 우리 근대문학의 고전이라는 정평을 얻었다.

그 외에도 홍명희는 1930년대에 평론 「대大 톨스토이의 인물과 작품」 「문학에 반영된 전쟁」을 위시하여 논문, 칼럼, 대담 등 다양한 형태의 글을 발표했다. 그리고 『완당집阮堂集』과 『담헌서湛軒書』 등을 교열하기도 하고, 「이조 정치제도와 양반사상의 전모」 「언문소설과 명·청明淸소설의 관계」 등 조선의 역사와 문학, 풍속에 관해 단편적이나마 통찰력 있는 글을 남기기도 했다. 그러나 홍명희는 일제가 친일 협력을 강요하던 1940년대 초반에는 창작을 포함한 일체의 사회활동을 중단한 채 지조를 지키며 은둔생활을 하였다.

1945년 8월 15일 광복의 날을 맞이하자, 홍명희는 「눈물 섞인 노래」라는 시로 해방의 감격을 표출하였다. 그리고 다시 사회활동을 재개하여, 1945

년 11월 새로 출범한 서울신문사 고문으로 취임하였다. 12월에는 조선문학가동맹 중앙집행위원장, 에스페란토조선학회 위원장, 조소朝蘇문화협회 회장 등 여러 문화 단체의 대표로 추대되었다.

1946년 이후 홍명희는 좌·우익의 대립이 날로 격화됨을 우려한 나머지 중간파 정치세력의 결집에 나섰고, 우여곡절 끝에 1947년 10월 민주독립당을 창당하고 당 대표로 취임하였다. 그해 12월에는 민주독립당을 중심으로 중간파 정치세력을 망라한 일종의 연맹체인 민족자주연맹을 결성하였다. 이러한 정당과 사회단체를 기반으로 그는 분단의 고착화를 막고자 남한 단독정부 수립을 반대하고 통일정부 수립운동을 전개하는 한편, 이를 위해 남북연석회의를 적극 추진하였다.

1948년 4월 평양에서 열린 남북연석회의에 참가한 후 홍명희는 귀환하지 않고 북에 잔류하였다. 그해 9월 북한 정권이 수립되자, 홍명희는 3인의 부수상 중 한 사람으로 임명되었다. 1962년에는 부수상직을 사임하고 조선최고인민회의 상임위원회 부위원장에 선임되어 사망 시까지 재직하였다. 이와 아울러 그는 1952년 조선민주주의인민공화국 과학원이 창설될 때 과학원장에 임명되어 약 4년간 재직하였다. 또한 1961년에 남북통일과 대남문제를 전담하여 다루는 조국평화통일위원회가 결성되자, 위원장으로 선임되어 사망 시까지 재임하였다. 북한에서 홍명희는 문필활동은 거의 하지 않은 채 여러 분야에서 고위직을 두루 역임했으나, 정치적으로는 실세가 아닌 명목상의 지도자에 불과했던 것으로 알려져 있다.

홍명희는 81세인 1968년 3월 5일 노환으로 별세하였다. 현재 그의 묘소는 평양시 형제산 구역 신미동에 위치한 애국열사릉에 있다.

작가로서의 홍명희와 그의 작품 『임꺽정』에 대한 본격적인 연구는 매우 부진한 실정이다. 1930년대 평단에서 단편적이나마 최초로 『임꺽정』에 대해 논의한 것은 임화의 「세태소설론」이라 할 수 있다. 당시 문단의 대표적인 소설들의 유형을 '세태소설'이라 규정한 임화는 "세부 묘사, 전형적 성격의 결여, 그 필연의 결과로서 플롯의 미약 등에서 『임꺽정』은 현대 세태소설과 본질적으로 일치된다"[4]고 하여, 『임꺽정』을 세태소설의 일환으로서 비판하였다. 이원조도 「『임꺽정』에 관한 소고찰」에서 당시에 연재된 「화적편」의 일부를 중심으로 이 작품을 간략히 고찰하면서, 『임꺽정』이 '시간적'이기보다는 '더 많이 공간적'인 소설이며, "이 작품의 묘사적 수법은 자연주의적 수법"이라는 점에서 "세태소설이라 할 수도 없지는 아니할 것"이라 보았다.[5]

이와 같이 이 작품의 가장 중요한 특징을 자연주의적 세태 묘사라 규정한 당시 비평가들의 논의에서와는 달리, 해방 후의 몇몇 문학사에서 『임꺽정』은 전혀 상반되는 경향의 작품으로 해석되었다. 백철은 『조선신문학사조사』에서 『임꺽정』을 "현실적인 의미에 역점을 두고 사실史實을 무시"하려는 역사소설이라 규정하면서, 이 작품이 계급의식을 고취하려는 의도에서 쓰인 것이라는 점을 암시하였다.[6] 이러한 논지를 계승한 이재선은 『한국현대소설사』에서 『임꺽정』을 "역사적 우의법"을 통해 "역사소설을 계급적 관점에서 원용"한 작품으로 간주하였다.[7] 한편 김윤식은 「우리 역사소설의 4가지 유형」에서 1930년대 한국의 역사소설을 네 유형으로 분류하면서 『임꺽정』은 "서민계급 및 천민계층이 권력자를 향하여 품고 있는 저항의식"이라는 '의식성'을 지니고 있으며, 이를 치밀한 풍속 묘사와 결합시킴으로써 '균형감각'을 취한 점에서 '의식형 역사소설'에 속한다고 보아 절충적인 견해를 취하였다.[8]

이상에서 살펴본 바와 같이 『임꺽정』에 대한 기존의 논의는 가치 판단에 있어서 뿐 아니라 작품의 기본적인 해석에 있어서조차 극단적으로 상이한 견해를 보여주고 있다. 그리고 그 대부분이 단편적인 논의에 그치고 있어, 방대한 스케일의 작품 전체를 대상으로 충분한 검토를 거쳤다기보다는 극히 인상적인 작품의 일부분이나 작가의 말 등을 중심으로 성급하게 결론을 내리고 있는 경우가 대부분이다. 그러므로 여기에서는 보다 세밀하고 다각적인 논의를 통해 역사소설로서의 『임꺽정』의 성과와 한계를 살펴보고자 한다.

2. 야사의 소설화 - 「봉단편」「피장편」「양반편」

홍명희의 『임꺽정』[9]은 식민지시기에 발표된 역사소설 중 가장 규모가 큰 대하 역사소설이다. 이 작품은 한국 근대 역사소설의 초창기에 해당하는 1928년부터 『조선일보』에 연재된 이후, 몇 차례의 연재 중단을 거듭하다가 1940년 『조선일보』가 폐간되자 『조광』지로 발표 지면을 옮겼으나, 결국은 완결되지 못하고 말았다.[10] 따라서 『임꺽정』은 미완성작이기는 하지만, 이미 발표된 것만도 200자 원고지로 1만 2,000매 가까이 되는 방대한 양이며 미완성 부분은 전체의 10분의 1정도라 추측되므로, 이를 제외하고도 충분히 그 전체 윤곽을 파악할 수 있는 상태이다.

신문 연재 당시의 순서에 의하면 『임꺽정』은 「봉단편」「피장편」「양반편」「의형제편」「화적편」의 다섯 편으로 구성되어 있다. 그중 「의형제편」과 「화적편」이 일제 말 조선일보사출판부에서 전4권으로, 해방 직후 을유문화사에서 전6권으로 간행되었다. 그리고 뒤이어 미완성 부분인 「화적편」의 마지막 부분과 「봉단편」「피장편」「양반편」이 차례대로 간행될 것임이 예고된 바 있다.[11] 「봉단편」「피장편」「양반편」이 처음 출판된 것은 1985년 사계절출판사에서 전9권으로 간행한 『임꺽정』에 이르러서였다.[12]

집필과 발표 순서는 물론 스토리의 진행으로 보아도 서두에 놓여야 할 「봉단편」「피장편」「양반편」이 조선일보사판과 을유문화사판에서는 마지막으로 출판될 예정이었던 것을 보면, 작가가 그 부분을 수정하여 출판하려는 의도였던 것으로 추측된다. 그 점은 이 세 편이 「의형제편」과 「화적편」에 비해 전체적으로 플롯이 산만하고 서술의 필치가 이질적인 사실로 미루어서도 짐작할 수 있다. 그렇다면 신문에 연재된 「봉단편」「피장편」「양반편」의 내용은 작가가 그 상태로 출판하기를 주저하고 수정을 가할 예정이었다는 점에서 텍스트로서 문제점을 지니고 있다 하겠다. 그러나 수정본이 끝내 출판되지 못하고 말았고 신문 연재분도 어쨌든 작가에 의해 집필되어 일단 발표된 내용이므로, 여기에서는 신문 연재 때의 순서와 내용에 의거하여 이 세 편을 작품에 포함시켜 고찰하기로 한다.

「봉단편」은 연재 당시에는 편명이 없이[13] 1회부터 72회까지 연재된 부분으로,[14] 임꺽정이 태어나기 이전 시기를 배경으로 하고 있다. 연산조 때 유배당한 홍문관 교리 이장곤은 배소配所를 탈출한 후 신분을 숨긴 채 함흥 고리백정의 사위가 되어, 아내 봉단과 금슬 좋은 부부생활을 하게 된다. 그러던 중 중종반정이 일어나자 상경하여 동부승지로 승진하는 한편, 왕의 특지로 숙부인에 봉해진 봉단을 정실로 맞아들인다. 본래 학식 있는 백정으로서 이장곤의 청으로 함께 상경한 봉단의 숙부 양주팔은 묘향산 구경을 갔다가 그곳에서 도인 이천년을 만나 천문 지리와 음양 술수를 전수받고 돌아온 뒤, 이장곤의 주선으로 재취하여 서울에서 가정을 이루고 소일 삼아 갓바치(피장) 일을 하게 된다. 뒤이어 상경한 봉단의 외사촌 임돌이도 양주팔의 주선으로 양주 소백정의 데릴사위가 되어 그곳에 눌러 살게 된다.

「피장편」은 역시 편명이 없이 73회부터 180회까지 연재된 부분으로, 그 편명에서 짐작할 수 있는 바와 같이 대부분 갓바치가 된 양주팔을 중심으로 스토리가 전개된다. 이장곤의 연줄로 대사헌 조광조 등과 교유하게 된 갓바치는 정변을 예견하고 조광조에게 낙향할 것을 권유하나, 망설이고 있던 조광조는 기묘사화를 당해 사사賜死되고 만다. 임돌이의 딸 섭섭이가 갓바치의 아들과 혼인하게 되자, 누나를 따라 상경한 장사 소년 임꺽정은 한 동네에 사는 이봉학, 박유복과 함께 갖바치에게 글을 배우면서 이들과 의 형제를 맺는다. 그러던 중 이봉학은 활쏘기에 비상한 재능을 발휘하게 되고, 박유복은 창던지기의 명수가 되며, 임꺽정은 검술을 배워 뛰어난 검객이 된다. 그 뒤 임꺽정은 입산하여 병해대사가 된 갖바치를 따라 각서를 유람하다가 백두산에 사는 운총과 혼인을 맺고 양주로 돌아오며, 병해대사는 죽산 칠장사에서 생불로 추앙을 받으며 지내게 된다.

「양반편」은 181회부터 302회까지 연재된 부분으로, 역시 그 편명에서 알 수 있듯이 중종 말년으로부터 명종대에 이르는 양반사회의 정쟁을 주요 내용으로 하고 있다. 중종 승하 후 즉위한 인종이 1년이 못 되어 의문의 죽음을 맞이한 뒤 이복동생 경원대군(명종)이 즉위하고 대왕대비인 문정왕후가 수렴청정을 하게 되자, 실권을 장악한 외척 윤원형 일파는 을사사화를 일으키는 등 계속 정계에 파란을 초래한다. 한편 중 보우는 불교를 신봉하는 대왕대비의 신임을 빙자하여 불사를 크게 일으키는데, 양주 회암사에서 재를 올리던 그의 앞에 홀연 병해대사가 임꺽정을 거느리고 나타나 꾸짖고 사라진다. 그 사이 장년의 가장이 된 임꺽정은 이봉학으로부터 을묘왜변 소식을 듣고 함께 출전하고자 하나, 백정이라는 신분 때문에 군총에 뽑히지 못하여 홀로 전장으로 향한다. 뛰어난 활솜씨로 군중에서 두각을 나타낸 이봉학이 상관을 구하려다 위기에 빠진 순간, 홀연히 나타난 임꺽정이 이들을 구출해주고 사라진다.

이상과 같이 「봉단편」「피장편」「양반편」은 임꺽정을 중심으로 한 화적패가 아직 결성되기 이전인 연산조의 갑자사화로부터 명종조의 을묘왜변에 이르는 50여 년간의 시대상황을 광범하게 묘사하고 있다. 즉 도처에서 화적패가 출몰하지 않을 수 없도록 어지러웠던 그 시대 지배층의 정치적 혼란상을 소상히 그리는 한편, 임꺽정의 특이한 가계와 성장과정을 보여주고 있는 것이다.

주지하다시피 연산조부터 명종조에 이르는 시기는 지배층 내부에 있어서는 사화의 시대이며 민중사적인 측면에서는 화적의 시대, 민란의 시대였다. 조선 초기에 강력한 왕권을 바탕으로 확고한 성장을 이룬 양반사회는 이 시기에 와서 새로운 분열의 조짐을 드러내기 시작하여, 일찍부터 중앙 정계에 군림해온 훈구파와 성종 때 대거 등용된 사림파 간의 대립으로 네 차례에 걸친 사화를 초래하였다. 한편 훈구세력이 독점한 농장의 확대는 국가의 수입을 줄이고 농민의 생활을 곤궁하게 하였으며, 그 위에 공물의 과중한 부담과 방납의 폐단, 군포의 과중 등으로 농민의 토지 이탈이 급격히 증가해갔다. 이로 인해 농촌이 황폐해가자 유망流亡한 일부 농민들은 도적떼가 되어 각지에서 횡행했는데, 이러한 군도群盜의 활동이 가장 심한 지역은 군역 부담이 특히 과중하던 평안도와 황해도 일대였다. 그중에서도 명종 14년(1559)부터 17년(1562) 1월까지 황해도 일대를 중심으로 활약하던 임꺽정 일당은 이를 대표하는 존재라 할 수 있다. 그러므로 임꺽정의 활약은 16세기 사회적 모순의 분출이자 당시 민중의 변혁에 대한 열망을 상징적으로 보여준 사건이었으며, 나아가서는 임꺽정 사후인 명종 20년(1565) 훈구파 정권의 붕괴와 사림파 정권의 탄생에도 영향을 미쳤다고 보는 견해도 있다.[15]

그런데 작가가 「봉단편」「피장편」「양반편」에서 이와 같은 당시의 정치적 현실을 일견 장황할 정도로 폭넓게 그려 보인 것은, 역사적 인물인 임꺽정의 등장을 위해 필요불가결한 사전 준비를 한 것이라 하겠다.[16] 스코트 Walter Scott의 역사소설이 그 훌륭한 선례를 보여주듯이, 위대한 역사적 영웅을 등장시키려면 이에 앞서 그 이전에 일어난 사회 각 계층의 투쟁들을 광범하게 묘사해둘 필요가 있다. 이러한 신중한 준비를 통해 독자로 하여금 그러한 인물들의 역사적 발생사를 체험하게 해야만 그들을 사회적 갈등의 진정한 대표자이자 필연적으로 나타날 수밖에 없었던 존재로 부각시킬 수 있기 때문이다.[17] 뿐만 아니라 일반적으로 군도를 소재로 한 작품이라면 하층의 생활 묘사에 치중하기 쉬운 데 반해, 「봉단편」 「피장편」 「양반편」은 상·하층의 생활을 아울러 그리고 있는 점에서도 작품 전체에서 중요한 의의를 지니고 있다.

일반적으로 역사소설에서는 배경이 되는 시대의 민중생활에 대한 묘사가 핵심적인 역할을 하지만, 그렇다고 해서 상층의 세계를 전적으로 배제한 채 하층생활의 묘사에만 국한되어서는 역사적 진실성을 포착할 수 없게 된다. 다시 말해 상·하층 간의 복잡한 상호작용 속에서 역사를 총체적으로 그려내는 가운데서만 하층생활도 객관적으로 형상화될 수 있다. 만약 상층과의 아무런 연관 없이 하층생활만을 묘사하고자 한다면 당시의 민중생활에 관한 구체적이고 직접적인 인상을 표현할 수 있을지는 모르나, 이러한 민중생활의 동향, 곧 역사의 방향성을 집약하는 정치적·사회적 정점이 결여됨으로써 작중의 역사는 평범한 인간의 일상생활에 관한 에피소드의 집합으로 전락하고 말 것이다.[18]

이렇게 볼 때 「봉단편」 「피장편」 「양반편」에서 궁중과 사대부 사회의 풍속을 여실히 묘사하고 있는 점은 크게 주목할 만하다. 예컨대 「양반편」에서 윤원형의 첩 난정이가 침전으로 대비를 찾아뵙고 갖은 아양을 떨며 비위를 맞추는 대목이나, 뒤이어 경복궁에 대화재가 발생하여 온 궁중이 소란에 빠진 장면을 보면, 궁중의 법도와 형태, 내부구조 등에 관한 적실한 묘사에 놀라지 않을 수 없다. 그리고 사대부 계급의 생활상 역시 대단히 치밀하게 그려져 있는데, 「봉단편」 중 동부승지 이장곤의 집안 살림에 대한 다음의 묘사는 단적인 사례가 될 것이다.

이승지가 거처하는 큰사랑에 대병풍, 소병풍이 둘러치이고 방 윗목에 이른 매

화분까지 놓일 뿐이 아니라 안으로 들어가서 아직 주인도 없는 세간살이가 미비한 것이 없이 갖추어졌다. 부엌에 큰솥, 작은솥이 늘비하게 걸리고 장독간에 대독, 중두리, 항아리가 보기 좋게 놓이고 대청에 뒤주와 찬장이 쌍으로 놓였는데 뒤주 위에 용중항아리까지 쌍을 지어 놓이고 안방에는 문채 좋은 괴목장과 장식 튼튼한 반닫이가 겉자리 잡아 놓였는데 장 위와 반닫이 위에는 피죽상자, 목상자가 주섬주섬 얹혀 있고 이불장 위에는 이부자리가 보에 싸여 있고 재판 위에는 요강, 타구, 화로뿐이 아니라 놋촛대, 유기등경까지도 놓여 있다. 그리하고 집에 있는 사람들의 수가 적지 아니하여 큰 집이 커 보이지 아니한다. 안에는 의복을 맡은 침모 중에 관복을 짓는 관디침모가 따로 있고 살림의 권을 쥔 차집 아래 원반빗아치, 곁반빗아치와 원동자치, 곁동자치가 갖추어 있고, 그 외에 상직꾼, 아이종, 다듬이꾼, 솜 피는 할미까지 있어서 안방 외의 여러 방에 주인 없는 방이 없고 사랑에는 세간 청지기, 수청 청지기와 큰 상노, 작은 상노가 두 수청방에 나뉘어 있고 차차로 드나드는 문객들이 작은사랑에 모여 있어서 사랑에 쓰지 않는 방이 없다. 행랑에 내외 가진 종들과 행랑사람이 있고 하인청에 교군을 메고 말을 모는 구종들과 교군 뒤나 말 뒤를 따라다니는 별배別陪들이 있는 중에 안에 드나들며 안심부름하는 안별감이 따로 있는 것은 말할 것도 없다.[19]

또한 작가는 상층 풍속 묘사의 일환으로 상층의 인물이 등장할 때에는 대화나 지문에서 철저히 그 계층의 언어를 구사하는 용의주도한 배려를 하고 있음을 볼 수 있다. 예를 들면 백정의 사위가 되어 숨어 지내던 이장곤이 중종반정 후 함흥 원員을 만나 자기의 본래 신분을 밝히자, 사또가 그에게 조정의 소식을 이야기하는 대목을 보면 어투가 이렇게 되어 있다.

주상 전하께옵서는 진성대군晋城大君으로 잠저潛邸에 계실 때부터 성덕이 드러나신 터이지만, 우선 폐주廢主 연산군을 처치하옵신 것만 보더라도 요순의 자품資稟이 백왕百王에 탁월하옵신 것을 알겠습니다. 정국공신들 중에 그중에도 더욱이 폐주에게 총애를 받다가 반정 당일에 반연으로 돌아붙은 공신들이 폐주에게 사약하자고 주장했더라는데 위에서 말씀이 의義로는 군신이요, 정情으로는 형제라, 그리할 수 없다고 하옵셔서 교동喬桐에 안치하게 되었답디다. 서울 안에 그 많던 기생들을 더러는 공신에게 나눠주시고 나머지는 모두 고향으로 내려쫓으셨답디다. 선성先聖 위패를 다시 성균관에 봉안하시고 또 언문 금법과 삼년상 금법 같은 부당한 금법을 모두 폐지하셨답디다. 무오년과 갑자년에 화를 당한 사람들은 대개 다 신원이 되었다는데, 노형도 지금 무사히 생존한 것을 위에서 아시게 되면 특별한 은전이 계실 것이오.(1:149)

이 밖에도 윤원형이 그의 형 윤원로에게 같은 형제지간이라도 제 직품이 더 높으니 남 앞에서는 존댓말을 쓰라고 하여 말다툼을 벌이는 장면 등을 보면, 작가가 조선시대 양반 사대부 사회의 세부 사정에 통달하여 이 방면의 지식을 작중의 대화에서 능숙하게 활용하고 있음을 알 수 있다.

이와 같이 「봉단편」 「피장편」 「양반편」에서 상층의 인물들과 그 생활상을 탁월하게 묘사할 수 있었던 데에는 작가의 출신이나 성장 배경이 큰 힘이 되었을 것이다. 홍명희는 구한말에 명문 사대부가의 자제로 태어나 식민지화되기 전의 조선시대 풍속을 몸소 체험한 인물이었다. 특히 그는 세 살 때 모친을 잃어 효문공의 미망인인 증조모의 손에 주로 자라났으며,[20] 구한말에 참판을 지낸 그의 조부 홍승목은 1920년대 초까지도 생존해 있었다.[21] 뿐만 아니라 그의 집안은 부친의 사후 가세가 기울기는 했으나 여전히 권솔이 50여 명이나 되는 전통적인 대가족을 이루며 살고 있었다고 한다.[22] 그러므로 홍명희는 유년시절은 물론 1920년대까지도 조선시대 사대부가의 풍속과 분위기 속에서 생활하고 있었으리라 짐작된다. 이러한 가문과 생활환경이 홍명희로 하여금 자신 있게 조선시대 상층계급의 생활을 그려낼 수 있게 했을 것이다.

「의형제편」과 「화적편」이 거의 하층생활의 묘사에 국한되다시피 한 것과 달리, 「봉단편」 「피장편」 「양반편」은 상·하층을 아울러 그리고 있으며 특히 상층의 생활을 매우 소상하게 묘사하고 있다. 그러나 지배층 내부의 사건을 민중생활의 동향과 유기적으로 관련시켜 그려내는 서양의 고전적 역사소설들에 비한다면, 여기서는 두 계층의 생활상이 다분히 인위적으로 연결되어 있는 느낌을 준다. 즉 「봉단편」 「피장편」 「양반편」에서는 전 홍문관 교리로서 고리백정의 사위가 되었다가 반정 후 다시 정계로 나아간 이장곤과, 그의 인척인 연줄로 최상층의 사대부와 교류를 갖게 된 백정 출신 갖바치의 존재에 의해 두 계층 간의 연결이 간신히 이루어지고 있는 것이다.

이 작품에 등장하는 이장곤은 실재 인물로서, 그가 거제도에 귀양갔으나 도주하여 함흥 양수척의 사위가 되었다가 반정 후 복직한 사실은 널리 알려져 있다. 다만 후에 백정 출신인 그 아내가 숙부인을 제수 받았다든가, 학식 있는 처숙이 있었다든가 하는 기록은 찾아볼 수 없다. 또한 조광조가 피장 노릇을 하는 은군자를 찾아가 학문에 관해 묻곤 했다는 기록은 있어도, 그 은군자의 성명이나 내력은 알 수 없었던 것으로 되어 있다.[23] 이렇게 볼 때 작가는 당시인으로는 예외적으로 천민층과 지배층 사이를 오르내린 실제의 두 인물을 작품 속에 등장시키고, 이들을 주인공 임꺽정과 관련시킴으로써 작중에서 상·하층의 생활을 연결하는 접합점으로 삼으려 했음을 알 수 있다.

그런데 이장곤은 상·하층을 넘나드는 당시로는 극히 희귀한 체험을 한 인물로서 성격의 형상화도 잘 되었거니와, 이를 통해 작가가 의도한 계층의식의 부각에도 적절한 인물이라 할 수 있다. 이에 비하면 두 계층의 연결에 더욱 지속적이고 크게 기여하고 있는 갖바치 양주팔의 형상화에는 적지 않은 무리가 따르고 있다.

「봉단편」에서 양주팔은 백정치고는 상당한 학식이 있고 지인지감知人之鑑이 있는 인물로 소개되어 있으나, 작중에서 미미한 역할을 맡아 그다지 선명하게 그려져 있지 않은 데다, 어떻게 해서 그러한 자질을 지닐 수 있게 되었는지도 이해하기 어렵게 되어 있다. 그리고 고향을 떠난 그가 묘향산에서 도인 이천년의 지도 하에 김륜과 함께 도술을 연마하는 대목도, 비록 이천년이나 김륜 등의 존재가 야사에 등장한다고는 하지만[24] 전반적으로 이 작품의 사실적인 필치에 비해 매우 환상적으로 그려져 있다. 더욱이 묘향산에서의 수도 이후 환속하여 갖바치 노릇을 하며 지내면서도 당대의 명유名儒들과 교유할 만큼 도저한 학문과 인품의 소유자로 설정되어 있다든지, 출가한 후에는 요승 보우를 혼내주고 미래사를 정확히 예언하는 등 생불 대접을 받는 존재로 그려져 있는 것은 너무도 과장이 심하여 진실성이 부족하다고 하겠다.

이와 같이 황당무계할 정도로 이상화된 갖바치가 「의형제편」에 이르면 유야무야해지다가 끝내는 사망한 것으로 처리되고 마는데, 이는 앞서 상층과 하층의 연결을 위해 필요했던 그의 존재가 이제부터는 별반 소용이 없게 된 때문일 것이다. 요컨대 갖바치가 이 작품에 등장하는 주요 인물로서는 거의 유일하게 현실감이 부족한 존재로 형상화되고 만 것은, 상·하층의 연결을 극소수의 예외적 인물의 삶을 통해 이루려고 한 결과 그에게 과중한 부담이 지워진 탓이라 할 수 있다.

한편 당시의 사회를 폭넓게 그려 보이고자 한 작가의 의도 때문이겠지만 「봉단편」「피장편」「양반편」에서는 당대의 유명 인물이 망라될 정도로 지나치게 많은 인물이 등장하여 어지러이 사건이 전개되고, 북으로는 백두산에서 남으로는 한라산에 이르는 광범한 지역이 무대로 됨으로써 전체적으로 플롯이 산만해진 점이 없지 않다. 즉 작가는 『연려실기술燃藜室記

述』에 나오는 연산조에서 명종조에 걸친 시대의 온갖 종류의 인물과 흥미로운 일화들을 대거 작중에 수용하여 이를 갖바치나 임꺽정과 결부시키고 있다. 그리하여 가령 기묘사화를 일으킨 심정의 아우 심의나, 그때 화를 당한 대사성 김식의 아들 김덕순을 갖바치와 절친한 인물로 설정하여 임꺽정과도 교섭을 갖게 한다든지, 갖바치나 임꺽정이 유람 중 도처에서 이황, 서경덕, 황진이, 정희량, 이지함, 보우 같은 유명 인물과 마주치게 해놓았다.

이처럼 주인공 임꺽정으로 하여금 전 국토를 순례하게 하고 수많은 역사적 인물을 작중에 등장시킨 것은 일제의 식민통치에 맞서 우리의 유구한 역사와 국토에 대한 민중의 관심을 환기하고자 한 작가의 의도적인 조치였다고 볼 수 있다.[25] 하지만 이장곤, 심의, 김덕순 같은 주요 인물들의 경우를 제외한 대개의 인물들은 불충분하게 형상화된 채로 등장하여 주인공과 작위적으로 연결되어 있을 뿐이다. 또한 그러한 대목들에서는 사건 전개가 지나치게 빠르고 광범하여 당시 현실에 대한 사실적인 묘사의 효과가 적잖이 감소되고 말았다.

이상의 문제점과 아울러 「봉단편」 「피장편」 「양반편」은 부분적으로 왕실을 중심으로 한 지배층 내부의 암투를 주로 다룬 궁중비화의 성격을 띤 점 역시 지적되어야 할 것이다. 물론 궁중비화의 성격이 전편에 관철되어 있지는 않지만, 이러한 성격이 「봉단편」 「피장편」 「양반편」에 부분적으로나마 나타나게 된 것은 이 세 편이 『연려실기술』을 위시한 야사의 기록에 지나치게 의존한 때문이라 생각된다. 즉 당시의 정치적 현실을 재현하기 위해 야사의 기록을 대폭 수용한 결과, 당쟁과 사화의 내막을 즐겨 다루는 야사의 성향이 작품에도 그대로 반영되고 만 것이다. 또한 「의형제편」과 「화적편」에 비해 『임꺽정』의 이 세 편은 묘사보다도 서술이 상대적으로 큰 비중을 차지하고 있다든가, 음양 술수, 방술方術 등 조선조 소설에 흔히 등장하는 황당무계한 이야기가 적잖이 나오는 것도 야사의 기록을 따른 데서 유래한 폐단이다.

물론 「봉단편」「피장편」「양반편」이 그와 마찬가지로 야사에 크게 의존한 김동인의 『운현궁의 봄』이나 박종화의 『금삼의 피』 같은 동시대의 작품에 비할 때, 야사의 기록에 상세하고 사실적인 디테일을 추가하여 매우 훌륭한 형상화를 보여주고 있는 측면도 간과되어서는 안 될 것이다. 예컨대 연산군의 폭정과 중종반정에 관한 일화들이 『금삼의 피』에서는 야사의 기록을 베끼다시피 하여 서술되고 있음에 반해, 「봉단편」에서는 이장곤이 함흥 원 및 상경 후 사대부들과 주고받는 대화를 통해 환골탈태되어 전달되고 있다.

그리고 심의가 부모의 유산을 분배받고자 꾀를 내어 형 심정에게 죽은 부모가 꿈에 나타나 그렇게 지시했다고 거짓말하는 대목을 보면, 『연려실기술』에는 꿈속의 부모가 심의에게 "아무 데 있는 밭과 누구누구를 네게 주려 했던 것인데 그대로 하지 못하고 죽어서 끝내 잊을 수 없구나"라고 말한 것으로 소략하게 되어 있을 뿐이나,[26] 「피장편」에서는 이렇게 자상한 표현으로 바뀌어 있다.

아버지 어머니가 오셔서 나를 보시고 너의 형은 땅도 사고 종도 사고 자꾸 사는데 너는 아무것도 없이 어떻게 산단 말이냐? 양주 고든골 땅 이십 석 자리와 광주 너더리 땅 오십 석 자리와 왕십리 미나리논 열 마지기와 방아다리 배채밭 사홀가리와 천쇠 어미와 상길이 내외는 너의 형더러 달라고 말을 해라. 영절스럽게 말씀을 하시더니 어젯밤 꿈에 또 두 분이 같이 오셔서 형더러 말하라니까 왜 말을 아니하느냐고 꾸중하십디다.(2:138)

이와 같이 동시대의 다른 역사소설들에서 찾아보기 힘들 정도로 치밀한 디테일의 구사는, 야사의 기록을 사실적인 근대소설의 일부로 수용하는 데 매우 중요한 역할을 하고 있다. 그러므로 야사에 지나치게 의거한 결과 궁중비화적인 성격을 띠게 되고, 묘사 아닌 서술 위주의 문체에다 황당무계한 신비적 요소들이 개입되었다는 비판은 어디까지나 작가의 기량이 더욱 원숙해진 「의형제편」과 「화적편」에 대비했을 때의 평가이다.

또한 「의형제편」 「화적편」과 달리, 「봉단편」 「피장편」 「양반편」에서는 지배층에 속하는 등장인물들이 대체로 선인 대 악인의 대립으로 설정된 점도 문제이다. 『임꺽정』의 이 세 편에서는 사림파에 속하는 인물들은 대개 선인이고, 이들에 적대적인 남곤이나 심정, 윤원형 일파와 문정왕후 등 소위 훈구파에 속하는 인물들은 철저한 악인으로 형상화되어 있다. 사건의 전개도 이광수의 『단종애사』나 박종화의 『금삼의 피』와 유사하게 선인이 악인에 맞서다가 모함을 받아 파멸하는 것으로 되어 있다.

뿐만 아니라 작가는 지배층 내부의 이러한 윤리적 대결에 갖바치와 주인공 임꺽정을 끌어들여, 임꺽정이 갖바치의 명으로 윤원형 일파를 징계한다든가, 사림파나 이를 신임하는 인종에게 호의적으로 대하게 하고 있다. 그러나 이 작품의 성격상 천민 출신의 반역아인 임꺽정에게는 사림파건 훈구파건 똑같은 지배계급으로, 모두 부정의 대상이 되지 않을 수 없다. 따라서 「봉단편」 「피장편」 「양반편」에서 사화를 다룬 부분은 역사상의 갈등을 지배층 내부의 암투로 환원시켜 개인적인 선악의 문제로 파악하는 오류에 빠져들고 있음을 말해준다.

이상에서 살펴본 바와 같이 『임꺽정』의 초반부를 이룬 「봉단편」 「피장편」 「양반편」에서 작가는 상·하층을 포괄하는 당대 현실에 대한 극히 사실적인 묘사를 통해 역사적 인물인 임꺽정의 등장을 위한 신중한 준비를 갖추어놓았다. 그러나 아직 상·하층의 유기적인 관련이 부족하고 궁중비화적인 성격을 불식하지 못한 점에서 초기작다운 미숙성을 드러내고 있다고 하겠다. 이제 이러한 한계가 「의형제편」에서는 어떻게 극복되어 새로운 성과에 이르고 있는지 살펴보기로 한다.

3. 민중성과 리얼리즘의 성취-「의형제편」

「의형제편」은 단행본으로 세 권 분량에 해당하는 방대한 내용으로서, '박유복이', '곽오주', '길막봉이', '황천왕동이', '배돌석이', '이봉학이', '서림', '결의'의 8장으로 이루어져 있다. 여기에서는 임꺽정의 휘하에서 두령이 된 주요 인물들의 내력과 화적패에의 가담 경위를 다루고 있다.

제1장 '박유복이'에서 장년이 된 박유복은 부친을 무고하여 죽게 한 노첨지를 살해하여 원수를 갚고 관가에 쫓기던 중, 덕적산 최영장군 사당의 장군 마누라로 뽑힌 최씨 처녀를 만나 인연을 맺고 함께 도주하다가 도둑 오가의 수양딸 내외가 되어 청석골에 눌러 살게 된다.

제2장 '곽오주'에서 청석골 인근 마을의 머슴인 총각 장사 곽오주는 장꾼들을 털던 오가를 때려눕힌 뒤, 보복하러 나온 박유복과 힘자랑을 하다가 화해하고 의형제를 맺게 된다. 그 후 주인집의 주선으로 이웃 마을의 젊은 과부에게 장가를 들었다가 아내가 해산 끝에 죽고 말자 동냥젖으로 아기를 키우던 곽오주는 배고파 밤새 보채는 아기를 달래다 못해 순간적으로 태질을 쳐 죽이고 청석골 화적패에 합류하게 된다.

제3장 '길막봉이'에서 소금장수인 천하장사 길막봉은 매형을 불구로 만든 청석골 도둑 곽오주를 때려잡아 관가에 넘기려 하나, 평소 길막봉과 안면이 있는 임꺽정이 청석골에 와 이들을 화해시킨다. 다시 소금장수 길을 나선 길막봉은 안성 처녀 귀련과 정을 통하여 그 집안의 데릴사위가 되지만, 장모의 구박이 심해 처가를 떠나 청석골에 들어오게 된다.

제4장 '황천왕동이'에서 백두산 태생이라 나는 듯이 걸음이 빠른 황천왕

동은 매부인 임꺽정의 집에서 장기로 소일하던 중, 장기의 명수 봉산 백이방을 찾아 나섰다가 천하일색인 딸의 배필을 구하려는 백이방의 까다로운 사위 취재를 통과하여 장가를 들고 그 덕분에 봉산에서 장교가 된다.

제5장 '배돌석이'에서 김해 역졸의 아들로 태어나 비참한 생활을 전전하던 배돌석은 뛰어난 솜씨의 돌팔매로 호랑이를 잡은 덕분에 경천역 역졸이 되고, 호환虎患으로 과부가 된 여자를 재취로 맞은 데다가 황천왕동과 친해져 자주 내왕을 하게 된다. 그러던 중 부정한 아내를 살해하고 도망하다가 체포되었으나, 때마침 황천왕동에게 와 있던 박유복이 구해주어 청석골로 도피하고, 황천왕동은 이에 연루되어 제주로 귀양을 가게 된다.

제6장 '이봉학이'에서 왜변 후 전라감사로 부임한 이윤경의 휘하에서 비장이 된 이봉학은 왜선을 퇴치하는 등의 공로로 제주의 정의현감으로 승진한 뒤, 전주에서 사랑을 맺은 기생 계향을 첩으로 맞아들여 행복한 나날을 보낸다. 그 후 한성 우윤이 된 이윤경의 주선으로 상경하여 오위부장이 되었다가, 우여곡절 끝에 결국은 임진별장으로 좌천된다.

제7장 '서림'에서 아전 출신인 서림은 평양 감영 수지국 장사로서 진상품을 관장했으나, 본래 교활하여 자주 포흠을 내다가 들키자 도주하던 끝에 청석골 화적패를 만나게 된다. 그들에게 평양 진상 봉물의 내막을 알리고 계책을 내어 이를 탈취하게 하는 데 성공한 서림은 그 공으로 청석골에서 두령이 된다.

제8장 '결의'에서 양주 임꺽정의 집에 평양 진상 봉물이 있는 사실이 탄로나 가족들이 투옥되자, 임꺽정은 청석골 두령들과 함께 가족을 구해낸 뒤 화적패에 입당한다. 뒤이어 사건에 연루된 임진별장 이봉학과 귀양에서 풀려난 황천왕동도 이에 가담하게 된다. 청석골에 모인 일당은 아내를 데리러 간 길막봉이 안성에서 투옥되자 그를 구해낸 뒤, 칠장사에 들러 세상을 떠난 병해대사의 불상 앞에서 의형제를 맺는다.

이상과 같이 「의형제편」은 각각 한 사람의 두령의 이야기를 중심으로 하여 그 자체가 독립된 한 편의 중편소설이라고 보아도 좋을 만큼 완결된 장들로 이루어져 있다. 그러면서도 각 장의 주인공을 중심으로 전개되는 사건은 거기에 등장하는 다른 두령의 이야기와 자연스럽게 연관되고, 그리하여 마지막 장인 '결의'에서 일곱 두령들이 의형제를 맺는 데에 이르기까지 각 장은 서로 유기적으로 연결되어 있다. 그러므로 「의형제편」은 「봉단편」 「피장편」 「양반편」에 비해 훨씬 짜임새 있게 구성되어 있다고 할 수 있다.

뿐만 아니라 야담식의 서술이 상대적으로 큰 비중을 차지하고 있던 앞의 세 편에 비해 「의형제편」은 구체적인 묘사 위주로 전개되고 있으며, 지배층의 이야기가 적어진 반면 하층민의 일상생활에 관한 묘사가 대부분을 차지하고 있다. 물론 여기에서도 죽산 칠장사에 놀러온 안진사 일행이 지나친 양반 행세로 박유복에게 봉변을 당한 뒤 대책을 숙의하는 장면이나, 그 후 화해하여 병해대사로부터 그의 전력을 듣는 대목과 같이 상층의 언어와 행태가 잘 그려져 있음은 사실이다. 그러나 「의형제편」에서는 임꺽정과 그 휘하의 두령들이 화적패에 가담하게 된 경위를 중심으로 사건이 전개되는 만큼, 전체적으로 보아 당시 하층민의 생활 묘사에 치력하고 있다.

그런데 「의형제편」에서 우선 주목할 것은 각 장의 주인공 격인 두령들이 다종다양한 신분의 하층민으로 설정되어 있는 점이다. 주지하다시피 임꺽정은 양주의 백정이고, 이봉학은 종실 서자로서 옥당 하인이 된 이학년의 아들이며,[27] 박유복은 농민의 유복자로 태어나 양반댁 행랑어멈인 편모슬하에서 성장했고, 곽오주는 빈농 출신의 머슴이었다. 그리고 길막봉은 소금장수로 그의 형은 등짐장수요 그의 매형 형제는 사기장수이고, 황천왕동과 임꺽정의 아내인 그의 누나 운총은 도망한 관노비의 자식이며, 배돌석은 역졸이요, 서림은 아전이었다. 이와 같은 각양각색의 하층민을 주요 등장인물로 설정한 데에서 이들을 통해 당시의 민중생활을 폭넓게 묘사하고

자 한 작가의 의도를 엿볼 수 있다.

뿐만 아니라, 작가는 이러한 인물이 화적이 되기까지의 인생 역정을 사건 위주의 직선적인 필치로 서술해 나가는 것이 아니라, 그 사건들의 도중에 등장인물이 스쳐 지나가는 사소한 일상적 장면들을 놀랍도록 면밀하고 생생하게 그려내고 있다. 즉「의형제편」에서는 황천왕동의 장인인 봉산 백이방댁의 규모 있는 살림살이라든가, 전라감사의 총애를 한 몸에 받고 있던 공방비장 이봉학과 그를 시샘하는 여러 비장 간의 알력, 그리고 평양 감영의 아전으로 발탁되자 다시금 갖은 꾀로 포흠질을 일삼는 서림의 행실 등을 통해 말단 벼슬아치들의 행태가 여실히 묘사되어 있다.

이와 아울러 최하층의 천민이나 장사치, 좀도둑들의 옹색한 생활상이 도처에서 사실적으로 그려지고 있다. 예컨대 박유복이 부모의 면례를 치르기 위해 상경하던 도중에 도적 신불출이를 만나 그를 굴복시킨 뒤, 아내도 없이 홀어머니와 어린 자식을 데리고 간신히 호구하는 그의 집에서 하룻밤을 유숙하는 장면이라든가, 박유복이 부모의 원수를 갚으러 노첨지를 찾아가 그 이웃의 머슴방에 묵으면서 우연히 그 방 머슴들의 대화를 엿듣게 되는 대목이라든지, 청석골 오가와 터싸움을 벌이던 인근 탈미골 도적 강가의 집안이 오가 일당의 반격과 뒤이어 관군의 토색을 당해 풍비박산이 나게 되는 이야기, 그리고 황천왕동이를 만난 배돌석이 역졸의 아들로 태어나 부랑아로 전전하다가 양반댁 비부쟁이 노릇을 하던 끝에 결국은 그 자신도 역졸이 되기에 이른 기구한 반생을 회고하는 대목 등을 보면, 밑바닥 인생들의 애환이 실감나게 묘사되어 있는 것이다.

그런데 이와 같이 당시 민중의 생활상을 재현하는 데 치중하다 보면, 자연히 그와 관련된 전래의 민담이나 전설, 관혼상제 및 세시풍속의 묘사, 그리고 한문 투가 아닌 고유의 인명이나 지명, 토속적인 고어와 속담들이 작중에 유입되지 않을 수 없다. 작가 역시 이 점에 특별히 유의하였음을 다음과 같이 밝히고 있다.

(···) 나는 이 소설을 처음 쓰기 시작할 때에 한 가지 결심한 것이 있지요. 그것
은 조선문학이라 하면 예전 것은 거지반 지나支那문학의 영향을 많이 받아서
사건이나 담기어진 정조情調들이 우리와 유리된 점이 많았고, 그리고 최근의
문학은 또 구미歐美문학의 영향을 많이 받아서 양취洋臭가 있는 터인데 『임꺽
정』만은 사건이나 인물이나 묘사로나 정조로나 모두 남에게서는 옷 한 벌 빌
려 입지 않고 순 조선 거로 만들려고 하였습니다. '조선 정조에 일관된 작품'
이것이 나의 목표였습니다.[28]

이러한 작가의 의도로 인해 『임꺽정』의 전편이 '조선 정조에 일관'되었
다고 볼 수 있지만, 그중에서도 「의형제편」에서는 그와 같은 특색이 더욱
두드러지게 나타나고 있다. 가령 섭섭이가 들려준 개와 고양이가 서로 앙
숙이 되기에 이른 유래담이라든지, 오가가 이야기한 홍합에 관한 외설적인
야담이나 여편네 맛에 관한 해학담, 그리고 예전 부인들이 아이의 울음을
그치게 하려고 하던 '곽쥐 온다'라는 말의 유래에 관한 전설이나, 임꺽정
일당이 다르내재를 넘을 때 서림이 들려준 그 지명 전설 등등 흥미로운 옛
날이야기가 적재적소에 삽입되어 있다.
또한 당시의 각종 풍속에 대해서도 도처에서 다채로운 묘사가 이루어지
고 있다. 즉 황천왕동이가 봉산 백이방의 사윗감으로 발탁되자 "상사람은
혼인 때 사모관대를 못 하는 것이 국법이라" "신랑의 복색은 이방의 의견
을 좇아서 초립을 쓰고 단령을 입고" 신부만 양반의 집 본을 떠서 화관에
원삼 차림으로 결혼식을 올린다든지,(5:225~226) 청석골의 배돌석 두령이
재상가의 혼인 절차를 흉내 내어 성대한 결혼식을 치른 뒤 그 첫날밤에 여
러 두령들이 몰려와 신랑 신부에게 짓궂은 장난을 해대고 다음 날 아침 자

리보기, 곧 남침覽寢을 하는 등 혼인과 관련된 전래 풍습이 자주 묘사되고 있다.

한편으로 황해도 덕적산(덕물산)의 최영 장군 사당에서 무당들이 장군 마누라를 새로 맞이할 때 부정풀이로부터 시작하여 신을 청하는 가망청배거리, 산마누라거리 등을 거쳐 뒷전놀이로 끝나는 열두 굿거리의 큰 굿을 벌이는 광경 등 당시의 무속들이 세밀하게 묘사되기도 한다. 이 밖에도 도둑오가가 '장내기', '뜨내기', '집뒤짐', '원뒤짐', '까막뒤짐' 같은 도둑질의 행태를 이야기한다든가, 청석골로 초치된 상쟁이가 '자궁'이니 '누당'이니 '처첩궁'이니 하는 상법의 전문용어를 써가며 두령들의 관상을 보는 장면 등에서도 당시의 특이한 풍속이 잘 드러나 있다.

이처럼 다채로운 풍속 묘사와 아울러 주목되는 것은 무명값이나 곡가 같은 당시의 물가라든지, 관가의 제도와 각종 고사에 관한 치밀한 기술이다. 화폐 대신으로 무명을 쓰던 그때의 경제현실에 따라 「의형제편」에서도 가령 박유복이 상두 도가에서 면례를 위한 물건값과 일꾼의 품삯을 흥정하여 일정한 길이의 무명을 끊어주는 장면을 소상히 그리고 있으며, 장날에 새경으로 받은 쌀을 팔러온 곽오주가 싸전에서 가격을 다투는 대목을 '산따다기'니 '액미'니 '말강구監考'니 '되수리'니 하는 용어를 써서 실감나게 묘사하고 있음을 볼 수 있다.

그리고 평양 감영에서 바치는 진상품의 물목을 상세히 기술한다든가, 신임 전라감사의 부임행차를 구체적으로 묘사하고 있으며, 임꺽정 일당에게 살해당한 불상佛像장이의 시체를 안성현감이 친히 검시하는 장면에서도 '건검乾檢', '앙면仰面', '합면合面', '심감心坎', '필사必死', '복검覆檢' 등의 전문용어를 구사하여 묘사하고 있다. 뿐만 아니라 감사의 조석상은 두 상인데 이 중의 하나는 음식에 독이 들었을까 봐 먼저 맛보게 할 목적으로 예방비장에게 준다는 사실이라든가, 봉산장교 황천왕동이 호랑이를 잡으러 가는 대목에서 장교가 병기를 들고 이웃 고을로 월경해서는 안 된다는 사실이 언급되는 등 당시의 관청제도와 제반 고사에 대해서도 해박한 지식을 보여주고 있다.

이 외에도 등장인물, 특히 하층민에게는 '신불출이', '삭불이', '팔삭동이', '길막봉이', '삼봉이', '김억석이', '배돌석이' 등 그 사람의 성격에 걸맞은 고유의 우리식 이름을 즐겨 붙이고 있다.[29] 그리고 고을 이름에 있어서도 '신뱃골', '탈미골', '다르내재', '너더리', '가사리' 등 토착적인 지명을 주로 사용하고 있으며, 우리말 특유의 표현이라든가 속담의 구사는 그 예를 들기가 번거로울 정도로 풍부한 실정이다.

요컨대 『임꺽정』, 그중에서도 특히 「의형제편」에서는 동시대의 다른 역사소설에서는 거의 유례를 찾아보기 어려울 정도로 당시의 민중생활이 충실하게 재현되어 있다. 이와 같이 이 작품에서 민중의 일상생활을 구체적으로 묘사하고 조선의 정조를 살리기 위해 다양한 노력을 기울인 데 대해, 발표 당시의 반응은 대단히 긍정적이었다. 국어학자 이극로는 어학적으로 볼 때 『임꺽정』은 "조선어 광구鑛區의 노다지"라고 극찬했으며,[30] 김남천은 "사실주의 문학이 가지는 정밀한 세부 묘사의 수법은 씨(홍명희─인용자)에 있어 처음이고 그리고 마지막이 되어도 무방할 것"이라고 높이 평가했던 것이다.[31]

그러나 이 작품이 지닌 위와 같은 특색에 대하여, 논자에 따라서는 역사소설에서 어느 정도는 '필요불가결한 아나크로니즘notwendiger Anachronismus'의 원칙에 위배되는 것으로 볼 수도 있을 것이다. 다시 말해 『임꺽정』은 "묘사되어지는 시대를 재현하기 위해, 현재의 생활감정이나 언어의식에 전혀 맞지 않는 생소한 풍속이나 단어 및 어투를 끄집어내는 소설"로서 비판될 여지가 있을지도 모른다.[32] 그런데 여기서 우선 분명히 해둘 필요가 있는 것은, 역사소설을 논함에 있어 '필요불가결한 아나크로니즘'이 강조되는 이론적 배경에 대해서이다.

역사소설은 과거 시대를 다룬 이야기이기는 하나, 이러한 과거의 시대에 대해 오늘날의 독자에게 이야기하는 것은 다름 아닌 오늘날의 작가이기 때문에 작가는 과거의 시대를 오늘의 풍속과 언어로 번역함으로써 오늘날의 독자에게 가까이 다가오게 하지 않으면 안 된다. 뿐만 아니라 역사소설의 역사적 진실성이란 곧 역사상의 거대한 충돌이나 위기, 전환점 등의 충실한 문학적 반영을 말하는 것이다. 따라서 이러한 역사의 전체적이고 현실적인 제반 연관에 대한 인식을 문학적으로 적절하게 표현하기 위해 필요하다면 작가는 개개의 역사적 사실들로부터 어느 정도는 자유로워도 된다. 과거 시대의 사회적·인간적 관계의 본질이 오늘날의 독자에게 진실로 가까이 다가와지기만 한다면, 고어의 모방이나 디테일에 대한 고고학적 충실성은 불필요하다고 할 수도 있다.

그런데 1848년 이후의 서양 역사소설에 있어서는 플로베르의 『살람보』로 대표되는 자연주의적 경향의 작품들이 일대 조류를 형성하여, 역사의 전체적인 연관의 파악과는 무관하게 장식적이고 이국적인 디테일의 정확한 재현이나 관용어투, 방언, 고어 등의 모방에만 힘씀으로써, 단순히 개개의 사실들에만 충실하는 '사이비 역사주의'를 지향하였다.[33] 그러므로 서양의 역사소설론에서 '필요불가결한 아나크로니즘'이 특히 강조되고 있는 것은, 이와 같은 서양 역사소설의 뿌리 깊은 편향성 때문이라 할 수 있다.

이렇게 볼 때 서양의 역사소설처럼 과거 사실의 실증적인 재현에 지나치게 집착하는 전통 대신에, 과거의 언어, 풍속, 제도 등에 대해 자의적인 묘사를 서슴지 않는 우리 역사소설의 일반적인 풍토에서는 홍명희의 『임꺽정』이 보여준 이 방면의 노력이 각별하게 높이 평가되어야 할 것이다. 뿐만 아니라『임꺽정』에서는 이러한 노력이 진정한 역사적 진실성과는 무관한 채 이색적인 풍속과 고어의 재현에 그치고 있는 것이 아니라, 등장인물들을 살아 있게 하고 당시의 현실을 현대의 전사前史로서 추체험할 수 있도록 하는 데 결정적인 기여를 하고 있는 점이 간과되어서는 안 되리라 본다.

뿐만 아니라 홍명희는 『임꺽정』에서 얼핏 보기에는 과거 시대 언어와 풍속의 자연주의적 재현에 치중하고 있는 것 같으나, 실은 서양의 고전적 역사소설과 마찬가지로 '필요불가결한 아나크로니즘'의 원리에 의거하고 있다. 즉 그는 임꺽정이 생활했던 조선 중기의 분위기를 동시대의 독자들에게 환기시키기 위해 선택된 대상을 해당 시대의 실상과 배치되지 않는 범위 내에서 자신이 체험했던 시대의 풍속과 언어로 바꾸어 표현하고 있음을 볼 수 있다. 『임꺽정』에 묘사되어 있는 언어와 풍속은 대체로 명종조의 그것이라기보다는 홍명희가 태어나 성장하던, 그리고 당시의 대다수의 독자들이 직접적으로든 간접적으로든 체험하여 알고 있던 구한말의 언어와 풍속에 가까운 것이다.

이상과 같이 「의형제편」은 조선 고유의 풍속과 언어를 통해 민중의 삶을 충실히 묘사하고 있을 뿐 아니라, 이와 관련하여 등장인물들을 개성 있게 형상화하는 데에도 뛰어난 기량을 보여주고 있다. 앞서 「봉단편」「피장편」「양반편」에서의 신중한 사전 준비를 거쳐 「의형제편」에 이르면 장년이 된 임꺽정이 등장하지만, 여기서도 그는 주인공이라기에는 미흡할 정도로 자주 출현하지도 않고 전면에 부각되어 있지도 않다. 즉 「의형제편」에서도 사건은 임꺽정의 주도적 활동을 중심으로 해서가 아니라, 청석골의 두령들이 화적패에 가담하기까지의 개별적인 경위를 중심으로 전개되고 있는 것이다. 이처럼 『임꺽정』이 그 작품명과는 달리 주인공의 생애 위주로 전개되는 전기적인 형식에서 철저히 벗어나 있다는 사실은 이 작품이 지닌 또 하나의 장점으로 주목될 필요가 있다.

이광수의 작품들을 비롯한 식민지시기 우리 역사소설들의 대부분이 역사상 유명 인물인 주인공의 전기 형식을 취하고 있지만, 일반적으로 역사소설이 전기 형식을 취할 경우 바람직한 예술적 성과에 도달하기 어렵다는 지적이 있다. 즉 위대한 인물의 생애를 중심으로 역사를 그리려다 보면, 역사적 진보의 담당자를 민중이 아닌 고립된 위대한 개인으로 파악하게 되기 쉬우며, 이에 따라 거대한 역사적·사회적 제반 연관을 객관적으로 반영하기보다는 특출한 천재나 영웅의 심리 묘사에 탐닉하는 경향이 있다는 것이다. 그러므로 전기적 형식의 역사소설에 있어서는 사적이고 심리적인 특성들이 과대한 비중을 차지하기 쉬운 반면, 민중의 동향을 통해 드러나는 역사의 거대한 추진력은 주인공과 관련해서만 극히 단편적이고 개괄적으로 나타나게 된다.

뿐만 아니라 이러한 역사소설에서는 주인공이 구현하는 역사적 사명의 진정한 객관적 근거들을 형상화하지 못하고 그가 지닌 사소하고 우연적인 개인적 특성을 통해 그의 위대한 역사적 사명을 형상화해내야 하므로, 그의 위대성을 낭만주의적으로 과장하지 않을 수 없게 된다. 서양의 고전적 역사소설들이 대체로 전기적인 형상화 방식을 피하고 역사적으로 위대한 인물들을 작품의 주인공으로서가 아니라 부인물로 그리고 있음은 이 때문이다. 이러한 고전적 역사소설들에 있어서는 위대한 인물이 역사의 무대에 등장하기 이전의 개인사는 거의 묘사되지 않으며, 그들은 언제나 그 시대 민중의 동향이 그러한 역사적 대인물의 출현을 필연적으로 요구하는 중요한 상황에서만 등장하고 있는 것이다.[34]

이와 같은 견지에서 보자면 『임꺽정』이 철두철미하게 반反전기적 형식을 취하고 있는 점은 높이 평가될 만하다 하겠다. 즉 이 작품에서는 주인공의 출생과 성장과정에서부터 이야기를 시작하지 않고, 홍문관 교리 이장곤이 유배 가는 이야기를 실마리 삼아 당대 현실을 포괄적으로 묘사한 연후에 장년의 주인공을 등장시키고 있다. 뿐만 아니라 여기에 등장하는 주인공 임꺽정을 포함한 거개의 주요 인물들은 역사적 대인물이라기보다는 기껏해야 야사에 간략히 언급되어 있을 뿐인 무명의 인물이다. 그리고 「의형제편」과 「화적편」에서는 청석골의 여러 두령이 주인공 임꺽정 못지않게 큰 비중을 지니고 작품의 전면에 나서 활약하고 있으며, 성격 묘사에 있어서도 오히려 더욱 뚜렷하고 생동감 있게 형상화되어 있음을 볼 수 있다.

더욱이 이 작품에서 임꺽정은 결코 영웅주의적으로 미화되어 있지 않다. 「의형제편」에서 임꺽정은 사내답고 화적패의 대장이 될 만한 기상을 갖춘 인물로 설정되어 있기는 하지만, 그 성격이 다소 애매하게 그려져 있다. 그가 본격적인 활약을 벌이는 「화적편」에 이르러 임꺽정의 성격은 좀 더 구체화되는데, 여기에서 그는 한편으로는 저돌적이고 화를 잘 내며 독재자처럼 군림하면서, 다른 한편으로는 인자하고 어눌하며 고지식하여 모순이 많은 성격의 소유자로 되어 있다.

대체 꺽정이가 처지의 천한 것은 그의 선생 양주팔이나 그의 친구 서기徐起나 비슷 서로 같으나 양주팔이와 같은 도덕도 없고 서기와 같은 공부도 없는 까닭에 남의 천대와 멸시를 웃어버리지도 못하고 안심하고 받지도 못하여 성질만 부지중 괴상하여져서 서로 뒤쪽되는 성질이 많았다. 사람의 머리 베기를 무밑동 도리듯 하면서 거미줄에 걸린 나비를 차마 그대로 보지 못하고 논밭에 선 곡식을 예사로 짓밟으면서 수채에 나가는 밥풀 한 낱을 아끼고 반죽이 눅을 때는 홍제원 인절미 같기도 하고 조급증이 날 때는 가랑잎에 불붙은 것 같기도 하였다.(7:29~30)

뿐만 아니라 장물을 처분하러 상경한 임꺽정이 탈선하여 외도를 일삼는다든가, 그를 만류하고자 찾아온 황천왕동이나 아내 운총을 마구 구타하고, 체포된 첩들을 구출하기 위한 전옥典獄 파옥에 비협조적인 군소 도둑패

의 두목들을 잔인하게 타살하는 등 도저히 영웅시되기 힘든 부정적 면모가 적나라하게 그려져 있다.[35]

이러한 임꺽정의 성격 묘사에 비하면, 그를 에워싸고 있는 주요 등장인물의 성격은 매우 인상적이고 일관성 있게 묘사되어 있다고 하겠다. 싹싹하고 날렵한 황천왕동, 기품 있고 총명한 이봉학, 고지식하고 효성스런 박유복, 눈치 없고 우악스런 곽오주, 구변 좋고 교활한 서림 같은 청석골 두령들과, 야생녀답게 활달하고 때로는 어처구니없을 만큼 지각 없는 임꺽정의 아내 운총이나, 총기 있고 야무지며 우스갯소리 잘하는 임꺽정의 누나 섭섭이 같은 여인들의 경우를 보면 그 개성이 뚜렷이 부각되어 있는 것이다. 이 밖에도 작가는 임꺽정의 부친 돌이와 이복동생 팔삭동이, 아들 백손, 조카딸 애기, 「화적편」에 나오는 어릿광대 같은 졸개 노밤이 등등 비교적 단역을 맡은 인물들의 성격까지 세심하게 그려놓고 있다.

그런데 『임꺽정』에서 이와 같이 인물 묘사가 탁월하게 이루어진 것은 작가가 등장인물들의 심리 묘사를 가능한 한 억제하고 일상적인 장면을 중심으로 그들의 대화와 행동만을 그려 나간 덕분이라 할 수 있다. 일반적으로 소설이 드라마보다 대상을 더욱 포괄적으로 형상화하므로, 역사소설 역시 그리고자 하는 시대의 모든 사건들을 낱낱이 묘사해야만 역사적 진실성에 도달할 수 있는 것으로 생각하기 쉽다. 그러나 이는 우선 거의 불가능한 일일뿐더러, 역사소설이 오늘날과는 여러모로 판이하게 다른 과거의 시대를 배경으로 하는 만큼 작가는 그 시대를 오늘날의 독자들이 생생하게 추체험할 수 있도록 배려하지 않으면 안 된다.

따라서 사건들을 몇 개의 장면에 집약시키고 대화의 비중을 증대시키는 등 작중에 드라마의 기법을 도입함으로써, 등장인물 상호 간의 직접적인 대립을 통해 당시의 현실을 입체적으로 형상화해야 한다. 이를 위해서는 사소한 일상적 사건들이 역사상의 기념비적인 대사건들보다 작품의 소재로서 더 적합하다. 왜냐하면 이러한 사소한 사건들은 역사적 대사건들에 비해 그 사회적 의미가 쉽게 조감될 수 있고, 작가의 개입 없이 직접 등장인물들의 행위로 전환되어 표현될 수 있으며, 그에 대한 등장인물들의 인간적 반응이 자명하게 나타나기 때문이다.[36] 그러므로 『임꺽정』의 작가가 지극히 일상적 장면에서 작중인물들의 대화나 행동을 통해 그들의 성격을 형상화하고 있는 것은, 역사소설에 있어서 묘사의 이러한 집약적인 본질을 잘 터득한 것으로 평가될 수 있을 것이다.

이상에서 「의형제편」을 중심으로 민중생활 묘사와 인물 형상화에 나타난 『임꺽정』의 두드러진 특징들에 대해 살펴보았다. 그런데 『임꺽정』에서 이와 같이 식민지시기의 다른 역사소설에서는 보기 힘들 만큼 탁월한 리얼리즘이 가능했던 것은 이 작품이 지닌 민중적 성격과도 무관하지 않을 것이다.

『임꺽정』에서 작가는 공식적인 대사건들과 위대한 역사적 인물들을 작품의 중심에 놓지 않고 민중의 구체적인 생활상의 에피소드를 통해서 그 시대의 전반적인 동향을 부각시키고 있다. 또한 이 작품의 주인공 임꺽정은 낭만주의적 영웅 숭배와는 무관하게 주위의 여러 두령들과 별반 차이 없는 무지한 하층민으로 그려져 있으나, 바로 그 때문에 그는 민중에게 잠재화되어 있으면서 역사적인 일대 전환기에 표출되는, 영웅적 가능성을 체현한 인물로서 형상화될 수 있는 가능성을 지니게 된 것이다. 『임꺽정』의 여러 편 가운데서 「의형제편」은 이 작품이 지닌 리얼리즘과 민중적 특성을 가장 잘 구현하고 있는 부분이라 하겠다.

4. 난숙한 세부 묘사와 닫힌 전망 - 「화적편」

「화적편」은 네 권 분량으로 집필될 예정이었으나, 마지막 권이 미완이어서 작가 생존 시에는 그중 제3권까지만 출간되었다. 이는 '청석골', '송악산', '소굴', '피리', '평산쌈', '자모산성', '구월산성'의 7장으로 구성되었던 듯한데,[37] '자모산성'장이 『조선일보』와 『조광』지에 연재되다가 중단되고 만 것이다. 「화적편」은 그 편명에서 짐작할 수 있는 바와 같이 임꺽정을 중심한 화적패가 본격적으로 결성된 이후의 활동을 그린 것으로서, 작품 내에서 가장 핵심적인 위치를 차지하는 부분이다.

제1장 '청석골'에서 청석골 화적패의 대장으로 추대된 임꺽정은 상경하여 서울 와주賣主 한온의 집에 머물면서 기생 소홍과 정을 맺고 빚에 몰린 양반의 딸 박씨를 구해내어 처로 삼는다. 게다가 원판서의 딸을 훔쳐내어 또 다른 처로 삼고, 이웃의 사나운 과부 김씨와 싸운 끝에 그녀 역시 처로 삼고 지내다가 가족의 성화에 못 이겨 귀가하게 된다.

제2장 '송악산'에서 송도 송악산에 단오굿 구경을 간 청석골 두령들은 그곳에서 납치당한 황천왕동의 아내를 구해낸 끝에 살인을 저질러 관군의 쫓김을 받게 된다. 그러나 서림의 계책으로 치성드리러 와 있는 상궁을 인질로 삼고 시간을 끌다가, 부하들을 거느리고 기세당당하게 진군한 임꺽정의 구원을 받아 위기를 모면한다.

제3장 '소굴'에서 임꺽정 일당은 가짜 금부도사 행세를 하며 봉산군수를 체포하려 한다든가, 신임 군수의 도임 행차를 습격한다든가, 황해감사의 종제를 자처하고 각 읍을 돌며 사기행각을 벌이는 등으로 지방 관원들을 괴롭힌다. 그 후 상경한 임꺽정은 기생 소홍의 집으로 습격해온 포교들을 물리치고 무사히 서울을 탈출하나, 그의 처 세 명은 체포되어 관비로 박히고, 임꺽정을 따르려는 소홍은 그의 첩이 되어 청석골에서 지내게 된다.

제4장 '피리'에서 청석골을 지나다가 화적패에게 붙들린 종실 서자 단천령이 신기神技에 가까운 솜씨로 피리를 불어 그들을 감동시키자, 임꺽정은 그 보답으로 단천령에게 자신의 신표를 주어 다른 화적패의 습격을 받지 않도록 보호해준다.

제5장 '평산쌈'에서 청석골 두령들은 신임 봉산군수를 살해하고자 평산 이춘동의 집에 머물면서 기회를 엿보던 중, 서울에서 체포된 서림이 목숨을 보전하려고 계획을 자백하는 바람에 근읍近邑 군사 500여 명의 습격을 받게 되나, 접전 끝에 이를 물리치고 무사히 청석골에 돌아오게 된다.

제6장 '자모산성'과 제7장 '구월산성'은 수세에 몰린 임꺽정 일당이 자모산으로 근거지를 옮겼다가, 결국 구월산으로 들어가 관군에 저항한 끝에 포살되기까지의 이야기를 다룰 예정이었던 것으로 추측된다. 하지만 『조선일보』와 『조광』지에 연재된 것은 '자모산성'장의 일부에 불과하다. '자모산성'장에서 청석골 화적패를 소탕하고자 조정에서 관군을 파견한다는 소문에 임꺽정 일당은 오가와 졸개들만을 남겨두고 해주로 도피했으나, 거처가 옹색하여 다시 자모산성에 근거를 마련하고 지내게 된다. 한편 고집을 피워 청석골에 남은 오가가 죽은 아내만을 생각하며 적막하게 지내는 가운데, 임꺽정에게 버림을 받은 데다가 관군의 습격 소식에 동요된 졸개들은 하나하나 청석골을 버리고 떠나간다는 데서 작품은 중단되고 있다.

「봉단편」부터 「의형제편」에 이르기까지 등장하는 인물과 사건들이 전적으로 허구임에 반해, 「화적편」에서 다루어진 사건들은 그 골격의 대부분이 사료에 의존하고 있다. 즉 '청석골'장과 '소굴'장에 묘사된 임꺽정의 외도와 그로 인해 파란이 빚어진 사건은 서울 장통방에서 임꺽정을 체포하려다 놓치고 그의 처 세 명만 잡았다는 『명종실록明宗實錄』 기사에 의거한 것이다. '소굴'장에서 임꺽정이 사기 행각으로 수령들을 농락한 사건과, '평산쌈'장에서 임꺽정 일당이 평산 마산리에서 대규모의 관군을 물리친 사건

등도 『명종실록』에 기록되어 있다.[38] 또한 '소굴'장에 등장하는 가짜 금부도사 행세와 임진나루에서 봉산군수 윤지숙의 행차를 습격한 사건, '피리'장에 등장하는 단천령 일화, 그리고 '구월산성'장에서 다루어질 예정이었던, 임꺽정이 서림의 배신으로 구월산성에서 포살된 사건 등은 『기재잡기寄齋雜記』 등 몇몇 야사에 언급되어 있다.[39] 이렇게 볼 때 「화적편」에서 다루어진 큰 사건들은 대부분 문헌기록에서 취재된 것임을 알 수 있다.

그러나 작가는 매 사건마다 몇 줄에 불과한 간단한 기록을 바탕으로 극도로 치밀한 디테일을 구사하여, 빈약한 소재로부터 대단히 구체적이고 생생하며 빈틈없이 짜여진 이야기를 만들어내고 있다. 예컨대 '피리'장의 단천령 이야기는 『기재잡기』에 언급된 극히 간략한 기사를 바탕으로 한 것이다. 이에 의하면 피리의 명수인 단천령이 개성 청석령에서 도적들에게 붙잡혀 강제로 피리를 불게 되었는데, 그가 우조를 부니 도적들이 이에 격동되어 날뛰다가 계면조를 불자 탄식하고 눈물을 흘렸으며, 임꺽정이 그 보답으로 장도粧刀를 신표로 준 덕분에 상경길에 도적들을 만났어도 무사할 수 있었다는 것이다.

그런데 「화적편」 '피리'장에서는 우선 과거에 낙방 후 귀향하던 선비들이 탑고개 주막에서 한담을 나누는 장면을 매우 여실하게 묘사한 다음, 청석골에 붙들려와 문초를 받게 된 이들 중 비굴하게 구는 자는 살해당하고 꿋꿋하게 버틴 자는 무사히 놓여나는 대목을 설정해놓았다. 이러한 사건을 통해 작가는 청석골에 때로는 강탈당할 재물이 없는 자도 붙들려 오는 수가 있다는 것과, 임꺽정이 끌려온 자들을 그 사람됨에 따라 처우한다는 것을 보여줌으로써 단천령의 출현에 대비한 치밀한 사전 준비를 갖추어놓고 있는 것이다. 뿐만 아니라 종실 서자인 단천령의 가계와 집안 사정 및 피리의 명수가 되기에 이른 내력을 소상히 밝히고 피리에 관한 해박한 지식을 구사하여 그의 신기에 가까운 피리 솜씨를 묘사하고 나서, 풍류남아인 그가 가야금에 뛰어난 영변 기생 초향과 음률을 통해 사랑을 맺게 되는 에피소드를 대단히 구체적이고 흥미롭게 피력하고 있다.

이와 같이 작가는 야사에도 없는 허구적인 이야기를 빌려 단천령의 성격을 충분히 형상화해놓은 연후에야 비로소 그가 청석골에 붙들려 와 피리를 불게 되는 이야기를 시작하고 있다. 그리고 여기서도 단천령이 임꺽정과 만나 임꺽정의 스승 병해대사와 종실 서자로 인척관계가 되는 이봉학의 내력에 대해 이야기를 나누고 청석골 두령들과 상면하는 장면이라든가, 그의 피리 솜씨를 보기 위해 성대한 잔치를 벌이는 장면 등등 원래의 기록에 없는 풍부한 디테일을 보충하여 사건을 입체적으로 형상화해놓고 있다.

아울러 「화적편」에서는 「의형제편」에 비해서도 더욱 등장인물 개개인의 성격이 뚜렷하게 부각되어 있다. 즉 「의형제편」에서 개성적으로 묘사된 주요 등장인물들은 「화적편」에 와서도 모든 사건과 장면에서 제각기 그 인물에 적실한 언행을 취함으로써 성격이 한층 구체화되고 있는 것이다. 가령 외도에 빠진 임꺽정을 만류하러 상경했던 황천왕동이 냉대만 받고 돌아온 뒤 청석골의 두령들이 보인 반응을 통해 그들의 성격이 잘 드러나고 있음을 볼 수 있다.

"그것 보시오. 색상에는 영웅이 더 염려라구 내 말하지 않습디까?"
서림이가 먼저 한마디 하고
"대장 형님이 기집에 곯아죽었드면 서종사는 퍽 신통할 뻔했소."
곽오주가 뒤받아 한마디 하고
"우리 대장이 기집질에두 대장일세."
늙은 오가도 한마디 하고
"사생동고하자구 맹세하구 갈 놈은 누구며 가랄 놈은 누구야?"

배돌석이도 한마디 하고

"시골 아내 한 분에 서울 아내 셋이면 대장 형님두 배두령 형님과 같이 사취 장가까지 드신 셈이군."

길막봉이도 한마디 하여 이 사람 저 사람이 다들 한마디씩 지껄이는데 이봉학 이와 박유복이는 입들을 다물고 말참례를 하지 아니하였다.(7:315~316)

또한 「화적편」은 주요 부분의 묘사가 청석골 내부의 생활에 국한되어 있어 제한된 범위에서이기는 하나, 화적패의 일상생활뿐 아니라 그들의 활동과 관련된 여러 계층의 생활과 당시의 풍속도 탁월하게 묘사하고 있다. 예를 들면 당시의 봉산군수 박응천이 일 처리에 두서가 있었으므로 도적들이 그를 꺼려했었다는 『기재잡기』의 짤막한 기록을 근거로, '소굴'장에서 작가는 청석골 두령 배돌석을 우연히 목격하게 된 봉산 수교가 군수에게 이 사실을 은밀히 보고하러 간 대목을 설정했다. 그리하여 때마침 뒷간에 갔던 사또가 인궤를 든 동자를 앞세우고 방에 들어가 앉은 다음, 그 인궤를 다시 한 번 열어 확인한 뒤 좌우의 통인들을 다 물리치고 나서야 비로소 응수하는 장면을 세밀하게 묘사하고 있다. 이러한 장면 묘사를 통해 작가는 무슨 일에도 당황하지 않고 침착하게 일을 처리하는 박응천의 성격을 잘 형상화하고 있으며, 가짜 금부도사 서림 일당이 그를 체포하는 데 실패하게 되는 사건의 복선을 마련해놓고 있는 것이다.

이 밖에도 「화적편」에서는 삼대째 서울에서 와주 노릇을 하며 양반집 종들과 매파, 뚜쟁이, 무당 등 각종 하천배들을 제 부하나 다름없이 부리는 한온의 집안 풍경을 통해 도시 뒷골목의 생태를 보여주고 있으며, 임꺽정과 한온의 기방 출입 장면을 통해서는 서울 기생집의 풍경과 오입쟁이의 행태를 사실적으로 묘사하기도 한다.

그러나 다른 한편 「화적편」에서는 임꺽정 일당이 대규모의 화적패로서 청석골에 정착하여 약탈로 풍족하게 살게 된 시기를 다루고 있기 때문에, 앞서의 「의형제편」에서와 같은 민중의 일상생활에 밀착된 묘사는 찾아보기 힘들다. 그리고 이는 「화적편」에서 임꺽정 일당이 민중생활과 직접 연관된 의적 활동을 벌이지 않은 것으로 그려진 이 작품의 중대한 문제점과도 관련이 있을 것이다. 연재 초기에 홍명희는 자신이 임꺽정을 소재로 역사소설을 쓰게 된 동기를 다음과 같이 말한 바 있다.

(…) 내가 임꺽정이라는 인물에 대하여 흥미를 느껴온 지는 이미 오래였습니다. 임꺽정이란 옛날 봉건사회에서 가장 학대받던 백정계급의 한 인물이 아니었습니까. 그가 가슴에 차 넘치는 계급적 ○○(분노—인용자)의 불길을 품고 그때 사회에 대하여 ○○(반기—인용자)를 든 것만 하여도 얼마나 장한 쾌거였습니까. 더구나 그는 싸우는 방법을 잘 알았습니다. 그것은 자기 혼자가 진두에 나선 것이 아니고 저와 같은 처지에 있는 백정의 단합을 먼저 꾀하였던 것입니다. 원래 특수 민중이란 저희들끼리 단결할 가능성이 많은 것이외다. (…) 이 필연적 심리를 잘 이용하여 백정들의 단합을 꾀한 뒤 자기가 앞장서서 통쾌하게 의적 모양으로 활약한 것이 임꺽정이었습니다. 그러이러한 인물은 현대에 재현시켜도 능히 용납할 사람이 아니었으리까.[40]

이와 같이 작가는 백정인 임꺽정이 백정계급의 단합을 통해 반봉건 투쟁을 시도하고 의적활동을 벌인 인물로서 현대 민중운동의 선구자로서의 의의를 지닐 수 있을 것으로 보았다. 해방 후의 몇몇 문학사에서는 이러한 '작가의 말'과 홍명희의 이념적 성향에 대한 억측을 근거로, 『임꺽정』을 계급의식을 고취하려는 의도에서 쓰인 목적의식적 역사소설로 간주했다. 그러나 작품 자체를 놓고 볼 때 『임꺽정』은 이들의 견해와는 달리 오히려 저항적인 의식을 충분히 표출하고 있지 못한 실정이다.

해방 후 다른 작가들에 의해 쓰인 몇 편의『임꺽정』을 비롯하여 군도를 소재로 한 많은 역사소설들이 그 시대로서는 상상조차 할 수 없는 조직적이고 대규모의 의적활동을 벌이게 한다든가, 작중인물에게 현대적 이념을 주입하여 그들로 하여금 수시로 정치적 웅변을 토로하게 함으로써, 사실적인 시대 묘사로부터 이탈하여 역사의 지나친 현대화를 자행하고 있는 것이 사실이다. 이 점을 감안할 때 조선시대 민중운동의 극히 초기에 해당하는 임꺽정 일당의 활약을 그린 이 작품에서 적극적인 의적활동이나 반봉건적 정치이념의 표출을 발견할 수 없다는 것이 반드시 작품의 결함으로 지적될 것만은 아니다. 오히려 그 시대의 현실을 있었던 그대로 포착한다는 리얼리즘 역사소설의 관점에서는 이와 같이 작가의 주관의 개입을 피한 시대 묘사가 역사적 진실성에 더욱 가까운 것으로 평가될 수 있는 면도 있을 것이다.

　그러나 문제는 「화적편」이 반봉건적 의적활동의 형상화로 나아가지 않음으로써, 당시의 사회 현실을 폭넓게 묘사하고 그 핵심적 갈등을 포착할 수 있는 가능성으로부터 멀어지게 된 점에 있다. 「화적편」에서는 청석골 화적패의 본격적인 활동 시기를 다루고 있는 만큼, 상·하층을 막론한 사회 여러 계층과 화적패 간의 적대적 또는 우호적인 관계가 부단히 다루어졌어야 할 것이다. 그리고 이를 통해 청석골의 주요 인물들에게 뚜렷한 현실인식과 저항의식이 자연스럽게 싹터가는 것으로 그려지지 않으면 안 되었을 것이다. 하지만 이러한 기대와는 달리 「화적편」에서는 우선 청석골패가 이들의 생업이라 할 수 있는 화적질하는 장면이 거의 묘사되고 있지 않다.『임꺽정』전편을 통해 약탈 장면이 비교적 상세히 묘사된 것은 「의형제편」'서림'장에서 평양 감영의 진상 봉물을 탈취하는 대목이 고작이며, 「화적편」에서는 이와 유사한 장면조차 찾아볼 수가 없다. 다만 화적질의 내막에 관한 간단한 설명이 몇 군데 나올 뿐이다. 따라서 화적패들이 부유한 양반지주 계층의 인물들과 이해관계상 대립하는 장면이 거의 없어 당시 사회의 계층적인 갈등을 심도 있게 묘사할 수 없게 되었으며, 임꺽정을 비롯한 주요 등장인물들의 계층의식의 성장을 기대하기 어렵게 되었다.

뿐만 아니라 임꺽정 일당이 해서 일대의 봉건관료들과 여러모로 대결을 벌이는 '소굴'장에서도 그들이 관과 대립하게 된 필연적인 계기가 충분히 설정되어 있지 못하다. 즉 이들은 관과, 나아가서는 봉건지배 체제 전반에 대해 적대적일 수밖에 없는 자신들의 사회적 처지로 말미암아 불가피하게 그러한 저항을 했다기보다는, 예컨대 신임 봉산군수가 사석에서 임꺽정을 욕한 적이 있어 괘씸하던 차에, 또는 그들을 징계하면 화적패의 위신이 높아질 것이라는 동기에서 저지른 행위로 되어 있는 경우가 적지 않은 것이다.

또한 「화적편」에서는 임꺽정 일당과 일반 민중의 관계가 비중 있게 다루어져 있지 않다. 당시 황해도에서는 공납과 군역의 부담이 특히 과중하여 이 지역의 일부 농민들은 흉년을 만나면 유망하여 일시 도적이 되었다가 형편이 나아지면 다시금 양민으로서 생활하는 실정이었다. 이 때문에 『명종실록』에서도 임꺽정 일당이 "모이면 도적이 되고 흩어지면 백성이 되어 출몰이 무상하므로 몰아붙여서 잡을 수 있는 일이 아니"[41]라고 했던 것이다. 그리고 이들이 3년이라는 장기간에 걸쳐 광범한 지역에서 활동할 수 있었던 것도 농민층과의 유대 없이는 불가능한 일이었으리라 추측된다. 이밖에도 당시의 기록을 살펴보면 임꺽정 일당은 수공업자나 상인층 및 하급관리들과도 일정한 연결을 지녔던 것으로 보인다.[42]

관변 측에서는 "황해도 각 지방의 이민吏民으로서 도적을 밀고하여 체포하게 한 자도 도적들의 복수로 죽음을 당하였으니"[43] 민중들은 보복이 두려워 화적패에게 동조하는 것으로 보았다. 그러나 도적들이 관의 공격을 받으면 민중 속으로 흩어져 일반 민중들과 구별할 수 없었다는 것은, 그만큼 민중들과 혼연일체가 되어 그들의 지지를 받았기 때문이라고 보지 않을 수 없다. 그렇다면 청석골 화적패가 당시 민중들에게는 적어도 관보다는 민중 편에 가까운 존재로서 인식되고 있었으며, 민중의 이익에 부합되는 활동을 어느 정도는 하고 있었으리라 추측된다.

이 작품에서도 임꺽정 일당이 장사치들이나 아전 및 인근 지역의 주민들과 맺고 있는 관계가 간헐적으로 시사되고 있기는 하다. 예컨대 「화적편」에는 서울의 한온 일가와 송도의 김천만, 금교역말의 어물전 주인 등 청석골과 내통한 부유한 장사치들이 등장하기도 하며, 각지의 주막들이 화적패의 약탈에 협조하고 있는 것으로 되어 있다. 또한 임꺽정이 황해감사의 종제를 사칭할 때 평산에서는 청석골과 내통하고 있던 이방이 협조한 것으로 되어 있다. 「의형제편」에도 평소 청석골과 한통속이 되어 지내던 탑고개 동네 주민들이 길막봉이에게 붙잡힌 곽오주를 살리는 데 협조하는 대목이 있고, 길막봉이를 구출한 임꺽정 일행이 진천 이방의 집에 피신해 있었던 것으로 되어 있다.

그러나 「화적편」에서 민중이 임꺽정 일당에게 협력하는 이유가 그들의 계층적 이해관계에도 부합되기 때문이라는 점은 거의 부각되어 있지 않다. "지금 황해도 이십사관 관하 백성들더러 황해감사가 무서우냐, 꺽정이가 무서우냐 물어보면 열에 아홉은 꺽정이가 무섭달걸"(9:344)이라는 한 군졸의 말에서도 드러나듯이, 여기에서 민중들은 화적패와의 정신적 유대나 물질적 이해관계보다는 주로 보복이 두려워 그들에게 협조하는 것으로 되어 있는 것이다. 따라서 임꺽정의 화적패가 그처럼 대규모로 성장하여 장기간 활동할 수 있었던 사회적 기반이 거의 해명되어 있지 못하다.

더욱이 이 작품에서는 당시 해서지방의 전형적인 현실이었던 유망 농민의 도적화 과정이 거의 묘사되어 있지 않다. 물론 '피리'장의 서두에서 거듭된 흉년으로 유망한 농민들이 청석골에 졸개로 입당하는 사실이 언급되고 있으며, '청석골'장에서도 농민들이 과중한 공물과 군역을 견디다 못해

도적이 되는 이야기가 나오기는 하나, 이러한 대목들은 모두 추상적인 설명으로 처리되어 있을 따름이다.

뿐만 아니라 청석골 두령들의 화적패 입당 경위를 그린 「의형제편」에서도, 그들은 근본적으로 하층계급의 사회경제적 상황을 불만스럽게 여겨서라기보다는 매우 사사롭고 우연적인 계기로 도적패에 가담한 것으로 되어 있다. 가령 곽오주의 경우 아내가 죽지 않고 따라서 그가 어미 없는 젖먹이를 우발적으로 죽이게 되지 않았다든가, 길막봉의 경우 사나운 장모를 만나지 않아 처가살이가 견딜 만했더라면 그들은 자신들의 평범한 삶에 자족하며 살아가게 되었을지도 모른다. 요컨대 『임꺽정』에는 가난으로 인해 유망한 농민이 도적으로 전락해가는 당시의 가장 전형적인 현실이 형상화되어 있지 않은 것이다.

이와 관련하여 『임꺽정』에서는 주인공 임꺽정으로 대표되는 백정계급의 생활과 의식이 과연 충분히 형상화되어 있는지도 검토의 여지가 없지 않다. 백정은 원래 북방 유목민 출신으로 애초에는 수렵생활을 하다가 후에 유기 제조와 도축에 종사하며 때로는 군도로서 활약하기도 했는데,[44] 어느 경우건 집단생활을 했던 것으로 알려져 있다. 그러므로 임꺽정이 백정 계급의 단합을 꾀하여 조직적 저항운동을 벌인 것으로 본 앞서의 '작가의 말'은 어느 정도 근거가 있는 것이라 하겠다. 그러나 실제 작품을 보면 청석골 화적패 중에는 임꺽정을 제외하면 단 한 명의 백정 출신도 발견되지 않으며, 따라서 백정계급의 단합이니 계급의식이니 하는 것은 기대할 수 없게 되어 있다.

「화적편」에서 임꺽정은 "백정의 자식으로 아잇적부터 창피를 보고 설움을 받은 것이 뼈에 맺힌 까닭에 천참만륙할 도둑놈이란 말은 오히려 웃고 들을 수가 있어도 백정놈의 자식이란 말은 듣기만 하면 언제든지 온몸의 피가 일시에 끓어"오르는 인물로 제시되어 있다.(8:177) 기생 소흥에게 정체를 밝히는 대목에서 임꺽정은 자신이 천민으로서 학대받은 설움과 양반 지배층에 대한 증오심을 다음과 같이 토로하고 있다.

나는 함흥 고리백정의 손자구 양주 쇠백정의 아들일세. 사십 평생에 멸시두 많이 받구 천대두 많이 받았네. 만일 나를 불학무식하다구 멸시한다든지 상인해 物傷人害物한다구 천대한다면 글공부 안 한 것이 내 잘못이구 악한 일 한 것이 내 잘못이니까 이왕 받은 것보다 십배, 백배 더 받드래두 누굴 한가하겠나. 그 대신 내 잘못만 고치면 멸시 천대를 안 받게 되겠지만 백정의 자식이라구 멸시 천대하는 건 죽어 모르기 전 안 받을 수 없을 것인데, 이것이 자식 점지하는 삼신할머니의 잘못이거나 그렇지 않으면 가문 하적瑕跡하는 세상 사람의 잘못이니까 내가 삼신할머니를 탓하구 세상 사람을 미워할밖에. 세상 사람이 임금이 다 나보다 잘났다면 나를 멸시 천대하드래두 당연한 일루 여기구 받겠네. 그렇지만 내가 사십 평생에 임금으루 쳐다보이는 사람은 몇을 못 봤네. 내 속을 털어놓구 말하면 세상 사람이 모두 내 눈에 깔보이는데 깔보이는 사람들에게 멸시 천대를 받으니 어째 분하지 않겠나. 내가 도둑놈이 되구 싶어 된 것은 아니지만, 도둑놈 된 것을 조금두 뉘우치지 않네. 세상 사람에게 만분의 일이라두 분풀이를 할 수 있구 또 세상 사람이 범접 못할 내 세상이 따루 있네. 도둑놈이라니 말이지만 참말 도둑놈들은 나라에서 녹을 먹여 기르네. 사모紗帽 쓴 도둑놈이 시골 가면 골골이 다 있구 서울 오면 조정에 득실득실 많이 있네.
(8:179~180)

「의형제편」에서도 정의현감 이봉학이 임꺽정에게 박유복이 도적이 된 것을 개탄하자 그는 "자네는 나더러 유복이를 도둑놈 노릇하게 내버려두 었다구 책망하지만 양반의 세상에서 성명 없는 상놈들이 기 좀 펴구 살아 보려면 도둑놈 노릇밖에 할 게 무엇 있나"라고 항변한다. 그리고 "내 생각을 똑바루 말하면 유복이 같은 도둑놈은 도둑놈이 아니구 양반들이 정작 도둑놈인 줄 아네. 나라의 벼슬두 도둑질하구 백성의 재물두 도둑질하구, 그것이 정작 도둑놈이지 무엇인가"라고 양반 지배층을 지탄한다.(5:483~4) 하지만 이러한 그의 작중 발언들은 자연발생적이고 소박한 반발에 가까우며 계급의식과는 거리가 먼 것이라 하지 않을 수 없다.

뿐만 아니라 『임꺽정』은 백정생활의 묘사 자체에 있어서도 일정한 한계를 드러내고 있다. 「봉단편」에서 함흥의 고리백정인 봉단이네 집의 경우 주위의 백정이란 가까운 친척인 양주팔과 돌이네 집 정도가 고작으로, 백정들이 집단생활하는 것으로 그려져 있지는 않다. 그리고 돌이가 양주에 정착하여 소백정의 사위가 된 뒤에도 그의 장인이 소 잡는 시범을 보이는 장면이 단 한 번 묘사되고 있을 뿐, 관 푸주로서 생업을 삼는 이들의 일상생활은 더 이상 구체적으로 묘사되고 있지 않으며, 이들과 교유하고 지내는 다른 백정집안도 거의 등장하지 않고 있다. 「양반편」 말미에서 돌이가 중풍으로 누워 지내게 된 이후로는 장남인 임꺽정이 소 잡기를 싫어하여 생활이 극히 곤란하다고 되어 있으나, 작중에 묘사된 임꺽정의 집안 풍경은 상민들의 평균적인 생활수준이지, 최하층 천민인 백정의 집으로서 가업인 푸줏일을 하지 않아 수입이 끊긴 상태라 보기는 어렵다. 이와 같이 이 작품에서 임꺽정이 백정이라는 사실은 다분히 관념적으로만 설정되어 있을 뿐, 그는 실제로는 당시의 일반적인 백정들에 비해 경제적·사회적 곤란을 별반 겪고 있지 않은 것처럼 그려져 있다. 그러므로 이 작품에서 임꺽정이 백정계급의 전형으로 충분히 형상화되었다고 하기는 어려울 것이다.

앞서 언급한 바와 같이 홍명희의 『임꺽정』이 전기적인 형식을 탈피하여 주인공 임꺽정을 청석골의 여러 두령들보다 결코 더 두드러지지 않은 인물로 형상화한 것은 높이 평가되어야 할 것이다. 그러나 문제는 이 작품에서 이와 같이 거의 부인물에 가깝게 또는 다수의 주인공 중의 한 사람으로 형상화된 임꺽정이 서양의 고전적 역사소설에서 볼 수 있는 이른바 '세계사적 개인das welthistorische Individuum'으로서의 의의를 지닐 수 있느냐 하는 점이다.

헤겔에 의하면 '세계사적 개인'이란 "그들 자신의 특수한 목적이 세계정신의 의지인, 실체적인 것das Substanzielle을 지니는 역사상의 위대한 인간들"로서, 그들은 민중의 동향 속에 이미 존재하는 역사적 조류에 명백한 의식과 방향을 부여한다는 의미에서 역사적 진보의 의식적 담당자로 간주된다. 그런데 서양의 고전적 역사소설들에서는 이러한 세계사적 개인의 역할을 반드시 역사적으로 널리 알려진 상층의 위대한 인물들만이 맡고 있는 것은 아니다. 스코트의 역사소설에서는 흔히 로빈 후드나 롭 로이와 같이 역사적으로 별로 알려져 있지 않은 하층 출신 인물들도 세계사적 개인의 역할을 훌륭히 수행하고 있다. 즉 이들은 민중 가운데서 민중운동의 지도자로 부상한 특출한 인간들로서 역사적으로 유명한 인물들보다 더욱 위대한 인물로 부각되어 있으며, 여기에 그의 역사소설이 지닌 민중성이 있다고 할 수 있다.[45]

이렇게 볼 때 임꺽정은 미미한 백정 출신으로 대규모 화적패의 지도자까지 성장한 인물로서 세계사적 개인이 될 수 있는 가능성을 지니고 있기는 하나, 이 작품에서 과연 당시 민중의 동향을 집약하면서 그러한 움직임에 명확한 의미와 방향을 부여하는 존재로까지 고양되어 있는지는 의문이다. 화적패를 결성한 후에도 임꺽정은 약탈로 풍족한 생활을 하며 졸개들의 시중을 받고 청석골에서 기를 펴고 산다는 것 이상의 목표를 추구하고 있는 것 같지 않다. '청석골'장에서 화적패의 점고 장면을 보면 임꺽정은 봉건군주와 같이 금관을 쓰고 홍포를 입고 나타나며, 상경하여 한온의 집에 기거할 때에는 처자 있는 몸으로 양반 출신 처를 셋씩이나 새로 얻고 밤낮으로 기방 출입을 하는 것으로 되어 있다. 이런 반면 임꺽정은 양반 지배층의 수탈에 맞서 도탄에 빠져 있는 민중들을 돕겠다든가, 나아가서는 그들과 힘을 합해 봉건체제에 반기를 들려는 의지를 거의 보이지 않고 있다.

물론 작품의 몇몇 대목에서는 임꺽정 일당이 역모에 뜻을 두고 있는 것이 시사되고 있기는 하다. 예컨대 병해대사가 임꺽정에게 남긴 유서에는 "천자의 깃발이 눈에 보인다天子旌旗在眼中"라는 의미심장한 시구가 들어 있고, 이 사실이 「의형제편」과 「화적편」에서 거듭 환기되고 있다.(6:900, 9:106~107) 또한 「화적편」'청석골'장에는 서림이 임꺽정에게 "앞으루 큰일을 하실라면 순서가 있습니다. 먼저 황해도를 차지하시구 그다음에 평안도를 차지하셔서 근본을 세우신 뒤에 비로소 팔도를 가지구 다투실 수가 있습니다" 운운하자, 임꺽정이 이에 솔깃해 하는 장면이 있다.(7:21) '자모산성'장에서도 청석골에 홀로 남게 된 오가가 임꺽정에게 "대장께서 소원 성취하시는 날 나를 송도유수루 승차나 시켜주시우"라고 농담하는 장면이 있다.(10:136) 그러나 작품 전체를 놓고 볼 때 이들이 그러한 목표를 향해 의식적으로 꾸준히 일을 추진하는 흔적은 찾아보기 어렵다. 병해대사의 유서로 미루어 보면 작가는 애초에 임꺽정 일당이 역모에까지 나아간 것으로 그리려고 했던 듯하나, 결국 실제 작품은 작가의 의도와 어긋나게 되고 만 셈이다.

이상과 같이 이 작품에서 임꺽정 일당은 의적활동이나 반란과 같은 단순한 도적패로서의 활동을 넘어선 미래에의 전망을 지니지 못하고 있다. 이러한 문제점은 역사소설 『임꺽정』의 한계라기보다는 역사적 인물로서의 주인공 임꺽정의 한계에서 기인한 것이라 할는지도 모른다. 그리고 그것이 그 시대의 역사적 실상에 보다 부합된다면, 작가는 그러한 현실을 있었던 그대로 묘사하는 것이 당연하다고 할 수도 있겠다. 임꺽정은 민중운동이 아직 본격화되기 이전인 16세기에 활동하던 인물로서, 민중운동의 지도자라 하기에는 미흡할 만큼 일개 도적의 괴수로서의 한계를 벗어나지 못한 것이 어느 정도 사실이었으리라 생각된다.

그렇다면 작가는 그러한 그의 존재를 미화하지 않고 그대로 그려 보이면서도, 이를 통해 사회적 전망이 결여된 화적활동의 문제점이라든지, 민중과의 괴리 등 그들이 끝내 패배할 수밖에 없었던 요인들을 드러낼 수도 있었을 것이다. 그리하여 민중과의 굳건한 유대를 통해서만, 나아가서는 민중 자체의 힘에 의해서만 봉건체제는 전복될 수 있다는 역사적 전망 하에 실패로 끝난 임꺽정 일당의 활동이 궁극적으로는 조선조 말 민중운동의 선구로서의 의의를 지닌다는 점을 부각시킬 수도 있었지 않을까 한다.

　요컨대 「화적편」은 청석골 화적패의 일상생활을 사실적으로 묘사하고 사료에 언급된 임꺽정 일당의 활약을 생생하게 형상화하기는 했으나, 결국 이들은 별다른 정치적 의식이나 지향을 지니지 못한 일개 도적패에 불과한 것으로 그려지고 말았다. 그 결과 임꺽정은 서양의 고전적 역사소설에서 볼 수 있는 바와 같은 세계사적 개인으로 간주하기에는 다소 미흡한 인물로 되어 있으며, 또한 이 작품은 임꺽정 일당의 활약을 통해 그 시대의 핵심적인 사회 갈등을 형상화하는 데에도 만족할 만한 성과에 이르지 못하고 만 것이라 하겠다.

5. 맺음말

이상에서 홍명희의 생애를 간단히 살펴본 다음, 『임꺽정』을 「봉단편」, 「피장편」, 「양반편」과, 「의형제편」 및 「화적편」의 세 부분으로 나누어 고찰해보았다. 그런데 『임꺽정』의 각 편에 대한 이와 같은 구분은 방대한 분량의 이 작품을 논의하기 위한 편의상의 조치에 불과하다. 따라서 어느 한 부분에서 집중적으로 논의된 예술적 성과나 한계는 다른 부분들에도 역시 다소간 해당되는 것임은 물론이다.

「봉단편」「피장편」「양반편」은 임꺽정을 중심으로 한 화적패가 결성되기 이전의 시대를 배경으로, 도처에 화적패가 출몰하지 않을 수 없도록 어지러웠던 당시의 정치적 혼란상을 폭넓게 그리고 있다. 이와 같이 상·하층을 망라한 사회 각 계층의 투쟁을 광범하게 묘사함으로써, 장차 임꺽정을 이러한 사회적 갈등의 대표자로서 역사의 무대에 등장시키기 위한 사주한 사전 준비를 갖추고 있는 것이다.

일반적으로 군도를 소재로 한 역사소설이 하층생활의 묘사에 국한되기 쉬운 데에 반해, 『임꺽정』의 이 부분은 상·하층의 생활을 아울러 그리고 있기 때문에 작품 전체 안에서 그 나름의 중요성을 지니고 있다. 특히 궁중과 사대부 사회의 풍속과 언어를 탁월하게 재현하고 있는 점은 동시대의 다른 역사소설들에서는 유례가 드문 성과로서 높이 평가되어야 할 것이다. 그러나 지배층 내부의 사건을 민중생활의 동향과 관련하여 파악함으로써 그 민족의 생활을 전체적으로 묘사하는 서양의 고전적 역사소설에 비한다면, 여기에서도 두 계층의 생활상이 충분히 유기적으로 연결되지 못하고 있는 것은 사실이다. 즉 이 작품에서는 고리백정의 사위가 된 전 홍문관 교리 이장곤과 그 인척으로 당대 명유들과 교유하게 된 갓바치의 존재에 의해 두 계층 간의 연결이 간신히 이루어지고 있으며, 이로 인해 갓바치의 성격 형상화에 상당한 무리를 초래하고 있다.

뿐만 아니라 「봉단편」「피장편」「양반편」은 당시 사회를 폭넓게 그려 보이고 일제의 식민통치에 맞서 우리 역사와 국토에 대한 관심을 환기하고자 한 작가의 의도 때문이겠지만, 당시의 유명 인물들이 대거 등장하고 광범한 지역을 배경으로 어지럽게 사건이 전개되어 전체적으로 플롯이 산만해진 점이 없지 않다. 그리고 야사의 기록에 지나치게 의존한 결과 부분적으로 궁중비화의 성격을 띠는 등, 「의형제편」과 「화적편」에 비해 초기작다운 미숙성을 드러내고 있다.

임꺽정 휘하의 두령들이 화적패에 가담하게 된 경위를 그린 「의형제편」은 앞의 세 편에 비해 훨씬 더 짜임새 있게 구성되어 있을 뿐 아니라, 하층민의 일상생활에 관한 구체적인 묘사 위주로 전개되고 있다. 즉 「의형제편」 각 장의 주인공 격인 두령들은 다양한 신분의 하층민들로서, 작가는 이러한 인물들이 화적이 되기까지의 인생 역정을 일상적 장면들 위주로 면밀하고 생생하게 그려내고 있다. 이와 같이 각양각색의 민중들의 생활을 충실히 재현하기 위해 「의형제편」에서는 그와 관련된 민간풍속의 묘사와 전래설화 및 고유의 인명이나 지명, 토속적인 고어와 속담들이 작중에 풍부하게 유입되어, '조선의 정조'를 살리고 있다.

  또한 「의형제편」에서 볼 수 있는 바와 같이 『임꺽정』은 주인공의 생애 위주로 전개되는 전기적인 형식에서 벗어난 결과, 역사적 진보의 담당자를 특출한 개인이 아닌 전체 민중으로 파악하여 거대한 역사적·사회적 여러 연관을 좀 더 객관적으로 반영할 수 있는 가능성을 지니게 되었다. 뿐만 아니라 작가는 등장인물들의 심리 묘사를 가급적 억제하고 일상적인 장면에서 대화와 행동으로 그 성격을 묘사함으로써 등장인물들을 개성 있게 형상화하는 데에도 원숙한 기량을 보여주고 있다.

  이와 같이 「의형제편」이 탁월한 리얼리즘을 성취하고 있는 것은, 민중의 구체적인 생활상의 에피소드를 통해 그 시대의 전반적인 동향을 부각시킨 이 작품의 민중적 성격과 밀접한 관련이 있다. 요컨대 「의형제편」은 『임꺽정』이 지닌 리얼리즘과 민중적인 특성을 가장 잘 구현하고 있는 부분이라 하겠다.

  임꺽정을 중심한 화적패의 본격적인 활약상을 그린 「화적편」은 그 골격의 대부분을 사료에 의존하고 있다. 그런데 작가는 매 사건마다 빈약한 역사적 기록을 바탕으로 극도로 치밀한 디테일을 구사하여 대단히 구체적이고 생생하며 빈틈없이 짜인 이야기를 만들어내고 있다. 그리고 「화적편」에서는 「의형제편」에 비해서도 묘사가 더욱 큰 비중을 차지하여, 등장인물 개개인의 성격이 매우 뚜렷하게 부각되고 화적패의 일상생활과 그 시대의 풍속이 탁월하게 묘사되고 있다.

그러나 다른 한편 「화적편」에서는 임꺽정 일당이 대규모의 화적패로서 청석골에 정착하여 풍족하게 살게 된 시기를 다루고 있기 때문에 앞서의 「의형제편」에서와 같은 민중의 일상생활에 밀착된 묘사는 찾아보기 어렵다. 이는 청석골 화적패가 민중의 이해관계와 직접 연관된 의적활동을 벌이지 않은 것으로 그려진 이 작품의 문제점과도 관련이 있을 것이다.

우선 「화적편」에서는 임꺽정 일당이 화적질하는 장면 자체가 거의 그려지지 않아 그 시대의 계층적 갈등이 심도 있게 묘사될 수 없게 되었다. 특히 당시 해서지방의 전형적인 현실이었던 유망 농민의 도적화 과정을 포함하여 화적패와 일반 민중들 간의 유대관계가 비중 있게 다루어지지 않고 있다. 그에 따라 이 작품은 임꺽정 일당의 활약을 통해 그 시대의 핵심적인 갈등을 형상화하는 데에도 만족할 만한 성과에 이르지 못하였다.

『임꺽정』이 지닌 이와 같은 문제점을 의식한 임화는 앞서 언급했듯이 이 작품을 세태소설로 규정하였다. 그에 의하면 '사상성의 감퇴'를 특징으로 하는 1930년대의 한국소설은 세태소설과 내성심리소설의 양대 경향으로 분화되었는데, 『임꺽정』은 그중 전자에 해당한다는 것이다. 이어서 그는 다음과 같이 『임꺽정』을 비판하였다.

우리들과 같은 성격이나 우리가 탐내는 뚜렷한 성격도 없고, 그 성격과 환경과의 비비드한 갈등도 없으며, 따라서 작품을 관류하는 일관한 정열도 없다. 단지 『임꺽정』의 매력은 그 시대의 여러 가지 인물들과 생활상의 만화경과 같은 전개에 있다.[46]

이러한 임화의 견해는 당시에 연재 중이던 「화적편」의 일부 내용만을 대상으로 검토한 결과라 추측되는데, 그러한 범위 내에서 『임꺽정』에 대해 부분적으로는 타당한 지적을 하고 있는 셈이다. 그러나 이는 동시에 「화적편」에서 이루어진 중요한 예술적 성과들을 무시하고 있으며, 더욱이 리얼리즘과 민중적 특성이 가장 잘 구현된 「의형제편」을 포함하여 이 작품의 전편에 해당되는 보편타당한 비판이라 하기는 어려울 것이다.

홍명희의 『임꺽정』은 이광수의 작품들로 대표되는 식민지시기 대부분의 역사소설들과는 그 유형을 달리하는 역사소설이라 할 수 있다. 후자가 현실도피적인 의도에서나 교훈적인 이념의 제시를 위해 흔히 역사의 실상을 왜곡하는 낭만주의적 역사소설의 유형에 속한다면, 이 작품은 거의 유일하게 지나간 시대를 현대의 전사로서 진실되게 묘사하려는 리얼리즘 역사소설의 유형에 속한다고 할 수 있는 것이다.

뿐만 아니라 이 작품은 식민지시기 역사소설의 주류가 봉건 지배층 내부의 시각에서 역사를 파악하는 왕조사 중심의 역사소설인 데 반해, 민중의 동향을 통해 역사를 파악하려는 민중사 중심의 역사소설이라는 점에서도 독특한 의의를 지니고 있다. 이러한 점에서 『임꺽정』은 최근에 몇몇 역사소설에 의해 그 비판적 계승이 시도되고 있는, 한국 근대 역사소설사상 기념비적 작품이라 하겠다.

『임꺽정』의 연재와 출판

1. 머리말

벽초 홍명희의 『임꺽정』은 백정 출신 도적 임꺽정의 활약을 통해 조선시대 민중들의 생활상을 생생하게 그린 대하 역사소설이다. 이 작품은 1928년부터 10여 년에 걸쳐 『조선일보』에 연재되어 폭넓은 독자들의 사랑을 받았고, 일제 말에 책으로 출판되자 전 문단적인 찬사를 받으며 우리 근대문학의 고전이라는 정평을 얻었다. 해방 직후에는 『임꺽정』이 다시 출판되어 식민지 시기에 일본어로만 교육을 받다가 해방 후 처음 한글로 교육을 받게 된 새로운 세대의 독자들에게 특히 인기를 끌며 널리 읽혔다.

그러나 그 무렵 작가 홍명희가 남북연석회의 참가차 평양에 갔다가 북에 남아 고위직을 지낸 까닭에, 그의 소설 『임꺽정』은 오랫동안 금서로 묶여 있었다. 따라서 전설적인 문호의 고전적인 걸작으로 희미하게 명성만 전해져오던 『임꺽정』은 1985년에야 다시 출판되어 독서계에 비상한 반향을 일으켰다. 또한 그 후 월북 문인들의 작품에 대한 출판과 연구가 허용되자, 홍명희에 대한 관심이 갈수록 커지고 『임꺽정』의 문학사적 위치도 새롭게 평가받게 되었다.

홍명희는 일본 유학시절의 절친한 벗이던 최남선, 이광수와 함께 '조선의 세 천재'라 불리며 신문학 창시자의 한 사람으로 간주되던 인물이다. 그가 남긴 소설은 『임꺽정』 단 한 편뿐이지만, 『임꺽정』은 전10권에 달하는 장편 거작인 데다가 한국 근대 문학사상 기념비적인 작품으로 평가될 만하다. 그로 인해 홍명희는 해방 직후 조선문학가동맹 중앙집행위원장으로 추대되기까지 하였다.

이 글에서는 식민지시기를 통틀어 가장 방대한 소설인 『임꺽정』이 우여곡절을 겪으며 장기간 연재된 과정과, 일제 말에 처음 책으로 출판된 후 지금까지 남북한에서 여러 차례 간행된 경위를 자세히 살펴보고자 한다. 이는 『임꺽정』의 창작 배경과 당시 독자들의 반향을 이해하고, 나아가서는 이 작품의 예술적 성과를 고찰하는 데 반드시 필요한 작업이라 생각된다.

2. 장기간 연재된 대하 역사소설 『임꺽정』

1) 드디어 연재를 시작하다 – 「봉단편」 「피장편」 「양반편」

신간회운동으로 한창 분주하던 1928년 11월 21일부터 홍명희는 역사소설 『임꺽정』을 『조선일보』 지상에 연재하기 시작하였다. 그 이후 홍명희는 무려 13년에 걸쳐 『임꺽정』을 집필하는 과정에서 몇 차례 연재를 중단했다가 속개했는데, 이를 정리해 보면 다음과 같다.[1]

제1차 연재   『조선일보』 1928년 11월 21일~1929년 12월 26일자

                   「봉단편」 「피장편」 「양반편」

                   — 투옥으로 인해 제1차 장기 휴재 —

제2차 연재   『조선일보』 1932년 12월 1일~1934년 9월 4일자

                   「의형제편」

	— 10일간 휴재 —
제3차 연재	『조선일보』 1934년 9월 15일~1935년 12월 24일자
	「화적편」 '청석골'장
	— 신병으로 인해 제2차 장기 휴재 —
제4차 연재	『조선일보』 1937년 12월 12일~1939년 7월 4일자
	「화적편」 '송악산'부터 '자모산성'장 서두까지
	— 신병으로 인해 제3차 장기 휴재 —
제5차 연재	『조광』 1940년 10월호
	「화적편」 '자모산성'장 일부
	— 미완未完으로 중단 —

그중에서 제2차 연재가 시작된 1932년 이후 홍명희는 『임꺽정』 집필에 몰두하여, 1930년대의 그의 삶은 작가적 활동으로 집약할 수 있다. 반면 제1차 연재기인 1920년대 말은 그가 신간회운동으로 분주한 가운데 생계의 방편 겸 일종의 여기餘技로 『임꺽정』을 썼던 시기라 할 수 있다.

홍명희는 직업 문인으로 자처한 적이 없었지만, 당시 지식인 사회에서 장차 대작을 쓸 문인으로 큰 기대를 모으고 있었다. 1910년대 비판적 리얼리즘 소설의 대표작으로 평가되는 『슬픈 모순』의 작가인 양건식이 1924년 홍명희에 관해 쓴 인물평에는 다음과 같은 대목이 있다.

그런데 홍군이 이와 같이 많이 보는 대신에 좀체로 붓을 들지는 아니한다. 아니 아주 안 드는 패다. 원체 박람博覽을 하여서 그러한지는 모르거니와 이것이 일면 군의 지조를 말함이다. 혹 무슨 글을 그 감식鑑識이 있이 비평하는 것을 듣는다든지, 또 군이 지은 단간잔편短簡殘篇을 어쩌다가 얻어 보면 결코 짓지 못하는 솜씨는 아니다. 도리어 현금現今의 작가를 웃을 것이다. 군은 시도 짓는다, 문도 짓는다.(이 짓는단 말을 오해해서는 안 된다.) 하지만 안 짓는 까닭으로 일부 인사는 그 역량을 의심한다. 그러나 이것이 오늘날 조선문단에 있어서 불행한 일인지 아닌지는 모른다. (…)

아무렇든지 군으로 말하면 난봉애와 난작가亂作家가 많은 오늘날 조선문단의 한 일품逸品이요 동시에 그것으로 세간의 상당한 경의를 받을 만한 사람으로 안다. 혹 어느 사람은 말하기를, 군은 문예비평가 노릇을 하였으면 똑 좋겠다 한다. 그러나 군이 금후에 작가가 될지 비평가가 될지 안 될지 지금 이는 보증할 수 없는 노릇이(다).[2]

이와 같은 당시 문단의 기대에도 불구하고 홍명희는 1920년대 후반에 들어서도 청탁에 못 이겨 남의 책 서문을 써주거나 극히 짧은 글들을 잡지에 몇 편 게재했을 뿐이다. 이처럼 좀처럼 붓을 들지 않을뿐더러 마지못해 쓴 듯한 짧은 글들만 이따금 발표하던 홍명희가 『조선일보』에 장기간 『임꺽정』을 연재한 것은 매우 이례적인 일이라 하겠다.

『임꺽정』 연재를 시작할 때 홍명희는 반드시 소설을 창작하려고 의도한 것은 아니었다. 홍명희가 신간회운동에 전념하고자 오산학교 교장직을 사임하여 생계가 막연해지자, 당시 조선일보사 간부로 있던 신간회 동지 안재홍과 신석우 등은 그에게 신문사에서 다달이 생활비를 제공하는 대신 무어든 글을 쓰라고 종용하였다.[3] 홍명희는 앞서 동아일보사에 재직할 때 동서고금의 지식을 소개하는 칼럼을 연재하여 독자들의 인기를 모았고 이를 『학창산화』라는 단행본으로까지 출간했으므로,[4] 조선일보사 측에서는 그와 유사한 흥미로운 읽을거리를 기대했던 것 같다.

『임꺽정』 연재가 시작되기 며칠 전인 11월 17일자 『조선일보』에는 "조선서 처음인 신강담新講談/ 벽초 홍명희씨 작作/ 임꺽정전林巨正傳"이라는 제목 아래 연재 예고가 실렸다. 여기에서는 "조선에 있어서 새로운 시험으로 신강담 『임걱정전』을 싣게 되었습니다"라고 하면서, "작자는 조선문학계의 권위요 사학계의 으뜸인 벽초 홍명희 선생이니 이 강담이 얼마나 조선문 단에 큰 파문을 줄는지 추측되는 바"라고 선전하였다.

본래 강담은 우리나라의 야담과 유사한 일본 전래의 구비문학의 일종으로서, 실록이나 전쟁담을 바탕으로 한 이야기를 대중을 상대로 구연하던 것이었다. 그런데 후대에 와서 그 구연 내용을 기록한 '속기速記 강담'과 작가가 창작한 이른바 '신강담'이 등장하여 새로운 대중적 역사물로 자리 잡으며 널리 유행하게 되었다. 1920년대 들어 우리 문단의 일부 문인이 '야담' 또는 '강담'에 관심을 갖게 된 것은 조선 후기 야담의 전통을 계승한 것이기도 했지만, 다른 면에서는 이와 같은 일본의 신강담의 영향을 받은 것이기도 했다.[5]

한편 이 시기에는 식민지 치하에서 민족의 정체성을 추구하려는 노력의 일환으로 조선어와 조선사에 대한 대중의 관심이 높아지던 추세였다. 따라서 홍명희는 독자 대중에게 야사의 기록을 바탕으로 하여 조선사, 특히 조선의 민중사에 대한 흥미로운 읽을거리를 제공함으로써 계몽적인 효과를 얻을 수 있다고 생각했던 듯하다. 이는 유년시절 이래 한학 수업과 광범한 독서를 통해 조선의 역사, 풍속, 언어에 대한 해박한 지식과 남다른 조예를 지니고 있던 그에게 아주 적합한 과제였던 셈이다.

물론 그렇다고 해서 홍명희가 『임걱정』 연재를 시작할 때 역사소설이 아니라 순전히 강담 형식으로 쓰고자 했던 것은 아니다. 『임걱정』 연재 제1회 「머리말씀」에서 "삼십지년 할 일이 많은 몸으로 고담古談 부스러기 가지고 소설 비슷이 써내게 되는 것"[6] 운운한 점으로 미루어 보면, 연재 초기에 홍명희는 강담과 역사소설 사이에서 뚜렷한 형식을 정하지 못한 채 집필을 시작했던 듯하다.

「봉단편」 「피장편」 「양반편」은 『임걱정전』이라는 제목으로 1928년 11월

21일부터 1929년 12월 26일까지 300여 회에 걸쳐 연재되었다. 이 세 편에서는 연산조의 갑자사화(1504)부터 명종조의 을묘왜변(1555)까지 정치적 혼란상을 소상히 그리는 한편, 이를 배경으로 임꺽정의 특이한 가계와 성장과정을 보여주고 있다.

오늘날 임꺽정은 조선시대에 활약한 의적으로 대중에게 널리 알려져 있지만, 홍명희가 그를 주인공으로 한 소설 『임꺽정』을 연재하기 전까지는 별로 알려지지 않은 인물이었다. 임꺽정은 홍명희가 역사소설의 주인공으로 선택하여 그의 활약을 소설화함으로써 비로소 역사상의 유명 인물로 부활하게 된 것이다.

그런데 당시에는 물론 현재까지도 한국의 역사소설은 지배층 인물을 주인공으로 하여 궁중비화나 권력투쟁을 다룸으로써 통속적인 흥미를 자아내려는 작품이 대다수이다. 그리고 유명한 역사적 인물의 전기 형식을 취함으로써 역사의 주체를 민중이 아닌 위대한 개인으로 보는 영웅사관을 답습하고 있다. 이와 달리 『임꺽정』은 천민인 백정 신분의 인물 임꺽정을 주인공으로 한 점에서 식민지시기의 역사소설 중 극히 예외적인 작품이라 할 수 있다. 그러한 주인공을 선택한 데에는 역사의 주체는 민중이라 보는 홍명희의 진보적 역사관과, 역사소설은 궁중비화를 배격하고 민중의 사회사를 지향해야 한다는[7] 그의 진보적 역사소설관이 작용한 것이다.

연재 초기에 홍명희는 "임꺽정이란 옛날 봉건사회에서 가장 학대받던 백정계급의 한 인물이 아니었습니까. 그가 가슴에 차 넘치는 계급적 ○○(분노―인용자)의 불길을 품고 그때 사회에 대하여 ○○(반기―인용자)를 든 것만 하여도 얼마나 장한 쾌거였습니까"라고 하면서, 이러한 인물은 "현대에 재현시켜도 능히 용납할 사람"이라고 주장하였다.[8] 그는 견고한 봉건 체제 속에서 계급 모순에 저항하는 임꺽정의 반역자적 면모에 강한 매력을 느껴 창작에 임한 것이다. 일제 당국의 검열에 걸려 핵심적인 단어들이 복자覆字

처리된 데서도 드러나듯이, 이러한 작가의 의도는 당시로서는 매우 불온한 것으로 간주될 만하였다.

한편 『임꺽정』을 처음 읽는 독자들은 소설의 제목이 『임꺽정』인데도 그 서두 부분에 주인공 임꺽정이 등장하지 않는 데에 의아한 느낌을 받기 쉽다. 『임꺽정』과 거의 동시에 『동아일보』에 연재되기 시작한 이광수의 『단종애사』는 그 서두가 왕세손인 단종의 탄생을 세종에게 아뢰는 장면에서부터 시작된다. 그처럼 『임꺽정』도 으레 임꺽정의 출생으로 시작하는 일대기 형식으로 전개되리라 기대하는 것이 한국에서 역사소설에 대한 일반의 통념이다. 그러나 『임꺽정』에는 제1권인 「봉단편」이 다 끝날 때까지도, 임꺽정의 출생 이전인 연산군 시대를 배경으로 하여 홍문관 교리 이장곤과 그의 처가 된 백정의 딸 봉단이 이야기만 전개되고 있는 것이다.

이와 관련하여 홍명희는 『임꺽정』 「의형제편」 연재에 앞서 기고한 '작가의 말'에서 다음과 같이 밝힌 바 있다.

내가 처음 『임꺽정전』을 쓸 때에 복안을 세운 것이 있었습니다. 첫편은 꺽정의 결찌의 내력, 둘째편은 꺽정의 초년 일, 셋째편은 꺽정의 시대와 환경, 넷째편은 꺽정의 동무들, 다섯째편은 꺽정이 동무들과 같이 화적질하던 일, 끝편은 꺽정의 후손의 하락, 도합 여섯편을 쓰되 편편이 따로 떼면 한 단편으로 볼 수 있도록 쓰려는 것이었습니다.[9]

이러한 애초의 구상에 따라 「봉단편」은 '꺽정의 결찌' 즉 그의 친척들의 내력을, 「피장편」은 '꺽정의 초년 일' 즉 그의 성장 과정을, 「양반편」은 '꺽정의 시대와 환경' 즉 중종 말부터 명종대에 이르는 양반사회의 정쟁을 그리게 된 것이다. 이와 같이 작가가 이 세 편에서 임꺽정의 본격적인 활동 이전의 사회 현실을 일견 장황할 정도로 폭넓게 그려보인 것은, 역사적 인물인 임꺽정의 등장을 위해 필수적인 사전 준비를 튼실하게 한 셈이다.

또한 「봉단편」 「피장편」 「양반편」에는 조광조, 이지함, 황진이, 율곡 이이 등 임꺽정과 동시대의 저명 인물들이 숱하게 등장하고 있다. 그리고 임꺽정이 스승 갖바치를 따라 백두산에서부터 한라산에 이르는 국토를 순례하는 과정에서 조선의 명승지가 두루 소개되고 있다. 이처럼 소설 속에 역사상의 수많은 인물을 등장시키고 주인공으로 하여금 전국 각처를 순례하도록 한 것은, 일제의 민족교육 말살정책에 맞서 조선의 지나간 역사와 국토에 대한 대중의 관심을 환기하고자 한 홍명희의 뚜렷한 의도에 따른 것이다.[10]

다만 1930년대에 연재된 「의형제편」과 「화적편」에 비해 볼 때, 이 세 편은 형상화가 불충분한 채로 많은 인물들이 등장하고 사건이 지나치게 빠르고 광범하게 전개되고 있다고 느껴진다. 따라서 그 시대의 현실에 대한 사실적인 묘사의 효과가 적잖이 감소되는 것이 사실이다. 또한 부분적으로 지배층 내부의 암투를 다룬 궁중비화의 성격을 띠고 있으며, 등장인물들이 선인과 악인의 대립으로 설정되어 있는 문제점을 드러내고 있다.[11]

이는 『임꺽정』 중 「봉단편」 「피장편」 「양반편」이 유달리 야사의 기록에 지나치게 크게 의존한 데서 초래된 문제점이라 할 수 있다. 더 근본적으로는 연재 초기에 작가가 강담과 역사소설 사이에서 장르를 확정하지 못한 채 어정쩡한 태도로 창작에 임한 때문이라 하겠다. 그러므로 홍명희도 『임꺽정』 「의형제편」 연재에 앞서 기고한 '작가의 말'에서 "이왕 쓴 세 편은 사실 누락된 것을 보충하고 사실이 착오된 것을 교정하고 쓸데없이 늘어놓았던 이야기를 깎고 줄이어 책을 만들려고 합니다"라고 하여, 후일 「봉단편」 「피장편」 「양반편」을 수정하여 출판할 의도임을 분명히 하였다.[12]

그러나 『임꺽정』이 계속 연재되는 동안 홍명희는 자신의 내부에 잠재해 있던 소설가로서의 천분을 한껏 발휘하기 시작하였다. 그리하여 사실적인 생활 환경 묘사, 등장인물의 개성적 형상화, 우리말의 맛을 살린 빼어난 대화 등 강담에서는 기대할 수 없는 역사소설의 묘미를 보여주었다. 게다가 주인공의 등장과 더불어 작품의 본 줄거리가 전개되면서 뚜렷한 소설적 골격을 갖추게 됨으로써, 『임꺽정』은 야담적인 요소를 점차 불식하고 본격적인 역사소설의 궤도에 성공적으로 진입하게 된다.

연재 초기 『임꺽정』의 삽화는 카프 소속 작가이자 화가인 석영 안석주가 맡았다. 당시 조선일보사에 몸담고 있던 안석주는 동아일보와 시대일보 시절 홍명희와 함께 재직한 바 있으며, 신간회 창립 당시 간사로서 홍명희를 각별히 따르던 처지였다. 후일 그는 『임꺽정』 연재 초기의 사정을 다음과 같이 술회한 바 있다.

> 『조선일보』에 이 『임꺽정』이 실리게 될 때에도 벽초 선생이 주저하시는 것을 그 당시 신문사 간부 제씨가 강권하다시피 하였으나 결쇄기로 내가 응석같이 졸랐고 소설 원고를 급사를 보내어 찾아오는 것이 항례恒例로되 내가 벽초 선생 앞에 지켜 앉아서 받아가지고 신문사로 와서 교정까지도 본 때가 있었던 일이 생각납니다.
> 하루라도 이 소설이 휴재休載되는 때는 전화로 투서로 독자의 불평이 잦았고 이 소설을 읽는 사람마다 그 문장에 무릎을 치며 "잘 쓴다" 하고 예찬하는 이도 많이 보았습니다.[13]

『임꺽정』 신문 연재 1회분은 200자 원고지로 13매가량이나 되었으므로, 본시 구상에 완벽을 기하고 문장에 대한 결벽이 심한 홍명희로서는 날마다 그만한 분량을 써낸다는 것이 결코 쉬운 일이 아니었을 것이다. 그러나 「봉단편」 「피장편」 「양반편」은 야사의 기록에 많이 의존하고 상대적으로 퇴고에 신경을 덜 쓴 까닭인지, 「의형제편」 「화적편」 연재 당시에 비해 휴

재가 드문 셈이었다. 그리하여 1928년 11월부터 이듬해 12월까지 불과 1
년 남짓한 기간에 단행본으로 세 권 분량에 해당하는 양이 연재되었다.

당시 홍명희는 신간회운동으로 인해 창작에만 전념할 수 없는 상황이었
다. 따라서 그는 흔히 사랑방에 가득 모여 있는 방문객에게 잠시 담소하며
기다리라 해놓고는 한 켠에서 『임꺽정』 다음회 부 원고를 쓰기도 했다고
한다. 그런데 이처럼 경황없는 중에 써낸 부분도 스토리의 전후가 어긋난
다든가 문장이 흐트러진 대목이 전무하여 주위 사람들의 찬탄을 불러일으
켰다는 것이다.[14]

1929년 12월 13일 홍명희가 신간회 민중대회 사건으로 돌연 검거되자,
인기 연재소설이 중단될 위기에 처한 조선일보사 측에서 당국과 교섭을
벌인 결과, 홍명희는 며칠 동안 경기도 경찰부 유치장에서 『임꺽정』 집필
을 계속할 수 있었다. 그러자 평소 방문객들에게 시달리던 그는 유치장 속
에서 집필에만 전념할 수 있게 되어 한결 "편하였고", 분방한 작가의 사정
으로 말미암아 흔히 원고를 제 시간에 건네받지 못해 애를 태우던 신문사
측에서도 "제때에 원고가 들어오니 기분이 좋았다"는 우스갯소리도 있다.[15]

이와 같이 검거된 후 『임꺽정』의 일부를 계속 집필한 사실이 "옥중 집필"
로 잘못 알려지기까지 했지만, 기실 그가 집필한 곳은 감옥이 아닌 경기도
경찰부 유치장이었다. 홍명희가 그해 12월 24일 구속되어 서대문형무소 구
치감에 수감되자, 『임꺽정』 연재는 결국 중단되고 말았다. 그가 경기도 경
찰부 유치장에서 집필한 분량은 결국 신문 연재 2회분에 지나지 않았다.[16]
제1차 연재가 중단된 후 『조선일보』에는 다음과 같은 사고社告가 실렸다.

『임꺽정전』에 대하여
연재중인 『임꺽정전』은 벽초 홍명희씨가 금반今般사건으로 수감중이므로 부득
이 중단하게 되었는바, 최근에 발표된 2회분도 경기도 경찰부 유치장에서 집

필하게 된 것이오며, 다음과 같은 부언(附言)이 있습니다. 만천하 독자와 같이 씨의 건강과 속히 출감하시기를 빌 뿐입니다.

왜변까지를 시대편(?)이라고 이름짓고 이 편으로 『임꺽정전』의 상편을 끝마치려고 계획하였습니다. 왜변만 다 쓰면 상편이 끝나는 셈이라 구차히라도 왜변만이나 끝내보려고 하였으나 낮에는 머리가 아프고 밤에는 손이 곱아서 구경 끝을 내지 못하고 저자의 일신상 관계로 한동안 중단되게 되었습니다. 독자 여러분께 미안합니다.

경찰부 유치장에서 저자[17]

유치장에서 쓴 『임꺽정』 제1차 연재분의 마지막 대목은 공교롭게도 소제목이 '왜변'으로서, 을묘왜변에 출정한 이봉학이 왜구와 접전하는 장면을 그린 대목이었다. 더욱이 그 내용은 이봉학과 함께 출정을 지원했다가 백정이라는 이유로 배제당하자 혼자 전장으로 떠났던 임꺽정이 홀연히 나타나 왜구를 물리치고 이봉학이 속한 관군을 구출하고 사라진다는 것이다. 신간회 민중대회 사건으로 인해 검거된 몸으로 일제의 경찰 유치장에서 바로 이 대목을 구상하고 집필하던 당시 홍명희의 항일의식과 울분을 넉넉히 짐작할 수 있다고 하겠다.

2) 출옥 후 연재를 재개하다-「의형제편」

1929년 12월 신간회 민중대회 사건으로 인해 검거되었다가 1932년 1월 가출옥으로 석방된 홍명희는, 1920년대와는 여러 면에서 크게 달라진 1930년대의 새로운 사회 현실을 목도하게 되었다. 1920년대 국내 민족해방운동의 역량을 총집결하고자 했던 민족협동전선 신간회는 이미 해소되어버린 뒤였다. 한동안 활발하던 노동자 농민 대중의 투쟁도 만주사변 이후 본격적인 파시즘 체제로 전환한 일제의 탄압을 받아 점차 무력화되고 말았다.

출옥 후 이러한 1930년대의 변화된 상황을 목도한 홍명희는 국내에서 종전의 신간회와 같은 합법적 조직을 통한 민족해방운동은 더 이상 불가능하다고 판단하게 되었던 것 같다. 그러므로 번민 끝에 그는 1920년대 말부터 자의반 타의반으로 시작했던 문필생활에 전념하여 본격적인 작가의 길을 걸으면서, 일제에 타협하지 않고 지조를 지키며 살아가는 길을 택하게 되었던 것으로 보인다. 다른 한편 홍명희는 경제적인 사정 때문에도 『임꺽정』 연재를 계속하는 것이 불가피하였다. 『임꺽정』을 연재할 때에도 대가족의 생활비로 충분한 수입이 보장된 것은 아니었지만, 그 무렵에는 가장이 옥살이를 하는 동안 원고료 수입이 끊긴 데다 옥바라지까지 해야 했던 까닭에 가족들은 극심한 경제적 어려움에 시달리고 있었다.

그런데다가 조선일보사 측에서도 독자들의 여망에 따라 『임꺽정』 연재 재개를 간절히 바라고 있었다. 홍명희가 출옥한 직후인 1932년 4월부터 『동아일보』에는 이광수의 『흙』이 인기리에 연재되고 있었다. 그러므로 『동아일보』와 경쟁관계에 있는 조선일보사 측에서는 홍명희에게 가급적 빨리 『임꺽정』 연재를 재개해줄 것을 요청했던 듯하다. 그리하여 1932년 5월 27일 『조선일보』에는 "홍명희씨가 출감한 후로 건강이 좋지 못하여 그동안 정양중에 있었으나, 근일에는 건(강)이 회복되었으므로 불원간 계속하여 본지에 집필하게 되었으니 본사에서는 독자와 같이 기뻐하는 바이다"[18]라는 연재 재개 예고가 나가게 되었다.

그러나 공교롭게도 그 무렵 『조선일보』는 복잡한 사내 분규로 휴간 사태를 겪게 되어, 『임꺽정』 연재는 한동안 미루어지지 않을 수 없었다. 우여곡절 끝에 『조선일보』는 그해 11월 복간되었고, 이듬해 3월 금광으로 거부가 된 방응모가 경영권 일체를 인수하면서 안정된 경영체제로 들어가게 되었다.[19]

1932년 12월 1일, 드디어 홍명희의 『임꺽정』 제2차 연재가 시작되었다. 앞서 홍명희가 신간회 민중대회 사건으로 검거되어 연재가 중단된 1929년 12월 말 당시 『임꺽정』은 전10권 중 세 권 분량에 해당하는 「봉단편」 「피장편」 「양반편」의 연재가 거의 끝나가고 있었다. 연재 중단 후 만 3년 만에 『임꺽정』 제2차 연재를 시작하면서 홍명희는 앞서 중단된 「양반편」의 마지막 대목을 완결하지 않은 채, 「의형제편」 이라는 편명으로 전혀 새로운 이야기를 풀어나가기 시작하였다.

연재 재개에 앞서 기고한 '작가의 말'에서 홍명희는 『임꺽정』 전체를 모두 여섯 편으로 구성하되 "편편이 따로 떼면 한 단편으로 볼 수 있도록 쓰려"했던 자신의 원래 복안을 피력한 다음, 이렇게 말하고 있다.

> (…) 그러나 손이 마음과 같지 못하여 복안대로 잘 되지 않는 까닭에 되나마나 거의 염치 불고하고 횟수 채움으로 써나가다가 그나마 셋째편을 채 끝마치지 못하고 이내 중단하여버리게 되었습니다. 사오 년 동안이 지난 오늘날 이것을 다시 계속하여 쓴다면 불가불 넷째편부터 쓸 터인데, 워낙 복안을 편마다 따로 뗄 수 있게 세운 까닭으로 설혹 전편을 통히 모르는 독자에게라도 사건의 맥락이 혼란할 경우는 없을 줄로 믿습니다.[20]

이와 같이 홍명희는 처음부터 『임꺽정』의 각 '편'을 저마다 독립된 작품으로도 읽힐 수 있게끔 자기완결적인 구성으로 써내려 가려는 의도를 지니고 있었다. 그리고 이러한 구성 원칙은 연재가 진행되어 갈수록 강화되어 「의형제편」 「화적편」에 이르면 각 편은 물론 그에 소속된 개개의 '장'까지도 한 편의 완결된 소설로 보아도 좋을 만큼 독립적 구성을 지니게 되었다. 이렇게 볼 때 제2차 연재를 시작하면서 홍명희가 「양반편」과는 전혀 별개의 소설이라 해도 과언이 아닌 「의형제편」 으로부터 붓을 들기 시작한 것은 자신의 애초의 의도에서 벗어난 것은 아니었다고 하겠다.

　뿐만 아니라 홍명희가 「양반편」을 완결 짓지 않은 데에는 「봉단편」「피장편」「양반편」에 대한 작가 자신의 불만도 어느 정도 작용했던 것 같다. 앞서 언급했듯이 이 세 편은 야사에 지나치게 의존한 데다가 당시 홍명희가 신간회 활동으로 분주하여 창작에 전념할 수 없었던 관계로 초기작다운 미숙성을 다소 지닌 것이 사실이다. 그 때문에 홍명희는 「봉단편」「피장편」「양반편」을 후일 개작하여 출판할 예정으로 미완성인 채 남겨두고, 심기일전하여 「의형제편」 연재에 착수하게 된 것이다.

　「의형제편」은 '박유복이', '곽오주', '길막봉이', '황천왕동이', '배돌석이', '이봉학이', '서림', '결의'의 8장으로 이루어져 있다. 사계절출판사에서 간행된 『임꺽정』 전10권 중 세 권 분량에 해당하는 방대한 내용이다. 여기에서는 청석골 두령들이 각자 양민으로 살아가다가 우여곡절 끝에 화적패에 가담하기까지의 경위를 그리고 있다.

　대부분의 소제목이 청석골 두령들의 이름으로 되어 있는 데서도 드러나듯이, 「의형제편」은 개개의 '장'이 주인공이 다른 한 편의 완결된 소설로 보아도 좋을 만큼 독립적인 구성을 지니고 있다. 애초부터 『임꺽정』의 각 편을 저마다 독립된 작품으로도 읽힐 수 있게 자기완결적인 구성으로 써 나가려 했던 홍명희의 의도는 갈수록 강화되어, 여기에서는 각 장까지도 독립된 형식을 취한 것이다.

　앞의 세 편에서는 야담식의 서술이 큰 비중을 차지하고 있던 것과 달리, 「의형제편」은 구체적인 묘사 위주로 되어 있다. 그리고 지배층의 생활상보다 하층민의 일상생활 묘사가 압도적으로 큰 비중을 차지하고 있다. 「의형제편」 각 장의 주인공 격인 두령들은 다양한 신분의 하층민들로 설정되어 있는데, 작가는 이들이 화적이 되기까지의 인생 역정을 사건 위주로 서술해 나가는 것이 아니라, 사건 도중의 사소한 일상적 장면을 실감나게 그려내는 수법을 취하고 있다.

그 무렵 『삼천리』지에 발표한 '작가의 말'에서 홍명희는 "『임꺽정』만은 사건이나 인물이나 묘사로나 정조로나 모두 남에게서는 옷 한 벌 빌려 입지 않고 순조선 거로 만들려고 하였습니다. '조선 정조에 일관된 작품' 이것이 나의 목표였습니다"[21]라고 자신의 창작 방침을 밝혔다. 이러한 의도에 따라 『임꺽정』은 근대적인 리얼리즘 소설이면서도 이야기 투의 문체를 취하여 구수한 옛날이야기의 한 대목을 듣는 듯한 친숙한 느낌을 준다. 그리고 전래의 민담이나 전설 등이 적재적소에 삽입되어 흥미를 돋우고 있으며, 관혼상제, 세시풍속, 무속 등 조선시대 풍속이 다채롭게 묘사되어 있다. 또한 한문 투가 아닌 우리 고유의 인명이나 지명, 토속적인 고어와 속담이 풍부하게 활용되고 있다. 그리하여 『임꺽정』은 '조선 정조'를 적극 표현함으로써 민족문학적 개성을 탁월하게 성취한 작품이 되었거니와, 그중에서도 「의형제편」에서는 그와 같은 특색이 더욱 두드러지게 나타나고 있다.

『임꺽정』 두 번째 연재가 시작될 때 삽화는 종전과 마찬가지로 안석영이 맡았으나, 도중에 무아舞兒, 김규택, 구본웅 등으로 바뀌었다가, 뒤에는 다시 안석영의 삽화로 돌아갔다. 구본웅의 회고에 의하면 그가 『임꺽정』 삽화를 맡게 되었다며 홍명희를 찾아갔더니, 홍명희는 서재에 붙여놓은 지도를 가리키며 임꺽정 일당이 다니던 길을 일일이 설명해주었다고 한다.[22]

『임꺽정』이 폭넓은 지역을 배경으로 하면서도 정확하고 상세한 지리적 정보를 담고 있다는 점에서는 지리학자들도 탄복해 마지않거니와, 이는 홍명희가 조선시대의 고古지도와 지리서, 그리고 식민지시기에 출간된 각종 지도 등을 두루 활용한 결과였다. 심지어는 전문가들이 주로 보던 5만분의 1 지도까지 참조했을 정도였다.[23] 당시의 한 잡지 가십란에 의하면 홍명희는 『임꺽정』을 쓰는 동안 '봉산서 임진강 나루까지 몇 리'식으로 자세한 지리적 정보를 담은 비망록을 가지고 있었다고 한다. 어쩌다가 그만 깨알같이 쓴 그

종잇조각을 분실하여 한동안 몹시 고통을 당했는데, 다행히 며칠 만에 찾아내어 안도의 한숨을 내쉬었다는 것이다.[24]

그 무렵 홍명희를 가끔 방문한 적이 있다는 조용만은 각고정려刻苦精勵하던 그의 집필 광경을 다음과 같이 회상하고 있다.

> 손님과 대좌해서 이야기를 주고받으면서도 벽초는 조그만 방석 밑에 깔아두었던 소설 원고를 꺼내어 몇 자 고쳐 쓰고 다시 또 그 방석 밑으로 소설 원고를 넣었다. 그때 『조선일보』 원고지는 퍽 작았다. 요새 많이 나오는 문고판만한 갱지에다가 15자 1행으로 다섯 줄을 칸 꺾어서 모두 한 장에 75자가 되는 원고지인데, 거기다가 지우고 또 쓰고 해서 원고지가 까맣게 되어 있었다. 그 까맣게 된 원고지를 또 꺼내서 읽어보더니 쓴쓰레 웃으면서 "괜히 헛수고했군! 처음 쓴 것이 나은 것을 쓸데없이 고쳐가지구 허허" 하고 다시 방석 밑으로 밀어넣었다. 이렇게 고치고 또 고친 원고가 신문에 난 것을 보면 물 흘러가는 것 같이 술술 내려가는 문장이 되어 있었다.[25]

「봉단편」「피장편」「양반편」을 쓰는 동안 일종의 습작기를 거친 홍명희는 「의형제편」을 쓸 당시에는 작가로서 전성기에 도달했다고 해도 과언이아닐 만큼 예술적 기량이 성숙해 있었다. 게다가 이와 같이 매 회마다 심혈을 기울여 퇴고를 거듭한 만큼 「의형제편」은 구성과 문체, 인물의 형상화, 대화 및 디테일 묘사 등 모든 면에서 탁월한 수준을 보여주고 있다. 따라서 「의형제편」은 『임꺽정』이 지닌 사실주의적이자 민중적이며 민족문학적인 특성을 가장 잘 구현하고 있는 부분으로 평가된다. 그리고 이는 시대적 한계에 부딪친 작가가 신간회운동 당시와 같이 민족의식, 민중의식의 정치적 실천을 추구하는 것을 포기한 대신, 그러한 의식을 창작을 통해서나마 구현하고자 혼신의 힘을 기울인 결과라 할 것이다.

3) 「화적편」에 진입하다 - '청석골' 장

1934년 9월 4일 약 400회에 달하는 「의형제편」 연재가 끝났다. 홍명희는 며칠 동안 쉬며 구상을 가다듬은 뒤, 9월 15일부터 「화적편」의 서두인 '청석골'장을 연재하기 시작하였다. 「봉단편」부터 「의형제편」을 연재할 때까지는 작품 제목이 '임꺽정전'으로 되어 있었으나, 「화적편」 '청석골'장을 연재할 때는 '화적 임꺽정'으로 제목이 바뀌었다. 이번에도 삽화는 안석영이 맡았다. 「화적편」 연재에 앞서 『조선일보』에는 예고와 함께 다음과 같은 '작가의 말'이 실렸다.

> 임꺽정을 쓰기 시작한 뒤 5, 6년에 이제사 비로소 "화적 임꺽정"을 쓰게 되었습니다. "화적 임꺽정"이 사람 임꺽정의 본전本傳이요, 소설 『임꺽정』의 주제목입니다. 임꺽정이가 청석동서 자모산성으로 옮기고 또 구월산성으로 옮기었다가 구월산성에서 망한 것이 사실史實이므로 "화적 임꺽정"을 '청석편' '자모편' '구월편' 세 편에 나누어 쓰겠습니다. 사상史上에 숨었던 인물 임꺽정을 얼마만큼이나 살려내게 되는지 작자부터 작자의 붓을 믿지 못하나 진력하여 쓰면 다소 보람은 없지 아니할 듯합니다.[26]

현재 세 권 남짓한 분량으로 되어 있는 『임꺽정』 「화적편」 중 첫째 권에 해당하는 '청석골'장은 임꺽정의 화적패가 본격적으로 결성된 이후의 활동을 다루고 있다. 여기에서 청석골 화적패의 대장으로 추대된 임꺽정은 상경하여 서울 와주 한온의 집에 머물면서 기생과 정을 맺고 세 명의 처를 새로 맞아들이는 등 외도 행각을 벌이다가, 가족들의 성화에 못 이겨 귀가하게 된다.

이러한 「화적편」의 초두 부분은 형식 면에서는 「의형제편」보다도 더욱 원숙한 수준을 보여주고 있다. 그러나 내용 면에서 보면 이와 같이 민중생활에 밀착된 묘사에서 일탈하여 의외의 사건으로 이야기가 빗나가고 있을 뿐 아니라, 사건 진행이 지나치게 느려지고 있음을 발견하게 된다. 이러한 비판의 소지가 있을 만큼 「화적편」 '청석골'장이 내용상 궤도 이탈의 조짐을 보이게 된 것은, 이 시기 홍명희가 질병과 가난에 시달리는 한편 사회적 전망을 점차 잃어가게 된 사정과도 무관하지 않을 것이리라 생각된다.

그런데다가 종전에도 휴재가 잦지 않은 것은 아니었지만 「화적편」 '청석골'장이 연재될 때에는 더욱 휴재가 빈번하여, 460여 일 동안 140회 가량이 연재된 데 지나지 않았다. 특히 1935년에는 2월부터 7월까지 5개월 이상이나 휴재하였다. 게다가 그와 같이 간헐적으로 이어지던 연재마저도 작가의 병환으로 인해 1935년 12월 24일자로 결국 중단되고 말았다.

홍명희는 태어나면서부터 유달리 병약하여 일생 동안 병고에 시달리다시피 했는데, 그 무렵에는 특히 건강이 악화된 상태였다. 제3차 연재가 간헐적으로 이어지던 1935년 "1년 동안은 신병으로 해서 여기저기로 돌아다녔"으며, 특히 그해 여름에는 "신병으로 금강산 어떤 조용한 선원禪院에 수삭數朔 가 있"기까지 했다고 한다.[27] 1935년 10월 한 잡지에 실린 「명사들의 소식」란에서는 "씨氏는 신장염으로 정양중에 계시다고 한다"[28]고 전하고 있다. 1937년 12월 『임꺽정』 연재 재개에 앞서 『조선일보』에 실린 예고에 "마침 필자 벽초 홍명희씨의 건강도 회복되었으므로 본사에서는 다시 필자에게 청하여 금월 11일 석간부터 『임꺽정이』를 연재하기로 되었습니다"[29]라고 한 것을 보면, 휴재 기간 동안 홍명희는 내내 건강이 좋지 않았음을 짐작할 수 있다.

4) 미완으로 끝난 「화적편」 – '송악산'부터 '자모산성'장까지

1937년 12월 12일부터 『조선일보』에 『임꺽정』 제4차 연재가 시작되었다. 신병으로 인해 약 2년간 『임꺽정』 연재를 중단했던 홍명희는 이 무렵에야 연재소설 집필을 감당할 만큼 건강이 회복되었던 듯하다. 『조선일보』에 실린 예고에서는 『임꺽정』 연재 재개에 대해, "첫째는 오늘날까지도 『임꺽정이』를 못 잊어서 하루바삐 연재하라고 독촉하시는 만천하 독자 제씨의 기대를 저버리지 않으려 함이요, 둘째는 어떻게 하든지 『임꺽정이』를 완성시킴으로써 우리 소설문학에 있어 한개의 역사적 절정을 그려보려는 것입니다"[30]라고 하여, 각별한 의미를 부여하였다. 이와 같이 조선일보사에서는 인기 연재소설 『임꺽정』 연재를 속개하는 것이 독자들의 열망에 부응하는 동시에, 우리 소설사상 기념비적인 걸작을 완성시키는 기회가 되리라는 것을 정확히 인식하고 작가에게 연재 재개를 종용했던 것으로 보인다.

첫 번째 예고가 나간 지 며칠 후 『조선일보』에는 다시 「『임꺽정』의 연재와 이 기대의 반향!」이라는 제하에, '학예 특집' 형식으로 대대적인 연재 예고가 실렸다. 아울러 『임꺽정』에 대한 찬사와 연재에 대한 기대를 담은, 문인 한용운·이기영·박영희, 사학자 이선근, 국어학자 이극로, 삽화가 안석영과 구본웅의 글이 실렸다. 예컨대 작가 이기영은 역사와 한문학에 능통할 뿐 아니라 문학적 재능을 갖춘 사람만이 진정한 역사소설을 창작할 수 있는데, "어시호於是乎 『임꺽정』이야말로 시대적 요구에서 가장 적합한 작자를 만났다고 보겠습니다"라고 하면서, "실로 차此 일편이 작품으로서 완성되는 날이면 빈약한 조선문학의 현재로 보아 더욱 획기적 대수확이라 하겠습니다. 나는 이 역사적 대작품이 하루바삐 완결되기를 바랄 뿐입니다"라고 커다란 기대를 표명하였다.[31]

『임꺽정』 「화적편」의 '송악산', '소굴', '피리', '평산쌈'장과 미완성된 '자모산성'장의 서두 부분에 해당하는 제4차 연재분은 단행본으로 두 권 남짓한 분량이다. 연재 초기에는 『임꺽정전』, 「화적편」 '청석골'장 연재 시에는 『화적 임꺽정』이었던 작품 표제는 이제 비로소 『임꺽정』으로 확정되었다. 삽화는 「의형제편」 연재 시 한때 삽화를 그린 바 있던 김규택이 맡았다.

'송악산'장은 청석골 두령들이 송도 송악산에 가족 동반으로 단오굿 구경을 갔다가 겪는 모험을 그린 내용이다. 이어지는 '소굴'장은 임꺽정 일당이 가짜 금부도사 행세를 하는 등 갖가지로 관원들을 괴롭히는 이야기이며, '피리'장은 청석골에 납치된 종실宗室 서자 단천령이 신기神技에 가까운 피리 솜씨로 화적패들을 감동시킨 일화를 묘사하고 있다. 그리고 '평산쌈'장은 봉산 군수를 살해하려고 출동한 청석골 화적패가 책사策士 서림의 배신으로 위기에 빠졌다가 탈출하는 이야기이며, '자모산성'장은 화적패들이 관군의 대대적인 토벌을 피해 자모산성으로 일시 피난하는 내용으로 되어 있다.

『임꺽정』 제4차 연재를 시작하면서 홍명희는 앞서 「화적편」 '청석골'장 연재 시에 보이던 다소의 지리멸렬함과 피로의 흔적을 씻고, 경쾌하고도 아기자기한 필치로 사건을 그려 나가고 있다. 그 전의 「의형제편」에서는 등장인물과 사건이 거의 전적으로 허구로 되어 있음에 반해, 「화적편」부터는 사건의 골격이 대부분 정사인 『명종실록』이나 야사의 기록에 의거하고 있다.[32] 그러면서도 얼마 안 되는 빈약한 사료를 바탕으로 디테일이 풍부하고 빈틈없이 짜인 이야기를 만들어내는 뛰어난 솜씨를 보여준다. 그러나 앞서 '청석골'장 연재 시와 마찬가지로 『임꺽정』 연재 초반의 주제의식이 다소 약화된 것은 부인할 수 없으며, 임화가 '세태소설'에 가깝다고 보았을 정도로[33] 디테일 묘사에 치우쳐 사건 진행이 마냥 느려지는 폐단이 두드러진다.

『임꺽정』은 제4차 연재기에도 여전히 휴재가 잦았는데, 특히 '자모산성'장에 들어서서는 3월부터 5월까지 약 50일간의 긴 휴재를 포함하여 휴재가 더욱 빈번해졌다. 그러다가 결국 1939년 7월 4일 연재가 중단되었다. 『임꺽정』 연재가 중단된 이듬해인 1940년 8월 『조선일보』는 일제에 의해 강제 폐간되고 말았다. 그러자 연재 중단 후 1년여 만에 『임꺽정』은 『조선일보』의 자매지인 잡지 『조광』으로 지면을 옮겨, 1940년 10월호에 제5차로 「화적편」 '자모산성(하)'가 게재되었다. 그러나 잡지사 측의 간절한 바람에도 불구하고 『조광』지에 단 1회 발표되었을 뿐, 그 이후 『임꺽정』 연재는 영원히 중단되고 말았다.

홍명희가 『임꺽정』 제4차 연재를 중단하고 그 후 『조광』지에 재개한 연재마저 중단한 것은 일차적으로 그의 건강이 여의치 못했기 때문이었던 것으로 보인다. 그러나 그가 『조광』지 연재를 단 1회로 마감하고 만 데는, 이 잡지가 1940년부터 당시 다른 잡지들과 마찬가지로 일제의 강압에 의해 점차 친일적인 논조로 기울어갔으며, 특히 이듬해부터는 일문日文도 함께 쓰는 등 변질해 갔던[34] 사정과도 관련이 있었으리라 추측된다. 그리고 만약 그가 『조선일보』 폐간 이후 일제 말까지 발간된 『조광』지에라도 『임꺽정』 연재를 계속했더라면, 그는 당시 저명한 인사들에게 저술이나 강연 등을 통한 적극적 친일행위를 강요했던 일제 당국의 압박을 물리치기가 한층 더 어려웠을 것이다.

이러한 원인 이외에도 홍명희가 필생의 역작이라 할 『임꺽정』의 완성을 포기하고 만 또 하나의 중요한 원인은, 다름 아닌 당시의 엄혹한 현실에 대한 그의 비관과 절망에서 찾을 수 있으리라 본다. 출옥 후 홍명희는 1930년대의 변화한 현실 속에서 더 이상의 사회운동은 불가능하다고 단념하고, 문학을 통해 자신의 열정을 분출하는 길을 택하였다. 그리하여 그가 심혈을 기울여 집필한 『임꺽정』은 당시 대부분의 한국 역사소설에서는 찾아보기 힘든 투철한 민중성과 민족적 정서의 완미한 표현, 그리고 우리 고유 언어의 풍부함과 아름다움을 유감없이 보여주기에 이르렀다. 그러므로 어떤 의미에서는 이러한 대작을 완성하는 것만으로도 민족해방운동에 직접적으로 나서는 것에 못지않은 의의가 있다고 할 수도 있었다.

그러나 홍명희는 민족해방의 전망이 극히 암울해진 1940년대의 상황에서는 그러한 문학적 창작행위에 대해서 일체의 의의를 느끼지 못하게 되었던 듯하다. 더욱이 그 시기에 그가 집필해야 했던 것은 관군의 대대적인 토포작전을 피해 이리저리 쫓겨 다니던 임꺽정 일당이 결국 구월산성에서 최후의 저항을 하다가 마침내 궤멸하는 참담한 대목이었다. 극도로 암담해진 시대적 상황에서 하필 우리의 민중 영웅이 그와 같이 비참하게 패배하는 이야기를 써야 하게 되었으니, 그는 더욱 집필을 계속할 의욕이 나지 않았을 것이다.

3. 『임꺽정』의 출판과 그 반향

1) 조선일보사본(1939~1940)

『임꺽정』 제4차 연재가 중단된 직후인 1939년 10월부터 이듬해 2월까지 조선일보사출판부에서 『임꺽정』 전4권이 출간되었다. 조선일보사본 『임꺽정』 4권 중 제1·2권은 「의형제편」(1)(2)이며, 제3·4권은 「화적편」 상·중으로 '평산쌈'장까지 간행된 것이었다. 『조선일보』에 실린 광고에서는 전8권 예정으로 제5권은 「화적편」 하, 제6·7·8권은 각각 「봉단편」 「갓바치편」 「양반편」으로서 "매월 20일 1회 1권씩 간행"이라 예고했으나,[35] 실제로는 더 이상 간행되지 못하고 말았다.

신문 연재본과 대조해보면, 조선일보사본 출판 당시 홍명희는 적지 않은 수정을 가했음을 알 수 있다. 역사적 사실과 부합하도록 풍속 묘사에서 자잘한 오류들을 바로잡고, 리얼리즘에서 벗어나는 지나치게 환상적인 내용을 축소하기도 했으며, 문장을 여기저기 조금씩 손보기도 했다.[36] 그런데 「의형제편」 연재를 앞두고 '작가의 말'에서 밝힌 것처럼 홍명희는 「봉단편」 「갓바치편」 「양반편」에 대해서는 더욱 전면적으로 수정하려는 계획을 지니고 있었다. 게다가 연재가 중단된 「화적편」 '자모산성'장을 마무리하고 마지막 장인 '구월산성'장을 새로 집필하여 『임꺽정』 전체를 완결하는 일이 급선무였다.

그러나 당시 홍명희에게는 그와 같은 거창한 작업을 할 여력이 남아 있지 않았다. 『조광』 1940년 5월호 소식란에서는 "홍명희씨, 조광사 발행의 『임꺽정』 제5권 원고 정리중 병환으로 당분간 지연될 모양"[37]이라고 전하고 있다. 이로 미루어 조선일보사본 전8권이 완간되지 못한 직접적인 이유는 작가인 홍명희가 신병으로 인해 「화적편」의 마지막 권을 완성하고 「봉단편」「갓바치편」「양반편」을 수정, 보완하는 작업을 해내지 못했기 때문이었던 것으로 보인다.

당시 『임꺽정』의 단행본 출판은 우선 규모 면에서 한국 근대소설 출판사상 획기적인 일이었다고 할 수 있다. 조선일보사본 『임꺽정』은 각 권이 600쪽이 넘을 뿐 아니라 비록 완간되지는 못했지만 전8권 분량으로 한 작품을 출판하려 한 것은 식민지시기 국내 출판계의 실정으로 보아 상상하기 힘든 대규모 기획이었던 것이다. 당시의 영세한 출판사들의 실정으로는 『임꺽정』과 같이 제작비가 많이 드는 대규모의 출판은 엄두를 내기도 어려웠거니와, 설령 출판한다 하더라도 여러 권에 달하는 장편소설을 오랜 시간을 들여 읽기 위해 거금을 내고 사 볼 독자가 얼마나 될는지 의문이 아닐수 없었다.[38] 그러므로 한 잡지의 가십 기사에서는 『임꺽정』의 단행본 출간소식을 전하면서 "출판계에 경이적 대모험이다"라고 평했을 정도였다.[39]

『임꺽정』 출간과 함께 조선일보사에서는 당시로서는 유례가 드물 정도로 대대적인 광고 공세를 시작하였다. 예컨대 1939년 12월에는 네 차례 『조선일보』 하단에 반면이나 할애하여 작품 발간 사실을 알리고, 문인 이기영·이효석·박영희·김상용·이광수·한설야·김동환·김남천·정인섭·박종화와 국어학자 김윤경의 추천사를 게재하였다.[40] 이상과 같은 몇 가지

점에서 『임꺽정』은 1990년대 출판시장의 확대와 함께 도래한 대하소설 붐과 대규모 광고에 의한 베스트셀러 만들기의 선례를 이미 반세기 전에 보여준 사례로도 기억될 만하다. 그러나 물론 『임꺽정』은 그와 같은 대출판사의 상업주의와 결합되기는 하였으되, 한국 근대 문학사상 최고 수준의 작품이라는 점에서 오늘날 대부분의 베스트셀러와는 엄연히 차이를 지니고 있다. 그리고 1930년대에 많은 독자를 확보했던 윤백남, 김말봉, 박계주 등 통속소설 작가들의 작품과도 확연히 구별됨은 말할 것도 없다.

『임꺽정』 출판은 이 작품의 문학적 가치에 대한 문단의 인식을 결정적으로 달라지게 했다는 점에서 매우 중요한 의의를 지닌다. 한국 소설사에서 1920년대에는 단편소설이 주류를 이루고 있었으며, 몇몇 중요한 장편소설이 발표되면서 장편소설과 리얼리즘에 대한 관심이 확산된 것은 1930년대 후반에 들어서였다.[41] 특히 1938년 무렵부터 장편소설론과 리얼리즘론이 평단의 중심 논제가 되자, 『임꺽정』은 뒤늦게나마 주목의 대상으로 떠오르게 되었다. 그러나 대부분의 문인들이 연재 당시 『임꺽정』을 통독하지 않던 데다가, 과거에 읽은 부분마저도 오래되어 기억이 희미해진 실정이었다.

그러므로 『임꺽정』이 책으로 나와 그 전편을 읽을 수 있게 된 이후에야 비로소 문단에서는 이 작품의 문학적 가치를 새롭게 인식하게 되었다. 뿐만 아니라 많은 작가와 평론가들이 그로부터 장편소설 창작과 리얼리즘 이론, 그리고 우리말의 예술적 구사에 대한 풍부한 교시를 얻게 되었다. 예를 들어 「자화상 제1화」라는 부제가 달린 박태원의 신변소설 『음우淫雨』를 보면, 작가 자신에 해당하는 주인공이 그 무렵 홍명희의 『임꺽정』을 여러 차례 되풀이해 읽은 것으로 되어 있다.[42] 이로 미루어 볼 때 원래 순수문학과 모더니즘 계열의 작가였던 박태원이 리얼리즘 계열의 역사소설가로 변모하여 후일 북한에서 『갑오농민전쟁』과 같은 걸작을 남기게 된 데에는 『임꺽정』의 영향이 적잖이 작용했으리라 추측된다.

또한 분단 이후 남한에서 가장 많은 역사소설을 집필한 박종화는 홍명희의 『임꺽정』을 연재 당시부터 한 회도 빠짐없이 애독했다고 술회하면서 그 예술적 성과를 격찬하였다.[43] 이렇게 볼 때 원래 백조파 시인이던 박종화가 소설가로 전환하여 1930년대 후반부터는 역사소설을 주로 쓰게 된데에도 홍명희의 『임꺽정』의 영향이 컸으리라 짐작된다. 특히 박종화의 출세작이자 첫 장편역사소설인 『금삼의 피』는 바로 『임꺽정』 서두의 「봉단편」에 등장하는 연산군의 기구한 운명과 그로 인한 엽기적 행각을 다룬 것이다. 또한 박종화가 일제 말에 집필한 역사소설 『전야前夜』와 『여명』은 이전의 그의 작품에 비해 현저히 사실적인 묘사에 접근해 있거니와, 이는 작가가 책 출간 후 『임꺽정』을 누차 숙독하면서 더욱 구체적으로 영향을 받은 결과가 아닌가 한다.[44]

당시 작가이자 비평가인 김남천은 홍명희와 『임꺽정』의 문학사적 가치를 이렇게 평가하였다.

모모하는 대가들처럼 표면에 드러나지 않고 숨어서 30년 문학사의 첫 페이지에 공헌한 분은 벽초 홍명희 씨다. 그것을 아는 이는 적다. 그리고 그것을 기록에 올릴 문학사가도 드물는지 알 수 없다. 그러나 그의 웅편雄篇은 씨氏의 50년을 일관하는 고고한 절개와 함께 우리 문학사상의 1만2천봉이다. 사실주의 문학이 가지는 정밀한 세부 묘사의 수법은 씨에 있어 처음이고 그리고 마지막이 되어도 무방할 것이다. 작은 논두렁길을 걷던 조선문학은 비로소 대수해大樹海를 경험하였다. 일방 『임꺽정』은 역사문학의 진품이 어떠한 것인지를 우리 속류 역사소설가들 앞에 제시하였다.[45]

이와 같이 책으로 출판된 후 많은 동시대 문인들이 『임꺽정』을 통독하고 그 예술적 진가를 확인함에 따라, 『임꺽정』은 비로소 확고한 명성과 문학사적 지위를 획득하기에 이르렀던 것이다.

2) 을유문화사본(1948)

해방 후 홍명희는 조선문학가동맹 중앙집행위원장으로 추대되어 '조선문단의 거두'라 일컬어졌지만,[46] 당시 그는 정치활동으로 분주하여 문인으로서의 활동은 거의 하지 못한 셈이었다. 그러나 『임꺽정』 재판이 간행되어 널리 읽힘으로써 다시금 독서계의 주목받는 작가로 부상했으며, 특히 해방 후 세대에게 문호로서 깊은 인상을 남기게 되었다.

1948년 2월부터 11월까지 을유문화사에서 『임꺽정』 전6권이 차례로 간행되었다. 일제 말에 출판된 조선일보사본 『임꺽정』의 「의형제편」 두 권과 「화적편」 두 권을 각각 세 권으로 분책하여 출판한 것이었다.[47] 이처럼 을유문화사본은 더욱 읽기 좋게 재편되었을 뿐 아니라, 화가 김용준에 의한 고풍스러운 장정과 속표지 등으로 보아 초판보다 책 디자인에 더욱 신경을 쓴 흔적이 역력하다.

을유문화사본 『임꺽정』은 내용상 조선일보사본과 크게 다름이 없다. 조선일보사본에 오탈자를 바로잡고 일부 자구 수정을 해두었던 작가의 교정본을 토대로 출판된 것으로 짐작된다.[48] 그런데 을유문화사본 출간을 전후한 시기에 홍명희는 민주독립당 창당과 남북연석회의 추진 등 급박한 정치현안에 대응하느라 출판에 적극적으로 관여할 시간적 여유가 없었다. 게다가 그중 제2권이 출간된 직후인 1948년 4월 19일 그는 남북연석회의의 참가차 평양으로 떠났으며,[49] 그 뒤 귀환하지 않고 북에 남았다. 이러한 사정으로 인해 을유문화사본은 새로 발생한 오탈자 등 교정상의 오류가 많다.

을유문화사본 각 권 마지막 페이지에는 「『임꺽정』 전질 목록」이 들어 있다. 그에 의하면 제1회부터 제6회 배본까지가 「의형제편」 1·2·3과 「화적편」 1·2·3이며, 제7회 배본이 「화적편」 4, 그리고 제8, 9, 10회 배본이 「봉단편」「피장편」[50]「양반편」으로 되어 있다. 아울러 각 권에 포함된 '장'의 제목이 밝혀져 있는데,「화적편」4는 '구월산성'으로 되어 있어, 신문 연재 시 중단된 '자모산성'장을 '구월산성'장에 포함하려 한 것으로 추측된다. 그리고 신문 연재 당시 7~9장으로 세분되어 있던 「봉단편」「피장편」「양반편」이 「의형제편」「화적편」에 준하여 권당 2~3장으로 재편될 계획임이 밝혀져 있다.

조선문학가동맹 기관지 『문학』에 실린 광고에는 "『임꺽정』의 결정판 전질 10책"이 간행될 예정으로 "기중其中 2책 신新 집필"이라 덧붙여져 있다.[51] 이로써 보면 홍명희는 해방을 맞이하여 미완으로 끝난 『임꺽정』을 완결하려는 의욕을 재차 품었던 것 같다. 즉 그는 1929년 말 투옥으로 인해 신문 연재가 중단된 「양반편」의 말미와, 일제 말 신병 등의 이유로 연재가 중단된 「화적편」의 말미 부분을 추가로 집필할 계획이었던 모양이다. 그리고 초기작다운 미숙성을 안고 있는 「봉단편」「피장편」「양반편」에 대해 수정할 뜻을 품고 있던 그는 이 기회에 구성을 재편하는 등 크게 손질을 가하고자 한 듯하다. 그러나 이와 같은 계획은 『임꺽정』 재판이 차례로 출간되던 1948년 홍명희가 남북연석회의 참가차 북에 갔다가 그곳에 잔류하게 됨에 따라 무산되고 말았다.

해방 직후 홍명희는 일제 말에 미완으로 끝난 『임꺽정』을 완결하라는 권유를 많이 받았다. 이태준, 이원조, 김남천과 가진 문학 대담에서 홍명희는 "이러나저러나 방응모씨와 홍순필씨가 자꾸만 『임꺽정』을 끝내라 조르지만 임꺽정이가 독립 후인 오늘날도 내 뒤를 따라다닌대서야. 슈베르트의 미완성 교향악처럼 『임꺽정』도 그만하고 미완성인대로 내버려두었으면 좋겠어!"라고 농담조로 말하여 일동의 웃음을 자아냈다. 그리고 거작 『임꺽정』을 완결하지 않는 데 대해 이태준이 거듭 안타까움을 표했음에도 불구하고, 홍명희는 민족사의 새 시대를 맞이하여 더욱 중요한 과업에 힘써야

하는 만큼『임꺽정』의 완성에 힘을 기울일 뜻이 없음을 내비쳤다.[52]

『새한민보』사장 설의식과의 대담에서도 설의식이 "지금쯤 임꺽정이가 나왔으면 좋겠는데"라며『임꺽정』집필 재개를 은근히 권유하자 홍명희는 "지금 나오면 파쇼게"라는 재치 있는 농담으로 받아넘기고 말았다.[53] 당시 정계에서 '파쇼'란 좌익 진영에서 우익을 공격할 때 쓰던 막인데 우익 진영은 좌익의 '민주주의'에 맞서 '홍익인간' 등과 같은 국수주의적 민족주의를 표방하였다.[54] 그러므로 그는 "조선 정조에 일관된 작품"인『임꺽정』이 해방 이후에도 계속 집필된다면 우익 진영의 국수주의에 호응하는 '파쇼적' 작품으로 비난받을지도 모른다고 풍자적으로 말한 것이다. 이어서 "내 평소에 조선『삼국지』가 꼭 하나 생겨지기를 바라는데… 이걸 쓸 사람은 선생밖에는 없다고 생각해 왔는데…" 하며『임꺽정』의 완성을 거듭 권유하는 설의식에게 홍명희는 "『삼국지』없어 낭패될 거 없지"라고 잘라 말하고 있다.[55] 이는 통일독립국가 수립이라는 막중한 민족사적 과제에 비할 때 그 같은 역사소설을 완성하는 것은 시급하지 않다는 뜻이라 해석된다.

홍명희는 본래 지극히 겸허하면서도 남달리 눈이 높아 자신이 심혈을 기울여 집필한『임꺽정』조차 스스로 대단치 않게 여기고 있었다. 후배 문인들이『임꺽정』을 예찬해도, "『임꺽정』에야 묘사다운 묘사가 있나 어디", "문학작품으로는 저급이지" 하는 식으로 스스로 폄하하는 발언을 서슴지 않았다.[56] 그런데다가 그는 여느 문인들과 달리 작품을 기어코 완성시켜 불후의 명작을 남기겠다는 작가적 공명심조차 전혀 없었던 것 같다.

『임꺽정』은 연재 당시부터 워낙 널리 알려져 있었고 독자 대중에게 인기 있는 작품이었으므로, 해방 후 다시 출판되자 독서계에 크게 주목받는 읽을거리로 재등장하게 되었다. 그러한 사정은『문학』『학풍』등의 잡지에 출간을 알리는 광고가 대대적으로 게재된 사실을 통해서도 짐작할 수 있다.『학풍』에 실린 광고문에서 작가 박태원은『임꺽정』에 대해 다음과 같이 찬사를 보내면서 일독을 권하고 있다.

벽초선생의 『임꺽정』은 이제는 이미 고전이다. 이는 실로 일대一代의 거장이 그 심혈을 기울이어 비로소 이루어진 대작이다. 앞으로는 모르겠다. 그러나 아직까지는 『임꺽정』과 그 빛을 다툴 작품은 어느 역량 있는 작가의 손으로도 제작되지 않았다. 꺽정이, 이봉학이, 박유복이, 배돌석이, 황천왕동이, 곽오주, 길막봉이의 이른바 7형제패를 위시하여 여기에는 무수한 등장인물이 있거니와 그 인물의 하나하나가 모두 살아 약동한다. 서림이는 서림이로 살았고 노밤이는 노밤이로 살았고 심지어 이름 없는 포교나 사령 따위도 다들 거장의 영묘한 붓 끝에 생명을 얻어서 또 저들은 저들대로 놀아난다. 나는 구태어 이 거장의 거장인 소이연所以然을 이곳에서 일일이 조목대어 말하지 않겠다. 전편에 횡일橫溢하는 그 시대 그 제도에 대한 울발鬱勃한 반역정신만으로도 이 작품은 조선문학사상에 좀처럼은 흔들리지 않는 지위를 주장할 것이다. 거듭 말하거니와 『임꺽정』은 이미 고전이다.[57]

물론 이는 광고문이기는 하나, 상투적인 찬사라고는 생각되지 않는다. 그 자신도 뛰어난 소설가로서 남달리 탁월한 묘사력의 소유자였던 박태원은 진심으로 『임꺽정』을 한국 소설사상 최고 수준의 고전적 작품으로 높이 평가한 것이다.

당시 을유문화사본 『임꺽정』을 읽은 독자 가운데에는 해방 전에 일본어로만 교육을 받다가 해방 후 한글을 처음 깨친 학생층이 많았던 듯하다. 감격스러운 해방을 맞이하여 우리 글을 읽는 재미를 붙이기 시작하던 청소년 학생들에게 『임꺽정』은 말할 수 없이 매력적인 읽을거리였음에 틀림없다. 교육학자 김인회는 그 무렵 『임꺽정』을 읽고 깊은 감명을 받은 추억을 이렇게 술회한 바 있다.

내가 홍명희의 『임꺽정』을 처음 만난 것은 국민학교 3학년 때였을 게다. 을유문화사판으로 나온 「의형제편」을 읽느라 밤을 새웠는데 아마 그 통에 한글을 완전히 깨치게 된 것 같다. 그 전까지만 해도 우리 또래 아이들은 일본말과 일본글자에 더 익숙해 있었다. 광복과 동시에 집에서 종아리 맞아가며 익힌 한글을 더듬더듬 읽는 수준이던 내 읽기 속도가 이 책을 만난 덕분에 하룻밤 사이에 같은 반 아이들 중 발군의 실력으로 자란 것이다.

(…) 매연 짙은 서울 북쪽 혜음령 고갯길을 차를 타고 지날 때마다 박유복이에게 혼이 났던 착한 산적 신불출이가 생각나고, 어머니 산소가 있는 일산 가는 길에 교하면 입구를 지날 때마다 이봉학이의 본처가 살던 그의 외갓집 마을 생각을 하게 될 만큼 임꺽정은 나의 정신문화의 한 부분이 된 지 오래다. 그리고 나로 하여금 스스로 한국사람임을 절감하도록 만든 최초의 책이다.[58]

한편 일제 말 『임꺽정』 초판을 간행했던 조선일보사 산하 조광사에서는 을유문화사와 별도로 『임꺽정』 재간을 시도하였다. 그리하여 을유문화사본이 제3권까지 나온 시점인 1948년 6월 조광사의 『임꺽정전』 제1권이 출간되었다. 초판 때의 지형을 그대로 이용하여 「의형제편」의 서두에 해당하는 '박유복이'장을 212쪽의 단행본 한 권으로 찍어낸 것이다.[59] 일제 말 조선일보사본은 제1권이 '박유복이', '곽오주', '길막봉이', '황천왕동이'장과 '배돌석이'장의 제1절까지 포함하여, 686쪽에 달하는 두툼한 책자로 되어 있었다. 그와 달리 해방 후 조광사에서는 '박유복이'장만을 따로 떼어 한 권의 얄팍한 책자로 내놓은 것이다. 따라서 『임꺽정』 전체를 몇 권으로 간행할 예정이었는지는 가늠하기 어렵다.

어쨌든 일종의 해적판이라 할 수 있는 해방 후 조광사의 『임꺽정전』은 제1권이 나온 이후 더 이상 간행되지 못하고 말았다. 아마도 작가와 정식으로 출판 계약을 맺고 책 제작과 홍보에 총력을 기울인 을유문화사 측에

밀려 판매가 부진했기 때문일 것이다. 게다가 작가 홍명희가 북에 남은 것이 확실해짐에 따라, 출판을 계속할 경우 판매에 더 큰 지장이 생길 것이 분명하였다.

홍명희의『임꺽정』은 작가의 정치적 행적으로 인해 남한에서는 6·25 이후 금서가 되어[60] 1985년 사계절출판사에서 다시 간행될 때까지 오랫동안 절판이 되어 버렸다. 그러나 이처럼 을유문화사본『임꺽정』이 해방 후에 등장한 새로운 세대의 독자들에게 널리 보급되어 읽힘으로써, 분단시대 남한에서도 홍명희의 존재는 완전히 잊히지 않고 걸작을 남긴 전설적인 문호로 그 명성이 희미하게나마 이어지게 된 것이다.

3) 평양 국립출판사본(1954~1955)

월북 이후 홍명희는 고위 공직자이면서 동시에 북한 문화계를 대표하는 인물이라 할 수 있었지만, 정작 문인으로서의 활동은 거의 하지 않았던 것으로 보인다. 다만 해방 후 남한의 을유문화사에서『임꺽정』이 재간되어 인기를 모았듯이, 북한에서도 1950년대에『임꺽정』이 간행되고 널리 읽힘으로써 다시금 그의 작가적 명성을 드높여주었다.

1954년 12월부터 이듬해 4월까지 평양 국립출판사에서『임꺽정』「의형제편」상·중·하,「화적편」상·중·하 전6권이 간행되었다. 국립출판사본『임꺽정』은 을유문화사본과 마찬가지로 일제 말 조선일보사본의「의형제편」두 권과「화적편」두 권을 각각 세 권씩, 전6권으로 분책하여 출판한 것이다.[61] 그리고 표기법과 교정상 약간 차이가 있을 뿐, 내용이나 표현 면에서 조선일보사본과 크게 다름이 없는 상태로 출판되었다.

그런데 을유문화사본과 달리 국립출판사본은 제6권이 '「화적편」하'로 표시되어 있고, 말미에도 아무런 언급이 없어『임꺽정』의 결말 부분이 미완성이라는 사실을 알 수 없도록 되어 있다. 또한 제4~6권의 마지막 페이지에 제시된 『임꺽정』 전권 목록에도 제1~6권만 소개되어 있으며, 「화적편」 말미 부분과 「봉단편」 「피장편」 「양반편」은 전혀 언급되어 있지 않다. 당시 북한 부수상이자 과학원 원장이던 홍명희는 「화적편」 말미 부분을 집필하여 작품을 완결하고 「봉단편」 「피장편」 「양반편」을 대폭 수정할 여유도 없었을뿐더러 그럴 의사도 없었던 것으로 짐작된다.

그동안 구하기 어렵던 『임꺽정』이 북한에서 다시 간행되어 널리 보급되자 많은 독자들이 기뻐했음은 물론이다. 평양 국립출판사 문학예술부장으로 재직한 바 있는 이철주의 증언에 의하면, 그는 식민지시기에 자신이 애독했던 『임꺽정』을 국립출판사에서 간행한 뒤 주위 사람들로부터 "좋은 말을 많이 들었다"고 한다. 이어서 덧붙여 말하기를 "그러나 이 책은 내가 월남한 뒤 회수되었다"고 하였다. 일설에 의하면 국립출판사본이 간행되자 일각에서는 계급투쟁적 성격이 미약하다는 등의 이유로 시비가 일기도 했으므로, 얼마 후 홍명희가 자진해서 『임꺽정』을 절판시켰다고 한다.[62]

그 이후 북한에서는 홍명희가 『임꺽정』을 쓴 작가라는 사실을 가급적 거론하지 않는 분위기였던 것 같다. 홍명희의 장남 홍기문의 술회에 의하면 1956년 8월 종파사건 당시 "양반 출신의 인테리"임을 빌미로 홍명희를 축출하려는 반대파가 있어 그가 사임 의사를 표명하자, 김일성은 자신이 반대파에게 "홍명희선생이 성분이 어떻단 말인가. 과거 『임꺽정』을 썼으면 또 어떻단 말인가. 오랜 인테리인 것은 사실이나 왜정 세월에 일본놈들과 타협하지 않았으니 애국자가 아닌가"라고 두둔하며 홍명희를 안심시켰다고 한다.[63] 이와 같은 일화에서 드러나듯이 북한에서 고위 공직자로 재직하는 동안 홍명희는 『임꺽정』의 작가로 추앙받기는커녕 오히려 『임꺽정』의 작가라는 것이 정치적 약점이 되어 있던 상황이었다.

뿐만 아니라 1968년 3월 홍명희가 타계한 뒤 『로동신문』에 실린 부고를 보면, 약력란에 그가 불후의 명작 『임꺽정』을 남긴 사실이 전혀 언급되어 있지 않다. 홍명희가 식민지시기 반일운동으로 인해 옥고를 치른 사실을 적은 뒤 "동지는 출옥 후에도 계속 굴함 없이 반일애국사상을 내용으로 하는 문필활동을 하였다"고 했을 뿐이다.[64] 이 점을 보아도 만년에 그가 북한에서 『임꺽정』의 작가로서 평가받거나 대접받지는 못했음을 짐작할 수 있다. 오랫동안 남한에서는 월북 이후 홍명희가 결말 부분을 집필하여 『임꺽정』을 완결했다는 풍문이 떠돌았으나, 북한에서 홍명희는 여러 가지 이유로 『임꺽정』 집필을 재개하기 어려운 형편이었던 것으로 추측된다.

4) 평양 문예출판사본(1982~1985)

북한에서 홍명희의 『임꺽정』은 1950년대 후반에 절판되어 거의 잊히다시피 했다가, 1980년대에 이르러서야 다시 출판되었다. 1982년 10월부터 1985년 3월 사이에 평양 문예출판사에서 『임꺽정』 전4권이 간행되었다.[65] 제1권의 서두에 실린 이창유의 해설에 "영광스러운 당 중앙의 극진한 보살핌 속에서 새로 출판"하게 되었다고 한 점으로 보아, 1980년대에 북한에서 『임꺽정』이 다시 출판된 것은 김정일의 특별 지시에 따른 것으로 추측된다.

이창유의 해설에서는 임꺽정을 16세기에 "큰 규모의 농민무장대를 지휘한 인물"로 소개하면서 "작가는 이 소설을 통하여 봉건통치배들을 반대하여 싸우지 않으면 안 되었던 당대 사회의 불합리성과 용약 싸움에 떨쳐나선 농민무장대의 투쟁을 펼쳐 보임으로써 우리 민족의 슬기와 함께 압제에 반항하는 우리 인민들의 영용한 기개를 보여주려고 하였다"고 평가하였다. 그러면서도 『임꺽정』은 일제의 가혹한 검열과 "창작 당시의 작가의 세계관상 제약성"으로 인해 일정한 한계를 지니고 있다고 보았다. 즉 성격 형상화 면에서 기질적 측면을 강조한 나머지 주인공들을 "근로 인민대중의 전형적 성격과 생활의 소유자로 보다 원만히 그리지 못"한 점, 의적 활동에 치중함으로써 "자주성을 위한 인민대중의 투쟁을 보다 높은 전형화의 수준에서 보여주지 못"한 점 등을 한계로 지적하였다.

이와 같은 한계 때문에 "작가의 후손인 홍석중은 이 작품이 가지고 있는 일련의 부족점들을 수정하기로 결심하고 이에 정력적으로 달라붙었다"고 한다. 그리하여 새로 출판되는 『임꺽정』은 "원전이 가지고 있던 부족점들을 수정 가필하고 우점(優點)을 그대로 살린 것으로서 사상 예술적 견지에서 보다 높은 단계에 이르고 있을 뿐 아니라 미완성 부분이 일정하게 결속되게 되었다"는 것이다.[66] 이를 통해 홍명희의 손자이자 북한의 대표적인 역사소설 작가인 홍석중이 작품 수정의 중책을 맡게 되었음을 알 수 있다.

문예출판사본 『임꺽정』은 그 이전 판본에 비해 전체적으로 크게 달라져 있다. 우선 문예출판사본에는 다른 판본들과 달리 「의형제편」 「화적편」 등 '편' 구분이 없다. '장' 구분은 그대로 있으나, '소굴'장이 '보복'장으로 소제목이 바뀌어 있다. '장'의 하위 범주인 '절'은 더욱 세분되어, 예컨대 다른 판본에는 모두 4절로 나뉘어 있는 '박유복이'장이 7절로 나뉘어 있다. 표현 면에서는 부분적으로 토속적인 고어나 한자어를 줄이고 쉬운 북한의 현대어로 고치는 방향으로 도처에 잔손질이 가해져 있다.

작품의 내용 면에서는 우선 계급적 갈등을 강조하는 방향으로 여러 군데가 수정되었다. 예를 들면 '결의'장의 서두에는 전에 없던 내용으로, 백정촌에 모여 살면서 농사를 짓는 양주의 백정들과 백정촌의 구렁논에 눈독을 들인 양반 최생원 간의 계급적 갈등이 장황하게 서술되어 있다. 그리고 임꺽정의 집에 평양 진상 봉물이 있다고 밀고한 인물이 이웃의 양민인 최서방이 아니라, 백정촌 사람들을 돕고 있는 임꺽정을 미워한 양반 최생원으로 되어 있다. 또한 '청석골'장에서 상경한 임꺽정이 기생과 정을 맺고 세 명의 처를 새로 맞아들이는 대목이 축소, 개작되는 등 주인공 임꺽정이 좀 더 긍정적인 인물로 보이도록 수정되어 있다. 그 밖에도 '결의'장에서 청석골에 들어온 관상쟁이가 주요 등장인물들의 관상을 보면서 의미심장한 예언을 하는 대목처럼 신비적인 내용이 축소되고 그에 대해 부정적인 편집자적 논평이 가해진 경우가 더러 있다.

다른 한편 문예출판사본에서는 작품 수정을 맡은 홍석중이 가급적 원작을 훼손하지 않으려고 고심한 흔적도 감지된다. 예컨대 앞서 언급한 '결의' 장의 서두를 보면 계급적 갈등을 부각시키고자 지문을 추가하고 임꺽정을 밀고한 인물을 양반으로 바꾸기는 했지만, 황천왕동이가 귀양에서 풀려난다는 소식을 들은 임꺽정 일가족의 대화와 행동을 길게 묘사한 대목은 거의 원작 그대로 살려놓았다. 이렇게 볼 때 소년시절부터 『임꺽정』의 열렬한 애독자였다는[67] 홍석중은 당국의 요구를 반영하면서도 원작의 예술적 성과를 되도록 보존하고자 노력했음을 알 수 있다.

그런데 주목할 만한 것은 국립출판사본과 달리 문예출판사본에는 『임꺽정』의 결말이 미완이라는 사실과, 원래 작품의 서두에 「봉단편」 「피장편」 「양반편」이 있었다는 사실이 언급되어 있는 점이다. 제4권 말미 「후기」에서 홍석중은 그 사실을 언급하면서 "부득불 작가가 단행본으로 묶어놓은 부분만을 수정하여 출판"하게 된 경위를 다음과 같이 해명하고 있다.

이번에 작품을 수정하여 다시 출판하는 것을 계기로 작가가 뽑아버린 전반 부분(「봉단편」 「피장편」 「양반편」—인용자)을 넣으려고 생각하였었으나 정작 그렇게 하자고 보니 전반과 후반의 문학적 양상이 현격하게 달라서 수정 정도의 손질을 해서는 도저히 하나의 소설로 합칠 수가 없다는 것을 깨닫게 되었다. 작가가 신문에 연재된 소설을 단행본으로 묶으면서 전반 부분을 버렸던 이유가 바로 거기에 있는 것이다. 작가가 써놓은 전반 부분의 경우도 이러하거니와 하물며 이렇다 할 구상조차 남겨놓지 않은 마지막 부분을 이제와서 보충하여 작품을 완성한다는 것은 더 말할 것도 없이 불가능한 일이었다.[68]

이러한 연유로 홍석중은 서두의 「봉단편」「피장편」「양반편」과 미완성된 「화적편」 말미를 수정 보완하는 작업을 포기하고, 종전에 출판되었던 「의형제편」과 「화적편」의 '평산쌈'장까지만 수정하는 데 그쳤다. 요컨대 문예출판사본은 원전이 적지 않게 훼손되기는 했지만,『임꺽정』의 예술적 성과를 가급적 보존하면서 사상과 표현이 안면으로 보턴 시회에서 통인될 수 있는 무난한 텍스트로 개작하려는 고심 끝에 간행된 것이다. 그리하여 오랫동안 절판되었던『임꺽정』을 북한 독자들이 다시 접할 수 있도록 했다는 데 그 간행 의의를 둘 수 있다.

한편 1985년 7월에는 홍석중이『임꺽정』을 한 권 분량으로 축약한『청석골대장 임꺽정』이 평양 금성청년출판사에서 간행되었다. 이 책은 표지에 "홍명희 원작 홍석중 윤색"이라 되어 있으며, 북한의 어린 학생들을 위해 원작을 대폭 줄이고 쉽게 풀어쓴 것이다.『청석골대장 임꺽정』은 홍석중이 원작자 홍명희의 구상에 기초하여 말미 부분을 나름대로 보완함으로써, 문예출판사본에서는 달성하지 못했던 작품의 완결을 지었다는 점에서 의의를 찾을 수 있다. 다만 홍석중 자신이 해명한 바와 같이 이 작품은 어린 독자들의 성향을 의식하여 임꺽정의 성격과 활약을 의도적으로 이상화한 면이 있다.[69]

5) 사계절출판사본(1985)

북한의 문예출판사본과 비슷한 무렵에 남한에서도 홍명희의『임꺽정』이 다시 출판되었다. 1985년 사계절출판사에서 30여 년간 금서로 묶여 있던『임꺽정』의 출판을 단행한 것이다. 사계절출판사본『임꺽정』초판은 신문 연재본의 순서대로 「봉단편」「피장편」「양반편」각 한 권과 「의형제편」세 권, 「화적편」세 권을 포함하여 전9권으로 되어 있다. 앞서 살펴보았듯이 「봉단편」「피장편」「양반편」은 신문에 연재되었을 뿐 책으로 출판된 적은 없었는데, 남북한을 통틀어 처음으로 출판된 것이다.

당시는 월북 문인들의 작품에 대한 해금(1988)이 공식화되기 이전이었으므로, 사계절출판사본 『임꺽정』 초판은 주로 대학가의 사회과학서점에서 비밀리에 판매되었다. 그 이전에는 조선일보사본이나 을유문화사본을 남몰래 소장하고 있거나 고서점에서 비싼 값을 주고 구입한 사람들이 간혹 있어, 일부 문인이나 문학도들이 은밀하게 돌려보던 정도였다. 따라서 사계절출판사본이 출판되자 전설처럼 명성이 전해오던 걸작 『임꺽정』을 처음 접하게 된 젊은 세대 독자들이 열광하며 읽은 것은 물론, 일제 말 조선일보사본이나 해방 직후 을유문화사본을 읽었던 기성세대 독자들도 크게 반기며 『임꺽정』을 다시 읽었다.

사계절출판사본 『임꺽정』은 조선일보사본과 을유문화사본에는 모두 없던 「봉단편」 「피장편」 「양반편」을 포함하고 있어, 독자들로 하여금 작품의 전모를 온전히 감상하고 그 예술적 가치를 새롭게 인식할 수 있게 해주었다. 1988년 사계절출판사에서 홍명희와 『임꺽정』에 관한 자료집을 출간하면서 개최한 「『임꺽정』 연재 60주년 기념 좌담」에서 최원식 교수는 다음과 같이 말한 바 있다.

이제까지 공간되지 않았던 「봉단편」 「피장편」 「양반편」이 나왔다는 것은 『임꺽정』의 출간사에서 굉장히 중요한 의미를 갖는다고 생각합니다. 사실 「의형제편」 「화적편」이 매우 뛰어나면서도 한편 아쉽게 생각되는 것은, 역사소설이란 루카치의 유명한 개념을 빌리자면 중도적 주인공을 통해서 한 사회의 총체성 즉 상층과 하층의 모두를 함께 보여줌으로써 한 사회의 본질적 모순을 드러내 줘야 하는 것인데 「의형제편」과 「화적편」에서는 물론 상층사회가 안 나오는 것은 아니지만 주로 하층사회가 중심이 되었던 것입니다. 상층사회의 모습을 생생하게 그린 앞의 세 편이 공간됨으로써 『임꺽정』은 이제 완전한 형태로 독자들에게 그 모습을 드러내게 됐습니다. 저도 사실 공간되지 않았던 앞의 세 편을 구해서 읽고서야 역사소설 읽는 재미를 온전하게 맛보게 되었고 나아가 『임꺽정』이야말로 동서양을 막론하고 역사소설이 보여줄 수 있는 최고의 전범을 보여주는구나 하는 생각까지 했었습니다. 이런 점에서 『임꺽정』 출간사에 있어서 사계절출판사가 했던 역할을 주목해야 할 것입니다.[70]

「봉단편」「피장편」「양반편」은 비록 초기작다운 미숙성을 안고 있기는 하지만, 군도를 소재로 한 역사소설에서는 기대하기 어려운 폭넓은 시야를 보여주고 지배층의 인물들도 민중 못지않게 뛰어나게 형상화하는 홍명희의 작가적 기량을 엿볼 수 있게 해준다. 최원식 교수의 말대로 「봉단편」「피장편」「양반편」이 포함된 전9권을 독자들이 읽을 수 있게 됨으로써 『임꺽정』은 비로소 온전한 모습을 갖추고 제대로 평가받을 수 있게 된 것이다.

그 후 사계절출판사에서는 연재되다가 중단된 「화적편」 말미의 '자모산성'장을 찾아내어 추가하고 작품을 전체적으로 새로 교열하여 1991년 『임꺽정』 재판을 전10권으로 출판하였다. 사계절출판사본 초판은 어려운 여건에서 출판 작업을 진행해야 했던 데다가, 당시에는 수십 년 전 금서가 된 월북 작가의 작품을 엄정한 교열을 거쳐 출판한 경험이 축적되지 않았기 때문에, 편집과 교정상의 오류가 적잖이 있었던 것이 사실이다. 그에 비해 사계절출판사본 『임꺽정』 재판은 기존의 판본을 차분하게 대조하고 현대어로 정확하게 옮기는 작업을 거침으로써 훨씬 더 개선된 텍스트가 되었다.[71]

홍명희 탄생 120주년이 되는 2008년 사계절출판사에서는 『임꺽정』 신문 연재본과 조선일보사본, 을유문화사본 등 종전의 판본들을 다시 한 번 대조하고 더욱 철저한 교열을 거쳐 『임꺽정』 제4판을 간행하였다. 사계절출판사본 『임꺽정』 제4판은 21세기 독자들을 대상으로 한 만큼, 신세대 독자들이 작품을 읽으면서 바로바로 참조할 수 있도록 본문 옆에 익숙지 않은 고어, 토속어, 한자어 등에 대한 뜻풀이를 제공하였다. 그리고 임꺽정을 읽고 이해하는 데 도움이 될 만한 작품 해설과 등장인물 소개 등 참고 자료를 풍부하게 담은 부록『조선의 임꺽정, 다시 날다』를 곁들였다. 특히 사계절출판사본『임꺽정』제4판은 사계절출판사 대표가 평양에 가서 북한에 있는 저작권자 홍석중을 직접 만나 정식 계약을 맺고 출판한 것으로서, 남북 출판 교류의 첫 장을 열어젖힌 점에서도 주목할 만하다.[72]

4. 맺음말

이상에서 대하 역사소설『임꺽정』이 식민지시기에 장기간 연재된 과정과 일제 말 처음 책으로 출판되고 해방 이후 남북한에서 거듭 간행된 경위를 살펴보았다. 일제 말에 간행된 조선일보사본은『임꺽정』에 대한 문단의 평가가 결정적으로 달라지는 계기를 제공하였다. 조선일보사본이 간행됨으로써『임꺽정』을 통독할 수 있게 된 당시 문인들은 이 작품을 한국 근대 장편소설과 리얼리즘 소설의 전범으로 높이 평가하고 그로부터 많은 영향을 받았다. 해방 직후에 간행된 을유문화사본은 감격스러운 해방을 맞이하여 한글을 처음 배우고 우리의 문화적 정서를 익히기 시작한 청소년 학생들에게 큰 감동을 주었다. 그리고 1980년대에 출판된 사계절출판사본은 수십 년간 금서로 묶여 있던『임꺽정』을 독자들이 접할 수 있게 함으로써, 분단의 장벽을 넘어 다시금 작가 홍명희와『임꺽정』에 대한 관심을 불러일으켰다.

한편 북한에서는 1950년대에 국립출판사본이 간행되었다가 절판된 후, 1980년대에 다시 문예출판사본이 간행되었다. 1990년대에 들어서는『임꺽정』이 영화로 제작되어 북한의 인민들에게 더욱 널리 알려지게 되었다. 북한 영화『임꺽정』은 1993년 조선예술영화촬영소 산하 왕재산창작단에 의해 80분 길이 5부작으로 만들어졌다. 홍명희의 원작소설을 시나리오 작가 김세륜이 각색했으며 장영복 감독이 연출을 맡았다. 『임꺽정』은 북한 영화로서는 이례적으로 1998년 남한의 KBS TV에서 10회에 걸쳐 방영된 바 있다.

비슷한 시기에 남한에서는 홍명희의 『임꺽정』을 원작으로 한 드라마가 제작되었다. SBS TV에 의해 제작된 드라마 『임꺽정』은 50부작으로, 1996년부터 이듬해에 걸쳐 방영되었다. 김한영 감독은 대하드라마 제작을 준비하면서 북한 영화 『임꺽정』을 스텝들과 함께 여러 번 보고 많은 영향을 받았다고 한다. 드라마 『임꺽정』은 치밀한 사전 준비와 충분한 제작 여건 덕분에 TV 드라마의 일반적 한계를 뛰어넘어 새로운 영상 미학의 경지를 개척한 작품으로 평가된다. 드라마 『임꺽정』과 영화 『임꺽정』은 홍명희의 원작소설을 모태로 남과 북에서 태어난 '이란성 쌍둥이'라고 할 수 있다. 이는 김한영 감독이 인터뷰에서 한 말로, 남북의 문화적 통합을 위한 시금석으로서 『임꺽정』의 위상을 잘 드러내준다고 하겠다.[73]

홍명희의 사상과
『임꺽정』의 민족문학적 가치

1. 머리말

한국 근대 문학사에서 벽초 홍명희는 매우 독특한 존재이다. 홍명희는 결코 직업 문인이 아니었고, 그가 남긴 소설도 『임꺽정』 단 한 편에 불과하다. 그럼에도 불구하고 오늘날 『임꺽정』은 한국 근대소설 100년을 대표하는 가장 탁월한 작품의 하나로 손꼽히며, 홍명희는 한국 근대소설사에 지울 수 없는 족적을 남긴 작가로 간주되고 있다.

홍명희는 한국 근대소설가 중 극히 예외적으로 최상층 양반 가문 출신이었다. 그는 충청도 괴산에서 명문 풍산 홍씨가의 장손으로 태어나 전래의 봉건적 풍습 아래에서 성장하였다. 층층시하의 대가족 속에서 조선시대 양반가의 생활문화를 몸소 체험하며 자랐으며, 유년시절부터 한학을 수학하면서 조선시대 선비정신을 내면화하게 되었던 것으로 보인다.

하지만 그 후 홍명희는 같은 세대의 지식인들 중 드물게 본격적으로 신교육을 받고 신사상을 받아들였다. 열네 살 때인 1901년 상경하여 서울의 신식학교에서 수학한 후 1906년 일본에 유학했고, 1910년대에는 중국과 남양南洋에서 망명생활을 하였다. 따라서 그는 젊은 시절 서울, 도쿄, 상하이, 싱가포르 등 동아시아의 대도시들에서 생활하며 20세기의 신문물을 폭넓게 체험하였다. 또한 일본 유학시절 이후 평생 동안 광범한 독서를 통해 현대적인 사조를 기민하게 이해하고 적극 수용해 나갔다.

1910년 금산군수로 재직 중이던 부친 홍범식이 경술국치에 분격하여 순국한 사건은 홍명희의 사고와 행동에 평생토록 깊은 영향을 끼쳤다. 그가 3·1운동 때 괴산 만세시위를 주도하고 1927년 신간회 창립을 주도한 것은 모두 부친의 유지를 계승하고자 한 것이었다. 한편 홍명희는 1920년 대에 한때 사회주의 사상단체에 가담하기도 했고, 해방 후 통일정부 수립 운동에 진력하다가 1948년 월북하여 북한에서 고위직을 지냈다. 따라서 그가 민족주의자냐 사회주의자냐에 대해서는 논란의 여지가 있을 수 있다.

이 글에서는 이와 같이 파란만장한 생애를 통해 형성된 홍명희의 사상적 특징을 규명해보고자 한다. 그리고 그 위에서 홍명희의 문학관과 『임꺽정』의 민족문학적 가치를 총괄적으로 논해보고자 한다.

2. 홍명희의 사상적 지향

1) 선비정신의 소유자

홍명희는 단아한 선비다운 풍모를 지니고 있었고, 양심과 지조를 중시했으며 안목이 높고 결벽이 심하면서도 남달리 겸허한 인물이었다고 한다. 그는 주위에서 "군자님"이라는 별호로 불릴 만큼 인격자로 알려져 있었다.[1] 계모 조씨를 오랜만에 뵙게 되자 버선발로 뛰어나가 마당에서 큰 절을 올렸을 정도로 효성스러웠다고 한다.[2]

또한 그는 고절苦節을 지킨 "개결介潔한 지사"요 "양심적인 인텔리"로 정평이 나있었다.[3] 이는 그가 식민지 치하에서 가난과 병고에 시달리며 신변의 위협을 받으면서도 일제와 타협하지 않고 지조를 지킨 인물이었기 때문이다. 홍명희는 양반계급의 특징 중 하나로 지조를 들면서 "대의를 위하여 목숨을 던질지언정 몸을 더럽히지 않는 것이 지조 중에도 가장 높은 지조"라고 보았다. 일제 말 심산 김창숙에게 "관 뚜껑이 닫히기 전에는 항복도 하지 않고 모욕도 받지 않으리라蓋棺前不降不辱"는 한시를 적어 보낸 것은 일제의 강압에 굴하지 않고 지조를 지키고자 한 그의 자세를 잘 말해준다.[4]

한편 홍명희는 자신에 대해서나 남에 대해서나 매우 엄격한 안목을 가지고 평가를 까다롭게 하였다. 남양에 머물고 있던 1910년대에 그는 이광수에게 "『매일신보』에 연재된 『무정』을 읽어보았으나 신통치 않더라"는 내용의 편지를 보냈다고 한다. 또한 자작自作 시조를 낭송하며 자화자찬하는 버릇이 있던 최남선에게도 평소 "비판을 몹시 심하게 하였다"고 한다. 이밖에 문일평의 유저遺著라든가 심훈의 『상록수』 등에 부친 글들을 보아도 냉철한 나머지 박하기까지 한 평가를 내리고 있다.[5]

그런데 이 같은 엄격한 평가는 자신에 대해서는 더욱 혹독하였다. 홍명희는 지나친 결벽 때문에 글을 잘 쓰지 않는 문사로 소문이 나 있었다. 주위의 끈덕진 권유에도 불구하고 『임꺽정』 외에 단 한 편의 소설도 더 쓰지 않았던 것 역시 그러한 결벽과 무관하지 않다. 『임꺽정』을 연재할 때 날마다 원고 마감에 쫓기면서도 병적일 만큼 퇴고에 심혈을 기울였으며, 그러고도 "마음에 안 들어 께름칙하다"고 말하곤 하였다. 후배 문인들이 『임꺽정』을 예찬해도 "『임꺽정』에야 묘사다운 묘사가 있나 어디", "문학작품으로는 저급이지", "워낙 밥 얻어먹으려는 계획 하에 전설 나부랑이를 모아다가 어떻게 꾸며놓은 것이니 무어 문학작품이라고 할 게 되어야지요"라는 식으로 스스로 폄하하는 발언을 서슴지 않았다.[6]

이상과 같은 특징은 물론 홍명희의 개인적 성품이기도 하겠지만, 동시에 그가 사대부가 출신으로서 선비정신을 계승한 면을 말해주는 것이 아닌가 한다. 그는 양반계급이 '관벌주의' 때문에 유자儒者의 본래적인 '인仁'에서 벗어나 허례虛禮와 허의虛義에 치우쳤다고 비판한 바 있다.[7] 이로써 보면 그는 양반계급을 비판하면서도 조선시대 선비문화의 긍정적인 전통은 계승하고자 했던 것이라 생각된다.

한편 어느 잡지의 인물평에서 "성격은 유약하여 과단성이 부족하다"고 했듯이, 홍명희는 우유부단하고 다소 소극적인 데가 있었다. 이인조는 홍명희에 대해 "그가 일찍이 말하기를 '내가 다른 데는 유약해도 무엇이든지 안 하는 데는 강하지' 한 바와 같이 그가 항상 행동에 주저하고 사리고 촌탁忖度하는 것은 역시 그 계급적 속성을 버리지 못한 귀족 취미에서 나온 것"이라고 하여, 그러한 성격도 양반이라는 출신 계급과 관련이 있는 것으로 보았다.[8]

박학보 역시 "홍씨의 성격은 사상상에 있어서는 임격정 같은 대적을 훌륭한 의적으로 규정하고 표현하고 있으나 기실 행동에 있어서는 조선의 단아한 선비의 범주를 넘지 못하고 있"다고 하여, 이원조의 견해에 일단 동조하였다. 그러나 이처럼 홍명희가 행동에 소극적이고 야심과 패기가 적은 중요한 이유로 무엇보다 그가 생래적으로 병약한 체질이라는 점을 들었다.[9]

「자서전」에서 홍명희도 "나는 고집을 세우지 못하는 약점을 가졌다"고 하면서 자신이 우유부단한 성격임을 고백한 바 있다.

어릴 때 악지는 말하지 말고라도 20시절까지 좀처럼 남에게 지지 아니하던 내가 어느 틈에 이 약점을 가지게 되었는가? 고집을 악덕으로 깨달아서 수양한 결과인가 하면 그렇지도 아니하다. 내가 세변世變을 겪게 된 뒤로 부지불식간에 성질이 변화되어 분경심紛競心이 줄어들고 자신력이 적어져서 이 약점이 생기기 시작한 것이다. 지금은 이 약점을 교정하려고 다소 의식적 노력을 더하건만 20여 년의 굳은 버릇이 좀처럼 고쳐지지 아니하여 나날이 크고 작은 손損을 보고 지내는 중이다.[10]

이와 같이 그는 자신이 그러한 성격적 약점을 지니게 된 것은 천성이 아니라 '세변'을 겪은 탓이라고 밝히고 있거니와, 여기에서 말하는 '세변'이란 곧 경술국치와 부친의 순국을 가리키는 것이라 짐작된다. 나라가 망하고 부친이 순국한 이후 홍명희는 세속적인 출세와 경쟁 따위에 대해서는 초연한 마음가짐이 되었고, 그 결과 자기주장을 강하게 내세우지 못하는 유약한 성격이 되었던 듯하다.

홍기문은 「아들로서 본 아버지」에서 "총괄해 말한다면, 우리 아버지는 용감하게 나아가지는 못하나 날카롭게 보고 굳게 지키는 분이다. 거기 우리 아버지의 흠점과 단처도 있지마는 놀라운 점도 있다"고 하였다.[11] 이는 조선시대 선비정신을 계승하여 일제와 타협하지 않고 굳게 지조를 지키면서도, 행동 면에서는 우유부단하고 소극적인 면이 있던 홍명희의 성격을 적실하게 요약한 평이라 하겠다.

2) 투철한 반봉건 의식

홍명희는 양반 출신임에도 불구하고 투철한 반反봉건의식을 지니고 있었다. 이원조는 그가 '기성적인 것'과 '권위'에 대한 '반항정신'의 소유자로서, "만약 우리가 일제의 침략을 안 받았다고 하면 그는 봉건 타도의 계몽가로 발전해왔을 것"이라고 평하였다.[12] 홍명희가 임꺽정과 같은 최하층 천민 출신의 반역아를 주인공으로 한 역사소설을 쓴 것도 이러한 반항정신의 발로라고 볼 수 있다.

해방 후 청년 학도에게 준 글에서 그는 당시 우리 사회에 청신하고 활발한 건국 기상을 찾아보기 어려운 것은 '일제 여독餘毒'과 '봉건 유폐遺弊' 때문이라고 하면서 이를 하루바삐 '확청廓淸'하고 '탕척蕩滌'해야 한다고 주장하였다. 그리고 "봉건 유폐로 말하면 우리 의식층에 아직 완강한 근거를 가지고 있"으므로, 이를 탕척하자면 "일제 여독보다 더 많은 시일의 더 꾸준

한 노력이 필요할 것"이라고 역설하였다.[13]

홍명희는 노론 명문가 출신이었는데도 일체 당파심이 없었으며 조선시대 당쟁의 폐해를 통렬히 비판하였다. 일본 유학시절에 쓴 논설 「일괴열혈」에서 그는 조선왕조가 멸망의 위기에 빠진 것을 개탄하면서 이를 초래한 가장 큰 요인으로 당쟁을 들었다. 그리고 일제 말의 한 대담에서도 당쟁에 대해 "겉으로는 대의명분을 내세우지만 속으로는 세력쌈인데 한쪽은 다 옳고 한쪽은 다 나쁜가"라고 하여, 당쟁이란 권력 다툼에 불과했으므로 시비를 가리는 것 자체가 무의미하다고 보았다.[14] 해방 이후까지도 그 연배의 양반 출신 인사들은 대개 당파심에서 벗어나지 못해 그들과 대화하다 보면 이내 어느 당파의 후예인지를 간취할 수 있었는 데 반해, 홍명희는 종내 어느 당파에 속하는지 짐작하기 어려울 정도로 당파심을 초월한 인물이었다고 한다.[15]

뿐만 아니라 홍명희는 당시 양반 출신 인사로서는 놀라우리만큼 인습과 권위주의에서 벗어난 진취적인 언행을 보여주었다. 그는 봉건 잔재의 하나인 전통적 경로사상으로 말미암아 우리 사회에 조로증이 만연한 현상을 비판하였다. 과거 조선시대에는 "노인 외에 사람이 없다 할 만큼 노인의 세상이었다. 소년도 사람이고 청년도 사람이건만 소년은 '노인의 노리개'에 불과하고 청년은 '노인의 지팡이'에 불과하였다"고 하면서, 그 결과 "천진스러운 소년과 활발스러운 청년은 보기 어렵고 나이 많지 않은 엄엄奄奄한 노인은 흔히 볼 수 있었다"고 개탄하였다.[16]

홍명희는 장남 기문과 "윤리로는 비록 부자간이나 정은 친고親故와 마찬가지로, 아무 이야기거나 서로 기탄없이 하고 담배도 서로 맞대고 피울 뿐 아니라 없는 때에는 서로 달래서 피운다"는 것이 세간의 화젯거리였다고 한다. 홍기문은 부친이 "항상 새롭게 가려는 노력 아래 도리어 후진 청년들에게서 배우려고 애쓴다"고 하였다. 이처럼 홍명희는 조로증을 경계하고 젊은 세대와 격의 없이 어울리며 그들로부터도 배우려는 자세를 잃지 않았다. 이 때문에 그는 서울 북촌의 고루한 양반들로부터 "경輕하다"느니, "양반의 체통을 어지럽힌다"느니 하는 비난을 받기도 했다고 한다.[17]

여성관에 있어서도 그는 대단히 진취적인 견해를 갖고 있었다. 식민지시기 여성운동단체 근우회에 대한 글에서 그는 여성에 대한 차별과 착취를 이렇게 풍자하였다.

오스트레일리아 북방에 사는 어느 식인종은 주린 창자를 채울 것이 없으면 저의 아내를 통으로 구워서 뜯어먹는 일이 있다고 합디다. 소위 문명한 민족들의 사회에서도 여자가 간접으로 남자의 식료품이 되는 일이 종종 있습니다. 일종 자리 제구諸具로 알거나 그렇지 아니하면 일종 장난감으로 여기는 것은 식료품으로 치는 것보다 무엇 나을 것 있습니까.[18]

그리고 "완전한 합리적 인류사회에는 여자가 남자와 같이 정치적·문화적으로 활동할 균일한 기회를 가질 것"이라고 하여, 남녀평등에 대한 확고한 소신을 피력하였다.

홍명희는 부모의 뜻에 따라 전통적인 조혼을 했으며 그 후 일본 유학을 통해 신학문과 신사상의 세례를 받았음에도 불구하고, 부인 민씨와 평생 의좋은 부부생활을 하였다. 신간회 동지 허헌이 상처하자 위로차 그를 방문한 자리에서, 허헌이 '저생에서 다시 부부로 만나 미진한 한을 풀어보고 싶다'고 한 자기 부인의 유언을 이야기하자, 홍명희는 "저생서까지 여인으로 태어나야 미진한 한을 풀 길이 있을라고요. 저생선 긍인(兢人: 허헌씨 아호)이 여편네 되고 돌아가신 부인께서 남편이 되야지요. 긍인이 저생 갈 적엔 여편네 될 각오를 하셔야지요"라고 응수하여 만좌滿座의 미소를 자아냈다고 한다.[19] 이와 같은 일화는 홍명희가 관념적인 차원에서만이 아니라 실생활에서도 여성의 불평등한 처지를 십분 이해하고 남녀평등 문제에 깊은 관심을 가진 사실을 말해주는 것이라 하겠다.

또한 해방 후 홍명희가 주도한 민주통일당과 민주독립당의 정책을 보면 "여자의 시간과 정력을 가정생활에 전부 소모치 않도록 공동식당·공동탁 아소·공동세탁소 등의 시설을 속히 보급시킬 것"이라는 이색적인 조항을 두어, 여성을 가사노동에서 해방하기 위한 구체적 방도까지 나열하고 있다.[20] 이러한 정책은 여성해방에 대한 홍명희의 지론이 반영된 결과라 생각된다.

3) 진보적 민족주의 노선

말년에 홍명희는 자녀들에게 "나는 『임꺽정』을 쓴 작가도 아니고 학자도 아니다. 홍범식의 아들, 애국자이다. 일생동안 애국자라는 그 명예를 잃을까 봐 그 명예에 티끌조차 묻을세라 마음을 쓰며 살아왔다"고 말했다고 한다.[21] 이러한 술회대로 홍명희는 평생 민족의 해방과 통일 독립을 위해 헌신하는 애국자로 살려고 노력하였다. 사회운동가로서나 작가로서나 홍명희의 사고와 행동을 규정한 가장 중요한 요인은 바로 민족의식이었다.

을사조약에서 경술국치에 이르는 시기에 일본 유학 체험은 홍명희를 예민한 민족의식의 소유자로 바꾸어놓았다. 대한제국 고관의 자제였던 데다가 대성중학교 재학 시 학업성적이 출중했던 그는, 일본인이 조선인을 은근히 얕보거나 일본인 학우들이 자신을 질시하는 태도에서 심한 민족적 모욕감을 느꼈다고 한다. 『대한흥학보』에 기고한 논설문 「일괴열혈」을 보면 당시부터 그가 열렬한 애국심을 지닌 우국지사였음을 알 수 있다.[22]

경술국치를 당하여 부친 홍범식이 비분 끝에 자결한 것은 홍명희로 하여금 투철한 민족의식을 갖게 한 결정적 사건이었다. 홍범식은 유서에서 "내 아들아, 너희들은 어떻게 하나 조선사람으로서의 의무와 도리를 다하여 잃어진 나라를 기어이 찾아야 한다. 죽을지언정 친일을 하지 말고 먼 훗날에라도 나를 욕되게 하지 말아라"라고 당부했다고 한다.[23] 홍명희는 이러한 부친의 유언을 각골명심하여 평생의 좌우명으로 삼았다. 그가 1910년대에 중국과 남양에서 해외 독립운동에 투신하고, 3·1운동 당시 괴산 만세시위를 주도한 것은 모두 부친의 유지遺志를 받들어 실천하고자 한 행동이었다.

그런데 1920년대 들어 조선에 사회주의 사상이 소개되면서부터 홍명희는 민족해방운동의 일환으로서 사회주의에 관심을 갖게 되었다. 그리하여 맑시즘 서적을 읽기도 하고, 신사상연구회, 화요회와 같은 사회주의 사상단체에 가입해 활동하기도 하였다.[24] 뿐만 아니라 그 무렵 한때 조선공산당 당원이었다는 설도 있으며,[25] 해방 후에는 월북하여 고위직을 지낸 관계로 공산주의자로 의심받기도 하였다.

해방 후의 한 대담에서 홍명희는 공산주의에 대한 자신의 입장을 다음과 같이 밝힌 바 있다.

주의자主義者 말이 났으니 말이지 나더러 누가 글을 쓰라면 한번 쓰려고도 했지만, 8·15 이전에 내가 공산주의자가 못 된 것은 내 양심 문제였고, 공산주의가 무엇인지도 모르면서야 공산당원이 될 수가 있나요. 그것은 챙피해서 할 수 없는 일이지. 그런데 8·15 이후에는 또 반감이 생겨서 공산당원이 못 돼요. 그래서 우리는 공산당원이 되기는 영 틀렸소. 그러니까 공산주의자가 나 같은 사람을 보면 구식이라고 또 완고하다고 나무라겠지만, 그래도 내가 비교적 이해를 가지는 편이죠. 그러나 요컨대 우리의 주의 주장의 표준은 그가 혁명가적 양심과 민족적 양심을 가졌는가 안 가졌는가 하는 것으로 귀정지을 수밖에 없지.[26]

홍명희는 사회주의 또는 공산주의 이론에 조예가 깊은 인물로 세간에 알려져 있었는데도 스스로 공산주의를 잘 모른다고 말한 것은 일단 그의 겸손한 성격 탓이라 생각된다. 해방 후 남조선노동당의 맹렬당원들조차 대개 맑스주의 서적을 별로 읽지 않았던 실정에 비추어 본다면, 상대적으로 그는 공산주의 이론에 밝은 인물이었다고 해도 무방할 것이다. 하지만 평소의 엄격한 안목으로 인해 공산주의 이론에 대해 제대로 알지 못한다고 자처했던 듯하다.

그리고 해방 후에는 "반감이 생겨서" 공산주의자가 못 된다고 한 것은, 시류를 좇아 사이비 공산주의자가 날뛰던 현실과 아울러 당시 남조선노동당의 극좌적 행태에 대한 불만에서 나온 발언이라 추측된다. 이어서 그는 "그래도 내가 비교적 이해를 가지는 편이죠"라고 하면서, 중요한 것은 그가 무슨 주의자냐가 아니라 "혁명가적 양심과 민족적 양심"을 가졌느냐라고 주장하였다. 이로 미루어 홍명희는 어디까지나 민족주의자의 입장에서 통일정부 수립운동의 연대세력으로 공산주의자들을 포용하고자 했던 것이라 판단된다.

식민지시기부터 해방 이후까지 홍명희의 정치 활동을 통틀어 보면, 그는 좌·우익의 대립을 지양하는 민족통일전선 노선을 일관되게 견지했음을 알 수 있다. 그가 식민지시기에 신간회 결성을 주도하고 해방 후 단독정부 수립을 반대하여 남북연석회의를 추진한 것은 이러한 그의 정치 노선을 단적으로 보여준다. 신간회 창립에 즈음하여 발표한 「신간회의 사명」, 중간파 정당 창당에 앞서 발표한 「나의 정치노선」, 그리고 남북연석회의 직전에 발표한 「통일이냐 분열이냐」 등의 논설을 통해 그는 시종일관 좌·우의 대립을 초월한 민족의 대동단결을 촉구하였다.[27]

종래 홍명희의 정치적 입장에 대해서는 '비타협적 민족주의자', '사회주의자', '중간파' 등 서로 모순되는 다양한 딱지가 붙여졌다. 홍명희는 전 세계 피지배계급의 해방을 추구하는 사회주의적 이상을 인류의 궁극적인 목표로 간주하면서도, 그를 향한 도정에서 우리 민족의 해방과 통일 독립을 최우선적인 당면과제로 보았다. 그리하여 민족적 과제를 완수하는 것을 자신들 세대의 시대적 사명이자 자기 개인의 필생의 과업으로 삼고 이를 위해 일생동안 분투, 노력하였다. 이러한 홍명희의 정치 노선에 굳이 이름을 붙이자면 '진보적 민족주의'라고 부르는 것이 타당하리라 본다.

3. 홍명희의 문학관

민족운동가이자 작가였던 홍명희는 당시 조선 사회에서는 민족운동이 무엇보다 중요한 급선무이고, 문학은 그러한 운동이 불가능하거나 또는 급박한 시대적 과제가 어느 정도 해결된 시기라야 의미를 둘 수 있는 활동이라고 생각하였다.

그는 일본 유학시절부터 최남선, 이광수와 함께 문학에 투신하려는 뜻을 품고 귀국 후 한때『소년』지에 기고하여 초창기의 신문학 건설에 일익을 담당하였다. 하지만 경술국치와 부친의 순국 이후에는 문학을 향한 뜻을 꺾어버리고 출국하여 중국과 남양에서 다년간 해외 독립운동의 가능성을 모색하게 된다. 그 뒤 3·1운동 이후 신간회운동기까지 민족운동에 주력하던 홍명희는 1928년부터『조선일보』에『임꺽정』을 연재하기 시작했는데, 이는 어디까지나 생계의 방편이자 일종의 여기餘技로 착수한 것이었다. 그러나 신간회 민중대회 사건으로 투옥되었다가 풀려난 1930년대 초부터는 종전과 같은 방식의 민족운동이 더 이상 불가능해지자, 비로소『임꺽정』창작에 전념하면서 일제와 타협하지 않고 지조를 지키며 살아가는 길을 택하게 되었다.

해방 이후에는 민족문학의 고전인『임꺽정』을 완결하라는 주위의 간곡

한 권유에도 불구하고, 그는 민족의 진정한 통일 독립이 급선무라고 보아 정치 일선에 나서게 된다. 남북연석회의 참가차 북으로 가기 직전에 가진 한 대담에서 홍명희는 "좋은 시대에 났었던들 나도 문학에 전심할 수 있었을 것을, 나라도 없는 놈이 어느 하가何暇에 문학을 골똘히 할 수도 없고 해서 못 하고 말았는데 앞으로라도 사회가 제대로 바로잡히면 나도 좋은 작품이나 하나 써보고 싶소"라고 하였다.[28]

이와 같이 시대적 요구를 지고至高한 것으로 보고 문학은 그다음의 문제로 치부하는 홍명희의 사고방식은 경세제민經世濟民을 우선시하고 문학 창작을 부차시한 조선시대 문인 학자들의 문학관에 가까운 것이 사실이다. 그 점에서 그는 양반 사대부가 출신으로서 한학을 수학한 인물답게 전통적인 문학관에서 탈피하지 못한 것이라 볼 수도 있다.

그러나 그렇다고 해서 홍명희가 조선시대 문인 학자들처럼 '경세제민에 기여하는 문학'을 주창한 것은 결코 아니다. 문학의 본질과 효용에 관한 근본적인 사고에 있어 그는 철저히 근대적인 문학관을 지니고 있었다.

일본 유학시절 홍명희는 톨스토이와 도스토예프스키 등 러시아 작가의 소설과 영국 낭만파 시인 바이런의 작품들, 그리고 일본 자연주의 작가들의 소설 등을 통해 근대문학의 세계에 심취하게 된다.[29] 특히 바이런이나 일본 자연주의 작가들의 작품은 이른바 악마주의적 성향으로 청년기의 홍명희에게 깊은 영향을 끼쳤다. 그러나 카프와 일정한 연계를 갖게 된 1920년대 후반에는 자연주의 문학을 "유산계급 문학"이라 비판하고, 그에 대항하는 "신흥계급의 사회 변혁의 문학"으로서 "프롤레타리아 문예"에 대한 지지를 표명하였다.[30]

그 뒤 홍명희는 사회주의에 일시 경도되었던 단계에서 벗어나 민족협동전선 신간회운동을 추진하면서부터 민족문학적 개성과 리얼리즘을 중시하는 그 자신의 문학관을 확고히 정립한 것으로 생각된다. 단, 자연주의 문학은 꿈이나 이상의 베일을 걷어내고 현실의 어두운 면까지도 있는 그대로 묘사하는 현실 반영의 문학을 추구한 점에서 홍명희의 문학관에 일정한 영향을 미쳤다. 그리고 프로문학 역시 '예술을 위한 예술'을 부정하고 '생활'과 밀접한 관련을 가진 문학을 주장한 점에서 그의 문학관의 중요한 일부로 수용되었다고 할 수 있다.

홍명희의 문학관은 해방 후 후배 문인들과 가진 두 차례의 대담에 가장 분명하게 드러나 있다. 여기에 제시된 문학관은 적절한 자리를 만나 그 시기에 비로소 구체적으로 표현되었던 것으로, 이전부터 지니고 있던 그의 지론을 종합적으로 피력한 것이라 생각된다.

우선 그는 문학을 정치에 예속된 것으로 보는 속류 좌익 문학관에 대해 비판하는 한편, 우익 측 문인들이 주장하는 이른바 '순수문학'에 대해서는 더욱 부정적인 견해를 취하였다. 그는 문학이 '인생'과 '정치'를 떠나서는 존재할 수 없다고 보면서도, 문학은 어디까지나 '문학을 통해서' 그에 기여하는 것이며 그 나름의 '독자성'을 상실하면 예술로서의 존재 가치가 없다고 보았다.[31]

둘째로 홍명희는 일관되게 리얼리즘 문학을 주장하였다. 문학에 있어서 '사실'을 가장 중시하고 시류에 굴종하지 않는 '반항정신'을 예찬하며, 작품을 통해 제시하려는 주제나 사상을 자신의 절실한 문제로 충분히 내면화하는 작가적 성실성을 강조하였다.[32]

셋째로 그는 해방 직후의 낙후된 현실을 고려할 때 "조선 작가의 당면 과제는 봉건적 잔재를 제거하는 새로운 아동문학과 농민문학을 수립하는 것"이라고 하여, 계몽문학의 중요성을 역설하였다.[33] 당시 현실에서는 현학적이고 유희적인 성격의 지식인 문학을 창작하는 것보다 대중을 계몽하여 전체적인 문화 수준을 끌어올리는 것이 더 시급하다고 본 때문이다.

끝으로 홍명희는 역사소설에 대해 '궁정 비사'를 배격하고 민중의 사회사를 지향해야 한다는 견해를 피력하였다. 즉 지배층 중심의 산만한 사건 나열에 그치지 말고, 각 사건의 시대적 배경을 살리면서 그 원인을 광범한 사회적 인과관계에서 찾는 방식으로 그려야 한다는 것이다.[34] 이러한 그의 역사소설관은 루카치의 이론과 상통하는 것으로, 식민지시기와 해방 직후의 문단을 통틀어 가장 독창적이고 선진적인 견해를 제시한 것이라 할 수 있다.

4. 『임꺽정』의 민족문학적 가치

조선 중기의 도적 임꺽정의 활약을 그린 홍명희의 대하 역사소설 『임꺽정』은 무엇보다도 우선 그 민중성과 리얼리즘 면에서 탁월한 작품이라 할 수 있다. 대부분의 한국 역사소설은 지배층의 인물들을 주인공으로 하여 궁중비화나 권력투쟁을 다룸으로써 통속적인 흥미를 자아내려고 한다. 그리고 유명한 역사적 인물의 전기 형식을 취함으로써 역사의 주체를 민중이 아닌 위대한 개인으로 보는 영웅사관을 답습하고 있다. 그와 달리 『임꺽정』은 주인공 임꺽정을 비롯하여 다양한 신분의 하층민들을 등장시켜, 당시의 민중 생활을 폭넓게 묘사하고 있다. 또한 임꺽정의 전기 형식을 피하고, 청석골의 여러 두령들도 그에 못지않게 큰 비중을 지닌 인물로 그리고 있다. 이와 아울러 주목할 것은 주인공을 결코 영웅으로 미화하지 않은 점이다. 휘하의 두령들과 마찬가지로 임꺽정은 남다른 능력과 함께 인간적인 약점도 지닌 인물로 그려져 있는 것이다.

서양의 리얼리즘 소설에 비해 볼 때 한국의 역사소설들은 등장인물의 일상적인 삶과 생활환경을 구체적으로 묘사하는 데 둔하다고 지적된다. 그런데 『임꺽정』은 식민지시기는 물론 오늘날의 역사소설들에 비해서도 타의 추종을 불허할 만큼 세부 묘사가 정밀하고 조선시대의 풍속을 탁월하게 재현하고 있다. 다양한 계층의 인간이 등장하여 밥 먹고, 옷 입고, 뒤 보고, 배탈 나고, 장기 두고, 아기자기한 부부의 정을 나누는 등 지극히 일상적인 생활에 대한 묘사가 매우 풍부하여, 그 자체만으로도 독특한 흥미를 불러일으킨다.

둘째로『임꺽정』은 '조선 정조情調'를 적극 표현함으로써 민족문학적 개성을 탁월하게 성취한 작품이다. 홍명희는 '작가의 말'에서 "『임꺽정』만은 사건이나 인물이나 묘사로나 정조로나 모두 남에게서는 옷 한 벌 빌려 입지 않고 순조선 거로 만들려고 하였습니다. '조선 정조에 일관된 작품' 이것이 나의 목표였습니다"[35]라고 밝힌 바 있다. 이러한 작가의 의도에 따라『임꺽정』은 서양 리얼리즘 소설의 예술적 성과를 충분히 흡수하고 있으면서도 이야기 투의 문체를 취하여 구수한 옛날이야기의 한 대목을 듣는 듯한 친숙한 느낌을 준다. 그리고 전래의 민담이나 전설 등이 적재적소에 삽입되어 흥미를 돋우고 있으며, 관혼상제, 세시풍속, 무속 등 조선시대의 풍속들이 다채롭게 묘사되어 있다. 또한 이 작품에서는 "깨끗한 조선말 어휘의 노다지가 쏟아지는 것을 종종 발견할 수 있다"[36]고 한 이극로의 말대로, 한문 투가 아닌 우리 고유의 인명이나 지명, 토속적인 고어와 속담이 풍부하게 활용되고 있다.

뿐만 아니라『임꺽정』의 등장인물들은 결코 현대인처럼 그려져 있지 않고, 어디까지나 조선시대 우리 민족의 전통적인 모습을 간직하고 있다. 그들은 순박하고 인정이 넘치며 밑바닥 삶의 고난을 해학으로 넘기는 민중적 지혜를 지닌 인물로 묘사되어 있는 것이다. 박종화가『임꺽정』에는 조선사람이라면 잊어버릴 수 없는 "구수한 조선 냄새"가 배어 있다고 한 것[37]은 정곡을 얻은 말이라 하겠다.

셋째로『임꺽정』은 프로문학과 민족주의문학의 대립을 지양한 작품으로도 높이 평가될 수 있다.『임꺽정』연재가 시작되던 무렵 우리 문단에서는 좌·우 양 진영의 문학이 첨예하게 대립하고 있었다. 이는 당시 국내의 사회운동이 사회주의와 부르주아 민족주의 노선으로 분열 대립하던 것과 상응하는 현상이었다. 바로 이 시기에 홍명희는 신간회운동을 통해 비타협적 민족주의자와 사회주의자 간의 민족협동전선을 추구했듯이, 『임꺽정』을 통해 프로문학과 민족주의문학의 대립을 넘어선 진정한 민족문학을 제시하고자 한 것이라 볼 수 있다.

연재 초기에 홍명희는 "임꺽정이란 옛날 봉건사회에서 가장 학대받던 백정계급의 한 인물이 아니었습니까. 그가 가슴에 차 넘치는 계급적 ○○ (분노—인용자)의 불길을 품고 그때 사회에 대하여 ○○(반기—인용자)를 든 것만 하여도 얼마나 장한 쾌거였습니까"라고 하면서, 이러한 인물은 "현대에 재현시켜도 능히 용납할 사람"이라고 주장하였다.[38] 그는 계급 모순에 저항하는 임꺽정의 반역자적 면모에 강한 매력을 느껴 창작에 임한 것이다. 그 점에서 『임꺽정』은 계급의식의 표현을 중시하던 당시의 프로문학과 다분히 친화성을 지닌 작품이라 할 수 있다.

그러나 다른 한편 홍명희는 『임꺽정』에서 "조선 정조에 일관된 작품"을 의도하였다. 그 결과 이 작품은 하층 민중의 삶을 중심으로 하면서도 이를 포함한 민족공동체의 아름다운 전통을 적극 재현함으로써, 민족문학적 색채가 농후한 역사소설이 된 것이다. 이렇게 볼 때 『임꺽정』은 식민지시기 프로문학과 민족주의문학의 대립을 지양하고 양자의 장점을 종합한 작품으로 높이 평가될 만하다. 홍명희는 신간회운동을 추진하던 그 정신으로 『임꺽정』을 창작했다고 볼 수 있다. 이 작품이 당시 좌·우를 막론한 전 문단으로부터 찬사를 받은 것도 바로 그 때문이라 생각된다.

넷째로 『임꺽정』은 동양문학의 전통을 계승하면서도 아울러 서양 근대문학의 성과를 충분히 섭취한 작품이라는 점에서 주목받아야 할 것이다. 『임꺽정』이 우리나라와 중국의 고전문학으로부터 영향 받은 측면에 대해서는 이미 여러 논자들이 지적한 바 있다. 『수호지』나 『홍길동전』과 같은 의적소설의 계보에 속하며, 독립된 이야기들이 모여 한 편의 대하소설을 이루는 구성방식이 『수호지』와 유사하고, 야담과 야사에서 소재를 취했으며, 이야기 투의 문체를 구사하고 있다는 것이다. 홍명희는 소년시절부터 『삼국지』를 비롯한 중국소설을 탐독했으며, 당대의 유수한 한학자로서 평소 많은 한적漢籍을 섭렵하였다.[39] 이와 같은 남다른 소양이 『임꺽정』 창작에 큰 도움을 주었음은 물론이다.

그러나 이러한 측면을 지나치게 강조하다 보면 『임꺽정』이 성취한 근대적인 장편소설로서의 예술성을 간과하기 쉽다. 등장인물을 각 계층의 전형으로서 형상화하고, 서술적 설명이 아니라 장면 중심의 객관적 묘사에 치중하며, 극도로 치밀한 세부 묘사를 추구한 점 등은 우리 고전소설의 전통에서는 찾아보기 힘든 요소로서, 서양 리얼리즘 소설의 성과를 섭취한 결과로 보아야 할 것이다.

홍명희는 일찍이 일본 유학시절부터 톨스토이, 도스토예프스키 등의 러시아 소설들을 탐독했으며, 나쓰메 소세키나 일본 자연주의 작가들의 소설도 많이 읽었다. 특히 러시아 소설에 심취하여 당시 일역된 작품들은 모조리 사 모았을뿐더러, 유학하여 문학을 연구하고자 한때 러시아어까지 배웠다고 한다. 평론 「대 톨스토이의 인물과 작품」을 보면 그가 톨스토이의 위대한 리얼리스트로서의 면모를 정확히 인식하고 있었음을 알 수 있다.[40] 또한 1930년대에 홍명희는 당시 부르주아 리얼리즘 소설의 고전으로 재평가되던 발자크 전집도 독파했다고 한다.[41]

이렇게 볼 때 『임꺽정』이 식민지시기의 어떤 소설보다도 근대 리얼리즘 소설의 원리에 충실한 작품이 된 것은 결코 우연이 아니라 하겠다. 홍명희의 술회에 의하면 『수호지』의 영향을 받은 것으로 간주되는 『임꺽정』의 독특한 구성방식조차도 실은 러시아 작가 쿠프린의 작품에서 힌트를 얻으

것이라 한다.[42] 그러므로 『임꺽정』에 대해 한국 고전문학의 전통을 계승한 측면만을 들어 그 가치를 운위하는 것은 온당한 태도가 아니라고 생각된 다. 『임꺽정』은 동양 고전문학의 전통과 서양 근대문학의 성과를 훌륭하게 통합한 점에서도 높이 평가되어야 할 것이다.

5. 맺음말

이상에서 홍명희의 사상과 문학관, 그리고 『임꺽정』의 민족문학적 가치를 살펴보았다. 그는 명문 양반가 출신이면서도 투철한 반봉건주의자였고, 사 회주의적 이상을 견지하되 민족 해방과 통일 독립을 최우선시한 민족주의 자였으며, 전통적 교양에 뿌리를 두면서도 서양의 근대 사조를 적극 수용한 참다운 현대적 지식인이었다.

작가로서의 홍명희를 논하면서 그가 평생에 걸쳐 진정한 애국자로 살려 고 노력했으며 진보적 민족주의 노선을 실천하고자 했던 사실을 강조하는 것은 문학과 무관한 비본질적 논의라고 할지도 모른다. 하지만 『임꺽정』이 "조선 정조에 일관된 작품"으로서 뚜렷한 민족문학적 개성을 성취하고 민 중성과 리얼리즘에 투철한 역사소설이 된 것은 홍명희의 남다른 애국심이 나 진보적 의식과 결코 무관하지 않다고 생각된다.

뿐만 아니라 그는 전통적인 한학의 세계로부터 근대 민족주의와 사회 주의 사상에 이르기까지 자신의 사상을 부단히 확장해나간 특이한 지성의 소유자였다. 당시 한학 소양만을 갖춘 지식인들은 전통사상의 테두리를 벗 어나지 못하는 경우가 많았다. 반면 한국 근대문학을 개척한 대다수의 문 인들은 서양과 일본의 근대문화에 몰주체적으로 감염되었던 것이 사실이 다. 이들과 달리 홍명희는 전통사상과 근대사상을 융합한 예외적인 지식인이었다. 『임꺽정』이 동양 고전문학의 전통과 서양 근대문학의 성과를 훌륭하게 통합한 작품이 될 수 있었던 비밀은 바로 여기에서 찾을 수 있다.

불행히도 한국 현대사는 식민지화와 남북 분단의 파행적인 역사로 점철되어왔으며, 그로 인해 홍명희와 같은 유형의 지식인은 한국의 지성사에서 주류를 이루지 못한 채 오히려 예외적인 존재로 간주되어왔다. 그러나 이러한 지식인들의 존재를 재발견하고 그들이 걸어간 길을 추적해 보는 작업은 21세기에 들어서서도 여전히 과제로 남아 있는 통일된 민주국가 건설과 진정한 민족문화 창조에 적지 않은 시사를 던져주리라 믿는다.

2부

———

『임꺽정』의 심층 탐색

여성주의 시각에서 본
『임꺽정』

1. 머리말

이 글에서는 벽초 홍명희의 대하 역사소설 『임꺽정』을 여성주의의 시각에서 고찰해보고자 한다. 필자는 오래전에 박사논문의 일환으로 『임꺽정』에 대해 최초의 학문적 논의를 시도한 후, 십여 년에 걸쳐 작가 홍명희를 연구하여 『벽초 홍명희 연구』를 출간했다. 그 과정에서 홍명희가 그 세대의 남성 지식인으로서는 예외적일 정도로 여성에 대한 억압과 차별에 대해 뚜렷한 인식과 비판적 태도를 지니고 있었을 뿐 아니라, 당시 진보적인 지식인들 사이에 전파되고 있던 서양의 페미니즘 이론에 대해서도 상당한 조예를 갖추고 있었음을 확인하였다.

또한 필자는 여러 면에서 『임꺽정』을 계승한 것으로 알려진 황석영의 역사소설 『장길산』을 논하면서, 『장길산』의 여주인공들이 남성중심주의적 시각에서 왜곡되고 미화된 여성상에 가까운 데 비해, 『임꺽정』에서는 그 시대의 한계 내에서나마 남성에게 일방적으로 종속되지 않고 당당한 모습으로 살아가는 적극적이고 주체적인 여성상이 두드러짐을 지적한 바 있다.[1]

최근 문단에 여성주의를 표방하며 등장한 몇몇 역사소설들을 제외하면, 식민시시기부터 오늘날에 이르기까지 우리 역사소설에서 여성인물들은 주로 작품의 흥미에 기여하는 부차적인 존재로서 몇 가지 상투적인 유형으로 그려져 왔다. 박종화의『금삼의 피』나 『여인천하』에서처럼 궁중비화의 와중에서 질투와 음모와 복수의 화신으로 그려지거나, 이광수의『이차돈의 사』『원효대사』에서처럼 남주인공의 영웅성을 부각시키면서 작품의 흥미를 돋우기 위한 삼각연애의 대상으로 그려지거나, 간혹 민중 여성이 등장하는 경우에도 현진건의『무영탑』에서처럼 청순가련한 여인의 수난사의 일환으로 그려져온 것이다.

이렇게 볼 때『임꺽정』에는 강하고 주체적인 여성인물들이 주로 등장하며, 그것도 대체로 긍정적이고 비중 있게 그려지고 있다는 사실은 매우 특기할 만하다.『임꺽정』은 식민지시기 한국의 역사소설 중 예외적으로 민중사를 중심으로 한 리얼리즘 역사소설일 뿐 아니라, 여성주의 시각에서 볼 때도 대단히 특이한 작품인 것이다.

『임꺽정』의 그와 같은 면모에 대해서는 단편적으로나마 이미 몇몇 논자들에 의해 언급된 바 있다.『임꺽정』이 연재되고 있던 1930년대부터 비평가로 활동한 안함광은 월북 후에 쓴『조선문학사』에서『임꺽정』의 "반봉건적인 계급성"을 높이 평가하면서, "그러한 반봉건성은 남녀관계의 봉건적 윤리에 대한 그들의 철저한 멸시에서도 역연히 표현되어진다. (…) 이 작품에서의 남녀 문제는 대체로 애정의 봉건적 윤리에 대한 반대자의 특성을 체현한다"고 지적하였다.[2]

남한에서『임꺽정』에 관한 논의가 재개된 1980년대 말 이후 발표된 몇몇 논문들에서도『임꺽정』의 여성인물들이 지닌 그와 같은 특징을 언급하였다. 박대호는『임꺽정』의 민중성을 논하면서『임꺽정』에 등장하는 다양한 계층의 여성들은 "삼종지도의 질곡에 갇힌 이조의 여성으로 보기 드문" 당당하고 적극적 성격의 인물로 그려져 있는 바, 이는 "주변부에 속하는 여성의 성적 왜곡과 소외를 비판하는 작가의 세계관"이 투영된 결과라 보았다.[3] 또한 임미혜, 백문임, 박명순 등의 석사논문에서도 『임꺽정』에 등장하는 여성인물들이 대부분 활달하고 적극적인 성격으로 남성과 동등한 위치에서 결합하는 것으로 그려져 있으며, 그 배후에는 봉건적 인간관계를 비판하는 작가의 평등사상이 작용하고 있다고 주장하였다.[4]

이상과 같은 선행연구들은 일찍이 필자가 『장길산』과 『임꺽정』을 비교 고찰하면서 제시한 견해와 일맥상통하는 것으로서, 『임꺽정』에 그려진 여성인물들과 남녀 간의 결합 양상에 대해 대체로 타당한 지적을 하고 있다고 하겠다. 그러나 이 연구들은 『임꺽정』의 다른 면모를 주로 논하면서 위와 같은 작품의 특징을 단편적으로 언급한 정도에 머무른 것이 사실이다.

그러므로 이 글에서는 여성주의 시각을 분명히 전제한 위에서 전10권에 달하는 홍명희의 대하 역사소설 『임꺽정』 전체를 더욱 심층적으로 분석해보고자 한다. 즉 『임꺽정』에 그려진 여성상의 특징을 다각도로 고찰하고, 이 작품이 과연 그 시대 여성의 현실을 제대로 그려내고 있는지를 검토해보려는 것이다. 아울러 여성주의 시각에서 본 『임꺽정』의 성과와 한계를 짚어보고, 그러한 한계를 초래한 원인에 대해서도 규명해보고자 한다.

2. 주체적인 여성상과 남녀평등사상

『임꺽정』은 조선시대 화적패의 활동을 소재로 한 리얼리즘 역사소설이므로, 여성주의 시각에서 볼 때 일정한 한계를 지닐 수밖에 없다. 이 작품 전체의 주인공은 임꺽정 한 사람만이 아니라 청석골 화적패의 두령이 되는 일곱 명의 의형제라 할 수 있는데, 유감스럽게도 이 청석골 두령들 중 여성은 없다. 『임꺽정』에서 비중 있는 여성인물들은 대부분 청석골 두령들을 위시한 남성인물들의 삶의 내력 중 그들이 각기 짝을 만나 혼인하게 되는 과정에서 배우자로 등장한다. 따라서 작중에서 여성은 대체로 주인공이 아니라 부인물이며, 주체라기보다는 타자로서 형상화되어 있다.

그렇기는 하지만 『임꺽정』에는 강인하고 자기 주견이 뚜렷한 주체적인 여성인물이 다수 등장하며 작중에서 큰 비중을 차지하고 있다. 여성인물들은 대개 우여곡절을 거쳐 혼인하게 되는 과정에서 자신의 애정을 실현하기 위해 적극적으로 나서는 줏대 있는 여성으로 그려져 있는 것이다. 그러한 여성인물의 대표적 예로 이장곤의 아내 봉단이를 들 수 있다.

『임꺽정』은 「봉단편」「피장편」「양반편」「의형제편」「화적편」으로 이루어져 있는데, 서두에 등장하는 봉단이는 「피장편」에서야 비로소 등장하는 주인공 임꺽정의 당고모(아버지의 사촌누이)로 설정되어 있다. 연산군의 학정을 피해 달아난 전 홍문관 교리 이장곤이 백정의 사위가 되어 몸을 숨기고 지내다가 중종반정 후 다시 신분을 회복하고 벼슬길에 나아간 이야기는 『기묘록보유己卯錄補遺』와 『청구야담青丘野談』에 수록되어 있다.[5] 작가는 어디까지나 양반 남성 이장곤의 이야기인 이 야사와 야담을 근거로 하여 봉단이라는 대단히 인상적이고 개성적인 여성인물을 창조해내고, 『임꺽정』 첫째 편의 소제목을 「봉단편」이라고 붙이기까지 하였다.[6]

작중에 묘사된 봉단이는 백정의 딸로서는 예외적일 만큼 품위 있고 지혜로울 뿐 아니라, 자신의 애정을 적극적으로 실현해가는 줏대 있는 여성이다. 김서방 행세를 하며 봉단이의 집에 과객으로 눌러앉은 이장곤은 봉단이의 삼촌인 학식 있는 백정 양주팔의 주선으로 봉단이와 혼인하게 된다. 처음 마주쳤을 때부터 서로에게 호감을 품은 두 사람은 금슬 좋은 부부생활을 하지만, 이장곤은 '게으름뱅이 사위'라 구박받고 장모에게 쫓겨나게 된다. 뒤쫓아온 봉단이와 몰래 만난 장면에서 이장곤이 자기의 신분을 밝히자, 봉단이는 "좋은 세상이 되면 다시 나가실 수 있겠지요?"라고 물은 뒤 "대체 양반도 없고 백정도 없는 세상은 없나요?"라고 한탄한다. 이어서

두 사람 간에는 다음과 같은 대화가 오간다.

봉단이는 무릎을 도사리고 얼굴빛을 고치고 나서

"당신이 녹록한 사나이가 아닌 것은 미리부터 짐작한 바이지마는 삼한갑족의 양반인 것만은 생각지 못한 일입니다. 그런 줄을 미리 알았더면 뒷일을 한번 더 생각하였을 것인데, 그리 못한 것이 당신에게 속은 셈입니다. 당신은 잠시 액회厄會를 면하시려고 만리 전정을 생각지 않으실 리가 없으셨겠지요? 좋은 세상이 되는 날에는 백정의 사위가 우세거리요, 망신거리지요? 그때 나를 어찌하실 생각이세요?"

봉단이가 한 마디 묻고 김서방의 눈치를 엿보고 두 마디 묻고 김서방의 얼굴을 살핀다. 김서방은 얼굴에 웃음을 띠고

"나는 무슨 재미있는 이야기나 들려준다구."

하고 힘없이 팔을 들어 봉단의 어깨에 깊이 걸치며

"남편에게 좋은 세상이면 아내에게도 좋을 것이고 아내에게 좋지 못한 세상이면 남편에게도 좋지 못할 터이지."

하며 걸친 팔의 손가락 등으로 봉단의 볼을 간지르듯 문지르니 봉단이는 가만히 그 팔을 잡아 어깨에 내려놓으며

"서울 양반에게 좋은 세상이 시골 백정의 딸에게 좋을는지 누가 알아요? 도리어 좋지 못할는지도 모르지요."

하고 긴 한숨을 짓는다. 김서방이 정색하며

"여보!"

불러놓고 잠깐 동안 말이 없다가 맘에서 우러나오는 듯한 말로

"장래에 좋은 세상이 올는지 말는지 지금으로는 모르는 일이거니와 설혹 온다 손 잡더라도 그대를 버리고 나 혼자 누릴 생각은 없소. 저기 하늘이 내려다보시오."

하며 손을 위로 치어들어 하늘을 가리키니 봉단이는 김서방의 얼굴을 이윽히 바라보고 있다가

"나는 하늘보다도 당신을 믿습니다."

말하는데 새침하던 얼굴에 웃음이 떠돌았다.[7]

이처럼 봉단이는 이장곤에게 세상이 달라지면 자기를 어쩔 셈이냐고 묻고, 이장곤은 그녀를 버리지 않을 것을 맹세한다. 그러자 봉단이는 자결하려고 목을 매는 시늉까지 해서 어머니로 하여금 이장곤을 다시 불러들이게 한다. 그 후 중종반정이 일어나자 새 임금의 특지로 봉단이는 숙부인에 봉해지고, 동부승지로 승진한 이장곤의 정실로 인정받게 된다.

이장곤은 지체 높은 양반이라 평상시라면 천민 여성인 봉단이와 결코 맺어질 수 없는 신분이지만, 유배지에서 도망쳐 쫓기느라 굶주림과 피로에 지친 극한 상황에서 그녀와 처음 만나게 되었고, 신분을 숨기고 혼인한 후 처가살이를 하였다. 두 사람은 철저히 봉건 체제의 바깥에서 만났고, 따라서 봉건적인 남녀차별의 제도나 관습으로부터 자유로운 상황에서 맺어진 것이다. 야사에 나오는 이장곤의 이야기에서 그러한 특수한 상황을 예리하게 간파하고 작품 속에 형상화함으로써, 작가는 주체적인 여성상과 아울러 봉건적인 남존여비와는 거리가 먼 평등하고 의좋은 부부상을 한껏 그릴 수 있었던 것이다.

봉단이처럼 애정을 실현하는 데 적극적인 여성으로 그려진 또 한 사람의 중요한 인물은 임꺽정의 아내 운총이다. 「피장편」에서 청년 임꺽정은 출가하여 병해대사가 된 스승 갖바치를 따라 전국 각지를 순례하다가, 인적이 드문 백두산 산중에서 운총이 일가족을 만나게 된다. 처음에는 낯선 총각에게 관심이 별로 없던 운총은 이튿날 남동생 황천왕동이와 셋이서 사냥을 갔다가 천하장사이자 검객인 임꺽정의 활약상을 본 뒤부터 태도가

달라진다.

운총이가 그날 사냥갔다 돌아오며부터 꺽정이의 옆을 잠시 떠나려고 하지 아
니하였다. 저녁은 운총 어머니가 손님 대접한다고 귀한 조밥을 지었는데, 운총
이가 큰 밥그릇을 골라서 꺽정이 앞에 놓아주고 희한한 귀물貴物 깨를 갖다가
꺽정이 소금에 섞어주었다. 꺽정이는 운총의 부니는 것이 맘에 싫지 아니하나
뜻이 있는 듯이 웃는 운총 어머니도 보기 부끄럽고 본체만체하는 선생도 보기
부끄러워서 지수긋하고 앉았는데, 운총이는 남이 부끄러워하는 것도 모르고
부닐고 싶은 대로 부닐었다. 천왕동이는 운총이와 같이 부닐지만 아니할 뿐이
지 꺽정이게 따르는 맘은 운총에게 지지 아니하였다.
저녁밥이 끝난 뒤에 천왕동이가 그 어머니를 보고 정지 건너편 방에 가서 꺽
정이와 같이 자겠다고 말하여, 그 어머니는 미처 대답도 하기 전에 운총이가
"나도 가서 꺽정이하고 잘 테다."
하고 나서는 것을 어머니가
"너희 둘이 가면 좁아 못 잔다."
하고 말리니 천왕동이는
"그래, 좁지 않게 나만 잘 테다."
하고 운총이는
"너는 엄마하고 같이 자. 내가 갈 테니."
하고 내가 가랴 네가 가랴 남매 서로 다투기 시작하였다.(2:358~359)

이와 같이 운총은 임꺽정에게 호감을 갖게 되자 철없는 어린애처럼 거
리낌 없이 감정을 표현할 뿐 아니라, 남녀유별에 대한 관념이 없어 임꺽정
과 함께 자겠다고 남동생 황천왕동이와 서로 다투기까지 한다. 며칠 후 임
꺽정은 시집 장가드는 것이 무엇인지도 모르는 운총에게 대강 설명하고

청혼한 뒤, 단둘이 천왕당에 들어가 혼인 서약을 하고 숲 속에서 부부의 연을 맺는다. 그런데 병해대사는 "아무 사심 없이 자란 것이 귀하다"라고 운총을 칭찬하는가 하면, "초례는 훌륭하게 지낸 셈입니다그려. 지금부터 꺽정이를 사위라고만 하시면 고만입니다"라고 선언하여 두 사람의 혼인은 기정사실이 된다.(2:360~372)

양주 출신 백정으로 천하장사인 임꺽정은 특이한 성장 과정을 거치면서 봉건적인 신분 관계에 대해 강한 거부감과 반항의식을 갖게 된 인물이다. 운총은 도망 노비의 딸로 백두산에서 태어나 자란 까닭에 인간 세상의 온갖 규범이나 습속과 단절된 상태에서 살아온 "길들지 아니한 생마와 같"은 처녀이다.(3:317) 이처럼 두 사람은 각기 나름대로 봉건 체제의 규범을 벗어난 인물로 성장해온 데다가, 그들의 결합이 이루어진 곳은 백두산이라는 원시적이고도 신성한 공간이다. 따라서 그들의 혼인은 신분차별과 남녀차별을 위시한 봉건적인 제도, 윤리, 관습과는 전혀 무관한, 순수한 인간으로서의 두 남녀의 결합이 되는 셈이다. 두 사람이 서로에게 호감을 품고 혼인하게 되는 과정은 단계마다 웃음이 나올 만큼 엉뚱한 양상으로 묘사되거니와, 이를 통해 작가는 봉건시대의 윤리와 관습적 규범에서 벗어난 주체적인 여성상과 원시적인 생명력이 넘치는 자유롭고 순수한 남녀의 결합을 아름답게 그려 보이고 있다.

그 외에도 『임꺽정』에는 자신의 애정을 실현하는 데 적극적인 여성인물들이 다수 등장하며 비중 있게 그려지고 있다. 「의형제편」 '이봉학이'장에서 비장인 이봉학의 인물됨에 반하여 귀신방 소문에도 아랑곳하지 않고 수청 들기를 자진하고, 전주 부윤의 명을 거역하여 고초를 겪으면서도 절개를 지킨 끝에 사랑을 이루는 관기 계향이, 「화적편」 '소굴'장에서 임꺽정의 사내다움에 끌려 화적패의 대장인 그의 정체를 알고서도 자진해서 청석골로 따라가는 서울 기생 소흥이, '피리'장에서 신기에 가까운 피리 솜씨를 지닌 단천령과 음률을 통해 사랑을 맺게 되는 영변 기생 초향이 등이 그 대표적인 예이다. 단,「의형제편」과「화적편」에서는 이처럼 자신이 선택한 남성과의 애정을 적극적으로 성취해가는 주체적인 여성은 대부분 기생 신분으로 한정되어 있다. 이는 야사와 야담에 주로 의거함에 따라 설화적인 요소가 부분적으로 남아 있는「봉단편」「피장편」「양반편」과 달리,「의형제편」「화적편」은 근대 리얼리즘 소설의 성격이 강화되었기 때문이라 볼 수 있다.

이러한 여성들처럼 애초부터 적극적인 성격은 아니지만,『임꺽정』에는 각기 운명에 따라 배우자를 만나 혼인하게 되는 과정에서 많건 적건 주체적인 의사를 가지고 상당히 적극적으로 행동하는 여성인물들을 도처에서 발견할 수 있다.「의형제편」'박유복이'장에서 덕물산 최영장군 사당의 장군마누라로 바쳐졌다가, 부모의 원수를 갚느라 살인을 하고 산중에 숨어든 박유복을 만나 인연을 맺게 된 작은년이는 자진해서 남복을 하고 유복이를 따라 나서 그의 아내가 된다. '길막봉이'장에서 소금장수 길막봉이의 아내가 되는 귀련이는 외딴 집에 혼자 있다가 도둑을 자처하며 나타난 길막봉이를 대하는 데 대담하기 짝이 없으며, 그와 단둘이 하룻밤을 지내고서도 태평으로 부모의 허락을 받아낼 수 있다고 장담한다. '결의'장에서 청석골 졸개 김억석의 딸은 한밤중에 흑심을 품고 찾아온 두령 배돌석에게 칼을 들이대며 자신을 정식 아내로 삼겠다는 맹세를 하고 옷고름을 맺으라고 하여 언약을 받아낸다.

이와 같이 적극적으로 자신의 애정을 실현해나가는 여성인물이 다수 등장하는 점과 무관하지 않겠지만,『임꺽정』에는 유달리 애처가인 남편과 비교적 동등한 관계를 유지하며 의좋은 부부생활을 하는 여성이 흔히 등장하며 잘 그려져 있다. 그중에서도 가장 인상적인 예는「피장편」에 등장하는 김덕순과 그의 아내 이씨이다. 김덕순과 그 아내는 "내외간 금실이 여간 좋지 아니하"여, 양반가의 법도에 따라 평소 형과 함께 사랑에서 자게 되어 있는 김덕순은 날마다 아내 방에 가서 밤을 지내고 첫새벽에 사랑채로 건너가곤 한다.(2:18~19) 그들 내외는 현대의 사이좋은 부부같이 밤마다 잠자리에서 다정하고 재미있는 대화를 주고받는다.

그날 밤에 덕순이가 그 아내 이씨를 보고
"요새 서울 안에 용한 사주쟁이 하나가 났답디다."
하고 말하였더니 이씨는 장님의 무자 사주 까닭으로 항상 속에 꺼림하여 하는 터라 대번에
"그 사주쟁이가 어디 있대요?"
하고 물었다.
"어디 있는 것은 나도 몰라."
"이 댁에는 오는 사람도 별로 없고 가는 사람도 별로 없고 하니까 꼭 두문동에 사는 셈이야요. 그러니까 세상 소식을 알 수가 있어야지요. 연중이를 내일 우리 집에 보내서 좀 알아보아 달래야겠어요."
"대체 이 댁은 뉘 댁이고 우리 집은 뉘 집이야?"
"이 댁은 이 댁이고 우리 집은 우리 집이지요. 물을 것이 무어 있어요?"
"시집오기 전의 말이지, 시집온 뒤에는 우리 집이 따로 없어. 친정을 우리 집이라면 내가 듣기 섭섭해. 그 '우리'란 말 속에 나는 빠지니 내가 섭섭지 않아? 가만히 생각해보지."
"잘못했사오니 용서합소서. 이후에는 '우리'란 말을 명심하여 쓰겠삽네다."
"조런."
"낮잡아 말씀 마시오. 남이 들을까 겁납니다."
"그래그래. 그 사주쟁이 있는 데나 얼른 알아가지고 아들이나 얼른 낳을까 물어보자구."

덕순이 내외간에 수작이 이렇게 실없는 것은 흔히 있는 일이었다.(2:41~42)

이처럼 아내 이씨가 시댁을 '이 댁'이라 부르고 친정을 '우리 집'이라하는 데 대해 김덕순은 그 '우리 집'이라는 표현이 자신을 소외시키는 말이라고 은근히 탓하여 아내의 농담 섞인 사과를 받아낸다. 그런데 어느 날 아내가 사주가 나쁜 것을 근심하며 내외가 한날한시에 죽는 것이 소원이라고 하자, 김덕순은 "내가 먼저 죽으면 게서 다시 시집 안 갈 것은 정한 일이라 말할 것이 없고 게서 먼저 죽더라도 내가 다시 장가들지 아니할 터이야. 그러면 한날한시에 죽으나 다름이 없지"라고 하여, 아내가 먼저 죽더라도 재취하지 않을 것을 맹세한다.(2:46) 아내가 죽은 뒤 김덕순은 예전의 맹세대로 다시 장가들지 않겠다고 고집한다.

덕순의 재취는 집안에서 누가 권하지 않는 사람이 없고 숭선부정의 집에서까지 권하건만 덕순이가 왼고개를 치고 듣지 아니하여, 하루는 그 어머니가 조용히 덕순이를 불러앉히고 고집하는 뜻을 물었다.

"별 뜻은 없습니다만, 다시 장가들 생각이 없어요."

"그래 아직 나이 있는 처지에 홀아비로 늙을 터이란 말이냐?"

"홀아비는 어떱니까."

"늙은 어미를 생각하더라도 아예 그렇게 고집하지 마라."

"어머니께서 며느리가 없으신 터 같으면 나도 생각을 달리하겠습니다만, 지금 큰며느리 작은며느리를 거느리고 계시지 않습니까? 나는 나대로 내버려두십시오."

"어느 손가락을 물면 아프지 않겠느냐? 다 각각이지. 인제 나는 너의 장가드는 것만 보면 지금 죽어도 원이 없겠다."

덕순이는 고개를 숙이고 대답이 없었다. 그 어머니가 이것을 보고

"어미의 원을 풀어줄 생각이 없느냐?"

하고 다그쳐 물었다.

"어머니가 그렇게까지 생각하신다면 장가를 들어도 좋습니다만 중심에 맺힌 한이 있어 다시는 내외 재미를 보고 살기가 어려울 것 같습니다."

"중심에 맺힌 한이란 걸 알겠다. 한도 될 만하지. 그렇지만 사나이도 수절하느냐?"

"죽기 전에 한번 다시 보기만 했어도 한이 덜 되었을 것이에요. 지금도 붉은 명정이 눈앞에 어른거리면 맘이 저린지 아픈지를 모릅니다."

하고 손등으로 눈에 어리는 눈물을 씻었다. 그 어머니가 둘째며느리 죽을 때 광경을 맏며느리에게 들어서 아는 터이라 덕순의 눈물이 비회悲懷를 자아내어서 얼마 동안 모자가 마주 앉아 눈물을 흘리다가 덕순이가

"어머니, 고만두시오."

하고 위로하여 비회를 조금 진정한 뒤에, 그 어머니가 옆에 놓였던 노란 명주 수건을 집어서 진물진물한 눈귀를 씻으며

"장가 다시 들고 안 드는 것은 네 요량대로 해라."

하고 한번 길게 한숨을 쉬었다.(2:296~297)

김덕순은 기묘사화 때 화를 당한 대사성 김식의 아들로서,『임꺽정』에 나오는 김덕순 부부의 이야기는 야사의 기록을 토대로 창작된 것이다.『기묘록보유』에 의하면 김덕순은 "문무의 재주를 갖추었으므로 그에 대한 추적은 다른 이의 배나 심하였다. 그의 아내 이씨가 상심한 나머지 죽었는데, 풀려나온 뒤에 장가들지 않았다"고 한다. 또한『야집野輯』에는 "그가 집을 옮겨다니며 기숙을 하다가 하루는 밤을 틈타 집에 돌아와 보니, 대청에다 빈소를 설치해 놓는데 자기의 명정銘旌이 보였다. 그리고 그의 아내가 자신이 죽은 줄 알고 흐느끼며 울고 있었다. 뒤에 남곤과 심정이 죽자 집으로

돌아오게 되었는데, 그의 처가 상심하여 운명한 뒤였다. 그리하여 그는 종신토록 다시 장가들지 않고 살았다"고 되어 있다.[8]

조선시대에 아내가 일찍 죽은 뒤 재취하지 않은 양반 남성이란 야사에 기록될 정도로 희귀한 존재였고, 따라서 김덕순은 그만큼 아내를 사랑한 남성이었다고 추측할 수 있겠다. 그런데 위와 같이 간략한 기록을 바탕으로 홍명희는 그 시대 양반가에 흔치는 않았으나 있었음직한 평등하고도 다정한 부부 모습을 구체적으로 실감나게 그려내고 있다.

그 밖에도 『임꺽정』에는 이장곤과 봉단이 내외, 박유복이 내외, 청석골 본바닥 도적 오가 내외, 이봉학과 첩 계향이, 그리고 유별난 사위 취재 시험을 통과하여 봉산 이방의 사위로 뽑힌 황천왕동이와 그의 아내 옥련이 등, 의좋은 부부의 모습이 잘 그려지고 있다. 작가는 조선시대의 남녀관계라기에는 비현실적이라고 여겨지거나 등장인물의 심리가 지나치게 현대화되어 있다고 비판받지 않을 범위 내에서, 평등하고도 의좋게 살아가는 그 시대 여러 계층 부부의 모습을 아름답게 그려 보이고 있는 것이다.

한편 조선시대 여성에 대한 오늘날의 통념과 달리, 『임꺽정』에는 남성에게 절대로 지지 않는 강한 여성상이 자주 등장하며 인상적으로 그려져 있다. 대표적인 예로「봉단편」에서는 남편을 젖혀 두고 집안일을 좌지우지하는 드센 여성인 봉단이 어머니의 모습이 흥미롭게 묘사되고 있다.

봉단이 어머니는 우여곡절 끝에 이장곤을 사위로 맞아들이고, '게으름뱅이 사위'를 구박하다가 내쫓고, 봉단이가 자살 소동을 벌이자 사위를 다시 받아들이기까지 모든 과정에서 으레 주도권을 쥐고 흔들 뿐 아니라, 말씨가 거칠고 입이 험하기가 이를 데 없다. 사위를 내쫓고 난 뒤 그녀는 "서방과 손그릇은 손때 먹일 탓이란다. 정만 들이고 보면 첫서방이나 둘째서방이나 매일반인 법이다", "서방과 무쇠솥은 새것이 언짢다지만 너만한 인물이면 서방 없이 늙겠느냐?"라며 딸에게 재가를 권하기까지 한다. (1:114~115)

중종반정 후 원래 신분을 밝힌 이장곤이 다시 벼슬을 하게 되고 봉단이가 숙부인을 제수 받게 된 후에도 봉단이 어머니는 태도가 매우 당당하다.

주삼이가 간신히 진정하고 봉단의 숙부인 된 기별을 들려주니 주삼의 아내가 봉당 위에서 마당으로 껑충 뛰어내려와서

"내 딸이 숙부인이야!"

소리를 지르더니 두 활개를 벌리고 덩실덩실 춤을 추며

"얼싸 좋다, 내 딸이 숙부인이다. 숙부인이 내 딸이다. 얼씨구 좋다."

하고 내어놓는 소리가 그대로 노랫가락이다. 진정하였던 주삼이가

"내 딸이 숙부인이야. 내 딸이 숙부인이다."

하며 그 아내의 뒤에 서서 다시 어깨를 으쓱거리었다. 춤이 끝난 뒤에 주삼이가 원이 가르쳐주던 말을 옮기고

"인제는 봉단이라고 이름을 부르지 맙시다."

하고 아내를 돌아보니 그 아내는 별안간 화를 벌컥 내며

"숙부인이거나 무슨 부인이거나 내 밑구멍으로 나온 것을 이름도 못 부를까? 부르거나 말거나 내 맘이지, 누가 이래라저래라 한단 말이오?"

하고 여러 사람의 얼굴을 점고하듯이 돌아보니 주삼은 무료하여 말이 없고 주팔은 빙그레 웃고 있고 숙부인 당자는 고개를 숙이고 있고, 이때껏 아무 말이 없던 돌이는

"아주머니 말이 옳소, 옳아."

하고 대답하였다.(1:190~191)

봉단이 어머니는 임꺽정의 아버지인 돌이의 고모이므로 임꺽정에게 대고모(고모할머니)가 되는 여성이다. 따라서 작가는 신분 차별에 저항하여 화적패의 대장이 된 주인공 임꺽정을 반항적 성격으로 그리기 위한 준비 작

업의 일환으로, 임꺽정의 부친 돌이와, 돌이의 고모인 봉단이 어머니까지 강하고 드센 성격으로 형상화해놓은 것이다. 그런데 주목할 것은 봉단이 어머니는 이처럼 언동이 거칠고 사납지만 결코 악녀는 아니며, 건강한 민중 여성으로서 다소 해학적으로 그려져 있기까지 하다는 점이다. 『임꺽정』 「봉단편」은 고전소설 『춘향전』의 영향을 받았다고 지적되거니와,[9] 그중 봉단이 어머니의 인물 형상화에는 몰락한 신분의 사위를 박대하는 춘향모 월매의 캐릭터가 부분적으로 수용된 것이라 생각된다. 그런데 작가는 봉단이 어머니를 홀어미인 춘향모와 달리 공처가인 남편 위에 군림하며 살고 있는 유부녀로 설정하고, 그러한 여성인물의 성격을 빼어나게 형상화해내고 있다.

그 외에도 『임꺽정』에는 기갈이 세고 강인한 여성상이 흔히 발견된다. 「의형제편」 '길막봉이'장에서 귀련이 어머니는 외동딸 귀련이와 혼인하여 사위가 된 소금장수 길막봉이를 구박한 끝에 내쫓기까지 한다. 「화적편」 '청석골'장에서 임꺽정의 세 번째 서울 아내가 된 과부 김씨는 왕년에 어린 신랑을 물고 달아나던 호랑이 꼬리를 끝까지 붙들고 따라가 신랑을 구해낸 공으로 조정에서 열녀 정문을 내리기까지 한 여자이다. 여기에서 호랑이에게 물려간 신랑을 구해 열녀 표창을 받은 과부 이야기는 『계서야담 溪西野談』『청구야담』 등 여러 야담집에 수록된 평민 설화를 수용한 것이다. 그런데 전래 설화가 지아비를 구하기 위해 생명의 위협을 무릅쓴 여인의 헌신적 행동에 초점을 두는 것과 달리, 『임꺽정』에서는 호랑이를 붙들고 끝까지 따라간 그 담력에 초점을 두어 과부 김씨의 당차고 강인한 성격을 형상화하는 데 활용하고 있는 것이다.[10]

드센 여성인물이 많다 보니 『임꺽정』에는 부부싸움 장면도 자주 등장하며 매우 실감나게 묘사되고 있다. 「화적편」 '청석골'장에서 임꺽정이 외도를 벌여 세 명의 처를 새로 얻자, 서울에 쫓아와 강짜를 부리는 아내 운총과 임껙정이 벌인 부부싸움 장면은 그중에서도 압권이다.

"자식에게라두 그렇게 당해 싸지."

하고 백손 어머니가 혼잣말로 말을 내기 시작하자

"무엇이 싸단 말이냐, 이년아!"

껙정이가 대뜸 년자를 내붙였다.

"무얼 잘했다구 큰소리야!"

"이년아, 내가 네게 큰소리 못할 게 무어냐?"

"콧구멍 둘 마련 잘했다. 사람이 기가 막혀 죽겠네."

"되지 못한 말 지껄이지 말구 가만히 있거라."

"되지 못하게 기광 부릴 생각 마라."

"이년을 곧."

"곧 어쩨?"

"내가 창피한 생각이 없었으면 너희들은 벌써 초죽음했다."

"꼴에 창피를 다 알아."

"지금 한 말 다시 한번 더 해봐라. 가만두니까 꿴 듯싶어서."

"다시 한번만? 백번이라도 더 할 테야."

껙정이가 벌떡 일어나서 한걸음에 뛰어오며 곧 백손 어머니의 머리채를 움켜

잡았다.

껙정이가 해거를 부리러 들자마자 백손 어머니 입에서 발악이 막혔던 물 터진

것같이 쏟아져 나왔다.

"오냐, 어디 해보자. 네가 나를 죽이기밖에 더하겠느냐? 내가 네 손에 죽지 않으

면 내 손으로 자결해서라도 죽지, 뒷방에서 천덕꾸러기 노릇하고 살지 않는다.

첩도 안 얻겠던 놈이 본기집이란 게 자그마치 셋씩이야? 본기집 명색이 한꺼

번에 셋씩 넷씩 되는 법이 어디 있느냐, 이놈아! 지금은 부모 거상을 삼년 입는

세상인데 너 혼자 옛날 법이라고 스무이레 입고 시지부지 고만두더니 상제 복색 입고 기집질하기 거북해서 미리 고만두었느냐? 내 머리에 흰 당기는 너의 아버지 거상이다. 흰 당기 드린 머리를 끄두르는 것이 죽은 부모 대접이냐?"

꺽정이가 백손 어머니를 머리채 잡아서 치켜들고 내두르다가 흰 당기 내세울 때 손을 놓아서 백손 어머니는 방바닥에 나동그라졌다. 백손 어머니가 다시 일어나며 곧 꺽정이게로 바락바락 달겨들어서 꺽정이는 치고 차고 백손 어머니는 물고 뜯고 쌈을 하는데 건넌방에 있던 사람들이 우 건너와서 이봉학이, 박유복이, 한온이 세 사람이 꺽정이의 앞을 둘러막고 백손이가 저의 어머니 앞을 가로막아서 쌈을 떼어놓았다.(7:337~339)

이 대목에서 부부싸움 장면은 무려 열 쪽에 걸쳐 묘사되고 있거니와, 이를 통해 작가는 화적패 대장인 남편 임꺽정에게 말로는 절대 지지 않으며 몸싸움까지 마다 않는 당찬 여성 운총의 모습을 실감나게 그려내고 있다.

그 밖에도 『임꺽정』에는 여러 곳에서 부부싸움 장면이 인상적이고 생생하게 그려져 있다. 「의형제편」 '곽오주'장에서 보쌈해온 과부 신뱃골댁으로 인한 정첨지 아들 내외의 부부싸움, '길막봉이'장에서 청석골을 지나다가 도적 이야기를 했다고 남편이 핀잔을 주어 시작된 작은 손가 내외의 말다툼, 딸이 소금장수 길막봉이와 정을 통한 것을 알게 된 귀련이 부모의 부부싸움, '황천왕동이'장에서 까다로운 사위 취재로 인해 딸이 시집을 못한다고 강짜를 부리는 아내와 백이방의 부부싸움, '결의'장에서 간통한 그의 첩과 진천 이방의 부부싸움 등이 그 예이다.

『임꺽정』에는 워낙 민중생활의 다양한 면모가 구체적으로 재현되어 있으므로 부부싸움 장면이 나오는 것도 당연하다 하겠으나, 식민지시기 작품들 중 역사소설은 물론 현대를 배경으로 한 소설에서도 부부싸움 장면이 이처럼 구체적이고 생생하게 그려진 경우는 극히 드물다. 더욱이 이러한 장면에서 여성인물들은 절대로 남편에게 지지 않고 바락바락 대들며 상대방의 약점을 정확하게 공격하는데, 작가는 부부 간의 대화를 객관적으로 제시하고 있을 따름이다. 따라서 작중에서 여성인물이 남편에게 퍼부어대는 말은 독자들이 보기에 일리가 있으며, 작가가 남성의 편을 들고 있다는 느낌은 결코 들지 않는다.

『임꺽정』에 주로 그려진 여성상의 위와 같은 특징과 아울러 지적할 것은, 작가의 남녀평등사상을 의도적으로 드러내는 듯한 등장인물의 언동이 간간이 발견된다는 점이다. 예컨대 「의형제편」 '곽오주'장에서 박유복과 곽오주가 의형제를 맺는 장면을 보면 다음과 같은 대화가 눈에 띈다.

"우리가 인제부터는 각성바지 형제다."
"각성바지할 것 없소. 내 성을 박가루 고치든지 형님 성을 곽가루 고치든지 맘대루 고치구서 참말 형제루 합시다그려."
"성이야 고칠 수 있나. 지내기만 우애 있는 참말 형제같이 지내지."
"아무리나 형님 말대루 합시다. 그렇지만 그까짓 성은 아주 떼버려두 아깝지 않은데 다른 성으루 고치지 못할 거 무어 있소?"
"성이 뗀다구 떨어지구 고친다구 고쳐지나. 또 우리 부모가 각각 다른 바에 한 성을 가진다구 피차간 피가 같아지나."
"피가 다른 거야 누가 모른다우? 성이나 같이 하잔 말이지."
"피가 달라서 성이 다른 것을 억지루 어떻게 하나."
"성이 피에 붙은 것이오?"
"붙은 셈이지."
"그럼 우리가 아버지 어머니 피를 다 받았으니까 성을 둘씩 가져야 하지 않소? 하필 아버지 성만 가질 것 무어 있소."(4:242~243)

본래 세상살이의 이치와 통념에 대해 무지한 곽오주의 발언이기는 하지만, 1990년대 한국 여성계에 처음으로 등장한 '부모 성 함께 쓰기'를 주장하고 있는 셈이다. 작가는 종작없이 여겨지는 곽오주의 입을 빌어 수천 년간 전해 내려오는 부계 중심의 혈연제도에 의문을 던지며, 남녀평등을 주장하는 발언을 의도적으로 삽입해놓고 있는 것이다.

또한 앞서 언급했듯이 「피장편」에서 김덕순은 아내가 요절한 뒤 재취를 권하는 모친에게 눈물로 호소하여 다시 장가들지 않고 혼자 늙어가게 되는데, 여기에서 "사나이도 수절하느냐?"라는 모친의 말과 김덕순의 반응을 통해 작가는 '부부가 사별하면 남자들은 으레 재혼하는데 왜 여자만 수절해야 하는가?'라는 질문을 던지고 있는 셈이다.

뿐만 아니라 「화적편」 '소굴'장에서 청석골 두령 오가는 유달리 의좋게 살던 아내가 급사하자 하관할 때 함께 묻어달라며 몸부림을 치고, 그에 대해 서림은 "남편 죽는 데 따라 죽는 여편네를 열녀라구 하니 아내 죽는 데 따라 죽는 사내는 열남이 아니겠습니까. 오두령이 박두령의 헤살루 죽지는 못했어두 그만하면 열남으루 치구 정문을 세워줘두 좋지 않겠습니까? 그래서 오두령 집에 정문 세울 공론을 했습니다"라고 농담을 한다.(8:204~205) 이 대목에서도 작가는 남편을 따라 죽는 부인은 열녀라 칭송하며 열녀정문까지 세워주는 반면, 아내를 따라 죽는 남편이란 있을 수 없는 일로 간주되고 그런 발상 자체가 조롱의 대상이 되던 봉건시대의 윤리관을 뒤집어 보이며 그 부당성을 암시한 것이라 하겠다.

3. 작품 후반 여성의식의 변모와 여성의 타자화

이와 같이 홍명희의 『임꺽정』은 한국 근대 역사소설 중 예외적일 만큼 여성주의 시각에서 볼 때 긍정적인 요소를 많이 지니고 있지만, 다른 한편 비판되어야 할 부분도 적지 않다. 그중 가장 크게 문제시되는 것은 「화적편」에 드러난 주인공 임꺽정과 그의 아내 운총의 변모이다.

앞서 살펴보았듯이 「피장편」 중 임꺽정과 운총이 백두산에서 처음 만나 서로에게 호감을 느끼고 혼인하기에 이르는 대목을 보면, 두 사람 모두 세속의 때가 묻지 않은 순수한 인물로 그려져 있다. 그리고 그 시대의 봉건 윤리와 관습에서 벗어난 자유롭고 순수한 남녀의 결합이 아름답게 형상화되어 있다.

반면에 청석골 화적패가 결성되고 임꺽정이 대장으로 추대된 이후의 이야기를 다루고 있는 「화적편」에서 임꺽정과 그의 아내 운총은 전혀 다른 모습으로 그려지고 있다. '청석골'장에서 청석골 화적패의 대장으로 추대된 임꺽정은 상경하여 서울 와주 한온의 집에 머물면서 기생 소흥과 정을 맺고, 우여곡절 끝에 세 명의 여자를 처로 맞아들인다.[11] 임꺽정은 서울의 둘째 처인 원씨에게 "삼천궁녀두 거느리구 살려든 기집 몇개를 못 데리구 살까. 공평하게 해줄 테니 염려 마라"라고 말하는가 하면,(7:270) 귀가를 종용하는 처남 황천왕동이를 폭행하고 분 김에 달려온 아내 운총과 서로 욕설을 퍼부으며 치고 박고 대판 부부싸움을 벌인다.

게다가 부부싸움 중 운총이 "내가 딴서방을 몰래 얻으면 가만히 있겠나 생각 좀 해보지"라고 하자 임꺽정은 "기집년하구 사내대장부하구 같으냐?"라고 반문하고, 운총이 "사내나 여편네나 사람은 매한가지지"라고 대꾸하자, "저게 소견 없는 기집년의 생각이야. 그래 같은 사람이면 아이나 어른이나 마찬가지구 종이나 상전이나 마찬가지냐?"라고 반문한다.(7:344) 여기에서 임꺽정은 봉건적인 남녀차별을 당연시할뿐더러 이를 합리화하기 위해 자신이 평소에 그토록 증오하던 신분계급상의 차별까지도 인정하는 발언을 하고 있는 것이다.

그 후 '소굴'장에서 임꺽정은 서울의 처 세 명이 체포되어 전옥에 갇히자 그녀들을 빼내기 위해 무모한 전옥 파옥을 계획하고, 반대하는 부하 두 사람을 무자비하게 때려 죽이기까지 한다. 그러다가 서울의 처들 중 한 명은 죽고 나머지는 관비로 박히게 되었다는 소식을 듣고 전옥 파옥을 단념한다. 그 와중에 자신을 따르는 기생 소홍을 첩으로 맞아들인 임꺽정은 아내를 따라 죽겠다는 오가에게 '열남정문'을 세워주어야겠다는 서림의 농담에 대해 "그 열남이 며칠 가랴. 소첩이나 하나 얻어주면 허겁지겁할 테지"라고 답하는 봉건시대의 통념적인 남자로 변모해 있다.(8:205)

처음 등장했을 때 임꺽정보다 더 개성적인 인물로 되어 있던 운총의 변모는 더욱 심하다. 「화적편」 '청석골'장에서 임꺽정이 청석골 대장으로 추대되자 운총은 '대장 부인'이 되었으나, 별다른 역할이 주어지지 않은 채 무기력한 모습으로 살아가고 있다. 남동생 황천왕동이가 백두산 태생이라나는 듯이 걸음이 빠르다는 장기를 활용하여 화적패 내에서 중요한 역할을 담당하는 것과 달리, 운총은 그 특이한 성장 과정에서 유래한 장점을 발휘할 기회가 없다. 운총은 남자들로 이루어진 화적패의 일원으로 끼지도 못하고, 임꺽정의 누이 섭섭이처럼 청석골의 안살림을 총찰하고 아낙네들 사이에서 지도력을 발휘하는 것도 아니다. 이제 작중에서 '백손 어머니'로 칭해지는 운총은 임꺽정의 아들 백손이의 어머니로서만 존재 의의가 있을 뿐, 지각없고 무능한 주부로서 남편의 외도에 근심하고 강짜하는 평범한 아낙네로 되어 있는 것이다.[12]

물론 운총은 외도하는 남편을 찾아 서울에 올라와 부부싸움을 하는 장면에서 기갈이 센 그 성격을 유감없이 발휘한다. 그러나 그 이후 운총에게서는 그처럼 당당하게 대드는 모습조차 찾아보기 어렵다. '송악산'장의 서두에서 운총은 임꺽정이 서울의 세 계집을 버리고 부부 간에 금슬이 다시 좋아지기를 바라는 마음에 송악산 단오굿에 그네 뛰러 가고 싶어 안달이

난 모습을 하고 있다. '소굴'장에서는 서울의 처들이 전옥에 갇혔다는 소식을 듣고 임꺽정이 진노하자, "대왕당 그네를 띈 보람으로 서울 세 계집이 떨어지게 되었거니" 하는 생각에 은근히 좋아하다가 시누이인 섭섭이로부터 꾸중을 듣는다.(8:352)

주목할 것은 운총이뿐 아니라 다른 여성인물들도 작품 후반에 이르면 대체로 생기를 잃고 존재감이 희미한 인물로 되어버린다는 사실이다.『임꺽정』전체에서 여성인물들이 생동하는 성격으로 뛰어나게 묘사되는 것은 주로 남성인물과 짝을 이루는 과정에서이다. 「의형제편」에서 각 장의 여주인공 격인 여성인물들이 각기 우여곡절 끝에 배우자를 만나 혼인하는 과정은 매우 흥미진진하게 그려지지만, 혼인 후 남편을 따라 청석골에 정착한 다음에는 그녀들의 생활상이 거의 구체적으로 그려지지 않는다. 「화적편」에 이르면 청석골에 사는 여성인물들은 있는지 없는지 모를 정도로 존재가 미미한 주변적인 인물로서 어쩌다 한 마디씩 언급되고 있을 뿐이다.

『임꺽정』「화적편」에서 청석골에 정착한 여성인물들이 어느 정도 비중 있게 그려지는 것은 부부 동반하여 송악산 단오굿 구경을 간 이야기를 다룬 '송악산'장이 거의 유일하다. 여기에서는 여성인물들의 역할이 상대적으로 큰 비중을 차지하고 있으며, 이원조가 격찬한 바와 같이[13] 작가는 여성인물들의 언동을 대단히 빼어난 솜씨로 묘사하고 있다. 그러나 그처럼 탁월한 묘사력에도 불구하고 '송악산'장에서조차 여성인물이 등장하는 장면은 남성들의 활약 장면에 비해 소략하게 처리되고 있다. 그리하여 안식구들이 중심이 되어 굿 구경을 간 이야기임에도 불구하고 '송악산'장의 중심된 사건은 청석골 두령들이 황천왕동이의 아내를 겁탈하려 한 왈짜패에 대한 복수로 살인을 했다가 체포될 뻔한 위기를 모면한 일이며, 결과적으로 이 역시 남성들의 힘과 계략을 자랑하는 이야기가 되고 만 것이다.

이처럼『임꺽정』「화적편」은 거의 전적으로 남성 주인공들의 활약상으로 이루어져 있으며, 그 배우자인 여성인물들의 생활상은 매우 소홀히 취급되고 있다. 그녀들이 청석골에서 구체적으로 어떻게 살고 있는지, 화적패 두령의 아내로서 살아가는 데 만족하고 있는지, 아니면 특별히 어떠한 갈등이나 어려움을 겪고 있는지는 언급되지 않으므로, 잘 알 수 없다. 작품 후반에서 작가는 여성인물들의 삶의 애환에는 무관심한 채, 청석골 두령의 아내로서 그저 별 탈 없이 살고 있으리라 일방적으로 믿어버리는 남성중심주의적인 사고방식을 드러내고 있는 셈이다. 물론 식민지시기 다른 역사소설들과 정도 차는 있겠지만 그 점에서 『임꺽정』 역시 남성중심주의적인 시각과 그에 따른 여성의 타자화를 면치 못하고 있다고 하겠다.

이와 아울러, 『임꺽정』에는 봉건적인 가부장제에 눌리어 고통 받는 여성의 모습이 드물게 그려져 있다는 점도 여성주의 시각에서 볼 때 작품의 엄연한 한계로 지적되어야 할 것이다. 『임꺽정』에 '한 많은 여인상'이 전혀 등장하지 않는 것은 아니다. 「의형제편」 '곽오주'장에 등장하는 곽오주의 아내 신뱃골댁이 그 대표적인 예이다. 고운 용모에 청상과부가 된 그녀는 여성을 남성들의 노리개로 취급하는 과부 보쌈 풍습의 희생자로 약탈당한 후, 남자들 간의 흥정의 대상이 되어 본인의 의사와 무관하게 머슴 곽오주의 아내가 되었다가, 아들을 낳은 후 산후탈로 죽고 만다. 그 아기를 혼자 동냥젖으로 키우던 곽오주는 배고파 밤새 보채는 아기를 달래다 못해 순간적으로 태질을 쳐 죽이고 난 뒤 청석골 화적패에 합류하게 된다. 곽오주 역시 가해자라 비난하기에는 너무도 가엾은 민중 남성이지만, 곽오주의 아내 신뱃골댁은 봉건사회의 성적 모순을 집약적으로 보여주는 여성인물로 뛰어나게 형상화되어 있다.

그러나 신뱃골댁을 제외하면 『임꺽정』에는 봉건적인 가부장제의 희생물이 된 불행한 여성은 수적으로도 드물게 등장할 뿐 아니라, 대체로 작중에서 제대로 조명을 받지 못하고 있다. 그러한 여성인물의 예로는 남편에게 소박맞고 자살한 이봉학의 본처와 이춘동의 처 정도를 들 수 있다. 고전소설 『춘향전』의 영향을 받은 것으로 보이는 이봉학과 계향이의 아름답고 행복한 사랑 이야기의 이면에 작가가 굳이 소박데기 본처의 죽음이라는 비극을 설정한 것은, 스토리의 현실성을 높임으로써 작품의 근대 리얼리즘 소설로서의 성격을 강화하기 위한 조치로 높이 평가할 만하다. 그러나 여기에서 못나고 소극적인 성격에 불운하기까지 하여 한 많은 삶을 살다 간 이봉학의 본처 이야기는 너무도 간략하게 서술되는 데다가, 그녀의 시각에서 사건을 바라보는 것과는 거리가 멀다.

이춘동의 아내의 경우는 더욱 심하여, 「화적편」 '평산쌈' 장에서 이춘동의 소경력이 요약적으로 제시되는 중에 그 아내가 시어머니와의 불화로 인해 남편으로부터 버림받고 자살했다는 사실이 스치듯 언급되었을 뿐이다. 이처럼 현실적으로 조선시대 여성에게 흔히 있었을 한 많은 여인상이 제대로 그려져 있지 않은 점에서도 『임꺽정』은 여성주의 시각에서 볼 때 일정한 한계를 지니고 있다고 하겠다.

4. 『임꺽정』의 여성상을 어떻게 볼 것인가

이상에서 살펴본 바와 같이 홍명희의 『임꺽정』에는 주체적인 여성인물과 의좋은 부부상이 두드러지는 반면, 봉건적인 가부장제에 신음하는 불행한 여인상은 매우 드물며 희미하게 그려져 있다. 그러나 이처럼 진취적인 여성상을 주로 그리고 있다고 해서 『임꺽정』을 남성에게 종속된 수동적인 여성상을 주로 그린 역사소설들에 비해 무조건 높이 평가할 수는 없을 것이다. 문제는 『임꺽정』의 여성상이 과연 그 시대 여성의 현실을 올바르게 그려내고 있는가 하는 점이다. 이는 역사적 진실성을 추구하는 리얼리즘 소설로서의 『임꺽정』의 가치를 논하기 위해 불가결한 작업이기도 하지만, 다른 한편 여성주의의 시각에서 이 작품을 논하는 데 있어서도 중요한 문제라 할 수 있다.

최근 활발하게 이루어지고 있는 조선시대 여성사 연구의 성과에 비추어 보면, 『임꺽정』에 당당하고 진취적인 여성상이 주로 등장하는 것은 상당한 역사적 근거가 있다고 생각된다. 우선 주목할 것은, 『임꺽정』이 남녀차별을 당연시하는 유교적 사회윤리가 사회 전반에 확고하게 자리 잡기 이전인 16세기를 배경으로 한 역사소설이라는 점이다. 『임꺽정』의 시대적 배경은 갑자사화가 일어난 연산군 10년(1504)부터 임꺽정의 활약의 전성기에 해당하는 명종 15년(1560)까지로 되어 있다.[14]

조선왕조는 건국 당시부터 성리학을 통치 이념으로 도입하고 그에 의거한 종법적宗法的인 부계 가족질서를 택하여 모든 사회제도를 그에 맞게 변화시키고자 했다. 그러나 일상생활에 뿌리를 두고 있는 풍속, 관습의 변화는 단시일 내에 이루어지는 것이 아니었으므로, 16세기까지도 조선의 여성들은 예로부터 내려오는 여권 존중의 전통에 따라 비교적 높은 사회적 지위와 권리를 누리고 있었다.[15] 조선 초기에는 고려시대의 유풍이 남아 있어서 혼인 후 남자가 여자 집에 머물러 사는 남귀여가혼男歸女家婚이 일반적 혼인 형태였다. 이를 불합리하게 여긴 위정자들은 남자가 여자를 맞이하여 혼례를 하고 곧바로 남자 집에서 생활하는 친영제親迎制로 바꾸고자 했으나, 실제로 친영제는 오랫동안 행해지지 않았다.[16]

이러한 여가女家 중심의 혼인 형태는 그와 관련된 여러 가지 제도나 풍속에 영향을 미쳤다. 무엇보다도 가족 관계에서 아들과 딸을 차별하지 않았고, 친족 관계에서 본손과 외손을 구별하지 않았다. 족보에 친손뿐 아니라 외손까지 모두 기록했으며, 족보에 자녀의 이름을 올릴 때 선남후녀先男後女의 방식을 따르지 않고 남녀를 불문하고 출생 순위에 따라 기록하였다.

또한 딸이나 외손이 제사를 지내는 일이 흔했으며, 특정 제사를 아들 딸 가리지 않고 자손들이 해마다 돌아가면서 지내는 윤회봉사輪回奉祀와, 자손들이 각자 선조들의 제사 가운데 특정 제사를 맡아 받드는 분할分割봉사가 행해졌다. 이처럼 자녀들 간에 제사에 대한 부담을 나누어 갖는 것이 일반적이었던 만큼, 재산 상속에서도 자녀 균분均分 상속이 이루어졌다. 게다가 여성에게 상속된 재산은 혼인 후에도 남편의 재산과 별도로 개별적으로 관리되는 경우가 많았다.[17]

한편 조선 초기 위정자들은 유교적 윤리 규범을 일반인의 일상생활 속에까지 정착시키려는 의도에서 여성들에게도 갖가지 규제를 가했다. 부녀자들의 사찰 출입을 억제하고 사신祀神행위에 대해 규제를 가했을 뿐 아니라, 의복제도를 간섭하고 남녀 간의 접촉을 금하는 내외법을 시행했다. 그러나 자유로운 전대의 유습에 젖어 있던 당시 여성은 이에 쉽게 적응하지 못했으므로, 그러한 풍속과 제도가 여성들의 일상생활에 확고한 뿌리를 내리는 데에는 상당한 기간이 소요되었다.[18]

따라서 16세기에는 여성의 바깥출입이 비교적 자유로웠고, 학문과 예술 활동도 장려되었다. 이 시기에 신사임당, 송덕봉, 허난설헌, 황진이, 이매창 등 여성 예술가가 대거 출현한 것도 바로 이 때문이다.[19] 반면에 유교적인 사회윤리가 완전히 뿌리를 내려 종법적인 가부장적 가족질서가 확립되고, 그 결과 남녀를 심하게 차별하고 부녀들의 일상생활을 규제하는 여러 제도와 문화가 완전히 정착된 것은 조선 후기에 들어서였다.[20]

홍명희는 그 세대에서는 드물게 신교육을 받은 지식인이었지만, 다른 한편 유년시절부터 평생 동안 한적을 섭렵하여 조선사와 조선문화에 대해 해박한 지식을 갖추고 있었다. 게다가 『임꺽정』을 연재 중이던 1930년대에는 당시 비타협적 민족주의 계열의 지식인들 사이에서 일어난 조선학운동에 적극 가담한 학자로서의 면모도 지니고 있었다.[21] 따라서 그는 남존여비의 풍조가 극심했던 조선 후기에 비해 조선 전기에는 상대적으로 남녀차별이 덜하고 여성의 지위와 권리가 보장되었던 사실을 인식하고 있었으리라 짐작된다.[22] 그러므로『임꺽정』에서 홍명희가 당당하고 주체적으로 살아가는 여성들의 모습을 주로 그린 것은 여권 존중의 기풍이 남아 있던 16세기 조선의 현실을 반영한 것이라 볼 수 있다.

또 한 가지 고려해야 할 것은『임꺽정』에 등장하는 여성인물들 중 대다수가 민중 여성이라는 점이다. 조선 초기부터 위정자들이 강요한 성리학적 윤리 규범에 따른 여러 제도와 풍속은 지배층에서도 단시일 내에 받아들여지지 않았거니와, 민중 사이에서는 더욱 오랫동안 뿌리내리지 못하였다. 따라서 유교 이념이 전 신분, 전 지역으로까지 확산되기 이전인 조선 전기에는 성리학적 윤리 규범의 일차적 적용 대상이 된 양반 여성들에 비해 평민이나 천민층에 속하는 여성들은 훨씬 더 자유롭고 분방한 삶을 살았으리라 추측된다.[23]

그런데『임꺽정』에 등장하는 주요 여성인물들은 대부분 평민이나 천민 신분이며, 그녀들과 만나 각기 우여곡절 끝에 혼인하게 되는 남성들 역시 대체로 유교 윤리와는 동떨어진 삶을 살아온 하층민 남성들이다. 게다가 그들 중 다수가 남녀의 결합 과정에서나 결합 이후 불가피하게 도적 소굴인 청석골에 들어감으로써 봉건체제로부터 결정적으로 이탈하게 된다. 다시 말해『임꺽정』의 주요 등장인물들은 남녀를 불문하고 애초부터 견고한 봉건적 지배체제와는 거리가 먼 삶을 살아왔거나, 체제 내적 인물이었다 하더라도 어떤 계기로 체제 밖으로 내던져진 결과, 봉건적 신분차별이나 남녀차별의 관행으로부터 자유로운 처지에 놓인 인물인 것이다. 그러므로『임꺽정』에 유교 윤리에 주눅 들지 않은 활달한 여성인물과 평등한 부부의 모습이 주로 그려진 것은 다분히 개연성이 있다고 볼 수 있다.

하지만 그와 같은 개연성에도 불구하고,『임꺽정』에 조선시대 여성의 현실이 다소 미화된 모습으로 그려진 것은 사실이다. 이러한 특징은 무엇보다도 홍명희의 남다른 반봉건 의식과 페미니즘 사상에 기인한 것이 아닐까 한다. 홍명희는 명문 양반가 출신이면서도 철저한 반봉건 의식의 소유자였으며, 여성관에 있어서도 매우 진취적인 견해를 갖고 있었다. 그는 1920년대 신간회 지도자로 활동하면서 여성운동단체 근우회의 활동을 지원했다. 그 무렵에 쓴 글에서 홍명희는 "완전한 합리적 인류사회에는 여자가 남자와 같이 정치적·문화적으로 활동할 균일한 기회를 가질 것"이라고 하여, 남녀평등에 대한 확고한 소신을 피력하였다. 그리고 구주Olympe de Gouges, 울스턴크래프트Mary Wollstonecraft, 크룹스카야N. K. Krupskaya, 콜론타이 Alexandra Kollontai 등 서양의 여성운동가들에 대해 언급한 것을 보면, 그는 서양 여성운동의 역사에 대해서도 상당히 전문적인 지식을 가지고 있었음을 알 수 있다.[24]

이처럼 홍명희는 여성해방에 대한 뚜렷한 지론을 가지고 있었으므로, 『임꺽정』을 통해 남녀차별을 당연시하던 동시대의 독자들을 계몽하려는 의도도 없지 않았던 것 같다. 따라서 그는 조선 전기의 실상에 비추어 지나치게 비현실적이라 여겨지지 않을 범위 내에서, 바람직한 여성상과 아름다운 남녀관계를 그려 보이고자 한 것이 아닌가 한다.

이와 아울러 『임꺽정』에 조선시대 여성의 현실이 다소 미화된 모습으로 그려진 데에는 또 하나의 원인이 있다고 생각된다. "'조선 정조에 일관된 작품' 이것이 나의 목표였습니다"라고 밝힌 바와 같이,[25] 홍명희는 『임꺽정』을 통해 일제 식민지 치하에 있는 우리 민족의 정체성 회복과 민족의식의 고양에 이바지하고자 하는 의도를 한편으로 지니고 있었다. 그런 까닭에 그는 『임꺽정』에서 조선시대 민중의 삶과 투쟁을 사실적으로 그리면서도, 다른 한편 우리 민족의 삶을 가급적 밝고 건강하게 그리려 했던 것 같다. 『임꺽정』에 봉건체제의 가부장적 질서에 희생된 불행한 여성이 드물게 등장하는 반면 진취적 여성상과 의좋게 살아가는 행복한 부부의 모습이 주로 그려진 것은, 리얼리즘의 규율에 위배되지 않는 한도 내에서 조선시대 민중의 삶을 밝고 아름답게 그리려 한 작가의 의도에 따른 것이라 볼 수 있다.

끝으로 여성주의의 시각에서 볼 때 「화적편」에 이르러 주인공 임꺽정과 그의 아내 운총이 매우 실망스러운 모습으로 그려진 것은 무엇보다도 작가가 『조선왕조실록』의 내용을 대폭 수용하여 「화적편」을 써나간 데에서 기인한 것이라 생각된다. 홍명희는 『임꺽정』 「화적편」 연재를 시작하기 직전에 때마침 영인본이 나와 열람할 수 있게 된 『명종실록』을 숙독하고 그에 의거하여 화적편을 집필했다. 그리하여 『임꺽정』은 한국 근대 역사소설 중 실록을 본격적으로 수용하여 창작된 최초의 역사소설이라는 영예를 안게 되었으나, 다른 한편 작가의 상상력의 자유를 구속당하는 등 창작에 여러 가지 제약이 초래된 면이 없지 않았다.[26]

『임꺽정』 「화적편」에 드러난 여성의식의 후퇴는 실록의 수용으로 인해 작가의 자유로운 상상력이 제약을 받은 결과라 보아야 할 것이다. 특히 서울 장통방에서 임꺽정을 잡으려다 놓치고 그의 처 세 명만 잡았다는 『명종실록』의 기사[27]는 「화적편」 전체의 구상에 결정적 영향을 끼쳤던 것으로 보인다. 그 기사에 따라 홍명희는 「화적편」의 서두 '청석골'장에서 본처가 있는 임꺽정이 서울에서 외도를 하여 세 명의 처를 새로 얻은 것으로 그리게 되었다.[28] 그리고 이를 소설적인 논리로 뒷받침하기 위해 임꺽정이 청석골 화적패의 대장으로 추대된 뒤 여자를 좋아하고 가부장적 권위 의식을 지닌 남성으로 변모한 것처럼 그릴 수밖에 없게 된 것이다.

뿐만 아니라 「화적편」의 주요 사건들이 철저히 남성중심적인 봉건시대 관변 사료인 실록의 기사에 의거하여 구상됨에 따라, 「화적편」에서는 남성 인물들의 활약이 압도적인 비중을 차지하게 되었다. 반면에 운총을 비롯한 여성인물들은 작가의 관심 밖으로 밀려나게 되고, 적극성을 상실한 채 무기력하게 살아가는 모습으로 그려지게 된 것이다. 전체적으로 볼 때 『임꺽정』은 실록에 의거함으로써 근대 역사소설로서의 면모가 뚜렷해지고 작품의 리얼리티가 강화된 반면, 전망이 결여되고 민중성이 약화된 한계를 드러내게 되었거니와, 「화적편」에서의 여성의식 후퇴는 바로 그러한 한계의 단적인 예라 할 수 있다.

5. 맺음말

이 글에서는 홍명희의 역사소설 『임꺽정』을 여성주의의 시각에서 고찰해보았다. 『임꺽정』에는 강하고 주체적인 여성인물과 평등하고 의좋은 부부상이 많이 등장하고 비중 있게 그려져 있다. 그리고 작가의 남녀평등 사상을 의도적으로 드러내고 있는 듯한 등장인물들의 언동이 여기저기서 발견된다. 『임꺽정』은 식민지시기 한국의 역사소설 중 예외적으로 민중사를 중심으로 한 리얼리즘 역사소설일 뿐 아니라, 여성주의의 시각에서 볼 때도 매우 주목할 만한 작품이라 할 수 있다.

그러나 「화적편」에 이르러 주인공 임꺽정은 봉건적 남녀차별을 당연시하는 통념적인 남성으로 변모한 것으로 그려진다. 또한 임꺽정의 아내 운총을 비롯한 대부분의 여성인물들은 작품의 앞부분에서와 달리 주체성을 상실한 채 무기력하게 살아가는 모습으로 등장한다. 이와 아울러 작품 전체에 봉건적인 가부장제에 눌리어 고통받는 한 많은 여인상이 드물고 대체로 희미하게 그려져 있다는 점도 여성주의의 시각에서 볼 때 작품의 한계로 지적될 수 있다.

『임꺽정』에 주체적인 여성상이 주로 그려진 것은 이 작품이 조선 후기에 비해 상대적으로 남녀차별이 심하지 않았던 16세기를 배경으로 한 데다가, 주요 등장인물들이 남녀차별적 유교 윤리의 구속으로부터 비교적 자유로웠던 민중이라는 점에서 상당히 개연성이 있다고 할 수 있다. 또한 홍명희는 평소 여성해방에 대한 뚜렷한 지론을 가지고 있었고 민족주의적 동기에서 소설 창작에 임했던 만큼, 『임꺽정』에서 조선시대 여성의 삶을 가능한 한 밝고 건강하게 그리려 했다고 생각된다.

그런데 「화적편」에서 임꺽정의 성격이 변모하고 운총을 비롯한 여성인물들이 비중 있게 그려지지 못하는 등 여성의식의 후퇴를 드러내게 된 것은, 작가가 「화적편」을 연재하기 직전에 『조선왕조실록』을 처음 접하고 실록의 내용을 대폭 수용하여 소설을 창작해나간 데에서 초래된 현상이라 볼 수 있다. 실록에 의거함으로써 『임꺽정』은 리얼리티는 강화되었지만 민중성의 측면에서 일정한 한계를 드러내게 되었는데, 「화적편」에서의 여성의식의 후퇴는 바로 그러한 한계와 무관하지 않을 것이다.

『임꺽정』의 창작과정과 『조선왕조실록』

1. 머리말

이 글에서는 한국 근대 역사소설 중 최초로 『조선왕조실록』(『이조실록』, 실록)
을 수용하여 창작된 홍명희의 『임꺽정』이 실록의 내용을 어떤 방식으로 수
용했는지, 그리고 그 결과 역사소설로서 어떤 득과 실이 있었는지를 논해보
고자 한다.

  필자는 오래전에 식민지시기의 역사소설들을 논한 박사논문의 일환으
로 『임꺽정』을 고찰한 이후 오랫동안 작가 홍명희에 대해 연구하여 『벽초
홍명희 연구』를 출간했다.[1] 그 후에는 작가 연구의 기초 위에서 『임꺽정』의
다양한 면모를 더욱 심층적으로 논하는 연구를 진행해오고 있다. 그 가운
데 중요한 연구 주제의 하나가 『임꺽정』 창작의 원천이 된 사료 연구인 바,
여기에서는 우선 『임꺽정』과 『조선왕조실록』의 관계를 살펴보려는 것이다.

  『임꺽정』은 「봉단편」 「피장편」 「양반편」(사계절사의 제4판으로 각 1권) 「의형
제편」(3권) 「화적편」(4권, 미완성)으로 이루어져 있는데, 그중 『조선왕조실록』
을 수용한 흔적이 보이는 것은 「화적편」뿐이다. 필자는 박사논문에서 그
사실을 지적한 뒤, 왜 「화적편」에서야 실록에 의거한 흔적이 나타날까 궁

금증을 품고 있었다. 그러다가 여러 정황으로 보아 홍명희가 「화적편」 연재를 시작하기 직전 무렵에야 실록을 보았다는 결론을 얻고, 『벽초 홍명희 평전』에서 그 점을 언급했다.[2]

유감스럽게도 홍명희의 생애에서 그가 언제 어디서 어떻게 실록을 열람했는지 확인할 수 있는 자료는 발견되지 않는다. 그러나 조선시대는 물론 일제 식민지시기에 들어서서도 일반인은 감히 접근조차 하기 어려웠던 『조선왕조실록』이 1930년대 초 경성제국대학에서 영인본이 나옴으로써 비로소 열람할 수 있는 여건이 조성되었다는 사실과, 『임꺽정』 「화적편」의 도처에 야사에는 없고 오직 실록에만 기록되어 있는 여러 가지 사실史實이 들어가 있는 점을 감안하면 그렇게 결론을 내려도 무리가 없다고 생각했다.

그러던 중 일본 니가타新潟현립대학 하타노 세츠코波田野節子 교수가 일본문부과학성의 연구비를 받아 「『임꺽정』의 '불연속성'과 '미완성'에 대하여」를 집필하면서 도움을 청해왔으므로, 필자는 '해외 공동연구자' 자격으로 협조하게 되었다. 그런데 연구 과정에서 하타노 교수는 『임꺽정』 「의형제편」의 신문 연재본과 단행본의 내용을 대조하다가, 「의형제편」 말미의 '결의'장에서 의형제를 맺을 당시 임꺽정을 비롯한 청석골 두령들의 나이가 단행본에는 신문 연재본에 비해 두 살씩 아래로 수정되어 있는 사실을 발견했다. 예컨대 의형제의 이름을 나열할 때 신문 연재본에는 "임꺽정이 신사생 사십 세"로 되어 있었는데, 단행본에는 "임꺽정이 신사생 삼십팔 세"로 되어 있는 것이다.[3] 따라서 그들이 의형제 결의를 한 시기도 신문 연재본에서는 1560년에 해당했는데, 단행본에서는 1558년으로 수정된 셈이었다.[4]

필자는 이 사실이야말로 홍명희가 『조선왕조실록』을 뒤늦게 참조했다는 작품 내적 증거라고 판단했다. 임꺽정의 출생연도는 어느 사료에도 나와 있지 않으므로, 홍명희가 그를 신사년(1521) 생으로 설정한 것은 어디까지나 허구였다. 반면에 임꺽정이 3년간 관의 추적을 받은 끝에 명종 17년 (1562) 관군에게 잡혀 죽은 사실은 실록에 기록되어 있을 뿐 아니라, 『열조 통기列朝通紀』『연려실기술』 등 야사를 통해서도 파악할 수 있다.[5] 그런데 실록에 의하면 명종 14년(1559) 3월에 조정에서는 황해도 지방의 "흉악한 대도大盜"에 대한 보고를 에워싸고 의론이 분분했다. 특히 그해 3월 27일자 기사에는 중신들이 의론하여 왕에게 아뢴 말씀에 "지난날 임꺽정林巨叱正 을 추적할 적에 패두牌頭의 말을 듣지 않고 군사 20여 명만을 주어 고단하 고 서툴게 움직이다가 마침내 패두가 살해당하게 되었는가 하면" 운운하 여 임꺽정의 이름이 직접 거명되고 있다.[6] 그러므로 홍명희는 실록의 기사 들을 통해 임꺽정의 왕성한 활동기를 확인한 후, 불가피하게 청석골 화적 패의 결성 연도를 앞당기게 되었다고 추측되는 것이다.

이와 같은 필자의 추론에 동의한 하타노 교수는 앞서 언급한 논문에서 홍명희가 뒤늦게 『조선왕조실록』에 접한 것이 『임꺽정』 전반부와 후반부 간의 '불연속성'과 작품의 '미완성'의 원인의 하나가 되었다는 견해를 피력 했다.[7] 이 글에서 필자는 하타노 교수의 논지에 대체로 공감하고 그가 제시 한 실증적인 데이터들을 참조하면서, 『임꺽정』과 『조선왕조실록』의 관계 를 본격적으로 고찰해보고자 한다.[8] 이를 위해 우선 『임꺽정』 전체의 집필 과정과 그 과정에서 활용된 사료들에 대해 살펴본 다음, 「화적편」에서 『조 선왕조실록』을 수용한 양상을 구체적으로 분석해보고자 한다. 그리고 나 아가서는 이러한 실록의 수용이 『임꺽정』의 예술적 성취에 어떠한 영향을 미쳤으며 소설사적으로 어떠한 의의를 지닐 수 있는지를 논해보려 한다.

2. 『임꺽정』의 창작과정과 주요 사료

홍명희는 1928년 『조선일보』에 『임꺽정』을 연재하기 시작하여 신문 폐간 후인 1940년 『조광』지에 마지막 회를 발표하기까지 무려 13년에 걸쳐 『임꺽정』을 연재했다. 그 과정에서 투옥과 질병 등의 이유로 몇 차례 연재를 중단했다가 속개했는데, 『임꺽정』 신문 연재와 단행본 출간 시기를 정리해보면 다음과 같다.

제1차 연재   『조선일보』 1928년 11월 21일~1929년 12월 26일자
                —「봉단편」「피장편」「양반편」

제2차 연재   『조선일보』 1932년 12월 1일~1934년 9월 4일자
                —「의형제편」

제3차 연재   『조선일보』 1934년 9월 15일~1935년 12월 24일자
                —「화적편」 '청석골'장

제4차 연재   『조선일보』 1937년 12월 12일~1939년 7월 4일자
                —「화적편」 '송악산'부터 '자모산성'장 서두까지

제5차 연재   『조광』 1940년 10월호
                —「화적편」 '자모산성'장 일부 (미완)

출판   조선일보출판부 1939년 10월~1940년 2월
                — 조선일보사출판부에서 「의형제편」「화적편」이 4권으로 간행됨

그중 제1차 연재기에 집필된 「봉단편」「피장편」「양반편」은 임꺽정을 중심으로 한 화적패가 결성되기 이전 50여 년간의 시대상황을 광범하게 묘사하면서, 임꺽정의 특이한 가계와 성장과정을 보여주고 있다. 여기에서

그 시대 지배층의 혼란상을 폭넓게 그리기 위해 홍명희는『기재잡기』『연려실기술』『청구야담』등 야사와 야담에 크게 의존하고 있다.『조선일보』의 연재 예고에서『임꺽정』을 "조선서 처음인 신강담"이라고 소개한 데에서도 드러나듯이,[9] 당시 홍명희는 신간회운동으로 분주한 가운데 생계의 방편이자 일종의 여기로『임꺽정』을 쓰기 시작한 데다가, 본격적인 역사소설을 창작한다기보다는 '조선사에 대한 대중적 글쓰기'를 한다는 태도로 집필에 임했던 것 같다. 따라서「봉단편」「피장편」「양반편」에 서술되어 있는 양반 지배층 이야기 중에는 야사나 야담을 풀어 쓴 것이라고 해도 과언이 아닐 정도로 그러한 자료를 대폭 수용한 대목이 많다.

반면에 여기에 그려진 주인공 임꺽정의 출생과 성장과정은 거의 전적으로 허구의 소산이다. 임꺽정은 양주의 백정 출신이라고만 알려져 있을 뿐, 그의 상세한 내력은 어느 사료에도 나와 있지 않다. 홍명희는 야사에 백정과 관련이 있는 인물로 등장하는 이장곤과 갓바치를 임꺽정의 친척으로 설정하고, 임꺽정과 함께 성장하는 이봉학과 박유복이라는 허구의 인물을 창조하였다. 그리하여 임꺽정이 두 소년과 함께 갓바치에게 배우면서 의형제를 맺고, 계양산에서 스승을 만나 검술을 배우고, 병해대사가 된 스승 갓바치를 따라 국토 순례를 하고, 백두산에서 남다른 생기와 순수성을 간직한 여성 운총과 만나 혼인하고, 을묘왜변 때 홀연히 나타나 공을 세운 뒤 사라지기까지 그의 독특한 성격과 성장과정을 풍부한 상상력을 발휘하여 그려내었다. 따라서「봉단편」「피장편」「양반편」에 등장하는 임꺽정은 작가의 상상력에 의해 창조된 인물에 가깝다. 그리고 부분적으로 로맨스, 즉 서양 중세소설의 주인공과 같은 성격을 지니고 있으나 결코 이상화되어 있지는 않으며, 장차 민중 영웅으로 성장할 인물로 설득력 있게 형상화되어 있다.

제2차 연재기에 집필된「의형제편」은 '박유복이', '곽오주', '길막봉이',

'황천왕동이', '배돌석이', '이봉학이', '서림', '결의'의 8장으로 이루어져 있다. 여기에서는 후일 임꺽정의 휘하에서 화적패의 두령이 되는 주요 인물들이 각자 양민으로서의 삶을 포기하고 화적패에 가담하기까지의 경위를 그리고 있다. 투옥으로 인해 『임꺽정』 연재를 중단했다가 출옥 후인 1932년 말부터 연재를 재개한 홍명희는 이 시기에 비로소 창작에 전념하게 된 데다가, 작가로서 전성기에 도달했다고 해도 과언이 아닐 만큼 예술적 기량이 성숙해 있었다. 게다가 그 무렵에 쓴 '작가의 말'에서 "조선 정조에 일관된 작품"을 쓰겠다는 포부를 밝혔듯이,[10] 신간회운동과 같은 민족운동을 포기한 대신 문학을 통해서나마 그러한 목표를 추구하려는 자세로 창작에 임하였다. 그 결과 이 시기에 연재된 「의형제편」은 『임꺽정』 전체에서 가장 뛰어난 민족문학적 성취를 보여주고 있다.

「의형제편」에서 각 장의 주인공 격인 주요 등장인물들은 임꺽정과 서림을 제외하면 모두 사료에 나오지 않는 허구의 인물들이며, 그들이 각기 우여곡절 끝에 화적패에 가담하게 되는 사건 역시 대부분 허구이다. 다만 그들의 삶의 내력을 서술하는 가운데 전래하는 설화나 야담, 판소리계 소설 등의 모티브가 군데군데 삽입되어 있다.[11] 예컨대 황천왕동이가 백이방의 까다로운 사위 취재를 통과하여 혼인하게 되는 사건에는 우연히 중국 사신과 몸짓으로 대화를 나누게 된 떡보가 오해에 의해 그 사신을 감복케 했다는 민담이 수용되어 있고, 이봉학이가 전주 관기 계향이와 사랑을 맺게 되는 사건에는 판소리계 소설 『춘향전』의 모티브가 수용되어 있는 것이다. 작가는 흔히 비현실적일 정도로 우연성이 두드러지거나 환상적인 요소가 가미된 전래의 설화나 고전소설의 모티브를 차용하되, 이를 조선시대 민중들의 현실적인 삶의 이야기와 자연스럽게 연결하여 리얼리즘 소설로서 별로 손색이 없다고 느껴지도록 조치해놓았다. 따라서 「의형제편」은 조선시대 민중의 고달픈 삶을 사실적으로 그리면서도 다른 한편 우리 전래 문학에 각인되어 있는 민중의 건강성과 낙천성을 잘 아우르고 있다고 할 수 있다.

제3차 연재기부터 집필된 「화적편」은 '청석골', '송악산', '소굴', '피리', '평산쌈', '자모산성'(미완)의 6장으로 이루어져 있으며, 임꺽정의 화적패가 본격적으로 결성된 이후의 이야기를 다루고 있다. 제1차 연재기에 집필된 「봉단편」「피장편」「양반편」과 제2차 연재기에 집필된 「의형제편」이 각각 만 2년이 채 못 되는 기간에 집중적으로 쓰인 것과 달리, 「화적편」은 두 차례 휴재 기간을 포함하여 1934년부터 1940년까지 햇수로 7년에 걸쳐 집필되었다. 게다가 서두의 '청석골'장이 「의형제편」 연재가 끝난 뒤 열흘 남짓 뒤부터 연재되기 시작했음에도 불구하고, 「화적편」은 여러 면에서 「의형제편」과 크고 본질적인 차이를 보여주고 있다. 그러한 차이는 연재 당시 작가가 처해 있던 외부적 상황에 기인한 점도 있겠지만, 무엇보다도 작가가 그 무렵에 비로소 『조선왕조실록』을 접하고 실록의 내용을 대폭 수용하여 소설을 창작하려 결심한 데에서 초래된 것이라 생각된다.

『조선왕조실록』은 세계에서 가장 자세한 왕대별 편년체編年體 관찬官撰 사서로 알려져 있다. 뿐만 아니라 실록은 후대인들이 올바른 역사적 평가를 내릴 수 있도록 가능한 한 많은 사실을 객관적으로 기록한다는 춘추필법春秋筆法의 역사정신에 의해 편찬되었다. 물론 실록은 봉건왕조시대의 관찬사료인 만큼 지배층의 시각에서 기술된 것이기는 하지만, 조선시대 500년간의 역사를 하루도 빠짐없이 '있었던 사실 그대로' 기록으로 남겼으므로, 생활의 힘을 가진 산 역사기록이라는 점에서 타의 추종을 불허하는 사료로서의 가치와 권위를 인정받고 있다.[12]

그처럼 귀중한 사료인 만큼, 조선시대에 실록은 안전을 위해 전국의 사고史庫에 분산 보관되었다. 조선조 말에는 태조부터 철종 때까지의 실록이 정족산·태백산·적상산·오대산 네 군데 사고에 각각 한 부씩 보관되어 있었다. 그런데 1910년 경술국치 후에 일제는 정족산·태백산 사고의 실록을 규장각 도서와 함께 총독부로 이관하고, 적상산 사고의 실록을 구황국 장서각으로 이관했으며, 오대산 사고의 실록은 도쿄제국대학으로 반출해 갔다. 그러나 도쿄제국대학에 보관된 오대산본은 극히 일부를 제외하고는 1923년 관동대지진 때 소실燒失되었고, 조선총독부로 이관되었던 정족산본과 태백산본은 1930년에 규장각 도서와 함께 경성제국대학으로 이관되었다.

그중 태백산본을 원본으로 하여 사진판으로 실록 전체를 축쇄한 한장漢裝 영인본 888책이 『이조실록』이라는 이름으로 1929년부터 1932년까지 4년에 걸쳐 경성제국대학에서 간행되었다. 당시 영인본의 발행부수는 겨우 30부였고 그나마도 대부분 일본으로 가져가 국내에는 7~8부 정도밖에 남지 않았지만, 어쨌든 이로써 처음으로 제한된 범위에서나마 일반인들이 실록을 열람할 수 있는 여건이 이루어진 셈이었다.[13] 이병기의 『가람일기』에는 1938년 7월 19일자와 8월 7일자 기사에 경성제국대학에 가서 『이조실록』을 보았다는 기록이 있으며, 홍명희의 장남 홍기문도 해방 후에 쓴 글에서 자신이 기자생활을 하던 1930년대에 국어 연구를 위해 "틈틈이 태조 이후 성종 이전의 실록을 뒤"져 자료 수집을 했다고 회고한 바 있다.[14]

홍명희는 『임꺽정』 집필 도중 때마침 영인본이 간행되어 소설 창작에 실록을 활용할 수 있게 된 것을 작가로서 큰 행운으로 여기고, 실록의 내용을 적극적으로 작품에 수용하려는 의욕을 품었을 것이다. 그런데 『명종실록』만 해도 분량이 34권 21책이나 되는 데다가 열람 장소나 열람 시간에 제한이 있었던 만큼, 홍명희처럼 한문에 능하고 자료 해석에 익숙한 학구적인 작가가 아니고서는 실제로 실록을 숙독하여 창작에 활용하기 어려웠으리라 본다. 『명종실록』을 뒤져보면 당대의 대도大盜로 조정의 큰 근심거리였던 임꺽정에 대한 대신들의 의론이 여러 군데 기록되어 있고, 이를 통해 임꺽정 일당의 활약상을 상당히 구체적으로 그려볼 수 있으므로, 홍명희는 예상 외의 큰 수확에 쾌재를 불렀을 것이다.

앞서 언급했듯이 홍명희가 『조선왕조실록』을 열람한 시기가 언제인지를 정확히 알 수는 없다.[15] 그런데 「의형제편」 '결의'장의 말미를 보면 임꺽정 일당이 임꺽정의 스승 병해대사의 불상을 조각한 불상쟁이를 살해하여 그 시체를 죽산 관문 앞에 버린 이야기와, 임꺽정이 안성 옥을 깨뜨리고 길막봉이를 구해낸 뒤 동료들과 함께 숨어 있던 진천 이방의 집에서 이방의 첩과 성관계를 맺는 대목이 사족처럼 들어가 있다.[16] 이는 그 대목을 집필하던 당시 홍명희가 이미 실록을 숙독한 위에서 장차 실록의 내용에 부합하는 방향으로 「화적편」을 써 나가려고 작심하고, 「화적편」에서의 임꺽정과 청석골 화적패의 변모를 자연스럽게 보이도록 하기 위해 일종의 복선으로 삽입한 것이 아닌가 한다.

1934년 9월 4일 「의형제편」 연재를 마치고 9월 15일부터 「화적편」 연재를 시작하기까지 열흘 남짓 쉬는 동안 홍명희는 실록의 내용을 적극 수용하면서 스토리를 전개하는 방향으로 구상을 가다듬었던 듯하다. 당시 『조선일보』 연재를 통해 독자들이 읽은 「의형제편」 말미의 시간적 배경은 1560년이 되는 셈이었는데, 홍명희는 아마도 나중에 수정할 요량으로 슬그머니 작중의 시간을 앞당겨놓고, 실록의 기록에 부합하는 방향으로 「화적편」의 이야기를 풀어 나가기 시작했다.[17]

3. 『임꺽정』의 『조선왕조실록』 수용 양상

필자가 임형택 교수와 공동으로 편찬한 자료집인 『벽초 홍명희와 『임꺽정』의 연구자료』에는 『임꺽정』과 관련이 있다고 보이는 『명종실록』의 기사가 48건 수집되어 있다. 이 기사들은 오늘날 사학자들이 '임꺽정 반란' 또는 '임꺽정의 난'이라고 부르는[18] 명종 14년(1559) 3월부터 명종 17년(1562) 1월까지 약 3년 동안의 임꺽정 일당의 활동과 관련된 것으로, 주로 조정에서 대신들이 올린 계啟와 왕의 전교傳敎, 그리고 그 과정에서 이루어진 의론을 담고 있다. 그중에는 실제로 임꺽정의 이름이 언급되어 있는 기사가 여러 건이고, 그의 이름이 거명되어 있지 않더라도 임꺽정 일당의 소행이라고 추측되는 기사도 다수이며, 이 밖에 실록의 기사 내용만으로는 임꺽정과의 관련 여부를 알 수 없으나 홍명희가 임꺽정 일당의 활동과 관련지어 소설 창작에 수용한 기사도 있다.

그런데 이 기사들과 『임꺽정』「화적편」을 비교해보면, 홍명희가 실록의 내용을 대폭 수용하여 가급적 그 기록에 충실하게 작품을 전개시키려 한 흔적이 뚜렷이 나타난다. 임꺽정과 관련한 실록의 기사는 건수로는 48건이지만, 대부분 하나의 사건 또는 일련의 사건이 그에 대한 조정의 논의와 조치가 여러 날에 걸쳐 행해진 탓에 여러 건의 기사로 나누어져 기록된 것이므로 이를 분류해보면 다음과 같은 몇 개의 사건으로 대별해볼 수 있다.[19]

(가) 기사 1~6	1559년 3월 6일 ~4월 21일자	황해도 백성들의 참상과 도적의 발호, 그로 인한 황해감사의 교체
(나) 기사 7	1560년 8월 20일	도적을 잡지 못한 관리들에 대한 징계를 논의하는 과정에서 서울 장통방에서 임꺽정 일당을 놓친 사건이 언급됨
(다) 기사 8~10	1560년 10월 21일 ~10월 28일	황해도 도적들의 대규모 형세와 대담한 행태, 이를 잡기 위한 대책 논의
(라) 기사 11~13	1560년 11월 24일 ~12월 1일	체포한 적당賊黨 서림의 고변에 따라 평산 마산리에서 임꺽정 일당을 잡으려다가 놓친 사건
(마) 기사 14~16	1560년 12월 2일 ~12월 25일	도적을 잡기 위해 황해도와 강원도에 순경사를 파견했다가 시일만 끌자 돌아오게 함
(바) 기사 17~21	1560년 12월 25일 ~1561년 2월 13일	승정원에 도적에 관한 익명서가 올라왔으며 순경사가 임꺽정을 잡았다고 장계를 올렸으나 임꺽정이 아니고 그의 형 가도치였음이 드러남
(사) 기사 22~27	1561년 8월 19일 ~9월 24일	의주에서 임꺽정과 한온 등을 잡았다고 했으나 심문해보니 윤희정과 윤세공이었음이 드러남
(아) 기사 28~44	1561년 10월 6일 ~1562년 1월 8일	황해도 토포사로 남치근을 임명하여 우여곡절 끝에 도적 일당을 섬멸하고 괴수 임꺽정을 처단함
(자) 기사 45~48	1562년 1월 9일 ~1월 17일	임꺽정을 잡는 데 공을 세운 남치근과 서림의 공과에 대한 논란

앞서 언급했듯이 「화적편」은 '청석골', '송악산', '소굴', '피리', '평산쌈' 장과 미완의 '자모산성'장으로 이루어져 있는데, 그중에서 위에 제시한 실록의 내용이 대폭 수용되어 있는 장은 '청석골', '소굴', '평산쌈'장이다. 이를 좀 더 구체적으로 살펴보면 (가)는 '청석골'장에, (나)(다)는 '소굴'장에, (라)는 '평산쌈'장에 주로 수용되어 있다. (마)는 '자모산성'장 중 이미 쓰인 부분에 기사 14, 15까지만 수용되어 있다. 반면에 (마)의 기사 16과 (바)~(자)는 『임꺽정』이 미완으로 끝난 이후의 이야기에 해당하는 관계로 작품에 미처 수용되지 못했다.

실록의 임꺽정 관련 기사 중 (가)~(라)는 기사 건수로는 48건 중 13건에 불과하지만, 실록에 기록된 임꺽정의 활동 기간 3년 중 2년 가까운 시간을 포괄하고 있으며, 내용상으로도 임꺽정 일당의 전성기에 해당하여 많은 중요 사건들을 다루고 있다. 그런데 『임꺽정』 「화적편」에서 분량상 압도적으로 큰 비중을 차지하고 있는 '청석골', '소굴', '평산쌈'장은 이 기사의 내용에 충실히 의거하여 전개되고 있다.

한편 실록의 기사 중 (마)~(자)는 몇 차례 가짜 임꺽정을 체포한 사건을 포함하여 모두 임꺽정을 포살捕殺하기까지의 과정과 후일담을 다루고 있다. 그 무렵은 조정에서 임꺽정을 기어이 잡고자 갖은 시도를 다하면서 의론이 분분했던 시기였다. 따라서 (마)~(자)는 기사 건수로는 (가)~(라)보다 훨씬 많지만, 시간적으로는 1년 남짓한 기간인 데다가 임꺽정 일당의 최후를 다룬 부분이므로 사건으로서의 비중도 덜하다고 볼 수 있다. 그런데 (마)의 일부가 '자모산성' 중 이미 집필된 부분에 수용되어 있는 사실과 아울러 작품의 곳곳에 설정되어 있는 복선으로 미루어 보면, 홍명희는 미완된 『임꺽정』의 마지막 부분 역시 실록의 기사에 가급적 충실하게 집필해 나가려 했던 것으로 추측된다.

『조선왕조실록』의 기사들이 『임꺽정』 「화적편」에 수용된 양상을 크게 몇 가지로 나누어 살펴보면 다음과 같다.

첫째, 실록에는 황해도 도적의 행태를 신하들이 왕에게 보고한 장계라든가 그와 관련된 관리들의 인사 문제에 대한 대신들의 의론이 장황하게 인용되어 있는데, 『임꺽정』에서는 그러한 실록의 내용이 서술자의 개괄적 설명이나 등장인물들의 대화에 부분적으로 수용되어 있는 경우가 간간이 발견된다.

> 기사 2: 『명종실록』 14년 3월 13일자
> 삼공·영부사·병조·형조가 함께 의계議啓하기를, "황해도의 적세賊勢가 흉포하여 사람을 약탈·살해할 뿐 아니라, 심지어 대낮에도 관문을 포위하고 수령의 나졸을 사살하며 옥문을 부수고 수감된 일당을 빼앗아가는 실정입니다. (…)"(『벽초자료』, 407쪽)

> ⇨ 『임꺽정』 「화적편」 '청석골'장
> 명화적패가 밤에 불 켜가지고 촌에 들어오는 건 예삿일이고 대낮에 읍에 들어와서 옥문을 깨뜨리고 관문을 에워싸고 관예官隸를 죽이고 관물을 뺏어가는 일까지 종종 있었다.(7:11)

또한 명종 14년 3월 25일자 기사를 보면, 황해도 도적이 갈수록 극성한데 "본도의 관찰사 신희복은 부모의 무덤과 전장이 평산에 있기 때문에 그들의 보복을 염려하여 절제사에게 호령해 체포하도록 독촉하지 않고 있으니, 그를 속히 체직하고 특별히 다른 사람을 택차하여, 계책을 세워 모조리 체포할 것을 기약하도록 하소서"라고 한 사헌부의 계가 인용되어 있다. 이어서 3월 27일자 기사에는 왕이 황해도 도적에 대한 대책으로 "개성부 도사를 무신으로 뽑아 보내라"고 하교한 사실이, 4월 19일자 기사에는 왕이 신임 황해도 관찰사 이탁을 인견하고 도적을 체포할 방법을 특별히 강구하라고 하교한 사실이 기록되어 있다. 그리고 명종 15년 10월 28일자 기사를 보면, "관찰사 유지선은 전제專制할 것을 위임받고 깨끗이 소탕하는 책임을 졌는데, 황해도에 내려온 뒤로 지금까지 3~4개월 동안 도적을 체포하는 방략에 대해 전혀 조치한 것이 없습니다. (…) 속히 체차遞差하소서"라고 한 사간원의 계가 인용되어 있다.[20]

그런데 아래에서 보는 바와 같이 『임꺽정』 「화적편」 '청석골'장에서는 황해감사가 교체되고 송도도사가 새로 임명된 사실이 대화 중에 언급되고 있으며, '소굴'장에는 그간의 황해감사 교체 과정에 대한 서술자의 자세한 설명이 나와 있다.

⇨ 『임꺽정』 「화적편」 '청석골'장 (서림의 말)

"늦은 봄에 황해감사가 갈리구 송도도사가 새루 나지 않았습니까. 사람 좋은 전 황해감사가 대간의 탄핵을 맞구 갈린 것두 우리네 때문이구 남행짜리루 내려오던 송도도사를 전에 없이 호반이 한 것두 우리네 때문이니까 (…)"(7:20)

⇨ 『임꺽정』 「화적편」 '소굴'장

황해감사 전전 등내는 평산 사람 신희복이니 선산과 전장이 평산 사매천에 있어서 청석골패에게 보복을 받기 쉬운 까닭에, 청석골패가 관하 각군에 횡행하여도 어름어름하여 덮어두고 지내다가 마침내 대계臺啓를 만나서 갈려 갔고, 전 등내는 성명이 이탁이니 조정에서 별택하여 보낸 인물인 만큼 천품이 관후하되 무능하지 않고 처사가 원만하나 풍력風力이 있어서 꺽정이도 다소간 기탄하는 마음이 없지 아니하여 진즉 갈려 가기를 바랐는데, 십육 삭 만에 겨우 갈리고 그 대에 유지선이 감사로 난 지 이때 아직 일 삭 미만인데 (…)
(8:206~207)

둘째, 『임꺽정』 「화적편」에는 임꺽정과 관련된 인물로서 야사에는 보이지 않고 실록에만 이름이 나오는 몇몇 인물들이 등장하고 있어, 작가가 뒤늦게 실록을 보고 그 내용을 수용하여 등장인물들을 추가로 설정했음을 알 수 있다.

기사 11: 『명종실록』 15년 11월 24일자

포도대장 김순고가 아뢰기를, "듣자옵건대, 황해도의 광적獷賊 임꺽정의 일당인 서림이란 자가 엄가이嚴加伊로 변명을 하고 숭례문 밖에 와서 머문다 하므로, 정탐하여 붙잡았습니다. 그가 범법한 사실에 대하여 추문推問하니 (…) 또 말하기를, '오는 26일에 평산 남면 마산리에 사는 같은 무리인 대장장이 이춘동의 집에 모여서 새 봉산군수 이흠례를 죽이기로 의논하였다 (…)' 하였습니다."(『벽초자료』, 417~418쪽)

기사 19: 『명종실록』 16년 1월 3일자

황해도 순경사 이사증과 강원도 순경사 김세한이 복명하고, 적괴 임꺽정을 체포했다고 입계하니, 전교하였다. "대적을 잡았으니, 내 매우 가상히 여기노라." 의금부가 아뢰기를, "서림을 잡아다가 임꺽정과 대질시키니, 서림이 '임꺽정이 아니고 꺽정의 형 가도치加都致인데, 또한 대도이다' 하였습니다."(『벽초자료』, 428쪽)

기사 23: 『명종실록』 16년 9월 7일자

승정원이 평안도 관찰사 이량의 계본啓本(의주목사 이수철이 대적 임꺽정과 한온 등을 붙잡았다.—원주)의 일로 아뢰니, 전교하였다. "이 치계馳啓와 임꺽정의 공초한 바를 보니, 놀랍기 그지없다. 임꺽정과 한온 등은 영거領去 선전관으로 하여금 다치지 않게 하여 속히 잡아오게 하라."(『벽초자료』, 431쪽)

기사 40: 『명종실록』 16년 12월 20일자

전교하였다. "평양서윤 홍연이 대적 김산을 붙잡았으니, 예에 따라 가자加資 하여 안주목사로 승진시키라."(『벽초자료』, 446쪽)

기사 47: 『명종실록』 17년 1월 13일자
영의정 상진, 좌의정 이준경, 우의정 심통원(…)이 모여 서림을 처리하는 일을 의논하였다.(반적叛賊 율이栗伊가 '서림이 다시 임꺽정과 몰래 통했다'고 하여 금부禁府가 서림을 형신할 것을 청했다. 이에 상이 명하여 어떻게 처리할 것인지를 수의하도록 하였다.—원주)(『벽초자료』, 452쪽)

이러한 실록의 기사에 의거하여 홍명희는 『임꺽정』 「화적편」에서, 가짜 임꺽정 행세를 하다가 청석골패에 입당했으나 후에 임꺽정을 배신하는 노밤이(盧栗伊, 7:70), 임꺽정 일당의 서울 와주 한온(7:101),[21] 임꺽정의 검술선생의 조카인 김산(7:419), 김산의 옛 친구인 대장장이 이춘동(9:148)과 같은 인물들을 뒤늦게 등장시킨 것이다. 그중 김산은 실록의 기사로 미루어 보면 임꺽정 일당과는 무관한 별개의 도적이나, 홍명희는 그를 뒤늦게 청석골패에 입당하여 두령이 된 인물로 그려놓았다.

한편 「의형제편」 '박유복이'장부터 등장한 청석골 본바닥 도적 '오가'는 「화적편」 '청석골'장에서 등장인물들 간의 대화를 통해 그 이름이 '오개도치'라는 사실이 드러나는데(7:110), 이는 작가가 위에서 인용한 명종 16년 1월 3일자 실록의 기사를 활용하기 위한 복선으로 추가한 것이라 짐작된다. 작품 내에서 임꺽정에게는 누나 섭섭이와 요절한 아우 팔삭동이만 있을 뿐, 형은 애초부터 없는 것으로 설정되어 있었다. 그런데 실록을 통해 임꺽정에게 가도치라는 형이 있었다는 사실을 알게 된 홍명희는 고육지책으로, 임꺽정보다 연장자이고 청석골 본바닥 도적이라 임꺽정의 선배라 할 수 있는 오가의 이름이 곧 개도치加都致라는 사실이 드러나는 장면을 삽입한

것이 아닌가 한다.[22]

셋째, 『임꺽정』의 실록 수용 양상 중 가장 주목되는 것으로 「화적편」에 나오는 핵심적인 사건들 중 다수가 처음부터 실록의 기사에 의거하여 구상된 점을 들 수 있다.

기사 7: 『명종실록』 15년 8월 20일자

사간원의 계에 이르기를, "(…) 지난번 장통방長通坊에 흉포한 도적들이 모였을 적에 대장인 자가 마땅히 계책을 꾸며 다 잡았어야 했는데, 큰 도회지 넓은 거리에서 도적이 관군에게 대항하여 부장을 쏘아맞히기까지 하였으니, 이는 근고近古에 없던 변입니다. 적의 화살이 한번 날아오자 군졸들이 사방으로 흩어져 큰 괴수를 탈주하게 하고는 겨우 그 처자와 위협에 굴종한 몇 사람을 잡았을 뿐이니 매우 놀랍습니다."(『벽초자료』, 414쪽)

기사 11: 『명종실록』 15년 11월 24일자

포도대장 김순고가 아뢰기를, "듣자옵건대 황해도의 광적 임꺽정의 일당인 서림이란 자가 엄가이로 변명을 하고 숭례문 밖에 와서 머문다 하므로, 정탐하여 붙잡았습니다. 그가 범법한 사실에 대하여 추문하니 그는 말하기를, '지난 9월 5일 그 무리가 장수원에 모여 궁시弓矢와 부근斧斤을 가지고 밤을 틈타 성 안에 들어가서 전옥서典獄署의 옥문을 부수고 두목 임꺽정의 처를 구출해내어(전날 장통방에서 엄습하여 잡으려 할 때, 임꺽정은 달아나고 그의 처 3명만 잡았다.—원주) 오간수 구五間水口를 부수고 나오면 그곳을 지키는 군사들에게 혹 발각이 되더라도 모두 잔약한 졸개들이기 때문에 화살 하나면 충분히 겁을 줄 수 있다고 하였다. 그런데 그 무리 중에 반대하는 자가 두 사람 있어 그들을 다 죽였다. 후에 두목의 처가 형조의 전복典僕에 소속될 것이라는 말을 듣고 중지하였다.'(…)"(『벽초자료』, 417쪽)

서울 장통방에서 임꺽정을 체포하려다 놓치고 그의 처 세 명만 잡았다는 내용의 위와 같은 실록 기사는『임꺽정』「화적편」전체의 구상에 결정적인 영향을 끼쳤던 것으로 보인다. 그 기사 내용에 따라,「화적편」서두의 '청석골'장에서 임꺽정은 서울 와주 한온의 집에 기거하면서 세 명의 처를 새로 얻고 살림을 차리기까지 하여 파란을 일으키게 된다. 또한 '소굴'장에서 임꺽정은 장찻골다리(장통교) 부근에 있는 기생 소홍의 집에 있다가 포교들에게 쫓기자 오간수구를 통해 탈출하고, 서울의 처들이 모두 잡혀 들어갔다는 소식을 듣고는 무모하게도 전옥 파옥을 계획하는가 하면, 그에 반대하는 부하 두 명을 타살하기까지 한다.[23]

그 밖에도『명종실록』15년 10월 22일자 기사에 황해도 도적이 "심지어 관을 사칭하고 열읍을 출입하며 기탄없이 방자하게 굴어 어떤 수령은 모르고 접대한 자도 있었다고 하니, 지극히 놀랍습니다"라고 아뢰는 대목이 있고, 10월 28일자 기사에 "그네들이 물화를 싣고 서울에 소굴을 만들어놓고는 심지어 조정의 관원이나 감사의 일가라고 사칭하면서 허실을 정탐하기도 하니, 그 지모는 헤아리기 어려울 지경입니다"라고 한 사간원의 계가 인용되어 있다. 이러한 실록의 기사에 따라 홍명희는 '소굴'장에서 임꺽정이 박유복과 함께 감사의 친척을 사칭하고 각 읍을 돌며 접대를 받는 사건을 설정했다.[24]

또한『명종실록』15년 11월 29일자 기사에는 앞서 서림이 고변한 바에 따라 관군이 평산에서 임꺽정을 잡으려다가 대패한 사실이 기록되어 있다. 홍명희는 '평산쌈'장에서 임꺽정 일당이 관군에게 대승을 거둔 사건을 그리면서 철두철미 이 기사에 의거하고 있다.[25] 특히 '평산쌈'장은 전체가 실록의 기사를 바탕으로 소설 속 사건을 치밀하게 구성하고 빼어나게 형상화한 모범적인 예로 손꼽힐 만하다.

넷째,『임꺽정』에는 임꺽정 일당과 관련된 사건에 대한 조정의 의론을

기록한 실록의 기사가 문구 그대로 전재되어 있는 곳도 몇 군데 있다.[26]

기사 7: 『명종실록』 15년 8월 20일자

사간원 계에 이르기를,

"국가가 포도청을 설치하여 좌우 대장을 두었으니 그 휘하의 인원들이 많지 않은 것이 아니며 절목도 매우 상세합니다. 지금 대장의 책임을 맡은 자는 철저하게 찾아서 포획하는 일을 게을리하며 자신의 임무를 전혀 알지도 못하고 있습니다. 전에 경기의 지경에 큰 도적떼가 오랫동안 점거하고 있었는데, 그들을 포위하여 잡을 즈음에 그들이 군관을 사살하고 매鷹를 어깨에 얹고서 처자를 이끌고 공공연히 달아나는데도 목을 움츠리고 방관만 할 뿐 감히 제어하지를 못하였으니, 그 책임은 전적으로 군율이 엄하지 않고 조치가 적당함을 잃은 데에 있습니다. 지난번 장통방에 흉포한 도적들이 모였을 적에 대장인 자가 마땅히 계책을 꾸며 다 잡았어야 했는데, 큰 도회지 넓은 거리에서 도적이 관군에게 대항하여 부장을 쏘아맞히기까지 하였으니, 이는 근고에 없던 변입니다. 적의 화살이 한번 날아오자 군졸들이 사방으로 흩어져 큰 괴수를 탈주하게 하고는 겨우 그 처자와 위협에 굴종한 몇 사람을 잡았을 뿐이니 매우 놀랍습니다. 좌변대장 남치근은 먼저 파직하고 뒤에 추고推考하소서. 그리고 포획하는 데 실수한 부장·군관 등을 모두 금부에 내려 엄중하게 다스리소서. 우변대장 이몽린은 연로할 뿐 아니라 다리에 종기가 있어 집안에서도 다니지 못하니, 더욱 임무를 감당할 수 없습니다. 체차遞差하라 명하소서."

하니, 답하기를,

"남치근을 파직하는 것은 지나칠 듯하니, 대장을 체직한 뒤에 추문하여 다스리도록 하라. 포획할 때 적을 놓친 군관들은 금부에 회부하라. 이몽린을 체차하는 일은 모두 아뢴 대로 하라." 하였다. (『벽초자료』, 414~415쪽)

⇨『임꺽정』「화적편」'소굴'장

꺽정이의 계집들을 잡은 뒤 나흘 되는 날, 사간원에서 일어나서 포장 탄핵하는 합계를 올리었다.

"국가에서 포도청을 설치하고 좌우대장을 둘 때 소관이 많고 절목이 자세하온데, 지금 대장의 책임을 가진 사람들은 수탐하는 것이 무엇인지 체포하는 것이 무엇인지 통히 알려고도 하지 아니하여 대적패가 경기 경내에서 큰 소요를 지어도 잡지 못한 것이 오로지 군율이 엄하지 못하고 조처가 합당치 못한 탓이옵고, 일전에 대적들이 장통방에 모여 있는 줄을 알았으면 대장 된 자가 당연히 계책을 내서 다 잡아야 할 것이온데 도적들이 도성 안에서 관군에 저항하고 심지어 부장까지 활로 쏘았다니 이것은 근고에 없는 변이외다. 도적이 화살 한 개 쏜다고 군졸들이 사방으로 도망하여 도적의 괴수는 놓치고 겨우 그 처속과 졸도를 오륙 명 잡았다니 이런 한심한 일이 어디 있소리까. 좌변대장 남치근은 먼저 파직시킨 후 다시 추고시키시고 도적을 놓친 부장과 군졸들은 금부에 내려서 치죄시키고 또 우변대장 이몽린은 비단 나이가 늙었을 뿐 아니라 다리에 종기가 나서 집안에서도 행보를 잘 못하므로 대장의 중한 책임을 감당 못할 것이온즉 체차시키심을 바랍네다."

사간원 계사는 대지大들이 이와같고 위에서 내린 비답은 남치근의 파직은 너무 과하니 체차시킨 후 추고하게 하고, 기외는 다 계사와 같이 하라 하여 좌우변 포도대장이 일시에 갈리게 되었다.(8:316~317)

이상과 같이『임꺽정』「화적편」을 쓸 때 홍명희는 실록에 의거하여 그 시대를 그리고 등장인물들을 배치하며 사건의 골격을 짜 나가는 등『조선왕조실록』이라는 사료를 최대한 활용하고자 했다. 그 과정에서 그는 주로 조정의 의론을 기록한 데 불과한 간략하고 추상적인 실록의 기사를 바탕으로, 대단히 구체적이고 생생하며 빈틈없이 짜인 이야기를 만들어내는 탁월한 기량을 보여주고 있다. 심지어 실록에 기록된 왕의 봉서나 대신들의 계를 그대로 옮겨놓은 대목조차도 이음새가 거의 드러나지 않게 삽입되어 있어, 가공되지 않은 날 사료가 작품 속에 들어가 있다는 느낌을 전혀 주지 않는다.

게다가 「의형제편」 연재에 앞서 발표한 '작가의 말'에서 "조선 정조에 일관된 작품"을 쓰겠다는 포부를 밝힌 바 있는 홍명희는 실록을 수용하여 집필한 「화적편」에서도 그러한 목표를 지속적으로 추구하였다. 따라서 「화적편」에서 그는 실록의 기록에 의거하여 사건을 전개하면서도 결코 그 사건을 직선적인 필치로 서술해 나가는 것이 아니라, 그 과정에서 등장인물들이 살고 있던 조선 중기의 언어와 풍속, 민중들의 일상과 정서를 풍부하고도 자연스럽게 혼합해놓고 있다. 그리하여 사료에 얽매인 소설들이 흔히 무미건조하고 추상적인 느낌을 주는 것과 달리, 『임꺽정』은 「화적편」에서도 조선 중기 민중의 삶의 정서가 짙게 배어나는 작품이 된 것이다.

4. 『조선왕조실록』 수용의 성과와 한계

앞서 언급했듯이 비록 『임꺽정』을 연재하던 중간 단계에서이기는 했지만 때마침 영인본이 간행되어 『조선왕조실록』을 참조하여 작품을 써 나갈 수 있게 된 것은 작가로서 홍명희에게 큰 행운이었다고 할 수 있다. 『임꺽정』은 한국 근대소설 중 최초로 실록을 수용하여 집필한 역사소설이 된 것이다.[27] 이와 같이 작품의 창작과정에서 실록을 참조할 수 있게 된 것이 역사소설로서 『임꺽정』에 커다란 득이 되었음은 물론이다.

무엇보다도 먼저 지적할 것은 실록을 수용함으로써 『임꺽정』은 비로소 진정한 근대적 역사소설의 성격을 획득할 수 있게 되었다는 점이다. 홍명희는 유년시절부터 꾸준히 한적을 섭렵하여 조선사와 조선문화에 대해 해박한 지식을 지니고 있었지만, 『조선왕조실록』을 접한 것은 그에게 전혀 새로운 독서 체험이었을 것이다. 실록은 '사실'을 그대로 기록한다는 것을 기본 방침으로 한 정사正史로서 조선시대 500년간의 역사를 매일 매일 기록한 데다가, 사회의 전 분야에 걸쳐 대단히 구체적인 기록을 담고 있는 유일무이한 사료이다. 따라서 『조선왕조실록』은 현실성과 구체성을 갖춘 기록이라는 점에서 전설이나 민담 같은 설화는 물론 『삼국사기』나 『삼국유사』와 같은 고대의 역사기록과도 다르다. 뿐만 아니라 실록은 그 시대의 사회 각 분야를 포괄하는 폭넓은 기록이라는 점에서 항간에 나도는 소문 중 흥미로운 이야기를 수집하여 기록한 야담이나 야사와는 다르며, 구체적이라 하더라도 자신의 경험과 관심사만을 다루고 있는 한 개인의 기록과도 다르다.

그러므로 『명종실록』을 숙독함으로써 홍명희는 비로소 조선 중기의 현실을 총체적으로 파악할 수 있게 되었으며, 그 시대의 인물로서 임꺽정과 그가 처한 현실을 생생하게 느끼고 머릿속에 그려볼 수 있었을 것이다. 더욱이 실록에는 임꺽정 일당의 활동과 관련된 기사가 적지 않았으므로, 홍명희는 그로부터 상당히 구체적인 집필 방향을 잡을 수 있었던 듯하다. 그리하여 『임꺽정』 「화적편」에서는 황해도를 거점으로 한 임꺽정 일당이 서울, 개성, 강원도 이천과 평안도의 여러 고을에 걸치는 폭넓은 지역으로 활동을 확대해 나간 것으로 그리게 되었다. 또한 실록에 기록된 바 임꺽정 일당에 대한 지배층 내부의 의론을 소설 속에 삽입함에 따라, 대체로 하층민의 이야기에 편중된 「의형제편」과 달리 「화적편」에서는 상·하층의 이야기를 포괄할 수 있게 되었다. 특히 '청석골'장과 '소굴'장에서 서울의 지리적·문화적 공간을 치밀하고 생생하게 묘사한 대목은 「봉단편」「피장편」「양반편」이나 「의형제편」에서 볼 수 없던 것으로서, 실록을 통해 그 시대의 사회와 문화를 폭넓게 인식하고 이를 작품 속에서 재현해보겠다는 의욕을 발휘한 결과라 생각된다.

서구의 경우 월터 스코트의 역사소설historical novel 이전의 '역사 로만스historical romance'에서는 무엇보다도 '특수하게 역사적인 것das spezifisch Historische'이 결여되었다고 지적된다. 다시 말해, 작중인물과 그의 행동의 특수성이 그 시대의 역사적 특성으로부터 필연적으로 도출되어 있지 못한 것이다. 17~18세기 서구의 역사 로만스는 흔히 외국의 역사를 무대로 하고 있지만, 정작 등장인물의 심리라든가 작중에 묘사된 풍속들은 자기 나라 동시대의 인간과 사회를 그대로 옮겨놓은 데 불과하다.[28] 이와 같이 극심한 아나크로니즘을 개의치 않는 경향은 조선시대 소설들의 특징이거니와, 1920~1930년대 우리 역사소설들에도 많든 적든 그런 경향이 남아 있는 것이 사실이다.

이렇게 볼 때, 『임꺽정』「화적편」 집필에 앞서 실록을 숙독할 수 있었던 것은 홍명희가 등장인물들과 그 시대를 '특수하게 역사적인 것'으로 파악하고 그려 나가는 데 심대한 영향을 미쳤으리라 생각된다. 물론 실록이 아닌 야사나 야담을 통해서도 그 시대의 풍속이나 분위기를 어느 정도 접할 수 있지만, 실록처럼 포괄적이고 객관적인 기록을 읽는 것은 여타 문헌자료들을 접했을 때와는 현격히 다른 폭넓은 시야와 현실 감각을 갖추게 해주었을 것이다. 따라서 홍명희의 『임꺽정』은 실록을 수용함으로써 동시대의 다른 역사소설들과 격이 다른, 진정한 의미에서 근대적인 역사소설이 될 수 있었다고 본다.

다음으로 지적할 것은 『조선왕조실록』을 수용함으로써 『임꺽정』「화적편」은 앞부분에 비해 리얼리티가 강화되고, 리얼리즘 소설로서의 성격이 뚜렷해지게 되었다는 점이다. 홍명희는 해방 후의 한 대담에서 "최후의 승리는 사실 뿐"이라고 선언했을 정도로 문학에 있어서 '사실'을 가장 중요시하는 리얼리스트였다. 게다가 그는 『임꺽정』「화적편」을 집필하던 1930년대 중반 이후 정인보, 안재홍, 문일평 등이 주도한 조선학운동에 동참한 학자로서의 면모도 지니고 있었다.[29] 그런데 『임꺽정』「화적편」을 집필하기 직전에 때마침 실록을 열람할 수 있게 되었으므로, 홍명희는 종전에 비해 창작 과정에서 고증을 더욱 철저히 하고 현실적인 개연성을 더욱 중시하면서 사건을 전개해 나가게 되었던 것으로 보인다.

따라서 『임꺽정』「화적편」에서는 야사의 기록에 크게 의존한 「봉단편」「피장편」「양반편」에서 보이던 음양술수나 방술 등 황당무계한 이야기가 자취를 감추고, 설화의 모티브를 수용하여 우연성이 심하고 비현실적인 이야기가 군데군데 발견되는 「의형제편」에 비해서도 뚜렷이 현실성이 강화되어 있다. 또한 「화적편」에서 작가는 작품의 배경이 되는 지역에 대해 철저한 지리적 인식을 보여주고 있으며, 등장인물들이 공간 이동을 할 경우에는 지역 간의 거리와 소요되는 시간까지 상세하게 계산하여 제시하고 있다. 이와 같이 객관적 사실을 중시하는 리얼리스트다운 면모는 홍명희가 발자크나 톨스토이와 같은 서양 리얼리즘 작가의 작품을 많이 읽고 그로부터 영향 받은 결과이기도 하겠지만, 다른 한편 실록을 열람한 것을 계기로 『임꺽정』을 한국 근대 역사소설 중 유례가 드물 정도로 철저하게 사실 위주의 객관적인 태도로 써 나가겠다는 의욕을 품게 된 결과이기도 할 것이다.

또한 「화적편」에서 주인공 임꺽정은 앞부분에 비해 리얼리즘 소설의 주인공다운 면모를 보다 뚜렷이 드러내고 있다. 「봉단편」「피장편」「양반편」과 「의형제편」에서 임꺽정을 위시한 청석골 두령들의 인물 형상화는 그 원천 자료의 속성에 따라 로만스나 민담의 주인공과 같은 요소를 다소간 지녔던 것이 사실이다. 그러나 실록을 수용하여 집필된 「화적편」에서 임꺽정은 인간적인 약점을 다분히 지닌 일개 도적패의 두목으로 실감나게 그려지게 되었다. 청석골 화적패 역시 역사적 실상을 무시하고 황당무계하게 이상화된 의적 집단이 아니라, 어쩔 수 없이 도적질을 하면서 때로는 민중에게 잔인하게 굴기도 하는 현실적인 모습의 도적패로 그려지고 있다. 이와 같이 실록을 대폭 수용하여 집필함으로써 『임꺽정』은 「화적편」에 이르러 진정한 리얼리즘 소설의 면모를 지니게 된 것이라 할 수 있다.

반면에 실록에 의거하여 「화적편」을 집필함으로써 홍명희는 창작과정에서 중대한 난점에 부딪치게 되었으며, 그 결과 『임꺽정』은 예술적 성취 면에서 일정한 한계를 드러내게 되었다.

첫째로 실록의 내용을 최대한 살리면서 이를 작품에 자연스럽게 녹아들도록 구체적으로 소설화하려다 보니, 「화적편」은 작품의 분량이 불균형하게 늘어나고 사건 진행이 지나치게 느려지는 폐단을 지니게 되었다. '청석골'장에 들어서면서 홍명희는 서울 장통방에서 임꺽정을 체포하려다 놓치고 그의 처 세 명만 잡았다는 실록의 기사에 의거하여 사건을 전개하기로 구상하였다. 그런데 실제로 그러한 구상에 따라 소설을 써 나가다 보니, 불과 몇 줄에 불과한 실록의 기록을 살리기 위해 임꺽정이 서울에서 외도를 하여 세 명의 처를 거느리고 그로 인해 파란을 겪는 사건을 그리는 데 무려 200여 쪽이 소요된 것이다. 그 결과 '청석골'장은 두툼한 책 한 권 분량이 되고 말아서, 각 편은 물론 각 장이 독립성을 갖추면서 한 편의 중편소설로 읽힐 수 있도록 구성된 「의형제편」의 짜임새 있고 분량이 적절한 장들에 비해 매우 불균형한 느낌을 준다.[30]

뿐만 아니라 왕과 대신들이 전전긍긍할 정도로 지배층에 큰 타격을 준 임꺽정 일당의 활동이 본격적으로 시작되어야 할 대목에서 작품은 궤도를 이탈하여, 엉뚱한 사건이 양적으로 큰 비중을 차지하는 양상이 되고 말았다. 그렇게 된 데에는 홍명희가 '청석골'장을 연재할 때 건강 악화로 몇 달씩 휴재를 하는 등 창작에 전념하기 어려운 상황이었던 점도 작용했겠지만, 실록의 내용을 충분히 살린다는 것이 소설 창작에 부담으로 작용하여 작가가 사건의 비중을 잘 조절하고 사건 진행의 완급을 적절히 통제하기 어려웠기 때문이기도 할 것이다.

'소굴'장 역시 임꺽정 일당이 황해감사의 친척을 사칭하고 각 읍을 돌며 사기 행각을 벌이는 등 갖가지 방법으로 지방 관원들을 괴롭히고, 서울 장통방에서 포졸들을 물리치고 탈출한 사건 등 실록의 내용을 대폭 수용함에 따라, 작품의 분량이 크게 늘어나고 사건 진행이 느려지면서 소설이 경쾌하게 진전되지 못한다는 느낌을 준다. 반면에 실록과 거의 무관하게 허구의 사건과 야사의 기록을 골격으로 하여 쓴 '송악산'장과 '피리'장은 사건이 시종 경쾌하게 진행되면서 적절한 분량의 잘 짜인 이야기를 보여주고 있다. 이는 무엇보다도 작가가 실록의 내용을 살려 스토리를 전개해야 하는 부담에서 벗어나 자유로이 창작해 나간 덕분일 것이다.

둘째로 실록의 내용에 근거하여 소설을 창작하려 함으로써 홍명희는 상상력의 자유를 적잖이 구속당하게 되었다. 실록의 기록을 존중하다 보니 주인공 임꺽정의 성격이 애초에 작가가 설정하고 그려 나가던 것과 어긋나는 부분이 많아지고, 청석골 화적패의 활동도 연재 초기 작가의 의도와 상당히 달라지게 되었다. 그 결과 「화적편」은 전체적으로 전망이 결여되고 민중성이 약화되는 한계를 드러내게 되었다고 할 수 있다.

『임꺽정』 연재 초기에 쓴 '작가의 말'에서 홍명희는 계급적 반항아로서의 면모에 매력을 느껴 임꺽정을 주인공으로 택했다고 밝힌 바 있다.[31] 이러한 작가의 의도에 부합되게 「봉단편」 「피장편」 「양반편」과 「의형제편」에서 임꺽정은 사내답고 화적패의 대장이 될 만한 기상을 갖춘 인물로서, 반항적이고 우직한 성격으로 대체로 일관성 있게 그려져 있다. 그러나 「화적편」에 이르러 임꺽정은 난폭한 지도자로 변모하여 심지어 졸개들을 때려죽이는가 하면, 여자를 좋아하는 호색한이 되어 그에 대해 강짜하는 아내 운총을 윽박지르며 폭행하기까지 한다. 또한 '소굴'장에서 임꺽정은 우직한 성격의 그답지 않게 황해감사의 종제를 자처하며 각 읍에서 사기행각을 벌이는 교활함을 발휘하기도 한다. 이와 같은 임꺽정의 성격 변모는 소설 속에서의 시간의 흐름으로 보면 너무도 짧은 기간에 급격히 나타난 셈인데다가, 아무래도 작품 내에서 충분히 설득력 있는 계기를 찾아보기 어렵다. 따라서 임꺽정의 성격에 일관성이 결여된 듯한 느낌을 주며, 애초에 임꺽정을 주인공으로 선택한 작가의 주제의식이 흐려졌다는 비판이 가능하다.

이와 아울러 임꺽정을 중심으로 한 화적패의 활동 역시 실록에 의거하여 집필해 나간 결과 연재 초기 작가가 밝힌 창작 의도와 상당히 달라지게 되었다. 즉 「화적편」에서 임꺽정 일당은 약탈을 통해 풍족하게 사는 것 이외에 별다른 전망을 추구하고 있지 않는 것으로 보인다. 임꺽정 일당은 활빈 활동을 하지 않을뿐더러 흉년이 되면 가난한 장꾼의 봇짐에서 '장세'를 받기까지 하여 그들을 괴롭히기도 한다. 심지어 광복산에 새 산채를 건설할 때에는 임꺽정의 명령에 따라 본래 그곳에 살던 주민들을 모조리 죽이기까지 한다.

물론 홍명희는 『임꺽정』 「화적편」에서 해당 시기 황해도 도적과 관련된 실록의 기사 내용을 모두 다 수용한 것도 아니었고, 수용한 경우에도 반드시 실록의 내용 그대로 쓴 것도 아니었다. 실록에는 임꺽정 일당이 무자비한 살인과 약탈을 자행했다는 기록이 수차 등장함에 비해, 작중에서 홍명희는 그러한 악행을 수적으로도 줄이고 잔혹성을 약화시키며 구체적인 묘사를 피하고 간결하게 서술하고 넘어가는 등 고심한 흔적을 보여주고 있다. 그러나 실록의 기록을 아예 무시할 수는 없었으므로, 「화적편」에서 그는 불가피하게 임꺽정 일당의 무자비하고 반민중적 면모를 그리지 않을 수 없었을 것이다. 이처럼 실록이 그 막중한 권위로 작가의 상상력을 구속한 결과, 홍명희는 임꺽정 일당을 단순한 도적패의 활동을 넘어서 의적 활동이나 민중 반란과 같은 전망을 추구한 집단으로 그리지 못한 것이라 생각된다.

5. 맺음말

이상에서 홍명희의 『임꺽정』이 『조선왕조실록』의 내용을 어떤 방식으로 수용했으며, 그 결과 역사소설로서 이 작품에 어떤 득과 실이 있었는지를 논해보았다. 홍명희는 『임꺽정』「화적편」 연재를 시작하기 전에 때마침 영인본이 나와 열람할 수 있게 된 실록을 숙독하고 그 내용을 대폭 수용하여 「화적편」을 집필했다. 『임꺽정』은 한국 근대 역사소설 중 실록을 본격적으로 수용하여 창작한 최초의 작품인 것이다.

『명종실록』을 숙독함으로써 홍명희는 임꺽정이 활동한 시대를 총체적으로 파악하고 그 시대를 폭넓고 생생하게 그릴 수 있었다. 그리하여 『임꺽정』은 '특수하게 역사적인 것'을 충분히 구현한, 진정한 의미에서의 근대적 역사소설이 될 수 있었다. 또한 홍명희는 객관적 사실의 기록을 중시한 실록을 접한 것을 계기로, 그 이전에 비해 고증을 더욱 철저히 하고 현실적인 개연성을 중시하면서 사건을 전개해 나갔다. 이와 아울러 주인공 임꺽정을 인간적 약점을 지닌 일개 도적패의 두목으로 형상화하고, 청석골 화적패 역시 이상화된 의적 집단이 아니라 역사적 실상에 부합하는 현실적인 모습으로 그려놓았다. 그 결과 『임꺽정』은 리얼리즘 소설로서의 성격이 훨씬 더 강화될 수 있었다.

그런 반면에 실록의 내용을 가급적 충실히 수용한다는 것이 소설 창작에 부담으로 작용한 면도 간과할 수 없다. 실록의 내용을 최대한 살리면서 이를 작품에 자연스럽게 녹아들도록 구체적으로 소설화하려다 보니, 「화적편」은 분량이 지나치게 늘어나고 사건 진행이 느려지는 폐단을 지니게 되었다. 또한 실록의 권위가 작가의 상상력을 구속한 결과, 주인공 임꺽정의 성격이 너무도 급격하게 부정적으로 변모한 것처럼 그려지고, 화적패의 활동 역시 애초의 기대와 달리 무자비하고 반민중적인 면모로 그려지게 되었다. 요컨대 실록에 의거함으로써『임꺽정』은 근대적인 역사소설로서의 면모가 뚜렷해지고 작품의 리얼리티가 크게 강화된 반면, 전망이 결여되고 민중성이 약화된 한계를 드러내게 된 것이다.

이와 같은「화적편」에서의 임꺽정의 성격 변모와 작품의 주제의식의 약화에 대해서는, "일제의 탄압이 보다 강화된 30년대 말 40년대 초에 씌어진 부분이 작가의 사회의식의 약화를 불가피하게 노정하고 있는 게 아닌가" 하는 의견이 제시된 바 있다.[32] 필자는 그에 일면 동의하면서도, 그렇다면 어째서 그러한 작품상의 변화가「화적편」중에서도 1937년 말에 연재가 시작된 '송악산'장부터 나타나지 않고, 1934년 9월「의형제편」연재가 끝나고 곧이어 연재가 시작된 '청석골'장에서부터 나타났을까 하는 의문을 한편으로 품고 있었다. 그런데 홍명희가『임꺽정』을 집필하는 과정에서『조선왕조실록』을 수용한 경위를 규명하는 동안에 그에 대한 의문이 풀리는 듯한 느낌이었다. 작품의 성격이 전반적으로 달라진 것은「화적편」'청석골'장부터이며, 그와 같은 변모를 초래한 결정적 요인은 바로 홍명희가 그 무렵에 처음 실록을 접하고 실록에 의거하여 소설을 집필해 나간 사실이라 보아야 할 것이다.

『조선왕조실록』은 객관적 사실의 기록을 지향하기는 했지만, 어디까지나 왕조에서 주관하여 제작한 관찬 사료이다. 따라서 실록을 편찬하면서 사실을 수집, 선별하고 기술하는 데에는 알게 모르게 지배층의 시각이 작용할 수밖에 없다. 그런 까닭에 실록을 활용하여 역사소설을 쓰려는 작가들은 반드시 그에 대해 냉철한 비판적 태도를 유지할 필요가 있다. 오늘날은 실록을 누구나 쉽게 접할 수 있고 조선시대사에 대한 사학계의 연구 성과도 상당하여, 역사소설가들이 비판적인 태도를 취하면서 실록을 활용하기가 어렵지 않은 실정이다. 그러나 1930년대에는 실록이 민간에서 처음 열람할 수 있게 된 희귀자료였던 데다가, 홍명희는 명문 양반가에서 태어나 한학을 수학한 인물이었으므로, 실록의 권위를 의심하고 이를 비판적으로 대하기가 힘들었을 것이다. 그러한 사정으로 사료 비판이 미흡한 채 관찬사료인 실록을 수용한 결과, 『임꺽정』 「화적편」은 예술적 성취 면에서 일정한 한계를 드러내게 된 것이라 생각된다.

그러나 이와 같은 한계에도 불구하고 『조선왕조실록』을 활용하여 『임꺽정』을 창작할 수 있었던 것은 작가 홍명희에게는 물론, 한국 근대소설사를 위해서도 크나큰 행운이었다고 보아야 한다. 『임꺽정』이 식민지시기의 역사소설 중 거의 유일하게 지나간 시대를 현대의 전사前史로서 진실하게 묘사한 리얼리즘 역사소설이 될 수 있었던[33] 데에는 실록을 적극적으로 활용하여 창작한 점이 크게 기여했다. 다만 「화적편」에 이르러서야 실록을 활용할 수 있게 된 결과, 『임꺽정』은 「화적편」과 그 앞부분 간에 부조화를 드러내면서 작품의 완결성에 다소 흠이 간 것이 사실이다. 그렇기는 하지만 실록의 수용을 통해 역사소설의 새로운 경지를 개척함으로써 홍명희는 한국 근대소설사에서 중대한 진전을 이루어냈다고 평가할 수 있다. 분단 이후 남북한 역사소설의 최고봉으로 일컬어지는 황석영의 『장길산』과 박태원의 『갑오농민전쟁』 등은 바로 이와 같이 홍명희가 실록의 수용을 통해 개척한 리얼리즘 역사소설의 전통 위에서 출현할 수 있었던 것이다.

조선학운동의 문학적 성과, 『임꺽정』

1. 머리말

벽초 홍명희는 주로 민족운동가이자 『임꺽정』의 작가로 알려져 있지만 다른 한편 학자로서의 면모도 지니고 있었다. 1931년 한 잡지에 실린 인물평을 보면 "그는 학자이고 연구가 문학이며 현대 조선에서 재사才士로서 이름이 높다. 그의 명철한 뇌흉은 사색적이요, 그 위에 다독多讀이어서 학자로의 기대가 많다"고 되어 있다.[1] 이처럼 홍명희는 『임꺽정』 연재 도중 신간회운동으로 인해 투옥되어 있던 1930년대 초에도 일각에서는 학자로 간주되고 있었던 것이다.

홍명희는 일본 유학시절의 절친한 벗이던 최남선, 이광수와 함께 '조선 삼재'라 불렸으며, 문일평과 함께 조선 지식인 중 제일가는 독서가로 손꼽히던 인물이다.[2] 그는 유년시절부터 한학을 수학한 후 그 세대의 지식인들 중에서는 드물게 서울과 도쿄에서 신학문을 정식으로 공부했다. 게다가 평생 동안 동서양의 문학, 역사, 철학 등 인문과학은 물론 사회과학과 자연과학에 이르기까지 다방면에 걸쳐 많은 책을 읽은 박학다식한 인물이었다.

그중에서도 특기할 만한 것은 홍명희가 조선사와 조선문화에 대해 전문적인 학자 수준의 조예를 가지고 있었다는 사실이다. 특히 홍명희는 언어와 풍속사 분야에 각별한 관심과 조예를 지니고 있었다. 『임꺽정』에서 드러나듯이 조선의 고유어와 한자어, 고어 등에 대한 해박한 지식을 갖고 있었고, 일본 유학과 중국, 남양南洋 시절을 거치면서 일본어는 물론 러시아어, 중국어, 영어, 에스페란토어 등 다양한 외국어를 배웠다. 또한 조선조 말 양반가의 장손으로 태어나 종들까지 합해 식구가 수십 명이나 되는 대가족 속에서 성장한 데다가, 한적을 꾸준히 섭렵하여 조선 전래의 풍속에 대해 대단히 해박한 지식을 지니고 있었다.

하지만 홍명희는 월북 인사인데다가 뚜렷한 학문적 저서를 남기지 않은 까닭에, 아직까지 학자로서의 그에 대한 연구는 미미한 실정이다. 홍명희의 저서로는 역사소설 『임꺽정』을 제외하면 칼럼집 『학창산화』가 있을 뿐이며, 그 밖에 신문과 잡지에 실린 단편적인 논문, 구술문, 칼럼, 대담 등이 산견된다. 그런데 이러한 저술들을 검토해보면 홍명희는 『임꺽정』의 작가일 뿐 아니라 조선의 언어, 문학, 역사, 풍속에 정통한 학자로서의 면모도 지니고 있었음을 알 수 있다. 월북 이후 홍명희가 북한 학계를 총괄하는 조선민주주의인민공화국 과학원의 초대 원장으로 선임된 것은 그와 같은 학자로서의 수준과 역량을 인정받은 것이라 할 수 있다.

특히 1930년대 이후 홍명희는 고전 간행사업에 참여하여 『완당집』 등을 교열하고 신문과 잡지들을 통해 조선의 역사와 문화에 대해 통찰력 있는 글을 적잖이 남겼다. 이러한 홍명희의 활동은 이 시기 비타협적 민족주의 계열의 학자와 지식인 사이에서 일어나고 있던 이른바 조선학운동과 맥을 같이하는 것이라 볼 수 있다.

뿐만 아니라 어떤 의미에서는 홍명희의 역사소설 『임꺽정』 자체가 조선학운동의 한 성과물로서의 성격을 지닌다고 볼 수 있다. 『임꺽정』 연재가 시작되던 무렵인 1928년 『조선일보』의 한 사설에서는 최근 조선의 청년학도 사이에 조선어와 조선사를 알아야겠다는 욕구가 증대하고 있는 바, 신문과 잡지 등을 통해 그에 대한 계몽 사업을 적극 추진해야 한다고 역설하였다. 이러한 시대적 분위기 속에서 『임꺽정』은 "조선문학계의 권위요 사학계의 으뜸인 벽초 홍명희 선생"이 집필한 "조선서 처음인 신강담"을 표방하고 연재되기 시작한 것이다.[3] 이처럼 『임꺽정』은 조선사를 대중에게 계몽적으로 소개하려는 의도에서 기획된 측면이 있었다.

또한 '작가의 말'에서 "조선 정조에 일관된 작품"을 목표로 했다고 밝힌 것처럼[4] 『임꺽정』을 집필할 당시 홍명희는 민족적 정서로 충만한 작품을 창작하려는 의도를 지니고 있었다. 이러한 창작 초기의 계몽적 의도는 1930년대 들어 조선학에 기초한 민족 정서의 예술적 표현이라는 차원으로 발전되었다. 그에 따라 『임꺽정』은 조선의 역사와 지리에 대한 인문학적 지식을 폭넓게 구사하고 있으며 우리 고유의 언어와 풍속을 충실히 재현하고 있다.

이 글에서는 홍명희가 1930년대 조선학운동에 가담하여 활동한 양상을 간략히 살펴본 다음, 역사소설 『임꺽정』을 그러한 학문적 활동과 관련하여 논해 보고자 한다. 즉 역사소설 『임꺽정』은 조선학운동에 동참한 학자이자 작가였던 홍명희가 조선학운동에 대한 개인적 관심과 그 자신을 포함한 학자들의 연구 성과를 문학 작품상에 반영한 것으로 보고, 작품에 드러난 그러한 면모를 집중적으로 고찰하려는 것이다.

논의 전개 과정에서 지금까지 홍명희문학제 학술강연에서 발표된 연구 성과도 적극 수용하고자 한다. 1996년부터 해마다 한국작가회의 충북지회(충북작가회의)와 사계절출판사 공동 주최로 홍명희문학제가 열리고 있다. 홍명희문학제에서는 『임꺽정』에 대한 문학 분야의 연구뿐 아니라 여러 인접 분야의 학자들이 다양한 측면에서 『임꺽정』을 논한 성과물을 발표해왔다.[5] 그중 일부는 학술논문이라기보다 강연 원고에 가깝기는 하지만, 『임꺽정』을 인접 분야들의 학문적 성과에 비추어 논한 것으로서 주목할 만하다.

이 글에서는 『임꺽정』이 조선사와 조선문화에 대한 홍명희의 학문적 관심을 반영한 측면을 역사학, 지리학, 민속학, 언어학, 구비문학의 측면에서 차례로 논해보고자 한다. 아울러 『임꺽정』에 나타난 고증상의 세부적인 문제점에 대해서도 살펴봄으로써, 조선학운동의 문학적 결과물로 본 『임꺽정』의 성과와 한계를 고찰해보고자 한다.

2. 학자 홍명희, 조선학운동에 동참하다

민족협동전선 신간회가 해소된 이후 비타협적 민족주의 진영은 그 정치적 입지가 위축되자 문화운동으로 방향을 전환해갔다. 1930년대에 정인보, 안재홍, 문일평 등이 주도한 조선학운동은 바로 그러한 움직임의 일환이었다. 조선학운동에 가담한 인사들은 민족정신의 회복을 역사연구의 제일의 목표로 삼고, 민족사에 대한 주체적 인식과 체계적 연구를 지향하였다. 따라서 '조선의 후진적 특수성'을 강조하는 식민주의 사학에 대항하는 한편, 세계사적 보편성을 강조하는 맑스주의 사학과도 명백한 거리를 두었다.

조선학운동에 참여한 학자들은 무엇보다도 먼저 실학파를 위시한 조선후기 사상가들의 저술을 교열, 간행하는 한편, 해제나 서문을 통해 그 내용을 소개하고 해설하는 고전 정리사업에 힘썼다. 특히 1934년 다산 정약용 99주기를 계기로 다산과 조선 후기 실학을 조명하는 학술강연회가 활발히 열리고 계몽적인 글들이 왕성하게 발표되었으며, 이러한 활동을 통해 '실학'이라는 개념이 정립되고 그 학통이 규명되었다. 또한 정인보와 안재홍 등은 신채호의 역사학에 깊은 영향을 받아 민족정신의 회복을 역사연구의 제일의 목표로 삼고, 이러한 문제의식을 정신사관으로까지 발전시키고자 하였다. 그리고 실학파와 신채호의 연구 성과를 계승하는 고대사 연구를 통해 일제의 관학에 의해 집중적으로 왜곡되고 있던 우리 고대사의 실체를 바로잡으려고 노력하였다.

당시 연희전문 교수로 재직하면서 조선문학과 한학을 강의하던 정인보는 『성호사설』『여유당전서與猶堂全書』 등을 교열·간행하고, 홍대용의 『담헌서』와 김정희의 『완당선생전집』 등의 간행에 관여하여 그 서문을 썼다. 그리고 1935년부터 이듬해에 걸쳐 『동아일보』에 우리 고대사를 논한 「오천년간 조선의 얼」을 연재했는데, 이는 해방 후 『조선사연구』라는 단행본으로 출판되었다. 안재홍은 정인보와 함께 『여유당전서』를 교열·간행하는 한편 다산에 관한 논문들을 잇달아 발표했으며, 일제 말에는 향리에 칩거해서 고대사 연구에 몰두하여 그 성과를 해방 후에 『조선상고사감』으로 간행하였다. 문일평은 1933년부터 『조선일보』 편집고문으로 재직하면서 계몽적인 사론과 논설을 정력적으로 집필하였다. 그러던 중 1939년 급환으로 타계하자, 사후에 신문과 잡지에 발표된 글들을 모은 『호암사화집』『호암전집』 등의 유저가 출간되었다.[6]

이와 같은 조선학운동은 일제 관학의 식민주의 사관에 맞서 민족해방운동의 역량과 정당성을 역사적으로 뒷받침하고자 한 점에서 중요한 의의가 있으며, 그에 따른 상당한 성과를 거두었다고 할 수 있다. 그러나 계급문제보다 민족문제를 우선시하고 역사의 동인을 민족정신에서 찾는 정신사관으로 인해, 이 조선학운동은 주로 맑스주의 계열의 지식인, 학자들로부터 국수주의적이요 과학성을 결여한 관념론적 방법론에 의거하고 있다는 비판을 받기도 하였다. 단, 이 시기 맑스주의자들 가운데에는 조선학운동을 일정하게 비판하면서도 극단적인 계급주의적 편향에서 벗어나 '조선학'의 의의와 중요성을 인정하고 과학적 입장에서 '비판적 조선학' 진흥을 주창한 논자들도 있었으며, 백남운, 김태준, 홍기문 등이 그 대표적인 예라고 보는 견해도 있다.[7]

1930년대 홍명희의 지적 활동을 추적해보면, 이 시기 그가 조선학운동의 의의에 공감하고 그에 동조하여 활동한 측면을 충분히 인정할 수 있다고 본다. 물론 홍명희는 스스로 학자라 자처한 적도 없고 체계적인 연구 업적을 남기지도 않았다. 그러나 이 시기에 그가 남긴 다양한 종류의 글들은 조선학운동과 맥을 같이하고 있으며, 조선학운동에 동참한 학자로서의 홍명희의 면모를 분명하게 보여주고 있다.

　우선 들 수 있는 것은, 홍명희는 조선학운동을 추진한 인사들과 개인적으로도 절친한 사이였을 뿐 아니라, 사상적 지향에서도 매우 근접한 노선을 취하고 있었다는 점이다. 홍명희는 문일평, 정인보, 안재홍 등과 1910년대 중국 상하이에서 독립운동의 방도를 모색하며 동고동락한 사이였다. 그 중 문일평과는 도쿄 유학시절부터 절친한 벗이었으며, 1938년 무렵 조선일보사 향토문화조사위원회 편집위원으로 함께 활동하기도 하였다. 안재홍과는 1920년대에 신간회운동을 함께 주도하며 단짝처럼 활동하던 사이였고, 정인보와는 후일 사돈관계를 맺었을 정도로 식민지시기 내내 가장 가깝게 지내던 벗이었다.[8]

　또한 홍명희는 조선학운동을 추진한 인사들에게 사상적으로 큰 영향을 미친 신채호와도 개인적으로 절친했거니와, 그의 사론들이 국내에 발표되도록 적극 추천했던 만큼, 신채호의 역사학에 정통했을뿐더러 그로부터 큰 영향을 받았던 것으로 보인다. 물론 홍명희는 1920년대에 신사상연구회, 화요회 등에서 활동했으며, 한때 조선공산당원이었다고 추측될 정도로 사회주의에 경도되었던 것이 사실이다. 그러나 그는 신간회 창립을 전후한 시기부터는 비타협적 민족주의자들을 포용하는 민족통일전선 노선을 확고히 견지했으므로, 사회운동의 일선에서 물러난 1930년대에는 조선학운동을 추진한 인사들과 사상적으로 더욱 근접한 위치에 있었다고 판단된다.[9]

　아마도 이러한 관계가 작용했겠지만, 홍명희는 이 시기 조선학운동의 일환으로 추진된 고전 정리사업에 참여하여 그 일익을 담당하였다. 1934년에 간행된 김정희의 『완당선생전집』, 1939년에 간행된 홍대용의 『담헌서』, 그리고 1941년에 간행된 서유구의 『누판고鏤板考』의 교열을 맡았던 것이다.[10] 『완당선생전집』과 『담헌서』에는 정인보가 서문을 쓴 점으로 보아, 홍명희가 이 두 문집의 교열을 맡은 것은 정인보의 청에 의한 것으로 추측된다. 그런데 특히 난해하기로 유명한 『완당집』의 교열을 맡은 것을 보면, 홍명희가 당시 지식인 사회에서 한학자로서 어떤 수준으로 인식되었는지 짐작할 수 있다고 하겠다.

이 시기에 홍명희는 논문, 구술문, 칼럼, 대담 등 다양한 형식으로 조선사와 조선문화를 논한 글들을 종종 발표하였다. 이러한 글들은 대부분 단편적인 형태로 발표된 것이기는 하나, 조선사와 조선문화에 대한 홍명희의 논의는 당시로서는 매우 선진적이어서 오늘날 학계에서도 주목할 만한 내용이 적지 않다. 조선사와 조선문화에 대한 홍명희의 논의는 크게 보아 조선시대 양반계급에 대한 고찰, 우리 고전문학에 대한 논평, 그리고 전통시대 풍속사에 대한 해설로 나누어볼 수 있다.

우선 홍명희는 『조선일보』에 연재된 칼럼 「양아잡록養疴雜錄」의 일부에 해당하는 「양반」과 「양반(속)」 1·2회, 구술 논문인 「이조 정치제도와 양반사상의 전모」 상·하, 그리고 장문의 논문 「정포은鄭圃隱과 역사성」, 현상윤과의 대담인 「홍벽초·현기당 대담」을 통해 조선시대 양반 계급에 대한 자신의 견해를 상당히 구체적으로 피력하였다.[11] 그는 조선시대 양반계급을 과학적으로 구명하여 후일 『양반계급 사적 연구』라는 책을 집필하겠다는 의욕을 보였을 정도로 뚜렷한 문제의식과 구체적인 논지를 가지고 있었다.

홍명희는 조선시대 양반계급의 역사를 발달시기, 당쟁시기, 퇴패退敗시기, 말기의 4기로 나누고, 각 시기의 특징을 설명한다. 그리고 양반의 사상과 유자儒者의 사상을 동일시하기 쉽지만, 양반사상의 핵심은 관벌주의官

閥主義에 있는 까닭에 유자의 교훈인 인仁을 떠나 허례虛禮와 허의虛儀로 기울어졌다고 비판하였다. 또한 양반계급의 생활이념을 소양素養, 범절, 행세, 지조라 규정하고, 그러한 생활이념으로 인해 양반정치는 진취적이 아니라 퇴영적이 되었으며 양반계급은 몰락의 길을 걷게 되었다고 보았다. 그러나 이와 같은 양반의 생활이념 중 '지조'에 대해서만은 자못 높이 평가하였다.

홍명희의 양반론에서 주목되는 것은 양반계급의 생장과 소멸과정에 대한 논의가 다분히 현실주의적이고 사회사적인 시각을 보여주고 있는 점이다. 예컨대 그는 양반들이 표면상 내세운 대의명분과 달리, 조선시대 당쟁의 원인이 관직 수가 제한되어 있는 데 반해 양반 인구가 증가한 데에 있다고 본다. 또한 홍명희는 자신의 출신계급인 양반에 대해 매우 객관적이고 비판적인 태도를 견지하고 있다. 양반계급이 관벌주의 때문에 유자 본연의 인仁에서 벗어나 허례와 허의에 치우쳤다고 비판한 것은 그의 철저한 반봉건 사상과 아울러 계급적 편견 없이 현실을 직시하려는 리얼리스트다운 면모를 보여주고 있다.

그런데 홍명희는 양반계급에 비판적이면서도 양반의 생활이념의 하나인 '지조'에 대해서만은 매우 높이 평가했다. 이는 「정포은과 역사성」에서 더욱 잘 드러나거니와, 이 글에서 그는 탁월한 유학자이자 정치가이자 충신이었던 정몽주의 생애 사적 중 현대에도 계승할 만한 역사적 가치가 있는 요소는 다름 아닌 충신으로서의 '지조'라 보았다. 당시 『조광』지에서 정몽주 탄생 600주년을 기념하여 별책 부록을 간행한 것은 일제에 대한 저항정신을 은연중 일깨우고자 한 의도에서였으리라 짐작된다. 그 일환으로 쓰인 「정포은과 역사성」에서 홍명희는 지조를 중히 여긴 양반 사대부의 정신이 일제와 타협하지 않고 민족적 양심을 지키려는 자세와 통한다고 보아 정몽주를 특히 높이 평가한 것이다.

고전문학에 대해서도 홍명희는 본격적인 저술을 남기지는 않았다. 하지만 그는 당시 지식인들 사이에서 누구보다도 그 분야에 조예가 깊은 인물로 알려져 있었다. 저명한 국문학자 김태준조차 모르는 것이 있으면 으레 그에게 묻곤 했다고 하거니와,[12] 1930년대에 신문, 잡지에서 홍명희를 초빙하여 우리 전통문학에 대해 고견을 듣는 대담을 종종 기획한 것도 그 때문이었다. 구술논문인「언문소설과 명·청소설의 관계」, 유진오와의 대담인「조선문학의 전통과 고전」, 모윤숙과의 대담인「이조문학 기타」등에서 홍명희는 당시의 많은 문인들이 거의 무지한 상태이던 우리 고전문학에 대한 풍부한 지식과 식견을 드러내 보이고 있다.[13]

우선 홍명희는 우리 고전문학의 유산이 빈약하다는 것을 어쩔 수 없는 사실로서 전제한다. 우리 고전문학이 제대로 전승되지 못하여 현재 남아 있는 유산이 양적으로 풍부하지 못할 뿐 아니라, 그 예술적 수준에서도 세계적인 고전에 미치지 못하는 경우가 대부분이라는 것이다. 동서고금의 명작을 널리 섭렵하여 까다로운 문학적 감식안을 지녔던 홍명희는 세계적인 고전의 수준에 육박하면서도 민족문학적 색채가 뚜렷한 작품만을 높이 평가하였다. 따라서 그는 대부분의 국문소설과 한문학에 매우 인색한 평가를 내리고 있다.

조선시대 국문소설은 중국문학의 영향을 지나치게 많이 받아 독창성이 결여된 데다가 천편일률적으로 '저급한 이상주의'와 권선징악에 머물고 말았다고 본다. 그러한 전제 아래 그는 당시 국문소설 중『구운몽』을 가장 높이 평가하며, 그 밖에『춘향전』『박씨전』『금방울전』『장화홍련전』『사씨남정기』등도 "특색 있는 작품"으로 꼽고 있다.

그는 우리 문학사를 쓴다면 민족문학적 특색을 갖춘 한문학은 국문문학과 마찬가지로 우리 문학의 일부로 간주해야 한다고 주장한다. 이러한 견지에서 연암 박지원은 고문古文의 법도에 얽매이지 않고 한문으로 "자기 할 말을 마음대로 다했"으며 연암의 글에는 "조선 정조"가 있다고 높이 평가하였다. 연암의 작품들이 한문으로 쓰였으면서도 민족문학적 개성을 의식적으로 추구한 점을 높이 평가한 것이다.

조선문화에 관한 이 시기 홍명희의 글들 중 또 한 가지 주목할 만한 것은 우리 고유의 풍속과 제도에 대한 논의이다. 『임꺽정』이 조선시대 풍속의 재현에서 우리 역사소설 중 타의 추종을 불허하는 작품이라는 것은 널리 인정된 사실이다. 이는 홍명희가 당시 작가들 가운데 유례가 드물 만큼 한학에 조예를 갖추었음은 물론, 우리나라 전통 풍속에 대해서도 실로 해박한 지식의 소유자였던 덕분이다.

우리 전통문화에 대한 홍명희의 관심과 조예는 1936년 『조선일보』에 연재된 칼럼 「양아잡록」과 「온고쇄록溫故瑣錄」에 잘 드러나 있다.[14] 홍명희는 1920년대 『동아일보』에 재직할 때 동서고금의 이색적 지식을 소개한 칼럼을 연재한 후 이를 모아 첫 저서 『학창산화』를 간행한 바 있다.[15] 1930년대 『조선일보』에 연재된 칼럼들은 『학창산화』와 형식은 비슷하지만 우리 전통문화를 소개하는 내용으로 일관한 점이 특이하다. 이 칼럼들에서 홍명희는 「음력」 「적서嫡庶」 「양반」 「비밀계契」 등 주로 우리 전통문화를 소개하는 항목을 설정하여 그 유래와 변천사를 소개하고 있다.

한편 당시 『조선일보』 학예부장으로 재직 중이던 홍명희의 장남 홍기문은 부친의 「양아잡록」과 「온고쇄록」을 이어받아 『조선일보』에 「잡기장」과 「소문고」라는 제목으로 전통문화를 소개하는 칼럼을 연재하였다. 이는 해방 후 『조선문화총화叢話』라는 제목의 단행본으로 출판되기도 했다. 그런데 「소문고」 중 상당 부분은 「추정록趨庭錄」이라는 부제를 달고 있다. '부친의 생전 언행을 기록한 책'이라는 의미의 부제에서 드러나듯이 이 글들은 그가 부친 홍명희로부터 들은 내용을 정리하여 소개한 것이다.[16] 「추정록」의 내용 중 큰 비중을 차지하는 것은 「게다 신던 옛 관습」 「남자의 귀고리」 「직령直領·도포道袍·창의氅衣」 등 우리 고유의 의복제도에 대한 것과, 「독좌상獨坐床과 남침覽寢」「홰싸움·견마전」「과부의 개가」 등 혼인제도에 관한 것이다. 그 밖에 음식, 주거, 형벌제도에 관한 항목 등이 눈에 뜬다.

「추정록」의 주 내용을 이루는 우리 고유의 의복과 혼인제도에 대한 논의는 홍명희의 딸이자 홍기문의 누이인 홍수경, 홍무경 자매의 논문에서 더욱 본격적으로 전개되고 있다. 쌍둥이인 홍수경과 홍무경은 1941년 말에 나란히 이화여대 전문부를 졸업했는데 부친의 자상한 지도를 받아 각각 「우리 의복제도 변천에 대한 연구」,「조선 혼인제도의 역사적 고구考究」라는 제목의 졸업논문을 썼다. 이는 해방 후『조선의복·혼인제도의 연구』라는 제목의 공저로 출판되었다.[17] 이러한 칼럼과 논문들은 비록 홍명희 자신의 저술은 아니지만, 그 저자들도 밝힌 바와 같이 우리 전통문화에 대한 홍명희의 해박한 지식에 크게 의존한 것이어서, 그의 업적의 일부로 간주될 수 있는 소지가 다분하다고 하겠다.

3. 조선학운동의 한 성과로 본『임꺽정』

1) 역사학적 측면

『임꺽정』은 한 편의 소설이기는 하지만 여러 면에서 동시대의 다른 역사소설들과는 비교할 수 없을 정도로 역사학적인 무게를 지닌 소설이다. 우선『임꺽정』은 한 사람의 역사학자라고도 할 수 있는 홍명희가 봉건시대 지배층 위주의 사관이나 일제의 식민사관과 구별되는 민중사관을 뚜렷이 견지하고 창작한 역사소설이다.『임꺽정』연재 초기에 쓴 '작가의 말'에서 홍명희는 "가슴에 차 넘치는 계급적 ○○(분노-인용자)의 불길을 품고 그때 사회에 대하여 ○○(반기—인용자)를 든" 임꺽정의 계급적 반항아로서의 면모에 매력을 느껴 임꺽정을 주인공으로 택했다고 밝힌 바 있다.[18]

임꺽정의 난은 명종 14년(1559) 3월부터 명종 17년(1562) 1월까지 황해도를 중심으로 일어난 조선 전기의 가장 대표적인 민民의 저항이다. 조선 전기의 산발적인 민의 저항 중에서 가장 규모가 컸고 오래 지속되었을 뿐 아니라, 조선 전기의 정치·경제·사회적 모순을 모두 담지하고 있는 사건이다. 홍명희가 이러한 역사적 사건에 주목하고 임꺽정과 같은 최하층 천민 출신의 반역아를 주인공으로 한 역사소설을 쓴 것은 역사의 주체로 성장하는 민중을 찾아내고자 한 그의 진보적 역사관의 소산임에 틀림없다.[19]

또한 식민지시기 역사소설들이 대부분 역사적 인물의 전기 형식을 취하거나 궁중비화를 주 내용으로 한 것과 달리, 『임꺽정』은 해당 시대의 현실을 총체적으로 그리는 사회사적 시각과 거대한 스케일을 보여주고 있다. 해방 후의 대담에서 홍명희는 역사소설은 '궁정 비사'를 배격하고 민중의 사회사를 지향해야 한다는 역사소설관을 피력하였다. 역사적 사건을 그대로 그리기만 할 것이 아니라 그 사건의 원인을 좀 더 폭넓게 사회적 인과관계에서 찾아보려는 노력을 해야 한다는 것이다.[20] 비록 해방 후의 대담을 통해 표출되었지만 이러한 역사소설관은 홍명희가 『임꺽정』을 집필하면서 오랫동안 품고 있던 소신이라 추측된다.

전10권의 대하소설인 『임꺽정』은 「봉단편」 「피장편」 「양반편」 「의형제편」 「화적편」의 다섯 편으로 이루어져 있다. 그런데 「봉단편」 「피장편」 「양반편」에서는 연산조의 갑자사화(1504)로부터 명종조의 을묘왜변(1555)에 이르는 50여 년간을 배경으로, 도처에서 화적패가 출몰하지 않을 수 없도록 어지러웠던 정치·사회적 혼란상을 광범위하게 그리고 있다. 그리고 「의형제편」에서는 다양한 신분의 인물들이 우여곡절 끝에 청석골 화적패에 가담하게 되는 이야기를 중심으로 하여, 당시 민중의 생활상을 폭넓게 묘사하고 있다. 역사소설은 민중의 사회사를 지향해야 한다는 소신에 따라 홍명희는 『임꺽정』에서 해당 시대의 사회사를 폭넓게 그리면서, 이를 배경으로 주인공 급에 속하는 다수의 민중을 등장시키고 그 일환으로 주인공 임꺽정의 활동을 그려낸 것이다.

뿐만 아니라『임꺽정』은 동시대의 다른 역사소설들에 비해 훨씬 더 다양한 사료에 의거하여 창작된 작품이다. 홍명희가『임꺽정』연재를 시작하기 전에는 역사상의 인물로서 임꺽정은 학계에서 연구가 되지 않은 것은 물론, 대중에게 널리 알려져 있지도 않은 인물이었다. 그러한 여건에서 홍명희는『기재잡기』『대동야승』『패관잡기』『성호사설』『연려실기술』등 다양한 문헌자료를 참조하고, 그 위에 풍부한 역사적 상상력을 가미하여 소설의 골격을 만들어 갔다. 더욱이「의형제편」연재를 마치고「화적편」연재를 시작하기 전인 1934년 무렵에는 때마침 영인본이 나와 최초로 민간인에게 열람이 허용된『조선왕조실록』을 참조할 수 있었다. 홍명희는 객관적 사실의 기록을 중시한 실록을 접한 것을 계기로「화적편」에서는 이전에 비해 고증을 더욱 철저히 하고 현실적인 개연성을 중시하면서 사건을 전개해 나갔다.²¹

역사학계에서는 임꺽정의 난이 발발한 원인으로 16세기 중엽의 잇따른 흉년과 기근, 황해도 지방의 과중한 부세와 군역, 고을 수령의 침탈 등을 든다.²²『임꺽정』「화적편」'청석골'장에서는 그 시기 황해도 지방의 군역 실태가 다음과 같이 묘사되고 있다.

황해도의 군역軍役은 서울 상번上番 외에 평안도 변경 방비가 더 있어서 갑사甲士, 기병 이천 명이 시월 초일일부터 이듬해 이월 회일晦日까지 두 번에 번갈아서 의주, 이산, 강계 같은 변경 요해지에 가서 수자리를 살고 그 이듬해에는 다른 이천 명이 역시 번갈아 가서 수자리 사는데 도합 사천 명의 절반 이천 명씩 서로 돌려가며 일 년은 수자리 살고 일 년은 쉬었다. 수자리 살러 가는 곳이 멀고 가깝고 낫고 못한 것이 있으므로 군무 보는 이속吏屬이 이것을 가지고 농간

하여 인정을 받으면 가깝고 나은 곳을 택하여 보내주고 인정을 못 받으면 멀고 못한 곳으로 몰아 보내니 인정 줄 것이 있고는 좀하여 안 줄 사람이 없고, 수자리 살 곳에 가서는 서도 사람, 평안도 사람들이 황군黃軍이라 일컫는 것을 으레 먹을 감으로 여겨서 등골까지 빼어먹는 까닭에 수자리를 한번 살면 몸에 남는 것이 없고 두 번 살면 집에 남는 것이 없고 세 번 살면 목숨까지 부지하기가 어려웠다. 만일 목숨을 보전하려고 도망을 하면 침책이 일가에 미치고 이웃에 미쳐서 일가 사람과 이웃 사람까지 못살게 되었다.

을묘년 난리 뒤에 나라에서 서도부방을 영폐永廢하기로 결정하여 황해도 백성은 살 수 하나 난 줄 알았는데 불과 사 년 만에 평안도 감사, 병사의 장계로 말미암아 다시 복구하게 되어 고역을 새삼스럽게 치르게 되니 민정이 소연하지 않을 수 없었다.[23]

여기에서 홍명희는 16세기 황해도의 군역 상황을 매우 정확히 서술하고 있다. 이를 위해 그는 『명종실록』뿐만 아니라 『율곡전서栗谷全書』 중 「진해서민폐소陳海西民弊疏」와 『학봉집鶴峰集』 중 「황해도순무시소黃海道巡撫時疏」 등의 관련 자료를 적극 활용하였다.[24]

이와 같이 다양한 사료에 의거하여 집필된 역사소설이라는 사실과 무관하지 않겠지만, 『임꺽정』은 식민지시기 대부분의 역사소설들과 달리 역사적 진실성을 추구한다는 원칙에 충실한 작품이다. 역사적 사실성事實性을 중시하는 역사가적 면모를 지니고 있던 홍명희는 임꺽정이 살았던 그 시대의 현실을 있었던 그대로 포착함으로써 작가의 주관적 개입을 피하고 객관성을 유지하여 역사적 진실성에 더욱 가깝게 다가가고자 노력한 것이다.[25]

식민지시기 대부분의 역사소설들이 흥미를 추구하기 위해서든 교훈적 이념을 제시하기 위해서든 역사의 실상을 과장하거나 왜곡하는 것과는 달리, 『임꺽정』은 과거의 역사를 현대의 전사前史로서 진실하게 묘사하려는 리얼리즘 역사소설에 속한다. 그 점에 뚜렷한 사관을 지니고 역사적 진실성을 추구하려 한 작가이자 역사학자로서의 홍명희의 역량과 특징이 드러난다고 하겠다.

2) 지리학적 측면

홍명희의『임꺽정』에는 특정 지역을 세밀하게 기술하거나 그곳의 풍경에 대해 구체적으로 묘사한 대목은 거의 없다. 그 점에서 이 작품은 지역의 특성을 잘 드러내거나 지리적인 배경이 소설의 중심된 특징을 이루고 있는 '지리소설'이라고 하기는 어렵다. 그런데『임꺽정』에서 주목되는 것은 그 공간적 배경이 매우 광범위하고, 주인공들이 국토의 여러 곳을 거쳐 가는 것으로 그려져 있다는 점이다. 특히 「피장편」에서는 임꺽정이 스승 갖바치를 따라 백두산에서부터 한라산에 이르는 우리 국토를 순례하는 과정에서 조선의 명승지가 두루 소개되고 있다. 이처럼 소설 속에서 주인공으로 하여금 전국 각처를 순례하도록 한 것은 일제의 민족교육 말살정책에 맞서 우리 국토에 대한 대중의 관심을 환기하고자 한 홍명희의 뚜렷한 의도에 따른 것이다.[26]

한편 청석골 화적패의 본격적인 활약을 다룬 「화적편」에서는 활동의 주요 무대였던 청석골을 포함한 황해도 일원과, 강원도 이천伊川 광복산 일대가 중심 배경이 되고 있다. 홍명희가 청석골을 임꺽정 일당의 근거지로 설정한 것은 종실 단천령이 "개성 청석령"에서 임꺽정 일당에게 잡혔다가 피리를 불어 도적떼를 감동시키고 풀려났다는『기재잡기』와『동야휘집』의 기록[27]을 근거로 한 것으로 보인다.『임꺽정』「의형제편」'박유복이'장에서는 청석골의 위치와 지리적 특징이 다음과 같이 묘사되고 있다.

청석골은 서편 탑고개까지 나가기에 시오리가 넘는 긴 산골이다. 성거산이 내려와서 천마산이 되고 천마산이 내려와서 송악이 되니 송악은 송도의 진산이

요, 송악 한 줄기가 서편으로 달려와서 청석골이 생기었다. 천마산 줄기에서
솟아난 만경대와 부아봉과 나월봉은 삼거리 동북편에 겹겹이 둘러 있고 매봉
만은 남으로 떨어져 삼거리 정동편에 와서 있고 탑고개 북쪽에는 두석산이 있
고 남쪽에는 봉명산이 있고 서남쪽에는 빙고산이 있다. 처녑 같은 산속에 골짜
기를 따라 큰길이 놓여 있으니 이 길이 비록 송도부중에서 이삼십리밖에 아니
되는 서관대로이나, 도적이 대낮에도 잘 나는 곳이라 왕래하는 행인들이 간을
졸이고 다니었다.(4:184)

청석골은 개성 부근의 긴 계곡으로 서북대로가 통과하는 교통의 요충지
였다. 현재 북한의 개성시 삼거리로 멸악산맥의 말단부에 위치한 곳이다.
계곡이 깊을 뿐만 아니라 산맥을 따라 황해도와 강원도의 여러 지역으로
쉽게 이동할 수 있는 이점이 있었다. 15세기부터 황해도와 개성부의 백정
출신 도적들이 산맥에 연한 지역에서 약탈을 자행했으며, 청석골을 근거지
로 도적 활동을 하는 무리도 나타났다고 한다. 그러므로 홍명희가 이 작품
에서 청석골을 임꺽정 활동의 주 근거지로 설정한 것은 매우 적절했다고
볼 수 있다.[28]

위의 인용문에서 청석골의 지리적 위치를 서술한 내용도 아주 정확하
다. '박유복이'장에서 아내와 함께 덕물산에서 나온 박유복이 청석골로 가
는 길에 지나간 논골, 독골 등 작은 마을들도 실제 존재하는 지명으로서,
1918년에 발행된 지도에는 답동畓洞, 독동獨洞 등으로 표시되어 있다. 이로
미루어 홍명희는『임꺽정』창작 당시 개성 일대를 그린 자세한 지도를 보
았을 것으로 추측된다.[29]

『임꺽정』「의형제편」의 삽화를 그린 화가 구본웅의 회고에 의하면, 홍명
희는 서재에 지도를 붙여놓고 자신에게 임꺽정 일당이 다니던 길을 일일
이 설명해주었다고 한다.『임꺽정』연재 당시 홍명희는 조선시대의 고지도

와 『신증동국여지승람』『대동지지』등의 지리서, 그리고 식민지시기에 출간된 5만분의 1 지도를 포함한 각종 지도 등을 참조했다.[30]

이처럼 『임꺽정』에서 작가는 작품의 배경이 되는 지역에 대해 철저한 지리적 인식을 보여주고 있으며, 등장인물들이 먼 길을 떠난 대목에서는 지역 간의 거리와 소요되는 시간까지 구체적으로 계산하여 제시하고 있다. 홍명희가 조선시대의 각종 지리서와 지도를 참조하여 작품 속에 정확하고 상세한 지리적 정보를 담은 것은 「의형제편」부터였지만, 그러한 특징은 「화적편」에 와서 더욱 강화되었다. 심지어 '평산쌈'장을 연재할 때에는 지난 회에서 언급한 두 지역 간의 거리가 잘못 되었다 하여 정정 기사를 낸 적도 있었다.[31]

또한 『임꺽정』은 조선시대의 국토를 이해하는 데 도움을 주는 내용을 많이 담고 있어, 역사지리적 측면에서도 흥미로운 연구 대상이 되고 있다. 그 중 대표적인 예가 우리말 땅 이름의 사용으로, 『임꺽정』에는 일제가 말살해온 전래의 순수한 우리말 지명이 대단히 풍부하게 제시되어 있다. 양주 고든골, 광주 너더리, 송도 벼우물골, 다르내재, 쇠터, 우티재, 버드내, 갈려울, 봇들, 시루메, 노루목, 솔모루, 널무니 등의 예에서 보듯이, 홍명희는 마을, 고개, 골짜기, 들판 등 우리말 지명 표현이 가능한 곳에서는 모두 한자식 표기 대신 토박이 지명으로 바꾸어 기술하였다. 이러한 토박이 지명 표기는 '조선 정조'의 표현에 기여할 뿐 아니라, 우리 땅의 주체적 인식과 그 표현이라는 근원적 문제와 연결된다는 점에서 더욱 큰 의의를 지닌다고 할 수 있다.

그 밖에도 『임꺽정』에는 조선시대 지방 행정제도의 특징 중 하나였던 읍호邑號의 승강昇降 등이 잘 포착되어 있다. 예컨대 『임꺽정』에는 청홍도淸洪道, 유신현維新縣 등 낯선 행정지명이 등장하거니와, 이는 그 지역에서 천륜을 어긴 극악한 범죄가 일어나자 충주목을 유신현으로 강등, 개칭하고 아울러 충청도를 청홍도로 개칭했던 역사적 사실을 반영한 것이다. 이러한 사례는 지역 주민에 대한 집단 상벌의 의미로 시행했던 읍호의 승강과 그에 따른 도 이름 변경 등 조선시대 지방 행정제도의 특징을 잘 보여주고 있다. 이를 통해 홍명희가 조선시대 지리서에 의거하여 지리적 변화를 고증하는 데에도 남다른 관심을 가지고 있었음을 알 수 있다.[32]

3) 민속학적 측면

홍명희의 『임꺽정』은 한국 근대 역사소설 중 유례가 드물 만큼 조선시대 각 계층의 생활상과 다양한 풍속을 충실하게 묘사하고 있다. 게다가 작중에서 다루는 풍속의 범위가 가히 전면적이라 할 정도로 조선시대 사회풍속사의 파노라마를 연출하고 있다. 민중생활사를 구성하는 풍속사의 범주에는 대개 신앙, 놀이, 관혼상제, 의식주생활, 민간요법, 통과의례, 세시풍속, 관습법 등이 속하는데, 『임꺽정』은 이를 망라하다시피 하고 있는 것이다.[33]

『임꺽정』의 이러한 면모는 조선조 말 양반가에서 태어나 대가족 속에서 자라난 홍명희의 성장과정과, 온갖 사물의 디테일에 남다른 관심을 가진 호기심 많은 기질, 그리고 평생 동안 한적을 꾸준히 섭렵한 학문적 내공에 힘입은 것이라 생각된다. 특히 『지봉유설』 『성호사설』과 같은 백과전서류의 서적들과 18세기 실학자들의 문집을 널리 섭렵한 데다가 『조선왕조실록』까지 열람한 홍명희의 독서 경력은 소설 『임꺽정』을 풍속사적으로 풍요롭게 만든 원동력이 되었다.

우선 『임꺽정』에서 홍명희는 조선시대 의식주 생활의 면모를 매우 치밀하게 묘사하고 있으며, 양반 지배층에 속하는 집안의 생활상과 하층 민중의 생활상을 잘 구분하여 각기 여실하게 그려내고 있다. 예컨대 자배기, 버들고리, 모코리, 동고리, 키, 대독, 중두리, 항아리, 뒤지, 용중 항아리, 반닫이와 같은 각종 일상용품의 자세한 묘사는 어릴 적 시골의 부잣집에서 생

활한 경험과 아울러 시시콜콜한 일상생활에 대한 그의 남다른 관심과 이해를 반영한다고 볼 수 있다.[34]

『학창산화』「미신」항목에서 보듯이 홍명희는 과학적 합리성을 중시하고 미신에 비판적인 견해를 지니고 있었지만, 『임꺽정』에서는 조선시대인들의 살아가는 모습을 여실하게 그리는 작업의 일환으로 전통적 신앙풍속에 대해 매우 풍부한 묘사를 보여주고 있다. 「봉단편」에서 봉단이가 병이 나자 어머니가 부정풀이를 위해 "어두컴컴한 풀밭머리에 가서 동향東向하고 서더니" 진언眞言을 외치고 "왼발을 구르면서 식칼을 세 번 내던지"는 장면(1:78~79)에서처럼, 그 시대의 민중들은 샤머니즘이 생활화되어 있는 것으로 그려져 있다. 그리고 「의형제편」 '서림'장에서 금교역말 주막 주인이 "이 근방은 송도가 가까운 까닭에 송도물이 들어서 사람들이 대체로 신귀두 밝읍지요만, 무당들이 원청간 타도 무당과 다릅니다. 이 근방 무당년들이 소리하구 뛰노는 건 기생 가무를 제쳐놓구 구경할 만합니다"(6:69)라고 한 대목을 보면, 홍명희는 성주받이가 단순한 무당굿이 아니라 놀이굿 요소가 강한 것임을 간파하고 있어, 굿에 상당한 정도의 지식을 갖추고 있음을 알 수 있다.[35]

홍명희의 굿에 대한 인식은 「의형제편」 '박유복이'장에 나오는 덕물산 장면에서 압권을 이룬다. 황해도 덕물산의 최영 장군 사당에서는 무당들이 인근 동네에서 숫색시를 뽑아다가 장군당 별채에서 장군의 마누라 노릇을 하며 살게 하는 것으로 그려져 있다. 이와 같이 진산鎭山의 기세가 내린 인근 마을의 처녀를 신령의 마누라로 뽑는 것은 샤머니즘의 전형적 방식이다. 이 대목에서 홍명희는 특히 무당들이 장군마누라를 새로 맞이할 때 부정풀이부터 시작하여 신을 청하는 가망청배거리, 산마누라거리 등을 거쳐 뒷전놀이로 끝나는 열두 굿거리의 큰 굿을 벌이는 광경을 여섯 쪽에 걸쳐 싱세히게 묘사하고 있다.[36]

『임꺽정』에서 홍명희는 전통적인 혼인 풍속에 대해서도 매우 다채로운 묘사를 보여주고 있다. 「의형제편」 '곽오주'장에서 나중에 곽오주의 아내가 된 신뱃골댁이 과부가 된 뒤 보쌈을 당하는 장면에서는 약탈혼의 잔재인 보쌈 풍속을 보여주고 있다. 또한 '황천왕동이'장에서 황천왕동이가 봉산 백이방의 사위로 발탁되어 장가가는 장면에서는 부유한 아전 집안의 혼인 장면이 여실하게 그려져 있다. 그중에서도 가장 자세하게 묘사된 것은 '결의'장에 나오는 배돌석이의 혼인 장면이다.

오류일이 잠깐 지나서 돌석이의 대샀날이 다다라왔다. 청석골은 법 없는 천지라 혼인을 나라 가례嘉禮같이 지내기라도 하겠지만, 가례 의궤儀軌는 알 사람이 없고 여러 두령이 문견 자라는 대로 재상가 혼인절차를 차리었다. 이날 늦은 아침때 신부 있는 오가의 집에서 신랑 있는 도회청으로 세 번 청좌請坐가 온 뒤에 신랑 행차가 떠나가는데, 신랑 치장을 볼작시면 머리에는 사모요, 몸에는 관디요, 허리에는 서띠요, 발에는 목화木靴다. 신랑이 백마 타고 앞서고 위요선 이봉학이가 관복 입고 사인남여四人藍輿 타고 뒤를 따랐다. 산 안을 한 바퀴 휘돌아 오가의 문전에 와서 신랑이 기러기를 드리고 박유복이의 팔밀이로 초례청에 들어섰다.

초례청 안침에 독좌상이 놓이고 독좌상 앞에 작은 상이 놓였는데, 작은 상 위에는 술 한 병과 교배잔 두 개와 청실홍실 두 타래가 놓였을 뿐이나 독좌상 위에는 놓인 것이 많다. 달떡 두 그릇과 국수 두 그릇과 포도 접시와 식혜 두 접시와 밤, 대추, 곶감 삼색실과 각각 두 접시씩 여섯 접시가 늘어놓이고, 이외에 와룡臥龍 촛대 한 쌍이 놓이고 나좃대 하님이 들고 나왔던 나좃대 두 개가 쟁반에 걸쳐 놓이고, 꼭지에 다홍실을 맨 큰 바리뚜껑 한 개가 놓이었다. 색시가 어려서 먹던 꼭지숟갈이나 돌바리가 없는 까닭에 큰 바리뚜껑을 대신 놓은 것이니, 이것은 신랑 따라온 꼭지도적이 훔쳐다 신랑 집에 두었다가 첫아들 난 뒤에 돌려보낼 것이다.

여러 여편네들이 신부를 부축하여 내다가 신랑과 마주 세웠다. 신부는 머리에 칠보족두리를 씌우고 몸에 원삼을 입히고 연지 찍고 곤지 찍고 얼굴을 진주부채로 가리어주었다. 부채를 떼고 큰절을 시키어서 신랑이 서서 받고 답배한 뒤에 신랑과 신부를 마주 앉히고 청실홍실 늘인 교배잔을 전하는데, 검은 머리가 파뿌리 되도록 백년해로하고 아홉 아들에 고명딸 아기 낳으라는 덕담이 있었다. 초례한 뒤 방합례가 있고 방합례한 뒤 안팎에 잔치가 벌어졌다. 사람마다 먹는 빛으로 하루해를 지우고 저녁밥들을 먹는지 만지 한 뒤에 곧 신방을 차리었다. 노신랑이 낯익은 신부를 맞아서 홍촛불 앞에 얼굴을 대할 때 신부는 새삼스럽게 부끄럽던지 고개를 숙이고 신랑은 신부를 바라보며 싱글벙글하였다.(6:239~240)

여기에서 홍명희는 청석골 두령 배돌석이 성대하게 결혼식을 치르는 장면을 혼인 풍속에 대한 해박한 지식을 동원하여 상세하게 묘사하고 있다. 전통 혼례에서 신랑 신부가 서로 절할 때에 차려놓는 음식상인 독좌상 상차림, 신랑 신부의 호사스러운 혼례복 차림, 그리고 신랑 신부가 서로 큰절을 하고 교배잔을 받는 등의 혼례식 절차를 차례로 묘사하고 있다. 이어지는 대목에서는 첫날밤에 여러 두령들이 몰려와 신랑 신부에게 짓궂은 장난을 해대고, 다음 날 아침 '자리보기', 즉 남침을 하는 등 혼인과 관련한 다양한 풍속을 보여주고 있다.

특히 주목할 만한 것은 혼례복 묘사다. 조선시대에는 신분에 따라 혼례복이 달라서 직위가 있는 자는 공복을 착용하고, 문무 양반의 자손이나 급제한 생원은 사모와 각대를, 서민은 갓과 조아條兒를 착용했다. 신부는 성장盛裝을 하되, 신분에 따라 양반은 어여머리에 원삼 또는 홍장삼, 서민은 지마와 저고리를 착용했다[37] 그런데 작중에서 배돌석이는 무법천지인 청석골에서 혼례를 치르는 것이어서, 상민 신분에 걸맞은 차림을 하지 않고 제멋대로 재상가의 혼례를 흉내낸 것이다. '황천왕동이'장에서 백이방의 딸과 혼인하게 된 황천왕동이는 "상사람은 혼인 때 사모관대를 못하는 것이 국법이라", "신랑의 복색은 이방의 의견을 좇아서 초립을 쓰고 단령을 입고 발에 갖신을 신"었다고 했다.(5:225~226) 그런데 여기에서 배돌석이는 재상가의 혼례를 흉내 내어 사모관대와 서띠를 착용하고 목화를 신었으며 신부도 칠보족두리에 원삼을 입은 것으로 그려져 있다.

앞서 언급했듯이 홍명희의 장남 홍기문의 연재 칼럼 「소문고」 중 부친의 가르침을 받아 집필한 「추정록」에는 「직령·도포·창의」 「독좌상과 남침」 「해싸움·견마전」 등 우리 고유의 의복제도와 혼인제도에 대한 항목이 다수 있었다. 또한 홍명희의 쌍둥이 딸 홍수경과 홍무경은 부친의 지도를 받아 각각 「우리 의복제도 변천에 대한 연구」 「조선 혼인제도의 역사적 고구」라는 제목의 학구적인 졸업논문을 집필했다. 이로 미루어 홍명희는 1930년대에 혼인제도와 복식제도에 대해 많은 자료를 섭렵하며 연구했던 것으로 추측된다.

뿐만 아니라 1920년대에 간행된 홍명희의 『학창산화』에도 「혼인제도」라는 항목이 있다. 여기에서 홍명희는 인류역사상 존재했던 여러 가지 혼인의 형식으로 '일부다부제—婦多夫制'와 '일부다부제—夫多婦制', '일부일부제—夫—婦制'의 세 종류를 들고, 인류가 모계사회로부터 남성 지배 사회로 이행한 뒤에 생겨난 '약탈혼인'과 '구매購買혼인'을 소개하면서, 현대에도 그 잔재가 남아 있음을 지적하였다.[38] 역사소설 『임꺽정』에 혼례 장면이 유달리 상세하게 묘사되어 있는 것은 작가 홍명희가 이처럼 혼인제도와 풍속에 대해 깊은 학술적 관심을 지니고 있었던 결과라 생각된다.

한편 「피장편」에서 활쏘기의 명수인 이봉학의 궁재弓才를 묘사한 장면에서는 "활 먹이는 것", "활을 점화하여 버릇 고치는 것", "하삼지下三指로 줌통

쥐는 법", "상삼지上三指로 시위 그읏는 법", "각지손 떼는 법", "비정비팔非丁非八에 흉허복실胸虛腹實로 서는 법"(2:208) 등 궁술과 관련한 전문 용어를 정확하게 구사하면서 활 쏘는 모습을 상세하게 묘사하고 있다.[39] 「의형제편」 '배돌석이'장에서 배돌석이 "우리 고향 김해에서는 사월 파일부터 오월 단오까지 석전질이 큰 구경거리라 했네"라고 서두를 떼어 이야기하는 대목에서는 석전石戰 같은 민속놀이에 대해 언급하고 있으며(5:274~275), 뛰어난 석전꾼인 배돌석이 돌팔매질하는 모습을 도처에서 흥미롭게 그리고 있다. 「화적편」 '청석골'장에서 임꺽정이 상경하여 바람을 피우는 대목에서는 서울의 오입쟁이들과 기방 풍속을 여실하게 묘사하는가 하면, '피리'장에서 피리의 명수인 종실 서자 단천령이 가야금의 명수인 기생 초향이와 음률을 통해 사랑을 맺는 대목에서는 조선 고유의 음악에 대한 풍부한 지식을 구사하고 있다.

이처럼 홍명희가 『임꺽정』에서 조선시대의 일상생활과 풍속을 다채롭게 그린 데 대해 민속학자 주강현은 "그는 단 한 편의 대하소설 『임꺽정』으로 당대 조선민속 이해의 정점을 보여주었다"고 하면서, "소설가라기보다는 조선문화연구가, 또는 국학자 반열에 올려놓을 수 있을 정도로 박학다식했던 조선학연구가"라고 높이 평가하였다.[40]

4) 언어학과 구비문학적 측면

널리 알려진 바와 같이 홍명희의 『임꺽정』은 '조선어의 보고寶庫'라 할 정도로 우리말 어휘를 풍부하게 구사하고 있으며, 각 계층의 대화를 탁월하게 재현함으로써 전통적인 우리말 어법을 잘 살려내고 있다.

『임꺽정』은 전체적으로 민중적 역사소설이기는 하지만, 상층의 인물들이 등장하는 장면에서는 한자어과 경어법을 중심으로 그 시대 지배층의 어휘와 어법을 매우 어실하게 구사하고 있다. 예컨대 「화적편」 '피리'장에서 과거에 낙방한 후 귀향하던 봉산 선비들이 탑고개 주막에 비를 피하러 들어가 한담을 나누는 장면을 보면 다음과 같다.

경숙敬叔이 차식車軾인 줄을 잘 알던 정생원도 중적仲積이 누구인 것은 생각이 잘 안 나던지
"중적이?"
하고 뇌면서 고개를 기울였다.
"마희경馬義慶이를 모르나?"
"옳지, 마희경이의 자가 중적이래. 화담 문하의 문장은 경숙이가 첫째구 학행은 그 사람이 제일일걸."
"그 사람의 학행이 무던하지만 화담 문하의 제일은 마치 모르겠네. 행주幸州 사람 민순閔純이가 있으니까."
"지금 경숙이 부자라구 말했지? 경숙이가 몇해 전에 참척을 봤는데 웬 아들이 또 있든가?"
"죽은 아들 재생한 이야기는 듣지 못했나?"
"재생이라니 무슨 소린가? 금시초문일세."
"경숙이의 죽은 아들 이름이 은로殷輅지. 은로가 죽어서 장사 지내던 날 밤에 경숙이 내외가 똑같은 꿈을 꾸었는데, 꿈에 은로가 와서 하는 말이 옥황상제의 명령이 계셔서 아들루 다시 태어나러 왔다구 하드라네. 그 꿈을 꾼 뒤에 경숙이 실내가 바로 태기가 있어서 은로 죽던 이듬해에 지금 아들 천로天輅를 낳았는데 은로의 요사天死와 재생再生이 막비천수莫非天數라구 이름을 천天자루 지어줬다구 하데."
"재생이구 아니구 천로란 아이가 지금 나이 몇 살인데 시회에 부자 같이 왔드란 말인가?"
"지금 다섯살밖에 안 된 놈이 글자를 제법 많이 알데."

"그래 참말 시를 지을 줄 알든가?"

"다섯 자씩 한 귀 두 귀 자모듬을 해놓는 게 하두 신통해서 내가 시회에 데리구 가자구 했네."

신진사와 정생원이 이런 수작 하는 동안에 다른 사람들은 대개 두 사람의 수작하는 말을 듣고만 있었다.(9:19~21)

여기에서는 시골 선비인 동학들끼리 일상적으로 주고받는 대화를 놀라울 정도로 실감나게 재현하고 있다. "경숙이가 몇해 전에 참척慘慽을 봤는데", "은로의 요사와 재생이 막비천수라구" 등등 문어체 한자어가 많이 들어간 표현을 쓰는 양반들의 대화를 여실하게 표현하고 있는 것이다. 그리고 양반 친구들 사이에서는 대화에서 그 사람의 자字를 부르는 관습이라든지, 선비들이 산수 좋은 곳에 가서 시회詩會를 갖는 풍속, 유년시절 홍명희가 그러했듯이 신동神童이 자모듬이라 하여 한시를 짓는 것이 화제가 되는 광경 등 시골 선비들의 일상적인 모습이 잘 그려져 있다.

반면에 「화적편」 '소굴'장에서 청석골 화적패가 장사치 행세를 하고 길을 떠나 임진나루를 건널 때 나룻배 사공과 서림이 대화를 주고받는 장면을 보면 다음과 같다.

배가 깊은 물에 나와서 삿대를 뉘어놓고 노질을 시작한 뒤 사공이 서림이를 보고

"멀리 벌이를 나가시우?"

하고 물어서

"그렇소."

서림이가 대답하니

"빌이들 갈헤서 우리 같은 놈두 좀 먹여 살리시구려."

말하고 껄껄 웃었다.

"혼자 먹구살 생각이 아니니까 배 한번 타는 데 무명 한 필씩 주지 않소?"

"서총대 한 필이 무어가 많소? 삼사십 년 전 같으면 쌀이 여덟 아홉 말이니까 많다구두 하겠지만."

"서 말 쌀우 어디요?"

"전에는 닷새 한 필이면 명주 한 필하구 맞바꾸든 것이 지금은 안찝 명주 한 필을 바꾸재도 너덧 필 드는구려. 시세가 얼마나 틀렸소."

"명주 한 필하구 맞바꿀 때를 봤소?"

"우리 여남은살 적 일인데 보다뿐이오?"

"연세가 올에 몇이시우?"

"쉬지근해진 지가 한참 됐소."

"아들은 몇이나 두었소?"

"아들 하나 있던 것은 멀리 갔구 어린 손자새끼들뿐이오."

이런 수작을 하는 중에 배가 나루터 가까이 와서 사공이 다시 삿대질을 하기 시작하였다. 서림이가 배에서 내릴 때 사공더러

"쉬 또 봅시다."

하고 인사하니 사공은

"네."

대답한 뒤

"언제든지 한 필씩만 주시우. 그러면 밤배라두 내드리리다."

말하고 또다시 껄껄 웃었다.(8:186~187)

여기에서는 구수한 우리말 어휘를 중심으로 한 민중의 말투가 여실하게 재현되어 있으며, 나이 오십이 넘었다는 말을 "쉬지근해진 지가 한참 됐소"라고 표현하는 식으로 해학적인 민중의 기질과 어법이 잘 표현되어 있

다. 아울러 이 장면에는 화폐 대신으로 면포(무명)를 쓰던 16세기 조선의 경제적 현실이 반영되어 있다. 당시 주요한 유통수단이었던 면포의 값어치는 교환 대상인 쌀의 생산량에 좌우되었다. 풍년이 들어 쌀의 생산량이 많으면 면포의 값어치가 높아지고, 흉년이 들어 쌀의 생산량이 적으면 면포의 값어치는 낮아졌다. 여기에서 "서총대 한 필"의 값어치가 "삼사십 년 전 같으면 쌀이 여덟 아홉 말"이었는데 지금은 "서 말 쌀"이라는 두 인물 간의 대화는 무명의 가격과 곡물의 가격 간의 상관관계를 잘 보여주고 있다.[41]

이처럼 작가는 민중이 등장하는 장면에서 순수한 우리말 어휘와 고유의 인명 및 지명, 토속적인 고어와 속담, 관용어를 풍부하게 구사하여 민중의 대화와 일상생활을 여실하게 재현하고 있다. 예컨대 밥에 관한 우리말 어휘만 해도 기승밥, 잿밥, 입쌀밥, 맨밥, 눈칫밥, 사잇밥, 조팝, 첫국밥, 턱찌기, 중둥밥, 숫밥, 대궁 등 실로 다채로운 표현을 보여준다. 또한『임꺽정』전체를 통해 작가는 곰배곰배, 옴니암니, 건둥반둥, 마닐마닐 등 중첩어로 된 다양한 의태어를 곳곳에 배치함으로써, 명료하게 의미를 전달함은 물론 미묘한 어감을 잘 살려내고 있다. 그리고 "남이 눈 똥에 주저앉는다", "명 짧은 놈 턱 떨어진다" 등 무수한 속담을 적재적소에 구사하여 구수하면서도 해학적인 민중 언어의 맛을 자아내고 있다.[42]

뿐만 아니라 등장인물 중 하층민에게는 길막봉이, 배돌석이, 삭불이, 팔삭동이, 신불출이 등 그 사람의 성격에 걸맞은 고유의 우리식 이름을 즐겨 붙이고 있다. 특히「화적편」'청석골'장에 묘사된 졸개들의 점고 장면을 보면 최오쟁이, 안되살이, 개똥쇠, 자릅개동이, 개미치 등 조선시대 하층 민중의 재미있는 순우리말 이름을 허다하게 열거하고 있다. 앞서 언급했듯이 고을 이름도 신뱃골, 탈미골, 다르내재, 너더리 등 토착적인 지명을 주로 사용하고 있다.

홍명희는 우리 민족을 말살하려는 일제의 흉계를 간파하고 우리말을 풍

요롭고 아름답게 구사하여 민족의 얼을 수호하고자 노력했기에, 그의 작품
『임꺽정』은 저절로 '우리말의 보고'가 된 것이다.[43] 그러므로『임꺽정』연재
당시 국어학자 이극로는 어학 면에서 볼 때『임꺽정』은 "조선어 광구鑛區의
노다지"라고 극찬했으며, 일제 말『임꺽정』초판이 간행되었을 무렵 작가
한설야는 "단순히 조선말의 견지로 보더라도 이 거편『임꺽정』은 천 권의
어학서를 읽는 것보다 오히려 나을 것"이라고 평하였다.[44]

한편 홍명희는『임꺽정』창작에 조선의 전래 설화를 적극 수용함으로써
구비문학의 전통을 계승하면서 그에 대한 대중의 관심을 환기하고자 하였
다. 예컨대「봉단편」의 주인공 격인 이장곤의 행적은 연산군 때 유배지에
서 탈출하여 백정의 사위가 되어 숨어 지내다가 중종반정 후 다시 관직에
복귀한 홍문관 교리 이장곤에 관한 설화를 주요 골격으로 삼은 것이다.[45]
그중에서도 흥미로운 것은「화적편」'청석골'장에 등장하는 임꺽정의 세
번째 서울 아내 김씨의 내력담이다.

격정이가 그 계집하인을 뒤에 딸리고 한첨지 집에 와서 한온이에게 맡기고 난
뒤 그 계집하인의 입에서 열녀의 내력 이야기를 소상히 들었다.

열녀는 충주 김씨의 집 딸로 나이 열일곱살 때 제천 권씨 집 열세 살 먹은 신
랑과 혼인하였는데, 맏자란 신랑이 작기가 조막만 하여 다 큰 색시에게 대면
어린 동생 폭밖에 안 되었다. 꼬마동이 신랑이 첫날밤에 색시의 옷도 못 벗기
고 저 혼자 쓰러져 자다가 한밤중이 지난 뒤에 홀제 일어나 앉아서 뒤를 싸겠
다고 징징 울며 말하여 색시가 뒷간에 데리고 나와서 바래주는데 어스름 달빛
아래 바라보니 울 밖에 수상한 기척이 있었다. 색시 집은 장산壯山 날가지 야산
밑이라 개호주가 대낮에 집 뒤까지 내려오는 일도 없지 아니하였다. 색시가 얼
른 나오라고 재촉하여 신랑이 뒷간에서 나오다가 아이구 소리 한번 하고 호랑
이에게 물리었는데, 색시는 이것을 보자 곧 호랑이 꼬리를 붙잡고 소리를 질렀

다. 호랑이가 아가리에 한 사람을 물고 꼬리에 한 사람을 달고 산으로 들로 뛰었다. 색시는 살이 찢어지거나 몸이 으스러지거나 죽자고 꼬리를 잡고 놓지 아니하였다. 날이 훤하게 밝기 시작하여 먼 산 나무꾼이 나가고 들의 여름 일꾼이 나오게 되었을 때 호랑이가 색시 악지에 져서 아가리에 다 들어온 밥을 토하여 놓았다. 색시가 호랑이 꼬리를 놓고 신랑 목을 얼싸안을 때까지는 정신이 있었지만, 그 뒤로 두메 사람의 집에 와서 신랑과 느런히 누워 있게 된 것은 감았던 눈을 떠보고야 겨우 알았다. 색시 집에서 첫날밤에 신랑 신부를 잃고 사방으로 찾는 중에 연풍 땅에서 신랑 신부 찾아가란 기별이 와서 색시의 아버지가 신랑의 위요와 같이 인마를 데리고 갔는데, 신랑은 위요를 맡겨서 바로 제천으로 보내고 신부만 충주로 데려왔다. 신랑이 호랑이 아가리에 죽을 뻔한 뒤 한 일년 동안 개신개신하고 살다가 마침내 죽어버려서 색시는 망문과와 다름없는 숫색시 과부가 되고 말았다. 열일곱살 먹은 신부가 호랑이에게 물린 신랑을 살려냈단 소문이 퍼져서 원근 각처에서 일부러 색시를 보러 오는 여편네가 허다하였고 희한한 열녀를 표창하여 달라고 선비들이 관가에 등장을 들어서 충주목사가 감영에 보하고 충청감사가 조정에 장계하여 마침내 조정에서 열녀 정문을 내리었다.(7:241~242)

이와 같은 김씨의 내력담은 신랑을 물고 내달리는 호랑이를 붙들고 끝까지 따라가 기어코 신랑을 구한 열녀 설화를 수용한 것으로, 설화의 모티브를 등장인물의 성격 창조에 활용한 사례라 할 수 있다. 이러한 열녀 설화는 『계서야담』 『청구야담』 등 여러 야담집에 수록되어 있다. 조선시대에 이 설화가 널리 전승된 것은 극적인 내용 때문이기도 하지만, 생명의 위험을 무릅쓰고 지아비를 구한 여인의 헌신적인 행동이 당대 사회의 가치관에 부합되었기 때문이었을 것이다. 그런데 홍명희는 이 설화를 호랑이로부터 남편을 구해낸 여인의 담력에 초점을 맞추어 새롭게 해석하여 수용함

으로써, 성깔 있고 강한 여인인 김씨의 성격 형상화에 절묘하게 활용하고 있다.[46]

그 밖에도 『임꺽정』에는 임꺽정의 누나 섭섭이가 들려준 개와 고양이가 서로 앙숙이 된 이야기라든지, 도둑 오가가 이야기한 홍합에 대한 외설적 야담, 서림이 들려준 다르내재라는 지명의 유래 등 흥미로운 전래 설화가 적재적소에 삽입되어 있다.

4. 작중에 나타난 오류와 고증상의 문제점

이상과 같이 홍명희의 『임꺽정』은 식민지시기 다른 역사소설들에서는 보기 드물 정도로 조선시대의 역사와 지리 및 각 계층의 일상생활과 풍속을 충실 하게 재현하고 있으며, 고유어와 전래 설화를 풍부하게 구사하고 있다. 서 양의 고전적 역사소설과 달리 과거의 언어와 풍속, 제도 등에 대해 극도로 심한 현대화나 자의적 묘사를 서슴지 않는 한국 역사소설의 풍토에서는 홍 명희의 『임꺽정』이 보여준 이 방면의 노력이 각별히 높이 평가되어야 하리 라 본다.

물론 오늘날 각 분야의 전문연구자들이 세세하게 검토해보면 『임꺽정』에 재현된 조선시대의 생활상에는 고증상의 자잘한 오류들이 발견될 수 있다. 예컨대 「봉단편」에서 함흥 원이 봉단이 집으로 보내온 반찬거리에 '젓무'가 들어 있는데, 젓무는 19세기의 문헌에서야 찾아볼 수 있는 음식이다.[47] 또한 「피장편」에는 임꺽정이 백두산에 갔다가 운총이네 집에서 '감자'와 '강냉 이'를 대접받는 대목이 있거니와, 16세기에는 조선에 아직 감자와 옥수수가 전래되지 않았다고 한다.[48] 그리고 정조대에 개칭된 '시흥', 고종대에 신설된 '후창' 등의 지명이 등장하는 것도 고증상의 한 오류로 지적된다.[49]

1990년대 이후 조선시대의 일상사에 대한 학계와 대중의 관심이 높아지면서 많은 자료가 발굴되고 연구가 축적되었다. 오늘날 학자들은 홍명희가 『임꺽정』을 집필하면서 접할 수 있었던 것보다 훨씬 더 많은 자료를 자유자재로 구사할 수 있는 여건에서 연구하고 있다. 그러므로 『임꺽정』에서 세부적인 고증상의 오류가 지적되는 것은 당연한 일이라 하겠다.

　　다만 덧붙여 말해둘 것은 초기에 연재된 「봉단편」 「피장편」 「양반편」에 비해 「의형제편」 「화적편」으로 갈수록 고증이 점점 더 엄밀해졌다는 사실이다. 「봉단편」 「피장편」 「양반편」이 연재되던 1928~1929년은 조선학운동이 일어나기 전이었던 데다가, 그 무렵 홍명희는 신간회운동으로 분주하여 자료 수집에 많은 시간을 들일 수 없는 형편이었다. 더욱이 「봉단편」 「피장편」 「양반편」은 홍명희 생전에 출판되지 않았기 때문에, 「의형제편」이나 「화적편」처럼 단행본 출간 시 이를 수정할 기회가 없었다. 따라서 『임꺽정』 중 고증상의 오류가 주로 지적되는 부분은 초기 신문 연재본인 「봉단편」 「피장편」 「양반편」이다.

　　홍명희는 신간회 민중대회 사건으로 투옥되었다가 출옥한 1932년 이후부터 『임꺽정』 집필에 전념하게 된데다가, 그 무렵에 일어난 조선학운동에 동참하면서 한적을 더욱 많이 접하게 되었다. 따라서 그때부터는 『임꺽정』 창작에 임해서도 사료 고증에 더욱 주력하게 된 것으로 보인다. 특히 그는 「화적편」 집필 직전인 1934년 무렵에 『조선왕조실록』을 열람했으므로, 야사에 의거하여 창작할 수밖에 없던 앞부분에 비해 「화적편」에서는 역사적 사실을 훨씬 더 정확하게 반영할 수 있게 되었다.

　　나아가 홍명희는 1939~1940년 조선일보사출판부에서 『임꺽정』 「의형제편」과 「화적편」을 출간할 때, 신문 연재본에 있던 고증상의 오류를 일부 수정하기도 했다. 예컨대 신문 연재본에는 「의형제편」 '박유복이'장에 '감사'와 '강냉이'가 세 군데 등장하는데, 단행본에는 모두 '서속(좁쌀)'이나 '조팝(조밥)'으로 수정되어 있다. 또한 신문 연재본 「의형제편」과 「화적편」에 등장하는 인물 중 이봉학의 직속상관인 이윤경 등 몇몇의 관직을 『명종실록』의 기록에 가급적 부합하도록 수정한 흔적도 발견된다.[50]

그런데 유의할 것은 『임꺽정』에서 고증상의 오류로 지적된 사항들 중에는 그것이 18세기 이후의 풍물에 해당하기 때문에 오류로 간주된 경우가 많다는 점이다. 실제로 『임꺽정』에 묘사되어 있는 풍속이나 생활상 중에는 작품의 시대적 배경인 16세기보다 조선 후기나 구한말에 더 가까운 면모로 그려져 있는 경우가 적지 않다. 대표적인 예가 「화적편」 '청석골'장에서 임꺽정이 상경하여 기방에 드나드는 대목이다.

혜민골 소월향이 집에 뒷들창으로 불빛이 보이고 방 안에서 여러 사내의 목소리가 나는데 목소리들을 가만히 들어보니 갈데없이 노인정 한량패라 한온이가 펄펄 뛰다시피 하고 집 앞으로 돌아와서 지쳐놓은 일각문을 기세좋게 열어붙였다.

"평안하우, 무사한가?"

방문을 열고

"신입구출합시다."

방안에 들어서는데 꺽정이만 한온이의 뒤를 이어서 들어서고 여러 사람들은 방 밖에 둘러섰다. 노인정 한량들이 꺽정이를 한번 치어다보고는 곧 부지런히 벗어놓은 옷들을 주워 입고 도망하듯이 몰려나갔다.(7:150~151)

여기에서 홍명희는 18세기 후반 이후 서울에서 기방에 들어갈 때 한량들이 하던 독특한 인사법을 여실하게 재현하고 있다. 그에 앞서 한온이 임꺽정에게 기생 소흥의 집에서 봉변 당한 이야기를 하며 설욕해줄 것을 청하는 대목을 보면, "노인정 활량패에는 무장대가武將大家의 자질두 더러 끼여서 세력 있구 재물 있구 힘꼴 쓰는 장사까지 있는, 서울 안 기생방을 주름잡구 돌아다니는 왈짜패인 까닭에 저희는 이런 패하구 시비를 내지 않으려구 처음부터 조심들 했습니다"라고 되어 있다.(7:130) 이러한 무인적 기질의 한량(閑良)이나 왈짜패는 조선 후기 서울의 유흥 문화를 주도하던 계층이었다. 17세기 중반 이후 서울이 상업도시로 발달하고 여러 군영軍營이 상주함에 따라, 군영 및 포도청의 장교들과 경아전京衙前들이 서울의 중간계층으로서 왈짜의 모체가 된 것이다. 위의 노인정 한량패의 예에서 보듯이 『임꺽정』에 나오는 서울의 풍물에 대한 다채로운 묘사는 상당 부분 조선 후기의 현실을 반영하고 있다.[51]

이와 같이 『임꺽정』에 조선 후기의 생활상이 많이 반영된 것은 무엇보다도 역사소설 집필에 참조할 수 있는 일상사의 자료가 조선 전기의 경우는 매우 빈약한 반면 조선 후기 이후는 상대적으로 풍부하게 남아 있기 때문이다. 그런데 조선 후기 서울의 도시 발달에 대한 학계의 연구가 1990년대 이후에야 본격적으로 이루어진 점을 감안하면, 일찍이 1930년대에 홍명희가 『임꺽정』에서 각종 자료를 참조하여 조선시대 서울의 발달상을 생생하게 재현하려고 시도한 점은 높이 평가할 만하다.

뿐만 아니라 『임꺽정』에서 그 시대의 생활상이 조선 후기나 구한말에 더 가깝게 그려진 점에 대해서는 루카치가 『역사소설론』에서 역설한 '필요불가결한 아나크로니즘'의 원칙과 부합하는 것이라 해석할 수도 있다. 즉 역사소설은 과거의 시대를 오늘날의 독자들에게 가까이 다가오도록 하기 위해 그 시대의 실상과 과히 배치되지 않는 범위 내에서 가까운 과거 시대의 풍속과 언어로 바꾸어 표현할 필요가 있다. 역사소설이 추구하는 역사적 진실성이란 역사의 거대한 전환을 총체적으로 반영하는 것이므로, 이를 표현하기 위해 필요하다면 작가는 개개의 역사적 사실에 지나치게 구애되지 않아도 된다는 것이다 홍명희는 소설가적 본능에 따라 이러한 역사소설의

창작 원리를 체득하고 그에 의거하여 『임꺽정』을 집필해 나갔다고 볼 수도 있다.[52]

예를 들면 『임꺽정』「봉단편」과 「피장편」에는 그 시대 양반의 복식으로 '도포'가 등장한다. 사료에 나오는 '포布'를 부정확하게 '도포'로 번역하는 경우가 많지만, 남자의 겉옷인 포의 종류는 매우 다양했고 시대에 따라 많은 변화가 있었다. 우리가 조선시대의 보편적인 양반 옷으로 알고 있는 도포는 실은 조선 후기의 복식이다. 도포는 선조 때의 기록에 처음 명칭이 등장하며, 17세기 말에 이르러서야 우리가 알고 있는 형태를 갖추게 되었다.[53] 또한 「화적편」'피리'장에는 종실 단천령이 기생 초향이를 만나러 가는 장면에서 양반의 복식인 '창의'가 등장한다.

"내가 쓸데가 있으니 헌 갓하구 헌 두루마기를 좀 얻어주게."
"그건 무엇에 쓰실랍니까?"
"쓰는 데는 나중에 말함세."
"갓이구 두루마기구 헌 걸수록 좋습니까?"
주인이 물으니 단천령은 고개를 끄덕이었다. 주인이 나가서 부서진 제량갓과 때 묻은 두루마기를 가지고 왔다. 단천령이 훌륭한 창의를 벗고 꾀죄죄한 두루마기를 입고 통량갓과 탕건을 벗고 헌 제량갓을 쓰니 의복이 날개란 말이 빈말이 아니어서 청수한 얼굴까지 갑자기 틀려 보이었다. 단천령이 구지레하게 차리고 하인도 안 데리고 밖으로 나가는데 주인은 속으로
'저 양반이 어디 가서 암행어사질을 할라나.'
하고 생각하였다.(9:47~48쪽)

여기에서 단천령이 입고 있었다는 창의 역시 조선 후기에 생겨난 옷으로, 기록상으로는 영조 말에 처음 등장한다.[54] 그런데 홍기문이 『조선일보』

에 연재한 칼럼 「소문고」의 「추정록」 중 「직령·도포·창의」에서는 『지봉
유설』『송남잡지松南雜識』 등을 인용하여 포의 종류와 출현 시기에 대해 정
확하게 고증하고 있다. 앞서 언급했듯이 「추정록」은 홍기문이 부친 홍명희
의 지도를 받아 집필한 것으로, 『임꺽정』 「화적편」 '피리'장이 연재되기 몇
달 전에 같은 『조선일보』 지상에 연재되었다.[55] 또한 홍명희의 딸 홍수경이
1941년 부친의 지도를 받아 집필한 졸업논문 「우리 의복제도 변천에 대한
연구」에서는 조선시대 포의 변천을 다음과 같이 상세하고 정확하게 서술
하고 있다.

> 관직 없는 자의 표의表衣는 임진란 이전에는 직령이요, 임진란 이후에 도포, 행
> 의行衣, 중치막, 겹옷, 솟창옷 등이요, 근대 조선 말경으로부터 현대까지 주의周
> 衣다. 주의는 예전에 단령團領, 직령, 철릭天翼, 도포 등 표의 밑에 받쳐 입던 옷
> 이요, 표의는 아니었다.[56]

이러한 사실로 미루어 보면 홍명희는 조선시대 포의 변천에 대한 전문
적인 지식을 갖고 있었으며, 「화적편」 '피리'장을 집필하기 이전에 이미 남
자의 포 중 하나인 창의가 조선 후기에 출현했다는 사실을 숙지하고 있었
음이 분명하다. 그럼에도 불구하고 '피리'장에서 단천령이 창의를 입은 것
으로 묘사한 것은 결코 고증상의 오류를 범한 것이 아니라, 조선시대의 고
풍스러운 의복으로 알려진 창의를 통해 독자들로 하여금 '조선 정조'를 느
끼게 하려는 의도에서였다고 생각된다. 요컨대 홍명희는 16세기 조선의
시대 분위기를 현대의 독자들에게 효과적으로 환기시키기 위해 그 시대의
실상과 크게 어긋나지 않는 한도 내에서 작중의 풍속과 언어를 가까운 과
거 시대의 그것으로 바꾸어 표현했다고 볼 수 있다.

5. 맺음말

홍명희는 민족운동가이자 『임꺽정』의 작가일 뿐 아니라 식민지시기에 활동한 유수한 학자의 한 사람으로서도 재인식되어야 할 인물이다. 그는 한학을 수학한 후 서울과 도쿄에서 신학문을 정식으로 공부한 첫 세대에 속했으며, 평생 동안 동서고금을 막론하고 다방면에 걸친 책을 왕성하게 읽은 학구적 지식인이었다.

홍명희는 1930년대 정인보, 안재홍, 문일평 등이 민족사에 대한 주체적 인식과 체계적 연구를 목표로 추진한 조선학운동에 동참하기도 했다. 그는 고전 정리사업의 일환으로 『완당집』『담헌서』 등을 교열했으며, 논설, 칼럼, 대담 등의 형식으로 조선의 역사와 문학, 풍속에 관해 통찰력 있는 글들을 적잖이 남겼다. 홍명희는 유달리 안목이 높고 결벽이 심한 인물이었던 까닭에 그 역량에 비해 학문적 저술을 많이 남기지는 않았다. 하지만 당시 그가 신문과 잡지에 발표한 다양한 형태의 글을 검토해보면, 홍명희는 조선의 언어, 문학, 역사, 풍속에 정통한 학자로서의 면모도 지니고 있었음을 분명히 알 수 있다.

뿐만 아니라 홍명희의 역사소설 『임꺽정』 자체가 조선학운동의 한 성과물로서의 성격을 다분히 지니고 있다. 그에 따라 『임꺽정』은 식민지시기 다른 역사소설들에서는 보기 드물 정도로 조선의 역사와 지리에 대한 전문적인 지식을 풍부하게 담고 있으며, 조선 고유의 풍속, 제도, 언어, 설화 등을 다채롭게 보여주고 있는 것이다.

단, 『임꺽정』에 묘사된 그 시대의 생활상은 16세기보다는 조선 후기나 구한말에 더 가까운 면모로 그려져 있는 경우가 적지 않다. 이는 우선 창작의 바탕이 되는 일상사의 자료들이 조선 전기에는 빈약한 반면 조선 후기 이후에는 비교적 풍부하게 남아 있기 때문이다. 다른 한편 이는 홍명희가 루카치의 이른바 '필요불가결한 아나크로니즘'의 원리에 따라 『임꺽정』을 창작한 결과라 볼 수도 있을 것이다.

이상에서 논한 바와 같이 『임꺽정』은 아카데믹한 국학 연구가 정착되기 이전인 1920~1930년대 한국 지식인 사회에서 산출된 학문적 성과물의 하나로 평가될 수 있다. 정인보, 안재홍, 문일평 등이 역사학 연구를 통해 조선학운동을 추진해 나갔다면, 같은 시기에 홍명희는 본격적인 학문적 연구에 몰두하는 대신 주로 역사소설 『임꺽정』의 집필을 통해 그에 호응하는 노력을 보여준 것이라 하겠다.

3부

동서고금의 명작과
『임꺽정』

홍명희의 『임꺽정』과
쿠프린의 『결투』

1. 머리말

벽초 홍명희의 대하 역사소설『임꺽정』에 대해서는 1980년대 중반 이래 수십 편에 달하는 연구논저가 출간되었다. 이러한 논저들은 크게 보아 서양 근대소설의 이론에 비추어 탁월한 리얼리즘 소설로서『임꺽정』을 논하는 경향과, 홍명희가 표방한 바 "조선 정조에 일관된 작품"으로서 우리 고유의 문학적 전통을 계승한 면모에 중점을 두고『임꺽정』을 논하는 경향의 두 부류로 나눌 수 있다.

　『임꺽정』을 서양 근대소설론의 잣대로만 논의하게 되면 한국 근현대 소설사에서 유례가 드물 정도로 민족문학적 색채가 강한 이 작품의 특성을 간과할 우려가 있다. 반면에 과거의 문학적 전통과의 관련을 지나치게 강조하다 보면『임꺽정』이 동시대의 어느 소설보다도 서양 근대소설의 성과를 적극 섭취하여 창조적으로 활용한 사실을 도외시하고, 결과적으로 이 작품을 전근대적인 소설로 폄하하게 되는 폐단이 있다.

　『벽초 홍명희 연구』에서 필자는 홍명희가 조선조 말에 태어난 명문가의 후손으로 한학을 익힌 인물답게 동양의 고전에 정통했던 사실과 아울러, 신학문을 수학한 이후 평생에 걸친 광범한 독서를 통해 서양 근대문학에 대해 남달리 해박한 지식과 깊은 조예를 지니고 있었음을 밝힌 바 있다. 이러한 사실로도 짐작할 수 있듯이 『임꺽정』은 동양 고전문학의 전통과 서양 근대문학의 성과를 훌륭하게 통합한 작품이라는 점에서 높이 평가되어야 한다고 보았다.[1]

그런데 1990년대 이후 문단에서 리얼리즘 소설에 대한 관심이 퇴조해 간 현상과도 무관하지 않겠지만, 최근 학계에서는 『임꺽정』을 동양의 문학적 전통과 관련지어 논하는 연구가 대다수를 차지하고 있는 실정이다. 예컨대 『임꺽정』이 인물에 사건을 연결하는 '이인계사以人繫事'의 원리와 장회章回 형식을 결합한 『수호지』의 영향을 받았다든가, '강담사講談師'에서 유래한 야담식 이야기 투를 수용했다든가, 전傳과 영웅소설의 일대기 방식에 의거했다는 등의 주장이 많은 연구자들에 의해 거듭 제기되었다.[2]

그런 반면 홍명희 자신이 시인 설정식과의 대담에서 밝힌 다음과 같은 내용에 대해서는 지금까지 어떤 연구자도 진지하게 검토한 적이 없다.

> 홍 『임꺽정전』은 사실 아라사(러시아―인용자) 문학 읽은 덕이지요.
> 설 그것 재미있는 말씀인데요.
> 홍 『임꺽정전』은 저 러시아 자연주의 작가 쿠프린의 『…』담譚[3]이라는 것이 있지 않아요. 그게 장편소설인데 토막토막 끊어놓으면 모두 단편이란 말야. 그러니까 이건 단편소설이자 곧 장편소설로도 재미가 있단 말야. 그래서 『임꺽정전』의 힌트를 얻었지요.[4]

『임꺽정』을 말하자면 홍명희라는 20세기의 '강담사'가 야담의 전통을 이어받아 '끝나지 않는 이야기'를 늘어놓은 작품[5] 정도로 이해하고 있는 논자들에게는, 이처럼 이름도 들어보지 못한 러시아 작가 쿠프린의 소설에서 구성상의 힌트를 얻었다는 홍명희의 말이 매우 의외로 느껴질 것이다. 그러나 작가 자신이 분명 『임꺽정』의 구성은 쿠프린의 작품으로부터 힌트를 받았다고 밝힌 만큼, 그 발언의 진위와 의미를 심도 있게 논의해보지 않으면 안 될 것이다.

『임꺽정』이 한창 연재되던 1930년대부터 비평가로 활동한 안함광은 월북 후에 쓴 『조선문학사』에서 『임꺽정』에 대해 "이 작품은 서술 형식에 있어서는 장회식 소설 및 쿠프린의 『결투』와 가까운 특질을 갖는다. 방대한 작품이면서 매개 장이 매물려지는 슈제트를 가지고 있으며 이러한 특질은 이 작품의 흥미를 돕고 있다"고 언급하였다.[6]

이와 같은 자료들은 『임꺽정』과 쿠프린의 장편소설 『결투』의 구성상 유사점을 논하기 위한 단서를 제공하고 있다. 그러므로 이 장에서는 구성 면을 중심으로 쿠프린의 『결투』를 구체적으로 분석하고, 그와 관련하여 『임꺽정』을 새로운 각도에서 고찰해보고자 한다. 이러한 작업은 종래의 연구에서 경시되어온 『임꺽정』의 근대소설적 면모를 재인식하는 데 기여할 수 있으리라 본다.

2. 쿠프린과 장편소설 『결투』

알렉산드르 쿠프린Aleksandr I. Kuprin은 19세기 말 20세기 초 러시아의 유명한 비판적 리얼리즘 작가였다. 1870년 지방 하급 관리의 아들로 태어난 쿠프린은 어려운 환경에서 성장하였다. 사관학교를 졸업하고 1890년부터 4년간 장교로 복무했으며, 전역 후 각지에서 리포터, 공장노동자, 하역 인부, 중개인, 사냥꾼, 어부, 농부, 서커스 기수騎手, 배우, 측량사, 편집자 등 잡다한 직업을 전전했다. 이러한 광범한 체험 위에 예리한 관찰력과 풍부한 언어 구사력을 갖춘 그는 당대 러시아 각계각층의 인간들의 생활을 생생하게 그리는 탁월한 리얼리스트가 되었다.

사상적으로 휴머니스트이자 개인주의자였던 쿠프린은 1905년 제1차 러시아혁명을 전후한 시기에는 사회혁명의 필연성을 긍정하는 입장이었으며, 고리키가 주관하던 지식사知識社의 문집에 연이어 작품을 발표하는 등 진보적인 진영에 속하였다. 그러나 볼셰비키혁명을 반대한 관계로 1919년 망명하여 프랑스 파리에 정착했다. 그곳에서도 창작을 계속하기는 했으나, 조국의 현실을 떠난 망명기의 작품은 전에 비해 작품성이 현저히 떨어지는 것으로 평가된다. 가난과 병고에 시달리던 쿠프린은 1937년 체제 선전을 의도한 소비에트 정부의 지원과 환영 속에 귀국했고, 1년 뒤 레닌그라드에서 사망했다.[7]

쿠프린의 처녀작은 1889년 사관학교 재학 중에 발표한 「최후의 데뷔」였으나, 처음 문단의 주목을 받은 작품은 러시아 자본주의 초기 공업화의 양상과 노동자의 생활을 그린 중편소설 「몰로흐」였다. 잇달아 많은 단편소설을 발표하여 재능을 인정받은 그는 1905년 지식사의 문집 제6호에 장편소설 『결투』를 발표하여 명성을 날리고 문단에서 뚜렷한 지위를 획득했다. 쿠프린은 1910년대에 이미 12권에 달하는 전집을 출간한 다작多作의 작가로서, 3편의 장편소설과 200편가량의 중·단편소설을 남겼다. 그 밖의 대표작으로는 단편소설 「생활의 강」과 「석류석 팔찌」, 한 소도시를 배경으로 사창가의 현실과 창녀들의 일상생활을 적나라하게 그린 장편소설 『야마』 등을 들 수 있다.[8]

쿠프린의 소설은 소재의 다양함과 묘사의 생생함, 단편소설적인 간결함이 장점이라 일컬어진다. "대부분의 내 작품은 나의 자서전이다"라고 했듯이 쿠프린은 변화무쌍한 인생 역정에서 겪은 풍부한 체험을 창작에 적극 활용하여, 러시아 현대 작가 중 관찰과 취재의 범위가 다방면인 점에서 그를 능가할 사람은 없다고 해도 과언이 아니다. 또한 다양한 지역과 계층의 생활을 그리면서 환경을 적실하게 묘사하고 방언과 속어를 포함한 다채로운 언어를 구사한 것이 그의 남다른 강점이었다.[9] 비판적 리얼리스트로서 쿠프린은 톨스토이의 후계자로 일컬어지며, 톨스토이도 신진 작가들 중에서는 쿠프린을 가장 좋아해서 그의 작품을 애독했다고 한다.[10]

쿠프린은 체호프와 유사하게 천부적인 단편소설 작가였다. 그는 사회적 공간을 극히 정확하게 묘사하고 등장인물의 성격을 인상적으로 생생하게 그려 보이며, 인간의 운명을 몇 개의 빈틈없이 꽉 찬 장면으로 펼쳐 보이는 데 능숙하였다.[11] 톨스토이가 "쿠프린의 뛰어난 점은 군더더기가 없다는 데 있다"고 평가했듯이, 그의 작품은 극도로 구체적인 묘사와 아울러 극도로 간결하고 안정감 있는 구성을 보여주었다.[12]

쿠프린의 장편소설 『결투』는 키예프에 주둔한 어느 연대를 배경으로 젊은 소위 로마쇼프와 니콜라이예프 중위 부인 슈로취카의 이루어질 수 없는 사랑을 그리면서, 군대생활의 비인간적인 면모를 다각도로 묘사한 작품이다. 한편에는 무의미하게 반복되는 군사훈련과 부당한 구타, 노예적 복종으로 인해 인간성을 상실한 무지한 병졸들이 있고, 다른 한편에는 어떠한 지적인 흥미도 정신적 지향도 찾을 수 없는 환경 속에서 폭력을 예찬하며 인간다운 면모를 잃어버린 장교들이 있다. 남달리 민감하고 사색적인 기질을 지닌 주인공 로마쇼프는 그러한 군 집단에 염증을 내고, 그 자신뿐 아니라 모든 인간은 '유일무이한 개인적 존재'라는 깨달음에 이르게 된다. 그러나 그러한 인식에 근거하여 스스로 군대를 떠나는 결단을 하기 전에 그는 사랑하는 여인의 남편과의 결투에서 살해된다.

이와 같이 『결투』는 당시 러시아 군대의 부정적 면모를 여실히 그려냄으로써 차르 체제의 지주를 이루던 군국주의를 비판하고, 자아의 가치를 옹호하는 개인주의 사상을 드러낸 작품이다. 이 소설은 1905년 러일전쟁에서 러시아의 패배가 자명해진 시점에 발표된 데다가, 제1차 러시아혁명의 발발과 때를 같이 하여 등장했기 때문에 그 시의성으로 인해 더욱 커다란 센세이션을 일으키며 진보 진영으로부터 열렬한 환영을 받았다.[13]

뿐만 아니라 쿠프린의『결투』는 한 편의 예술작품으로서 빈틈없는 기교를 보여주고 있다. 우선 이 작품은 주인공 로마쇼프를 위시하여 수십 명에 달하는 등장인물들을 인상적인 성격 묘사와 각자의 개성을 드러내는 적실한 대화, 그리고 정밀한 환경 묘사를 통해 탁월하게 그려내고 있다. 또한 얼핏 보면 아무 맥락도 없을 것 같은 단편소설들을 모아서 한 편의 정리된 장편소설을 만든 듯한 느낌을 주는 독특한 구성을 보여주고 있다.[14] 특히 운명적인 결투 장면을 상세하게 묘사하는 대신 그 결과를 보고하는 한 장의 짤막한 문서로 대체함으로써 주인공의 죽음이 주는 충격적인 효과를 극대화한 이 작품의 결말은 서양 근대소설이 도달한 기교의 극치를 보여준다고 하겠다.

러시아 비판적 리얼리즘의 마지막 세대에 속했던 쿠프린은 사회주의적 리얼리즘으로 나아간 고리키와 달리 러시아 현대문학의 주류에서 벗어난 까닭에 오늘날에는 별로 주목받지 못하고 있으나, 당대에는 그의 작품들이 국외에서까지 널리 인기를 얻은 유명 작가였다. 당시 일본에서도 쿠프린의 작품은 상당한 관심을 끌었던 듯하다. 1945년 이전에 그의 대표작인『결투』와『야마』가 이미 여러 차례 번역 출판되었으며,『쿠프린 걸작집』(1920)을 비롯한 여러 선집에 20여 편의 중·단편소설이 번역 소개되었다.『결투』는 노보루 시요무昇曙夢의 번역으로 1912년과 1916년 하쿠분칸博文館에서 출판되었고, 같은 역자에 의한 개정판이 1931년과 1938년 신초샤新潮社에서 나왔으며, 우메다 히로시梅田寬의 번역본이 1939년 가이조샤改造社에서 출판된 바 있다.[15]

3. 『임꺽정』과 『결투』의 구성 방식

1) 23개의 독립적인 장으로 이루어진 『결투』

쿠프린의 『결투』는 영어판 문고본으로 350쪽가량 되는 비교적 짧은 장편소설이다. 그런데 이 작품은 각각 한 편의 짤막한 단편소설을 방불케 할 정도로 독립성이 강한 23개의 장으로 나뉘어 있다.[16]

『결투』의 제1장은 제6중대의 저녁 군사훈련 시간을 그리고 있다. 장교들이 잡담을 하고 있는 가운데 연대장 슐고비치 대좌가 등장하여 착란을 일으킨 타타르인 신병을 꾸짖고 그를 변명해주려는 로마쇼프 소위를 근신에 처한다. 2장에서 울적해진 로마쇼프는 기차역에 가서 상류층 인사들을 보며 후일 자신이 출세하여 참모장교가 되는 몽상에 잠긴다. 3장에서 숙소에 돌아온 로마쇼프는 2년 전 소위 임관 당시의 의욕을 떠올려보며, 모든 지적인 노력을 포기한 자신의 게으른 생활을 반성한다. 그리고 자신과 불륜관계에 있는 페테르손 대위의 부인 라이사로부터 온 편지를 전해 받으나, 그녀의 초대를 무시하고 니콜라이예프 중위 집으로 가기로 한다.

4장에서 로마쇼프는 남몰래 사랑하는 니콜라이예프 중위의 부인 슈로취카를 방문하여 그 부부와 저녁시간을 함께 보낸다. 5장에서 로마쇼프는 군대생활에 염증을 느껴 알코올 중독자가 된 나잔스키 중위를 방문하여 그와 대화를 나눈다. 6장은 숙소에서 근신 중인 로마쇼프가 군대생활에 대해 회의하며 자아의 의미를 사색하는 내용이다. 7장에서 연대장 슐고비치 대좌에게 호출을 받은 로마쇼프는 뜻밖의 후대를 받고 근신에서 풀려난다. 8장과 9장은 장교집회소에서 열린 무도회를 그리고 있는데, 9장에서 그동안 순진한 로마쇼프를 유혹하여 성적으로 농락해온 라이사는 슈로취카로 인해 냉담해진 로마쇼프를 원망하며 복수하겠다고 위협한다.

10장에서는 아침 군사훈련 시간에 병졸을 구타하는 슬리바 대위를 로마쇼프가 비판하여 갈등을 빚는다. 11장에서 로마쇼프는 병졸들의 학과시간에 군대생활에 대한 회의에 빠져 있다가, 비야트킨 중위와 전쟁을 비판하는 이야기를 나누고 술을 마시며 운다. 12장부터 14장까지는 로마쇼프가 슈로취카의 생일 축하 피크닉에 초대받아 간 이야기이다. 12장에서 로마쇼프는 초대장을 받고 돈을 구하려 궁리하다가, 동물애호가인 라팔스키 중좌를 방문하여 돈을 빌린다. 13장에서 로마쇼프는 니콜라이예프 중위 집을 방문하여 그 부부와 여러 장교들을 만난다. 14장에서 여러 사람들과 함께 피크닉을 간 로마쇼프는 슈로취카와 몰래 빠져나와 서로의 사랑을 확인한다.

15장에서 열병식 중 로마쇼프는 특유의 몽상으로 인해 결정적인 실수를 범한다. 16장에서 열병식 때의 실수로 다른 장교들의 비웃음을 산 데다 슈로취카와의 일로 니콜라이예프 중위로부터 경고를 받은 로마쇼프는 배회하면서 괴로워한다. 17장은 그동안 나태한 장교생활과 거리를 두게 된 로마쇼프가 배회하며 사색의 진전을 이루는 것을 그리고 있다. 18장, 19장은 장교집회소와 사창가를 배경으로 장교들의 방종한 행태를 그리고 있는데, 19장에서 그들과 어울리며 괴로워하던 로마쇼프는 취중에 니콜라이예프 중위와 대판 싸우게 된다. 20장에서 로마쇼프와 니콜라이예프 중위는 그 일로 재판에 회부되어 결투를 선고받는다.

21장에서 나잔스키 중위를 찾아간 로마쇼프는 생의 환희와 자아의 소중함을 역설하면서 결투를 회피하고 전역하라고 권하는 그의 말에 감명을 받는다. 22장에서 숙소로 돌아온 로마쇼프는 자신을 위해 결투에는 임하되 서로 총을 발사하지 말라는 슈로취카의 간청을 받고 승낙한다. 두 사람은 정열적인 사랑을 나누고 헤어진다. 마지막 23장은 로마쇼프가 결투에서 니콜라이예프 중위의 총에 맞아 절명했다는 한 장의 보고서로 이루어져 있다.[17]

이상에서 알 수 있듯이 쿠프린의『결투』는 각기 연대 내 현실의 한 단면을 집중적으로 보여주는 23개의 장을 집적하여 한 편의 장편소설을 구성하는 형식으로 이루어져 있다. 물론 모든 장에서 이야기의 중심은 주인공 로마쇼프이며, 그가 군대생활에 회의를 느끼고 벗어나려는 순간부터 사랑하는 여인으로 인해 결투에서 살해되기까지의 이야기를 단계별로 보여주고 있다. 일반적으로 장편소설은―각 장의 독립성이 강한 경우도 있고 약한 경우도 있지만―전체를 읽기 쉽도록 분절하는 것이 관례이다. 그런데 『결투』에서는 그러한 관례적 분절을 넘어서 개개의 장이 별개의 단편소설이라 해도 좋을 정도로 독립성이 강하다. 즉 각 장별로 시·공간적 배경이 뚜렷이 다르고, 로마쇼프를 제외한 주요 등장인물들이 다르며, 마치 작가가 독자에게 군대생활의 여러 국면을 차례차례 보여주는 것처럼 반영된 현실과 갈등의 내용이 서로 다른 것이다.

『결투』를 구성하는 23개의 장은 각기 제한된 시간 내에 일어난 사건을 다루고 있으며, 공간적 배경도 한 장소이거나 두서너 장소라 하더라도 주인공의 움직임을 따라 자연스럽게 연결되어 단일하다고 볼 수 있다. 예컨대 1장부터 5장까지의 시간적 배경은 저녁 군사훈련 시간부터 한밤중까지이며, 공간적 배경은 연병장(1장), 기차역(2장), 로마쇼프 집(3장), 길―니콜라이예프 중위 집(4장), 길―나잔스키 중위 집―길―로마쇼프 집(5장)으로 장별로 거의 단일하다.

또한 인물에 있어서도, 모든 장에 빠짐없이 등장하는 주인공 로마쇼프를 제외하면 장별로 주요 등장인물이 서로 다르다. 몇몇 장에서는 로마쇼프를 단독 주인공으로 하여 그의 심리를 집중적으로 파헤치고 있으며(2, 3, 6, 16, 17장), 다른 장에서는 나잔스키 중위 등 부인물이 거의 주인공과 동등한 비중으로 등장하는가 하면(4, 5, 7, 9, 12, 21, 22장), 열병식 장면과 같이 여러 인물이 다 같이 주인공 격으로 등장하는 장(1, 8, 9, 10, 11, 13, 14, 15, 18, 19장)도 있다.

이와 같이 『결투』의 각 장이 현실의 한 단면을 압축적이고 완결된 형식으로 표현하는 단편소설적 특징을 강하게 띤 것은, 앞서 언급했듯이 쿠프린이 특별히 단편에 능한 작가였다는 사실과 무관하지 않을 것이다. 다른 한편 이는 그가 소설 창작에 드라마적 요소를 도입한 점과도 깊은 관련이 있다고 생각된다.

우선 쿠프린은 극작가들이 주인공의 운명을 몇 막 몇 장으로 나누어 형상화하듯이, 로마쇼프의 운명의 추이를 치밀하게 계산된 23개의 독립된 장으로 나누어 제시하고 있다. 뿐만 아니라 『결투』의 각 장을 대부분 몇 개의 장면으로 집약하고 있으며, 그 결과 각 장면은 서양 고전극을 연상하게 할 정도로 집중된 시·공간을 배경으로 하고 있다.

또한 각 장면에서 작가는 마치 연극 무대를 보여주는 것처럼 공간적 배경을 그려 보이고 등장인물들의 외견상의 특징을 묘사한 다음, 비로소 그들의 행위와 대화, 그리고 연극에서라면 독백으로 처리될 심리 묘사를 통해 사건의 진행을 보여준다. 『결투』에서는 이러한 '극적 방법' 즉 '보여주기' 기법에 의거한 부분이 압도적으로 큰 비중을 차지하는 반면, 작가가 나서서 사태의 추이를 요약적으로 설명하는 '파노라마적 방법' 즉 '말하기' 기법은 불가결한 경우에만 이용되고 있다.[18] 심지어 『결투』의 주제가 집중적으로 제시되는 제21장도 직접적 서술과 논평이 아니라 나잔스키와 로마쇼프의 대화를 통해 작가의 사상이 드러나는 방식을 취하고 있다.

루카치에 의하면 서양 근대문학에서는 드라마와 소설 사이에 극히 강력한 상호작용이 이루어졌으며, 근대소설의 가장 큰 특징은 소설 속에 드라마적 요소를 도입했다는 점이다. 월터 스코트의 역사소설들은 풍속과 사건의 상황을 폭넓게 묘사하고, 사건을 몇 개의 장면으로 집중시키며, 대화에 새롭고 중요한 역할을 부여한 점에서 드라마적 요소를 도입한 근대소설의 선구적 존재라 평가된다.[19] 이렇게 볼 때 장편소설 내에 드라마적 요소를 더욱 강화한 쿠프린의 『결투』는 서양 근대소설의 핵심적 특성을 극대화한 사례에 해당한다고 하겠다.

2) 편·장·절의 각 층위에서 독립성을 추구한 『임꺽정』

이상과 같은 『결투』의 분석 결과를 전제로 하여 『임꺽정』의 구성을 살펴보면, 『임꺽정』은 편·장·절의 세 층위에서 각기 독립성이 발견된다. 우선 『임꺽정』은 「봉단편」, 「피장편」, 「양반편」, 「의형제편」, 「화적편」으로 이루어져 있는데, 다섯 편이 각기 독립적 성격을 지니고 있다. 둘째로 「의형제편」과 「화적편」의 경우 각각 8장, 6장으로 이루어져 있는데,[20] 그 장들이 각기 한 편의 단편소설 내지 중편소설이라 해도 좋을 만큼 독립성이 뚜렷하다. 셋째로 「의형제편」의 각 장들과 「화적편」 서두의 '청석골'장의 경우는 소제목은 없이 번호만 붙어 있는 1~6개의 절로 다시 나누어지는데, 이 절들 또한 독립된 단편소설과 유사한 성격을 띤다. 〈300쪽 표 참조〉[21]

이렇게 볼 때 편·장·절의 세 층위에 독립적 단위가 배치되어 있는 『임꺽정』은 구성이 특이하다는 쿠프린의 『결투』에 비해서도 더욱 특이한 구성을 보여주는 작품이라 하겠다. 홍명희는 분량이 『결투』의 10배에 이르는 대하소설 『임꺽정』이 지루하거나 산만한 느낌을 주지 않도록 단순한 분절을 피하고 중층적 구성을 취한 것이라 짐작된다.[22]

이처럼 『임꺽정』은 편·장·절의 각 단위가 제각기 독립성을 지니고 있으므로, 쿠프린의 『결투』가 "장편소설인데 토막토막 끊어놓으면 모두 단편"이라는 점에서 힌트를 얻었다는 홍명희의 말은 일단 세 단위에 두루 해당한다고 볼 수 있다. 그러나 그중에서도 『결투』의 23개의 장과 가장 유사한 특징을 지니는 단위는 어느 것인지 검토해볼 필요가 있다.

우선 편 구분과 관련하여 홍명희는 1932년 「의형제편」 연재에 앞서 발표한 '작가의 말'에서 다음과 같이 언급하였다.

내가 처음 『임꺽정전』을 쓸 때에 복안을 세운 것이 있었습니다. 첫 편은 꺽정의 결찌의 내력, 둘째 편은 꺽정의 초년 일, 셋째 편은 꺽정의 시대와 환경, 넷

〈표〉『임꺽정』편·장·절의 구성

권	편	장 (절)		비고
제1권	봉단편	이교리 귀양 / 왕의 무도 / 이교리 도망 / 이교리의 안신 / 게으름뱅이 / 축출 /		이교리
		반정 / 상경 / 두 집안		반정
제2권	피장편	교유 / 술객 / 사화 /뒷일 / 형제 / 제자 /		교유
		분산 / 출가		분산
제3권	양반편	국상 /		국상
		살육 / 익명서 / 보복 / 권세 / 보우 /		사화
		왜변		왜변
제4권	의형제편	박유복이	(4)	
		곽오주	(2)	
제5권		길막봉이	(1)	
		황천왕동이	(1)	
		배돌석이	(3)	
		이봉학이	(3)	
제6권		서림	(2)	
		결의	(6)	
제7권		청석골	(6)	
제8권	화적편	송악산		
		소굴		
제9권		피리		
		평산쌈		
제10권		자모산성 (미완)		구월산성
		구월산성 (미집필)		

째 편은 꺽정의 동무들, 다섯째 편은 꺽정이 동무들과 같이 화적질하던 일, 끝 편은 꺽정의 후손의 하락 도합 여섯편을 쓰되 편편이 따로 떼면 한 단편으로 볼 수 있도록 쓰려는 것이었습니다.[23]

이에 의하면 홍명희는 『임꺽정』 연재를 시작할 당시부터 작품 전체를 몇 개의 편으로 나누되 각 편이 독립성을 지니는 형태가 되도록 구상했다는 것이다. 그런데『임꺽정』은 연재 중 예상 외로 분량이 자꾸만 늘어갔으므로, "편편이 따로 떼면 한 단편으로 볼 수 있도록 쓰려" 한 홍명희의 구상은 결국 전체는 대하소설이되 편별로 떼면 장편소설로 볼 수 있는 형식으로 귀착하게 된 셈이다. 어쨌든 각 편이 독립된 작품으로 읽힐 수 있는 형태로 작품 전체를 구상한 데에는 작가 자신의 말대로 쿠프린의『결투』의 영향이 작용했으리라 생각된다. 그러나 결과적으로 단행본 1~4권 분량에 달하게 된『임꺽정』의 각 편들은 지나치게 길고 스토리가 복잡하여 단편소설적 특성을 뚜렷이 지닌『결투』의 장들과는 상당히 이질적인 것이 사실이다.

둘째로 장 구분을 살펴보면, 「의형제편」은 '박유복이'에서 '결의'에 이르는 8장으로, 「화적편」은 '청석골'에서 '자모산성'에 이르는 6장으로 이루어져 있다.[24] 그중 「의형제편」의 장들은 각기 주인공 격인 두령들의 내력과 화적패 가담 경위를 완결된 형식으로 그리고 있어, 작품 전체에서 장별 독립성이 가장 두드러진다. 「화적편」은 그만은 못하더라도 역시 각 장이 한 편의 소설이라고 해도 좋을 만큼 독립성이 뚜렷하다. 물론 「의형제편」과 「화적편」의 장들은 가장 짧은 '서림'장이 88쪽이고 가장 긴 '청석골'장이 단행본 한 권 분량으로[25]『결투』의 장들에 비해 길고 내용도 복잡하기는 하나, 홍명희가 이러한 장들을 독립적인 소설과 같은 형식으로 집필한 데에도『결투』의 영향이 작용했으리라 추측된다.[26]

셋째로 「의형제편」의 장들과 「화적편」 서두의 '청석골'장의 경우는 각기 1~6개의 절로 다시 나누어진다.[27] '길막봉이', '황천왕동이'와 같은 비교적 짧은 장들은 구분 없이 하나의 절로 되어 있는가 하면, 이례적으로 긴 '결의'장과 '청석골'장은 각각 6절로 구분되어 있다. 이 절들은 각기 독립성을 띤 장 안에서 다시 독립성을 인정할 수 있는 더욱 작은 이야기 단위를 이룬다.『결투』와 비교해보면 이 절들조차 다소 긴 것이 사실이지만, 그래도 세 층위 중에서 절 단위는 길이가 짧고 현실의 한 단면을 그리는 단편소설에 가까우므로,『결투』의 장들과 가장 유사하다고 할 수 있다.

『임꺽정』에서 장, 절의 구분이 합리적이고 각 장, 절의 독립성이 가장 뚜렷이 드러나는 부분을 들자면 '박유복이', '배돌석이', '이봉학이', '서림'장을 들 수 있다.[28] 여기에서는 그중 「의형제편」의 서두에 해당하는 '박유복이'장을 검토해보기로 한다.

긴 중편소설에 해당하는 195쪽 분량의 '박유복이'장은 4개의 절로 나누어져 있다. 1절은 박유복이 양주 임꺽정의 집에 찾아와 임꺽정의 가족을 만난 이야기이다. 2절에서 박유복은 칠장사에 들러 병해대사를 만난 뒤, 부친의 유골을 수습하여 모친의 묘와 합장하고 원수 노첨지를 찾아나선다. 3절에서 박유복은 노첨지를 살해하고 도피한다. 4절에서 박유복은 덕적산 최영장군 사당의 장군마누라가 된 최작은년이를 만나 인연을 맺고 함께 도주하다가, 도둑 오가의 수양딸 사위가 되어 청석골에 눌러살게 된다. 이처럼 '박유복이'장은 4개의 절이 각기 한 편의 단편소설이라고 해도 좋을 만큼 스토리상 뚜렷이 독립성을 띠고 있다.[29]

뿐만 아니라 공간적 배경도 절별로 다르고 단일한 편이다. 1절은 양주 임꺽정의 집, 2절은 칠장사―새원 부근―서울―양주―배천―강령, 3절은 강령―배천, 4절은 덕적산―청석골로 되어 있다. 쿠프린의『결투』는 한 연대 내에서 일어난 사건을 다룬데다가 각 장의 길이가 짧아 대부분의 장들이 단일한 장소를 배경으로 하고 있다. 그와 달리『임꺽정』은 광범한 지역을 무대로 활약한 화적패 이야기를 다룬 데다가 장, 절의 길이가 상대적으로 길기 때문에, 한 장이나 절이 단일한 장소를 배경으로 한 경우는 매우 드물다. 그렇기는 하지만, 작가는 가급적 절별로 배경을 달리하고 각 절의 배경을 한두 장소로 집약하고자 하는 노력을 보여준다. '박유복이'장에서도 1·3·4절은 그 배경이 대체로 한두 군데로 집약되어 있다. 2절은 불가피하게 여러 군데를 배경으로 하고 있으나, 실은 이 경우에도 작가는 주인공의 이동을 단순히 뒤쫓아가지 않고 그중 두어 군데를 선택하여 그 장면을 집중적으로 묘사하고 있다.

또한 '박유복이'장에서는 주인공인 박유복을 제외한 주요 등장인물이 절별로 다르다. 1절에서는 임꺽정의 가족이 한 사람 한 사람 등장하여 그 외모와 언동이 인상적인 필치로 그려진다. 2절에서는 병해대사, 칠장사에서 만난 양반 일행, 좀도적 신불출이 등이 부인물로 등장한다. 3절에서는 노첨지 등 몇몇 군소인물만이 나오며, 4절에서는 박유복의 아내 최작은년이와 도둑 오가 내외가 비중 있는 부인물로 소개된다. 이와 같이 '박유복이'장에서 절별로 사건과 배경과 등장인물이 뚜렷이 다르게 설정된 것은 작가가 의도적으로 각 절의 독립성을 추구한 결과라 하겠다.

한편 '박유복이'장은 사건을 몇 개의 중요한 장면으로 집약하고 주로 '보여주기' 기법을 구사하는 등 소설 속에 드라마적 요소를 대폭 도입하고 있다. 이러한 특징은 「의형제편」과 「화적편」 전체에서 발견되는데, 그중 특히 현저한 사례로 '박유복이'장의 제1절을 들 수 있다.

여기에서는 양주 임꺽정 가족의 일상생활이 눈에 보일 듯이 그려지며, 종적이 묘연하던 박유복이 방문한 것을 계기로 오랜 세월이 흐른 사이 달라진 개개 인물들의 면모가 새롭게 묘사되고, 그간 이 집안에서 일어난 여러 사건들이 박유복과 섭섭이 간의 대화를 통해 알려지게 된다. 전장에 나간 임꺽정, 풍병으로 반신불수가 된 부친 돌이, 과부가 된 누나 섭섭이, 장애아인 이복동생 팔삭동이, 백두산에서 낳은 아들을 데리고 온 아내 운총과 처남 황천왕동이, 아비를 닮아 당돌하고 심술궂은 아들 백손이, 섭섭이의 얌전한 딸 애기 등의 외모와 언어 동작이 생생하게 재현되며, 그동안의 변화가 섭섭이의 말을 통해 요약 설명된다.

그리고 십수 년 전에 헤어졌다가 나타난 박유복의 행색은 그를 알아보지 못한 섭섭이의 눈을 통해 객관적으로 묘사되며, 그간의 기구한 사연이 대화를 통해 차차 알려지게 된다. 그것도 박유복의 내력담이 지루하게 이어지는 것이 아니라 돌이 방에서 시작된 이야기가 저녁식사로 한동안 중단되었다가 다시 그 방에 모인 후 계속되는데, 마치 연극의 한 장면처럼 박유복의 말 사이사이에 다른 사람의 언어 동작이 끼어들면서 생동감 있게 전달된다. 그러는 동안 박유복이 이 장의 주인공이라는 사실이 서서히 드러나게 되고, 섭섭이와의 밀담을 통해 그에게 앞으로 일어날 사건의 방향이 제시되는 것이다. 여기에서 보듯이 『임꺽정』에는 드라마적 요소가 뚜렷이 드러나 있거니와, 이 역시 "인간의 운명을 몇 개의 빈틈없이 꽉 찬 장면들로 펼쳐 보이는 데 능숙"했던 쿠프린의 『결투』의 영향과 무관하지 않다고 생각된다.

이상과 같이 『임꺽정』이 편·장·절의 세 층위에서 각각 구성상의 독립성을 보여주며, 그중 특히 「의형제편」과 「화적편」 '청석골'장의 각 절이 쿠프린의 『결투』의 장들과 가장 유사한 특성을 지니고 있음을 확인하였다. 그런데 『임꺽정』에서 이러한 『결투』와의 유사성은 연재 시기에 따라 층위를 달리하여 나타날뿐더러, 때로는 현저하고 때로는 약화되어 나타나는 등 기복이 심하다. 이는 무엇보다도 『임꺽정』이 10여 년에 걸쳐 장기간 연재된 사정에 기인하는 것으로 생각된다.

앞서 인용했듯이 홍명희는 『임꺽정』 연재를 시작할 때 각 편이 독립성을 띠게 하려는 복안을 세웠다고 했는데, 「봉단편」을 살펴보면 작가가 편별뿐 아니라 장별로도 독립성을 띤 구성을 염두에 두었음을 짐작할 수 있다. 「봉단편」은 '작가의 말'에 해당하는 '머리 말씀'을 제외하면 '이교리 귀양'에서 '두 집안'에 이르는 9장으로 이루어져 있다. 비록 각 장이 완결된 단편소설 형식과는 다소 거리가 있지만, 「봉단편」은 유배지에서 탈출하여 백정의 사위가 되었다가 반정反正으로 다시 출세하게 되는 교리 이장곤의 진기한 인생 체험을 비교적 정연하게 분절된 아홉 개의 장을 통해 흥미롭게 그리고 있다.

이에 비할 때 「피장편」과 「양반편」은 등장인물이 지나치게 많고 내용이 잡다한 관계로 장 구분이 일정한 원칙에 따라 이루어지지는 못한 느낌이다. 앞서 언급한 '작가의 말'에서 홍명희 자신도 각 편이 독립성을 띠도록 하려던 복안을 설명한 뒤, "그러나 손이 마음과 같지 못하여 복안대로 잘되지 않는 까닭에 되나마나 거의 염치 불고하고 횟수 채움으로 써 나가다가 그나마 셋째 편을 채 끝마치지 못하고 이내 중단하여버리게 되었습니다"라고 하였다. 그리고 "이왕 쓴 세 편은 사실 누락된 것을 보충하고 사실이 착오된 것을 교정하고 쓸데없이 늘어놓았던 이야기를 깎고 줄이어 책을 만들려고 합니다. 그러면 혹 처음 복안과 같은 물건이 될는지요"라고 부언하였다.[30] 「봉단편」 「피장편」 「양반편」을 연재하던 시기 홍명희는 소설을 처음 쓰기 시작한 데다가 신간회 활동으로 분주하여 창작에 전념하기 어려운 형편이었다. 그러므로 작품이 애초 구상대로 쓰이지 않아 스스로도 불만을 갖게 되었던 것 같다.

그 후 홍명희는 신간회 활동으로 투옥되어 만 3년 가까이 『임꺽정』 연재를 중단했다가 1932년 12월 연재를 재개했는데, 당시 그는 연재 초기의 복안을 진지하게 재검토하면서 이를 더욱 충실하게 구현하는 방향으로 구상을 다잡았던 듯하다. 그 결과, 각 부분의 독립성을 추구하려 한 애초의 의도는 바로 그 무렵 연재된 「의형제편」에 가장 뚜렷하게 반영되었다. 그런데 장별로 주인공 격인 각 두령의 내력과 화적패 가담 경위를 그리려다 보니 「의형제편」의 장들은 전반적으로 길이가 길어졌다. 따라서 작가는 각 장을 다시 몇 개의 절로 나누고 각 절이 또한 단편소설적 완결성을 지니게 함으로써, 전체적으로 더욱 정교한 구성이 되도록 고안하였다. 그리하여 「의형제편」을 이루는 여덟 개의 장의 각 절은 쿠프린의 『결투』의 장들에 가장 유사하게 된 것이다.

이와 같이 장·절의 구분이 합리적이고 각 장·절의 독립성이 뚜렷한 특징은 「의형제편」 말미인 '결의'장과 뒤이어 연재된 「화적편」 '청석골'장에서도 발견된다. 다만 이 두 장은 작가의 건강 문제로 휴재가 잦았던 사정이 작용한 탓인지 '결의'장이 297쪽 내외, '청석골'장이 단행본 한 권 분량에 달하는 등, 장의 길이가 지나치게 길고 사건 진행이 마냥 느려지는 폐단이 눈에 띈다.[31]

그리고 신병으로 인해 만 2년 가까이 휴재한 후 1937년 12월부터 연재한 「화적편」 '송악산'장부터 미완된 '자모산성'장까지도 장 구분은 비교적 정연하게 이루어졌다 하겠으나, '송악산'과 같은 짧은 장은 물론 '소굴'과 같이 긴 장에도 절 구분이 되어 있지 않다. 특히 '소굴'장의 경우는 '청석골'장과 비슷하게 장 길이가 지나치게 길고 내용이 잡다하여 단편소설적 완결성과는 거리가 멀다고 생각된다.

한편 「봉단편」 「피장편」 「양반편」이 작가의 서술에 의존하여 이야기 투로 전달되는 부분이 큰 비중을 차지하고 있는 데 비해, 「의형제편」과 「화적편」은 사건을 몇 개의 중요한 장면으로 집약하고 등장인물의 외모와 언행을 생생하게 묘사하는 등 드라마적 요소를 대폭 도입하고 있다. 이렇게 볼 때 「의형제편」과 「화적편」은 구성 면에서 편·장·절의 독립성을 추구한 점뿐만 아니라, 소설 창작에 드라마적 요소를 적극 도입한 점에서도 쿠프린의 『결투』와의 유사성이 가장 두드러진다고 하겠다.

4. 맺음말

이상에서 구성 면을 중심으로 『임꺽정』과 쿠프린의 『결투』의 유사성을 살펴 보았다. 물론 『결투』와의 유사성이 가장 두드러지는 「의형제편」과 「화적편」도 그와 비교해 보면 장·절의 길이가 길고 스토리가 복잡하며, 현실의 단면을 압축적으로 그리는 단편소설적 성격이 상대적으로 약하고, 장·절 구분의 원칙이 일관되지 못한 부분이 더러 눈에 띄기도 한다. 그러나 이러한 차이는 『임꺽정』이 『결투』와 달리 10권에 달하는 대하소설인데다가 광범한 시공간을 배경으로 폭넓은 계층의 이야기를 다룬 작품임을 감안하면 지극히 당연한 현상이다.

그리고 "조선 정조에 일관된 작품"을 목표로 한 작가의 의도에 따라 전래의 설화나 야사에서 유래한 삽화가 빈번히 들어간 까닭에, 『임꺽정』은 하나의 장·절이 구성상의 단일성을 추구하기가 더욱 어렵게 되었다. 또한 『임꺽정』은 연재 기간이 10여 년에 이른데다가 단행본 출간 시에도 작가가 스스로 기약한 대폭적인 손질이 이루어지지 못한 관계로, 구성 면에서도 최종적인 정비의 기회를 얻지 못하였다.

이와 같은 여러 가지 불리한 요인에도 불구하고 『임꺽정』이 그처럼 정연한 구성을 지니게 된 것은 홍명희가 『결투』의 독특한 구성을 의식하면서 창작에 임한 때문이라 생각된다. "끝없이 긴 이야기"[32]라고 은근히 야유당하기까지 한 대하소설 『임꺽정』의 작가로서는 의외로, 홍명희는 단편소설 양식에도 각별한 관심을 가지고 있었다. 그는 일본 유학시절 러시아 문학에 심취하여 당시 일역된 러시아 작품들을 빠짐없이 수집 탐독했는데, "러시아 작가 이외에는 프랑스 작가 중 모파상의 것을 일일이 모았"다고 한다.[33] 모파상의 소설에 대한 이러한 관심은 일차적으로 그 시기 홍명희가 자연주의 문학에 탐닉한 때문이라 추측되지만, 모파상이 프랑스의 대표적인 단편소설 작가였던 사실을 생각해보면 이는 단편소설 양식에 대한 관심과도 무관하지 않을 것이다.

해방 후의 한 좌담에서 홍명희는 "나는 전에 이런 생각을 한 일이 있소. 역사소설을 단편으로 써 보면 어떨까. 즉 역사적 사실에서 테마를 잡아서 단편을 쓰되 시대 순서로 써 모으면 역사소설이라느니보다 소설 형식의 역사가 되려니 (…) 그래서 그런 것을 취재해서 단편을 써볼 생각이 있었소"라고 술회한 바 있다.[34] 즉 단편소설들을 집적集積하는 방식으로 장편 역사소설을 만들려는 구상을 지니고 있었다는 것이다. 그는『결투』에서 힌트를 얻어 각 편·장·절이 독립성을 지닌 독특한 구성으로『임꺽정』을 창작하기는 했으나, 거기서 더 나아가 각 부분이 더욱 완결된 단편소설의 성격을 띠는 형식의 작품을 써보고 싶었던 것이라 생각된다.

쿠프린의『결투』가 형식 면에서『임꺽정』에 미친 영향으로 또 한 가지 주목할 것은 소설 창작에 드라마적 요소를 적극 도입한 점이다. '박유복이' 장의 분석에서 보았듯이『임꺽정』은 사건을 몇 개의 중요한 장면으로 집약하고, 장면마다 등장인물 개개인의 행동과 대화를 생생하게 묘사함으로써 인물을 실감나게 형상화하고 사태의 진전을 직접적인 서술 대신 대화를 통해 전달하고 있다. 이와 같은 표현 방식은『수호지』와 같은 중국소설이나 한국의 고전소설에서는 보기 힘든 것으로, 서양 근대소설에 이르러 본격적으로 발달한 기법이다. 쿠프린의『결투』는 바로 이러한 기법의 극치를 보여주는 예라 할 수 있거니와,『임꺽정』은『결투』로부터 그와 같은 면에서도 깊은 영향을 받은 것이라 생각된다.

여러 논자들이 지적했듯이『임꺽정』은 한국 근대소설 중 두드러지게 우리 고유의 문학적 전통을 계승한 작품임이 사실이다. 따라서 그 점만 주목하면 전근대적 요소가 다분한 소설로 보일 수도 있지만, 이는 피상적 고찰에 머문 것이라 생각된다.『임꺽정』에서 쿠프린의『결투』로부터 영향 받은 측면이 쉽사리 포착되지 않는 것은 홍명희가『결투』의 예술적 성과를 창조적으로 수용한 결과로 보아야 한다. 만약 그가 미숙한 작가였다면『임꺽정』은『결투』의 영향이 노골적으로 드러난 "양취洋臭"[35] 나는 작품이 되고 말았을 것이다.

요컨대 이례적으로 규모가 크고 내용이 복잡하며 연재기간도 길었던 『임꺽정』이 나름으로 정연한 구성을 지닌 대하소설이 된 것은 그만큼 홍명희가 뛰어난 작가적 역량의 소유자임을 말해준다. 더욱이 쿠프린의 『결투』가 톨스토이와 도스토예프스키의 작품들로 서양 근대소설의 정상을 정복한 완숙기 러시아 소설의 수준 위에서 나온 작품임을 감안할 때, 근대소설의 전통이 일천하기 짝이 없던 1920~1930년대에 홍명희가 『결투』의 예술적 성과를 흡수하여 탁월한 근대적 역사소설을 창조한 것은 특기할 만한 일이라 하겠다.

『임꺽정』과 연암 문학의
비교 고찰

1. 머리말

벽초 홍명희의『임꺽정』은 한국 근대소설 중 드물 정도로 동양 고전문학의 전통과 서양 근대문학의 성과를 융합한 독특한 작품이다. 즉『임꺽정』은 19세기 서양 리얼리즘 소설의 성과를 섭취하여 근대적인 역사소설의 면모를 뚜렷이 지니면서도, 다른 한편 한국과 중국의 서사문학의 전통을 충실히 계승한 작품인 것이다.[1] 우리 시대의 한 비평가는 한국 장편소설이 세계문학에 진출하기 위해 새롭게 지향해야 할 '동아시아 서사의 가능성'의 맹아를 보여주는 작품으로『임꺽정』을 거론하기도 하였다.[2] 이러한 견지에서 필자는 벽초의『임꺽정』과 조선시대 최고의 산문 작가인 연암 박지원의 문학을 비교 고찰해보고자 한다.

　벽초 홍명희(1888~1968)는 연암 박지원(1737~1805)보다 약 150년 후에 태어난 인물이다. 연암이 살았던 18세기와 벽초가 살았던 20세기의 한국 사회가 얼마나 이질적이었던가는 두말할 필요가 없을 것이다. 근대인이었던 벽초와 근대 지향적인 면모를 지녔으되 엄연한 조선시대인이었던 연암 간에는 여러 면에서 현격한 차이가 있는 것이 사실이다. 그러나 벽초는 신학문을 공부하고 일본 유학까지 한 근대적인 지식인이면서도, 다른 한편 명문 양반가에서 태어나 한학을 수학하고 평생 동안 한적을 가까이 한 한학자이기도 했다. 그러한 벽초인 만큼, 조선시대 명문 양반가 출신으로 성리학을 익히고 고문에 통달했으면서도 새로운 시대 변화에 부응하여 실학을 추구하고 문풍의 혁신을 주도했던 연암과 많은 유사점을 보여준다.

벽초는 1937년 『조선일보』에 실린 유진오와의 대담에서 조선시대 한문학에 대해 논하면서 연암의 문학에 대해 다음과 같이 언급하였다.

> 그러나 우리 문학사를 쓴다면, 하여간 우리 말로 씌어진 문학 이외에 한문으로 씌어진 문학에서 비록 표현하는 기교는 부족하다고 하더라도 중국 것과는 다른 것은 역시 조선문학의 일부분으로 들 수 있을 테지. 그야 심장적구尋章摘句만 한 것은 모르지만, 연암만 하면 자기 할 말을 마음대로 다 했으니까. 영재(寧齋, 이건창) 같은 분은 연암은 고문 규범에 덜 맞는다고 했지만, 거기에는 조선 정조情調가 있거든.[3]

이와 같이 벽초는 연암이 비록 한문으로 창작을 하기는 했지만 당송唐宋 고문의 법도에 얽매이지 않고 한문으로 자신의 생각을 자유자재로 표현했으며, 연암의 글에는 '조선 정조'가 있다고 하여 민족문학적 견지에서 그 가치를 높이 평가하였다. 그런데 여기에서 벽초가 연암 문학과 관련하여 '조선 정조'라는 표현을 쓴 점은 매우 주목할 만하다. 1933년 『임꺽정』 「의형제편」 연재에 앞서 기고한 '작가의 말'에서 벽초는 "『임꺽정』만은 사건이나 인물이나 묘사로나 정조로나 모두 남에게서는 옷 한 벌 빌려 입지 않고 순조선 거로 만들려고 하였습니다. '조선 정조에 일관된 작품' 이것이 나의 목표였습니다"[4]라고 말한 바 있다.

이처럼 '조선 정조'는 벽초가 『임꺽정』을 쓸 때 창작의 모토로 삼았을 정도로 중요시한 요소이다. 그러므로 연암의 글에 '조선 정조'가 있다고 한 것은 벽초가 연암의 문학을 대단히 높이 평가했음을 말해주는 동시에, 연암 문학과 『임꺽정』 간의 친연성親緣性을 시사하는 의미심장한 발언이라 하겠다. 필자가 지금까지 자료를 섭렵한 바에 의하면 벽초는 『임꺽정』 이외에는 고전과 현대문학을 통틀어 오직 연암의 문학에 한해서만 '조선 정조'라는 표현을 사용하였다.

한국한문학에 대한 연구가 일천했던 1930년대에 이처럼 연암 문학의 특징이 민족문학적 개성에 있다는 점을 정확히 언급한 사실로 미루어, 벽초는 평소 연암 문학에 대해 상당한 조예를 갖추고 있었으리라 짐작된다. 이와 아울러 필사본으로만 전하던 연암의 문집이 20세기 초반에 수차 활자본으로 간행되어 널리 보급된 사실을 감안할 때, 벽초가 『임꺽정』 연재 이전이나 연재 도중에 『연암집』을 읽고 그로부터 적잖은 영향을 받았을 개연성은 충분하다고 본다.

그간 학계에서 『임꺽정』을 중국과 조선의 고전문학의 전통과 관련지어 논한 연구는 상당히 이루어졌으나, 그중 연암의 문학과 관련지어 논한 연구는 극히 드문 실정이다. 채진홍 교수는 벽초의 『임꺽정』과 연암의 한문소설을 비교하여, 양자는 "이인異人형 인물"이 등장한다는 점에서 공통되며 그 배후에는 "이상세계 추구·기존 문명 거부·구원관·절대 자유"라는 사상적 근거가 있다고 보았다.[5] 이는 『임꺽정』과 연암 소설을 비교 고찰한 선구적인 시도라 할 수 있으나, 양자의 유사점을 등장인물과 그들의 세계관에 국한하여 논할뿐더러 『임꺽정』의 경우 정희량, 갖바치, 이지함, 서경덕, 남사고, 서기 등 대체로 부차적인 인물들만을 언급하고 있어, 지엽적인 논의에 그치고 있다고 하겠다.

이 글에서는 벽초의 『임꺽정』과 연암 문학을 본격적으로 비교 고찰해보고자 한다. 연암 문학 중에서는 몇몇 한문소설에 국한하지 않고 연암의 대표작 『열하일기』와 산문들까지 포괄하여 논의의 대상으로 삼을 것이다. 먼

저 다음 장에서는 연암과 벽초의 영향 관계를 추정하기 위한 단서로 『연암
집』 활자본의 출간 경위와 연암 문학에 대한 벽초와 그의 장남 대산袋山 홍
기문의 견해를 정리해보려 한다. 이어서 벽초의 『임꺽정』과 연암 문학의
유사점을 민족문학적 개성, 양반 비판과 민중성, 리얼리즘과 해학성이라는
세 항목으로 나누어 심도 있게 고찰해볼 것이다. 이와 아울러 양자의 차이
점에 대해서도 살펴보고, 그러한 차이점이 지닌 시대적 의미를 논해보려
한다. 결론에서는 비교 고찰의 결과 드러난 양자의 유사점을 근거로 벽초
의 『임꺽정』과 연암 문학의 관계를 문학사적 연속성의 측면에서 부각해보
고자 한다.

2. 벽초와 대산의 연암 문학 수용

벽초가 이전 시대의 저명한 문장가로 연암에 대해 안 것은 상당히 일찍부터
였을 듯하다. 벽초의 가문은 대대로 저명한 문신과 학자를 배출한 풍산 홍
씨가로서, 집 안에는 도서관을 방불케 할 만큼 책이 많았다고 한다.[6] 게다가
벽초의 가문은 연암의 가문인 반남 박씨가와 같은 노론에 속하였으므로, 벽
초는 유소년 시절 한학을 수학하는 동안 여러 기록과 집안 어른들의 구전을
통해 연암 박지원이라는 조선 후기의 뛰어난 문인 학자에 대해 기초적인 지
식을 갖게 되었으리라 추측된다.

　그러나 벽초가 연암의 글을 실제로 읽은 것은 아마도 연암의 문집이 활
자본으로 공간된 이후였을 것이다. 20세기 벽두에 창강 김택영은 연암의
글 중 대표작을 뽑은 연암선집인 『연암집』(1900)과 『연암속집』(1901)을 처
음 활자본으로 간행했으며, 1917년에는 이 두 책을 합하여 개편한 『중편重
編 박연암 선생 문집』을 망명지 중국에서 간행하였다. 1911년에는 육당 최

남선이 조선광문회에서 『연암외집 열하일기熱河日記 전소』이라는 제목으로 연암의 『열하일기』를 간행하였다. 그리고 1932년에는 반남 박씨가의 부호 박영철의 재력에 힘입어 연암전집이라 할 수 있는 전17권 6책의 신활자본 『연암집』이 간행되었다.

공교롭게도 초기에 연암의 저술을 활자본으로 간행한 창강과 육당은 모두 벽초와 각별한 친분 관계가 있는 인물들이었다. 경술국치와 부친의 순국 이후 해외 독립운동에 투신하고자 중국으로 간 벽초는 1913년 창강을 만났으며, 이를 계기로 창강은 순국 열사인 벽초의 부친 홍범식의 생애를 기록한 「홍범식전」을 쓰기도 하였다. 육당은 일본 유학시절 이래 벽초의 절친한 벗으로서, 신문학 초기에 『소년』지를 발행하면서 함께 필자로 활약하여 벽초·춘원과 함께 '조선 삼재'로 불린 인물이다. 그러므로 벽초는 『임꺽정』 연재를 시작한 1928년 11월 이전에 이미 창강과 육당이 간행한 연암의 저술을 접했으며, 그중 상당 부분을 읽었을 가능성이 높다.

그 후 『임꺽정』 연재 중 신간회 활동으로 투옥되었다가 출옥하여 독서와 집필에 전념하고 있던 1930년대에 벽초는 최초의 연암전집으로 세간의 관심을 모으며 출간된 박영철본 『연암집』을 통독했던 것으로 보인다. 그 무렵에는 신간회 해소 이후 민족운동의 활로를 모색하던 일단의 민족주의자들에 의해 이른바 조선학운동이 일어나, 민족의 역사와 문화에 대한 주체적이고 체계적인 연구가 관심을 모으고 있었다. 벽초 역시 그에 동참하여 김정희의 『완당집』과 홍대용의 『담헌서』를 교열하는 등 고전 간행 사업에 일익을 담당하는가 하면, 신문이나 잡지에 우리 역사와 문화에 관한 글을 기고하기도 하고 그러한 주제로 대담을 하기도 했다.

벽초는 당시 지식인들 사이에 고전문학에 대해 누구보다도 조예가 깊은 인물로 알려져 있던 만큼, 그 분야에서도 단편적이나마 시사성이 풍부한 견해를 피력하였다. 당시의 저술과 발언 내용을 종합해보면 벽초는 우리 고전문학의 유산이 빈약하다는 것을 어쩔 수 없는 사실로 전제하고 있다. 특히 조선시대 국문소설은 전반적으로 수준이 낮을뿐더러 사실적인 것과는 거리가 먼 "천박한 이상주의"에 떨어져 있으며, 중국문학의 영향을 지나치게 받아 조선문학으로서의 특징이 결여된 작품이 많다고 비판하고 있다.[7]

이처럼 세계적인 고전의 수준에 육박하면서도 민족문학적 색채가 뚜렷한 작품만을 높이 평가하기 때문에, 벽초는 조선시대 대부분의 한문학에 대해서도 매우 인색한 평가를 내리고 있다. 예컨대 그는 조선시대 한문학의 대가들에 의해 쓰인 고문에 대해 "수사학적으로 보면 현대로서도 배울 점이 있을는지 모르지만, 내용이야 보잘 것이 없"다고 평하고 있다. 그런데 유독 연암에 대해서만은 다른 고문가들과 달리 고문의 법도에 얽매이지 않고 한문으로 "자기 할 말을 마음대로 다했"으며, 연암의 글에는 "조선 정조"가 있다고 높이 평가한 것이다.[8]

한편 당시 조선일보 학예부장으로 재직 중이던 벽초의 장남 대산 홍기문은 1937년 『조선일보』에 연암 박지원 탄생 200주년 기념 논문 「박연암의 예술과 사상」을 연재하여 연암 문학을 본격적으로 논하였다. 서두에서 홍기문은 창강이 조선한문학사상 가장 뛰어난 문장가로 선정한 김부식 이하 '9가九家'의 글들에 대해, 중국 고문의 규범에 구속되어 "저자의 개성은 고사하고 지방과 연대의 개성조차 분명치 못"하다고 비판한다. 그런데 그 '9가' 중 연암의 글만은 예외적으로 중국의 대문장가의 글과 어깨를 나란히 할 만한 수준이면서도 "150여 년 전 조선인의 글 됨을 잃지 않는다"고 높이 평가하고 있다. 즉 연암의 글은 다른 고문가들의 글과 달리 조선 특유의 언어, 풍속, 설화 등을 풍부하게 수용하고 있어, "한토漢土의 그네들과는 자못 같지 않은 호흡과 맥박이 들려지고 있는 것 같이 느껴진다"는 것이다.

아울러 대산은 연암이 문장가로서만이 아니라 사상가로서도 위대한 인물이라 보았다. 양반제도와 유자儒者에 대한 비판, 토지제도와 화폐 및 농가 경제에 대한 진보적 이론 등 여러 면에서 연암은 "그 당시에 있어 가장 참신하고 탁월"한 사상의 소유자였으며, 따라서 "조선 사상사에 있어서도 커다란 지위를 점령"하는 존재라는 것이다.[9]

「박연암의 예술과 사상」은 당시 30대의 저널리스트이자 재야 소장학자였던 대산이 쓴 논문이라기에는 믿어지지 않을 만큼 조선한문학사에 대한 폭넓은 조예를 바탕으로 연암 문학의 특징을 다방면에서 예리하게 지적해 내고 있다. 여기에서 대산이 지적한 연암 문학의 민족문학적 개성과 실학 사상의 진보성은 오늘날 학계에서는 거의 상식이 되어 있지만, 한문학 연구의 초창기였던 당시로서는 대단히 참신한 견해였다.[10]

그런데 흥미로운 것은 연암의 작품이 비록 한문으로 쓰였으나 조선문학으로서의 개성을 농후하게 드러낸 점을 높이 평가한 대산의 논지는 그보다 며칠 전 대담 「조선문학의 전통과 고전」에서 벽초가 피력한 견해와 정확히 일치하고 있다는 점이다. 벽초와 대산은 혈연으로는 부자지간이되 학문적으로는 사제지간이기도 하였다. 대산은 10대 후반부터 거의 평생 동안 부친의 가르침을 받았지만, 그 무렵에는 특히 부친에게서 들은 이야기를 중심으로 조선의 풍속에 대해 서술한 칼럼을 신문에 연재하기도 했다.[11]

이러한 정황들로 미루어 보면, 연암의 문학과 사상에 대한 대산의 논문은 부친인 벽초의 교시를 대폭 수용하여 집필한 것이 아닌가 한다. 그렇다면 대산의 논문 「박연암의 예술과 사상」은 연암 문학에 대한 벽초의 견해를 더욱 구체화하여 표현하고 있는 글이라 보아도 좋을 것이다. 그리고 이 사실은 벽초의 『임꺽정』과 연암 문학의 관련 양상을 논하는 데 중요한 단서를 제공한다고 볼 수 있다.

3. 『임꺽정』과 연암 문학의 유사점

1) 민족문학적 개성의 추구

벽초의 『임꺽정』과 연암 문학의 유사점으로는 무엇보다 먼저 민족문학적 개성을 추구한 점을 들 수 있다. 앞서 언급한 「박연암의 예술과 사상」에서 대산은 우리나라 역대 고문가들의 문학에 비해 연암 문학은 세 가지 특색이 있다고 보았다.

대산이 지적한 연암 문학의 첫 번째 특색은 관직명이나 지명을 중국식으로 고치거나 옛 호칭으로 대신하지 않고, 되도록 조선에서 통용되는 그대로 쓴 점이다. 종래 조선의 고문가들은 중국의 고문을 모방해야만 전아한 문장이 된다고 믿어, 조선의 특유한 관직명이나 고유 지명을 그대로 적기를 기피하고 고대 중국의 관직명이나 지명으로 고쳐 표기하는 관행을 고수하였다. 예컨대 '판서'를 굳이 '상서尙書'로 바꾸고, '한양'을 '장안'이나 '낙양'으로 바꿔 적곤 했던 것이다. 그런데 「답창애答蒼厓」에서 연암은 그러한 관행에 대해 "관호官號나 지명은 남의 것을 빌려 써서는 아니 되는 것이니, 나무를 지고 다니면서 소금을 사라고 외친다면 하루 종일 길에 다녀도 장작 한 다발 팔지 못할 것이오"라며 통렬히 비판하였다. 또한 「영처고 서嬰處稿序」에서 그는 이덕무가 어디까지나 '조선인'임을 강조하고, 조선은 지리적·문화적으로 중국과 다르며 독자적인 역사와 미풍양속을 지닌 국가임을 역설하였다. 그러므로 옛날 중국 시를 모방하지 않고 당대 조선 남녀의 성정을 노래한 이덕무의 한시는 '조선의 국풍'이라 할 수 있다고까지 예찬하였다.

이와 같은 문학적 소신에 따라 연암은 다양한 양식의 산문들에서 과감하게 당시 조선의 관직명이나 지명을 그대로 사용하였다. 일례로 「김신선전」을 보면 봉사, 첨지, 만호, 초관, 첨사, 승丞, 판관, 동지同知 등의 관직명과 한양의 서학동, 체부동, 누각동, 삼청동, 모교, 이문안, 배오개, 구리개 등의 수많은 지명이 나온다. 이처럼 연암이 당시 조선의 관직명이나 지명을 적극적으로 구사한 것은 오늘날의 독자들에게는 하등 특이한 것이 아니고 당연한 일로 여겨질지 모른다. 그러나 조선시대의 고문가들은 비속한 느낌을 주는 조선의 관직명이나 고유 지명을 그대로 쓰면 글의 품격이 손상된다고 여겨 극도로 기피하는 실정이었으므로, 이러한 연암의 글쓰기는 당시로서는 대단히 파격적이고 참신한 시도였다.[12]

대산이 지적한 연암 문학의 두 번째 특색은 조선 전래의 풍속을 많이 기록하고 고유의 속담과 속어를 즐겨 사용한 점이다. 예컨대 연암은 한양의 기방 풍속(「광문자전廣文者傳」), 청계천에서 답교(踏橋: 다리밟기)하던 풍속(「취답운종교기醉踏雲從橋記」), 학질을 떼기 위해 관우 사당의 관우상을 모신 평상 밑에 환자를 밀어 넣던 풍속(「영처고 서」) 등 조선시대의 다양한 풍속을 그리고 있다. 또한 『열하일기』에서 연암은 "굿이나 보고 떡이나 먹는다", "웃는 낯에 침 뱉으랴" 등 우리말 속담과 사또, 서방님, 심심하다, 장가들다 등 우리말 속어를 한자로 표현하여 적재적소에 삽입함으로써 토속적 정취를 돋우는 효과를 거두고 있다. 이와 같은 조선의 속담과 속어 역시 격조 높은 표현을 추구하는 정통 고문에서는 금기시하는 것인데, 연암은 이를 대담하게 구사했던 것이다.[13]

대산이 지적한 연암 문학의 세 번째 특색은 조선 전래의 야담과 사화史話 등을 창작에 적극 활용한 점이다. 「낭환집 서蜋丸集序」 중 딸과 며느리의 언쟁을 슬기롭게 해결한 황희 정승 이야기와 술 취해 신발을 짝짝이로 신고 말을 탔던 백호 임제 이야기, 「답창애」 중 갑자기 눈을 뜨게 된 바람에 도리어 길을 잃고 헤매는 장님에게 화담 서경덕이 집을 찾아가는 방법을 가르쳐준 일화 등은 그 단적인 예라 할 수 있다. 물론 조선시대에도 야담과 사화를 널리 수집하여 야담집을 편찬한 문인들이 있기는 했지만, 대문장가

들 중 연암처럼 조선의 야담이나 사화를 적극 수용하여 글을 흥미롭게 엮어낸 경우는 매우 희귀하였다.[14]

연암 문학의 이 같은 특색에 관해서는 벽초도 언급한 바 있다. 앞서 소개한 대담 「조선문학의 전통과 고전」에서 유진오가 "조선 것으로 가치 있고 후대에 전승될 만한 것"의 예를 들어달라고 하자, 벽초는 "가령 연암 「호질문虎叱文」에 '명처야취命妻夜炊'라는 것 같은 것은 조선밖에 없는 것이라고 해서 「호질문」이 연암 작이라고 증명하는 데 쓰이는 말이지마는 그런 류는 얼마든지 있을테지"라고 답하였다.[15] 즉 「호질」 중 범이 부엌에 들어가 혀로 솥귀를 핥으면 시장기를 느낀 그 집 주인이 '마누라를 시켜서 밤중에 밥을 짓도록 한다'는 대목을 들어, 범이 그런 식으로 사람을 잡아먹는다는 조선 전래의 설화를 활용한 점에서 연암의 작품을 민족문학적 개성을 지닌 한문 고전의 대표적인 예로 거론한 것이다.

이상에서 대산의 지적에 의거하여 연암 문학이 민족문학적 개성을 추구한 점을 살펴보았거니와, 바로 그 점에서 벽초의 『임꺽정』은 연암 문학과 뚜렷한 유사점을 보여주고 있다.

첫째, 연암과 마찬가지로 벽초도 『임꺽정』에서 그 시대 조선의 관직명과 지명을 가급적 많이 사용하고자 하였다. 예컨대 「봉단편」에 등장하는 이장곤은 그 복잡한 삶의 굴곡에 따라 작중에서 '이교리', '김서방', '이급제', '이교리', '이승지', '이참판', '이판서' 등으로 그 호칭이 달라진다. 이처럼 『임꺽정』에서는 등장인물들 간의 대화뿐 아니라 지문에서까지도 다양한 호칭을 구사하고 있어, 독자들은 은연중 조선시대의 갖가지 관직명을 접하면서 그에 익숙해지게 된다.

또한 한반도 전역을 배경으로 한 대하소설인 만큼, 『임꺽정』에는 전편에 걸쳐 조선시대의 지명이 허다하게 나온다. 이는 일제의 민족교육 말살정책에 맞서 조선의 역사와 국토에 대한 독자들의 관심을 환기하고자 한 벽초의 의도적인 조치였다고 생각된다. 게다가 『임꺽정』에는 일제가 말살해온 전래의 순수한 우리말 지명이 대단히 풍부하게 제시되어 있다. 양주 고든 골, 광주 너더리, 송도 벼우물골, 한양 박석고개, 강령 향나무골, 개성 탈미 골, 안성 달골 등의 예에서 보듯이, 벽초는 마을, 고개, 골짜기, 들판 등 우리말 지명 표현이 가능한 곳에서는 모두 한자식 표기 대신 토박이 지명으로 바꾸어 기술하였다.[16]

둘째, 연암과 마찬가지로 벽초도 『임꺽정』에서 조선 전래의 풍속을 다양하게 묘사하고 조선 고유의 언어를 풍부하게 구사하였다. 『임꺽정』에는 한국 근대 역사소설 중 유례가 드물 정도로 조선시대의 풍속이 도처에 다채롭게 묘사되어 있다. 예컨대 홍기문은 연암의 「금학동별서소집기琴鶴洞別墅小集記」에서 개성 유수 유언호가 "귀밑머리 뒤의 금관자를 어루만지며" 이야기하는 대목을 조선 풍속 묘사의 예로 들었거니와, 이처럼 조선시대 양반 벼슬아치들이 품계에 따라 상이한 관자를 다는 의관제도는 벽초의 『임꺽정』에도 인상적으로 그려져 있다. 「양반편」에서 부제학 정언각은 "귀 뒤의 옥관자가 두서너 번 변하여 도리어 승품 재상이 될 것을 꿈꾸"다가, 뜻대로 되지 않자 "아침에 소세하고 망건을 쓸 때 관자의 연화수조蓮花水鳥를 들여다보다가 쓴입맛을 다신 적도 한두 번이 아니었"으나, 그 뒤 윤원형이 밀어준 덕분에 "옥관자를 금관자로 바꾸어 붙이게 되고 얼마 뒤에 경기 감사로 나가게 되었다"고 되어 있다.[17] 여기에서 벽초는 '옥관자', '금관자' 등 관자의 재질과 '연꽃과 물새' 등 관자의 모양새로 벼슬아치의 품계를 상징적으로 표현하던 당시의 어법을 빌려 조선시대 양반의 의관제도를 매우 구체적으로 그리고 있는 것이다.[18]

이와 같이 다채로운 풍속 묘사와 아울러 『임꺽정』에는 전래의 속담과 순 우리말 어휘, 한문 투 아닌 고유의 인명 등이 풍부하게 등장한다. 대화와 지문을 막론하고 무수한 속담이 적재적소에 구사되어 구수하면서도 해학

적인 민중 언어의 맛을 자아낸다. 또한 밤저녁, 개잠, 겉잠, 너나들이, 겨끔
내기, 남나중 등 아름답고 다채로운 우리말 표현이 등장하며, 건둥반둥, 되
숭대숭, 마닐마닐, 진동한동 등 다양한 중첩어와 의태어가 적절하게 사용
되어 정겨운 우리말의 어감을 잘 살리고 있다. 그리고 「화적편」 '청석골'장
에 묘사된 졸개들의 점고 장면을 비롯하여 도처에 조선시대 하층 민중의
재미있는 순우리말 이름이 허다히 열거되어 있다.[19]

　셋째, 연암과 마찬가지로 벽초도 조선 전래의 야담이나 사화를 창작에
적극 활용하였다. 특히 「봉단편」 「피장편」 「양반편」에서는 야사를 풀어 쓴
것이라 해도 과언이 아닐 정도로 조선시대의 사화를 풍부하게 찾아볼 수
있다. 문헌설화인 야담은 단천령 설화처럼 하나의 설화가 한 인물 이야기
의 전체를 차지하는 경우, 이봉학과 관련된 명궁 설화처럼 인물의 성격 창
조에 기여하는 경우, 노밤이가 들려준 '떡 시루 앞에 놓고 내기하는 이야
기'처럼 서사의 전개에는 거의 영향을 미치지 않고 삽화적 기능만 수행하
는 경우 등 다양한 방식으로 수용되어 있다. 그중 동시대의 다른 역사소설
들과 비교해볼 때 특히 두드러지는 것은 세 번째 경우로서, 임꺽정의 누이
섭섭이가 들려준 개와 고양이가 서로 앙숙이 되기에 이른 유래담이라든지
임꺽정 일당이 다르내재를 넘을 때 서림이가 들려준 그 지명 전설 등이 풍
부하게 삽입되어 있어, 작품의 흥미를 돋우면서 '조선 정조'를 표현하는 데
크게 기여하고 있다.[20]

　그런데 이상과 같이 벽초의 『임꺽정』이 연암 문학과 유사한 특징을 드러
내는 것은 일견 당연하다고 볼 수도 있다. 『임꺽정』은 어디까지나 근대적
인 역사소설인 만큼, 막연한 고대 중국의 시공을 배경으로 한 대부분의 고
전 국문소설과 달리 조선 중기의 관직명과 지명을 그대로 적는 것이 자연
스러운 일이라 하겠다. 또한 벽초의 『임꺽정』뿐 아니라 이광수, 김동인, 박
종화 등이 창작한 식민지시기의 다른 역사소설들도 조선시대의 관직명, 지

명을 실제대로 표기하고 있으며, 전래의 풍속을 묘사하고 야담과 사화를 수용하고 있는 것이 사실이다. 그렇기는 하지만 이러한 동시대의 역사소설들과 비교해볼 때 『임꺽정』에서 벽초는 조선시대의 관직명, 지명, 고유어를 훨씬 더 풍부하고 정확하게 구사하고 있으며, 전래의 풍속을 의식적으로 다채롭게 묘사하고 있다. 그리고 야담과 사화도 훨씬 더 풍부하게 수용하고 있을 뿐 아니라, 이를 활용하여 민족문학적 개성을 성취하는 데에도 남다른 성과를 거두고 있는 것이다.

2) 양반 비판과 민중성

벽초의 『임꺽정』과 연암 문학은 조선시대 양반들의 타락상을 비판하고 하층 민중 속에서 참된 인간상을 찾아내고자 한 점에서도 뚜렷한 유사점을 보여 준다.

　연암은 초기작인 한문소설에서 당시 양반들이 명리名利와 권세만을 좇아 이합집산함으로써 양반 사회의 우도友道가 날로 타락해가던 현실을 비판하고, 오히려 비천한 민중들과의 사귐 속에서 진정한 우도를 찾을 수 있음을 보여주고자 했다. 「마장전馬駔傳」에서는 송욱 등 세 명의 떠돌이 거지가 등장하여 양반들의 위선적인 교제술을 신랄하게 비판하고 있으며, 「양반전」에서는 양반 신분을 사고팔면서 작성한 증서의 내용을 통해 양반들이 실은 백성을 갈취하는 도적이라고까지 풍자하고 있다. 그와 대조적으로 「예덕선생전穢德先生傳」에서는 똥을 치는 천한 인부인 엄행수에 대해 자신의 덕을 더러움 속에 감춘 채 속세에 숨어 사는 위대한 은자로 칭송하면서, 그를 진정으로 벗 삼을 만한 참다운 인간으로 제시하고 있다. 「광문자전」에서는 거지 출신인 광문이 정직하고 순박한 성품으로 한양 시중에서 일약 신의의 화신으로까지 명망을 얻는 경위를 그리고 있다.

　한편 「민옹전閔翁傳」에서는 무반 출신 가난한 선비인 민옹과 젊은 시절의 연암이 연령과 처지를 초월하여 맺은 우정을 그리면서, 이야기 솜씨 좋던 민옹의 재기 넘친 인간성과 그릇된 현실에 비분강개하는 의기를 보여주고 있다. 「김신선전」에서는 신선으로 소문난 김홍기라는 인물을 만나고자 추적하는 과정을 통해, 신선이란 실은 신분적 제약으로 인해 뜻을 펴지 못한 울분을 품고 여항閭巷과 산수山水 간을 떠도는 자들이라는 사실을 암시하고 있다. 이처럼 연암은 민옹이나 김홍기와 같이 방외인方外人에 속하는 인물들을 그림으로써 양반 사회를 간접적으로 비판하기도 한다.[21]

연암의 초기 한문소설에 나타난 양반 비판은 『열하일기』 중의 「호질」에 이르러 극에 달하고 있다. 「호질」에서는 위선적인 학자 북곽선생을 준엄하게 꾸짖는 범의 말을 통해 곡학아세曲學阿世하는 유자의 추태를 적나라하게 폭로하고, 인의도덕을 표방하면서도 사욕을 위해 약탈과 살육을 자행해온 인간 문명을 통렬히 비판하고 있다.

뿐만 아니라 『열하일기』에는 연암의 한문소설들에 나타난 민중에 대한 관심과 긍정적 태도가 더욱 두드러지게 드러나 있다. 『열하일기』에서 연암은 중국 여행 중에 마주친 각계각층의 중국인과 조선 사행의 상하층 구성원을 광범하게 그리고 있거니와, 그중에서도 상층 인물보다는 하층 민중들에 대해 더욱 많은 애정을 기울여 묘사하고 있다. 특히 생생하고도 빈번하게 묘사된 인물은 사행 중의 마두馬頭들로서, 연암은 최하층에 속하는 그들의 거칠고 생기발랄한 언동을 다분히 긍정적으로 그리고 있다.

이와 같이 연암은 양반을 비판하고 민중에 대해 우호적인 태도를 취하기는 했지만, 이는 결코 양반 중심의 사회 체제를 부정한 것이 아니라 민중의 건강한 삶에 비추어 양반들의 도의적 각성을 촉구하고자 한 것이다. 나아가 연암은 『열하일기』 중의 「허생전」에서 경세제민經世濟民의 역량을 갖춘 진정한 선비상을 제시하고자 하였다. 가난을 감수하며 글만 읽던 허생은 부자 변씨로부터 빌린 만 냥을 일련의 상업 활동에 투자해서 거금을 번 다음, 도적들을 회유하여 그들과 함께 무인도에 이상적인 공동체를 건설하는가 하면, 나라 안의 빈민들을 두루 구제하고 남은 돈 십만 냥을 변씨에게 돌려준다. 이로써 허생은 변씨와의 신의를 지킨 동시에 경세제민의 역량을 실증해보인 것이다.[22]

벽초의 『임꺽정』에서는 연암 문학에 나타난 바와 같은 양반 비판과 민중에 대한 관심이 작품 전반에 걸쳐 더욱 뚜렷하게 나타난다. 『임꺽정』에는 왕족과 양반부터 양인과 천민에 이르기까지 다양한 계층의 수많은 인물들이 등장하거니와, 그중 양반에 대해 벽초는 대체로 비판적인 태도를 취하는 반면에 민중들에 대해서는 각별히 애정 어린 눈으로 그리고 있다.

『임꺽정』의 배경이 되는 연산조부터 명종조에 이르는 시기는 사화의 시대이자 민란의 시대였다. 조선조 개국 이후 지배층으로 자리 잡은 양반 사대부들은 이 시기에 분열을 드러내기 시작하여, 기득권 세력인 훈구파와 신진 사림파 간의 대립으로 네 차례나 사화를 초래하였다. 「봉단편」「피장편」「양반편」에서 벽초는 이러한 양반 사회의 정쟁을 폭넓게 그리면서, 사림파를 무자비하게 제거하고 권력을 독차지한 훈구파 남곤, 심정, 김안로, 윤원형 등을 명리와 권세를 탐하는 사악한 양반의 전형으로 형상화하고 있다.

반면에 벽초는 정희량, 심의, 김덕순, 서경덕 등과 같이 양반의 입신출세주의로부터 초탈한 방외인들을 각별히 긍정적으로 묘사한다. 「피장편」에서는 훈구파 심정의 아우인 심의가 형의 정치적 행태를 혐오하여 미치광이에 가까운 기인 행세를 하면서 난세를 살아가는 모습이 생생하고도 흥미롭게 그려져 있다. 또한 기묘사화 때 화를 당한 사림파 김식의 아들인 김덕순은 본래 탈속한 성품인 데다가 환란을 겪은 뒤 더욱 초탈하여 백정인 갖바치나 임꺽정과 허물없이 지내는 등, 양반 티를 조금도 내지 않는 인물로 실감나게 그려져 있다.

임꺽정의 스승인 갖바치 양주팔 역시 방외인에 속하는 인물로서 매우 비중 있게 다루어지고 있다. 백정 신분이기는 하나 당대 최고 수준의 사대부들과 교유할 만한 학식과 인격의 소유자인 갖바치는 정쟁의 와중에서 명리와 권세를 좇는 타락한 양반들과 대조적으로 진정한 의미에서 군자다움을 구현하고 있는 인물이다. 그 점에서 갖바치는 연암의 「예덕선생전」에 나오는 엄행수와 흡사한 인물이라 할 수 있다.

또한 『임꺽정』에는 주인공 임꺽정을 위시하여 다양한 출신의 하층 민중들이 대거 등장한다. 「의형제편」에서 우여곡절 끝에 양민으로 살아가기를 포기하고 차례로 화적패에 가담하는 청석골 두령들은 아전 출신으로 교활한 인물인 서림을 제외하면 모두 단순하고 무식하기는 하지만 진솔하고 인간미가 있으며 의리에 충실한 인물로 그려지고 있다. 이들은 연암의 「광문자전」에 나오는 광문에 비견할 만한 인간형이라 할 수 있다. 이러한 청석골 두령들을 통해 벽초는 조선시대 민중들의 활력과 구수한 인정, 그리고 양반사회에서는 상실된 진정한 인간관계를 아름답게 형상화하고 있다.

이처럼 그 시대의 양반 지배층을 부정적으로 그린 반면에 방외인적 인물들을 긍정적으로 묘사하고, 하층 민중들을 양반들보다 더욱 참된 인간으로 비중 있게 형상화한 데에서 양반에 대한 벽초의 비판적인 인식을 엿볼 수 있다.[23] 『임꺽정』은 뛰어난 재능을 지닌 인물이 제대로 쓰이지 못하고 방외인으로 살아가거나 화적이 되고 마는 그 시대의 모순된 현실과, 수단 방법을 가리지 않고 권력을 독차지하려는 양반 지배층에 대한 혐오와 비판이 작품의 기조를 이루고 있다.

3) 리얼리즘과 해학성

벽초의 『임꺽정』과 연암 문학이 보여주는 또 하나의 중요한 유사점으로는 리얼리즘과 해학성을 들 수 있다.

연암의 초기작인 「마장전」 「예덕선생전」 「민옹전」 「광문자전」 「양반전」

「김신선전」 등은 오늘날 한문 단편소설로 간주되고 있지만, 전통적인 산문 양식으로는 전(傳)에 속하는 작품이다. 이러한 연암의 전들은 종래의 인습적인 전과 달리 '전의 소설화 경향'을 뚜렷이 보여주고 있을 뿐 아니라, 사마천(司馬遷)의 『사기』 열전에 고도로 구현되어 있는 사실적 묘사의 전통을 충실히 계승하고 있다.

연암은 거지 출신의 의협적인 인물 광문이라든가 박식하고 구변 좋은 민옹과 같은 인물의 성격을 탁월하게 형상화하고 있다. 또한 한양 근교의 농가에 거름을 공급하던 인부 엄행수의 삶을 소재로 한 「예덕선생전」에서는 하층 민중들의 활기찬 삶을 매우 구체적이고 생생하게 그리고 있으며, 「광문자전」에서는 한양의 세태와 기방 풍속 등을 다채롭게 묘사하고 있다. 그리고 그 과정에서 속어와 속담 등 민중의 일상 언어를 재현함으로써 대상을 더욱 흥미롭고 실감나게 묘사하는 효과를 거두고 있다.[24]

연암의 대표작 『열하일기』에서는 그의 초기 한문소설에 나타난 리얼리즘의 요소를 더욱 풍부하게 찾아볼 수 있다. 우선 연암은 조선 사행에 속한 상·하층 인물들과 다종다양한 중국인들을 각기 개성 있는 인물로 생동감 있게 형상화하고 있다. 그리고 이러한 인물들이 등장하는 장면을 묘사할 때는 육성을 방불케 하는 생기 있는 대화를 구사한다. 중국인과의 대화는 반드시 구어체인 백화(白話)로 표현하고 우리말 대화 장면에서는 조선식 한자어와 고유의 속담을 구사하여 실감을 더하고 있다.

또한 『열하일기』에서 연암은 정밀한 세부 묘사로 대상을 가급적 구체적이고 객관적으로 표현하고 있다. 연로의 이국적인 자연 풍경과 기상 변화를 자세히 묘사함으로써 이역만리의 낯선 땅을 여행하는 실감을 자아낸다. 그리고 각종 수레를 비롯하여 차륜을 이용한 기계류, 벽돌을 사용한 건축물, 선박과 교량 등 청조의 발달된 문물에 대해서도 과학적 엄밀성을 갖추어 상세히 묘사하고 있다.[25]

연암의 작품에 드러나는 풍부한 해학성은 바로 이러한 리얼리즘의 요소와 관련이 깊다. 연암 문학의 특징으로 흔히 풍자성을 들지만, 그에 못지않게 해학성이 두드러지는 작품들도 많다. 연암의 작품에는 「민옹전」의 주인공 민옹이나 「광문자전」의 주인공 광문과 같이 해학적인 인물이 자주 등장한다. 『연하인기』에는 긴시 검가, 호행톱린 씽림, 미두 긩벅괴 킹테 등 티상한 인물들이 희극적으로 묘사되고 있으며, 연암 자신도 풍부한 해학 기질의 소유자로 그려져 있다. 또한 연암의 작품에는 해학적인 이야기가 사건의 전개과정이나 등장인물들의 대화 속에 삽입되는 경우가 많으며, 등장인물의 대화 속에 해학적인 표현이 유달리 자주 발견된다. 특히 『열하일기』는 해학 조와 속어 투로 이루어진 하층 민중의 대화를 생생하게 재현함으로써 그 시대의 작품으로서는 유례가 드물 정도로 활기차고 해학성이 풍부한 작품이 되었다.[26]

이상과 같이 연암 문학에서 발견되는 리얼리즘과 해학성은 벽초의 『임꺽정』에서는 가일층 발전된 양상으로 나타나 있다. 우선 『임꺽정』에서는 수많은 등장인물들이 각기 그 계층의 전형으로서 실감나게 형상화되어 있다. 청석골 두령들을 보면 다종다양한 신분의 하층민으로 설정되어 있을뿐더러 각자의 성격이 매우 인상적이고 개성 있게 묘사되어 있다. 백정 출신으로 사내답고 지도자다운 기상을 갖추었으되 반항적이고 욱하는 성질이 있는 임꺽정, 옥당 하인이 된 종실 서자의 아들로 기품 있고 총명한 이봉학, 농민의 유복자로 고지식하고 효성스러운 박유복, 역졸 출신으로 툭하면 말썽을 일으키는 배돌석, 도망한 관노비의 자식으로 백두산에서 생장하여 천진스럽고 싹싹한 황천왕동이, 빈농 출신의 머슴으로 눈치 없고 우악스러운 곽오주, 소금장수로 천하장사에 우직한 성격의 길막봉이 등은 등장하는 장면마다 그들의 출신과 성격에 적실한 언행을 취하고 있어, 마치 살아 있는 인물처럼 생생하게 느껴진다.

뿐만 아니라 청석골 두령들은 결코 영웅주의적으로 미화되어 있지 않다. 그들은 모두 남다른 무력의 소유자로 설정되어 있으나 동시에 인간적인 약점이나 한계를 지닌 평범한 인물로 그려져 있다. 특히 주인공 임꺽정은 원대한 이상을 지닌 의적의 지도자나 반봉건 혁명가가 아니라, 여색에 빠지기도 하고 화를 잘 내며 부하들에게 독재적으로 군림하는 일개 도적패의 두목으로 형상화되고 있다. 청석골 화적패 역시 이상화된 의적 집단이나 혁명운동 조직이 아니라, 어쩔 수 없이 도적질을 하면서 때로는 민중들에게 잔인하게 굴기도 하는 현실적인 모습의 도적패로 그려지고 있다.

이와 아울러, 벽초의 『임꺽정』은 역사소설임에도 불구하고 한국 근대소설에서는 유례가 드물 정도로 정밀한 세부 묘사를 보여주고 있다. 「봉단편」「피장편」「양반편」에서는 특히 궁중과 양반 사회의 풍속과 언어가 탁월하게 재현되어 있으며, 「의형제편」에서는 당시의 관청제도에 대한 해박한 지식을 바탕으로 말단 벼슬아치의 행태가 여실하게 묘사되어 있다. 또한 빈농, 장사치, 좀도둑 등의 옹색한 생활상이 사실적으로 그려져 있고, 화폐 대신 무명을 쓰던 그 시대의 경제현실과 물가 등도 매우 구체적으로 묘사되어 있다. 「화적편」에서는 한양에서 와주 노릇을 하는 한온의 집안 풍경을 통해 도시 뒷골목의 생태와 기방 풍속 및 오입쟁이들의 행태가 흥미롭게 묘사되기도 한다. 또한 『임꺽정』은 전체적으로 광범한 지역을 배경으로 하면서도 정확하고 상세한 지리적 정보를 담고 있으며, 특히 「화적편」 '청석골'장과 '소굴'장에서는 임꺽정이 상경하여 외도를 하는 대목이나 임꺽정을 따라온 노밤이가 한양 구경을 나선 대목 등을 통해 한양의 지리적·문화적 공간을 매우 소상하게 묘사하고 있다.

『임꺽정』에서 벽초는 전형적인 인물 형상화와 정밀한 세부 묘사뿐 아니라 그 시대 언어의 충실한 재현에도 각별히 힘을 기울이고 있다. 「봉단편」「피장편」「양반편」에서 흔히 보듯이 상층 인물이 등장할 때에는 그들 간의 대화는 물론 지문에서도 그 계층의 언어를 구사하는 용의주도한 배려를 하고 있다. 그와 달리 「의형제편」과 「화적편」에서 당시 민중들의 생활상을 그린 대목을 보면, 속어와 속담 등 풍부한 우리말 어휘를 활용하여 민중의 대화를 실감나게 재현하고 있는 것이다.

벽초의 『임꺽정』은 연암 문학과 유사하게 이러한 리얼리즘의 요소와 아울러 풍부한 해학성을 지니고 있다. 『임꺽정』에는 어릿광대 같은 성격의 노밤이나, 타고난 재담가라 할 수 있을 정도로 농기 있는 대화에 능한 오가처럼 해학적인 인물들이 많이 등장한다. 또한 전래의 해학적인 민담이 사건 전개과정이나 등장인물들의 대화 속에 흔히 삽입되어 작품의 흥미를 돋우고 있다. 뿐만 아니라 『임꺽정』에서는 수많은 인물들이 모두 만담가가 아닌가 싶을 정도로 일상 대화중에 해학적 표현을 자주 사용하고 있다. 『임꺽정』은 봉건체제에 저항하다가 좌절한 백정 출신 도적 임꺽정의 활동을 그린 역사소설이지만, 암울하고 비극적인 정서가 지배하는 작품이라기보다는 민중의 건강성과 낙천성을 가급적 부각하고자 한 해학성이 풍부한 작품인 것이다.

4. 양자의 차이점과 그 시대적 의미

이상과 같이 연암 문학과 벽초의 『임꺽정』은 민족문학적 개성, 양반 비판과 민중성, 리얼리즘과 해학성의 면에서 뚜렷한 유사점을 지니고 있으나, 다른 한편 양자 간에는 엄연한 차이점도 있음을 간과할 수 없다.

정통 고문의 규범이 여전히 완강하게 자리 잡고 있던 조선 후기에 연암을 비롯한 실학파 문인들이 민족문학적 개성을 추구한 것은 대단히 혁신적인 일이었다. 그렇기는 하지만 연암 문학을 곧바로 근대적인 민족문학으로 간주할 수는 없다. 실학파 문학에 나타난 민족의식이란 명·청 교체기의 역사적 격변을 계기로 대두한 것으로, 어디까지나 중국 중심의 세계질서를 전제로 한 위에서 조선의 문화적 정체성을 자각한 현상이라 볼 수 있기 때문이다.「영처고 서」에서 '조선인'은 '조선적인' 시를 지어 마땅하다고 한 연암의 주장도 시대를 앞질러 근대적인 민족문학론을 표명한 것이라기보다는, 중화문명권의 일원으로서 조선이 지닌 문화 역량에 대한 자부심을 바탕으로 하여 나온 발언이라 보아야 할 것이다.

「답창애」에서 연암은 "문자는 같이 쓰지만 글은 독자적으로 쓰는 것"이라고 하여, 중화문명권의 일원으로서 한자를 공용하되 창작에서는 민족문학적 개성을 살려야 한다고 주장했다. 그러나 한편으로 연암은 중국인에 비해 조선인은 언어와 문자가 상응하지 않은 탓에 창작상 훨씬 불리한 처지에 놓여 있으며, 그로 인해 조선의 한문학이 중국에 비해 현격한 수준 차이를 지니게 되었다는 사실을 자각하고 있었다. 그는 민족문학적 개성을 추구하는 자신의 문학관에 따라 창작에서 조선의 관직명, 지명, 속담, 속어 등을 의식적으로 쓰기는 했으나, 이를 궁색하게 조선식 한자나 한문으로 표기하는 데 그쳤다. 요컨대 연암은 언어와 문자의 불일치에서 초래된 조선 한문학의 근본적인 제약을 올바로 통찰했으면서도, 그러한 제약을 불가피한 것으로 받아들이고 제한적으로 민족문학적 개성을 추구한 셈이다.[27]

18세기의 문인 학자였던 연암과 달리 벽초는 조선조 말에 태어나 한학을 수학한 인물로서는 드물게 서울과 도쿄에서 신학문을 본격적으로 공부하고 서양의 근대문학과 사상서를 폭넓게 읽어, 근대적인 민족주의 사상에 도달할 수 있었다. 뿐만 아니라 그는 경술국치를 당해 순국한 금산군수 홍범식의 아들로서 일생 동안 부친의 유훈을 따르고자 했으며, 신간회운동을 주도하는 등 식민지시기의 대표적인 민족운동가의 한 사람으로 활동하였다. 벽초가 『임꺽정』을 쓰면서 '조선 정조'의 표현을 가장 중시한 것도 어디까지나 근대적 민족주의 사상의 기반 위에서, 민족해방운동의 일환으로 우리 민족의 정체성을 보존하고자 했기 때문이다.

게다가 벽초는 명문 양반가에서 태어나 대가족 속에서 조선시대의 언어와 풍속을 몸소 체험하며 자란 인물로서, 동시대의 작가 중 예외적일 정도로 전통에 깊이 뿌리박은 작가였다. 그리고 평소 한적을 섭렵하여 조선사와 조선문화에 남다른 안목을 지닌 학자이기도 했다. 『임꺽정』이 식민지시기의 다른 역사소설들에 비해 민족문학적 개성을 뚜렷이 지닌 작품이 된 것은 이와 같은 요인들이 작용한 결과라 생각된다.

또한 근대소설의 문체로서 언문일치의 한글체가 확립된 이후에 작가로 활동한 벽초는 『임꺽정』을 한글로 쓸 수 있었기에, 연암이 한문으로 창작함에 따라 불가피하게 겪어야 했던 내용과 형식 간의 근원적인 모순에서 벗어날 수 있었다. 즉 그는 『임꺽정』에서 한글로 조선시대 민중들의 생활언어였던 순수한 우리말을 자유자재로 표현함으로써, 민족적 내용을 표현하고자 한 자신의 창작 의도를 한껏 구현할 수 있었던 것이다.

한편 연암과 벽초가 조선시대 양반의 타락상을 비판하고 방외인이나 하층 민중들에서 참된 인간을 발견하고자 한 것은 두 사람이 각기 그 시대 나름으로 양반의 주류에서 벗어나 특이한 삶을 살았기 때문이라 생각된다.

노론 명문가인 반남 박씨가에서 태어난 연암은 젊은 시절부터 뛰어난 문학적 재능을 드러내어 장래가 매우 촉망되었으나, 거취 문제로 오랫동안 번민하다가 마침내 과거를 포기하고 재야의 선비로서 살아가기로 결심하였다. 이는 아마도 탕평책에 적극 호응한 일파가 왕실의 외척 세력과 결탁하여 권세를 부리고 과거 부정을 자행하던 영조 말년의 혼탁한 정치 현실에 대해 비판적인 생각을 갖게 되었기 때문이라 짐작된다. 게다가 가까운 벗들이 잇달아 정쟁에 휘말려 고초를 겪는 현실을 목도하면서, 연암은 관직 진출에 대해 더욱 깊은 혐오감을 품게 되었던 듯하다.

그리하여 재야의 문인 학자로서 뜻이 통하는 주위 인사들과 함께 학문과 문학에 낙을 붙이며 살아가던 연암은 1780년 연행을 다녀온 뒤 방대한 분량의 『열하일기』를 저술함으로써 당시 문단에 큰 충격을 주었다. 연암은 전례 없이 열하까지 여행하는 행운을 누렸을 뿐 아니라, 남다른 열의와 식견을 가지고 청조의 선진 문물과 동아시아의 국제 정세를 날카롭게 관찰하였다. 이러한 중국 여행을 계기로 그는 좁은 조선 땅을 벗어나 드넓은 세계로 시야를 확장할 수 있었으며, 변방의 소국인 조선에서 문벌을 내세우고 당파를 구별하며 입신출세에 연연하는 양반들의 행태를 더욱 비판적으로 보게 되었을 것이다.[28]

벽초의 생애에서도 연암의 경우와 유사한 사상적 변모의 계기들을 찾아볼 수 있다. 조선조 말 노론 명문가의 자제로 태어난 벽초는 남다른 재능을 타고난 데다가 한학을 익힌 위에 서울과 도쿄에서 정식으로 신교육을 받았으므로, 장래가 매우 촉망되는 처지였다. 그러나 벽초는 민족적 울분으로 인해 일본 유학을 중단했을 뿐 아니라, 귀국 직후 경술국치와 부친 홍범식의 순국을 겪고 난 뒤 일체의 의욕을 상실하게 되었다. "내가 세변을 겪게 된 뒤로 부지불식간에 성질이 변화되어 분경심이 줄어지고 자신력이 적어"졌다고 고백한 바 있듯이,[29] 벽초는 경술국치와 부친의 순국을 계기로 입신출세를 위해 남들과 경쟁하는 일을 하찮게 여기게 되고, 일제의 식민 통치에 순응하지 않는 방외인적 자세로 살아가게 된 것이다.

그 후 벽초는 다시 출국하여 상하이에서 동제사 활동을 하는 등 해외 독립운동에 가담했다가, 독립운동의 재정적 기반을 마련하고자 싱가포르로 가서 수년간 활동한 뒤 귀국하였다. 이러한 다년간의 해외 체험은 벽초의 안목을 더욱 넓혀주었으며 민족운동가로나 문학인으로의 성장에 커다란 도움이 되었다. 연암이 중국 여행을 통해 해외에 대한 폭넓은 안목을 지닌 지식인으로 발돋움할 수 있었듯이, 벽초 역시 도쿄, 상하이, 싱가포르 등

현대 문명의 첨단을 가는 동양 굴지의 대도시에서 생활하며 신문물을 폭넓게 체험함으로써 개방적인 세계인식의 소유자로 성장할 수 있었다.

뿐만 아니라 벽초는 일본 유학시절 서양의 근대문학과 사상서를 탐독하면서 근대적인 개인주의에 공감하고 반봉건적 사상을 품게 되었다. 후일 이원조는 벽초에 대해 '기성적인 것'과 '권위'에 대한 '반항정신'의 소유자로서 "만약 우리가 일제의 침략을 안 받았다고 하면 그는 봉건 타도의 계몽가로 발전해왔을 것"이라고 평하였다. 이러한 인물평에서도 알 수 있듯이 벽초는 양반 출신임에도 불구하고 투철한 반봉건 의식을 지니고 있었다.[30]

요컨대 연암과 벽초는 모두 양반에 대해 비판적 인식을 지니고 있었지만, 그 비판의 정도에는 현격한 차이가 있었다. 연암이 봉건사상의 테두리 안에서 당시 양반들의 윤리적 타락상을 비판하는 데 그쳤다면, 벽초는 분명히 근대적인 반봉건 사상에 도달해 있었다. 그 결과 연암 문학과 벽초의 『임꺽정』은 양반 비판과 민중성의 추구라는 면에서 유사점을 지니면서도 다른 한편 상당한 차이를 드러내게 된 것이라 생각된다.

「광문자전」의 주인공과 같이 연암의 한문소설에 등장하는 하층 민중들은 양반의 귀감이 될 만큼 봉건윤리에 충실한 예외적인 개인으로 미화되어 있을 뿐, 봉건체제에 저항하는 사회세력으로의 가능성을 보여주지는 않는다. 이는 당시의 사회적 모순을 윤리적 차원에서만 파악하고 양반의 도의적 각성에서 그 해결을 기대한 연암의 사상적 한계와 관련이 있을 것이다. 그와 달리 벽초는 『임꺽정』에서 백정 출신 도적 임꺽정을 위시하여 다양한 출신의 하층 민중인 청석골 두령들을 집단적인 주인공으로 등장시키고, 봉건체제의 모순 아래 고통 받는 민중들의 일상적인 삶과 투쟁을 그리고 있다.

연암 문학과 벽초의 『임꺽정』은 리얼리즘과 해학성 면에서도 일정한 차이점을 보여준다. 연암의 한문소설이나 『열하일기』와 같이 리얼리즘의 요소를 뚜렷이 보여주는 작품은 조선 후기 한문학사에서 극히 드문 실정이

거니와, 이러한 연암 문학의 사실성은 '법고창신法古創新'을 골자로 한 그의 독특한 문학론과 긴밀한 관련이 있다. 연암은 '옛것을 본받되 새롭게 창조하자'는 법고창신의 문학론에 입각하여 당시 문단에서 유행하던 의고주의擬古主義 문풍文風을 통렬하게 비판하였다. 「녹천관집 서綠天館集序」 등의 글에서 연암은 고문을 피상적으로 모방하는 것으로는 '진眞'을 표현할 수 없으며, '가假'를 낳을 뿐이라고 비판하였다. 그리고 '진'을 표현하기 위한 방법으로서 진솔한 민중언어의 과감한 수용을 주장하였다.

연암이 말하는 '진'은 작가의 개성과 감정을 숨김없이 표출한 '진솔함'이라는 뜻도 있지만, 그보다는 현실 세계의 생동하는 모습을 남김없이 포착하는 '사실성'에 더 치중한 개념이라 생각된다. 연암은 현실세계를 생생하게 표현하기 위해 선입견을 배제한 예리한 관찰과 아울러 "벌레의 촉수와 꽃술까지도 셀 수 있을" 정도로 극히 정밀한 묘사를 강조하였다. 이와 같은 연암의 문학론은 경험적 관찰을 중시하고 정밀한 세부 묘사를 추구한 점, 당대의 범속한 삶에서 소재를 구하고 일상 언어의 적극적인 사용을 주장한 점 등에서 근대 리얼리즘론과 상통하는 요소를 다분히 내포한 것이라 할 수 있다.[31]

벽초의 『임꺽정』은 과거의 역사를 현재의 전사로서 진실하게 그리고자 한 리얼리즘 역사소설이다. 이처럼 『임꺽정』이 식민지시기의 역사소설 중 예외적으로 리얼리즘 소설이 될 수 있었던 요인으로는 먼저 벽초의 진보적인 문학관을 들 수 있다. 「신흥 문예의 운동」에서 그는 '예술을 위한 예술'을 비판하고 "생활과 디렉트한 관계를 가진 문학"을 역설하였다. 그리고 톨스토이 서거 25주년 기념 논문에서는 톨스토이의 위대한 리얼리스트로서의 면모를 강조하며 높이 평가하였다. 해방 후의 대담에서도 그는 "최후의 승리는 사실 뿐"이라고 선언했을 정도로 문학에서 '사실'을 가장 중요시하고 리얼리즘의 정신을 옹호하였다. 그리고 역사소설에 대해서는 '궁정

비사'를 배격하고 민중의 사회사를 지향해야 한다는 견해를 피력하였다.[32]

뿐만 아니라 벽초는『임꺽정』을 집필 중이던 1930년대에 정인보, 안재홍, 문일평 등이 주도한 조선학운동에 동참한 학자이기도 했다.『임꺽정』은 조선학운동이 문학 방면에서 거둔 최대의 성과로 볼 수 있는 작품이다. 게다가『임꺽정』연재 도중에『조선왕조실록』영인본이 간행되자, 벽초는『명종실록』을 적극 활용하여「화적편」을 창작했다. 객관적인 사실 기록을 중시한 실록을 접한 것을 계기로,「화적편」에서 그는 더욱 고증을 철저히 하고 현실적인 개연성을 중시하면서 사건을 전개해 나갔다.『임꺽정』은 한국 근대 역사소설 중 실록을 본격적으로 수용하여 창작한 최초의 작품으로, 그 결과 리얼리즘 소설로서의 성격이 훨씬 더 강화될 수 있었던 것이다.[33]

연암의 한문소설이나『열하일기』가 그 시대의 한문학에서는 드물게 해학성이 풍부한 작품인 것과 마찬가지로, 벽초의『임꺽정』도 비장미나 '한의 미학'이 주조를 이룬 식민지시기 우리 역사소설들 중에서는 극히 예외적으로 해학성이 풍부한 작품이라 할 수 있다. 이처럼 연암 문학과 벽초의『임꺽정』에 해학성이 풍부한 것은 일차적으로 두 작가가 다 천성적으로 해학을 즐기는 기질이었기 때문이라 생각된다.『열하일기』에 진솔하게 묘사된 바와 같이 연암은 남다른 해학 기질의 소유자였으며, 벽초 역시 조용한 성품이면서도 대화 중에 은근히 고차원의 유머를 구사하여 좌중을 즐겁게 하는 타입이었다고 한다.[34]

연암 문학과『임꺽정』에 해학성이 풍부한 것은 연암과 벽초가 작품을 통해 민중성을 추구한 점과도 무관하지 않다. 두 작가 모두 민중의 삶을 긍정적으로 묘사하려다 보니 민중의 생활 정서를 담은 해학적인 민담이나 속어, 속담 등을 적극 구사하게 되었고, 그 결과 저절로 해학성이 풍부한 작품이 된 것이다. 거기에 더하여 벽초의 경우는 일제 식민지 치하에서 우리 민족의 과거 역사를 가급적 밝고 건강하게 그리고자 하는 동기가 작용했으리라 짐작된다. 그리하여 『임꺽정』의 등장인물들은 전통적인 모습을 간직하되 순박하고 인정이 넘치며 밑바닥 삶의 고난을 해학으로 넘기는 민중적 지혜를 지닌 인물로 묘사되어 있는 것이다.

연암의 한문소설들과 『열하일기』에 리얼리즘의 요소가 널리 발견되기는 하지만, 그렇다고 해서 이 작품들이 곧바로 근대 리얼리즘 문학에 속한다고 하기는 어렵다. 연암 문학은 근대 리얼리즘의 요소를 부분적으로 선취先取하고 있으며, 리얼리즘의 맹아를 보여준다고 하는 것이 온당할 것이다. 그와 달리 벽초의 『임꺽정』은 등장인물의 전형성과 극도로 치밀한 세부 묘사 등 여러 면에서 근대 리얼리즘 소설에 도달했음은 물론, 그 전범이 되는 작품이라 할 수 있다. 게다가 한문으로 창작할 수밖에 없었던 연암과 달리, 벽초는 언문일치의 한글 문체를 자유롭게 구사함으로써 리얼리즘과 해학성의 면에서도 한층 더 풍부하고 진전된 성과를 거둘 수 있었다.

이처럼 벽초의 『임꺽정』과 연암 문학이 민족문학적 개성과 민중성, 리얼리즘의 면에서 유사성과 아울러 상당한 낙차를 드러내게 된 것은 두 작가의 개인적 역량의 차이가 아니라, 그들이 처한 시대적 환경의 차이에서 기인한 것이다. 연암이 문학적 이상으로 여겼던 바, 언어와 문자의 불일치, 내용과 형식 간의 모순이 없는 진정한 민족문학과 리얼리즘의 성취는 그다음 시대의 문학이 해결하지 않으면 안 될 역사적 과제였다. 또한 연암은 엄연한 조선시대인이었고 벽초는 근대인이었기에, 두 작가의 문학이 양반 비판과 민중성의 면에서도 낙차를 드러내게 된 것은 불가피한 일이었다고 생각된다.

5. 맺음말

이 글에서는 조선 후기의 문호 연암 박지원의 문학과 한국 근대 역사소설

의 대표작인 벽초 홍명희의『임꺽정』간의 관련 양상을 본격적으로 고찰해
보았다. 벽초는 '작가의 말'에서『임꺽정』을 쓸 때 무엇보다도 "조선 정조에
일관된 작품"을 목표로 했다고 밝힌 바 있다. 그런데『임꺽정』연재 도중인
1930년대의 한 대담에서는 연암의 문학에 대해 '조선 정조'가 있다고 고평
하였다. 게다가 홍기문은 연암 탄생 200주년 기념 논문에서 부친인 벽초의
견해를 더욱 구체화하여 논하면서, 연암 문학의 민족문학적 개성과 사상적
진보성을 높이 평가하였다. 이러한 사실로 미루어 볼 때 벽초는 연암 문학
에 대해 깊은 조예를 갖추고 있었으며,『임꺽정』과 연암 문학 간에는 상당
한 친연성이 있으리라는 추측이 가능해진다.

이러한 견지에서 본고에서는 벽초의『임꺽정』과 연암 문학의 유사점을
세 가지로 나누어 구체적으로 살펴보았다. 첫째로『임꺽정』과 연암의 작품
들은 조선 고유의 관직명과 지명을 많이 사용하고, 전래의 풍속과 언어를
풍부하게 재현하며, 야담과 사화를 적극 수용함으로써 의식적으로 민족문
학적 개성을 표현하고자 했다. 둘째로 두 작가는 모두 명문 양반가 출신이
었지만, 벽초의『임꺽정』과 연암의 작품들에서는 조선시대 양반들의 타락
상을 비판하고 하층 민중 속에서 참된 인간의 모습을 발견하고자 하였다.
셋째로『임꺽정』과 연암의 작품들은 각기 동시대의 역사소설과 한문학 중
에서는 예외적일 정도로 현실을 사실적으로 그리고자 했으며, 아울러 작중
에 풍부한 해학성을 담고 있다.

그러나 다른 한편 벽초의『임꺽정』과 연암 문학 간에는 상당한 차이점도
발견된다. 우선 벽초와 연암은 각기 그 나름으로 민족문학적 개성을 추구했
지만, 연암이 중국 중심의 세계질서 속에서 조선의 문화적 정체성을 자각한
데 그친 것과 달리, 20세기에 활동한 벽초는 명실공히 근대적인 민족주의에
도달할 수 있었다. 또한 벽초와 연암은 모두 양반에 대해 비판적 인식을 지
니고 있었지만, 연암이 봉건사상의 테두리 안에서 양반들의 윤리적 타락상

을 비판하는 데 그쳤다면, 벽초는 분명히 근대적인 반봉건 사상에 도달해 있었고 민중을 주인공으로 한 역사소설을 씀으로써 더욱 진전된 의미에서 민중성을 추구하였다. 뿐만 아니라 연암 문학이 리얼리즘의 맹아를 보여주는 데 그친 데 비해, 『임꺽정』은 근대 리얼리즘 소설의 전범이 되는 작품이다.

게다가 연암은 한문을 표현 수단으로 선택한 결과 민족문학적 개성과 리얼리즘의 면에서 제한된 성과를 거두었던 것과 달리, 벽초는 언문일치의 한글 문체를 자유롭게 구사함으로써 한층 더 풍부한 예술적 성과를 거둘 수 있었다. 이와 같이 벽초의 『임꺽정』과 연암 문학이 일정한 낙차를 드러내게 된 것은 무엇보다도 두 작가가 처한 시대적 환경의 차이에서 기인한 것이다. 연암은 엄연한 조선시대인이었고 벽초는 근대인이었기에 양자의 문학이 낙차를 드러내게 된 것은 불가피한 일이었다고 생각된다.

이러한 차이점에도 불구하고 벽초의 『임꺽정』과 연암 문학은 더욱 중대하고 근본적인 유사점을 지니고 있다. 벽초의 『임꺽정』은 연암 문학이 일찍이 거둔 성과를 발전적으로 계승한 것이라 할 수 있으며, 연암 문학은 벽초의 『임꺽정』에 영향을 미친 중요한 영향원의 하나였다고 할 수 있다.

홍명희의 『임꺽정』과
황석영의 『장길산』

1. 머리말

분단 이후 남한에서 창작된 역사소설 중 가장 뛰어난 작품으로 평가받고 있는 황석영의『장길산』은 식민지시기 최고의 역사소설인 벽초 홍명희의『임꺽정』과 종종 비교되어 왔다. 사실 조선시대 의적의 활약상을 다룬 소재면에서 뿐만 아니라, 역사의 주체는 지배층이 아니라 민중이기 때문에 민중들의 삶을 통해서만 역사의 움직임을 올바로 파악할 수 있다고 보는 민중사관에서, 그리고 해당 시대의 풍속과 사회상을 광범하고도 구체적으로 형상화하는 리얼리즘의 정신과 수법 등 다양한 측면에서『장길산』은『임꺽정』을 연상시킨다.

조선 후기의 실학자 이익이『성호사설』에서 군도와 관련된 야사를 기술하면서 홍길동과 임꺽정에 뒤이어 숙종조의 '할적點賊' 장길산에 대해 언급한 점에서 미루어 알 수 있듯이,[1] 역사상의 실재인물로서도 장길산은 임꺽정의 활동을 계승한 것이라 할 수 있다. 그 점과 관련해 작가 황석영은『장길산』에 관한 대담에서 다음과 같이 말한 바 있다.

문: 소설『임꺽정』과『장길산』에 대해서….

답: 그런 대비 자체가 성립될 수 없습니다. 『임꺽정』은 문학사적인 가치 판단이 불가능한 상태에 있으며, 읽었다거나 못 읽었다거나까지도 운위할 수가 없으니 접어두기로 합니다. 그런 불가능한 상태에서 비교 또는 언급이란 거의 추상적인 곳에 머무를 수밖에 없습니다. 실로 한국의 근대 문학사를 쓸 수 있는 시대인가? 그러나 실재인물 임꺽정과 장길산의 대비는 가능할 듯 합니다. (…) 이익이 홍길동·임꺽정, 그리고 장길산의 계보를 밝힌 것으로 보아도, 홍길동·임꺽정 같은 도적들의 삶의 흔적이 없었다면 어찌 장길산의 삶이 있을 수 있겠습니까.[2]

이와 같이 장길산의 행적은 그 이전 시대의 홍길동이나 임꺽정과 같이 봉건시대의 사회적 모순에 저항한 의적들의 자취를 계승한 것이라 볼 수 있으며, 작가 또한 그 점을 투철하게 인식하고 있었던 것임을 알 수 있다.

여기에서 흥미로운 것은, 창작에 앞서 『임꺽정』에 나타난 조선시대의 언어, 풍속을 면밀히 연구한 것으로 알려진 이 작가가 『장길산』을 『임꺽정』과 비교하는 화제가 나오자 이렇듯 서둘러, 그리고 완강히 양자의 비교 가능성을 부인하고 있는 점이다. 이는 역으로 그가 홍명희의 거작 『임꺽정』을 강하게 의식하고 있음을 시사해준다. 다시 말해 작가 황석영은 한국 근대 역사소설의 최고봉인 『임꺽정』을 능가하는 야심작을 목표로 『장길산』의 창작에 임하고 있었다고 추측되는 것이다.

그런데 위의 대담이 행해진 당시에는 월북작가의 작품들이 금서에 속했던 관계로, 『임꺽정』을 읽은 독자들도 많지 않았을뿐더러 평단에서는 물론 학계에서조차 그에 대한 논의가 거의 전무한 상태였다. 그러나 그 후 『임꺽정』은 다시 활자화되어 폭발적인 인기리에 널리 읽히게 되었으며, 그에 대한 학술적인 논의도 어느 정도 이루어진 실정이다.

그러므로 이제야말로 『임꺽정』에 비추어 『장길산』의 예술적 성과와 한계를 논할 수 있는 적절한 시점에 도달한 것이라 생각된다. 지금까지『장길산』에 대해 적지 않은 논의들이 있었으나[3] 그 대부분이 부분적인 성과에 그치고 만 것은, 이 작품을 문학사적 문맥 속에서 거시적으로 조감할 수 없었던 데에 가장 큰 원인이 있다. 뿐만 아니라 이러한 논의들이『장길산』의 장단점에 대해 일부 온당한 지적을 하고 있음에도 불구하고, 대체로 직관적인 촌평에 머물고 있을 뿐 구체적이고도 엄밀한 논증을 결하고 있는 점도 이러한 한계와 무관하지 않은 것이라 하겠다.

역사소설『장길산』에 대해 총체적이고 심층적인 논의가 이루어지기 위해서는 무엇보다도 이 작품을 한국 근대 역사소설사, 그중에서도 특히 홍명희의『임꺽정』에 비추어보는 작업이 필수적인 과제이다. 이러한 견지하에 이 글에서는 역사소설『임꺽정』과『장길산』을 다각도로 비교 고찰함으로써『장길산』의 예술적 성과와 한계를 구체적으로 논구하고, 나아가 그 문학사적 위치를 구명해보고자 한다.

2. 역사적 진실성의 추구

『임꺽정』과『장길산』을 비교해보면 두 작품은 서두에서 언급한 바와 같이 여러 가지 면에서 흥미로운 유사성을 보여주고 있다. 우선 지적할 수 있는 것은, 두 작품이 우리 문학사상 유례가 드물 만큼 방대한 대하 역사소설이라는 점이다. 홍명희의『임꺽정』은 마지막 권이 미완으로 끝나기는 했지만 전10권에 달하는 방대한 소설인데,『장길산』은 그보다도 더 분량이 많아 초판이 전10권, 개정판이 전12권이나 된다.[4] 또한『임꺽정』은 1928년부터 1940년까지 10여 년에 걸쳐 연재되었으며,『장길산』역시 1974년부터 1984년까지 10년 동안 연재되었던 작품이다. 첨언하자면 이 두 작품은 모두 신문 연재소설이면서도 소위 통속성에 대한 시비를 전혀 받지 않고 문학사상 확고한 위치를 인정받고 있는 예외적인 경우에 속한다.

뿐만 아니라 『임꺽정』과 『장길산』은 각각 식민지시기와 분단시대 문단에서 장편소설과 리얼리즘에 대한 관심이 고조된 시기에 창작된 작품들이다. 주지하다시피 우리 소설사에서 1920년대에는 단편소설이 주류를 이루고 있었으나, 1930년대에 들어서서는 장편소설이 잇달아 발표되면서 평단에서도 장편소설 양식이 집중적인 관심을 모으게 되었다. 그리고 이에 따라 그 이전까지 소박한 수준에 머무르던 리얼리즘 논의도 비약적으로 확대, 심화되었다.[5] 홍명희의 『임꺽정』은 바로 이러한 문단적 전환기에 쓰인 작품으로서, 이러한 문단의 조류를 선도한 것이라 볼 수 있다. 김남천이 『임꺽정』에 대해 "작은 논두렁길을 걷던 조선문학은 비로소 대수해大樹海를 경험하였다"[6]고 절찬한 바와 같이, 이 작품은 당시 작가와 비평가들로 하여금 단편소설의 제약된 형식과는 달리 현실을 총체적으로 형상화할 수 있는 장편소설의 장르적 특성과 가능성에 대한 인식에 도달케하는 데에 큰 기여를 했던 것이다. 아울러 『임꺽정』은 당시는 물론 오늘날의 수준으로 보아도 놀랄 만큼 참신하고 탁월한 현실 묘사를 통해 동시대 리얼리즘 소설과 소설론의 발달에 강한 자극을 주었다.

『장길산』에 대해서도 이와 유사한 문단사적 의의를 부여할 수 있다. 분단 이후 1970년대 초까지도 우리 문단에서 우수한 소설로 손꼽히던 작품들은 대부분 단편소설이었으며, 평단에서도 단편소설을 논의의 중심 대상으로 삼고 있던 실정이었다. 그런데 박경리의 『토지』에 뒤이어 연재되기 시작한 황석영의 『장길산』은 장편소설의 중요성에 대한 1970년대 이후 평단의 지속적인 관심에 부응하여 출현했으며, 다른 한편 그러한 관심을 자극하고 선도하는 역할을 한 것이라 볼 수 있다. 이와 함께 1970년대 초부터 일기 시작한 평단의 리얼리즘론, 민족문학론 역시 『장길산』의 창작에 일정한 영향을 주고, 역으로 『장길산』으로부터 논의의 진전을 위한 풍부한 시사를 받았던 것이 사실이다.

그런데 『임꺽정』과 『장길산』이 드러내고 있는 더욱 본질적인 유사성은 이 두 작품이 민중사를 중심으로 한 리얼리즘 역사소설의 유형에 속한다는 점이다. 한국 근대 역사소설은 크게 보아 두 가지 경향성을 보여준다. 하나는 왕조사 중심의 낭만주의적 역사소설을 지향하는 것으로, 이광수, 김동인, 현진건, 박종화 등의 작품이 그 대표적인 예이다. 다른 하나는 민중사 중심의 리얼리즘 역사소설을 지향하는 것으로서, 식민지시기에 있어서는 홍명희의 『임꺽정』이 그에 해당하는 거의 유일한 작품이라 할 수 있다.

전자는 이광수의 『단종애사』 등과 같이 대체로 최상층의 인물을 주인공으로 하여 지배층 내부의 암투를 주로 다룬다. 이를 통해 과거의 역사를 신비롭게 그려 보여 현실도피적인 흥미만을 추구하거나, 또는 작중의 역사로부터 현재의 당면문제에 대한 교훈을 직접 끌어내고자 역사적 진실성을 등한시하는 경향이 있다. 그에 반해 후자에 속하는 『임꺽정』은 백정 출신 도적을 중심으로 하여 민중들의 삶과 투쟁을 주로 그리면서 그 시대의 현실을 현재의 전사前史로서 충실하게 재현하고 있는 것이다.[7]

그런데 『장길산』의 작가 황석영은 자신이 이 작품을 창작한 의도에 대해 "분단된 나라의 과도적 시대의 작가로서 나는 칠십년대에 비롯되었던 민중이라는 개념의 실체를 찾아서, 자생적인 근대화의 원류에 닿을 것을 바라면서 민중사라는 장강長江의 상류로 거슬러 올라갔던 셈이다"[8]라고 밝힌 바 있다. 황석영은 1970년대 초의 중·단편소설들을 통해 민주화와 통일을 지향하는 우리 시대 민중의 삶과 투쟁을 형상화해 온 작가이다. 『장길산』은 그러한 작가 황석영이 현대 민중운동의 전사로서 봉건 왕조를 타도하고 근대적인 시민사회와 민족국가의 수립을 위해 분투한 조선 후기 민중들의 동향을 소설화하려 한 야심작인 것이다.

이처럼 투철한 역사의식이 밑받침되었기 때문에『장길산』의 작가는 일단 역사소설로서 대단히 적절한 소재를 선택한 것이라 생각된다. 그 점은『장길산』과 마찬가지로 조선시대 민중운동을 다룬『임꺽정』의 경우와 비교해 볼 때 더욱 뚜렷하게 드러난다.『임꺽정』의 시대배경인 명종시대는 현재와는 시간상으로도 더 멀 뿐 아니라 근대사회를 지향한 움직임이 태동하기 이전인 조선 전기에 속하기 때문에, 그 소재 자체는 현재의 전사적 의의가 상대적으로 약한 것이 사실이다. 그에 비해『장길산』의 배경이 되는 17세기 말은 중세 봉건사회로부터 근대 시민사회로 이행하려는 자생적 움직임이 일기 시작하던 조선 후기의 초두에 해당한다는 점에서, 그 시대 민중운동은 우리 시대 민중운동의 전사로서의 의의를 더욱 뚜렷이 지니고 있는 것이다.

『장길산』의 작가는 역사소설이란 현재의 전사로서 과거의 역사를 생생하게 묘사함으로써 현재에 대한 우리의 인식을 더욱 풍부하게 하는 데 있다는 인식을 매우 뚜렷하게 보여주고 있다. 이는 무엇보다도『장길산』이『임꺽정』과 마찬가지로 조선시대의 각종 세태와 풍속, 관가의 제도, 민간의 경제생활 등 다방면에 걸친 사회 현실을 폭넓게 묘사하는 가운데, 당시 민중들의 생활상을 생생하게 재현하려 노력한 점에서 확인된다. 뿐만 아니라 그러한 노력의 일환으로『장길산』은『임꺽정』못지않게 당시의 민중생활과 연관되는 구전설화와 야담, 민요, 탈춤, 무가 등의 민중예술, 그리고 우리 고유어로 된 지명, 토속적인 고어와 속담 등을 작중에 풍부하게 삽입하고 있다.

이와 같이『임꺽정』과『장길산』은 현재의 전사로서 과거의 역사를 탐구하기 위해 조선시대의 사회상을 사실적으로 재현하고 민중예술의 유산을 적극적으로 활용하고 있는 점에서 현저한 유사성을 보이고 있기는 하나, 양자 간에 여러 면에서 상당한 차이를 드러내고 있는 것도 사실이다. 그중에서도 가장 먼저 눈에 띄는 것은, 『임꺽정』에 비할 때 『장길산』이 해당 시대인들의 일상적인 삶과 생활환경을 구체적으로 묘사하는 데에 상대적으로 둔한다는 점이다.

『장길산』 연재 초기에 한 영문학자가 이와 유사한 지적을 한 바 있다. 그에 의하면 1970년대의 대표적인 역사소설인 『토지』와 『장길산』에는 "대체로 서구의 사실적 근대소설이 갖는 구체적이고 자상한 생활상이나 시대상의 묘사는 드물게 나타나" 있다. "예컨대 저쪽에서는 지루할 정도의 공간 묘사, 가령 거주 공간이나 의상의 묘사가 나와서 등장인물의 일상적 상황이 선명하게 드러나는 데 반해서 두 작품은 극적인 외적 사건의 묘사에는 풍부하지만 구체적인 일상생활의 결에는 자상한 전개가 결缺해 있다"는 것이다. 물론 이 논자는 이러한 특징이 서구의 경우와는 달리 그 시대의 사회사가 충분히 정리되어 있지 못한 우리 사학계의 실정에 기인한 것이라 보고, 그에 따른 작가의 고충을 인정하고 있다.[9]

그런데 이처럼 『장길산』에는 해당 시대를 재현하는 데에 치밀한 디테일의 묘사가 부족하다는 점은 이 작품을 서양의 근대 리얼리즘 소설들뿐 아니라 홍명희의 『임꺽정』에 비할 때도 두드러지는 특징이다. 물론 『임꺽정』과 『장길산』의 이 같은 격차는 근원적으로 두 작가가 역사소설가로서 처한 창작 여건 간의 현격한 차이에서 유래된 것으로 보아야 할 것이다. 『임꺽정』의 작가인 홍명희는 1888년생으로서 식민지화되기 이전의 조선시대를 몸소 체험한 세대였을 뿐 아니라, 그가 『임꺽정』을 집필하던 1920~1930년대에는 조선시대의 언어와 풍속이 상당한 정도로 온존되어 있는 상태였다. 이와 달리 『장길산』이 쓰인 1970~1980년대에는 그간의 파행적인 근대화 과정을 통해 조선시대 이래의 기층 민중문화가 소멸 직전의 위기에 봉착하여 겨우 명맥을 유지하고 있는 상태였다. 그러므로 『장길산』의 작가 황석영은 홍명희와 비교할 수도 없을 만큼 불리한 여건 속에서 창작에 임한 것이라 하지 않을 수 없다.

　그러나 『임꺽정』과 『장길산』이 디테일 묘사에서 이 같은 격차를 지니게 된 데에는 창작 여건상의 차이 이외에 창작에 임하는 작가의 자세나 취향 등의 차이도 적잖이 작용한 것으로 보인다. 홍명희의 『임꺽정』을 보면 청석골 두령들이 화적이 되기까지의 인생 역정과 그들의 활약상을 중심으로 그 시대의 풍속과 일상생활이 매우 구체적이고 생생하게 묘사되고 있다. 다시 말해 상·하를 막론한 다양한 계층의 인간들이 등장하여 지극히 사소하고 일상적인 생활을 하는 모습이 풍부하게 묘사되어 있어, 그 자체만으로도 독특한 흥미를 자아내고 있다. 뿐만 아니라 이러한 묘사들은 작가가 의식적으로 끼워 넣은 듯한 인위적 느낌을 전혀 주지 않은 채, 작중의 중요한 사건들의 전개 속에 자연스럽게 무르녹아 있는 것이다.

　그러나 『장길산』에서 작가는 수많은 대규모의 사건들을 정면으로 다루면서 이를 통해 작가의 이념을 직·간접적으로 제시하려는 의욕에 사로잡혀 있기 때문에, 사소한 일상생활의 묘사에는 불가피하게 등한해질 수밖에 없다. 이와 아울러 『장길산』에서 작가가 그 시대 민중의 생활과 정서를 표현하기 위해 적극 활용하고 있는 조선시대 민중예술의 소개라든가, 독자 대중을 폭넓게 끌어들이기 위해서는 요긴하다고 볼 수도 있는 무협 장면과 성적인 묘사 등도 때로는 과도하게 많은 비중을 차지하여, 민중의 일상생활에 대한 구체적 묘사가 차지해야 할 지면을 빼앗는 경우도 적지 않다.

　『장길산』 제3부 「잠행」에서 활빈도가 환갑잔치를 벌이는 신천 구부자의 재물을 털어 기민飢民을 구제하는 장면은 그 대표적인 예라 할 수 있다. 여기에서 작가는 구부자네의 사치스럽고 부패한 생활상이나 흉년을 당하여 굶주린 백성의 참상을 구체적으로 묘사하는 대신, 활빈도들의 신나는 활약상을 최소한의 묘사와 대화만으로 대충 그리고 있다. 따라서 이 대목은 부자와 기민들의 일상생활에 대한 묘사가 극단적으로 결여된 결과 활빈행의 당위성이 충분히 부각되지 못해 공감을 불러일으키기 어려우며, 활빈도들의 활약상도 불충분한 묘사로 말미암아 황당한 느낌을 준다.

이와 아울러 지적할 것은 부잣집 환갑잔치에 동원된 광대들의 꼭두각시 놀음 대사라든가, 활빈도들 덕분에 잔치 음식으로 포식한 기민들이 취흥이 나서 부른 모내기 노래 가사가 지루할 정도로 길게 소개되어 있는 점이다. 『장길산』과 마찬가지로 홍명희의 『임꺽정』도 작중에 그 시대의 민중예술을 풍부하게 삽입하고 있다. 그러나 「의형제편」 '박유복이'장에서 덕물산 장군당의 장군 마누라를 맞이하는 큰 굿을 묘사한 대목에서 보듯이 작가는 이를 간략하면서도 구체적인 묘사를 통해 소개하고 있으며, 그 가사나 대사를 장황하게 인용하는 경우는 전무하다. 그에 반해 『장길산』에서 작가가 즐겨 탈춤, 꼭두각시 놀음, 민요, 무가 등 조선시대의 민중예술을 망라하여 원형 그대로 소개한 것은 우리의 전통적 민중예술에 무지한 독자 대중을 계몽하는 효과를 낳는다는 점에서는 높이 평가될 수도 있을 것이다. 그러나 이는 종종 작품의 서사적 전개를 방해하여 지루한 느낌을 자아내는가 하면, 민중의 일상생활을 구체적으로 묘사하기 위해 필요불가결한 지면을 앗아가는 결과를 빚기도 한다.

『장길산』에 간간이 묘사된 정사 장면이나 무협 장면에 대해서도 유사한 지적을 할 수 있다. 제1부 「광대」에서 4·4조의 판소리 가락에 가까운 독특한 문체로 길산과 묘옥의 정사를 묘사한 대목이라든가, 제3부 「군도」에서 첫봉이와 고만이의 정사 장면을 「주장군전」으로 대치한 대목에 대해 "전통적 정서의 복원 효과"라는 점에서 고평하는 논자도 있다.[10] 또한 제3부 「잠행」에서 관군의 토포를 벗어나 도망하던 마감동이 그를 추적하는 포도부장 백섭과 토포장 최형기를 상대로 칼싸움하는 장면을 묘사하는 데 20여 쪽의 지면을 할애하는 등 무협 장면에 치중한 데 대해서도, 이 같은 부분이 폭넓은 대중에게 어필하는 데 도움이 된다는 점에서 긍정적으로 보는 견해도 있을 수 있다. 그러나 이러한 성적인 장면이나 무협 장면에 대한 지나치게 장황한 묘사가 민중의 일상생활을 구체적으로 그리기 위해 보다 중요한 묘사가 차지해야 할 지면을 대신 메꾸는 경우가 없지 않은 것이다.

홍명희의 『임꺽정』에는 성적인 장면에 대한 묘사가 일체 없을 뿐 아니라, 주인공 임꺽정이 천하 검객으로 설정되어 있는데도 『장길산』에서 볼 수 있는 바와 같은 장황한 무협 장면 묘사를 거의 찾아볼 수 없다. 그럼에도 불구하고 『임꺽정』이 연재 당시의 독자들은 물론 상업주의적 소설 취향에 물든 오늘날의 독자 대중에게도 여전히 흥미진진하게 읽는 비결이 어디에 있는가를 새삼 돌아볼 필요가 있을 것이다.

역사적 진실성을 추구하는 면에서 『임꺽정』과 『장길산』이 드러내고 있는 또 하나의 큰 차이는 이 두 작품의 전망 부분에서 찾아볼 수 있다.

『임꺽정』 연재 초기에 발표한 '작가의 말'에서 홍명희는 "옛날 봉건사회에서 가장 학대받던 백정계급의 한 인물"인 임꺽정을 백정계급의 단합을 통해 반봉건 투쟁을 시도한 인물로 형상화함으로써, 그의 활동에 현대 민중운동의 선구로서의 의의를 부여하고자 했음을 밝힌 바 있다.[1] 그러나 화적패를 결성한 임꺽정 일당이 청석골에 자리 잡고 본격적으로 활동하는 시기를 다루고 있는 『임꺽정』「화적편」을 보면, 이러한 작가의 의도가 실제 작품에서 충분히 구현되었다고 하기는 어려울 것이다. 물론 일부 대목에서 임꺽정 일당이 역모에 뜻을 두고 있는 것이 시사되고 있기는 하지만, 작품 전체를 놓고 볼 때 정작 이들이 적극적인 활빈행이나 봉건체제 타도를 목표로 지속적인 활동을 벌이는 것으로 그려져 있지는 않은 것이 사실이다. 결국 임꺽정은 약탈로 풍족한 생활을 하며 졸개들의 시중을 받고 청석골에서 기를 펴고 사는 것 이상의 목표를 추구하지 않은 것처럼 되어 있다.

『임꺽정』의 이러한 측면에 대해서는 극단적으로 상반되는 견해들이 제시된 바 있다. 즉 어떤 논자는 작가가 역사적 인물로서의 임꺽정의 한계를 냉철하게 그리려 의식적으로 노력한 결과 "임꺽정의 형상화에 현실주의가 관철되고 있는 경우"라 하여 높이 평가하기도 한다. 그와 달리 「화적편」은 임꺽정 일당을 일개 도적패에 불과한 것으로 그린 나머지 미래에 대한 전망을 제시하지 못했으며, 이는 일제 말의 암흑기에 처한 "작가의 사회의식의 약화"를 반영한 것이라 비판하는 논자도 있다.[12]

임꺽정은 조선시대 민중운동이 아직 본격화되기 이전 시기에 활약했던 만큼, 민중운동의 지도자라기보다는 군도의 괴수로서의 한계를 크게 탈피하지 못한 인물이었을 것으로 추측된다. 따라서 작가가 이와 같은 시대적 한계를 지닌 인물을 미화하지 않고 있었던 그대로 그리고자 한 것은 일면 정당했다고 볼 수 있다. 그러나 작가는 이처럼 주관의 개입을 절제한 사실적인 묘사를 견지하면서도, 이를 통해 임꺽정 일당이 끝내 패배할 수밖에 없었던 요인들을 부각시킴으로써 후대의 민중운동을 위한 전망을 암시하는 경지에는 도달하지 못했다고 보아야 할 것이다.[13]

이러한 한계를 노정하고 있는 『임꺽정』에 비할 때 『장길산』은 일견 뚜렷한 전망을 제시하고 있는 점에서 돋보인다. 장길산 일당은 활빈도를 자처하고 명실상부한 의적활동을 전개할 뿐 아니라, 나아가서는 봉건왕조를 타도하고 백성들이 주인이 되는 이상 국가를 수립할 계획을 추진하고 있다. 그리고 그 과정에서 백성들을 규합하기 위해 미륵신앙이라는 민중적 이념까지 표방하고 있는 것이다. 이와 같이 『장길산』에서 장길산 일당이 미래에 대한 확고한 전망을 가지고 봉건체제에 저항하는 활동을 벌이는 것으로 그리고 있음은 분명 이 작품이 『임꺽정』에 비해 진일보한 면이라 할 수 있다.

그러나 여기에서 문제 삼아야 할 것은 이처럼 장길산 일당을 확고한 전망을 가지고 반봉건 투쟁에 나선 혁명적 집단으로까지 묘사한 것이 과연 역사적 진실성을 올바로 구현한 것인가 하는 점이다. 이러한 문제점은 무엇보다도 작가가 주인공 장길산을 비롯한 주요 등장인물들에게 그 시대인으로서는 지나치게 진보적인 의식을 부여하고 있는 데에서 단적으로 드러나 있다.

주인공 장길산은 그 자신도 지도자의 한 사람으로 참여한 당대의 주요 사회변혁운동들이 지닌 한계를 모조리 꿰뚫어보고 있을 뿐 아니라, 그 대안으로 민중과의 군건한 유대 위에서 민중이 일체의 차별로부터 해방되어 나라의 주인이 되는 세상을 건설할 것을 적극 주장한다. 장길산과 결의형제한 송상 박대근 역시 상인으로서의 계급적 이해관계는 물론, 사유재산에 대한 관념을 초월하여 자신이 축적한 막대한 부를 사회로 환원하려는 포부를 품고 장길산 일당의 역모를 위해 아낌없이 자금을 제공하는가 하면, 거사에 적극 가담하는 등 철저히 반봉건적이고 반체제적인 인물로 그려져 있다.

이와 같이 작가는 장길산을 비롯한 주요 등장인물들을 시대적 한계를 초월한 진보적 의식의 소유자로 묘사한 위에서 한걸음 더 나아가, 그들을 패배를 모르는 불굴의 승리자로 만들고 있다. 즉 그들은 일련의 거사가 명백히 실패로 끝났음에도 불구하고 실질적인 타격을 거의 입지 않은 채 애초의 포부를 끝까지 관철해나간 것으로 되어 있는 것이다.

그런데 이는 조선시대의 민중운동이 거의 예외 없이 실패로 끝났을뿐더러 그때마다 지도부가 모조리 체포 처형되거나 재기불능의 궤멸적인 타격을 입어 역사의 무대에서 사라진 사실에 비추어볼 때, 역사적 진실과 모순되는 것이라 하지 않을 수 없다. 만약 이 작품에서 묘사한 것처럼 17세기에 이미 장길산이나 박대근 등과 같이 진보적 의식을 지닌 탁월한 지도자가 막대한 자본과 병력을 갖추고 당대의 민중운동을 주도해나갔다고 한다면, 이어지는 18세기 이후의 조선시대 민중운동사가 그토록 간고한 투쟁의 역사로 점철될 수밖에 없었던 사정을 제대로 설명할 길이 없게 된다. 요컨대

『장길산』에서 작가가 지나치게 낙관적인 전망을 제시하고자 한 것은 시대적인 조건을 무시한 역사의 미화로서 비판받을 소지가 다분한 것이다.

이와 같이 역사적 진실성을 훼손시키는 과도한 낙관주의와 아울러 또한 가지 문제시되어야 할 것은 이 작품에서 작가가 전망을 제시하는 방식이다.『장길산』에서 전망은 충분히 구체성을 띠고 작중의 현실과 융합되어 나타난다기보다는 주인공 장길산의 발언을 통해 직설적으로 표출되고 있다. 그러므로 이 작품에 제시되어 있는 전망은 작중 현실과의 유기적인 관련 속에서 우러나온 것이 아니라, 그 시대들인의 의식의 한계를 초월한 현대적인 이념을 작중에 직접적으로 투사한 결과로 여겨지는 것이다. 이렇게 볼 때『장길산』은 역사적 전망의 면에서『임꺽정』과 상반되는 또 하나의 한계를 드러내고 있다.

3. 민중성의 구현

앞서 말한 바와 같이『장길산』은 민중사를 중심으로 한 역사소설이라는 점에서 식민지시기 역사소설 중 홍명희의『임꺽정』을 계승한 작품이라 할 수있다. 이 작품에서 주인공 장길산을 비롯한 주요 등장인물들은 모두 다종다양한 신분의 하층민들로 이루어져 있다. 그리고 그들의 성격 형상화나 일상생활에 대한 묘사에서도 탁월한 솜씨를 보여주는 대목을 풍부하게 찾아볼수 있다.

뿐만 아니라 이 작품에서 작가는 그 시대의 역사를 철저히 민중사관에 입각해서 보고자 하는 의식적인 노력을 기울이고 있다. 홍명희의『임꺽정』은 민중사를 중심으로 한 역사소설임에도 불구하고,「화적편」에서는 지배층의 입장에서 쓰인 관변사료에 크게 의존함으로써 임꺽정 일당의 활약을 적극적으로 그리지 못한 한계를 드러냈다고 할 수 있다. 이와 달리『장길산』의 작가는 봉건 지배층의 관점에서 쓰인 그 시대의 사료들을 철저히 민중적인 시각에서 재해석하여 활용하고자 하였다.

예컨대 제3부「잠행」에서 검계劍契, 살주계殺主契 사건과 관련하여 산지니와 그의 사촌 누님인 과부 석씨 간의 애틋한 사랑을 그린 대목은『조야회통朝野會通』에 실린 극히 단편적인 기록을 바탕으로 한 것이다. 그 기록에서는 "광주廣州에 한 과부가 있어 피란하는 노상에서 일곱 적한賊漢에게 잡혀 겁간劫奸을 당했는데, 적당을 잡아보니 그 하나가 과부의 서얼 사촌으로 검계의 당원이었다"[4]라고 하여 매우 흉악한 사건으로 되어 있다. 그런데 이처럼 지배층의 시각에서 민중운동을 범죄시하고 있는 사료의 내용을 작가는 정반대로 해석하여 대단히 아름답고 감동적인 민중의 사랑 이야기를 만들어내고 있는 것이다.

이러한 작가의 노력에 따라『장길산』은 어느 면에서는『임꺽정』을 능가하는 민중성을 구현하고 있다고 볼 수도 있다.『임꺽정』이 조선 전기에 속하는 명종조를 주된 시대배경으로 하고 있음에 비해『장길산』은 민중세력이 현저히 성장한 17세기 말의 조선사회를 배경으로 설정함으로써, 민중운동을 더욱 치열한 양상으로 그릴 수 있는 가능성을 지니게 되었다. 뿐만 아니라 작가는 이 같은 민중운동을 충실하게 묘사하는 데 멈추지 않고 이를 통해 민중적 변혁의 전망까지 적극 제시하려 했다는 점에서, 민중사관을 더욱 뚜렷이 천명한 것이라 볼 수 있다.

그러나 다른 한편『장길산』은 민중성의 구현이라는 측면에서도『임꺽정』과는 또 다른 양상의 문제점을 지니고 있다. 먼저 지적될 수 있는 것은,『장길산』에 그려져 있는 민중운동이 철저하게 민중적 성격을 지닌다기보다는 다분히 지식인 중심의 민중운동 같은 인상을 주고 있는 점이다. 작가는 광대 출신 도적 장길산을 그 시대의 역사적 조건에 의해 규정된 인물이라기보다는 다분히 현대적인 의미의 민중예술가이자 비판적 지식인으로 인식하고 있으며, 실제의 작품에서도 그러한 인물에 가깝게 묘사하고 있다. 이 작품에서 묘사되고 있는 장길산은 3년간의 입산수도를 마치고 활빈도의 지도자가 된 이후는 물론, 그 이전부터도 광대답지 않은 면모를 드러내는 경우가 적지 않다. 특히 활빈도의 지도자가 된 이후부터 그는 부하들 앞에서 고결한 지도자요, 인후한 군자처럼 행동하며, 말투에 있어서도 광대 출신이라 하기에는 어울리지 않는 격조 높은 언어를 구사하고 있다.

이처럼 민중이 진짜 민중답지 못하고 지식인처럼 그려지는 경향은 장길산 이외의 다른 주요 등장인물들의 경우에서도 확인된다. 활빈도를 물심양면으로 지도하는 송상 박대근은 그 시대의 전형적인 상인이라 하기에는 지나치게 유식하고 경륜이 큰, 이른바 실학파 지식인에 가까운 인물로 묘사되고 있다. 또한 신량역천身良役賤의 도장陶匠 출신인 이경순은 대규모의 사요私窯를 경영하는 부상으로 급상승한 이후에도 여전히 패랭이를 쓴 상사람 행색으로 다닌다고 되어 있기는 하나, 작중에 그려진 그의 언행은 항상 도덕군자처럼 점잖고 너그럽다. 마감동 역시 사노私奴 출신이라고는 하나, 장길산과 박대근을 만나 감화를 받고 구월산 화적패의 두령이 된 이후에는 관군과 맞서 칼싸움을 벌일 때마다 정연한 논리와 달변으로 지배계급을 성토하는 등, 비판적 지식인에 가까운 면모를 보여준다.

이와 같이 『장길산』에 묘사된 주요 등장인물들은 철두철미 민중적인 성격으로 묘사된 『임꺽정』의 인물들과 매우 대조적이다. 홍명희의 『임꺽정』에서 주인공 임꺽정은 백정 출신인 고승 병해대사의 제자로서 화적패의 대장이 되었음에도 불구하고 여전히 언변이 좋지 못하고 대체로 상사람 같은 행동을 하는 것으로 그려져 있다. 그와 달리 장길산은 운부대사 밑에서 수도한 이후는 물론 그 이전부터도 현대의 지식인 출신 민중예술가들을 방불케하는 면모를 보여주고 있다.

두 작품의 등장인물 간의 이 같은 차이를 가장 극명하게 보여주는 것은 마감동의 경우이다. 『장길산』에서 양반 댁 사노였던 마감동이 아름다운 여종인 그의 아내로 인해 주인에게 복수하고 도망친 내력은 『임꺽정』 「의형제편」 '배돌석이'장에 나오는 배돌석의 내력과 매우 흡사하다. 그러나 역졸 출신인 배돌석이 청석골 두령이 된 이후에도 여전히 싸움쟁이요 바람둥이의 습성을 버리지 못하여 툭하면 다른 두령들과 싸움을 벌이고 부녀자를 겁탈하려드는 하천배다운 인물로 묘사되어 있음에 비해, 『장길산』에서 마감동은 사노 출신임에도 불구하고 어엿한 지식인처럼 형상화되어 있는 것이다.

이렇게 볼 때 『장길산』이 "민중적 전형의 창출"에 성공한 작품[15]이라는 일반적인 평가는 재고의 여지가 있을 것이다. 이 작품이 다양한 신분의 하층민들을 주요 등장인물로 설정하여 그 시대 민중의 삶을 폭넓게 그리고 있는 것은 분명한 사실이다. 그러나 앞서 살펴본 바와 같이 광대 출신인 장길산, 상인 박대근, 수공업자 이경순, 사노 출신 마감동 등이 과연 그 신분계층의 전형으로서 성공적으로 형상화되어 있느냐 하는 점은 의문이 아닐 수 없다.

『장길산』에서 민중적 전형으로 비교적 잘 형상화된 인물이라면, 뚝심 좋고 단순 소박한 성품을 지니고 있는 소금장수 강선홍, 도망 노비의 자식으로 재빠르고 영리한 좀도적 강말득, 사당패의 모갑이로 나중에 장길산 일당을 배신하여 관군의 앞잡이가 되는 고달근, 송도의 이름난 건달로 가짜 금부도사 노릇을 하여 장길산과 우대용의 탈옥을 돕는 이학선과 같은 인물들 들 수 있을 것이다. 그러나 이처럼 『장길산』에서 민중의 한 전형으로 잘 형상화된 인물들은 작중에서 부차적 역할을 맡고 있는 군소인물 아니면 다분히 악역에 가까운 역할을 맡고 있는 부정적인 인물들에 한정되고 있다.

그런 반면 주인공을 위시한 주요 등장인물이나 작가가 각별하게 아끼는 인물들의 경우는, 그들의 품행을 미화하고 이상화하려는 경향과 더불어 지식인 위주의 변혁운동관이 작용하여, 민중의 한 전형이라기보다는 지식인에 가깝게 왜곡되어 있는 것이다. 따라서『장길산』은 민중적 전형을 창출하는 데 있어서 부분적인 성과에 그치고 있다 하겠다.

민중성의 구현과 관련하여,『장길산』이 영웅주의적 성향을 적지 않게 드러내고 있는 문제점은 여러 논자들에 의해 언급된 바 있다. 그들은『장길산』의 주요 등장인물인 활빈도의 두령들이 모두 뛰어난 힘과 무예의 소유자로 되어 있음을 비판적으로 지적하였다.[16] 이러한 지적은 일면 타당하지만,『장길산』에 뿌리 깊게 배어 있는 영웅주의적 성향들을 남김없이 밝혀내지는 못했다는 점에서 피상적이라 하지 않을 수 없다.

우선 분명히 해둘 것은,『장길산』에서 주요 등장인물들이 초인적인 체력이나 무술의 소유자로 설정되었다는 사실만으로 이 작품을 영웅주의적이라고 비판할 수는 없다는 점이다. 그 점은 이 작품을 홍명희의『임꺽정』과 대비해볼 때 확연히 드러난다.『임꺽정』도 주요 등장인물인 청석골 화적패의 두령들이 모두 뛰어난 체력이나 무예의 소유자로 설정되어 있는 점에서는『장길산』과 마찬가지이다. 천하장사이자 희대의 검객인 임꺽정은 물론, 신기神技에 가까운 활 솜씨를 지닌 이봉학, 백발백중의 표창 솜씨를 지닌 박유복, 나는 듯이 걸음이 빠른 황천왕동, 돌팔매의 명수 배돌석, 임꺽정에 버금가는 장사 곽오주와 길막봉 등은『장길산』에 등장하는 활빈도 두령들 못지않게 초인적인 능력을 지니고 있는 것이다. 뿐만 아니라 그들이 지닌 이러한 비범한 능력들은 매우 흥미롭고 생동감 있게 묘사됨으로써『장길산』의 경우보다 더욱 강조되어 있는 실정이다.

그러나 이처럼 등장인물들의 초인적 능력이 그 인물이 지닌 중요한 속성의 하나로서 뚜렷이 부각되어 있음에도 불구하고,『임꺽정』은『장길산』

과는 달리 영웅주의적이라는 인상을 주지 않는다는 데에 주목할 필요가 있다. 이는 무엇보다도 『임꺽정』의 주요 등장인물들이 탁월한 능력의 소유자이면서도 동시에 다른 면에서는 인간적인 약점이나 한계를 지닌 평범한 인물로 그려져 있는 사실과 밀접한 관련이 있다.

우선 주인공 임꺽정부터가 사내답고 화적패의 대장이 될 만한 기상을 갖춘 인물이면서도, 다른 한편 우직하고 어눌하며 감정의 기복이 심한 인물로 되어 있다. 그리고 기품 있고 총명한 이봉학, 고지식하고 효성스러운 박유복, 싹싹하고 날렵한 황천왕동 등은 다른 두령들에 비해 좀 더 긍정적으로 그려져 있으나, 이들 역시 범인凡人의 수준을 넘어설 만큼 뛰어난 지력이나 도덕적 자질의 소유자로 그려져 있지는 않다. 더욱이 순박하면서도 우악스러운 곽오주는 어미를 잃고 밤새 보채는 아기를 달래다 못해 순간적으로 태질을 쳐 죽인 과거로 인해 우는 아기만 보면 달려들어 해치고 마는 일종의 정신질환자이며, 역졸의 아들로 태어나 계모 밑에서 학대 받고 자란 배돌석은 툭하면 다른 두령들과 싸움을 벌이고 여자를 겁탈하려 드는 인물이다. 이처럼 『임꺽정』에 등장하는 화적패의 두령들은 초인적인 능력의 소유자이면서도 지적으로나 도덕적으로나 결코 완전무결하지는 못한 인간들인 것이다.

이와 달리 『장길산』에서 주인공 장길산을 비롯한 주요 등장인물들은 뛰어난 무예를 지니고 있을 뿐만 아니라, 현실을 투철히 인식하고 이를 도도한 웅변으로 표현할 줄 아는 지적인 능력의 소유자이며, 도덕적으로도 흠 잡을 데 없는 인물로 묘사되고 있다. 장길산은 땅재주와 권술拳術, 검술에 뛰어난 광대로서 인간만사를 꿰뚫어보는 통찰력을 겸비하고 있을뿐더러, 도적패의 두령이면서도 활빈의 이념을 헌신적으로 실천하는 철저한 이타심의 소유자요, 재물이나 의식주에 무심하기 짝이 없는 금욕주의자이다. 동시에 그는 광대 출신답게 절창에다가 춤 솜씨도 뛰어나며, 예술가다운 섬세한 감성의 소유자로서 자못 매력 있는 남성으로 형상화되어 있다.

주인공 장길산처럼 영웅적으로 미화되고 있는 점에서는 박대근이나 김기의 경우도 마찬가지이다. 국내 굴지의 거상인 박대근은 거대한 부를 축적하는 과정에서도 장사꾼다운 이기심이나 악착같은 면모를 보이기는커녕 오로지 국리민복國利民福을 추구하려는 고매한 이상을 지닌 도덕적인 인물이며, 장길산 일당을 감화시켜 활빈행에 나서도록 부추긴 장본인이기까지 하다. 게다가 그는 지팡이 속에 장검을 감춘 물미장勿尾杖이라는 것을 가지고 다니다가 꼭 필요할 때만 칼을 뽑아 휘두르는데, 그 솜씨가 또한 화적패 두령들의 무예에 못지않은 것으로 되어 있다. 활빈도의 책사 김기는 일개 궁유窮儒로서는 믿기지 않을 만큼 탁월한 책략을 구사할뿐더러 도덕적으로도 완전무결한 인간으로서, 제갈공명을 연상케 한다. 그 점은『임꺽정』에서 책사 서림이 신출귀몰한 계략을 짜내는 뛰어난 지력의 소유자이면서도, 간교하여 그에 대해 항상 마음을 놓을 수 없는 인물로 그려져 있는 것과 매우 대조적이라 하겠다.

『장길산』에 등장하는 주요 인물들과 마찬가지로 집단으로서의 활빈도역시 영웅적으로 미화되어 있다.『임꺽정』의 경우 청석골 화적패는 백성들과 대체로 우호적 관계를 맺고 있지만, 흉년을 만나면 그들의 생활도 어려워져서 평소에는 탑고개에서 그냥 보내주던 촌 장꾼들에게조차 현물 장세를 거두어 물의를 일으키기도 한다. 그러나『장길산』에 묘사된 활빈도들은 아무리 극심한 흉년이라도 백성들의 양곡을 약탈하기는커녕 각지의 부잣집을 털어 그들에게 나누어줄 뿐 아니라, 백성들의 참상을 가슴 아파한 장길산의 엄명에 따라 자숙하는 의미로 하루 두 끼씩만 먹고 술을 일체 삼가는 것이다. 이처럼『장길산』의 활빈도는 자신들의 이익을 돌보지 않고 백성들을 위해 헌신적으로 행동하면서도, 그로 인해 결정적인 패배를 당한다든가 형세가 꺾이는 일이 없이 그 세력을 끊임없이 확장해나가는 집단으로 그려져 있다.

그런데 이 작품에서 장길산 일당이 이상적인 활빈행을 실천할 수 있었던 것은 송상 박대근을 황당하리만큼 영웅화함으로써 비로소 가능해진 것이다. 활빈도가 결성되어 뚜렷한 목표를 가지고 활동하면서 대규모 집단으로 성장해나간 데에는 박대근의 도움이 절대적이었다. 박대근은 주인공 장길산을 비롯한 여러 인물들을 각성시켜 현실의 모순에 눈뜨게 한 것은 물론, 막대한 비용을 들여 사형수인 장길산과 우대용을 탈옥시키고 활빈도에게 끊임없이 관에 대한 정보를 제공하면서 활동 방향을 제시한다. 그리고 나중에는 누만전에 달하는 자금을 지원하여 그들로 하여금 상업과 광업 등 각종 사업을 벌이고 무기와 호마胡馬를 입수하여 대대적인 무장 세력으로 성장하게 하는 데에 결정적인 기여를 한다. 요컨대 박대근이 제공한 이념적·물적 기반에 의해 장길산 일당은 쩨쩨한 도적이 아니라 패배를 모르는 대규모의 의적 집단이 될 수 있었던 것이다.

그러나 박대근과 같은 부상이 어떻게 급진적인 반봉건 의식을 가질 수 있으며 아낌없이 거금을 투척하여 반체제 집단인 활빈도를 지원할 수 있는지, 그러고도 사업이 기울기는커녕 점점 더 번창하여 마침내 국내 굴지의 거부가 될 수 있는지 납득하기 어려운 것이 사실이다. 이는 마치 현대소설에서 대재벌의 사위이자 후계자인 인물이 반체제운동의 대부가 되어, 변혁운동을 이념적으로 지도할 뿐 아니라 막대한 부를 쏟아 물질적으로 후원한다는 것과 다름없는 황당한 설정이 아닐 수 없다.

물론 홍명희의 『임꺽정』은 임꺽정을 비롯한 주요 인물들과 청석골 화적패의 활약을 이상화하는 것을 피하고 철두철미 현실적으로 묘사하려 한 작가의 노력이 지나친 나머지 전망 부재라는 결함에 빠졌다고 볼 수 있다. 그러나 이와 반대로 『장길산』의 작가가 작중에서 주요 등장인물들을 이상화하고 활빈도의 행위를 일방적으로 미화한 것은 부인하기 어려운 영웅주의적 징후의 하나로 비판되어야 하리라 본다.

4. 맺음말

우리 시대의 역사소설가라면 누구든 한국 근대 역사소설의 최고봉인 홍명희의『임꺽정』을 부단히 의식하지 않을 수 없으며, 비평가들 역시 역사소설을 논하는 하나의 준거로서 이 작품을 거론하지 않을 수 없을 것이다. 그러므로 이 글에서는『임꺽정』이후 최대의 문제작이라는 정평을 얻고 있는 역사소설『장길산』의 예술적 성과와 한계를 해명하기 위해, 이 작품을 홍명희의『임꺽정』에 비추어 논해보고자 했다.

『장길산』은 민중사를 중심으로 한 리얼리즘 역사소설이라는 점에서 식민지시기 역사소설 중『임꺽정』을 직접적으로 계승한 작품이라 할 수 있다. 이 두 작품은 현재의 전사로서 과거의 역사를 탐구하기 위해 조선시대의 사회상을 광범하고도 사실적으로 재현하고자 한 점에서 현저한 유사성을 보여주고 있다.

『임꺽정』과 마찬가지로『장길산』은 조선시대의 각종 풍속과 제도, 민간의 경제생활 등 다방면에 걸친 사회 현실을 폭넓게 묘사하면서 당시 민중들의 생활상을 생생하게 재현하고자 했다. 또한 그러한 노력의 하나로『장길산』은『임꺽정』에 못지않게 조선시대의 설화와 각종 민중예술, 그리고 토속적인 고어와 속담 등을 작중에 풍부하게 삽입하고 있다. 그러나 묘사의 치밀성과 고증의 신뢰도에서『장길산』은『임꺽정』의 수준에는 미치지 못하고 있는 것이 사실이다.

물론『임꺽정』과『장길산』간의 이 같은 격차는 근원적으로 두 작가가 역사소설가로서 처한 창작 여건의 차이에서 유래한 것으로 보아야 할 것이다. 오늘날의 역사소설가들은 과거의 역사를 재현하는 데 있어서 19세기 말에 양반가에서 태어나 조선시대를 몸소 체험하며 자란 세대였던 홍명희와 같은 작가에 비해 현격하게 불리한 여건에 놓여 있는 것이 사실이다. 그럼에도 불구하고 『장길산』의 작가는 각고의 노력을 통해 『임꺽정』이 그 방면에서 하나의 전범으로서 보여준 수준에 도달하고자 진력하였다. 그리하여 『장길산』은 비록 『임꺽정』의 수준에 미치지는 못한다 할지라도 조선시대 민중들의 언어와 풍속을 풍부하게 재현함으로써, 우리시대의 역사소설로서는 가능한 최대의 성과를 거둔 것으로 볼 수 있다.

홍명희의 『임꺽정』은 부분적으로 관변사료에 지나치게 의존한 나머지 임꺽정 일당의 투쟁이 지닌 역사적 의의를 충분히 부각시키지 못한 문제점을 안고 있다. 그와 달리 장길산 일당을 비롯한 민중세력이 미래에 대한 확고한 전망 아래 반봉건적 변혁운동을 펼치는 것으로 그리고 있는 점은 『장길산』이 『임꺽정』에 비해 진일보한 면이라 할 수 있다. 그러나 다른 한편 『장길산』은 사회변혁운동에 있어서 시대적 한계를 초월한 과장된 전망을 제시함으로써, 역사적 진실성을 다소 훼손시킨 한계를 드러내고 있다.

『장길산』이 봉건 지배층의 관점에서 쓰인 사료들을 철저히 민중적 시각에서 재해석하여 활용하고자 한 점은 『임꺽정』이 부분적으로 드러내고 있는 한계를 넘어선 것으로 높이 평가되어야 할 것이다. 그러나 작중에서 그시대 변혁운동을 주도한 민중 출신 지도자들을 다분히 지식인에 가까운 인물로 묘사하고 있는 점, 따라서 그들에 의해 주도되는 사회변혁운동 역시 지식인 중심의 민중운동 같은 인상을 준다는 점 등은 부인할 수 없는 결함이라 생각된다.

또한 『임꺽정』의 주요 등장인물들이 탁월한 무예의 소유자이면서도 동시에 다른 면에서는 인간적인 약점이나 한계를 지닌 평범한 인물로 그려져 있음에 반해, 『장길산』의 주요 등장인물들은 뛰어난 무예를 지니고 있을 뿐만 아니라 지적으로나 도덕적으로나 흠잡을 데 없는 인물로 이상화되어 있다. 이와 아울러 집단으로서의 활빈도 역시 영웅적으로 미화됨으로써,『장길산』은『임꺽정』과는 달리 영웅주의적 성향을 짙게 드러내고 있다.

이상에서『임꺽정』에 비추어『장길산』의 예술적 성과와 한계를 개괄해보았거니와, 독자에 따라서는 필자의 논의가 작품의 탁월한 점보다는 그 문제점을 규명하는 데 치중한 것으로 느껴질는지도 모른다. 그러나 필자는 어디까지나『장길산』이『임꺽정』의 예술적 성과를 계승하는 한편으로 그에 내재한 한계를 극복한 작품이기를 기대했기에, 그만큼 더욱 엄밀하고 냉철한 자세로 논의에 임하고자 한 것이다. 앞으로『임꺽정』에서『장길산』으로 이어지는 우리 역사소설의 정상을 뛰어넘는 더욱 탁월한 작품이 우리시대 역사소설가들에 의해 창작되기를 고대한다.

주석

홍명희와 역사소설 『임꺽정』

1) 「홍벽초·현기당 대담」, 『조광』, 1941. 8; 「벽초 홍명희 선생을 둘러싼 문학 담의」, 『대조』, 1946. 1.(임형택·강영주 편, 『벽초 홍명희와 『임꺽정』의 연구자료』, 사계절, 1996, 178쪽, 188쪽) 이하 『벽초 홍명희와 『임꺽정』의 연구자료』는 『벽초자료』로 약칭한다.

2) 정비석, 「현대작가총람」, 『소설작법』, 신대한도서주식회사, 1946, 308~309쪽.

3) 홍명희의 자세한 생애에 대해서는 강영주, 『벽초 홍명희 연구』, 창작과비평사, 1999; 강영주, 『벽초 홍명희 평전』, 사계절, 2004. 참조.

4) 임화, 「세태소설론」, 『동아일보』 1938년 4월 1일~6일자(임화, 『문학의 논리』, 학예사, 1940, 357쪽; 『벽초자료』, 268쪽). 이 밖에 임화는 「현대소설의 주인공」에서도 『임꺽정』에 대해 유사한 비판을 가하고 있다(『문학의 논리』, 414~415쪽).

5) 이원조, 「『임꺽정』에 관한 소고찰」, 『조광』 1938. 8.(『벽초자료』, 272~279쪽)

6) 백철, 『조선문학사조사』 현대편, 백양당, 1949, 328쪽.

7) 이재선, 『한국현대소설사』, 홍성사, 1979, 394~395쪽.

8) 김윤식, 「우리 역사소설의 4가지 유형」, 『소설문학』, 1985. 6, 157~158쪽.

9) 이 작품의 표제는 연재 초기에는 『임꺽정전林巨正傳』이었으나, 「화적편」 '청석골'

장은 『화적 임꺽정』이라는 제목으로 연재되었고, 1937년 12월 2일 그간 중단되었던 연재가 「화적편」 '송악산'장에서부터 속개될 때 『임꺽정』으로 확정되었다.

10) 『조선일보』 1928년 11월 21일~1939년 7월 4일자; 『조광』 1940년 10월호.

11) 『임꺽정』 전4권, 조선일보사출판부, 1939~1940; 『임꺽정』 전6권, 을유문화사, 1948; 『조선일보』 1939년 12월 31일자에 실린 『임꺽정』 광고; 『학풍』 창간호(을유문화사, 1948. 10)에 실린 『임꺽정』 광고 참조.

12) 『임꺽정』 전9권, 사계절, 1985. 그후 사계절출판사에서는 단행본에 실리지 않은 「화적편」 '자모산성'장을 포함하고 작품 전체를 새로 교열하여 『임꺽정』 전10권 (재판, 1991)을 간행했다.

13) 신문 연재본에는 「봉단편」과 「피장편」의 말미에 각각 '제1편 종終', '제2편 갓바치 종終'이라 밝혀져 있다. 그러므로 「봉단편」과 「양반편」의 편명은 단행본 출간 시에 붙여진 것이다. 제2편은 조선일보사판에서는 「갓바치편」, 을유문화사판에서는 「피장편」으로 되어 있다.

14) 『임꺽정』은 장기 연재되는 동안 번호가 중복되거나 건너뛴 경우가 많아 신문에 적힌 연재 횟수에 착오가 심했다. 실제로 연재된 횟수는 「봉단편」이 75회, 「피장편」이 111회, 「양반편」이 121회이다. 연재 횟수 계산은 사계절출판사 간 『임꺽정』 제3판(1996) 각권 서두의 '일러두기'(정해렴 작성) 참조.

15) 矢澤康祐, 「임꺽정의 반란과 그 사회적 배경」, 『전통시대의 민중운동』 상권, 풀빛, 1981.

16) 홍명희도 연재 초기 작가의 말에서 "우선 102회까지는 임꺽정을 싸고 도는 그때 사회의 분위기를 전하기에 소비하였는데 이제부터는 정말 임꺽정이 나타나게 됩니다"라고 하였다(「『임꺽정전』에 대하여」, 『삼천리』 1929. 6; 『벽초자료』, 34쪽).

17) G. Lukács, "Der historische Roman", *Probleme des Realismus III*, Neuwied und Berlin: Luchterhand, 1965, p.46.

18) Ibid, pp.58~64, pp.252~262.

19) 홍명희, 『임꺽정』제1권, 제4판, 사계절, 2008, 188~189쪽. 이하 『임꺽정』은 사
계절출판사의 제4판에서 인용하되, 인용문에 별도로 주를 달지 않고 본문에 권
수와 쪽수만 밝힌다.

20) 홍명희, 「자서전」제1회, 『삼천리』 1929, 6,(『벽초자료』, 20~21쪽)

21) 홍승목은 1925년에 사망하였다(홍기문, 「아들로서 본 아버지」, 『조광』 1936. 5;
『벽초자료』, 237쪽).

22) 위의 책, 234쪽.

23) 『연려실기술燃藜室記述』권8, 中宗朝故事本末 己卯黨籍 趙光祖·李長坤條; 「임꺽
정의 원천자료」, 『벽초자료』, 471~480쪽, 496~499쪽.

24) 『연려실기술』, 권6, 燕山朝故事本末 戊午黨籍 鄭希良條;『벽초자료』, 481~488쪽.

25) 염무웅의 발언, 「『임꺽정』 연재 60주년 기념 좌담—한국 근대문학에 있어서 『임
꺽정』의 위치」, 『벽초자료』, 343쪽.

26) 『연려실기술』권9, 中宗朝故事本末 中宗朝相臣 沈貞 附沈義條.

27) 이학년李鶴年은 실재했던 인물로서, 종실 서자이나 속신贖身하지 못하고 홍문관
관노가 된 인물로 소개되어 있다(『연려실기술』권8, 中宗朝故事本末 辛己安處
謙獄條).

28) 홍명희, 「『임꺽정전』을 쓰면서」, 『삼천리』 1933. 9.(『벽초자료』, 39쪽) 또한 홍명
희는 1930년대 유진오와의 대담에서도 "그 작품에 대해서 나대로 무슨 생각이
있었다면 그것은 막연하게나마 조선 정조나 그려볼까 한 것이지요"라고 말했으
며, 해방 후 이태준 등과의 대담에서도 『임꺽정』을 쓸 때 "될 수 있는 대로 조선
적인 정조를 잃지 않으려" 노력했다고 밝힌 바 있다(홍명희·유진오, 「문학대화
편—조선문학의 전통과 고전」, 『조선일보』 1937년 7월 16~18일자; 「벽초 홍명
희 선생을 둘러싼 문학 담의」, 『대조』 1946. 1;『벽초자료』, 169쪽, 190쪽).

29) 이 밖에 『임꺽정』 「화적편」 '청석골'장에 묘사된 졸개들의 점고 장면에서도 상

민들의 특유한 우리식 이름이 많이 나온다(7:376~380).

30) 이극로, 「어학적으로 본 임꺽정은 조선어 광구의 노다지」, 『조선일보』 1937년 12월 8일자(『벽초자료』, 255~256쪽).

31) 김남천, 「조선문학의 대수해大樹海」, 『조선일보』 1939년 12월 31일자(『벽초자료』, 283쪽).

32) 반성완, 「루카치의 역사소설 이론과 우리의 역사소설」, 『외국문학』 1984년 겨울호, 47~48쪽.

33) G. Lukács, op.cit., pp.201~202, pp.237~241.

34) G. Lukács, op.cit., pp.368~394.

35) 『기재잡기』나 이를 인용한 『연려실기술』 등 야사에서는 임꺽정이 교활한 인물로 기록되어 있음에도 불구하고(『벽초자료』, 455쪽; 『연려실기술』 권11, 明宗朝故事本末 捕强盜林巨正條), 『임꺽정』에서 작가는 그를 우직한 성격의 인물로 그려 놓았다. 그런데 이와 같이 지략이 부족하고 어눌한 임꺽정이 「화적편」 '청석골'장에서 임선달로 행세하여 서울의 기생과 처들을 무난히 속여넘긴다든지, '소굴'장에서 황해감사의 종제 유도사를 자처하고 양반들의 언행을 그럴 듯하게 흉내 내며 각 읍에서 사기행각을 벌인 것으로 그려진 것은, 그의 성격 묘사에 있어 일관성이 결여된 부분이라 하지 않을 수 없다.

36) G. Lukács, op.cit., pp.48~52.

37) 연재 당시 '평산쌈' 다음 장의 소제목은 '자모산성'이었는데, 을유문화사판 『임꺽정』 광고에 예고된 「화적편」 제6장의 소제목은 '구월산성'이다. 이로 미루어 보면, 연재 당시 작가는 「화적편」의 말미 부분을 '자모산성'과 '구월산성'의 두 장으로 나누려 했으나, 해방 후 『임꺽정』을 완결하여 을유문화사에서 출판하려 했을 때는 이 두 장을 '구월산성' 한 장으로 통합하려 한 것으로 추측된다.

38) 『명종실록』 15년 8월 20일자, 10월 22일자, 10월 28일자, 11월 24일자, 11월 29일자(『벽초자료』, 414~419쪽).

39) 『대동야승大東野乘』 권51, 『기재잡기』 3, 歷朝舊聞 明宗朝. 임꺽정의 행적에 관해서는 이 밖에 『성호사설星湖僿說』 『열조통기列朝通紀』 『동야휘집東野彙輯』 등에도 언급되어 있다(『벽초자료』, 455~470쪽).

40) 홍명희, 「『임꺽정전』에 대하여」, 『벽초자료』, 34쪽.

41) 『명종실록』 15년 12월 2일자(『벽초자료』, 421쪽).

42) 矢澤康祐, 앞의 책, 137~141쪽.

43) 『명종실록』 14년 4월 21일자(『벽초자료』, 412~413쪽).

44) 강만길, 「선초鮮初 백정고考」, 『사학연구』 제18호, 1964. 참조.

45) G. Lukács. op.cit., pp.45~48, p.63, p.124.

46) 임화, 「세태소설론」, 『벽초자료』, 268쪽.

『임꺽정』의 연재와 출판

1) 정해렴, 「교정 후기」, 『임꺽정』 제10권, 홍명희 저, 재판, 사계절, 1991, 166쪽.

2) 백화, 「문인 인상 호기互記-홍명희군」, 『개벽』 1924. 2.(임형택·강영주 편, 『벽초 홍명희와 『임꺽정』의 연구자료』, 사계절, 1996, 230쪽: 이하 『벽초자료』로 약칭)

3) 「이조문학 기타—홍명희·모윤숙 양씨 문답록」, 『삼천리문학』 1938. 1.(『벽초자료, 172쪽)

4) 홍명희, 『학창산화』, 조선도서주식회사, 1926.

5) 신재성, 「1920~30년대 한국역사소설연구」, 서울대학교 석사학위논문, 1986, 14~21쪽.

6) 홍명희, 「머리말씀」, 『임꺽정전』 연재 제1회, 『조선일보』 1928년 11월 21일자(『벽초자료』, 31쪽).

7) 「벽초 홍명희 선생을 둘러싼 문학 담의」, 『대조』, 1946. 1.(『벽초자료』, 192쪽)

8) 홍명희, 「『임꺽정전』에 대하여」, 『삼천리』 1929. 6.(『벽초자료』, 34쪽)

9) 「벽초 홍명희씨 작『임꺽정전』 명(明) 12월 1일부터 연재」, 『조선일보』 1932년 11월 30일자(『벽초자료』, 36쪽).

10) 염무웅의 발언, 「『임꺽정』 연재 60주년 기념 좌담—한국 근대문학에 있어서『임꺽정』의 위치」, 『벽초자료』, 343쪽; 양보경, 「『임꺽정』의 지리학적 고찰」, 『통일문학의 선구, 벽초 홍명희와『임꺽정』』, 홍명희문학제학술논문집 기획위원회 엮음, 사계절, 2005, 324~325쪽.

11) 『임꺽정』 각 편의 내용과 문학적 성과에 대한 자세한 논의는 강영주, 「홍명희와 역사소설『임꺽정』」, 본서 78~117쪽 참조.

12) 「벽초 홍명희씨 작『임꺽정전』 명明 12월 1일부터 연재」, 『벽초자료』, 37쪽.

13) 안석영, 「응석같이 조르고 교정까지 보던 일」, 『조선일보』 1937년 12월 8일자(『벽초자료』, 257쪽).

14) 고故 유호준 목사 면담(1992. 7. 7). 유호준 목사는 벽초 선생의 6촌동생이다.

15) 조용만, 『30년대의 문화 예술인들』, 범양사, 1988, 33~34쪽.

16) 1930년『삼천리』의 한 가십란에서는 홍명희가 경기도 경찰부에서『임꺽정전』 5회분을 집필했다고 전하고 있으며, 이듬해의 홍명희 공판 방청기에서는 그가 유치장에서 하룻밤만에 6회분의 원고를 썼다고 했으나(「문단 장삼이사」, 『삼천리』 1930. 7, 56쪽; 창랑객, 「법정에 선 허헌·홍명희」, 『삼천리』 1931. 5, 16쪽), 이는 과장된 것이다.

17) 『조선일보』 1929년 12월 30일자.

18) 「본지의 2대 독물讀物—벽초 홍명희 씨의『임꺽정전』 속재續載·사가史家 신단재申丹齋의『조선상고문화사』」, 『조선일보』 1932년 5월 27일자.

19) 『조선일보 70년사』, 조선일보사, 1990. 1, 234~269쪽; 계훈모 편, 『한국언론연표』, 관훈클럽신영연구기금, 1979, 611~637쪽.

20) 「벽초 홍명희씨 작『임꺽정전』 명明 12월 1일부터 연재」, 『벽초자료』, 36쪽.

21) 홍명희, 「『임꺽정전』을 쓰면서」, 『삼천리』 1933. 9.(『벽초자료』, 39쪽)

22) 구본웅, 「임꺽정 다니던 길 지도로 들은 설명」, 『조선일보』 1937년 12월 8일자 (『벽초자료』, 258쪽).

23) 『임꺽정』 집필 당시 홍명희는 전문가들이 주로 보던 5만분의 1 지도를 참조했다고 한다(정주영 선생 면담, 1997. 7. 27). 정주영 선생은 벽초 선생의 조카이다.

24) 「문인 기화奇話」, 『삼천리』 1934. 7, 250쪽.

25) 조용만, 앞의 책, 323쪽.

26) 「신문소설의 대웅편大雄篇―임꺽정전의 본전 화적 임꺽정」, 『조선일보』 1934년 9월 8일자(『벽초자료』, 40쪽).

27) 「청빈낙도하는 당대 처사 홍명희 씨를 찾아」, 『삼천리』 1936. 4.(『벽초자료』, 160쪽, 162쪽)

28) 『신인문학』 1935. 10, 69쪽.

29) 「대망의 임꺽정이 수遂 재출현!―장편소설 『임꺽정』 래來 11일 석간부터 연재」, 『조선일보』, 1937년 12월 4일자.

30) 위의 자료.

31) 이기영, 「조선문학의 전통과 역사적 대작품」, 『조선일보』 1937년 12월 8일자 (『벽초자료』, 253쪽).

32) 「『임꺽정』의 원천자료」, 『벽초자료』, 403~470쪽 참조.

33) 임화, 「세태소설론」, 『동아일보』 1938년 4월 1일~6일자(『벽초자료』, 267~269쪽).

34) 김근수, 『한국잡지사연구』, 한국학연구소, 1992, 158쪽.

35) 『조선일보』 1939년 12월 31일자(『벽초자료』, 284쪽). 「의형제편」의 경우 책의 속표지에는 (1)(2)로 표시되어 있으나, 광고에는 「화적편」과 마찬가지로 상·하로 표시되어 있다.

36) 「의형제편」과 「화적편」 '청석골'장의 구체적인 수정 양상에 대해서는 하타노 세츠코, 「『임꺽정』 집필 제2기에 보이는 '동요'에 대하여」, 『일본 유학생 작가 연

구』, 소명출판, 2011, 338~382쪽 참조.

37) 「조광방송국」, 『조광』 1940. 5, 224쪽. 여기에서 "조광사 발행의 『임꺽정』 제5권" 이라 한 것은, 그 무렵 조선일보사에서 신문 폐간 위기를 맞아 조선일보사출판 부를 해산하고 주식회사 조광사를 독립 기구로 발족시켜 출판 업무를 계속하고 있었기 때문이다(『조선일보 70년사』, 1, 312쪽). 제5권은 결국 간행되지 못했으 나, 『임꺽정』 재판은 1941년 조광사 발행으로 출판되었다.

38) 「백인백화百人百話」, 『개벽』 1935. 3, 75쪽.

39) 「탐조등」, 『조선문학』 1939. 7, 88쪽.

40) 「『임꺽정』—약동하는 조선어의 대수해大樹海」, 『조선일보』 1939년 12월 1일, 5일, 13일, 31일자(『벽초자료』, 280~284쪽).

41) 강영주, 「1930년대 평단의 소설론」, 『한국역사소설의 재인식』, 창작과비평사, 1991, 279~283쪽.

42) 박태원, 『이상李箱의 비련』, 깊은샘, 1991, 197쪽.

43) 박종화, 「왕양汪洋한 바다 같은 어휘」, 『조선일보』 1939년 12월 31일자(벽초자 료, 283~284쪽).

44) 강영주, 「한국근대역사소설연구」, 서울대학교 박사학위논문, 1986.(강영주, 『한 국역사소설의 재인식』, 앞의 책, 112쪽, 122쪽)

45) 김남천, 「조선문학의 대수해」, 『조선일보』 1939년 12월 31일자(『벽초자료』, 283쪽).

46) 「홍명희 중심의 민주통일당 제1회 발기준비회 개최」, 『동아일보』 1946년 8월 20일자.

47) 『임꺽정』 각 판본의 분책과 장·절 구분에 대해서는 하타노 세츠코, 「『임꺽정』 의 '불연속성'과 '미완성'에 대하여」, 『일본 유학생 작가 연구』, 앞의 책, 287~296 쪽 참조.

48) 정해렴, 앞의 책, 164쪽.

49) 「민주독립당대표 홍명희, 북행에 앞서 담화 발표」, 『조선일보』 1948년 4월 21일
   자. 을유문화사본 『임꺽정』의 발행 일자는 제1권이 1948년 2월 15일, 제2권이 4
   월 1일, 제3권이 6월 1일, 제4권이 7월 15일, 제5권이 10월 15일, 제6권이 11월
   15일이다.

50) 조선일보사본의 광고에는 편명이 「갖바치편」으로 되어 있었으나, 을유문화사본
   목록에는 「피장편」으로 수정되어 있다.

51) 『문학』 1948. 4.(광고, 면수 없음)

52) 「벽초 홍명희 선생을 둘러싼 문학 담의」, 『벽초자료』, 191쪽.

53) 「홍명희·설의식 대담기」, 『새한민보』 1권 8호, 1947. 9. 중순.(『벽초자료』, 208쪽)

54) 「홍명희·설정식 대담기」, 『신세대』 1948. 5.(『벽초자료』, 221쪽)

55) 「홍명희·설의식 대담기」, 『벽초자료』, 209쪽.

56) 「벽초 홍명희 선생을 둘러싼 문학 담의」, 『벽초자료』, 190쪽.

57) 『학풍』 1948. 9.(광고, 면수 없음)

58) 김인회, 「다시 보고 싶은 책―『임꺽정』」, 『한국일보』 1993년 5월 11일자.

59) 「해방 4년간의 출판 서적 목록 일람표」, 『출판대감大鑑』, 조선출판문화협회,
   1949, 46쪽. 필자가 입수한 텍스트는 표지와 판권란이 떨어져 나가, 서지사항을
   직접 확인할 수 없는 상태이다. (희귀 자료를 제공해주신 김광언 선생님께 감사
   드린다.)

60) 을유문화사본 『임꺽정』은 출간 도중 작가가 월북하여 북한 정권에서 고위직을
   맡은 관계로 즉시 판매금지 조치를 당했다는 설도 있다. 그러나 창사 때부터 재
   직한 을유문화사 정진숙 사장의 증언에 의하면, 『임꺽정』은 출간 당시에는 정상
   적으로 판매되었고 6·25 이후 금서가 되었다고 한다(전화 인터뷰, 1998. 7. 1).
   남한 정부에서 홍명희를 비롯한 월북 작가들의 작품에 대해 정식으로 발매 금지
   처분을 내린 것은 1951년 10월이었다(「공보당국, 월북 작가 작품 판매 및 문필
   활동 금지 방침 하달」, 『자유신문』 1951년 10월 5일자).

61) 단, 을유문화사본의 제3권에 들어 있는 '이봉학이'장이 제2권과 제3권에 나뉘어 들어가 있다.

62) 이철주, 『북의 예술인』, 계몽사, 1966, 236쪽; 고故 이구영 선생 면담(1996. 9. 6). 이구영 선생은 벽초 선생의 인척이자 문하생이다.

63) 홍기문, 「불멸의 사랑을 추억하며」, 『조선신보』 1977년 6월 11일자.

64) 「홍명희 동지의 서거에 대한 부고」, 『로동신문』 1968년 3월 6일자.

65) 제1권은 1982년, 제2권은 1983년, 제3권과 제4권은 1985년에 간행되었다.

66) 이창유, 「장편소설 『임꺽정』에 대하여」, 『임꺽정』 제1권, 홍명희 저, 평양: 문예출판사, 1982, 1~7쪽.

67) 홍석중, 「벽초의 소설 『임꺽정』과 함축본 『청석골대장 임꺽정』에 대하여」, 『노둣돌』 1993. 봄, 330쪽.

68) 홍석중, 「후기」, 『임꺽정』 제4권, 홍명희 저, 평양: 문예출판사, 1985, 354쪽.

69) 편집부, 「작가와 장편소설 『청석골대장 임꺽정』에 대하여」, 『청석골대장 임꺽정』, 홍명희 원작, 홍석중 윤색, 평양: 금성청년출판사, 1985, 2~4쪽; 홍석중, 「벽초의 소설 『임꺽정』과 함축본 『청석골대장 임꺽정』에 대하여」, 앞의 책, 324~339쪽.

70) 「『임꺽정』 연재 60주년 기념 좌담―한국 근대문학에 있어서 『임꺽정』의 위치」, 『벽초 홍명희 『임꺽정』의 재조명』, 임형택·강영주 편, 사계절, 1988, 15~16쪽(벽초자료, 290쪽).

71) 사계절출판사본 『임꺽정』 제3판(1995)은 장정과 일부 부록만 달라졌을 뿐, 작품 원문은 재판(1991)과 동일하다.

72) 강맑실, 「조선의 임꺽정, 다시 날기까지」, 『조선의 임꺽정, 다시 날다』, 사계절, 2008, 5~6쪽.

73) 김성수, 「영상으로 보는 남과 북의 『임꺽정』」, 『통일문학의 선구, 벽초 홍명희와 『임꺽정』』, 앞의 책, 355~375쪽.

홍명희의 사상과 『임꺽정』의 민족문학적 가치

1) 백화, 「문인 인상 호기互記—홍명희군」, 『개벽』 1924. 2.(임형택·강영주 편, 『벽초 홍명희와 『임꺽정』의 연구자료』, 사계절, 1996, 229쪽: 이하 『벽초자료』로 약칭); 최의순, 「서재인 방문기」, 『동아일보』 1928년 12월 22일자.

2) 정주영 선생 면담(1997. 7. 27). 정주영 선생은 벽초 선생의 조카이다.

3) 이원조, 「벽초론」, 『신천지』 1946. 4.(『벽초자료』, 248쪽)

4) 홍명희, 「이조 정치제도와 양반사상의 전모」 상·하, 『조선일보』 1938년 1월 3일자, 5일자(『벽초자료』, 132쪽); 김창숙, 「답答 홍벽초」, 『심산유고』 권2, 109쪽; 『국역 심산유고』, 성균관대학교 대동문화연구소, 1979, 268쪽.

5) 이광수, 「인상 깊던 편지」, 『이광수전집』 제8권, 우신사, 1979, 426~427쪽; 최남선, 『백팔번뇌』, 동광사, 1926(정인보의 발문, 2쪽); 홍명희, 「호암의 유저에 대하여」, 『조선일보』 1940년 4월 16일자(『벽초자료』, 59쪽); 홍명희, 「서」, 『상록수』, 심훈 저, 한성도서주식회사, 1936(『벽초자료』, 53~54쪽).

6) 이원조, 「벽초론」, 『신천지』 1946. 4; 「벽초 홍명희 선생을 둘러싼 문학 담의」, 『대조』 1946. 1; 「홍명희·설정식 대담기」, 『신세대』 1948. 5.(『벽초자료』, 250쪽, 190쪽, 222쪽)

7) 홍명희, 「이조 정치제도와 양반사상의 전모」, 『벽초자료』, 131쪽.

8) 「옥중의 인물들: 홍명희」, 『혜성』 1931. 9.(『벽초자료』, 231쪽); 이원조, 「벽초론」, 『벽초자료』, 250쪽.

9) 박학보, 「인물월단月旦—홍명희론」, 『신세대』 1946. 3.(『벽초자료』, 243~244쪽)

10) 홍명희, 「자서전」 제1회, 『삼천리』 1929. 6.(『벽초자료』, 19쪽)

11) 홍기문, 「아들로서 본 아버지」, 『조광』 1936. 5.(『벽초자료』, 240쪽)

12) 이원조, 「벽초론」, 『벽초자료』, 249~250쪽.

13) 홍명희, 「청년 학도에게」, 『경향신문』 1947년 1월 5일자.

14) 홍명희, 「일괴열혈」, 『대한흥학보』 1909. 3.(『벽초자료』, 137~143쪽); 「홍벽초·

현기당 대담」,『조광』1941. 8.(『벽초자료』, 185쪽)

15) 고故 이구영 선생 면담(1996. 9. 6). 이구영 선생은 벽초 선생의 인척이자 문하
생이다.

16) 홍명희, 「양아잡록養痾雜錄―노인」, 『조선일보』1936년 2월 26일자(『벽초자료』,
122쪽).

17) 「백인 백화」, 『개벽』1935. 1. 98쪽; 홍기문, 「아들로서 본 아버지」, 『벽초자료』,
240쪽; 고 이구영 선생 면담(1996. 9. 6).

18) 홍명희, 「근우회에 희망」, 『동아일보』1927년 5월 29일자(『벽초자료』, 146쪽).

19) 「삼천리 기밀실」, 『삼천리』1936. 12, 24쪽.

20) 『서울신문』1947년 5월 7일자; 『한성일보』1947년 9월 24일자.

21) 현승걸, 「통일 염원에 대한 일화」, 『통일예술』창간호, 광주, 1990, 319쪽.

22) 홍명희, 「자서전」 제2회, 『삼천리』1929. 9.(『벽초자료』, 26~30쪽); 홍명희, 「일
괴열혈」, 『벽초자료』, 137~143쪽.

23) 현승걸, 「통일 염원에 대한 일화」, 앞의 책, 319쪽에서 재인용.

24) 홍기문, 「아들로서 본 아버지」, 『벽초자료』, 237~238쪽.

25) 이균영, 『신간회연구』, 역사비평사, 1993, 154~158쪽.

26) 「홍명희·설정식 대담기」, 『벽초자료』, 225~226쪽.

27) 홍명희, 「신간회의 사명」, 『현대평론』1927. 1.(『벽초자료』, 144~145쪽); 홍명희,
「나의 정치노선」, 『서울신문』1946년 12월 17일~19일자; 홍명희, 「통일이냐 분
열이냐」, 『개벽』1948. 3.(『벽초자료』, 156쪽)

28) 「홍명희·설의식 대담기」, 『새한민보』1권 8호, 1947. 9. 중순(『벽초자료』,
205~210쪽); 「홍명희·설정식 대담기」, 『벽초자료』, 222쪽.

29) 홍명희, 「대大 톨스토이의 인물과 작품」, 『조선일보』1935년 11월 23일~12월 3
일자(『벽초자료』, 85쪽); 이광수, 「다난한 반생의 도정」, 『이광수전집』제8권, 우
신사, 1979, 447쪽; 「홍명희·설정식 대담기」, 『벽초자료』, 214~215쪽.

30) 홍명희, 「신흥문예의 운동」, 『문예운동』 1926. 1.(『벽초자료』, 69~72쪽)

31) 「홍명희·설정식 대담기」, 『벽초자료』, 216~222쪽; 「벽초 홍명희 선생을 둘러싼 문학 담의」, 『벽초자료』, 192쪽.

32) 「홍명희·설정식 대담기」, 『벽초자료』, 226쪽; 「벽초 홍명희 선생을 둘러싼 문학 담의」, 『벽초자료』, 193쪽.

33) 「벽초 홍명희 선생을 둘러싼 문학 담의」, 『벽초자료』, 198~199쪽.

34) 「벽초 홍명희 선생을 둘러싼 문학 담의」, 『벽초자료』, 192쪽; 「홍명희·설정식 대담기」, 『벽초자료』, 223~224쪽.

35) 홍명희, 「『임꺽정전』을 쓰면서」, 『삼천리』 1933. 9.(『벽초자료』, 39쪽)

36) 이극로, 「어학적으로 본 『임꺽정』은 조선어 광구의 노다지」, 『조선일보』 1937년 12월 8일자(『벽초자료』, 255쪽).

37) 박종화, 「왕양汪洋한 바다같은 어휘」, 『조선일보』 1939년 12월 31일자(『벽초자료』, 283쪽).

38) 홍명희, 「『임꺽정전』에 대하여」, 『삼천리』 1929. 6.(『벽초자료』, 34쪽)

39) 홍명희, 「자서전」 제1회, 『벽초자료』, 23쪽; 「홍명희·현기당 대담」, 『벽초자료』, 178쪽.

40) 홍명희, 「대 톨스토이의 인물과 작품」, 『벽초자료』, 85쪽; 홍명희·유진오, 「문학 대화편―조선문학의 전통과 고전」, 『조선일보』 1937년 7월 16일~18일자(『벽초자료』, 170~171쪽); 「홍명희·설정식 대담기」, 『벽초자료』, 213~216쪽.

41) 「청빈낙도하는 당대 처사 홍명희씨를 찾아」, 『삼천리』 1936. 4.(『벽초자료』, 160쪽)

42) 「홍명희·설정식 대담기」, 『벽초자료』, 222~223쪽.

여성주의 시각에서 본 『임꺽정』

1) 강영주, 「한국근대역사소설연구」, 서울대학교 박사학위논문, 1986; 강영주, 『벽

초 홍명희 연구』, 창작과비평사, 1999, 211~213쪽, 600~602쪽; 강영주, 「역사소설의 리얼리즘과 민중성—장길산론」,『한국 역사소설의 재인식』, 창작과비평사, 1991, 265~269쪽.

2) 안함광,『조선문학사』, 연변교육출판사, 1956, 317쪽.

3) 박대호, 「민중의 주변부성과 향약자치제적 세계관—홍명희의『임꺽정』」,『한국현대장편소설연구』, 구인환 외 공저, 삼지원, 1989, 179~182쪽.

4) 임미혜, 「홍명희의『임꺽정』연구—역사소설의 특징과 형태를 중심으로」, 서강대학교 석사학위논문, 1989, 119~121쪽; 백문임, 「홍명희의『임꺽정』연구—구성방식을 중심으로」, 연세대학교 석사학위논문, 1993, 44쪽; 박명순, 「벽초의『임꺽정』에 나타난 여성인물 연구」, 공주대학교 석사학위논문, 1998, 39쪽, 84~85쪽.

5) 「『임꺽정』의 원천 자료」,『벽초 홍명희와『임꺽정』의 연구자료』, 임형택·강영주편, 사계절, 1996, 471~480쪽. 이하『벽초 홍명희와『임꺽정』의 연구자료』는『벽초자료』로 약칭한다.

6) 신문 연재시「봉단편」에는 편명이 없었으며, 말미에 '제1편 종終'이라고 표시되었을 뿐이다.「봉단편」은 홍명희의 생존 시에는 출판된 적이 없고, 1985년 사계절출판사의 초판에서 처음 단행본으로 출판되었다. 그런데 일제 말 조선일보사출판부에서『임꺽정』초판이 간행될 때 조선일보에 실린 광고를 보면, 「의형제편」「화적편」에 뒤이어 「봉단편」「갓바치편」(「피장편」)「양반편」이 차례로 간행될 예정이라고 되어 있다(『조선일보』1939년 12월 31일자;『벽초자료』, 284쪽).

7) 홍명희,『임꺽정』제1권, 제4판, 사계절, 2008, 122~124쪽. 이하『임꺽정』에서 인용된 부분은 별도로 주석을 달지 않고 본문에 권수와 쪽수만 밝힌다.

8) 「『임꺽정』의 원천 자료」,『벽초자료』, 511~512쪽.

9) 한창엽,『『임꺽정』의 서사와 패러디』, 국학자료원, 1997, 136~140쪽.

10) 위의 책, 75~77쪽.

11) 임꺽정이 세 여자를 군이 첩이 아닌 정식부인으로 맞아들였다는 것 역시 "여성

의 성적 왜곡과 소외를 비판하는 작가의 세계관"이 투영된 결과라 보는 견해도

있다(박대호, 앞의 책, 180쪽). 그러나 여기에는 포교들이 서울 장통방에서 임꺽

정을 잡으려다 놓치고 그의 처 세 명만 잡았다는『명종실록』의 기사(『명종실록』

15년 8월 20일자, 11월 24일자;『벽초자료』, 414쪽, 417쪽)가 결정적인 영향을

미친 것으로 보인다. 운총과 소홍을 포함하여 무려 다섯 명의 여자를 거느린 임

꺽정이 그녀들을 처라 불렀건 첩이라 불렀건 남성중심주의적 사고방식에 별 차

이는 없으며, 작가가 유독 "페미니즘적 견해"에 따라 그렇게 그렸다고 보이지는

않는다.

12) 작가가 작품의 후반부에서 여성인물의 역할을 제한되게 그린 것은 운총의 예에

　　서 가장 두드러지지만, 「피장편」에서 임꺽정과 그 의형제들에게 자극받아 입으

　　로 콩을 불어 맞히는 재주를 일년 넘어 익힌 섭섭이(2:253~254)가 작품의 후반

　　부에서는 그 재주를 활용하기는커녕 그런 재주를 익혔다는 사실조차 언급이 되

　　지 않고 만 데서도 엿볼 수 있다.

13) 이원조, 「『임꺽정』에 관한 소고찰」,『조광』 1938. 8.(『벽초자료』, 278쪽)

14) 임꺽정이 관군에게 포살된 것은 1562년 1월이지만, 임꺽정 일당이 막바지 활약

　　을 펼치다가 마침내 궤멸되기에 이르는 1561년부터 1562년 1월 초까지의 사건

　　은 작품이 미완으로 끝난 까닭에 소설화되지 못하였다.

15) 한국고문서학회 엮음,『조선시대 생활사』, 역사비평사, 1996, 105~106쪽.

16) 명종조에 이르러서야 혼례는 여자 집에서 하되 혼례 후 여자 집에 머무는 기간

　　을 2~3일로 줄이는 반半친영이라는 절충적인 형태로 일부에서 행해지기 시작했

　　다.(위의 책, 107쪽)

17) 한국여성연구소 여성사연구실,『우리 여성의 역사』, 청년사, 1999, 166~180쪽.

18) 위의 책, 181~187쪽; 정성희,『조선의 성풍속』, 가람기획, 1998, 58~65쪽.

19) 정창권,『홀로 벼슬하며 그대를 생각하노라』, 사계절, 2003, 5~6쪽.

20) 그와 같은 가부장적이고 여성차별적인 사회질서가 확립된 것은 대체로 17세기

이후로 보는 것이 유력한 견해이다.(마크 피터슨, 『유교사회의 창출』, 김혜정 옮김, 일조각, 2000, 219쪽; 마르티나 도이힐러, 『한국사회의 유교적 변환』, 이훈상 옮김, 아카넷, 2003, 249쪽 참조)

21) 강영주, 「조선학운동의 문학적 성과, 『임꺽정』」, 본서 252~259쪽 참조.

22) 홍명희의 장남 홍기문이 1930년대에 연재한 조선문화에 대한 칼럼 중 부친의 가르침을 받아 적은 부분인 '추정록趨庭錄'을 보면, 「서방은 서방西房」「독좌상獨坐床과 남침覽寢」 등의 항목에 조선시대 신혼시절 처가에 사는 습속과 친영례·반친영 제도에 대한 언급이 있다. 여기에서도 신혼부부가 처가의 서방에 거처하던 풍습이 사라진 것은 대개 명종·선조 이후의 일이라 추측하고 있다.(홍기문, 『조선문화총화』, 정음사, 1946, 78~82쪽; 홍기문, 『홍기문 조선문화론 선집』, 김영복·정해렴 편역, 현대실학사, 1997, 78~82쪽 참조)

23) 한희숙, 「조선시대 여성사 연구의 최신 동향」, 『인문과학연구』 제8호, 가톨릭대학교 인문과학연구소, 2003. 12, 30쪽.

24) 홍명희, 「근우회에 희망」, 『동아일보』 1927년 5월 29일자(『벽초자료』, 146쪽); 홍명희, 「청춘을 어찌 보낼까」, 『별건곤』 1929. 6.(『벽초자료』, 148~150쪽) 홍명희의 반봉건 의식과 진취적인 여성관에 대해서는 강영주, 『벽초 홍명희 연구』, 앞의 책, 211~213쪽, 254~258쪽, 599~602쪽 참조.

25) 홍명희, 「『임꺽정전』을 쓰면서」, 『삼천리』 1933. 9.(『벽초자료』, 39쪽)

26) 『임꺽정』과 『조선왕조실록』의 관계에 대한 본격적인 논의는 강영주, 「『임꺽정』의 창작과정과 『조선왕조실록』」, 본서 218~247쪽 참조.

27) 『명종실록』 15년 8월 20일자, 11월 24일자; 『명종실록』 제13권, 민족문화추진회, 1967, 93쪽, 120쪽(『벽초자료』, 414쪽, 417쪽).

28) 임꺽정이 서울에서 외도를 하여 얻은 세 여자를 '첩'이라 하지 않고 '처'라 부른 것도 『명종실록』의 기록을 따른 것이다. 그에 대해 작중에는 임꺽정이 아내를 두고 첩이 아니 아내를 또 얻는 것에 대해 "예전 송도 서울 시절에는 그런 일이

많았다데"라고 말하는 대목이 있다.(7:159) 고려시대에도 법적으로는 다처행위

가 허용되지 않는 엄연한 일부일처제였으나, 고려 후기에 상류층의 일각에서 처

가 있는데 다시 처를 취하는 병축(竝畜, 중혼) 풍조가 일어났던 것이다(장병인,

『조선 전기 혼인제와 성차별』, 일지사, 1997, 403~404쪽).

『임꺽정』의 창작과정과 『조선왕조실록』

1) 강영주, 「한국근대역사소설연구」, 서울대학교 박사학위논문, 1986.(강영주, 『한
   국근대역사소설의 재인식』, 창작과비평사, 1991); 강영주, 『벽초 홍명희 연구』, 창
   작과비평사, 1999.

2) 강영주, 「한국근대역사소설연구」, 앞의 논문, 132쪽; 강영주, 『벽초 홍명희 평전』,
   사계절, 2004, 196쪽.

3) 홍벽초, 『임꺽정전』 521회, 『조선일보』 1934년 8월 3일자; 홍명희, 『임꺽정』 제
   2권, 조선일보사출판부, 1939, 596쪽; 홍명희, 『임꺽정』 제6권, 제4판, 사계절,
   2008, 343쪽. 이하 『임꺽정』은 특별한 경우를 제외하고는 사계절출판사의 제4판
   에서 인용하되, 인용문에 별도로 주를 달지 않고 본문에 권수와 쪽수만 밝힌다.

4) 波田野節子, 「『林巨正』の'不連續性'と'未完性'について」, 『朝鮮學報』 第195輯,
   2005. 4, p.122(하타노 세츠코, 「『임꺽정』의 '불연속성'과 '미완성'에 대하여」, 『일
   본 유학생 작가 연구』, 소명출판, 2011, 323쪽). 하타노 교수는 연구 과정에서 『임
   꺽정』 신문 연재본과 단행본을 비교하여 연재 일자, 작품 내에서의 시간의 흐름,
   『조선왕조실록』 기사와의 대비 등을 일목요연하게 정리한 다양한 표를 작성했는
   데, 본고를 준비하면서 표를 포함하여 자료상의 도움을 많이 받았기에 이 기회를
   빌려 감사드린다.

5) 「『임꺽정』의 원천자료」, 『벽초 홍명희와 『임꺽정』의 연구자료』, 임형택·강영주
   편, 사계절, 1996, 465~467쪽; 「명종조 고사 본말」, 『국역 연려실기술』 3, 민족문

화추진회, 1967, 140쪽. 이하 『벽초 홍명희와 『임꺽정』의 연구자료』는 『벽초자료』
로 약칭한다.

6) 『명종실록』 14년 3월 27일자(『벽초자료』, 405~411쪽).

7) 하타노 세츠코, 「『임꺽정』의 '불연속성'과 '미완성'에 대하여」, 앞의 책, 320~337
쪽. 다만 하타노 교수는 『임꺽정』의 전반부를 「봉단편」 「피장편」 「양반편」으로,
후반부를 「의형제편」 「화적편」으로 나누고 그 간의 '불연속성'을 주로 논했기 때
문에, 「의형제편」과 「화적편」 간의 차이는 상대적으로 덜 중요한 것으로 보았다.
필자는 『임꺽정』의 '불연속성'을 논한다면 「의형제편」과 「화적편」 사이에 존재하
는 '불연속성'이 더 크고 심각하다고 보며, 그와 같이 된 가장 큰 원인은 『조선왕
조실록』의 수용 여부에서 찾을 수 있다고 본다.

8) 본고와 논의의 초점은 다르시만 『임꺽정』과 『조선왕조실록』의 관계에 대해 언급
한 선행연구를 소개하면 다음과 같다: 한창엽, 『『임꺽정』의 서사와 패로디』, 국학
자료원, 1997, 24~36쪽; 김재영, 「『임꺽정』의 현실성 연구」, 연세대학교 박사학위
논문, 1998, 67~72쪽; 김승환, 「역사소설과 역사—벽초의 『임꺽정』을 중심으로」,
『국어국문학』 제141호, 국어국문학회, 2005. 12, 7~29쪽.

9) 『조선일보』 1928년 11월 17일자.

10) 홍명희, 「『임꺽정전』을 쓰면서」, 『삼천리』 1933. 9.(『벽초자료』, 39쪽)

11) 한창엽, 앞의 책, 55~89쪽 참조.

12) 이성무, 「『조선왕조실록』과 한국학연구」, 『민족문화』 제17집, 민족문화추진회,
1994, 24~41쪽; 조병석, 「『이조실록』의 편찬과 사료적 특성」, 『『이조실록』은 어
떤 책인가』, 여강출판사, 1993, 46~86쪽; 이성무, 『『조선왕조실록』 어떤 책인가』,
동방미디어, 1999, 62~69쪽, 223~233쪽.

13) 末松保和, 「太祖實錄·定宗實錄 解說」, 『李朝實錄』 第1冊, 東京: 學習院大學 東
洋文化硏究所, 1953, pp.1~10; 신석호, 「범례」, 『조선왕조실록』 영인본 제1권, 국
사편찬위원회, 1955, 1~10쪽; 이성무, 앞의 책, 62~69쪽, 223~233쪽; 송기중 외,

『『조선왕조실록』 보존을 위한 기초 조사 연구』 1, 서울대학교출판부, 2005, 3~6
쪽, 156쪽.

14) 이병기, 『가람일기』 2, 신구문화사, 1976, 489~490쪽; 홍기문, 「국어연구의 고
행기」, 『서울신문』 1947년 1월 14일자.

15) 「의형제편」 '이봉학이', '서림', '결의'장에는 등장인물들의 관직이 실록의 기
록과 대체로 잘 부합되어 있고, '결의'장에는 포도관 이억근이 임꺽정 일당에
게 살해되었다는 『명종실록』에 언급된 사건이 기술되어 있는 등 실록을 참조
한 흔적이 더러 보인다. 그러나 이는 모두 단행본 출간 시에 수정, 삽입된 것이
어서, 이를 근거로 작가가 그 부분을 연재할 때 이미 실록을 참조했다고 볼 수
는 없다(하타노 세츠코, 「『임꺽정』의 '불연속성'과 '미완성'에 대하여」, 앞의 책,
321~330쪽).

16) 『임꺽정전』 522~524회, 536~537회, 『조선일보』 1934년 8월 4일~8일자, 8월
26일~27일자; 『임꺽정』 제6권, 사계절, 344~353쪽, 378~384쪽.

17) 하타노 교수는 『임꺽정』 「의형제편」과 「화적편」 '청석골'장에 국한하여 신문 연
재본과 단행본의 소설 속 시간 흐름을 자세히 검토한 후, 「의형제편」 '결의'장의
말미에서 청석골 두령들이 의형제를 맺은 시기가 1558년이 아니라 1559년이
되어야 정합하다는 견해를 피력했다(하타노 세츠코, 「『임꺽정』 집필 제2기에 보
이는 '동요'에 대하여」, 『일본 유학생 작가 연구』, 앞의 책, 345~355쪽). 필자 역
시 그 견해에 동의한다.

18) 고승제, 「16세기 천민 반란의 사회경제적 배경」, 『학술원논문집』 제19집, 1980,
326~332쪽; 矢澤康祐, 「임꺽정의 반란과 그 사회적 배경」, 『전통시대의 민중운
동』 상, 풀빛, 1981, 133~164쪽; 한희숙, 「16세기 임꺽정 난의 성격」, 『한국사연
구』 제89집, 1995. 6, 53~85쪽.

19) 「『임꺽정』의 원천자료」, 『벽초자료』, 405~454쪽. 번호는 시간순으로 배열된 자
료집의 기사에 필자가 논의의 편의를 위해서 붙인 것이다. 그 외에도 해당 시기

『명종실록』에는 황해도 도적과 관련된 기사들이 몇 건 더 있으나, 대체로 인사 문제 등 관련이 밀접하지 않은 사건이어서 반드시 논의의 대상에 포함시키지 않아도 될 듯하다. 이하『명종실록』의 인용문은 별도로 주를 달지 않고, 인용문 뒤에『벽초자료』의 쪽수만 밝힌다.

20)『벽초자료』, 409~412쪽, 417쪽.

21) 한온의 이름은「의형제편」'결의'장에도 한두 차례 나오는데, 이는 단행본 출간 시에 추가된 것이다(하타노 세츠코,「『임꺽정』의 '불연속성'과 '미완성'에 대하여」, 앞의 책, 329쪽).

22)「화적편」말미의 '자모산성'장은 임꺽정 일당이 관군을 피해 근거지를 옮길 때 고집을 피워 청석골에 남은 오가의 고적한 모습이 묘사되는 대목에서 중단되어 있다. 작가는 실록의 기사들에 의거하여, 청석골에 남은 오가가 먼저 체포된 뒤 '임꺽정의 형'을 자처하며 장살杖殺된 것으로 그리려 했던 듯하다. (『벽초자료』, 428~430쪽;『임꺽정』10:156~159)

23)『임꺽정』7:100~374쪽;『임꺽정』9:246~393쪽.

24)『벽초자료』, 416~417쪽;『임꺽정』8:206~242쪽.

25)『벽초자료』, 418~419쪽;『임꺽정』9:307~370쪽.

26) 본문에서 인용한 사례 외에도, 기사 9, 기사 10, 기사 11, 기사 12, 기사 13, 기사 14에 인용된 신하들의 보고라든가, 왕의 봉서封書와 그에 답하여 대신들이 올린 의계議啓 등의 내용이 작품에 거의 그대로 삽입되어 있다.(『벽초자료』416~422쪽;『임꺽정』9:137~138, 9:138~139, 9:263, 9:372~373, 10:8~11, 10:11~12)

27) 식민지시기의 역사소설 중 홍명희가『임꺽정』「화적편」연재를 시작한 1934년 9월 이전에 발표된 작품으로는 이광수의『마의 태자』(1926~27년, 이하 연도는 연재 시기),『단종애사』(1928~29),『이순신』(1931~32), 김동인의『젊은 그들』(1930~1931),『운현궁의 봄』(1933~34), 윤백남의『대도전』(1930~31), 김기진의『심야의 태양』(1934,『청년 김옥균』으로 개제) 등을 들 수 있다. 이 작품들 중

일부는 『삼국사기』 『삼국유사』와 같은 고대의 역사기록이나 『난중일기』와 같은 개인의 기록을 사료로 활용했으며, 나머지는 대개 설화, 야사, 야담을 수용하면서 작가의 상상에 의한 허구를 위주로 창작한 것이다.(강영주, 『한국근대역사소설의 재인식』, 앞의 책 참조)

28) G. Lukács, "Der historische Roman", *Probleme des Realismus III*, Neuwied und Berlin: Luchterhand, 1965, p.23; A. Fleishman, *The English Historical Novel*, Baltimore: The Johns Hopkins Press, 1971, pp.20~21.

29) 「홍명희·설정식 대담기」, 『신세대』 1948. 5.(『벽초자료』, 226쪽); 강영주, 『벽초 홍명희 연구』, 앞의 책, 546~549쪽, 327~349쪽.

30) 강영주, 「홍명희의 『임꺽정』과 쿠프린의 『결투』」, 본서 306쪽 참조.

31) 홍명희, 「『임꺽정전』에 대하여」, 『삼천리』 1929. 6.(『벽초자료』, 34~35쪽)

32) 염무웅의 발언, 「『임꺽정』 연재 60주년 기념 좌담—한국 근대문학에 있어서 『임꺽정』의 위치」, 『벽초자료』, 332~334쪽.

33) 강영주, 『한국 역사소설의 재인식』, 앞의 책, 154쪽.

조선학운동의 문학적 성과, 『임꺽정』

1) 「옥중의 인물들: 홍명희」, 『혜성』 1931. 9.(임형택·강영주 편, 『벽초 홍명희와 『임꺽정』의 연구자료』, 사계절, 1996, 231쪽: 이하 『벽초자료』로 약칭)

2) 현상윤의 발언, 「홍벽초·현기당 대담」, 『조광』 1941. 9.(『벽초자료』, 178쪽)

3) 「조선어와 조선사에 대하여」, 『조선일보』 1928년 11월 25일자; 「조선서 처음인 신강담—벽초 홍명희씨 작 『임꺽정전』」, 『조선일보』 1928년 11월 17일자.

4) 홍명희, 「『임꺽정전』을 쓰면서」, 『삼천리』 1933. 9.(『벽초자료』, 39쪽)

5) 제1~10회 홍명희문학제 학술강연은 홍명희문학제학술논문집 기획위원회 엮음, 『통일문학의 선구, 벽초 홍명희와 『임꺽정』』, 사계절, 2005; 제11~20회 홍명희문

학제 학술강연은 홍명희문학제학술논문집 기획위원회 엮음,『평화와 화해의 노 듯돌, 벽초 홍명희와『임꺽정』』, 사계절, 2015. 참조. (이하 전자는『통일문학의 선 구』, 후자는『평화와 화해의 노듯돌』로 약칭한다.)

6) 김용섭,「우리나라 근대 역사학의 발달」,『한국의 역사인식』하, 이우성·강만길 편, 창작과비평사, 1976, 473~485쪽; 조동걸·한영우·박찬승 엮음,『한국의 역사 가와 역사학』하, 창작과비평사, 1994, 175~207쪽: 전윤선,「1930년대 조선학 진 흥운동연구」, 연세대학교 석사학위논문, 1998, 5~13쪽.

7) 방기중,『한국근현대사상사연구』, 역사비평사, 1992, 118~120쪽.

8)「홍벽초·현기당 대담」,『벽초자료』, 177~182쪽;『조선일보 90년사』상권, 조 선일보사, 2010, 413~415쪽; 강영주,『벽초 홍명희 연구』, 창작과비평사, 1999, 49~51쪽, 91~94쪽, 208~216쪽.

9) 홍명희,「상해시대의 단재」,『조광』1936. 4.(『벽초자료』, 55~56쪽); 홍명희,「서」, 『조선사연구초』, 신채호 저, 조선도서주식회사, 1929, 1~2쪽; 강영주,『벽초 홍명 희 연구』, 앞의 책, 164~165쪽, 224~237쪽.

10) 김정희,『완당선생전집』, 영생당, 1934; 홍대용,『담헌서』, 신조선사, 1939; 서유 구,『누판고』, 대동출판사, 1941.

11) 홍명희,「양반」,『조선일보』1936년 2월 20일자; 홍명희,「양반(속)」,『조선일보』 1936년 2월 22일자, 23일자; 홍명희,「이조 정치제도와 양반사상의 전모」상· 하,『조선일보』, 1938년 1월 3일자, 5일자;「홍벽초·현기당 대담」,『조광』1941. 8.(『벽초자료』, 115~120쪽, 130~133쪽, 177~187쪽); 홍명희,「정포은과 역사 성」,『정포은선생 탄생 600년 기념지』,『조광』1938년 1월호 별책 부록, 32~46쪽.

12) 조용만,『30년대의 문화예술인들』, 범양사, 1988, 324쪽.

13) 홍명희,「언문소설과 명·청소설의 관계」,『조선일보』1939년 1월 1일자; 홍명 희·유진오,「문학대화편—조선문학의 전통과 고전」,『조선일보』1937년 7월 16일~18일자;「이조문학 기타—홍명희·모윤숙 양씨 문답록」,『삼천리문학』

1938. 1.(『벽초자료』, 134~136쪽, 164~171쪽, 172~176쪽)

14) 홍명희, 「양아잡록」, 『조선일보』 1936년 2월 13일~26일자; 홍명희, 「온고쇄록」, 『조선일보』 1936년 4월 18일자, 21일자.(『벽초자료』, 109~129쪽)

15) 홍명희, 『학창산화』, 조선도서주식회사, 1926.

16) 대산생(戴山生), 「스물고 추긴록」1 20ᅦ, 『조선일보』 1938년 1월 13일~2월 15일자; 홍기문, 『조선문화총화』, 정음사, 1946; 홍기문, 『홍기문 조선문화론 선집』, 김영복·정해렴 편역, 현대실학사, 1997, 65~108쪽.

17) 홍수경·홍무경, 『조선 의복·혼인제도의 연구』, 을유문화사, 1948.

18) 홍명희, 「『임꺽정전』에 대하여」, 『삼천리』 1929. 6.(『벽초자료』, 34~35쪽)

19) 한희숙, 「벽초 홍명희의 소설 『임꺽정』에 대한 역사학적 접근」, 『통일문학의 선구』, 208~209쪽, 232쪽.

20) 「벽초 홍명희 선생을 둘러싼 문학 담의」, 『대조』 1946. 1; 「홍명희·설정식 대담기」, 『신세대』 1948. 5.(『벽초자료』, 192쪽, 223~224쪽)

21) 강영주, 「『임꺽정』의 창작과정과 『조선왕조실록』」, 본서 218~247쪽 참조.

22) 한희숙, 「16세기 임꺽정 난의 성격」, 『한국사연구』 89, 한국사연구회, 1995, 53~85쪽.

23) 홍명희, 『임꺽정』 제7권, 제4판, 사계절, 2008, 10쪽. 이하 『임꺽정』에서 인용된 부분은 별도로 주석을 달지 않고 본문에 권수와 쪽수만 밝힌다.

24) 노영구, 「소설 『임꺽정』의 지리적 분석과 군사적 고찰」, 『평화와 화해의 노둣돌』, 301~302쪽.

25) 한희숙, 「벽초 홍명희의 소설 『임꺽정』에 대한 역사학적 접근」, 앞의 책, 232쪽.

26) 양보경, 「『임꺽정』의 지리학적 고찰」, 『통일문학의 선구』, 321~324쪽.

27) 「『임꺽정』의 원천자료」, 『벽초자료』, 455~458쪽, 467~470쪽.

28) 『세종실록』 10년 5월 6일자; 『세종실록』 29년 3월 19일자; 노영구, 앞의 책, 299~300쪽.

29) 양보경, 앞의 책, 326쪽.

30) 구본웅, 「임꺽정 다니던 길 지도로 들은 설명」, 『조선일보』 1937년 12월 8일자 (『벽초자료』, 258쪽); 강영주, 『벽초 홍명희 연구』, 앞의 책, 289쪽.

31) '평산쌈'장(38회) 말미에 "전회 금교 봉산 간 거리를 280리라고 했는데 210리로 정정합니다"라고 적혀 있다.(『조선일보』 1939년 1월 5일자; 하타노 세츠코, 『일본 유학생 작가 연구』, 소명출판, 2011, 332쪽)

32) 양보경, 앞의 책, 328~329쪽.

33) 주강현, 「벽초의 『임꺽정』과 풍속의 사회사」, 『통일문학의 선구』, 197쪽.

34) 주영하, 「홍명희와 일제시대 조선민속학」, 『통일문학의 선구』, 91쪽.

35) 홍명희, 『학창산화』, 앞의 책, 175~177쪽; 주강현, 앞의 책, 201쪽.

36) 1926년부터 경성제대 교수로 재직한 아키바 다카시秋葉隆는 1928년 5월 덕물산 무당들의 모습과 1931년 5월 덕물산 도당굿 현황을 촬영한 사진들을 여러 지면에 발표했는데, 홍명희는 이러한 자료를 참조했을 것으로 짐작된다.(주강현, 「벽초 홍명희의 『임꺽정』과 풍속의 제문제」, 『역사민속학』 16호, 한국역사민속학회, 2002, 132쪽)

37) 김소현, 「소설 『임꺽정』에 나타난 복식 묘사의 시각적 재현을 위한 연구」, 『평화와 화해의 노둣돌』, 285쪽.

38) 홍명희, 『학창산화』, 앞의 책, 1926, 266~273쪽.

39) 정진명, 「홍명희 소설 『임꺽정』 속의 활」, 『통일문학의 선구』, 257~309쪽.

40) 주강현, 「벽초 홍명희의 『임꺽정』과 풍속의 제문제」, 앞의 책, 106쪽.

41) 김소현, 앞의 책, 266~273쪽.

42) 민충환 편, 『『임꺽정』 우리말 용례 사전』, 집문당, 1995; 민충환, 「『임꺽정』과 홍석중 소설에 나타난 우리말」, 『통일문학의 선구』, 429쪽.

43) 민충환, 「『임꺽정』과 홍석중 소설에 나타난 우리말」, 앞의 책, 433쪽.

44) 이극로, 「어학적으로 본 『임꺽정』은 조선어 광구의 노다지」, 『조선일보』 1937

년 12월 8일자; 한설야, 「천 권의 어학서를 능가」, 『조선일보』 1939년 12월 31일자.(『벽초자료』, 255쪽, 282쪽)

45) 이장곤 설화는 『대동야승』, 『청구야담』 등의 야담집에 기록되어 있으며, 오늘날에도 구전 설화로 여러 지역에 퍼져 있다.(『벽초자료』, 471~480쪽; 장노현, 「『임꺽정』의 삽입구조—끝나지 않는 이야기」, 『정신문화연구』 76호, 한국정신문화연구원, 1999. 가을, 141~145쪽)

46) 한창엽, 『『임꺽정』의 서사와 패로디』, 국학자료원, 1997, 76~78쪽.

47) 주영하, 앞의 책, 93쪽.

48) 양보경, 앞의 책, 330쪽; 주영하, 「소설 『임꺽정』의 조선음식 묘사에 대한 연구」, 『통일문학의 선구』, 241~243쪽. 『임꺽정』에 감자가 등장하는 것은 고증상의 오류임이 분명하나, 옥수수에 대해서는 학자들 간에 견해가 엇갈린다. 주영하 교수는 『선조실록』의 기록으로 미루어 조선 전기에 이미 한반도에 옥수수가 퍼졌을 것으로 보았다.

49) 양보경, 앞의 책, 330쪽.

50) 하타노 세츠코, 앞의 책, 362쪽, 350~355쪽.

51) 노영구, 앞의 책, 304~305쪽.

52) G. Lukács, "Der historische Roman", *Probleme des Realismus III*, Neuwied und Berlin: Luchterhand, 1965, pp.201~202, pp.237~241; 강영주, 「홍명희와 역사소설 『임꺽정』」, 본서 96~98쪽 참조.

53) 김소현, 앞의 책, 286~287쪽.

54) 위의 책, 287쪽.

55) 홍기문, 「직령·도포·창의」, 『홍기문 조선문화론 선집』, 앞의 책, 72~73쪽. 『임꺽정』 「화적편」 '피리' 장은 1938년 6월 19일부터 연재되었는데, 홍기문의 「소문고」 중 「추정록」이 연재된 것은 같은해 1월 13일부터 2월 15일까지이다.

56) 홍수경·홍무경, 앞의 책, 28쪽.

홍명희의 『임꺽정』과 쿠프린의 『결투』

1) 강영주, 『벽초 홍명희 연구』, 창작과비평사, 1999, 612~613쪽.

2) 「『임꺽정』연재 60주년 기념 좌담―한국 근대문학에 있어서 『임꺽정』의 위치」, 『벽초 홍명희와 『임꺽정』의 연구자료』, 임형택·강영주 편, 사계절, 1996, 318~324쪽; 한창엽, 『『임꺽정』의 서사와 패러디』, 국학자료원, 1997, 96쪽; 권순긍, 「『임꺽정』의 민족문학적 의의」, 『동서문학』 1998. 겨울호, 390~391쪽; 김승환, 「『임꺽정』의 서사구조에 대하여」, 『운강 송정헌선생 화갑기념논총』, 보고사, 2000, 363~382쪽; 김헌선, 「『임꺽정』의 전통계승양상 고찰」, 『경기대 대학원 논문집』 제6집, 1990, 64쪽. 이하 『벽초 홍명희와 『임꺽정』의 연구자료』는 『벽초자료』로 약칭한다.

3) 여기에서 "쿠프린의 『…』담譚"이라고 한 것은 기자가 홍명희의 말을 잘 못 알아들어 작품명을 제대로 기재하지 못한 탓이라 짐작된다. 쿠프린의 장편소설 세 편 중 일역된 것은 『결투』와 『야마』 두 편인데, 두 작품을 검토해보면 그중 홍명희가 언급한 바와 같은 구성상의 특징을 지닌 작품은 『결투』임이 분명하다.

4) 「홍명희·설정식 대담기」, 『신세대』 1948. 5.(『벽초자료』, 222~223쪽) 여기에서 홍명희가 쿠프린을 "자연주의 작가"라고 한 것은, 쿠프린의 문학을 사실주의로 규정하면서도 그가 사소한 사물까지도 극히 냉정하게 평면적으로 그리는 점에서 "소위 철저한 자연주의의 행방"을 보여준 작가라고 한 일역본 『결투』의 해설로부터 영향받은 듯하다(「著者の地位」, クープリン 著, 『決鬪·生活の河』, 昇曙夢 譯, 東京: 博文館, 1912, pp.5~6). 특히 쿠프린의 『야마』는 창녀촌의 비참한 현실을 적나라하게 그리고 있어, 인생의 암흑면을 즐겨 파헤치는 자연주의 성향에 가까운 작품이다.

5) 김승환, 앞의 논문; 장노현, 「『임꺽정』의 삽입구조: 끝나지 않는 이야기」, 『정신문화연구』 76호, 한국정신문화연구원, 1999년 가을호.

6) 안함광, 『조선문학사』, 연변교육출판사, 1956, 319쪽.

7) 「作者に就いて」, クープリン 著, 『決鬪・ヤーマ』, 昇曙夢 譯, 東京: 新潮社, 1931, pp.1~4; 정명자, 『인물로 읽는 러시아문학』, 한길사, 2001, 160~162쪽.

8) Nicholas Luker, *Alexander Kuprin*, Boston, 1978, p.22, pp.38~54, pp.133~136; Ilma Rakusa, "Über A. I. Kuprin", 1989, p.6(www.kuprin.net).

9) Nicholas Luker, op.cit., p.17; Ilma Rakusa, op.cit., pp.6~10.

10) 「作者に就いて」, クープリン 著, 『決鬪・ヤーマ』, op.cit., p.3.

11) R. Lauer, "Begnadet—der Erzähler Alexander Kuprin", FAZ No.167, 22. 7. 1989.

12) Gerhard Schaumann, "Über Alexander Kuprin", 1973, p.8(www.kuprin.net).

13) Nicholas Luker, op.cit., pp.75~83.

14) 「『決鬪』の價值」, クープリン 著, 『決鬪・生活の河』, op.cit., p.9.

15) 國立國會圖書館 編, 『明治・大正・昭和 飜譯文學目錄』, 東京: 風間書房, pp.99~100.

16) A. Kuprin, *The Duel*, New York: The Macmillan Company, 1916 (Hyperion reprint edition, 1987); クープリン 著, 『決鬪・ヤーマ』, 昇曙夢 譯, 東京: 新潮社, 1931. 본고에서는 『결투』의 텍스트로 위의 영역본과 일역본을 사용하였다. 노보루 시요무의 일역본 중 1912년판에는 각 장에 번역자가 임의로 붙인 소제목이 달려 있으며, 1931년판에는 원작대로 소제목은 없이 일련번호만 붙어 있다. (까다로운 구투의 일문으로 된 『결투』 일역본을 우리말로 번역해주신 홍명희 선생의 사촌 누이 홍태희 여사께 감사드린다.)

17) 이상 각 장의 내용 요약은 일어판에 의거한 것이다. 영어판에는 일어판의 제11장의 내용이 제16장에 들어가 있다. 쿠프린은 『결투』를 발표한 후 여러 차례 수정했는데, 두 번역본의 이 같은 차이는 각기 의거한 러시아어 원서의 판본이 서로 다른 때문이라 추측된다.

18) '극적 방법'과 '파노라마적 방법'은 퍼시 라보크의 용어이며, '보여주기'와 '말하기'는 웨인 부스의 용어이다(P. Lubbock, *The Craft of Fiction*, London, 1957, p.67;

W. Booth, *The Rhetoric of Fiction*, Chicago, 1961, p.154; 김천혜, 『소설 구조의 이론』, 문학과지성사, 1990, 132쪽).

19) G. Lukács, "Der historische Roman", *Probleme des Realismus III*, Neuwied und Berlin: Luchterhand, 1965, p.37, pp.106~107, p.149.

20) 「화적편」은 '자모산성'장에서 중단되어 현재 6장(미완)까지 남아있는 상태이다. 연재 당시 작가는 말미 부분을 '자모산성'과 '구월산성'으로 나누어 「화적편」을 7장으로 집필할 예정이었던 것으로 추측된다. 그런데 해방 후 『임꺽정』을 완결하여 을유문화사에서 출판하려 했을 때에는 이 두 장을 '구월산성' 한 장으로 통합하여 「화적편」을 6장으로 나누는 것으로 구상이 달라졌던 듯하다(을유문화사본 각 권 마지막 페이지의 「『임꺽정』 전질 목록」;『학풍』 창간호, 1948. 9. 광고 참조).

21) 권 표시는 사계절출판사본 제4판에, 장·절의 경우 「봉단편」 「피장편」 「양반편」은 신문 연재본, 「의형제편」 「화적편」은 조선일보사본에 의함. '비고' 부분은 해방 후 을유문화사본 각 권 마지막 페이지에 실린 「『임꺽정』 전질 목록」 참조.

22) 이 점은 흔히 『임꺽정』과 구성이 유사하다고 지적되는 중국소설 『수호지』와도 다른 부분이다. 『수호지』는 『임꺽정』과 분량이 거의 비슷한 대하소설이지만 120회로 나누어지는 평면적인 장 구분을 보여주고 있다.

23) 「벽초 홍명희씨 작 『임꺽정전』 명明 12월 1일부터 연재」, 『조선일보』 1932년 11월 30일자(『벽초자료』, 36쪽). 여기에서 홍명희는 처음에 『임꺽정』을 여섯 편으로 구상했다고 했으나, 제6편이 창작되지 않았음은 물론 을유문화사본 「『임꺽정』 전질 목록」에도 「화적편」으로 끝나는 것으로 예고되어 있다. 이로 미루어 보면 그는 1948년 『임꺽정』을 완결하려 계획했을 당시 임꺽정의 후손 이야기를 별도의 편으로 설정하지 않고 제5편인 「화적편」 말미에 포함시키려 했던 듯하다.

24) 주20 참조. 한편 「봉단편」 「피장편」 「양반편」은 각각 9장, 8장, 7장으로 나누어져 있으나, 그 장들은 「의형제편」 「화적편」의 장들과 성격이 다르다. 을유문화사본 「『임꺽정』 전질 목록」을 보면 「봉단편」이 2장, 「피장편」이 2장, 「양반편」이 3

장으로 구분되어 있어, 작가가 이 부분의 구성을 「의형제편」「화적편」과 조화되는 방향으로 수정하려 했음을 알 수 있다.

25) 본고에서는 『임꺽정』의 텍스트로 다음과 같은 판본을 참소했으며, 본문에 언급된 쪽수는 사계절출판사본 제4판에 의거한 것이다.

『임꺽정전』, 1~302회, 『조선일보』 1928년 11월 21일~1929년 12월 26일자.

『임꺽정』 전4권, 조선일보사출판부, 1939~1940.

『임꺽정』 전6권, 을유문화사, 1948.

『임꺽정』 전9권, 초판, 사계절, 1985.

『임꺽정』 전10권, 사계절, 재판(1991), 제3판(1995), 제4판(2008).

26) 이와 같은 『임꺽정』의 장 구분에 한해서는 중국소설 『수호지』의 영향도 인정할 수 있다. 즉 삽화적인 서술구조를 이루고 있고, 각 삽화가 독립된 이야기를 이루면서 병치된 점에서 『수호지』와 유사한 것이 사실이다(한창엽, 앞의 책, 96쪽).

27) 「봉단편」「피장편」「양반편」은 절 구분이 없다. 을유문화사본 「『임꺽정』 전질 목록」에 예고된 것처럼 작가가 그 세 편을 각각 2~3장으로 구분하는 방향으로 수정했더라면, 신문 연재본의 짧은 '장'들은 그 하위범주인 '절'로 변환되었을 것으로 짐작된다. 한편 1937년 12월부터 연재된 「화적편」 '송악산'장 이하 역시 절 구분이 없다. 사계절출판사본 재판(1991)과 제3판(1995)에는 '소굴' '피리' '평산쌈'장에 절 구분이 되어 있는데, 이는 교열자가 임의로 구분한 것이다.

28) '길막봉이', '황천왕동이'장은 절 구분이 없으며, '곽오주'장은 제2절이 지나치게 길다. '결의', '청석골'장은 절 구분은 비교적 합리적이나, 장 길이가 지나치게 길다.

29) '박유복이'장의 3절 말미 부분에는 박유복이 "길도 없는 덕적산 속으로 들어갔다"고 한 뒤, 이야기가 전환되어 덕적산 최영 장군 사당의 새 마누라로 산상골 최서방의 맏딸인 최작은년이가 뽑히는 대목이 짧게 들어가 있다(사계절출판사본 제4판, 4권, 144~147쪽). 신문 연재 1회분에 해당하는 이 대목이 신문 연재

본과 조선일보사본에는 모두 3절 말미에 들어 있으나, 절별 독립성을 위해서는 4절 서두에 들어가는 것이 더 합리적이다. 아마도 작가가 이 대목을 단행본 출간시에 수정하려다가 잊고 그대로 둔 것이 아닌가 한다. (사계절출판사본 재판과 제3판에서는 교열자가 임의로 이 대목을 4절 서두에 포함시켜 놓았으나, 제4판에서는 조선일보사본에 따라 3절 말미에 그대로 두었다.)

30) 「벽초 홍명희씨 작 『임꺽정전』 명 12월 1일부터 연재」, 『벽초자료』, 36~37쪽.

31) 조선일보사본에는 '결의'장이 6절로 이루어져 있는데, 신문 연재본에는 그중 1 · 2절이 '서림'장에 포함되어 '서림'장이 4절, '결의'장이 4절로 이루어져 있었다.

32) 이광수, 「그의 자서전」, 『이광수전집』 제6권, 우신사, 1979, 355쪽.

33) 홍명희, 「대 톨스토이의 인물과 작품」, 『조선일보』 1935년 11월 23일~12월 4일자(『벽초자료』, 85쪽).

34) 「벽초 홍명희 선생을 둘러싼 문학 담의」, 『대조』 1946. 1.(『벽초자료』, 191쪽)

35) 홍명희, 「『임꺽정전』을 쓰면서」, 『삼천리』 1933. 9.(『벽초자료』, 39쪽)

『임꺽정』과 연암 문학의 비교 고찰

1) 강영주, 『벽초 홍명희 연구』, 창작과비평사, 1999, 612~613쪽.

2) 최원식 · 서영채 대담, 「창조적 장편의 시대를 대망한다」, 『창작과 비평』 2007년 여름호, 179쪽 중 최원식의 발언.

3) 홍명희 · 유진오 대담, 「조선문학의 전통과 고전」, 『조선일보』 1937년 7월 16일~18일자(임형택·강영주, 『벽초 홍명희와 『임꺽정』의 연구자료』, 사계절, 1996, 166쪽: 이하 『벽초자료』로 약칭). '심장적구'란 다른 사람의 글귀를 따서 글을 짓는 것을 말한다.

4) 홍명희, 「『임꺽정전』을 쓰면서」, 『삼천리』 1933. 9.(『벽초자료』, 39쪽)

5) 채진홍 「박지원 소설과 비교」, 『홍명희의 『임꺽정』 연구』, 새미, 1996, 263~286쪽.

6) 강영주, 『벽초 홍명희 평전』, 사계절, 2004, 35쪽, 58~59쪽. 이하 벽초의 생애에
   대해서는 『벽초 홍명희 연구』와 『벽초 홍명희 평전』 참조.

7) 홍명희, 「언문소설과 명·청소설의 관계」, 『조선일보』 1939년 1월 1일사(『벽초자
   료』, 134~135쪽); 홍명희·유진오 대담, 「조선문학의 전통과 고전」, 『벽초자료』,
   167쪽.

   이와 관련하여 벽초가 "우리 전통문학을 거의 사갈시蛇蝎視하다시피 하였"으며,
   우리 문학에 대한 벽초의 "이해의 도"가 별로 높지 않았다고 주장한 논자도 있다
   (한승옥, 「벽초 홍명희의 『임꺽정』 연구」, 『한국현대장편소설연구』, 민음사, 1989,
   167~168쪽). 그러나 벽초는 본래 자신에 대해서나 남에 대해서나 평가를 매우 엄
   격하게 하는 성격인데다가, 동서고금을 막론하고 세계적인 수준의 작품들을 많이
   읽어 문학적 안목이 워낙 높았기 때문에 그와 같은 평가를 내린 것으로 보인다.

8) 홍명희·유진오 대담, 「조선문학의 전통과 고전」, 『벽초자료』, 166~168쪽.

9) 홍기문, 「박연암의 예술과 사상」, 『조선일보』 1937년 7월 27일~8월 1일자(홍기문,
   『홍기문 조선문화론 선집』, 김영복·정해렴 편역, 현대실학사, 1997, 303~316쪽).

10) 홍기문은 월북 이후인 1960년에 연암의 글들 중 대표작을 뽑아 번역한 『박지원
    작품선집』을 출판했는데, 이는 남북한을 통틀어 최초로 번역된 연암 선집이며
    높은 번역 수준을 성취한 것으로 평가된다. 이 책은 2004년 남한에서 다시 출판
    되어 주목을 받기도 했다.(홍기문 편역, 『박지원 작품 선집』 1, 평양: 국립문학예
    술서적출판사, 1960; 박지원, 『나는 껄껄선생이라오』, 홍기문 옮김, 보리, 2004;
    김명호, 「『연암집』 번역에 대하여」, 『대동한문학』 제23집, 대동한문학회, 2005.
    12, 25~27쪽 참조)

11) 강영주, 「벽초 홍명희와 대산 홍기문」, 『통일문학의 선구, 벽초 홍명희와 『임꺽
    정』』, 홍명희문학제학술논문집 기획위원회 엮음, 사계절, 2005, 152~161쪽.

12) 홍기문, 앞의 책, 307쪽; 박지원, 「창애에게 답함答蒼厓 1」, 『연암집』 중, 신호열·
    김명호 옮김, 돌베개, 2007, 376쪽; 박지원, 「영처고 서」, 『연암집』 하, 77~80쪽;

김혈조, 『박지원의 산문문학』, 성균관대학교 대동문화연구원, 2002, 550~554쪽.

13) 홍기문, 앞의 책, 308쪽; 임형택, 『한국문학사의 논리와 체계』, 창작과비평사, 2002, 380~388쪽; 이동환, 『실학시대의 사상과 문학』, 지식산업사, 2006, 104~107쪽.

14) 홍기문, 앞의 책, 308쪽; 김혈조, 앞의 책, 554~560쪽.

15) 홍명희·유진오 대담, 「조선문학의 전통과 고전」, 『벽초자료』, 170쪽.

16) 양보경, 「『임꺽정』의 지리학적 고찰」, 『통일문학의 선구, 벽초 홍명희와 『임꺽정』』, 앞의 책, 319~351쪽.

17) 박지원, 「금학동 별장에 조촐하게 모인 기록」, 『연암집』 중, 72쪽; 홍명희, 『임꺽정』 제3권, 제4판, 사계절, 2008, 168~170쪽.

18) 당시의 의관제도에 따르면 여기에서 성언각은 정3품 당상관으로서, 만옥권 옥관자를 달 수 있는 정1품을 꿈꾸었으나 뜻을 이루지 못하다가 결국 금관자를 다는 종2품으로 승진한 것이다. (김소현, 「소설 『임꺽정』에 나타난 복식 묘사의 시각적 재현을 위한 연구」, 『평화와 화해의 노둣돌, 벽초 홍명희와 『임꺽정』』, 홍명희문학제학술논문집 기획위원회 엮음, 사계절, 2015, 274~276쪽)

19) 민충환 편, 『『임꺽정』 우리말 용례 사전』, 집문당, 1995; 민충환, 「『임꺽정』과 홍석중 소설에 나타난 우리말」, 『통일문학의 선구, 벽초 홍명희와 『임꺽정』』, 앞의 책, 428~434쪽.

20) 한창엽, 『『임꺽정』의 서사와 패로디』, 국학자료원, 1997, 55~89쪽; 장노현, 「『임꺽정』의 삽입구조─끝나지 않는 이야기」, 『정신문화연구』 76호, 한국정신문화연구원, 1999년 가을호, 136~138쪽.

21) 임형택, 『한국문학사의 시각』, 창작과비평사, 1984, 159~169쪽; 김명호, 『박지원 문학 연구』, 성균관대학교 대동문화연구원, 2001, 29~45쪽.

22) 김명호, 『박지원 문학 연구』, 앞의 책, 59~72쪽; 김명호, 『열하일기 연구』, 창작과비평사, 1990, 184~192쪽, 233~243쪽.

23) 이와 같은 벽초의 비판적인 양반관은 그가 1930년대에 발표한 칼럼 「양반」과 「양반(속)」, 구술논문 「이조 양반사상의 전모」 등에서도 찾아볼 수 있다. (『조선일보』 1936년 2월 20일자, 22일자, 1938년 1월 3일자, 5일자; 『벽초자료』, 115~120쪽, 130~133쪽; 강영주, 『벽초 홍명희 연구』, 앞의 책, 332~340쪽 참조)

24) 김명호, 『박지원 문학 연구』, 앞의 책, 51~63쪽.

25) 김명호, 『열하일기 연구』, 앞의 책, 224~243쪽; 임형택, 『실사구시의 한국학』, 창작과비평사, 2000, 155~162쪽.

26) 박지원, 「민옹전」, 『연암집』 하, 167쪽; 박지원, 『열하일기』 상, 리상호 옮김, 보리, 2004, 76~78쪽; 김하명, 「『박지원작품집』에 대하여」, 『박지원작품집』 1, 홍기문 역, 평양: 문예출판사, 1991, 19~20쪽; 김명호, 『열하일기 연구』, 앞의 책, 199~205쪽, 239~240쪽.

27) 박지원, 「영처고 서」, 『연암집』 하, 79~80쪽; 박지원, 「답창애」, 『연암집』 중, 376쪽; 김명호, 『박지원 문학 연구』, 앞의 책, 158~160쪽; 임형택, 『한국문학사의 논리와 체계』, 앞의 책, 390~391쪽.

28) 김명호, 『박지원 문학 연구』, 앞의 책, 182~196쪽.

29) 홍명희, 「자서전」 제1회, 『삼천리』 1929. 6.(『벽초자료』, 19쪽)

30) 이원조, 「벽초론」, 『신천지』 1946. 4.(『벽초자료』, 249~250쪽)

31) 박지원, 「녹천관집 서」 「우부초 서愚夫艸序」, 『연암집』 하, 84~85쪽, 60쪽; 임형택, 『실사구시의 한국학』, 앞의 책, 317~323쪽; 김명호, 『박지원 문학 연구』, 앞의 책, 154~157쪽, 173~177쪽; 박수밀, 『박지원의 미의식과 문예이론』, 태학사, 2005, 206~213쪽.

32) 홍명희, 「신흥문예의 운동」, 『문예운동』 1926. 1; 홍명희, 「대大 톨스토이의 인물과 작품」, 『조선일보』 1935년 11월 23일~12월 4일자; 「홍명희·설정식 대담기」, 『신세대』 1948. 5; 「벽초 홍명희 선생을 둘러싼 문학 담의」, 『대조』 1946. 1.(『벽초자료』, 70~71쪽, 75~86쪽, 226쪽, 191~192쪽)

33) 강영주, 「조선학운동의 문학적 성과, 『임꺽정』」, 본서 248~285쪽; 강영주, 「『임 꺽정』의 창작과정과 『조선왕조실록』」, 본서 218~247쪽 참조.

34) 강영주, 『벽초 홍명희 연구』, 앞의 책, 372~373쪽.

홍명희의 『임꺽정』과 황석영의 『장길산』

1) 『성호사설』 권14, 人事門 林巨正條; 「『임꺽정』의 원천자료」, 『벽초 홍명희와 『임 꺽정』의 연구자료』, 임형택·강영주 편, 사계절 1996, 463~465쪽. 이하 『벽초 홍 명희와 『임꺽정』의 연구자료』는 『벽초자료』로 약칭한다.

2) 황석영, 「작가에게 묻는다—나에게 나의 춤을」, 『한국문학』 1977. 2, 274쪽.

3) 그중 대표적인 것을 들면 다음과 같다: 황광수, 「삶과 역사적 진실성—장길산론」, 『한국문학의 현단계』, 창작과비평사, 1982; 김병익, 「역사와 민중적 상상력—황 석영의 『장길산』」, 『예술과 비평』 1984년 여름호; 김영호, 「민중의지의 역사적 확 인—황석영의 『장길산』을 어떻게 볼 것인가」, 『외국문학』 1984년 겨울호; 권순긍, 「이야기성의 회복과 『장길산』」, 『문학의 시대』 제3호, 풀빛, 1986; 이동하, 「『장길 산』의 의적 모티브」, 『문학과 비평』 제2호, 1987년 여름호.

4) 홍명희, 『임꺽정』 전10권, 제4판, 사계절, 2008; 황석영, 『장길산』 전10권, 현암사, 1984; 황석영, 『장길산』 전12권, 개정판, 창비, 2004.

5) 강영주, 「1930년대 평단의 소설론」, 『한국역사소설의 재인식』, 창작과비평사, 1991, 275~326쪽.

6) 김남천, 「조선문학의 대수해」, 『조선일보』 1939년 12월 31일자(『벽초자료』, 283쪽).

7) 강영주, 「한국근대역사소설연구」, 서울대학교 박사학위논문, 1986.(강영주, 앞의 책, 155~168쪽)

8) 황석영, 「『장길산』과의 10년」, 『한국일보』 1984년 7월 6일자.

9) 유종호의 발언, 「창간기념 권두대담: 어떻게 할 것인가—민족·세계·문학」, 『세

계의 문학』1976년 가을호, 44~45쪽.

10) 김병익, 앞의 책, 52~53쪽.

11) 홍명희, 「『임꺽정전』에 대하여」, 『삼천리』1929. 6.(『벽초자료』, 34쪽)

12) 「『임꺽정』 연재 60주년 기념 좌담─한국 근대문학에 있어서 『임꺽정』의 위치」, 『벽초 홍명희 『임꺽정』의 재조명』, 임형택·강영주 편, 사계절, 1988.(『벽초자료』, 332~344쪽)

13) 강영주, 「홍명희와 역사소설 『임꺽정』」, 본서 116~117쪽 참조.

14) 『조야회통』20, 제15책, 숙종 10년 甲子 9월조(정석종, 『조선후기 사회변동연구』, 일조각, 1983, 23~24쪽에서 재인용).

15) 반성완, 「루카치의 역사소설 이론과 우리 역사소설」, 『외국문학』1984년 겨울호, 56쪽.

16) 황광수, 앞의 책, 132쪽; 이동하, 앞의 책, 207쪽.

벽초 홍명희 연보

1888년(1세)	7월 2일(음력 5월 23일), 충북 괴산군 괴산면 인산리에서 홍범식洪範植과 은진 송씨 간의 장남으로 태어나다. 본관은 풍산. 호는 벽초碧初.
1890년(3세)	모친 은진 송씨 별세하다.
1892년(5세)	한문을 배우기 시작하다.
1900년(13세)	여흥 민씨가의 규수 민순영과 조혼하다.
1902년(15세)	서울 중교의숙中橋義塾에 입학하다.
1903년(16세)	장남 기문起文 태어나다.
1906년(19세)	일본 도쿄東京에 유학하여 도요東洋상업학교 예과 2학년에 편입하다.
1907년(20세)	도쿄 다이세이大成중학교 3학년에 편입하다. 서양문학을 비롯한 다양한 분야의 독서에 탐닉하다.
1909년(22세)	대한흥학회大韓興學會에 가입 활동하면서 『대한흥학보』에 논설문「일괴열혈一塊熱血」등을 발표하다.
1910년(23세)	다이세이중학교를 졸업하고 귀국하다. 『소년』지에 이반 크릴로프의 우화를 소개한「쿠루이로프 비유담」, 안드레이 니에모예프스키의 산문시를 번역한「사랑」등을 발표하여 신문학운동에

동참하다.

8월, 금산군수로 재직 중이던 부친 홍범식이 경술국치에 항거하여 순국하다. 차남 기무起武 태어나다.

1912년(25세)	해외 독립운동에 투신하고자 중국으로 떠나다.
1913년(26세)	상하이上海에서 박은식·신규식·신채호 등과 함께 독립운동 단체 동제사同濟社 활동을 하다.
1914년(27세)	독립운동을 위한 재정적 기반을 구축하고자 남양南洋으로 향하다.
1915년(28세)	싱가포르에 정착하여 활동하다.
1918년(31세)	남양으로부터 중국을 거쳐 귀국하다.
1919년(32세)	3·1운동 당시 괴산 만세시위를 주도하여 투옥되다. 출판법 위반으로 징역 1년 6월을 선고받다.
1920년(33세)	4월, 징역 10월 14일로 감형되어 만기 출감하다.
1921년(34세)	쌍둥이인 딸 수경姝瓊과 무경茂瓊 태어나다.
1922년(35세)	이 무렵 서울로 솔가 이주하여 휘문고보·경신고보 교사로 일시 근무하다.
1923년(36세)	조선도서주식회사 전무로 근무하다. 사회주의 사상단체 신사상연구회에 창립회원으로 가담하다.
1924년(37세)	동아일보 주필 겸 편집국장으로 취임하다. 『동아일보』에 「학창산화學窓散話」라는 제목으로 동서고금의 이색적인 지식을 소개하는 칼럼을 연재하다.(~1925년) 신사상연구회가 맑스주의 행동단체인 화요회로 개편되자, 화요회 간부로 활동하다.
1925년(38세)	시대일보사로 옮겨 편집국장, 부사장을 지내다.
1926년(39세)	시대일보 사장에 취임하다. 카프KAPF의 기관지에 해당하는 『문예운동』 창간호에 프로문학의 역사적 필연성을 논한 평론

「신흥문예의 운동」을 기고하다.『동아일보』에 연재한 칼럼들을 모아 첫 저서『학창산화』를 간행하다. 비타협적 민족주의자들을 중심으로 한 연구단체 '조선 사정 조사 연구회' 결성에 참여하다. 시대일보가 폐간되자 평북 정주의 오산학교 교장으로 부임하다. 막내딸 계경季瓊 태어나다.

1927년(40세) 민족협동전선 신간회新幹會가 결성될 때 주도적인 역할을 하고, 결성 후 신간회 조직부 총무간사로 활동하다. 신간회 활동에 전념하기 위해 오산학교 교장직을 사임하다.

1928년(41세) 11월 21일,『조선일보』에『임꺽정林巨正』을 연재하기 시작하다.

1929년(42세) 12월, 신간회 민중대회사건으로 투옥되다. 그로 인해 12월 26일자를 마지막으로『임꺽정』연재를 중단하다.(「봉단편」「피장편」「양반편」까지 연재됨)

1931년(44세) 보안법 위반으로 징역 1년 6월을 선고받다.

1932년(45세) 1월, 가출옥으로 출감하다.

12월 1일,『조선일보』에『임꺽정』연재를 재개하다.(「의형제편」부터)

1934년(47세) 9월 4일,『임꺽정』「의형제편」연재를 끝내다. 9월 15일부터「화적편」연재를 시작하다.

1935년(48세) 『조선일보』에 톨스토이 문학의 위대성을 논한 평론「대大 톨스토이의 인물과 작품」을 발표하다.

12월 24일,『임꺽정』「화적편」'청석골'장을 마치면서 연재를 중단하다.

1936년(49세) 『조선일보』에 평론「문학에 반영된 전쟁」을 발표하고, 조선의 역사와 문화에 대한 칼럼「양아잡록養痾雜錄」과「온고쇄록溫故瑣錄」을 연재하다.

1937년(50세)	12월 12일, 『조선일보』에 『임꺽정』 연재를 재개하다.(「화적편」 '송악산'장부터)
1938년(51세)	『조광』지 별책 부록에 정몽주의 지조를 높이 평가힌 논문「정포 은鄭圃隱과 역사성」을 기고하다.
1939년(52세)	7월 4일, 『조선일보』에 『임꺽정』「화적편」 '자모산성'장의 서두 까지 발표한 후 연재를 중단하다. 조선일보사출판부에서 『임꺽 정』 4권이 간행되다.(「의형제편」 상·하, 「화적편」 상·중, ~1940 년) 경기도 양주군 노해면 창동으로 이주하여 은둔생활을 하다.
1940년(53세)	『조광』 10월호에 『임꺽정』「화적편」 '자모산성'장의 일부가 실 리다. 그후 『임꺽정』 연재는 영구히 중단되다.
1945년(58세)	8월 15일, 해방의 감격 속에서 시「눈물 섞인 노래」를 짓다. 서 울신문사 고문으로 취임하다. 조선문학가동맹 중앙집행위원장, 에스페란토 조선학회 위원장, 조소朝蘇문화협회 위원장에 추대 되다.
1946년(59세)	서울신문사 고문직을 사임하다.
1947년(60세)	10월, 중간파 정당인 민주독립당을 창당하고 당 대표에 취임 하다.
1948년(61세)	을유문화사에서 『임꺽정』 6권이 간행되다.(「의형제편」 1·2·3 권, 「화적편」 1·2·3권) 4월, 평양에서 열린 남북연석회의에 참가한 이후 북에 잔류하 다. 조선민주주의인민공화국 부수상으로 선임되다.
1951년(64세)	공보당국의 월북 작가 작품 판매 금지 처분에 따라 남한에서 『임꺽정』이 금서가 되다.
1952년(65세)	과학원 원장이 되다.
1954년(67세)	평양 국립출판사에서 『림꺽정』 6권이 간행되다. (「의형제편」

상·중·하, 「화적편」 상·중·하, ~1955년)

1961년(74세)	조국평화통일위원회 위원장이 되다.
1962년(75세)	부수상직을 사임하고 조선최고인민회의 상임위원회 부위원장으로 선임되다.
	부친 홍범식에게 대한민국 건국 공로훈장 단장이 추서되다.
1968년(81세)	3월 5일, 노환으로 별세하다.
1982년	평양 문예출판사에서 『림꺽정』 4권이 간행되다.(~1985년)
1985년	사계절출판사에서 「봉단편」 「피장편」 「양반편」을 포함한 『임꺽정』 전편(전9권)이 최초로 간행되다.
1988년	탄생 100주년과 『임꺽정』 연재 시작 60주년을 기념하여 자료집 『벽초 홍명희 『임꺽정』의 재조명』(사계절)이 간행되다.
1991년	사계절출판사에서 「화적편」 '자모산성'장(미완)을 포함한 『임꺽정』 재판 전10권이 간행되다.
1993년	북한의 조선예술영화촬영소 산하 왕재산창작단에 의해 영화 『림꺽정』이 제작되다.
1996년	충북민예총 문학위원회(현 충북작가회의)와 사계절출판사 공동 주최로 청주에서 제1회 홍명희문학제가 개최되다. SBS TV에서 50부작 드라마 『임꺽정』이 방영되다.(~1997년)
1998년	괴산 제월대에 벽초 홍명희 문학비가 건립되다.
2002년	괴산 동부리(인산리) 소재 홍범식·홍명희 생가가 충청북도 민속문화재 제14호로 지정되다.
2005년	제10회 홍명희문학제가 개최되다. 제1~10회 홍명희문학제 학술논문 모음집 『통일문학의 선구, 벽초 홍명희와 『임꺽정』』(사계절)이 간행되다. 괴산 동부리의 홍범식·홍명희 생가가 복원되다.

| 2008년 | 사계절출판사에서 북한의 저작권자 홍석중과 정식 계약을 맺고 전권을 새로 교열한 『임꺽정』 제4판 전10권이 간행되다. |
| 2015년 | 제20회 홍명희문학제가 개최되다. 제11~20회 홍명희문학제 학술논문 모음집 『평화와 화해의 노둣돌, 벽초 홍명희와 『임꺽정』』(사계절)이 간행되다. |

홍명희와 『임꺽정』 연구 논저 목록

1. 단행본

강영주, 『벽초 홍명희 연구』, 창작과비평사, 1999.

강영주, 『벽초 홍명희 평전』, 사계절, 2004.

강영주, 『그들의 문학과 생애, 홍명희』, 한길사, 2008.

고미숙, 『임꺽정, 길 위에서 펼쳐지는 마이너리그의 향연』, 사계절, 2009; 고미숙, 『청년 백수를 위한 길 위의 인문학—임꺽정의 눈으로 세상을 보다』, 북드라망, 2014.

김남일, 『우리 민족 최고의 이야기꾼 홍명희』, 사계절, 2011.

김태희 외 기획 편집, 『조선의 임꺽정, 다시 날다』, 『임꺽정』 제4판 부록, 사계절출판사, 2008.

림이철·서광원, 『벽초 홍명희』, 평양 : 평양출판사, 2011.

민충환 편, 『『임꺽정』 우리말 용례 사전』, 집문당, 1995.

이동희, 『임꺽정과 서사문학 연구』, 디자인흐름, 2011.

임형택·강영주 편, 『벽초 홍명희 『임꺽정』의 재조명』, 사계절, 1988.

임형택·강영주 편, 『벽초 홍명희와 『임꺽정』의 연구자료』, 사계절, 1996.

채진홍, 『홍명희의 『임꺽정』 연구』, 새미, 1996.

채진홍 편, 『홍명희』, 새미 작가론 총서 7, 새미, 1996.

최명,『소설이 아닌 임꺽정』, 조선일보사, 1996; 최명,『벽초 임꺽정 그리고 나』, 책세
　　　상, 2004.

하타노 세츠코,『일본 유학생 작가 연구』, 최주한 옮김, 소명출판, 2011; 波田野節子,
　　　『韓國近代文學硏究―李光洙・洪命熹・金東仁』, 東京 : 白帝社, 2013.

한창엽,『임꺽정의 서사와 패로디』, 국학자료원, 1997.

홍기삼,『홍명희―어느 민족주의자의 생애』, 건국대출판부, 1996.

홍명희문학제학술논문집 기획위원회 엮음,『통일문학의 선구, 벽초 홍명희와『임꺽
　　　정』』, 사계절, 2005.

홍명희문학제학술논문집 기획위원회 엮음,『평화와 화해의 노둣돌, 벽초 홍명희와
　　　『임꺽정』』, 사계절, 2015.

2. 학위논문

강도순,「홍명희의『임꺽정』연구」, 충북대 석사논문, 1995.

강민혜,「벽초 홍명희의『임꺽정』연구―문체 특성을 중심으로」, 고려대 교육대학원
　　　석사논문, 1990.

강영주,「한국근대역사소설연구」, 서울대 박사논문, 1986.

강현조,「홍명희의『임꺽정』연구―서사분석을 중심으로」, 연세대 석사논문, 1999.

고정욱,「한국근대역사소설연구」, 성균관대 박사논문, 1993.

공임순,「홍명희의『임꺽정』연구―유교이념의 형상화를 중심으로」, 서강대 석사논
　　　문, 1993.

공임순,「한국 근대 역사소설의 장르론적 연구」, 서강대 박사논문, 2001.

鞏春亭(공춘정),「홍명희의 장편소설『임꺽정』연구―민족지적 성격을 중심으로」, 전
　　　남대 대학원 석사논문, 2008.

구현서,「벽초 홍명희의『임꺽정』연구」, 건국대 교육대학원 석사논문, 1994.

김명석, 「한국 소설에 나타난 의적 모티브 연구—『홍길동전』『임꺽정』『장길산』『활빈도』를 중심으로」, 국민대 석사논문, 1997.

김영화, 「홍명희의 『임꺽정』 연구」, 영남대 교육대학원 석사논문, 1997.

김용선, 「임꺽정 설화의 전승양상 연구」, 한양대 석사논문, 2015.

김은진, 「『수호전』과 『임꺽정』의 서사구조 비교 연구」, 원광대 석사논문, 2001.

김재영, 「『임꺽정』의 현실성 연구」, 연세대 박사논문, 1998.

김재화, 「홍명희의 『임꺽정』 연구」, 상지대 교육대학원 석사논문, 1999.

김정효, 「벽초의 『임꺽정』 구조분석을 통한 현실수용 양상에 대한 고찰」, 교원대 석사논문, 1992.

김정효, 「『임꺽정』의 서술방법과 형상화에 관한 연구」, 아주대 박사논문, 2002.

김종숙, 「『임꺽정』에 나타난 선어말어미 배합양상과 용례 연구」, 원광대 교육내학원 석사논문, 2003.

김필임, 「『임꺽정』의 주인공 성격 분석」, 동아대 석사논문, 1993.

남선옥, 「벽초 홍명희 『임꺽정』의 연구」, 성균관대 교육대학원 석사논문, 1989.

박명순, 「벽초의 『임꺽정』에 나타난 여성인물 연구」, 공주대 석사논문, 1998.

박수경, 「『임꺽정』의 서술 원리」, 경기대 석사논문, 1991.

박인화, 「홍명희의 『임꺽정』에 나타난 하층민의 대응방식 고찰」, 서남대 교육대학원 석사논문, 2000.

박종홍, 「일제강점기 한국역사소설연구」, 경북대 박사논문, 1990.

박지순, 「『임꺽정』의 구성원리」, 군산대 교육대학원 석사논문, 2000.

박창국, 「『임꺽정』의 카니발적 특성 연구」, 숭실대 석사논문, 1996.

반구오, 「의적소설의 구조와 의미—『홍길동전』『임꺽정』『장길산』을 중심으로」, 전주우석대 교육대학원 석사논문, 1993.

백문임, 「홍명희의 『임꺽정』 연구—구성방식을 중심으로」, 연세대 석사논문, 1993.

빈중호, 「벽초의 『임꺽정』 연구」, 경원대 석사논문, 1991.

서한석, 「임격정 설화에 나타난 소설 『임격정』의 영향성 고찰」, 경희대 교육대학원 석사논문, 2010.

손숙희, 「벽초 홍명희의 『임격정』 연구」, 동덕여대 석사논문, 1993.

손숙희, 「『임격정』의 서사구조 연구」, 동덕여대 박사논문, 2001.

송수연, 「홍명희, 『임격정』 연구의 수용양상 고찰—대학원 석사학위논문을 대상으로」, 청주대 석사논문, 2011.

신재성, 「1920~30년대 한국역사소설연구」, 서울대 석사논문, 1986.

안태영, 「역사소설 『임격정』과 『장길산』 연구」, 충북대 교육대학원 석사논문, 1990.

여주영, 「『임격정』의 수용미학적 고찰」, 경북대 석사논문, 2000.

유재엽, 「1930년대 한국역사소설연구」, 단국대 박사논문, 1996.

윤순용, 「벽초 『임격정』에 나타난 백정의 실체와 문학적 형상화」, 공주대 교육대학원 석사논문, 2011.

이경남, 「홍명희 『임격정』 연구—사회계층의 인물유형 분석」, 국민대 교육대학원 석사논문, 1991.

이광진, 「『임격정』의 서사구조 연구」, 강원대 석사논문, 1996.

이동희, 「벽초 홍명희의 『임격정』 연구」, 조선대 박사논문, 1996.

이민철, 「벽초 홍명희 『임격정』 연구」, 목포대 교육대학원 석사논문, 2005.

이종서, 「남·북한 『임격정』의 분장에 관한 비교」, 한성대 예술대학원 석사논문, 2003.

이중신, 「홍명희의 『임격정』 연구—신문소설로서의 특성과 문체」, 한양대 석사논문, 1999.

이창구, 「홍명희 『임격정』 인물 연구」, 목원대 석사논문, 1991.

이희숙, 「홍명희의 『임격정』 연구」, 경상대 석사논문, 1996.

임미혜, 「홍명희의 『임격정』 연구—역사소설의 특징과 형태를 중심으로」, 서강대 석사논문, 1989.

임영봉, 「역사소설의 특성에 관한 연구─『임꺽정』과 『장길산』을 중심으로」, 중앙대 석사논문, 1992.

임정연, 「홍명희의 『임꺽정』 연구」, 이화여대 석사논문, 1998.

장사흠, 「홍명희의 『임꺽정』 연구─서술원리를 중심으로」, 강릉대 석사논문, 1995.

장하경, 「소설 『임꺽정』과 만화 『임꺽정』의 비교 연구─이야기 방식을 중심으로」, 숙명여대 석사논문, 2001.

장혜란, 「홍명희의 『임꺽정』 연구」, 전북대 석사논문, 1991.

전세연, 「홍명희의 『임꺽정』 연구」, 원광대 교육대학원 석사논문, 2004.

정미애, 「『임꺽정』 연구」, 전주우석대 석사논문, 1989.

정옥수, 「벽초 홍명희의 『임꺽정』 연구」, 연세대 교육대학원 석사논문, 1994.

정인보, 「『임꺽정』에 나타난 갓바치의 소설내적 기능과 그 의미」, 안동대 석사논문, 2000.

趙莉(조리), 「『임꺽정』의 서민성 연구」, 전북대 석사논문, 2001.

주경화, 「벽초 홍명희의 『임꺽정』 연구」, 전남대 교육대학원 석사논문, 1995.

차혜영, 「『임꺽정』의 인물과 서술방식 연구」, 한양대 석사논문, 1991.

채길순, 「홍명희의 『임꺽정』 연구─민족의식과 정서를 중심으로」, 청주대 석사논문, 1991.

채진홍, 「벽초의 『임꺽정』 연구」, 고려대 박사논문, 1989.

최경원, 「『임꺽정』 연구─홍명희·최인욱의 작품 비교」, 강원대 교육대학원 석사논문, 2004.

최윤구, 「홍명희의 『임꺽정』 연구─엥겔스의 '리얼리즘의 승리'를 중심으로」, 국민대 석사논문, 2001.

최윤구, 「『임꺽정』의 의적 모티브 연구」, 국민대 박사논문, 2008.

최은아, 「한국 만화의 풍자와 해학 연구─이두호의 『임꺽정』을 중심으로」, 세종대 공연예술대학원 석사논문, 2009.

하재연, 「한국근대역사소설연구」, 광운대 석사논문, 1995.

한창엽, 「홍명희의 『임껵정』 연구」, 한양대 박사논문, 1994.

許怡齡(허이령), 「『수호전』과 『임껵정』 비교 연구」, 서울대 박사논문, 2010.

홍성암, 「한국근대역사소설연구」, 한양대 박사논문, 1988.

홍정운, 「한국근대역사소설연구」, 동국대 박사논문, 1988.

3. 일반논문

강영주, 「홍명희와 역사소설 『임껵정』」, 『한국 근대리얼리즘 작가 연구』, 김윤식·정호웅 편, 문학과지성사, 1988.

Kang Young-Zu, "Hong Myong-Hui's Historical Novel Im Kkok-chong", *Korea Journal* Vol.29 No.1, 1989. 1.

강영주, 「역사소설 『임껵정』과 『장길산』」, 『상명여자대학교 논문집』 27, 1991.

강영주, 「홍명희 연구」 1~9, 『역사비평』 18·24·25·30·31·38·39·43·45, 1992년 가을호·1994년 봄호·1994년 여름호·1995년 가을호·1995년 겨울호·1997년 가을호·1997년 겨울호·1998년 여름호·1998년 겨울호.

강영주, 「벽초 홍명희의 민족적 자아 형성」, 『한림일본학』 2, 한림대 일본학연구소, 1997. 11.

강영주, 「벽초 홍명희론」, 『동서문학』 1998년 겨울호.

Kang Young-Zu, "Hong Myŏng-Hŭi: Korea's Finest Historical Novelist", *Korea Journal* Vol.39 No.4, 1999. 12. (*Korean Literature: Its Classical Heritage and Modern Breakthoughts*, Edited by National Commission for UNESCO, Hollym International Corp., 2003. 재수록)

강영주, 「잊혀진 문호, 벽초 홍명희」, 『문학사상』 2000. 10.

강영주, 「『임껵정』과 꾸쁘린의 『결투』」, 『진단학보』 92, 2001. 12.

강영주, 「홍명희의 『임꺽정』」, 『한국의 고전을 읽는다』 7, 강영주 외 지음, 휴머니스
  트, 2006.

강영주, 「『임꺽정』의 창작과정과 『조선왕조실록』」, 『한국현대문학연구』 20, 한국현
  대문학회, 2006. 12

강영주, 「여성주의의 시각에서 본 홍명희의 『임꺽정』」, 『여성문학연구』 16, 한국여
  성문학학회, 2006. 12.

강영주, 「통일시대 겨레의 고전 『임꺽정』」, 『통일문학』 2, 6·15민족문학인협회, 2008
  년 하반기.

강영주, 「벽초 홍명희의 생애와 학문적 활동」, 『근대 동아시아 지식인의 삶과 학문』,
  성균관대학교 BK21 동아시아융합사업단 편, 성균관대학교출판부, 2009.

강영주, 「벽초의 『임꺽정』과 연암 문학의 비교 고찰」, 『대동문화연구』 65, 성균관대
  대동문화연구원, 2009. 3.

姜玲珠, 「洪命憙·洪起文と『朝鮮王朝實錄』」, 『朝鮮學報』 230, 日本 朝鮮學會, 2014.
  1.

강진호, 「역사소설과 『임꺽정』」, 『민족문학사강좌』 하, 민족문학사연구소 엮음, 창작
  과비평사, 1996.

강진호, 「디지털 시대에 읽는 『임꺽정』」, 『문학사상』 2000. 10.

고미숙, 「『임꺽정』에서 드러난 조선의 성풍속담론」, 『전통, 근대가 만들어낸 또 하나
  의 권력』, 임형택 외 지음, 인물과사상사, 2010.

곽정식, 「활자본 고소설 『임꺽정전林巨丁傳』의 창작방법과 홍명희 『임꺽정』과의 관
  계」, 『어문학』 111, 한국어문학회, 2011.

권순긍, 「『임꺽정』의 민족문학적 의의」, 『동서문학』 1998년 겨울호.

권희돈, 「『임꺽정』 연구의 수용양상 연구」, 『한국문예비평연구』 24, 한국현대문예비
  평학회, 2007. 12.

김경시, 「벽초 홍명희 생애와 문학」, 『고서연구』 18, 한국고서연구회, 2001. 4.

김남일, 「조선어에 가장 섬부贍富한 보고—『임꺽정』에 나타난 우리말 표현 연구」, 『민족예술』 22, 한국민족예술인총연합, 1996. 12.

김문창, 「『임꺽정』의 어휘세계」 (1)(2), 『말글생활』 1~2, 1994년 여름호·1994년 가을호.

김문창, 「고유어와 관용어의 바다『임꺽정』」, 애산학보 16, 애산학회, 1995.

김성수, 「영상으로 보는 남·북한의『임꺽정』」, 『충북작가』 2003년 겨울호.

김순영, 「벽초 홍명희와 소설『임꺽정』 연구」, 『괴향문화』 11, 괴산향토사연구회, 2003.

김승환, 「단재 신채호와 벽초 홍명희」, 『오당 조항근선생 화갑기념논총』, 보고사, 1997.

김승환, 「일제강점기의 현실과 소설『임꺽정』」, 『동서문학』 1998년 겨울호.

김승환, 「벽초 홍명희의 문학사상」, 『민족문학사연구』 13, 민족문학사연구소, 1998. 12.

김승환, 「『임꺽정』의 서사구조에 대하여」, 『운강 송정헌선생 화갑기념논총』, 보고사, 2000.

김승환, 「통일시대 문학의 남북의 공통분모」, 『문학사상』 2000. 10.

김승환, 「해방 이후 벽초 홍명희의 문학과 사상」, 『한국학보』 117, 2004. 겨울.

김승환, 「역사소설과 역사—벽초의『임꺽정』을 중심으로」, 『국어국문학』 141, 국어국문학회, 2005. 12.

김승환, 「홍명희의 창작방법으로서의 민족적 알레고리」, 『한국현대문학연구』 27, 한국현대문학회, 2009. 4.

김승환, 「단재 신채호와 벽초 홍명희의 문학과 국國」, 『중원문화연구』 15, 충북대 중원문화연구소, 2010.

김승환, 「텍스트『임꺽정』 안과 밖의 작가 홍명희」, 『한국현대문학연구』 35, 한국현대문학회, 2011. 12.

김영일, 「『임꺽정』에 나타나는 어휘의 특질」, 『어문학』 67, 한국어문학회, 1999. 6.

김외곤, 「『임꺽정』과 한국 근대문학」, 『호서문화논총』 15집, 서원대 호서문화연구소, 2001. 2.

김윤식, 「'말의 세계'와 '문자세계' 사이의 거리 재기」, 『한국문학』 2009년 겨울호.

김은경, 「'모계인물 모티프'를 통한 홍명희의 『임꺽정』 다시 읽기」, 『어문연구』 121, 한국어문교육연구회, 2004. 봄.

김은진, 「『수호전』과 『임꺽정』의 서사구조 비교 연구」, 『시학과 언어학』 6, 시학과 언어학회, 2003. 12.

김재영, 「『임꺽정』 연구 1—이장곤 이야기의 변개를 중심으로」, 『다시 읽는 역사문학』, 한국현대문학연구회 엮음, 평민사, 1995.

김재영, 「『임꺽정』 연구 2—갓바치의 서술기능을 중심으로」, 『연세어문학』 27, 연세대, 1995. 6.

김정숙, 「홍명희의 문학관과 『임꺽정』의 현재성」, 『문학마당』 16, 2006년 가을호.

김정숙·송기섭, 「홍명희와 『임꺽정』—민중적 언어 공동체와 주체적 근대의 모색」, 『한국문학이론과 비평』, 33, 한국문학이론과 비평학회, 2006. 12.

김정효, 「홍명희의 『임꺽정』 서술 방법 고찰—「봉단편」 「피장편」 「양반편」을 중심으로」, 『한중인문학연구』 6, 한중인문학회, 2001. 6.

김조년, 「프랑크푸르트학파의 사회비판이론에 비추어 본 홍명희의 비판사상」, 『홍명희』, 채진홍 편, 새미, 1996.

김준현, 「'번역 계보' 조사의 난점과 의의—벽초 홍명희의 경우」, 『프랑스어문교육』 39, 한국프랑스어문교육학회, 2012.

김진균, 「벽초 홍명희의 한시에 대하여」, 『한문학보』 24, 우리한문학회, 2011. 6.

김진석, 「『임꺽정』 연구」, 『호서문화논총』 13, 서원대 호서문화연구소, 1999.

김진석, 「『임꺽정』에 나타난 작가의식 연구」, 『한국문학이론과 비평』 9, 한국문학이론과 비평학회, 2000.

긴헌섯, 「『임꺽정』의 전통계승양상 고찰」, 『대학원논문집』 6, 경기대 대학원, 1990.

김희진, 「홍명희『임꺽정』에 나타난 구술적 양상 연구」, 『한민족문화연구』 48, 한민족문화학회, 2014. 12.

류시현, 「'동경 삼재'(홍명희, 최남선, 이광수)를 통해본 한말 일제 초 조선의 지성계」, 『한국인물사연구』 10, 한국인물사연구회, 2008.

류시현, 「'동경 삼재'를 통해 본 1920년대 '문화정치'의 시대」, 『한국인물사연구』 12, 한국인물사연구회, 2009.

류시현, 「1930·40년대 '동경 삼재'의 일제 협력과 저항」, 『한국인물사연구』 14, 한국인물사연구회, 2010.

류시현, 「식민지 지식인의 '지조' 지키기―동경 삼재의 삶을 중심으로」, 『역사비평』 90, 2010. 봄.

문학사연구회, 「소설『임꺽정』이 남긴 것」, 『동서문학』 1998년 겨울호.

민충환, 「『임꺽정』을 보는 한 시각」, 『부천대학논문집』 19, 1998.

민충환, 「『임꺽정』에 나타난 아름다운 우리말」, 『새국어생활』 12-2, 국립국어원, 2002. 여름.

박대호, 「민중의 주변부성과 향약자치제적 세계관―홍명희의『임꺽정』」, 『한국현대장편소설연구』, 구인환 외 공저, 삼지원, 1989.

박배식, 「홍명희의 역사체험과『임꺽정』의 현실인식」, 『비평문학』 10, 한국비평문학회, 1996. 7.

박수경, 「『임꺽정』의 서술방식과 그 의미」, 『한국문학연구』 4, 경기대 한국문학연구소, 1995.

박재승, 「소설『임꺽정』의 국어교육적 가치 고찰」, 『개신어문연구』 22, 2004. 12.

박종홍, 「『임꺽정』의 초점인물과 시각 고찰」, 『문예미학』 5, 문예미학회, 1999. 6.

박종홍, 「『임꺽정』의 '양가성' 고찰」, 『우리말글』 41, 우리말글학회, 2007. 12.

송명희 외, 「역사소설『임꺽정』과『갑오농민전쟁』의 담론양식과 언어분석―언어학적 데이터 베이스 분석을 중심으로」, 『우리말연구』 11, 우리말학회, 2001. 12.

안숙원 · 송명희, 「역사소설『임꺽정』과『갑오농민전쟁』의 담론 양식 연구」,『한국문학이론과 비평』15, 한국문학이론과 비평학회, 2002. 6.

안영순, 「이두호의『임꺽정』에 나타난 각색의 양상」,『만화애니메이션연구』4, 한국만화애니메이션학회, 2000.

양진오, 「『임꺽정』연구―민족을 상상하는 방식에 관하여」,『어문학』79, 한국어문학회, 2003.

염무웅, 「벽초 다시 읽기」,『녹색평론』116, 2011년 1~2월호.

오양호, 「문학 속의 인천 심상, 그 문학지리학적 접근 (2)―『임꺽정』『인간문제』『해변의 시』『작고인천문인선집 2』를 중심으로」,『인천학연구』19, 인천대 인천학연구원, 2013.

윤구희, 「벽초와『임꺽정』에 대하여」,『나랏말쌈』8, 대구대, 1993.

이기인, 「『임꺽정』의 심미적 특성에 대하여」,『어문논집』40집, 안암어문학회, 1999. 8.

이남호, 「벽초의『임꺽정』연구」,『동서문학』, 1990년 봄호.

이예안, 「홍명희의 '예술', 개념과 운동의 지반―일본 경유 톨스토이의 비판적 수용」,『개념과 소통』12, 한림대 한림과학원, 2013. 겨울.

이우용, 「역사소설과 민중의 삶―홍명희의『임꺽정』」,『문학의 힘과 비평의 깊이』, 온누리, 1991.

이이화, 「홍명희―프롤레타리아 문학의 정수『임꺽정』의 저자」,『조선인은 조선의 시를 쓰라』, 김영사, 2008.

이종호, 「홍명희의『임꺽정』연구」,『어문연구』133호, 한국어문교육연구회, 2007. 봄.

이훈, 「역사소설의 현실 반영―『임꺽정』을 중심으로」,『문학과 비평』3, 1987년 가을호.

이희원, 「홍명희『임꺽정』에 나타난 현실 인식 양상 연구」,『동남어문논집』27, 동남어문학회, 2009. 5.

임명진, 「『임꺽정』의 '엮음'에 대하여」, 『이규창박사 정년기념 국어국문학논집』, 이 규창박사 정년기념논문집 간행위원회 편, 집문당, 1992.

임완혁, 「조선후기 서사산문의 문화콘텐츠화 방향―벽초 홍명희를 통해 배우는」, 『한문학보』 24, 우리한문학회, 2011. 6.

임형택, 「벽초 홍명희와 『임꺽정』」, 『임꺽정』 제10권, 홍명희 저, 새판, 사계절, 1991.

장노현, 「『임꺽정』의 삽입구조 : 끝나지 않는 이야기」, 『정신문화연구』 76, 한국정신 문화연구원, 1999. 가을.

장세윤, 「벽초 홍명희의 현실인식과 민족운동」, 『한국독립운동사연구』 15, 독립운동 사연구소, 2002.

장세윤, 「벽초 홍명희의 생애와 신간회 민족운동」, 『애산학보』 33, 애산학회, 2007.

장수익, 「강담 양식으로 담은 민중적 시각―홍명희의 『임꺽정』론」, 한남어문학 26, 한남대 국어국문학회, 2002. 2.

장양수, 「『임꺽정』의 의적 모티브 일고」, 『동의어문논집』 5, 동의대 국문학과, 1991.

전영선, 「북한 1차 내각 부수상 겸 『임꺽정』의 작가 홍명희」, 『북한』 347, 북한연구 소, 2000. 11.

정미애, 「『임꺽정』 연구―창작 동인과 조선정조를 중심으로」, 『한국언어문학』 52, 한국언어문학회, 2004. 6.

정종진, 「벽초 홍명희―홍명희의 생애와 『임꺽정』에서 참다운 선비를 찾는다」, 『충 북학』 2, 충북개발연구원, 2000. 12.

정종진, 「『임꺽정』의 '의義'사상 표현기법」, 『국제문화연구』 19, 청주대 국제협력연 구원, 2001. 2.

정호웅, 「벽초의 『임꺽정』론―불기不羈의 사상」, 『문학정신』 1990. 9.

趙莉(조리), 「『임꺽정』에 나타난 축제 체험―'송악산'장을 중심으로」, 『한중인문학연 구』 11, 한중인문학회, 2003. 12.

조맹기, 「언론인 홍명희의 사실성 글쓰기」, 『한국출판학연구』 48, 한국출판학회,

2005. 6.

주강현, 「벽초 홍명희의 『임꺽정』과 풍속의 제문제」, 『역사민속학』 제15호, 한국역사민속학회, 2002. 12.

채수명, 「벽초 홍명희에 관한 종합·입체적 분석평가와 교훈」, 『괴향문화』 21, 괴산향토사연구회, 2013.

채수명, 「벽초 홍명희에 관한 핵심 연구」 상·중, 『동방문학』 72~73, 2014. 2·5.

채진홍, 「홍명희의 『임꺽정』과 허균 소설의 비교 연구」, 『어문논집』 33, 민족어문학회, 1994.

채진홍, 「이인異人 이야기의 소설화 연구」, 『한국언어문학』 36, 한국언어문학회, 1996. 5.

채진홍, 「홍명희의 문학론 연구」, 『국어국문학』 117, 국어국문학회, 1996. 11.

채진홍, 「홍명희의 문학관과 반 문명관 연구」, 『국어국문학』 121, 1998. 5.

채진홍, 「8·15 직후 홍명희의 통일관과 문학관의 상관성 연구」, 『한국언어문학』 44, 한국언어문학회, 2000. 5.

채진홍, 「홍명희의 정치관과 문예운동론 연구」, 『한국학연구』 12, 고려대 한국학연구소, 2000. 7.

채진홍, 「홍명희의 창작관 연구」, 『한국언어문학』 47, 한국언어문학회, 2001.

채진홍, 「홍명희의 톨스토이관 연구」, 『국어국문학』 132, 국어국문학회, 2002. 12.

채진홍, 「혼인이야기를 통해서 본 『임꺽정』의 혁명성과 반혁명성 연구」, 『현대소설연구』 30, 한국현대소설학회, 2006. 6.

채진홍, 「홍명희의 실생활 문학관과 톨스토이의 예술관」, 『문학마당』 16, 2006년 가을호.

최경원, 「『임꺽정』 연구—홍명희·최인욱의 작품 비교」, 『어문학보』 26, 강원대, 2004.

최이자, 「『임꺽정』의 민중언어세계와 국어교육」, 『선청어문』 21, 서울대 사범대 국어교육과, 1993. 9.

최정운, 「조선시대의 민중세계를 다룬 소설 『임꺽정』의 공과 과」, 『한국사시민강좌』 41, 일조각, 2007. 8.

최형익, 「벽초 홍명희의 『임꺽정』에 나타난 전통과 혁명—저항사상으로서의 애국주의」, 『역사문화연구』 36, 한국외국어대 역사문화연구소, 2010. 6.

하타노 세츠코, 「동경유학시절의 홍명희」, 『충북작가』 2003년 겨울호.

하타노 세츠코, 「홍명희의 양반론과 『임꺽정』」, 『한국근대문학과 일본』, 사에구사 도시카쓰 외, 소명출판, 2003.

波田野節子(하타노 세츠코), 「『林巨正』の'不連續性'と'未完性'について」, 『朝鮮學報』 195, 日本 朝鮮學會, 2005. 4.

波田野節子(하타노 세츠코), 「『林巨正』執筆第二期に見られる'ゆれ'について」, 『朝鮮學報』 199·200, 日本 朝鮮學會, 2006. 7.

韓繼鎬(한계호), 「『林巨正』對『金瓶梅』的借鑒與反諷」, 『한국문학과 예술』 8, 숭실대 한국문예연구소, 2011. 9.

한승옥, 「벽초 홍명희의 『임꺽정』 연구」, 『숭실어문』 6, 숭실대, 1989. 4.

한승옥, 「『임꺽정』의 다성적 특질고」, 『현대문학이론연구』 4, 한국현대문학이론연구회, 1994. 10.

한영규, 「벽초 홍명희와 한시 아비투스」, 『민족문화』 40, 한국고전번역원, 2012. 12.

한영규, 「벽초 홍명희의 한시 비평—「역일시화亦—詩話」를 중심으로」, 『반교어문연구』 36, 반교어문학회, 2014. 2.

한창엽, 「『임꺽정』에 나타난 『수호전』 수용 양상」, 『한국학논집』 25, 한양대 한국학연구소, 1994.

한창엽, 「『임꺽정』에 나타난 조선조 서사자료의 수용 양상」, 『한양어문연구』 12, 한양대 한양어문연구회, 1994.

한창엽, 「『임꺽정』의 서사구조와 인물의 지향세계」, 『한양어문연구』 13, 한양대 한

양어문연구회, 1995.

한희숙, 「홍명희의 『임꺽정』에 수용된 역사적 사실에 대한 검토」, 『지역학논집』 4, 숙명여대 지역학연구소, 2000. 12.

홍기삼, 「임꺽정의 인간주의」, 『문학사상』 1992. 9.

홍성암, 「계급주의적 역사소설의 효시 『임꺽정』」, 『한민족문화연구』, 한민족문화학회, 1999. 1.

홍순권, 「홍명희―혁명적이며 민족적이고자 했던 '중간 길' 지식인의 문학과 정치적 선택」, 『한국사 인물 열전』 3, 한영우선생 정년기념논총 간행위원회 엮음, 돌베개, 2003.

홍정선, 「벽초 홍명희의 문학관과 『임꺽정』」, 『청석골대장 임꺽정』, 홍명희 원작, 홍석중 윤색, 동광출판사, 1989.

홍정운, 「『임꺽정』의 의적 모티브」, 『문학과 비평』 2, 1987년 여름호.

홍정운, 「1930년대 한국 역사소설고 3―『임꺽정』과 『청년 김옥균』을 중심으로」, 『한국문학연구』 10, 동국대 한국문학연구소, 1987.

홍정운, 「홍명희론」, 『해금문학론』, 홍기삼·김시태 편, 미리내, 1991.

4. 홍명희문학제 학술발표 논문

강영주, 「벽초 홍명희와 『임꺽정』」, 제3회 홍명희문학제, 1998.

강영주, 「홍명희의 『임꺽정』과 쿠프린의 『결투』」, 제6회, 2001.

강영주, 「벽초 홍명희와 대산 홍기문」, 제10회, 2005.

강영주, 「통일시대 겨레의 고전 『임꺽정』」, 제13회, 2008.

고미숙, 「청년백수를 위한 '길 위의 인문학'」, 제19회, 2014.

곽병찬, 「지식인의 선택, 벽초와 그 벗들의 경우」, 제20회, 2015.

권순긍, 「『임꺽정』의 민족문학적 성격」, 제7회, 2002.

권희돈, 「『임껵정』의 분석적 수용」, 제12회, 2007.

김남일, 「『임껵정』에 나타난 우리말 표현 연구」, 제1회, 1996.

김봉렬, 「소설 『임껵정』 속의 건축」 제13회, 2008.

김성수, 「영상으로 보는 남과 북의 『임껵정』」, 제8회, 2003.

김소현, 「소설 『임껵정』에 나타난 복식 묘사의 시각적 재현을 위한 연구」, 제11회,
       2006.

김승환, 「텍스트 『임껵정』 안과 밖의 작가 홍명희」, 제16회, 2011.

김윤식, 「말의 세계와 문자 세계의 거리 재기」, 제14회, 2009.

김진균, 「벽초 홍명희의 한시에 대하여」, 제16회, 2011.

노영구, 「소설 『임껵정』의 지리적 분석과 군사적 고찰」, 제17회, 2012.

민충환, 「『임껵정』과 홍석중 소설에 나타난 우리말」 제9회, 2004.

양보경, 「『임껵정』의 지리학적 고찰」, 제3회, 1998.

염무웅, 「소설 『임껵정』과 벽초의 민족주의」, 제15회, 2010.

이두호, 「소설 『임껵정』과 만화 『임껵정』에 관하여」, 제11회, 2006.

임형택, 「한국 근대문학에 있어서 『임껵정』의 위상」, 제1회, 1996.

정진명, 「홍명희 소설 『임껵정』 속의 활」, 제5회, 2000.

주강현, 「벽초의 『임껵정』과 풍속의 사회사」, 제2회, 1997.

주영하, 「홍명희와 일제시대 조선민속학」, 제7회, 2002.

주영하, 「소설 『임껵정』의 조선음식 묘사에 대한 연구」 제10회, 2005.

최상진, 「소설 『임껵정』에 대한 심리학적 접근」, 제5회, 2000.

하타노 세츠코, 「도쿄 유학시절의 홍명희」, 제8회, 2003.

한희숙, 「벽초 홍명희의 소설 『임껵정』에 대한 역사학적 접근」, 제4회, 1999.

홍순민, 「『임껵정』의 서울, 벽초의 서울」 제18회, 2013.

제1~10회 홍명희문학제 발표 논문은 단행본 『통일문학의 선구, 벽초 홍명희와 『임껵정』』에, 제11~20
회 홍명희문학제 발표 논문은 『평화와 화해의 노둣돌, 벽초 홍명희와 『임껵정』』에 실려 있음.

논문 출처 목록

홍명희와 역사소설 『임꺽정』 「한국근대역사소설연구」, 서울대학교 박사학위논문,
    1986.12.(제3장 제5절)

『임꺽정』의 연재와 출판 「홍명희 연구 4 −『임꺽정』과 홍명희」, 『역사비평』 30호,
    1995년 가을호.

홍명희의 사상과 『임꺽정』의 민족문학적 가치 「벽초 홍명희론」, 『동서문학』 28권 4호,
    1998년 겨울호.

여성주의 시각에서 본 『임꺽정』 「여성주의의 시각에서 본 홍명희의 『임꺽정』」,
    『여성문학연구』 16호, 한국여성문학학회, 2006.12.

『임꺽정』의 창작과정과 『조선왕조실록』 「『임꺽정』의 창작과정과 『조선왕조실록』」,
    『한국현대문학연구』 20호, 한국현대문학회, 2006.12.

조선학운동의 문학적 성과, 『임꺽정』 「벽초 홍명희의 생애와 학문적 활동」, 『근대 동
    아시아 지식인의 삶과 학문」, 성균관대학교 BK21 동아시아융합사업단 편,
    성균관대학교출판부, 2009.(제4장)

홍명희의 『임꺽정』과 쿠프린의 『결투』 「『임꺽정』과 꾸쁘린의 『결투』」, 『진단학보』
    92집, 진단학회, 2001.12.

『임꺽정』과 연암 문학의 비교 고찰 「벽초의 『임꺽정』과 연암 문학의 비교 고찰」,
    『대동문화연구』 65집, 성균관대학교 대동문화연구원, 2009.3.

홍명희의 『임꺽정』과 황석영의 『장길산』 「역사소설 『임꺽정』과 『장길산』」,
    『상명여자대학교 논문집』 27집, 상명여자대학교, 1991.2.

강영주姜玲珠

1952년 전남 장성에서 태어났다. 경기여중·고를 거쳐 서울대학교 국문과를 졸업했으며, 「한국근대역사소설연구」로 서울대학교에서 박사학위를 받았다. 1979년부터 3년간 독일 베를린 자유대학에 유학하여 비교문학·독문학·철학을 공부했다. 귀국 후인 1982년부터 현재까지 상명대학교 국어교육과 교수로 재직하고 있다.

저서로『한국역사소설의 재인식』,『벽초 홍명희 연구』,『벽초 홍명희 평전』,『그들의 문학과 생애, 홍명희』가 있으며, 편저(공편)로『벽초 홍명희『임꺽정』의 재조명』,『벽초 홍명희와『임꺽정』의 연구자료』가 있다. 논문으로는 「국학자 홍기문 연구」1~4, 「홍기문의 학문과『조선왕조실록』」 등이 있다.

통일시대의 고전 『임꺽정』 연구

2015년 12월 18일 1판 1쇄

지은이 | 강영주

편집 | 이진·이창연
그림 | 박재동
디자인 | 권지연
제작 | 박흥기
마케팅 | 이병규

인쇄 | 천일문화사
제책 | 정문바인텍

펴낸이 | 강맑실
펴낸곳 | (주)사계절출판사
등록 | 제406-2003-034호
주소 | (우) 10881 경기도 파주시 회동길 252
전화 | 031)955-8588, 8558
전송 | 마케팅부 031)955-8595 편집부 031)955-8596
홈페이지 | www.sakyejul.co.kr   전자우편 | skj@sakyejul.co.kr
독자카페 | 사계절 책 향기가 나는 집 cafe.naver.com/sakyejul
페이스북 | facebook.com/sakyejul
트위터 | twitter.com/sakyejul

값은 뒤표지에 적혀 있습니다. 잘못 만든 책은 서점에서 바꾸어 드립니다.

사계절출판사는 성장의 의미를 생각합니다.
사계절출판사는 독자 여러분의 의견에 늘 귀기울이고 있습니다.

ISBN 978-89-5828-925-8 93810

이 도서의 국립중앙도서관 출판예정도서목록(CIP)은 서지정보유통지원시스템 홈페이지(http://seoji.nl.go.kr)와
국가자료공동목록시스템(http://www.nl.go.kr/kolisnet)에서 이용하실 수 있습니다. (CIP제어번호: CIP2015033384)